중국 中国现代主义诗潮史论
현대 모더니즘
시사

本书获得中华社会科学基金资助。

This Korean edition is subsidized by Chinese Fund for the Humanities and Social Sciences.

중국 中国现代主义诗潮史论
현대 모더니즘
시사

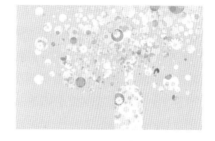

쑨위스 저 | 황지유 역

學古房

중국 학계에서 '문원전(文苑傳)'이나 혹은 '시문평(詩文評)'을 선택하지 않고 '문학사(文學史)'를 선택하는 것은 이것은 서구 학문의 동양 진출(서학동진)이라는 큰 흐름을 파악하기에 용이한 문학 연구의 주요 형식이기 때문이다. 문학 관념의 변화, 문학 유형의 변이로부터 교육 체제의 개혁과 교육 과정 개설의 갱신에 이르기까지 '문학사'는 점차 중국 사람들이 잘 알고 있는 지식 체계가 되어가고 있다. 교육과 연구의 저술 형식인 '문학사'는 20세기 중국에서 생산량도 많고, 보급 또한 광범위해 실로 기이한 현상을 이루고 있다.

청 말기 학제 개혁에서 시작하여 '오사' 신문화 운동의 전개에 이르기까지 새로운 지식과 고유 문화, 그리고 학술 정리를 동시에 진행한 것은 문학사 연구의 신속한 발전을 가져왔다. 이 과정 중 베이징대학교(北京大學)에서 적지 않은 명작들이 나왔는데, 예를 들면 린촨자(林傳甲)의 ≪중국 문학사(中國文學史)≫(1904)가 있으며, 이는 단지 시작에 불과할 뿐 그 후 더욱 많은 저작들이 탄생했다. 이를테면 야오용푸(姚永朴)의 ≪문학 연구법(文學研究法)≫, 류스페이(劉師培)의 ≪중국 중고 문학사(中國中古文學史)≫와 ≪한위 육조 전문가 문장 연구(漢魏六朝專家文研究)≫, 황칸(黃侃)의 ≪문심조룡 찰기(文心雕龍箚記)≫, 우메이(吳梅)의 ≪사여강의(詞餘講義)≫(후에 ≪곡학통론(曲學通論)≫이라 함), 루쉰(魯迅)의 ≪중국소설사략(中國小說史略)≫, 후스(胡適)의 ≪50년 이래 중국의 문학(五十年來中國之文學)≫과 ≪백화 문학사(白話文學史)≫, 저우쭤런(周作人)의 ≪유럽 문학사(歐洲文學史)≫와 ≪중국 신문학의 원류(中國新文學的源

流)≫, 위핑보(兪平伯)의 ≪홍루몽변(紅樓夢辨)≫, 여우궈언(遊國恩)의 ≪초사 개론(楚辭概論)≫ 등이다. 이러한 저작들은 사고의 방향과 형식은 각기 다르지만, 모두 신문학 초창기의 문학사 발전을 따르고 있다.

여기에서 초기 베이징대학교 학자들의 공헌을 강조하는 것은 '유아독존'의 망상이 결코 아니며, 이 총서의 저자를 베이징대에만 국한시킨 것은 더욱 아니다. 개방적이고 지속적인 학술 탐구로서 이 총서가 국내외 학자들의 특색 있는 저술을 수용하기를 희망한다. 베이징대학 학자들이 책임지고 선현들의 유지를 계승하여 새로운 학술적 고도로 도약해야 하는 것과 같이 베이징대학 출판사에서도 문학사 연구 등 여러 학술 영역에서 베이징대학을 세계 일류의 대학으로 진출시킬 의무가 있다.

오랜 동안 사람들은 '문학사 연구'를 대학 강의에 적합하게 편집된 교재(혹은 교재 형식의 ≪문학 통사≫)로 여겼는데, 사실 '바다가 넓으니 고기가 뛰놀고, 하늘이 높으니 새가 마음껏 날아 다닌다'고 하였듯이, 배우는 사람의 학식과 재능을 발휘하는 큰 무대는 단지 제한된 범주를 나눌 필요가 없는 것이다. 위에서 서술한 초창기 문학사의 서적들은 대부분 대학 강의와 관련이 있지만, 또한 각기 그 면모를 갖추고 있어, 천편일률적인 폐단이 결코 없다.

'천지개벽'의 시대에 그 맹점과 오차 또한 있다. 하지만 그 넘치는 에너지는 지금까지 많은 사람들이 동경하는 바이다. 루쉰은 〈≪중국소설사략≫·서언(≪中國小說史略≫序言)〉에서 단도직입적으로 "중국의 소설은 자고로 역사가 없다(中國之小說自來無史)"고 하였는데, 후세의 학자들이 여기에 적당히 한 마디를 보태어, "만약 역사가 있다고 한다면 루쉰 선생으로부터 시작된다(有之, 自魯迅先生始)"고 하였다. 당시 미개척지가 지금은 '사람이 너무 많아 우려가 되고 있다'. 하지만 계속 개척해 나갈 가능성이 없겠는가? 후스의 〈≪국학계간≫ 발간 선언(〈國學季刊〉發刊宣言)〉은 역사적 안목, 체계적인 정리, 비교 연구로 국고를 정리하는 방법론으로 삼아 자료의 발견과 이론의 갱신을 모두 잘할 수 있기를 바랬다. 오늘날 중국 학계에서는 이론의 틀과 연구 방법에서 모두 후스의 '세 가지 원칙'을 이미 초월하였는데, 어찌하여 새로운 천지를 개척할 수 없겠는가?

루쉰과 후스 등 신문화 작가들이 '국고 정리' 때 폐기가 넘쳤던 것은 새로운 학술 시대의 도래를 느꼈기 때문이다. 오늘날 중국에서 다시 이러한 현상이 나타날지는 감히 예언할 수 없지만, '새로운 세기'의 유혹은 여전히 존재하고 있다. 근래 학술계에서 백 년 동안 학술의 성쇠에 열의를 다한 것만 보더라도 그 포부와 기대를 짐작할 수 있을 것이다.

본 세기를 마감하면서 이 책을 펴낸 것은 과거를 결산한다기보다는 미래로 향하기 위해서이다. 20세기 중국에서 전통 문론과 비교하여 '문학사'는 일찍이 새로운 학술 방식을 대표했다. 곧 다가오는 새로운 세기를 앞두고 문학사 연구는 도대체 어떠한 방향으로 나아갈 것인지, 어떠한 모습으로 분발하고 노력할 것인지, 열심히 반성해 볼 가치가 있을 것이다.

반성한 후에는 어떻게 해야 할까? 당연히 우리는 학계 동인들의 적극적인 참여를 기대하고 있다.

1999년 2월 8일 시싼치(西三旗)에서

천핑웬(陳平原)

중국 모더니즘 시는 왜, 어떻게 연구해야 하는가?

20세기 아일랜드의 가장 위대한 상징파 시인 예이츠(W.B.Yeats, 1865 -1939)는 그의 ≪육체의 가을(肉體之秋)≫에서 예술의 가치를 형상적으로 비유하고 있다. '예술은 목사(牧師) 어깨 위에서 떨어진 짐으로 우리의 어깨 위에 짊어져야 한다'. 이는 목사가 하느님에 대한 경건함으로 성경의 뜻을 전파하고 아울러 사람의 정신을 종교적인 천국으로 귀의케 하듯이, 시인은 예술에 대한 경건함으로 작품을 창조하고 사람들에게 미적 정신세계를 전파하는 직책을 짊어지고 있음을 말하고 있다.

시인은 하느님의 신도나 총아가 아니다. 하지만 시인은 사람의 마음을 미적 이미지로 이끌 수 있다. 그들은 영혼의 미적 창조로 사람들의 영혼을 정화하고 승화시키며 미적 이미지에로 이르게 한다. 시인의 어깨 위에 놓인 '짐'을 풀어서 그 하나하나의 아름답고 풍부한 예술 세계를 자세히 살펴보는 것은 우리 시 연구자와 애호가들의 공동된 염원이다.

여기에서 나는 두 가지 문제를 제시하고 싶다.

첫째, 내가 왜 중국 모더니즘 시조(詩潮)의 역사를 연구하려 하는가?

중국 모더니즘 시조는 중국 신시의 발전 속에서 잊혀졌지만 또한 객관적으로 존재하는 역사적 조류이다.

1981년 나는 루쉰의 ≪들풀(野草)≫에 관한 연구를 끝마쳤다. 이것은 힘겨웠지만 매우 의미 있고 탐색적인 작업이었다. 내가 그 아름답지만 조금은 시고 떫은 과실을 다 먹고 났을 때, 루쉰의 그 위대한 영혼의 공격에 탄복했을 뿐만 아니라, 그 얇디얇은 책의 독특한 심미 가치에 매료되었다.

나는 이 아름다운 정신의 창조를 음미할 때, 루쉰이 여러 문장들 속에서 놀랍게도 70년대 말 사람들이 감히 언급하지도 못한 상징주의의 총체적 틀과 표현 수법을 운용했으며, 이 작품으로 무한한 아름다움과 심오한 사상 내용, 그리고 예술적인 매력을 가져다줬음을 발견하였다.

나는 상징주의 예술이 진보적인 경향의 인류 감정과 물과 불처럼 맞지 않는 것인가? 상징주의를 몰락 계급의 퇴폐와 절망으로 치부해버리는 것이 유일하고 정확한 심미 가치의 표준인가? 중국 신시 속의 상징주의 사조가 영원히 '역류'로서 잊혀져버린 노래가 되어야 하는가? 라고 자문해 보았다.

나의 ≪≪들풀≫ 연구(≪野草≫研究)≫가 아직 출판되기 전 일부 간행물과 학술회의에서 의견을 발표 했을 때에도 이러한 나의 의견이 존재하는데 대해 용납할 수 없다는 비평이 나왔다.

열성적인 한 친구가 중요한 간행물에 발표된 짧은 문장의 복사본을 나에게 부쳐왔는데, 그 글은 내가 아주 존경하는 루쉰의 학생이자 친구이며 루쉰 연구의 노선배가 쓴 것이었다.

그 문장의 제목은 잊어버렸지만 대략의 뜻은 〈루쉰은 상징주의자인가?〉였다.

문장에서 말하기를, 그가 병원에 입원했을 때 병문안 온 친구가 그에게 알려주기를 한 루쉰 연구자가 ≪들풀≫을 상징주의 작품이라 하고 루쉰을 상징주의자라 했다는 것이다. 그리고 난 후 이에 논박을 하는 거였다. 이 문장의 복사본을 보내온 친구가 나에게 글을 써서 반박을 하라고 했지만 나는 그렇게 하지 않았다.

왜냐하면 이 어른은 내가 무척 존경하는 학자이기 때문이다. 70년대 말 '사인방'이 막 무너지고 ≪루쉰 전집·무덤(魯迅全集·墳)≫의 주석에 관한 의견을 얻기 위하여 나는 일부러 멀리 그 아름다운 도시에 있는 그의 집에 가서 그를 뵌 적이 있었다. 그가 이 문장 속에서 제기한 의견은 다만 입원 중에 전해들은 것이지 나의 문장을 직접 읽어본 것도 아니며, 뿐만 아니라 그의 비평 대부분이 내 문장의 본의도 아니다. 나는 ≪들풀≫의 모든 부분이 상징주의 작품이라고 한 적이 없고, 더욱이 루쉰의 소설 ≪납함(呐喊)≫, ≪방황(彷徨)≫과 잡문의 창작 방식의 평가는 포함시키지도 않았다. 그렇다면 어떻게 루쉰이 상징주의자라는 결론을 내릴 수 있겠는가? 그리고 나의 다년간 학문을 하는 습관에 따르면 그저 혼자서만 탐색하고 건설할 뿐이지 다른 사람과 논쟁하기는 싫다. 설사 어떤 다른 문장에서 나를 반박한다 할지라도 나는 그냥 침묵하는 태도를 취할 것이다.

하지만 이 일은 나에게 깊은 상념을 불러 일으켰는데, 그것은 루쉰 자신이 상징주의 작품을 어떻게 생각하였을까 하는 것이었다.

루쉰은 소련 시인 알렉산드르 블로크(A.A.BJIOK, 1880-1921)의 장시 ≪열두 개(十二個)≫(1918)의 역자 후기에서 이 의문에 대한 유력한 답을 해 주었다. 루쉰은 여기에서 거창하고도 심오한 미적 견해를 제시하였는데, 상징주의도 역시 혁명 전투적 내용을 표현하여 예술적 완숙미에 도달할 수 있다는 것이었다.

루쉰은 말하였다. '러시아의 시단'에 '대단한 상징파'가 있었는데 후에 '쇠퇴'하였다. 그 원인은 여러 방면에서 찾을 수 있지만, '혁명의 세례만은 아니'며, 미래파(未來派)의 습격과 실감파(實感派) 등의 분리는 이미 상징파를 '붕괴의 시기'에 이르도록 하였다. '10월 대혁명 역시 별도의 큰 타격이었다'. 하지만 10월 혁명의 대폭풍우 속에서 '상징파 시인' 블로크는 의연히 생존했으며, 오히려 '가장 많은' '수확'을 얻었다. 블로크는 1904년 '최초의 상징 시집인 ≪아름다운 부인에 관한 시(美的女人之歌)≫'(≪여인시초(女人詩草)≫라고도 함)를 발표하면서부터 '현대 도시시인의 일인자'로 불렸다. 그는 "시적 환상의 눈으로 도시 속의 일상생활을 관찰하여 그 몽롱한 인상을 상징화 했으며, 그 정기를 묘사한 사물에 불어넣어 그것을 소생시켰고, 보잘것없는 생활과 번잡한 시가지에서 시적 요소를 발견하였다". 이렇듯 블로크의 장점은 "저속하고 떠들썩하고 복잡한 재료를 취하여 신비롭고 사실적인 시를 만들어 낸 데 있다. 중국에는 이러한 도시 시인이 없다. 계관 시인, 산림 시인, 화월 시인 등등은 있지만, ……도시 시인은 없다". 루쉰은 더 나아가 상징주의 방법이 혁명적 내용과의 요구 사이에서 존재할 수 있는 일치성을 논술했는데, 그는 이러한 사람을 "복잡한 도시 속에서 시를 볼 수 있고, 동요하는 혁명 중에도 시를 볼 수 있는 사람"이라고 하였다. 시인 블로크의 《열두 개》는 이렇듯 상징주의의 표현 방식으로 혁명의 내용을 서술하였으며, '10월 혁명의 무대에서 등장하여' 혁명 쪽으로 '돌진'하였다. 그리하여 루쉰은 《열두 개》가 "10월 혁명의 주요 작품이 되었으며, 또한 영원히 전해져야 한다"[1]고 하였다.

나는 여기에서 이러한 계시를 얻었다. 즉, 상징주의가 19세기 중엽 프랑스에서 탄생한 예술 유파로 이 유파가 출현한 데에는 그 사상과 미학적 근거가 있지만, 그 자신의 약점도 있다는 것이다. 하지만 이 유파는 예술표현 방식으로 많은 시인들에게 받아들여졌고 또한 현대파 등 여러 창작 사조를 파생시켰으며, 이 창작 방식은 또한 독립적인 의의와 가치를 지니고 있다. 그러므로 상징주의 방법으로 진보적이거나 혁명적 내용의 작품을 써낼 수가 있는 것이다. 루쉰은 블로크의 《열두 개》가 "신비하고 사실적인 노래"이며, "혁명적 시는 아니"지만 러시아 10월 혁명의 "대 격동과 포효하는 숨소리"를 느낄 수 있고, 시 속에서 "전진과 회고"의 진실한 마음을 드러내 보이고 있다고 하였다.

다시 말해서 상징주의와 사실주의, 낭만주의는 시의 예술적 표현 속에서 서로 물과 불처럼 극하지 않고 융합할 수 있으며, 상징주의의 방법을 운용하여 창작한 작품 역시 역사의 본질과 진실을 표현할 수 있다는 것이다.

그러므로 나는 중국 신시에 눈길을 돌려 몇 십 년 간 중국 신시의 발전 흐름을 총체적으로 살펴보고, 많은 예술 유파의 발전 중에서 과거 긍정적인 인정과 평가를 받은 작품들이 50년대 초부터 문학사가들에 의해 다년간 홀시되고 업신여겨져 왔던 사실을 발견하게 되었다. 상징주의로부터 시작된 모더니즘 시는 중국현대시의 발전 속에서 객관적으로 존재한 역사적 조류라는 것이다.

---

1) 루쉰, 〈집외집 보충 · 《열두 개》 후기(集外集拾遺 · 《十二個》後記)〉, 《루쉰 전집》(제7권), 인민문학출판사, 1981년, 299-300쪽. 일부 말은 트로츠키(Trotsky)의 《블로크론》에서 인용함.

이 신시의 조류는 서구의 상징주의, 모더니즘 시조가 중국에서 전파되고 소개되어 탄생한 것으로, 황폐하고 여린 맹아기, 광범위한 창조기와 심화된 개척기라는 세 가지의 역사 단계를 거쳐서 예술적으로 유치함에서 점차 성숙함으로 나아가게 된다.

아무것도 모르고 시도한 선구자들 —— 초기상징파 시인 리진파(李金發), 동방 민족의 상징파시와 현대파시의 창시자인 다이왕수(戴望舒), 벤즈린(卞之琳), 그리고 40년대 펑즈(馮至)의 ≪소네트집(十四行集)≫, 신디(辛笛), 무단(穆旦), 정민(鄭敏)으로 대표되는 '시의 신생대' 시인들의 중국의 상징주의, 모더니즘 시 사조는 궈모뤄(郭沫若)로 대표되는 낭만주의 시조, 아이칭(艾靑)을 대표로 하는 현실주의 시조와 함께 30년간 중국 신시발전의 역사적 흐름을 이루었다. 신시 중 상징주의, 모더니즘 사조의 발굴과 묘사, 심사와 평가는 중국현대시가 발전을 역사 본래의 면모로 회복시키는 당연한 의무이다. 때문에 나는 대학에서 1981년부터 중국초기의 상징파, 현대파와 신월파의 연구 과정을 개설하였으며, 강의의 기초 위에서 우선 ≪중국 초기상징파시 연구(中國初期象征派詩歌硏究)≫라는 책을 정리 출판하였다.

역사의 서술은 반드시 작가의 가치적 판단을 포함한다. 객관적으로 존재하는 역사의 복잡성은 우리가 역사적 진실을 인식하는 데 장애가 되지 않는다. 상징주의를 포함한 중국 신시의 모더니즘 사조는 오랜 시기 동안 신시 발전의 '역류'로 여겨져서 무시를 받았다. 80년대 초 이래로 학술적 분위기와 연구의 정상화는 이러한 편협한 문학 관념을 점차 바꾸어 놓았다.

사실이 설명하듯이 중국 모더니즘 시조는 신시 예술 발전의 역류가 아닐 뿐만 아니라 오히려 중국 신시가 현대성으로 나아가는 데 있어서 다른 시조 유파와 함께 사회적인 의무와 예술 탐색의 책임을 다하였다.

30년대 후기 항일전쟁의 폭발로 인해 일부 현대파(現代派) 시인을 현실주의로 이끌었고, 40년대에 와서 이러한 상황이 많이 바뀌었다고는 하지만 총체적으로 볼 때, 이 유파의 시인들은 신시의 사회적 기능보다는 신시의 미적 특성의 탐구에 더 주의를 기울였다.

하지만 동시에 그들 중의 대다수가 '상아탑'에 파묻혀 있었던 것이 아님을 인정해야 할 것이다. 이것은 결코 그들 중 일부 사람들이 현실적인 투쟁과 인민의 질고에 대하여 냉담한 태도나 혹은 개인적인 서정으로 퇴폐적인 성분을 품고 있는 것을 배제하는 것은 결코 아니다. 하지만 그들이 더욱 중시한 것은 시의 사회적 기능을 발휘하기 위해 시의 예술적 미의 품격을 버려서는 안 된다는 것이었다.[2]

그들은 상징적 예술과 현대적 예술 방법의 탐색에 몰두하거나, 혹은 '문학에서의 사실주의에 대하여 현대적인 새로운 각성'을 추구하여·이미지즘파 신시와 신감각파 소설을 수립하거나,[3] 혹은 자각적으로 신시 현대성의 미래 형태를 구상하고 실험하였는데, 대부분이 신시 현대성에 가장 집착하

---

2) 예를 들면, 항일 전쟁이 발발한 이후 많은 '표어와 구호' 식의 시가 매우 유행하였다. 이러한 현상에 대하여 많은 사람들이 불만을 표하였는데, 예를 들면 순위탕(孫毓棠)이 홍콩 ≪대공보(大公報)≫의 〈문예(文藝)〉 면에 〈항전시를 말함(談抗戰詩)〉이라는 문장을 발표한 것이 매우 대표적이다. 그 내용 중 "지금 항전의 시는 일반적으로 엄격한 비판자들로부터 '구호 대전' 혹은 '항전 팔고시'라고 비평을 받고 있는데, 이것은 모두 시를 짓는 사람들이 너무 노력하지 않거나 너무 마음대로여서 선전만을 중시하고 표현을 중시하지 않기 때문이다. 일부 시인들은 너무 열심이어서 시를 지을 때 자신이 먼저 생각을 결정해 놓고, 이 시가 퍼져나가서 많은 독자들에게 항전 정서를 불러일으킬 수 있도록 하였는데, 나는 이러한 글쓰기의 심리가 완전히 틀렸다고 생각한다. 왜냐하면, 시를 선전의 도구로 삼는 것은 선전 중 가장 멍청한 방법이라고 생각하기 때문이다. ……정말로 쓸데없이 노력한 것이고, 될 수도 없는 일이다. 시는 오늘날 세계에서 이미 마지막 길로 들어섰으며, 다만 극소수 사람들만의 것이 되었다(나는 시가 대중화 될 수 있다는 것을 인정하지 않는다. 설사 대중화가 될 수 있다 하더라도 그다지 좋은 점과 가치가 없다. 왜냐하면, 대중화가 되었다 하더라도 대중들은 시를 좋아하지 않을 것이기 때문이다). 나는 이러한 시를 읽은 소수의 사람들이 항전의 시를 읽고 나서야 비로소 항전의 정서를 일으킨다는 것을 믿지 않는다. 그러므로 나는 항전의 시를 애써 쓰는 사람들이 자신의 심리 상태를 바꾸어서 진심으로 진정한 문학적인 시를 창작하고, 시대를 표현하는 데에 관심을 갖는 것이 낫다고 생각한다". 이 단락의 말은 펑즈(風子, 탕타오(唐弢))의 ≪덩굴집(瓜蔓集)≫에서 인용한 것으로, 1939년 8월 16일 ≪우주풍(宇宙風)≫ 제11기에 실려 있다. 펑즈 등의 문장은 이 문장의 관점에 대하여 토론과 비평을 진행하였다.

3) 안화(安華, 스저춘(施蟄存)), 〈빌헬름 그림(Wilhelm Grimm)〉(1932년 9월1일), ≪현대≫(제1권 제5기).

는 예술 '탐험가'가 되었다. 그들 중 대다수 시인들은 자신의 창작 실천으로 시의 예술적 본질의 길에 더욱 가까워졌으며, 동시에 각기 다른 방식으로 역사적 사명을 짊어질 수 있도록 노력하였다. 이러한 상황이 2,30년대에 발전해 가는 모습을 보고, 한 진실한 비평가는 다음과 같이 말한 적이 있다. 중국 30년대에 나타난 현대적 신시는 "대중에게서 점차 멀어져 갔는데, 이것은 아마도 피할 수 없는 추세일 것이다".[4]

이러한 추세는 모더니즘 시조의 발전이 대중과의 관계 면에서 드러낸 약점일 것이다. 하지만 반대로 시의 예술 본질에 점차 가까워지거나 또는 피할 수 없는 추세라고 생각할 수도 있다. 이는 그들 자신의 사상과 현실적인 요구 사이의 모순이며 또한 그들이 견지하는 심미 추구의 필연적인 결과이다. 그들은 신시 예술 표현의 창의성에 대하여 아주 강한 자각의식을 지니고 있다.

중국 30년대 현대파 즉 다이왕수와 그의 시인 친구들에 대한 연구를 계속하고 있을 때, 나는 더 나아가 이 모더니즘 시조가 안으로 중국 전통시가의 함축된 내용을 중시하고, 밖으로 세계 시가의 새로운 예술방식으로 현대적 생활 맥박에 가까운 새로운 흐름에 근접하고 있다는 것을 느꼈다. 그들은 중외 고금의 흡수, 소화와 융합 속에서 민족시가 현대성으로 향하는 길을 애써 탐색했으며, 또한 그들의 우수한 작품들은 동방의 상징파시와 현대파시의 기본 형식을 창조하였다. 그러므로 이 시조의 발전을 연구하고 탐색하는 것은 민족의 시가 어떻게 자신의 목소리와 몸짓으로 세계를 향하여 나아가는가에 대한 역사적 필연이다.

역사적 경험을 총결하고 오늘날의 시 창작 예술의 득실을 관조하는 것은 모든 신시 비평가들과 연구자들이 반드시 생각해야 할 과제일 것이다.

예술 발전 역사의 전통은 사회 역사의 변천과 비교해 볼 때 자신만의 '연관성과 응집력'을 더 갖추고 있다.[5] 여기에 비록 시간과 공간의 차이

---

4) 시웨이(西渭, 리젠우(李健吾)), 〈≪어목집≫ — 벤지린 선생 작품(≪魚目集≫ — 卞
    之琳先生作)〉, ≪저화집(咀華集)≫, 상하이문화생활출판사, 1936年 12月, 132쪽.
5) H.R.야우스, 〈수용미학으로 들어가다(走向接受美學)〉, 저우닝(周寧), 진웬푸(金

그리고 미적 관념의 차이가 있을 수는 있지만 현실적 예술 탐색은 종종 새로운 측면에서 어떠한 역사적 그림자가 다시 부활하도록 한다. 즉 중국은 재난의 10년 동란과 근 30년간의 예술 창조에 있어서 '여론 일치'의 영향을 거쳐 얼었던 얼음이 일단 풀린 후 80년대에 새로 일어난 신사조는 40년대 말 이전의 모더니즘 시조와의 사이에 끊을 수 없는 역사적 연계가 존재하고 있다.

수용미학의 창도자인 야우스(H.R.Jauβ)가 "사람은 스스로의 역사가 자신을 만든다."[6]고 말한 것과 같다. 또한 20세기 영국 현대파 시인인 T.S.엘리엇은 논문에서 더욱 심각하게 개인 예술의 창조와 전통 사이의 관계를 서술하였는데, 주지하듯이 "만약 우리가 한 시인을 연구할 때 그에 대한 편견을 버린다면 우리는 이러한 것들을 알 수 있을 것이다. 즉 그의 작품 중에 가장 좋은 부분이 바로 가장 개인적인 부분이며, 또한 그의 선배 시인이 그에게 가장 길이 빛나게 한 부분이다"라는 것이다. 이 의미는 바로 전통의 힘이 영원히 현실의 창조에 참여한다는 것을 말한다.

엘리엇(Thomas Stearns Eliot)은 이 역사적 감각이 있는 사상을 강조할 때, 시인은 반드시 '역사적 의식'을 갖추어야 하는데, 이러한 '역사적 의식'을 갖추려면 반드시 역사에 대한 기억을 부단히 끊어버려야 한다고 하였다. 그들은 "과거의 과거성을 이해해야 할 뿐만 아니라, 과거의 현재성도 이해해야 하고", "이 역사적 의식은 영원에 대한 의식이고 잠시에 대한 의식이며, 또한 영원과 잠시가 합쳐진 것에 대한 의식인데, 바로 이러한 의식이 한 작가를 전통적인 작가가 되게 하고, 동시에 자신의 시간 속의 지위와 자신과 당대와의 관계를 가장 민감하게 의식하게 한다".[7]

근 십오 년 이래로 당대시 중 모더니즘 조류의 소생은 각종 사회적, 예

元浦) 역, ≪수용미학과 수용이론(接受美學與接受理論)≫, 랴오닝인민출판사, 1987년, 57쪽.

6) 위와 같음, 58쪽.

7) T.S.엘리엇 저, 볜즈린(卞之琳) 역, 〈전통과 개인의 재능(傳統和個人的才能)〉, 양쾅한(楊匡漢), 류푸춘(劉富春) 편, ≪서구현대시론(西方現代詩論)≫, 화청출판사, 1989년, 73쪽.

술적 연유가 있다. 하지만 이것과 '오사 운동'으로 시작하여 40년대 말 선배 시인들이 과분하게 사회 공리적 작용을 중시한 것에 불만족하고, 시의 미적 본질과 표현의 예술적 탐구를 한 것과의 사이에는 창조적 심리 동기, 사유 방식, 감각적 생활 방식과 내심의 감정을 전달하는 방식 등등의 방면에서 선천적인 연관성이 존재하고 있다. 이것은 당대의 시인들이 인정하든 인정하지 않던 간에 하나의 사실이다. 그러므로 당대 시가의 발전과 추세를 인식하고 역사의식을 확정하는 것은 모든 시인의 필연적인 선택이다. 역사의 발전을 돌이켜보면 현실적 예술 탐색의 자각성을 증진하고 맹목성을 감소시킬 수 있을 것이다. 과거의 영원함을 아끼지 않으면 당대의 영원함을 창조할 수도 없다.

　당대 시인들에게 있어서 전통의 방식을 초월하는 것은 천차만별이지만 실패와 잘못된 길은 전통과 비슷하다. 그러므로 역사의 거울로 비추어 보는 것은 신시를 더욱 건강하고 아름다운 방향으로 이끌도록 할 것이다. 몇십 년 전 모더니즘 시 발전의 역사를 연구하여 시가 새로운 전통을 창조하는 사명을 촉진시켰는데, 이는 또한 신시가 더욱 높은 차원에서 현대성의 형태로 나아가는 외면할 수 없는 책임이 되었다.

　둘째, 중국 모더니즘 시조의 예술적 시각을 연구하였다.
　나는 이 과제를 풀어가는 과정 속에서 내 자신에게 규정한 임무는 중국 모더니즘(상징주의 포함) 시에 대한 연구였다. 왜냐하면 반드시 역사적 인물이 구성한 틀에 따라서 서술하지 않고, 시 사조 발전의 맥락과 문제에 연구의 중점을 두었기 때문이다. 이는 엄격히 말해서 역사가 아니라 단지 사론(史論)적 성격의 것이다. 더 크게 말하면 중국 모더니즘 시 사조사론의 윤곽 혹은 개론이라고 부를 수 있을 것이다.
　우선 '현대시'라는 것이 매우 광범위한 개념이라는 것을 말해두고 싶다. 그것은 여러 가지 함의를 가질 수 있다. 그 중 하나는 전통적이고 고전적인 구체시와 서로 대립하는 것으로 '오사 운동' 전후에 탄생한 중국 신시이다. 신시의 탄생과 발전은 모든 신문화 현대화의 과정을 동반하였다. 그리고

16

다른 하나는 현대인의 감정을 표현한 현대시로 '오사 운동' 이래로 탄생한 신시와 구체시를 포함하고, 또한 각종 예술의 표현 방식을 모두 받아들였다. 또 다른 하나는 서구의 상징주의와 모더니즘의 각종 시 사조의 영향 아래 탄생한 하나의 조류로써 존재하는 중국 신시를 가리킨다. 이러한 흐름 속의 시인으로는 또한 이 조류에 속하지 않지만 이러한 시 사조의 작품을 창작한 시인들도 포함되는데, 이들은 상징주의와 모더니즘 등의 표현 방식을 이용하여 자신의 감정을 전달하고 표현하였다. 그리고 이것은 현실주의(現實主義), 낭만주의 시와 함께 서로 병행하여 발전하는 하나의 예술 조류를 구성하였다. 내가 책에서 토론하려는 대상은 맨 마지막의 것으로, 이는 일반적인 중국 현대의 시 사조가 아니며, 중국 모더니즘 시 사조의 발전 역사이다.

이 연구 대상을 접하면서 두 가지 낯설음에 부딪쳤는데, 그것은 연구 대상의 낯설음과 수용 대상의 낯설음이었다. 서구 상징주의와 모더니즘 시는 그것이 탄생한 때부터 신비로움과 낯설음의 특징을 띠고 있다. 그리고 이러한 영향으로 중국에 출현한 이 예술 창조의 조류는 처음에는 어색함과 모방의 흔적이 있긴 했지만, 작가의 노력을 거쳐서 변화와 변천을 가져와 중국 민족의 심미 심리와 심미 습관의 특징을 갖게 되었다. 그들은 서구 상징시파, 현대시파와는 이미 매우 달라졌다. 하지만 아무리 변한다 해도 표현이 분명한 현실주의나 낭만주의 시와 비교해 보면 우리 일반 사람들의 심미 습관과 이해 능력과는 여전히 매우 큰 차이가 난다. 내 자신을 포함하여 이 시 사조 중 어떤 작품의 함의는 파악하기 매우 힘들다. 이것이 한 측면의 낯설음이다. 이 낯설음에 대해서 나는 점차 깊어지는 이해 능력으로 애써 정복할 것이다. 하지만 한 사람의 이해력은 매우 한계가 있다.

그리고 다른 한편으로는 강의 대상, 즉 작품을 접하는 사람들의 예술 작품에 대한 낯설음을 들 수 있다. 과거에 이러한 작품을 접해 본 적이 거의 없는 학생 혹은 독자들은 상징주의와 모더니즘 작품의 이해에 대하여 서로 다른 정도의 장애와 곤란을 겪고 있다. 이 문제를 해결하려면 또한 모두가 이런 작품에 대한 이해력과 감상력을 향상시켜야 하는데, 이것은 나의 간단한 강의로는 해결할 수가 없다.

이 두 방면의 난제를 해결하기 위해서, 나는 내 연구가 시를 좋아하는 사람과 시를 좋아하지 않는 사람들 모두와 함께 중국 모더니즘 시 사조사라는 이 독특한 예술 세계로 들어가도록 하였다. 공동의 연구 속에서 나는 점차 나의 연구와 강의를 위해서 하나의 지도적인 사상과 세 방면의 교류점을 찾았다. 이러한 사상과 방법을 체현한 이 강의를 통하여 우리가 동일한 낯선 대상에서 마음과 마음의 교류, 이해력과 이해력의 보충을 통하여 함께 모더니즘 조류 예술에 대한 이해의 각성과 감상의 능력을 향상시킬 수 있기를 기대한다.

내가 말한 지도 사상이란 몇 년 동안 생각해 왔던 중국 현대의 해석시학(解詩學) 이론을 재건하는 것에 관한 것이다. 소위 중국 현대의 해석시학은 30, 40년대 현대시학 비평 이론에서 생긴 것으로, 주즈칭(朱自淸) 선생이 이 이론의 창시자이다. 이것의 정수는 상징파와 현대파 시에 대하여 널리 연구를 진행한 데 있을 뿐만 아니라, 이 시 사조 중 개별 작품 텍스트에 대한 내재적인 해석에 치중하여, 이로써 심미적 창조자와 수용자 사이의 거리를 소통시킨 데 있다. 이 시학 비평 이론은 아직까지 체계적이지 못하고, 또한 완전히 자각 되지도 못했기 때문에 완전한 이론의 형태를 수립하지는 못하였다. 요 몇 년 동안, 나는 몇 년 간의 사고와 정리를 통하여 〈중국 현대 해석시학의 재건(重建中國現代解詩學)〉이라는 논문 속에서 이미 서술한 바 있는데, 이 문장을 서문으로 삼아 내가 주편한 ≪중국현대시 독서 지도(中國現代詩導讀)≫라는 책에 수록하였다. 이 서문과 책 속에 수록한 일곱 편의 "해석시학에 관한 작은 논의(解詩學小議)", 그리고 이 책의 '후기'에는 나의 중국 현대 해석시학 이론을 집중적으로 자세히 서술하였다. 또한 〈중국 현대 해석시학의 재건을 다시 논함(再論重建中國現代詩學)〉[8]이라는 글에서도 시 해석과 수용자의 사유 훈련과의 관계를 계속해 연구 토론하였다. 이 이론적 사고는 모두가 참고할 수 있을 것이다. 여기

---

8) ≪중국현대문학연구총간(中國現代文學硏究叢刊)≫, 1994년 제3기.

에서는 다시 서술하지 않겠다.

여기에서 보충 설명해야 할 것은 중국 현대 해석시학은 결코 폐쇄적인 이론 구상이 아니라는 점이다. 이것은 일정한 창작 현상과 상응해서 탄생한 비평 방법이다. 때문에 강한 실천성을 띠며, 반드시 이론적 구상과 작품 텍스트의 해석을 결합시켜야만 이 시학의 비평 방법을 진정으로 이해할 수가 있게 된다. ≪중국현대시 독서 지도≫ 중 내 자신과 다른 사람들의 일부 이해하기 힘든 작품에 대한 해석은 비록 방법이 각기 상이하긴 하지만 총체적으로 보아 여전히 이 현대 해석시학 이론 실천의 실험이다. 이 책에서 이미 완성된 임무에 대해서는 본 책에서 다시 논술하지 않겠다. 하지만 거기에서 응용된 현대 해석시학의 이론과 방법은 여전히 이 책이 역사적, 미학적 탐구를 진행하는 데 지도 사상이 되었다. 나는 이 책 속에서 거시적 역사의 논술 속에서 일부 대표적인 작품에 대하여 모두 다른 시각으로 텍스트에 대한 해독과 논술에 힘썼다.

내가 애써 진행한 세 가지 방면의 소통점을 개괄해 보면, 문화적, 역사적, 그리고 심미적 방면이다. 다시 유행하는 말로 바꿔 말하면 또한 세 가지 시각, 즉 대중과 함께 하는 중국 모더니즘 시 사조 및 그 발전의 궤적, 그리고 작가의 작품을 관찰하고 투시하여, 이 낯선 시 왕국의 영토에서 심미적 유람을 하는 것이라고 할 수 있다. 실천의 동반자들이다.

우선 문화적 시각에 대해서 이야기를 하겠다. 이 방면의 문제는 공간적 사고에 속한다. 모든 사람이 시를 좋아하는 것은 아니다. 어떤 사람은 소설과 산문을 더 좋아할 것이요, 어떤 사람은 희곡과 영화를 더 좋아할 것이다. 하지만 모든 사람이 한 가지 공통된 사실을 알고 있다. 그것은 신시, 특히 상징파와 현대파(지금은 소위 '후현대파(後現代派)'도 있음) 신시가 소설, 산문, 희곡, 영화 등의 부문과 비교하여 더욱 이해하기 힘든 영역이라는 점이다. 일반적인 신시는 문자적인 이해가 어려운 것은 아니지만, 진정으로 그것의 함의를 이해하려면 또한 결코 쉬운 일이 아니다. 상징파, 현대파 시에 대해서는 더욱 접근하기가 힘들다. 하지만 또 다른 한 가지 사실도 모두가 알고 있을 것이다. 그것은 각종 예술 형식의 창조 속에서 늘 시적 요소를 떠날 수 없다는 것이다. 우리는 항상 이 소설은 시의(詩意)가 있다거나, 저 소설은 시의가 없다, 그리고 이 그림은 시의가 있다거나 저 그림은 시의가 없다고 말한다. 과거의 많은 소설들은 시의가 있는 유형에 속하였다. 예를 들면 페이밍(廢明)의 소설을 '시체 소설(詩體小說)'이라 하였고, 선충원(沈從文)의 ≪변방의 성(邊城)≫ 또한 시의가 넘치는 작품으로 여겨졌다. 현대에는 또한 영화시, 음악 속의 교향시 등도 출현하였다. 여기에서 말하는 '시의(詩意)'란 이미 시의 체재와 형식 본래를 초월하여 음미하고 지혜를 얻게 하며 마음을 유쾌하게 하고 사람들을 일깨우는 예술미의 요소가 되었다. 시의란 사람의 마음을 감동시키는 것이다. 시적 소양이 없는 사람이 어떻게 진정으로 사람의 마음을 감동시켜서 사람들에게 영원히 음미할 수 있는 작품을 써낼 수 있게 할 것인지 상상할 수가 없다. 이 때문에 나는 강의 중 모든 학생들이 시를 일종의 문화 현상으로 받아들이도록 노력하였다. 이렇게 하면 낯설음 혹은 배척하는 심리를 극복하고, 그 곳에서 자신이 요구하는 소양과 즐거움을 얻을 수 있을 것이다. 그리고 최종적으로는 미적인 방면에서 마음 속의 동질감을 찾고, 자신이 잠시 이해하지 못한 것을 거절하지 않고 받아들일 것이며, 또한 시구가 표면적으로 제공한 것에 만족하지 않을 것이다. 시는 일종의 보편성을 띤 문화 현상이다. 소위 문화적 시각으로 현대파의 시를 보는 것이 또 한 방면이다.

또 다른 방면으로는 다층 문화적 측면에서 시의 함의를 이해해야 한다는 것이다. 과거 문학의 사회 교육적 기능을 지나치게 단편적으로 강조하여 시의 내용을 이해하는 데에도 단순히 사회적 내용의 각도로 들어가 그것이 표현한 것이 어떠한 주제인지 분명히 파악할 것을 요구하였고, 일반적으로 작품에 대한 이해 또한 여기에 멈추어 있었다. 요 몇 년 간 시의 심미 품격에 주의하여 심미적 각도로 시를 읽고 감상하는 풍토가 성행하였다. 하지만 만약 작품과 현실생활과의 관계에 과도하게 중점을 두고 다른 문화적 시각에 대한 주의를 홀시한다면 때로는 예술 감상이 예술에 대한 오독으로 변할 것이다.

20

예를 들어 우리가 페이밍(廢名)의 소설과 시를 감상해 보면 언제나 걷잡을 수 없는 그리고 가까이에 있는 것 같기도 하고 멀리 있는 것 같기도 한 느낌이 들 것이다. 만약 사회적인 내용만 보고 페이밍이 마음을 기울이고 있는 선종 불교라는 이 문화적 측면을 떠나서 해석한다면, 단지 겉으로만 느낄 수 있거나 심지어는 잘못된 길로 들어설 것이다.

여기에서 예를 하나 들어 설명하겠다. 이것은 페이밍이 30년 전에 쓴 짧은 시로 제목은 〈바다(海)〉이다.

> 나는 연못가에 서서,
> 한 송이 아름다운 꽃을 바라보노니,
> 우뚝 서 있는
> 물 위에 핀 묘선(妙善), ──
> "나는 영원히 바다를 사랑하지 않겠어."
> 연꽃이 미소 지으며 말하지,
> "선남자,
> 꽃은 그대의 바다 속에서 자랄 것이오."

어떤 감상자는 이 시를 감상할 때, 단지 한 가지 시각에 주의할 것이다. 즉 중국 전통 중 연꽃의 이미지인 '진흙 속에서 났지만 오염되지 않은' '우뚝하고 정결히 서 있는' 아름다움의 함의에만 주의를 기울일 것이며, 또한 이 시가 창작된 시대 배경과 연관시켜서, 이 시가 연꽃의 "옛 것에 얽매이지 않고 새로움을 추구하며 '연꽃의 묘하고 선한' 아름다움을 부각시켜서 더욱 많은 인정미를 가져다 준다"고 할 것이다. 그리고 시 속의 '나'는 혼자 말하던 것에서 '나'와 '연꽃'의 대화로 전환되어 독자에게 한 쌍의 '연인'의 사랑의 깊이를 더욱 잘 보여주었으며, '나'는 '연꽃'과의 문답 속에서 '감정의 보상을 받았다'고 여길 것이다. 또한 맨 마지막 구절의 '꽃은 그대의 바다 속에서 자랄 것이오'에 대해서 어떤 감상자들은 "시인은 그의 독특하고 대담한 상상으로써 바다와 낙화를 하나로 융합하였으며, 신기한 예술 세계를 구성하여 사람과 자연 간의 조화미를 표현하였다. 이는 시인이 인간의 정신적 힘에 대한 추구를 기탁한 것으로, 시인은 바다가 정신의 상징을 담당하며 현실에 대한 두려움 없음과 너그러움을 표현하였고, 이러한 사상경계를 얻어야만 자아와 자연이 더욱 조화롭게 공존할 수가 있다. 30년대 초 백색 공포에 대한 투쟁은 잔혹하지만 시인은 사물을 빌어 서정을 표현하는 식으로 바다가 담당한 정신으로써 자아를 고무하고 격려하였다"[9]고 할 것이다.

의미가 모호한 현대파시에 대하여 각기 다른 사람의 다른 이해와 해석을 허용할 수가 있다. 하지만 상술한 이러한 해석과 설명은 해석자가 원래 시 내용에 더욱 근접한 문화적 시각으로 이 소시(小詩)를 이해하지 못하였기 때문에 만들어낸 간격과 편차이다.

페이밍 선생의 이 소시는 그의 불교 문화적 분위기에 물들어 있다. 시 속의 구상(具象)인 '연꽃(荷花)', '바다(海)', '선남자(善男子)'는 모두 불교에서 자주 볼 수 있는 이미지로, '물 위에 핀 묘선(妙善)' 중의 '묘선'이라는 단어도 불교 용어이다. 시의 뜻은 사람들에게 불교의 깨달음과 생활의 소탈함의 경계에 도달할 수 있도록 하는 데 있다. 즉 세속적으로 연꽃을 볼 때 그 '출수묘선'의 미를 느꼈다면 그것은 각종 번뇌와 고통으로 가득한 인생의 '바다' 속의 모든 것을 초월한 것으로, 이 때문에 '꽃'을 사랑하고 '바다'를 사랑하지 않는 정서와 심리가 나타날 수 있는 것이다. 하지만 진정으로 불교의 깨달음의 이미지에 들어섰을 때에는 인생의 바다의 광대함은 연꽃의 '출수묘선'과 융합하고 일체가 되어 당신의 인생 또한 모든 번뇌를 초월하고 소탈한 이미지에 이를 수 있게 된다. 여기에서 '선남자'와 대화하는 '연꽃', 그리고 '연꽃'이 피어 있는 '그대의 바다'는 모두 자연이 아닌 사물로 불교에서 온 것이다. 이는 시인의 전화(轉化)와 창조를 거친 상징적 사물이다. 이렇게 다른 문화적 시각으로 이 소시의 경계에 들어가야만 진정으로 시인이 창조한 원래의 뜻을 알 수 있다. 이 소시도 자연히 문화 현상의 귀중한 유산을 이루고 있다.

---

9) 《중국 신시 감상 사전(中國新詩鑒賞辭典)》, 쟝쑤문예출판사, 1988년, 243쪽.

나는 30년대 현대파 시인에 대하여 문화 심리적 각도에서 연구를 진행하였는데, 이렇게 하면 중국 현대 지식인의 정신세계에 대한 고찰을 신시연구로 끌어 들일 수 있게 되어, 시인과 그들의 작품에 대하여 사회와 현실적 기능의 방면에서 협소한 이론적 판단을 내리는 것을 피할 수 있게 된다.

　　다음으로, 역사적 시각에 대하여 설명을 하겠다. 이 문제는 시간적 사고에 속한다. 나의 연구는 한 시인 혹은 일부 작품의 평가와 해석에 국한되고 싶지 않다. 왜냐하면 어떤 한 문학 현상도 모두 일정한 역사적 과정 속에서 발생한 것이고, 그 자신의 탄생과 변화에도 역사적 과정이 있기 때문이다. 일부 문화적 역사는 매우 많은 작가들의 창작과 문학 현상으로 구성된 길고 긴 역사의 사슬로, 어떠한 임의의 한 작가, 유파, 사조 혹은 작자 단체도 모두 이 역사의 사슬 속에 있다. 중국 모더니즘 시 사조 발전의 사론도 예외가 아니다. 이 과제를 연구하는 것은 내가 내 자신에게 규정한 임무로, 중국 모더니즘 시 사조 발전의 역사적 족적을 대략적으로 그려내는 것이다. 맹아의 탄생으로부터 발전과 개척의 과정을 거쳐 점차 성숙된 창조에 이르기까지 중국 모더니즘 시 사조는 자신의 완전한 발전의 역사를 갖추고 있다.

　　역사적 시각에서 가장 중요한 것은 역사를 이해하는 것이다. 자신이 연구하는 대상의 역사를 체계적으로 이해하고 고찰해야 할 뿐만 아니라, 다량의 창작 성과와 시인들의 미학적, 그리고 창작 사고의 서술을 읽어 내고, 이러한 시 현상이 나타난 사회적 현실적 배경과 작가 생활의 심리적 역사를 이해하며, 또한 이 창작의 개별 현상과 보편적 조류가 나타난 역사적 문화적 분위기, 그리고 그들이 당시에 일으킨 여러 가지 다른 심지어 완전히 상반된 반응을 이해해야 한다. 그리고 연구한 대상을 당시의 역사 환경 속에 넣고 사고와 판단을 진행하고, 뿐만 아니라 과거에 내가 연구한 대상에 대한 매 단계의 이론 개괄과 거시적, 세부적 비평을 존중하고, 그 속에서 역사적 가치에 부합되는 하나의 귀중한 의미라도 찾아내어, 그들을 자신의 사고에 참조로 삼아 흡수해야 한다. 어떤 연구자들의 성과의 종점은 자신 연구의 기점이어야 하며, 어떤 연구 성과는 정면 혹은 반면으로 자신의 사고 속으로 들어가 일깨움을 주고, 연구 성과의 역사감을 강화하고 풍부히 해야 한다. 예를 들어 주즈칭 선생이 1935년에 쓴 〈중국신문학대계·시집·서론(中國新文學大系·詩集·導言)〉이라는 논문은 첫 번째 십 년의 신시 발전의 역사를 개괄할 때, 처음으로 문학 유파를 구분하는 안목과 방법을 운용하여, 이 십 년 동안의 시를 자유파(自由派), 격률파(格律派), 상징파(象徵派)로 나누었으며, 아울러 리진파(李金發)라는 논쟁 많은 시인을 중국 상징파시의 가장 중요한 창시자로 열거하면서 그의 많은 작품을 선택하였을 뿐만 아니라 거시적, 미시적으로 그의 상징파시의 특징에 대하여 공정하고 타당한 평가를 내렸다. 이러한 평가는 역사적 실재에 부합되기 때문에 유구한 생명력을 지닌다. 나는 ≪중국 초기상징파시 연구(中國初期象徵派詩歌硏究)≫를 강의하고 편찬하는 것에서 시작하여 학술적 관점과 미학적 관념의 깨달음을 얻었을 뿐만 아니라, 총체적으로 사조와 유파로써 신시 발전 역사를 연구하는 사고와 방법을 배웠다. 그러한 그의 신시에 대한 미학적 관념을 단지 민주주의 시기의 산물로 여기고, 중국의 역사가 이미 사회주의 시기로 들어선 후에는 완전히 적용되지 않는 관념으로 여겨지고 있지만, 나는 이것을 역사를 단절시키는 협소한 편견이라고 생각한다.

역사적 시각이란 바로 연구 대상의 역사적 참조물을 애써 찾아내야 하는 것이다. 한 유파 혹은 사조에 대한 연구를 고립적으로 진행할 수는 없다. 왜냐하면 그들의 탄생은 중외 전통시와 현대시의 발전 현상과 갈라놓을 수 없는 연계가 있기 때문이다. 이 때문에 우리가 그것을 연구할 때는 더욱 광범위한 역사적 참조물을 찾아야 한다. 그리고 그들과 중외 전통의 역사적 연계, 예술 참고와 발전 사이의 연원 관계를 탐구해야 한다. 더 나아가 중외고금 예술의 흡수와 융합 속에서 그들 자신의 위치, 특징과 예술 방향을 확정해야 한다. 그들의 발전 역사 속에서 우리는 중국 신시가 어떻게 예술의 본질에 더욱 부합되는 길을 추구하고 창조하였는지를 찾을 수 있고, 또한 오늘날 신시 예술 창조에 참고가 되는 법칙과 교훈을 찾을 수가 있을 것이다. 이것은 우리의 연구 속에 당대시의 발전에 대한 비평과 견해

24

를 포함시켜야 하는 것은 아니며, 역사 본래의 연구 속에서 역사로 하여금 현실에 대한 발언을 하도록 하는 것이다. 역사라는 것은 단지 종이 뭉치가 쌓여서 이루어진 역사뿐만이 아니며, 우리들의 모든 현실을 창조하는 사람들의 마음 속에서 부활할 수 있다.

역사적 시각은 또한 연구 대상에 대하여 취하는 일종의 역사적인 태도이다. 이러한 역사적인 창조물을 연구하려면 역사 본래의 모습을 존중하는 태도를 지녀야 한다. 즉 그것이 원래 탄생한 역사 환경과 작가의 의도가 창조적으로 해석되어야 한다. 하지만 이러한 창조성은 역사의 객관성으로부터 오는 것이므로, 역사적 진실에 접근하도록 노력해야 하며, 어떠한 목적을 위해서 단편적으로 전체 역사의 한 부분만을 마음대로 발췌해서는 안 된다. 또한 어떤 현실적인 목적을 위해서 역사를 왜곡하거나 단절시켜서는 안 되며, 역사가 이야기 하는 소리와 자아 현실이 내지르는 소리를 일치시켜야 한다. 역사의 당대성을 연구할 때 역사를 당대화 시켜서는 안 된다. 내가 애써 역사로 하여금 발언토록 하는 것은 역사를 빌어서 현실에 필요한 메가폰이 되도록 하는 것이 아니라, 역사 속에서 그것이 숨기고 있는 현재 혹은 영원에 속한 것을 찾아내려는 것이다. 그들의 역사 존재로 하여금 발굴을 거쳐 현대인에게 창조, 추구 혹은 깨달음의 계시를 주도록 하는 것이다.

세 번째로 심미적 시각이다. 이 문제는 본체적 사고에 속하는 것으로 다년간 형성된 이론 사유와 수용 습관을 바꾸는 것이다. 즉 우리의 문학에 대한 특히 시의 기능에 대한 견해를 바꾸는 것이다. 중국에서 전통적으로 형성된 시교(詩敎) 관념은 사람들의 문학 관념 속에서 너무나 깊은 영향을 주었다. 그리하여 신시가 탄생한 때부터 선구자들은 문학의 역사 속에서 유행하는 '글에는 사상을 담는다(文以載道)'에 대한 서로 다른 태도의 논쟁을 수반하였다. 중국 상징파와 현대파 시인들이 가장 먼저 자신들의 창작 실천으로써 이 이론의 속박을 타파했으며, 다시는 시의 신구(新舊) 논쟁에 주의하지 않고 시의 미추(美醜) 구별로 주의를 돌렸다. 모든 시대와 예술적 양심에 충실한 기타 유파의 시인들을 포함하여, 그들은 이제 자신의 창작 속에서 자신이 창작한 완성품이 미적 품격을 갖추고 있는가 없는가에 대하여 가장 관심을 두게 되었다.

시의 미적 품격의 창조가 이미 많은 시인들의 공통된 의견이 되었다면, 시의 미적 시각의 수용 또한 당연히 해석자들이 애써 추구하는 목표가 될 것이다. 여기에는 시의 미적 특성의 인식에 대한 문제가 남아 있게 된다. 시는 관념을 배제할 수 없다. 하지만 시는 절대로 논리적 사유로 관념을 해석하지 않는다. 아이칭(艾靑)은 이 점에 대하여 매우 형상적으로 논술한 바 있는데, "시는 형상 사유의 방법을 빌려야만 계속적인 매력을 발생시킬 수 있다. 시를 짓는 사람은 항상 하나의 관념을 표현하기 위해서 형상을 찾는다"고 하였다. 내 졸작인 〈진주조개(珠貝)〉를 예로 들어 보겠다.

> 짙푸른 바다 물속에서
> 태양의 정화를 흡수하는
> 당신은 무지개의 화신
> 아침 노을마냥 찬란하네
>
> 꽃이슬의 형상을 생각하고
> 수정의 본질을 좋아하는
> 관념은 마음 속에서 자라
> 알알이 진주로 맺혔네[10]

아름다운 "알알이 진주"가 응결된 것은 시인이 창조한 미적 작품의 상징이다. 이와 반대로 허치팡(何其芳)은 그의 작품 창작 과정을 이야기할 때, 늘 한 관념의 번뜩임으로부터 그것의 형체를 찾는 것이 아니라, 마음 속에 나타난 것은 원래 일부의 색깔과 도안으로, 이 때문에 "나는 그러한 단련과 채색의 배합, 그리고 거울 속의 꽃과 물 속의 달과 같은 오묘함을 좋아한다"고 하였으며, 일찍이 어떤 기간 동안 열심히 "표류하는 마음 속 언어의

---

10) 아이칭(艾靑), 〈형상 사유와 감상 사전(形象思維和鑒賞詞典)〉, ≪시론(詩論)≫, 인민문학출판사, 1980년, 7쪽.

26

말을 자세히 듣고", "순간적으로 빛나는 금빛의 이미지를 포착하며", 이것을 이용하여 하나하나의 "'참신한 문자 건축'을 완성한다"11)고 하였다. 어떠한 창작 방식이나 습관이든 그들의 공통된 특징은 시를 미적 '진주'로 삼아서 창조하지 설교의 도구로 창작하지는 않는다는 것이다. 이렇게 허치팡은 우리 수용자들에게 심미적 규정성을 제기하였는데, 즉 반드시 시인이 창조하는 심미 추구의 예술 세계로 들어가야 하며, 시의 외재적인 특징에서 일반적인 귀납(예를 들면 형상, 구성, 언어 등)을 해서는 안 되고, 이러한 '문자 건축' 내부로 깊숙이 들어가 시인들의 사유에 따라 사고하며, 시속의 이미지와 이미지가 조합되어 구성된 예술의 세계로 들어가야 한다. 그리하여 내부로부터 시인이 창작한 미적 추구와 작품의 심층적 미의 함의를 체험해야 한다. 그리고 시인이 창작한 '환원(還原)' 작업에 노력해야 한다.

심미적 연구는 늘 수용자가 예상하는 형태를 벗어날 것과 시인의 자아 창조성을 충분히 존중할 것을 요구한다. 가장 우수한 시인의 가장 걸출한 창조 속에서도 전통적인 영향의 존재는 피할 수가 없다. 하지만 성과가 있는 시인이라면 또한 시 속에 그의 개인적인 창조에 속하는 것이 반드시 있어야 한다. 그들의 시는 분위기의 구성과 이미지의 창조 면에서 각기 다른 상황이 존재하는데, 하나는 전통의 창조적인 전환에 관한 것으로 우리는 '전통형'이라는 개념으로 그것을 설명할 수 있고, 다른 하나는 완전히 자아 독창에 속한 것으로, 우리는 '자아 창조형'이라는 개념으로 그것을 부를 것이다. 상징시파와 현대시파를 미학적 거울로 그들의 남다른 창조적 특징과 심미적 가치를 찾아내도록 노력해야 하며, 그들 각자의 특유한 미적 함의를 충분히 이해하고, 되도록 개성적인 특징을 잡아 주관적인 색채가 넘치는 비평과 개괄을 해야 한다. 아름다움은 미적 창조자의 개성 속에 존재하는 것이지 수용자 자신의 보편적인 관념 속에 존재하는 것이 아니기 때문이다.

나의 이러한 인식을 관철하기 위하여, 한 시인 단체, 한 수의 좋은 시에

---

11) 허치팡(何其芳), 〈꿈 속의 길을 논함(論夢中道路)〉, 1936년 7월 19일, 天津 ≪大公報≫ 副刊 "文藝" 第182期, "詩歌特刊" 第1期.

대하여 비교적 많은 필묵을 들여서 나의 분석과 논술 속 시적 아름다움의 본질에 다가가려고 힘썼다. 나는 심미적 시각으로 시를 관찰하는 데 주의하고, 시 본래의 이해와 투시에 입각해야 함을 내 스스로에게 요구하였다. 우리가 시를 읽을 때 그 속에서 무슨 심오한 정치적 혹은 철학적인 교훈을 찾으려고 하는 것이 아니며, 더욱 중요한 것은 심미적 향수를 얻기 위한 것이다. 이렇게 하려면 시를 독립적인 심미 가치의 실체로 파악해야 한다. 한 수의 시를 이해하기 위해서 나는 모든 조류를 이해하려고 했으며, 모든 예술 사조를 장악하고 논술하기 위하여 나는 또한 매 시의 미적인 함의를 파악하는 데 노력해야 했다. 한 수의 시를 읽어 내려면 반드시 시의 내재적인 창조의 논리 위에서 그것을 파악해야 한다. 확실히 루소(Theodore Rousseau, 1812-1867)가 말한 것처럼, "당신이 여러 사람들을 연구하려고 할 때는 반드시 가까운 데부터 관찰을 해야 하지만, 한 사람을 연구할 때는 반드시 먼 곳으로부터 바라보는 법을 배워야 하며, 속성을 발견하기 위해서는 우선 반드시 차이점을 관찰해야 한다".

상징파시와 현대파시는 일반적으로 자아의 창조성이 매우 강한 복잡한 구조이다. 시적 의미의 은폐성은 그것이 운용한 어휘의 특수성과 함께 시적 의미에 극도의 모호성을 조성하였다. 만약 우리가 그것의 심미적 특징을 깊이 파악하는 데 주의하지 않고, 작품이 요구하는 독특한 심미적 소양과 훈련에 대한 이해가 결핍된다면 현대파시의 이미지 건설과 언어 처리의 특수성을 벗어날 수도 있을 것이다. 일반적인 사유로 현실을 초월한 사유에 접근한다면 예술 사유의 연결 속에서 차이를 조성하여 오류의 함정에 빠질 것이다. 일부 사람들은 이러한 시의 세계에 들어가지 못하였고, 그 이미지의 깊은 내함을 파악하지 못하고, 그저 '감상'에만 머물러 있다. 어떤 사람들은 개별적인 단어와 이미지에 대하여 상징적인 '역방향'의 의미가 아닌 현실적인 의미에서만 이해하여, 자아 생명력이 속박을 벗어나 해방을 얻는 느낌을 찬미한 현대파 시를 애정시로 여기고 감상할 것이다. 이러한 상황은 일부 감상 사전 속에서 너무나 많이 나타나는 현상이다.

이 때문에 우리는 시인이 어떠한 작품을 창작하였는지 알아보는 데에만 만족해서는 안 되고, 반드시 시인이 어떻게 이러한 작품을 창작하게 되었는지에 주목해야 한다. 우리 수용자의 미적 탐구는 시인의 창조적 사유의 전 과정 속에 깊이 들어가, 언어와 이미지, 정감과 심리 그리고 잠재적 의식으로부터 시인의 창조 과정의 추종과 환원을 진행하여 시의 내재적 논리와 시인 사유의 구성과 방향, 심지어는 한 단어의 운용과 특수한 감정 색채에 이르기까지 잘 알아야 한다.

아름다운 현대파시 한 수를 잘 이해하는 것 자체가 또한 미적 창조이다. 심미의 향수와 심미 단계의 향상은 바로 이 재창조 속에서 탄생한다. 이렇게 볼 때 우리가 이야기하는 것이 단지 중국의 상징파시와 현대파시일지라도 우리가 얻을 수 있는 것은 아마도 시의 범위를 훨씬 초월한 것으로, 이것이 바로 더욱 넓은 예술미의 세계 속에서 거니는 능력일 것이다.

역자인 황지유 교수는 내가 베이징대학교 중문과에 재임하고 있을 당시
마지막으로 지도했던 한국 박사생이었다. 그녀의 중점 연구 과제는 중국의
현당대시로, 온화하고 예의 바르며 부지런하고 지치지 않는 태도와 자세로
학문에 매진하였으며, 졸업 후에는 대학교에서 제자들을 가르치고 있다.

몇 년 전 베이징대학교에서 몇몇 지도 학생들과의 모임에 그녀가 한국
에서 와서 참가하였다. 이런 저런 이야기를 나누다가 마침 내가 대학교에
서 신시를 강의하며 기록한 강의록으로 후에 베이징대학교출판사에서 간
행한 ≪중국 모더니즘 시조사론(中國現代主義詩潮史論)≫을 번역하고 있
다는 소식을 들었다. 그리고 얼마의 시간이 지났을까, 그녀는 이메일 속에
서 바쁜 교학과 연구 중에 이 책의 번역 작업이 거의 마무리가 되어가고
있으며, 출판을 앞두고 있다고 하였다.

아마도 이 번역 작업을 통하여 중국의 현대시가 한국의 학자들과 중국
신시를 아끼는 독자들과 만나게 되어, 직접 중국어를 읽을 수 없는 독자들
과 접하고 중국 현대시를 이해할 수 있게 하겠구나 라고 생각하니, 기쁜
마음 감출 수가 없었다. 이는 중·한 양국 현대 문화와 시의(詩意) 가득한
학술 교류에 정말 기쁘고 위안이 될 만한 사건이라고 생각되었다.

하지만 나는 이 소식을 듣고 한편으로는 기뻤고, 또 한편으로는 이 오래
된 저작을 번역하는 과정에서 얼마나 힘들었을까 라는 생각이 들어 마음이
먹먹하고 아련해졌다. 이론 책을 번역하는 것은 매우 어렵다. 다른 나라의
시를 연구한 학술 저서를 번역한다는 것은 더더욱 어렵다. 나는 제자의 고
된 노동의 결과를 축하하며, 이 졸작의 번역 작업을 완성하였다는 것에 대

하여, 그녀가 이 책의 번역에 쏟은 수고와 노력에 대하여 진심 어린 감사와 존경을 표하고 싶다.

한국의 독자들은 이 번역본을 통하여 이미 백 년이 지난 중국 현대시의 일부 저명한 시인과 그들의 시들, 많은 노력과 부지런한 예술 탐색을 진행한 신시 유파, 시인 단체, 그리고 그들이 남긴 다양한 역사적 흔적들, 후배 시인들의 그들에 대한 이해와 인지는 많든 적든 한국의 중국 신시를 아끼는 독자들의 시야와 마음속에 파고들 것이다.

중·한 양국 문화 역사의 발전 속에서 시의 교류는 이미 천 여 년의 떼려야 뗄 수 없는 관계를 맺고 있다. 몇 년 전 나는 한국 어느 학회의 초대를 받아 대전에서 한국 고대의 대시인 송시열의 생애와 작품에 대한 학술 기념 및 토론회에 참가한 적이 있으며, 송시열 전집 중 한문으로 쓰여진 많은 시작들을 읽어본 적이 있다. 후에 또 동아대학교 김용운 교수의 초청을 받아 아름다운 해변의 도시 부산을 방문한 적이 있다. 아름다운 경치와 파도 소리의 교향악 속에서 진지하고 엄숙하게 회의가 진행됐으며, 학술 대회가 끝난 후 북적거리는 해변의 시장 노점에서 술을 품평하고 시를 이야기하며, 중국 신시 발전과 관련한 학술 문제에 대해 여러 가지 자유롭고 활발한 토론과 교류가 이루어졌다.

또한, 베이징에서 나는 베이징대학의 몇몇 동료들과 한국의 중국 현대시 연구가이자 저명한 시인이며, 나의 벗인 허세욱 선생과 함께 술을 마시며 시에 대해 이야기를 나눈 적도 있다. 그리고 한국에서는 허세욱 선생이 막 이사를 한, 한강 남쪽의 산을 의지하고 강을 낀 아름다운 새 보금자리에서 모임을 갖기도 하였다. 우리는 북적거리면서도 평온한 주막에서, 또 아름다운 서울 경치를 감상할 수 있는 산 정상의 찻집에서, 중국의 신시에 대한 많은 문제들에 관하여 마음과 마음을 나누며, 가슴을 터놓고 이야기를 나누었다. 나는 나와 많은 한국 시인, 시 연구자들과의 이러한 영원히 잊을 수 없는 우정을 매우 소중히 생각한다. 시는 인생에서 일종의 영원한 아름다움이다. 시를 연구한다는 것도 생명 중 일종의 아름다움에 대한 향수이다. 허세욱 선생도 중국의 많은 신시 작품을 읽었으며, 내가 지도한 한국

유학생 김태만, 이경하, 황지유 등도 모두 중국의 고전시와 현대시를 좋아
하였다.

선배들과 우리 세대의 연구자들은 이미 점점 늙어가고 있다. 중·한 양
국의 중국 신시에 관한 교류, 대화와 학술 연구의 역사적 중임은 이미 이후
세대의 젊은 시인과 학자들에게 넘어갔다. 두 나라의 신시 연구에 관한 번
역 혹은 저서를 통한 교류와 대화는 시 자체와 같이 영원히 아름다우며
엄숙한 책임이다. 그 책임은 더욱 많은 새로운 시, 더욱 많은 새로운 사랑,
더욱 많은 새로운 아름다움을 전파할 것이며, 더욱 새로운 아름다움에 관
한 이해와 수용을 현재와 미래의 시와 문학의 아름다움을 사랑하는 사람들
에게 전할 것이다. 문학의 아름다움의 영원함에 관한 뒤 세대들의 해석의
책임과 의미가 바로 여기에 있다.

황지유 교수가 오늘날 바친 노력도 이러한 작업과 일맥상통한다. 이 작
업이 필요로 한 것은 적막을 두려워하지 않고, 대가를 두려워하지 않으며,
고생을 두려워하지 않고, 번거로움을 두려워하지 않으며, 세상에 이름이
알려지지 않을 것을 두려워하지 않고, 세상의 트집이나 질책을 두려워하지
않는 것이다. 아마도 이러한 묵묵히 정성을 기울여 경작한 대가 자체가 바
로 무언의 말로 표현할 수 없는 한 편의 시일 것이다.

마지막으로, 나는 이 책의 역자를 향하여, 또한 현재와 미래의 한국 독
자들을 향하여, 이국의 팔순 노인이 마음 깊은 곳에서 발하는 진정한 감사
의 뜻을 전한다.

제자의 부탁을 받고 이렇듯 "말을 안 하면 헛되이 안 하는 것이고, 말을
하면 헛되이 하는 것이지만, 헛되이 말을 해야 할 것은 또한 해야 한다"는
내 스승 왕야오(王瑤) 선생의 말을 끝으로 이 머리말 같지 않은 머리말을
맺는다.

2016年 10月
베이징대학 란치잉(藍旗營) 처소에서
쑨위스

차례

제1장
연약하고 황량한 유아기

    다이왕수(戴望舒)를 대표로 하는 중국 신시 모더니즘의 예술 조류는 현실주의, 낭만주의 시와 함께 외국 문학의 영향으로 탄생하였다. 그러나 발전과 변화의 과정 속에서 또한 서구 문학예술의 영양분과 중국 고대시가 전통이라는 쌍방의 흡수와 융화를 거쳐서, 자신의 심미적 추구와 서정 방식을 끊임없이 수립하고 새롭게 했다. 이렇듯 중국 신시의 모더니즘은 중외 시가 예술의 영양분을 흡수하고 융화하였으며, 자신이 창조한 역사 족적과 성과, 실패의 경험과 교훈을 받아들였다. 이는 아름답지만 조잡한 과실처럼 우리들이 중시하고 탐구할 만한 가치가 있다.

    역사를 회고하는 것은 현실의 각성에 도움이 될 것이다.

1 전통에서 현대로의 전환

    중국 모더니즘 시 조류는 처음에 상징파의 예술 형식으로 출현하였다. 1918년 신시의 탄생으로부터 1927년 다이왕수의 〈비 내리는 골목길(雨巷)〉이 발표된 전후로 중국의 상징파시는 맹아, 탄생에서 발전에 이르는 과정을 경험하였다.

초기 백화시가 짊어진 전통시와의 분열로 인하여 자신의 생존을 구하는 전투적 임무와 그것이 수용한 주요 예술 전통의 영향은 시대와 인생을 위하여 부르짖는 낭만주의와 현실주의 시로 하여금 가시덤불을 헤쳐 나가는 자태로 신시 발전의 길을 개척하자마자 두꺼운 얼음을 깬 후 강물이 넘실거리는 노래 소리 속에서 주류가 되게 하였다. 특히 후스(胡適)의 ≪상시집(嘗試集)≫, 궈모뤄(郭沫若)의 ≪여신(女神)≫, 빙신(冰心)의 ≪뭇별(繁星)≫과 ≪봄물(春水)≫, 류반눙(劉半農)의 ≪양편집(揚鞭集)≫, 원이둬(聞一多)의 〈붉은 초(紅燭)〉와 ≪고인 물(死水)≫, 쉬즈모(徐志摩)의 ≪즈모의 시(志摩的詩)≫, 펑즈의 ≪어제의 노래(昨日之歌)≫ 등은 이 주류 중 사라질 수 없는 물보라이며 광채가 되었다.

이와 동시에 신시는 또한 이역의 19세기 중엽 탄생한 신흥 문학사의 충격을 받거나, 혹은 자신이 창작한 다양한 예술 탐구 법칙의 제약이나 전통시의 비교적 함축된 미학 추구의 자각적인 계승으로 인하여, 상징파 성질 혹은 상징 형태와 유사한 시 창작의 맹아를 탄생시켰다. 우리는 잠시 이것을 맹아 성질의 상징파풍의 작품이라고 하겠다.

이러한 맹아 성질의 상징파풍의 창작은 현실주의와 낭만주의 시가와는 완연히 다른 예술적 풍격을 표현하였는데, 그것은 혹은 암시적이거나 혹은 드러내는 비교적 함축적인 전달 방식을 더욱 중시하였고, 서술식이나 분출식의 서정 양식을 대신하여, 다른 정도에서 이미지를 추구하거나 상징을 중시하고 문자적 의미를 모호하게 하여 은유적인 의경을 전달하였는데, 이러한 맹아 형태의 작품은 '할 말이 있으면 그 말을 하는 것'과 '시는 시인 감정의 자연스런 발로'라는 이론적인 틀과 서정 양식의 초월을 표현하였다.

당시 일부 신시 반대파들의 공격에 대하여, 초기 백화시 작가들은 감정적, 이론적 측면에서 이렇게 막 태어난 맹아 성질의 작품과 그 대표적인 예술적 작품에 대하여, 초창기 개척자들이 갖아야 할 침착함과 너그러움을 드러냈다.

그들은 한 가지 방법이나 형태를 정하지 않았으며, 상징주의 방법이 신시 창작의 영역으로 진입하는 것에 대하여, 예술 발전의 바른 길로 보고 인정하고 긍정하였다. 예를 들어 ≪신조(新潮)≫ 잡지의 기자가 신시 탄생과 발전의 시작인 ≪신청년(新靑年)≫ 잡지에 발표한 초기 신시의 성적을 논할 때, 상징주의 방법으로 창작한 작품의 존재와 '문학적 가치'에 가장 먼저 주의를 돌려 이렇게 말하였다.

> 백화시의 성적은 매우 좋다. 서구 상징주의(Symbolism) 방법을 이용한 것도 있고, 중국 구체시의 정취를 이용한 것도 있다. 또한 함축된 의미가 아주 좋은 것도 있고, 정경을 쓴 것이 매우 탁월한 것도 있다. 우리는 물론 이것들이 모두 좋다고 할 수는 없지만, 문학적 가치가 있는 것이 적지 않다.[1]

이 시기 일부 평론가들의 눈에 서구문학 중에서도 일부 정통파 문인들에 의해 멸시와 배척을 받은 것으로 여겨지던 상징주의(Symbolism) 방법이 백화시 창작 속에서 이미 객관적 현상이 되었을 뿐만 아니라, 신문학계의 인정을 받았다. 평론가들 중에는 심지어 다음과 같은 개방적인 기운도 있었다. 즉 그들은 루쉰의 시적 의미가 넘치는 소설 〈광인일기(狂人日記)〉 속에서도 '사실적인 필법으로 기탁(Symbolism)의 목적에 이르렀으며, 실로 근래 중국에서 첫째가는 소설이다'는 것을 민감하게 보아냈다.[2] 이는 이후 마오뚠(矛盾)의 〈광인일기〉에 대한 긍정적인 평론에서 '담담한 상징주의 색채(淡淡的象徵主義的色彩)'라고 한 견해와 완전히 일치하는 것이다.[3]

---

1) 기자(記者), 〈서적, 신문소개 · 신청년잡지(書報介紹 · 新靑年雜志)〉, 1919년 2월 1일, ≪신조≫, 제1권 제2기.
2) 위와 같음.
3) 옌빙(雁冰), 〈≪납함≫을 읽고(讀≪吶喊≫)〉, 1923년 10월 8일, ≪시사신보 ·

위핑보(兪平伯)는 유명한 초기 백화시 청년 작가 중 한 사람이다. 그의 신시는 대부분이 사실주의적 작풍을 지녔는데, 그는 사회에 존재하는 여러 신시라는 이 신생 사물에 대한 복잡한 심리 상태를 분석할 때, 신시 반대파들을 이렇게 비평하였다. "그들은 시종 '고전주의', '낭만주의'를 문학계의 정통으로 굳게 믿고, 근대의 '사실파', '상징파'에 대해서는 하나의 형식으로만 여긴다. 우리는 운을 제한하지 않는 백화시를 창작하였는데, 이러한 중외가 서로 융합된 고택에 대해 무척 노여워하며 우리를 비평하려 하였다"[4]. 여기에는 이미 '상징파' 시를 문학 사조의 '정통'에서 배척하는 미학 사상에 대한 반박이 들어 있다. 어떠한 작품들이 의미가 명확하지 않고 알아보기 힘들다 하여 신시를 마구 욕하는 사람들에 대하여, 개척자들의 대답은 확고하고 단호하였다. "선인모(沈尹默) 선생의 〈달밤(月夜)〉에 이르면 상징주의를 대표할 만 한 바, 여러분들은 다 이해를 한 후에 다시 욕을 하시라"[5]고 하였다. 이러한 논술은 그들이 상징주의라는 이 예술 조류와 방법의 함의에 대한 이해에 있어서 아직은 모호하고 일치하지 못하며 또한 체계적인 이론 서술도 부족하지만, 맹아 형태에 있는 상징주의 시가에 대한 어떠한 예술적 편견도 없는 태도는 상당히 관용적이며 매우 귀중한 것이다.

맹아 형태의 상징주의 신시는 작품의 예술 풍격과 감정의 전달 방식이 매우 복잡하다. 이러한 풍격이 서로 다른 작품들은 대체로 두 가지 형태로 나눌 수 있는데, 하나는 전통에서 현대로 향하는 전환의 형태이며, 하나는 서구 영향을 직접 받아 탄생한 상징파의 원형 형태이다. 이번 절에서는 첫 번째 형태의 창작에 대해 집중적으로 서술하겠다.

문학(時事新報·文學)≫, 제91기.

4) 유핑보(兪平伯), 〈사회의 신시에 대한 각종 심리관(社會上對于新詩的各种心理觀)〉, 1919년 10월 30일, ≪신조≫, 제2권 제1호.

5) 뤄쟈룬(羅家倫), 〈후셴수 군의 중국 문학 개량론을 반박하며(駁胡先驌君的中國文學改良論)〉, 1919년 5월 1일, ≪신조≫, 제1권 제5호.

처음 형태 속에서 어떤 것은 고대시에 더욱 근접하여 전통형이라 부를 수 있는데, 이러한 백화 신시의 작가들은 대체로 서구 상징주의 시조의 예술적 감화 혹은 영향을 명확히 받은 것은 아니며, 그들의 독특한 표현 방식은 주로 전통시에 이미 존재하는 '사물로 감정을 표현하는(托物咏怀)' 상징 방식의 깨달음에서 온 것으로, 현대적 개조를 가하여 전달 방법을 몽롱하게 하여 예술 창조의 미적 효과 면에서 서구 상징파시의 표현 방식과 일치하고 있다. 이러한 방식을 '기탁'이라고도 하는데, 예를 들어 앞에서 서술한 '기탁의 목적에 이른다(達寄托的旨趣)'는 것은 곧 '기탁'과 '상징주의'를 똑같이 대한다는 것이다.

또한 예를 들어 맨 처음 백화 신시 창작에 참여한 선인모(1883-1971)는 중국 고대시 예술에 대한 깊은 수양을 지니고 있어, 신시 혁명의 초창기에 대한 임무를 완성한 후 또다시 구체시에 대한 습작으로 방향을 돌려 현대 구체시 창작의 고수가 되며, ≪추명집(秋明集)≫을 창작하기도 한다. 독특한 예술 체험과 미적 흥미로 인하여 그가 처음으로 창작한 몇 수의 신시는 당시 지나치게 직설적인 사실주의나 혹은 낭만주의 작풍의 시와는 달리, 전달 방식 면에서 현저한 차이점을 드러냈다. 그가 ≪신청년≫ 잡지에 등재한 첫 번째 백화시 아홉 수 중 단편시인 〈달밤(月夜)〉은 이 방면에서 대표성을 띤다. 이 시는 단지 4행으로 되어 있다.

서릿 바람 윙윙 불고,
달빛은 환히 비추고,
나와 높은 나무는 한 줄로 서 있지만,
서로 기대지는 않네.

≪신청년≫ 제4권 제1호(1918년1월15일)에 함께 실린 후스의 〈비둘기(鴿子)〉, 〈일념(一念)〉, 류반눙(劉半農)의 〈종이 한 장을 사이에 두고(相隔一層紙)〉, 〈딸 샤오휘의 돌 기념 조각상에 붙여(題女儿小惠周

歲日造像)〉, 그리고 선인모 자신의 〈비둘기〉등 백화 신시와 비교해 보면, 〈달밤〉은 확실히 범상치 않은 '새 것'이다. "할 말이 있으면 그 말을 하고, 어떻게 말하고 싶으면 그렇게 말하면 된다."는 후스의 신시 서정 방식은 여기에서 다시는 존재하지 않는다. 선인모가 추구한 것은 전통적인 영물시와 기탁시 중에서도 가장 몽롱하고 함축적인 길이었다. 그러나 백화는 전달 방식의 처리에서 전통과는 또 많은 차이점이 있었는데, 즉 네 개의 '착(着)'자의 구성은 당시에도 이미 세상을 놀라게 할 만한 느낌이었다. 문제는 이 시의 함의와 전달의 몽롱함에 있다. 여기에서 작가는 전통시의 정수를 체험하고 사물로 흥을 감추고 사물로 정을 기탁하여, 시 속에는 단지 가을 바람이 소슬히 불고 차가운 달빛이 비추고, 인물('나')과 높은 나무가 함께 서 있다는 조금도 의탁할 것 없는 자연경물만 묘사하였을 뿐 그 의미를 직접 말하지는 않았지만, 그 이미지 조합의 경계 속에서 사람들에게 여운을 남겨주고 있다. 즉 '오사 운동' 시기 젊은 사람들 사이에 유행하였던 강압에 굴하지 않고 인격의 독립을 추구하는 정서와 심경을 암시하거나 부각한 것이다. 이는 그 시대의 보편적인 주제였다. 루쉰이 청년 지식인을 묘사한 저명한 소설 〈죽은 이에 대한 애도(傷逝)〉에서 개인적인 혼인과 정신적인 자유를 위해 낡은 가정, 낡은 예교의 속박에 반항한 즈쥔(子君)의 한 마디 말, "나는 나 자신의 것이다. 그들은 누구도 나를 간섭할 권리가 없다"라는 논리적인 언어 표현을 통하여 드러냈다면, 선인모는 현대 신시의 형식으로 더욱 암시성이 강하게 전달하였다. 〈달밤〉의 감정표현 방식의 특수성 때문에 당시 평론가들에 의해 "대표적인 '상징주의'" 작품으로 인식됐는데, 이는 별로 이상하게 여길 것이 못 된다. 이것은 맹아 형태의 상징주의 신시 탄생의 소식을 시사한 것이다. 청년 시인 캉바이칭(康白情)은 이 시에 대해 매우 높은 평가를 내리며 다음과 같이 말하였다. "첫 산문시로서 신시의 미덕을 구비한 것은 선인모의 〈달밤〉이다."[6] "기묘함 느낄 수 있을 뿐, 말로는 전달할 수 없다."[7] 등 이러한 평론 본래의 예술적 느낌과 개념은 '오사 운동' 초기 신시의 상징주의 관념이 전통에서 현대로 전환하는 특징을 반영한 것이다. 이 시의 '느낄 수는 있지만, 말로는 전달할 수 없'는 몽롱성 때문에 자연히 심미 평가의 엇갈림을 부르게 된다. 백화문학을 반대하는 '학형(學衡)'파 시인 후셴쑤(胡先驌)는 "선인모의 〈달밤〉과 〈비둘기〉, 〈양을 잡다(宰羊)〉 등의 시가 그 속에 아무런 시적 의미도 없으며 모두 뒤집힌 것이다"[8]고 하였는데, 반대파들이 '아무런 시적 의미도 없다'라고 한 것은 매우 자연스러운 것이다. 신시를 찬성하고 이에 무척 관용적인 주즈칭(朱自淸)도 시의 창조적인 미학 풍격에 의심을 품고 있었으며 후에 캉바이칭의 느낄 수는 있지만, 말로는 전달할 수 없다는 평어에 다음과 같이 반박하였다. "그러나 나는 음미할 수 없다. 세 번째 행은 아마도 자기가 아주 작다는 것을 나타낸 것 같은데 네 번째 행은 이해할 수가 없다. 만약 사회를 벗어나 혼자서 고고하게 생활하는 것을 말한다면 불충분해 보인다. 하물며 시가 네 줄 밖에 안 되는데 두 가지 의미를 표현하는 것 역시 매우 어려운 일이다".[9] 그러므로 그는 〈중국신문학대계·시집(中國新文化大系·詩集)〉에 이 시를 수록하지 않았다. 주즈칭은 이 짧은 시가 '자신이 아주 작다는 것'과 '사회를 벗어나 혼자서 고고하게 생활하는 것' 두 가지 뜻을 표현하였는데, 이것이 바로 이 시의 모호성과 다의성을 설명하고 있다고 하였다. 하지만 그가 말한 '불명확함'과 '불충분함'은 이 짧은 시의 심미 특징이다. 작품의 이미지와 언어는 다만 하나의 정경을 표현하였을 뿐 뜻은 숨겼는데, 이렇게 하여 독자들에게 큰 공백과 상상의 공간을 남겨주었다. 이 정경은 독립적인 의미를 지니고 있지만

---

6) 북사(北社) 편, ≪신시연선(新詩年選)≫의 후기 〈1919년 시단 약술(一九一九年 詩壇略紀)〉, 상하이아동서국(上海亞東書局), 1922년.

7) 북사 편, ≪신시연선≫ 중의 위안(캉바이칭) 〈달밤(月夜)〉에 대한 평어.

8) 후셴쑤, 〈중국 문학개량론(상)中國文學改良論上〉, ≪중국신문학대계·문학논쟁집≫, 105쪽.

9) 주즈칭, 〈선시잡식(選詩雜識)〉, ≪신문학대계·시집≫.

뒤에는 또 다른 상징적 의미가 숨겨져 있다. 작가의 고의적 혹은 무의식적 추구와 창조가 바로 여기에 있는 것이다. 만일 너무 명백하거나 충분히 설명하여도 이 시와 기타 초기 백화시 사이에 표현된 차이의 '미덕'을 잃었을 것이다.

주즈칭 선생은 ≪중국신문학대계 · 시집≫에 〈달밤〉을 수록하지 않았지만 선인모의 또 다른 영향력 있는 시 〈삼현(三弦)〉을 매우 귀히 여겼다. 그는 "다소 새로운 것이 있는 시를 선택하여 기록한다"는 표준을 견지하여, "〈삼현〉과 같은 시는 빼놓지 말아야 한다"고 하였으며, 이는 선인모 시작 중 유일하게 선택된 작품이 되었다. 사실, 〈삼현〉은 그가 비평한 '불명확함'이라는 점에서 〈달밤〉과 사뭇 비슷하다.

오후에 불같은 태양을 막을 수 없지만, 그를 큰길에 곧바로 비추게 한다. 고요하고 행인도 없이, 바람만이 유유히 불어와 길옆 백양나무를 흔들어 놓는다.
어느 집 낡은 대문 안 초록빛 잡초들 차 있어 금빛으로 반짝이고 있다. 옆에는 낮은 토담이 삼현 타는 사람을 막지만, 삼현의 격동하는 소리를 끊을 수는 없다.
문 밖에는 남루한 옷차림의 노인, 두 손으로 머리를 감싸고 소리 없이 앉아 있다.

이 시는 1918년 8월 15일 ≪신청년≫ 제5권 제2기에 발표되었다. 첫 번째 시들이 창작된 지 단지 8개월이 지난 뒤지만, 이 시의 출현은 더욱 귀중히 여겨야 할 것이다. 후스는 당시 다음과 같이 칭찬한 바 있다. "이 시는 견해와 예술적 경지, 음절에 있어서 모두 가장 완정한 시에 속한다"[10]. 하지만 후스가 칭찬한 이 내용은 주로 시에서 어떻게 쌍성과 첩운이 운용되어서 '〈삼현〉의 억양을 더욱 드러나게 하였는가'이지, 그가 말한 '견해와 예술적 경지'의 장점이 어디에 있는지는 한 마디

---

10) 후스, 〈담신시(談新詩)〉, ≪중국신문학대계·건설이론집≫, 303쪽.

도 말하고 있지 않다. 이후 일부 평론들은 시의 내용에 대해서 명백히 해석하지 못하였다. 이러한 상황이 있게 된 주요 원인은, 내가 보기에 이 시가 전달하는 함의와 몽롱한 정조가 다른 사람들에게 파악되어지기 어렵기 때문인 것 같다.

이 시는 경물과 인물의 조용한 묘사 속에서 작가가 세상의 급변함과 인간 고통에 대한 감개를 암시하였다. 여름 정오의 뜨겁고도 적막한 자연 경관은 적막하고 몰락한 시대 분위기를 강조하였다. 이러한 사회적 환경 아래 제기된 것은 몰락한 가정의 상황이다. 세부적인 묘사는 작가가 숨겨둔 의미에 더욱 근접하고 있다. '어느 집 낡은 대문 안' 뜰 안의 '황량'한 잡초 속에서 삼현을 타는 사람이 전해 온 '낮은 토담'이 막지 못하는 소리, 이것은 실패자의 운명을 담은 애처로운 소리로, 벽 밖의 옷차림이 남루하고 머리를 감싸고 소리 없이 앉아 있는 노인은 인간의 무한한 빈곤과 슬픔을 맛보았다. 담장 안의 사람과 담장 밖의 사람은 신세가 다르거나 마음 속의 경계가 다르지만 운명의 비참함을 토로하는 삼현의 애처로운 소리는 무형 중 그들을 연결시켜 놓았다고 할 수 있고, 혹은 우리는 '토담'을 마음과 마음의 연결을 끊어놓는 중개적인 이미지로 볼 수 있다. 담장 안의 사람은 삼현의 애처로운 소리로 인간 세상에 대한 흥망의 탄식을 연주하고, 담장 밖의 사람은 무언의 침묵으로 인생의 비애를 되새기고 있는 것이다. 이 두 사람의 마음은 아주 가까운 것 같지만 실은 매우 멀다. 작가는 이 냉혹한 생활의 그림 속에서 운명에 대한 깊은 사색을 암암리에 드러내 보이고 있다. 시인은 몽롱한 경지를 창조하였지만 시대의 변화로 인하여 격발된 인생을 고찰하는 비판적인 견해를 모호하게 하여, 독자들에게 영원한 미적 상상의 공간을 주었다. 후스는 단지 이 시와 구체(舊體) 시사의 외재적 음절 운용이 연결된 면만을 보았을 뿐,[11] 이 시가 예술적 전달 방식에서 구체 시사에 대한 모

---

11) 후스는 〈담신시〉에서, "신체시 중에도 구체시사의 음절 방식을 사용했는데, 가장 효과적인 범례는 선인모 군의 〈삼현〉이다."고 하였다.

종의 초월을 하고 있음을 보지 못하였다. 이러한 초월은 다음과 같은 곳에 있다. 즉 작가는 자연 경물, 인물, 소리의 다양한 이미지의 조합에서 의미가 모호한 객관적인 경관을 구성하였는데, 이 경관을 전달하는 의미와 풍부한 함의는 경관 자체가 연결된 듯 또한 연결되지 않은 듯한 관계로 존재하며, 이 경관을 통해서 전통 시사처럼 기층에 접근하는 운명에 대한 무상한 낡은 감탄이 아니라, 작가가 현대 계몽자의 각도에서 인생과 생명 가치에 대한 사고를 표현하고 강조하고 있다.

이 외에 선인모의 산문시 〈생기(生机)〉는 초봄의 따뜻하지만 아직 추운 계절에 자연계의 각종 꽃과 나무의 운명과 처지로, 신문화운동의 발생을 암시하였는데, 신생 사물의 발전은 저항할 수 없어, "사람마다 날씨가 춥다고 하니 초목의 생기도 모두 꺾일 것이다. 누가 알랴, 길 가의 가느다란 버드나무 가지가 살며시 그 색깔을 바꾸는 것을"이라고 하였다.

〈공원 안 '개갓냉이'(公園里的'二月蘭')〉에서는 모란, 작약 등 이름난 꽃들이 피고 지는 속에서 시인은 진심으로 길 가의 '온 땅에 피어 있어' 사람들이 관심을 얻지 못하는 작은 들꽃인 개갓냉이에 주의를 기울였다. 사람들은 모두 '이것은 시골 사람들이나 보는 것이야'라고 말하지만 시인은 여전히 그것을 사랑한다. '나는 작약도 보고 개갓냉이도 본다. 사직단 안의 몇 백 년 된 노송 앞에서 시골 사람의 결점을 드러낸다'. '오사 운동' 시기 만연했던 관용과 평민의식이 자연경물의 묘사 속에 은밀히 투영되어 있다. 〈가을(秋)〉은 가을의 각종 꽃 모양과 꽃 빛깔에 대한 묘사로 밝고 산뜻한 가을의 아름다움을 표현하였으며, 또한 산문시 〈달(月)〉에서는 이렇게 말하고 있다. "밝고 깨끗한 달빛, 나는 그를 부른 적 없지만, 그는 때로 나를 비춰줬네. 나는 그를 거절한 적 없지만 그는 나를 몰래 떠났네./ 나와 그는 무슨 정이 있는가?" 시인은 '달'에 사람의 정감을 부여하였는데 이는 전통에 없었던 것은 아니지만 전체 시는 '의미'의 요소를 모호하게 하여 사람들이 파악하기 어렵게 하였는데, 이 점이 바로 〈달밤〉의 특색과 일치하는 것으로 선인모의 전통시에 대한 모종의 현대적 초월이다.

후스의 미적 선택의 한계는 그로 하여금 당연히 이러한 점을 볼 수 없게 하였지만, 전통시학 비평의 범주와 단어로 유사한 예술 탐색의 현상에 대하여 현대적 의미가 포함된 서술을 하였다. 그는 선인모의 구체 시사에 대해 토론할 때 다음과 같이 말하였다. 전통적으로 기탁시(寄托詩)를 지은 사람들은 늘 많은 역사적 혹은 문학적, 신화적 혹은 염정적 이야기로 틀에 박힌 말을 하였다. 그리하여 드러난 약점은 "내부 사람만 알 뿐 그 외의 사람들은 알 수가 없었으며, 외부 사람이 알려면 사람을 청하여 상세한 설명을 들어야 했다." 그는 좋은 '기탁시'는 "진정으로 '말은 가깝지만 의미는 멀어야 한다'고 여겼다. "문자의 표면으로 볼 때 쓰여진 것이 사람마다 모두 이해할 수 있는 일상적인 사실이지만, 다시 더 나아가 보면 또 하나의 기탁하는 깊은 의미를 찾을 수가 있다. …… '말이 가깝다'는 것은 '가까울수록(평이할수록)' 좋다는 것이고, '의미가 멀다'는 것은 말의 의미가 깊어도 된다는 것이다. 말이 가까운 것은 기탁에 의지하지 않고 뜻이 멀어도 독립적으로 존재하며 문학적 가치가 있다."[12]는 것이다.

후스의 이러한 말은 선인모와 그의 구체 시사에 대해 토론할 때 서술한 것이다. 그러나 나는 그가 말한 '기탁시'도 백화 신시의 범주에 포함시켜야 한다고 생각한다. 당연히 또한 전통으로부터 전화해온 것에 가까운 〈달밤〉, 〈삼현〉 등의 신시를 관조하는 데에도 적용된다. 후스는 '기탁시'가 '말은 가깝고 의미는 멀다'고 하였는데, '말이 가깝다'는 이미지 혹은 언어 부호 자체는 기탁의 의미에 의존하지 않고 존재하는 의의와 문학적 가치가 있어, 이미지의 '능지(能指)'의 존재성을 인정할 뿐만 아니라, 이미지의 '소지(所指)'의 무한성도 인정하는 것에 상당한다. 이

---

12) 후스, 〈선인모에게 부치는 시론(寄沈尹默論詩)〉, ≪중국신문학대계·건설이론집≫, 312쪽에서 인용.

는 상징 비유체와 본체 구조가 병존하는 이론과 대체로 서로 비슷하다. 전통적인 시가 심미관인 '말은 가깝지만 의미는 멀다'는 것은 서구 상징주의의 독립적인 의의와 문학적 가치가 있는 사물 혹은 이야기로, 또 다른 정감과 의미를 조성하는 몽롱과 암시를 상징하는 것이기 때문에, 여기에서 최초로 동서가 서로 대화할 가능성을 갖게 된다. 후스의 전통에 대한 서술은 현대적 시학과의 공명을 일으켰으며, 이 때문에 나는 선인모의 이러한 작품들이 전통을 초월하는 미학 풍격을 지니고 있다고 생각 한다. 즉 전통의 외적, 내적 서술 양식을 완전히 타파하고 '현대 기탁시'가 갖춘 상징적 성질을 체현했다. 그 시들은 전통의 사물에 기탁하여 마음을 노래하는 방식을 현대화의 처리를 통하여 사물의 은폐와 자신의 시대성이 풍부한 사색과 감정을 기탁하여 모호하고 몽롱한 가운데 '느낄 수 있지만 말로는 전달할 수 없는' '의미'를 암시하여 신시를 읽는 가운데 여운과 음미의 미적 효과를 낳도록 하였다. 이러한 의의로부터 말하자면, 맹아 형태의 작품은 비록 진정한 의미에서 상징파 신시라고는 할 수 없지만, 한 가지 소식을 예시하였다. 즉 전통의 서정적 골격과 양식을 타파하여 신시가 변화 속에서 상징주의 시가와의 연계를 찾고 있다는 것이다.

2 '중간형' 상징시의 탐색과 건설

이러한 전통형의 맹아 성격의 상징적 작품과 비교하여 더욱 발전된 성과 현대적 형태를 갖춘 작품들이다. 우리는 이들을 '중간형'이라고 부를 수 있을 것이다. 여기에는 신시 최초의 작가들도 있고, 20년대 초에 출현한 청년 시인들도 있다. 그들의 특징은 창작의 의식과 예술적 풍격에 있어서 모두 서구 시가의 영향을 받았으며, 그 중에는 상징주의 영향도 포함되어 있어 전통적인 서정 양식에서 다소 빠져나왔지만, 또한 정도는 다르게 전통의 영양을 흡수하여 창작 가운데 의식적으로 이미지 외의 깊은 의미 즉 상징적 효과를 추구하도록 했다는 점이다. 문학연구회의 시인 뤼옌링(劉延陵)은 다음과 같이 말한 적이 있다. '오사' 초기 백화시 발전 중 한 현상은 '해방 정신'으로, 이것의 표현은 "서양시가 도입됨에 따라 직접적으로 번역되어 들어왔으며, 간접적으로는 소수 작가들이 서양시에 감화되어 서양미를 풍기는 시를 창작하였는데, 이로써 일반 독자들과 후기 작가들에게 영향을 미쳤다."[13] 이러한 서양시의 도입과 영향, '서양미를 풍기는 시'의 탄생에는 상징파시도 포함되어 있다. 뤼옌링 본인이 바로 상징파, 미국 이미지파 시조의 가장 이른 소개자 중 한 사람이기도 하였으니, 그의 이러한 판단은 한 가지 사실을 민감하게 말해주고 있다. 즉 이러한 '서양미를 풍기는 시'가 이미 선인모의 전통형을 초월하여 전통형에서 현대형으로의 전환을 실천하고 있다는 것이다. '서양미'란 어떤 의미에서 '현대미'로도 볼 수 있다.

예를 들어 주즈칭 선생에 의해서 서구시의 영향을 받아 창작에서 '낡은 족쇄를 완전히 벗어버린', 심지어 문법상으로 '유럽화의 길을 걷는다'[14]고 칭해진 주씨 형제의 신시는 대체로 이러한 중간 형태의 작품에 속한다. 루쉰이 앞뒤로 발표한 〈꿈(夢)〉, 〈사랑의 신(愛之神)〉, 〈복숭아꽃(桃花)〉, 〈그들의 화원(他們的花園)〉, 〈인간과 시간(人与時)〉, 〈그(他)〉 등 여섯 수의 신시, 그리고 저우쭤런(周作人)의 일부 서정 단시(短詩)와 유명한 장시 〈작은 강(小河)〉, 그리고 류반눙의 장시 〈얼음을 치다(敲冰)〉와 그의 일부 짧은 서정 작품, 루즈웨이(陸志偉)의 일부 단시 등등은 모두가 정도는 다르지만 서구 상징주의 시조의 영향을 받아 상징적 이미지와 심층의 우의적 묘사 속에서 자신의 정서와 함의를 은연중에 전달하였다. 그들의 성과는 신시 초기 단계인 '중간형' 맹아 성질의 상징파시의 탐색과 건설을 구성하였다.

13) 뤼옌링, 〈전기와 후기(前期和后期)〉, 1922년 4월15일 ≪시≫ 제1권 제4호.
14) 주즈칭, ≪중국신문학대계·시집≫ 서언.

루쉰은 1918년과 1919년 사이에 여섯 수의 신시를 발표하였는데 기타 선구자들의 백화시 창작과는 다른 격조를 지니고 있다. 그들은 직접적인 설리와 단순한 경물, 낭만적 서정을 모두 회피하고, 늘 줄거리가 풍부한 사물 혹은 신화, 혹은 황당하고 환상적인 구조 속에서 '의미'의 모호함을 조성하여 깊거나 옅은 몽롱한 은폐 속에서 정서와 의미를 전달하였다. 〈꿈〉도 이러하다.

> 　　아주 많은 꿈은 황혼을 틈타 소란을 피운다.
> 　　앞의 꿈이 그 앞의 꿈을 대신할, 뒤의 꿈은 앞의 꿈을 쫓는다.
> 　　　지나간 꿈은 먹처럼 검고, 그 뒤의 꿈도 먹처럼 검다.
> 　　　가버린 것과 머무는 것은 모두 마치 "내 정말 좋은 색깔을 보세요"
> 　라고 말하는 것 같다.
> 　　색깔은 좋지만 캄캄하여 잘 알지 못하겠고,
> 　　게다가 모르겠다. 말한 사람이 누구인지.
>
> 　　캄캄함 속에 웬 일인지 몸이 뜨겁고 머리가 아프다.
> 　　여기로 오너라! 분명한 꿈이여.

　　암담한 황혼녘에 '몸이 뜨겁고 머리가 아픈' 사람에게 무수한 꿈들이 "소란을 피운다". 이러한 꿈들은 어떻게 하든지 자기가 '좋은 색깔이다'고 자랑을 하지만, 꿈을 꾸는 사람들에게는 모두가 먹처럼 암흑이다. 이러한 암흑과 고통 속에서 시인은 설정된 서정적 주인공을 위해서 "여기로 오너라! 분명한 꿈이여"라고 외친다. 전체 시는 황당한 환상 속에서 자신의 역사에 대한 절망과 고통, 그리고, 새로운 희망이 오기를 갈망하는 간절한 마음을 몽롱하게 묘사하였다. 이는 한 계몽자의 내면 속 모순과 추구의 강렬한 목소리로, 매우 완곡하고 과묵하게 표현되었다. 신시로 치면 이는 유치하지만, 사실과 낭만적 작풍과는 다른 것을 보여주었다.
　　〈사랑의 신(愛之神)〉은 사랑의 신 큐피드와의 허구적 대화를 통하여 당시 애정시의 천박하고 감상적인 감정을 풍자하였고, 〈복숭아꽃(桃

花))은 시인이 봄비가 막 내린 후의 화원에서 다음과 같이 말한다. "아주 좋아! 복숭아꽃은 붉고 오얏꽃은 하얗네"("복숭아꽃이 오얏꽃 보다 하얗지 않다고는 말하지 않았다"). 복숭아꽃은 질투로 성질을 내며 "얼굴이 붉어진다". 이 가상적인 이야기 속에서 작가가 전달하고 암시한 것은 사랑에 있어서 협소한 마음에 대한 풍자일 수도 있고, 혹은 전통의 힘이 신생 사물에 대한 충격과 반항을 상징할 수도 있어서, 그 의미를 확정하기 매우 어렵다. 시의 결말은 "나의 말은 너에게 실례가 되지 않았는데, 너는 어찌하여 얼굴을 붉히는가!/ 아! 꽃은 꽃의 도리가 있으니, 나는 모르겠다."이다. 이 시 역시 사람들에게 문자의 표면적 의미로 봐서는 '이해할 수 없는' 몽롱함을 준다. 〈그들의 화원(他們的花園)〉에서 쓴 것은 다음과 같다. 병이 있지만 '살려고 하는' 한 아이가 자기 집의 '낡은 대문'을 나와 이웃집을 바라본다. '그들의 큰 화원에는 아름다운 꽃들이 많이 있다'. 그는 갖은 궁리를 다하여 아름다운 백합 한 송이를 꺾었다. "하얗고 밝은 것이 마치 금방 내린 눈 같았다". 그것을 집에 가져다 그의 누르스름한 낯을 붉게 하여 "더욱 혈색이 돌게 하였다". 하지만 이 아이의 불행은 다음과 같다.

> 파리는 윙윙 꽃을 에돌아 날며 온 방을 어지럽히고 —
> "이 더러운 꽃을 좋아하다니 바보 같은 아이군."
> 급히 백합을 보니 이미 파리똥이 생겼다.
> 보지 못하다니, 아쉽다.
> 눈을 들어 멀리 하늘을 바라보고 그는 더욱 할 말이 없다.
> 말을 할 수 없으니 이웃이 생각난다.
> 그들의 큰 화원에는 아름다운 꽃들이 많이 피었으니

병에 걸린 아이, 이웃의 큰 화원, 윙윙 날아다니는 파리, 아름다운 백합은 모두 상징적인 이미지로, 루쉰은 이러한 이미지들을 한 이야기의 구조 속에 조합하여, 고의로 이야기 본래의 의미를 모호하게 만들었다.

하지만 우리가 만약 다른 쪽으로 생각을 해 보면 이 이야기가 암시하는 상징의 세계로 들어갈 수 있을 것이다. 즉 한 계몽인의 낡은 전통에 대한 부정과 외래의 새로운 사조를 흡수하는 것에 대한 긍정이다. "그들의 큰 화원에는 아름다운 꽃들이 많이 피었으니"가 반복적으로 나타나는 이 시구의 결말은 작가가 이 시를 창작한 깊은 동기를 토로하고 있다. 〈사람과 시간(人与時)〉도 사람의 시간에 대한 묘사의 대화 속에서 '미래는 현재를 이긴다'는 것과 '현재'를 중시하는 사상을 암시하였다. 그러나 비교적 추상적으로 썼기 때문에 상징적 예술 구조의 완성도가 부족하다. 상대적으로 루쉰의 다른 시 〈그(他)〉는 상징의 창조성을 더욱 깊이 갖추고 있다. 이 시는 모두 세 절로 되어 있다.

1

"알았다" 다시는 소리 지르지 마라.
그가 방에서 자고 있다.
"알았다" 불렀다. 시시각각 마음에 새기고 있다.
태양은 갔다. "알았다" 살았다. ― 아직 그를 만나지 못했다.
문이 열리기를 기다려 그를 부른다. ― 녹이 슨 쇠사슬에 묶여있다.

2

가을 바람이 분다.
빨리 그 집의 커튼을 열어라.
커튼을 열면 그의 보조개를 볼 수 있을 것이니.
커튼이 열렸다. ― 보이는 것은 온통 회벽뿐.
마른 잎만 온통 떨구어 놓았다.

3

큰 눈이 내렸다. 길을 쓸어 그를 찾는다.
이 길은 산 위에까지 통하고 산 위엔 온통 소나무 뿐.
그는 꽃 같은데 어떻게 여기에서 사는지!
돌아가 그를 찾는 게 낫겠다. ― 아! 돌아와도 여전히 내 집.

전체 시는 문자의 측면에서 보면, 비극적인 애정시이다. 세 절의 시는 한 젊은이가 그가 연애하고 추구하는 아름다운 여성을 찾는 세 과정을 묘사하였다. 시의 제목과 시 속에서 찾는 '그(他)'는 여성이며, 이후에 류반눙이 발명한 '그녀(她)' 자이다. 이것은 세 계절에 발생한 이야기로, 1절은 여름을 썼다. '내'가 어떻게 그녀에게 관심을 갖고 있는지, 여름이 올 때까지 새소리가 들려도 그녀의 잠을 깨우지 말아야 하지만, 해가 서산에 지고 새가 울지 않을 때 아직도 '그녀'를 보지 못하면 그녀의 집으로 가서 그녀를 불러야 하는데, 문은 '쇠사슬로 묶여져 있다'. 그녀는 이미 자유를 잃었다. 이곳은 낡고 견고한 '쇠 방안'이다. 2절은 가을을 썼다. 가을 바람에 그녀의 커튼이 열려 그녀의 아름다운 보조개를 볼 수 있으리라 여겼는데, 커튼이 열린 후 보이는 건 단지 회벽 뿐. 그가 보려는 사람은 보이지 않았다. 3절은 겨울을 썼다. 큰 눈을 무릅쓰고 길을 쓸며 그녀를 찾는다. 이 길은 산꼭대기까지 뻗었는데 '꽃 같은' 그녀는 어떻게 산 위에서 사는가? 돌아가 그녀를 찾는 것이 오히려 나을 것이라고 생각했지만 돌아와도 여전히 그녀를 찾을 데가 없다. "아! 돌아와도 역시 내 집". 이것은 그의 이런 사랑 추구자의 절망을 표현하였다. 표층적 의미로부터 볼 때, 루쉰은 한 젊은 남자가 연애하는 과정에서 이루지 못하여, 추구에서 절망에 이르는 과정을 묘사하였는데, 이것 본래가 비극적인 색채를 띠고 있다. 그러나 전통적인 애정시도 어떤 것은 특별히 기탁한 것이 있는데, 하물며 루쉰이 단순한 애정시를 쓸 줄 모르겠는가? 이 시 속에는 분명 더욱 깊은 함의가 들어 있다. 이러한 생각을 따라 우리는 이 시가 사랑을 초월한 주제로 루쉰의 이상과 현실 사이의 모순에 대한 사고를 표현한 것임을 보아낼 수 있을 것이다. 루쉰은 이 어둔 사회 환경(쇠사슬로 묶여진 '철로 만든 방')의 질고에서는 아름다운 이상은 영원히 실현될 수 없다고 보았다. 그러므로 이것이 바로 시 속 사랑의 추구가 필경 비극적 형식으로 출현하도록 결정되었으며, 시 속의 '그(그녀)'는 단지 상징물로, 시 속에서는 여름, 가을, 겨울은 썼지만 유독 봄은 쓰지 않았는데 이는 루쉰의 실수가 아니라 고의로 공백을 남긴 것이다. 작가는 현실을 저주하였고 미래에 희망을 기탁하였다. 루쉰이 잘 알고 있는 셸리(Shelley)의 〈서풍의 노래(秋風歌)〉(1820)의 결말은 "겨울이 오면 어찌 봄이 멀겠는가?"로, 여기에는 아마도 셸리의 시적 의도가 내포하고 있는 미래에 대한 희망이 숨겨져 있을 것이다.

루쉰은 일본에서 유학할 때 굴원(屈原)의 상징 방식으로 충만한 〈이소(离騷)〉를 즐겨 읽었고, 상징적 풍격이 농후한 니체(Fr.Nietzsche)를 좋아했으며, 또한 러시아 상징적 사실파 작가 레오니드 안드레프(L. Andrev)의 소설 〈속임(謾)〉과 〈침묵(默)〉을 번역한 적도 있는데, 이러한 작품들을 "신비하고 심오하여 일가를 이루었다"[15]고 하였으며, 또한 보들레르(Charles Baudelaire)의 상징주의도 접한 적이 있다. 그러므로 일단 시의 창작 영역에 들어서서 전통적인 기탁 방법에서 '신비롭고 심오한' 현대 상징주의로 전환한 것은 그의 필연적인 추구였다. 1919년에 쓴 일련의 산문시 〈혼자 말하다(自言自語)〉에서는 속담 혹은 상징으로 자신의 '신비롭고 심오한' 현실 정서를 암시하였다. 그 중에는 현대적 상징 규범을 갖춘 〈고성(古城)〉과 〈불의 얼음(火的冰)〉이 있는데, 이러한 추구와 창조의 대표작이다. 다음은 〈불의 얼음〉이다.

> 유동하는 불, 이는 용해된 산호인가?
> 가운데는 조금 녹색을 띠어 산호 속 같고, 온 몸은 벌겋게 산호의 살 같다. 껍질은 조금 검어 산호가 그을린 것.
> 좋긴 좋은 것 같은데 쥐면 손이 너무 뜨겁고,
> 말할 수 없는 냉기를 만나면 불은 얼음으로 언다.
> 가운데는 조금 녹색을 띠어 산호 속 같고, 온 몸은 벌겋게 산호의 살 같다. 껍질은 조금 검어 또 산호가 그을린 것.

---

15) 루쉰, 〈역외소설집·잡식(域外小説集·雜識)〉, ≪루쉰 전집≫, 제10권, 1981년판, 159쪽.

좋긴 좋은데 쥐면 불에 덴 것처럼 차가운 손이 된다.
불, 불의 얼음, 사람은 이를 어쩔 수 없으니 그 자신도 고통스럽겠지?
아, 불의 얼음.
아, 아, 불의 얼음의 사람.

이 상징미로 가득 찬 산문시는 신기한 이미지와 예전에 없던 구조 속에서 사람들에게 특수한 몽롱미를 준다. 이는 당시뿐만 아니라 지금도 여전히 현대적 창조와 탐색의 의미를 갖는 것으로, 1919년 신문학 초창기에도 거의 없던 것이었다. 그의 독특함은 다음과 같은 데 있다. 첫째, 작가는 전통문학이 상상할 수 있는 자원을 초월하여 "불의 얼음"이란 완전히 새로운 이미지를 창조하였다. 둘째, 작가가 이미지를 창조할 때 깊은 상징적 풍격을 부여했는데, 이는 상상 속에는 존재하지 않는 것이며, 동시에 이 상징은 사람의 정신세계를 가리키는 것이다. 셋째, 전체 시는 일상적인 도리와 교화적인 기능을 포기하고 최대한 숨겨진 의미를 모호하게 해서 사람들에게 더욱 많은 은폐미를 보여주었다. 이 시가 계몽가들의 종교적인 희생정신을 쓴 것인지, 아니면 자신의 '차가움을 숨기고 안은 뜨거운'(冷藏內熱, 쉬서우상(許壽賞)이 루쉰의 성격을 평론한 것) 성격의 상징을 쓴 것인지, 아니면 다른 의미가 있는 것인지, 확실히 대답하기 힘들다. 작가는 다만 우리들에게 '불의 얼음의 사람'이란 정보만을 주었을 뿐 진일보한 설명이 없어 이 문제를 독자들에게 남겨서 자신의 상상력으로 보충하고 창조하게 하였다. 상징 이미지로 정서를 전달한다는 점에서 이 산문시는 상징주의 방식과 서로 통한다. 이러한 의의로 볼 때, 〈불의 얼음〉은 1919년에 출현하여 루쉰의 상징주의 창작의 사유가 일반적인 신문학 창조 원칙의 한계를 뛰어넘어, 현대성이 풍부한 새로운 범주로 진입하였음을 명시하고 있다. 이러한 사유의 길을 따라서 이 작은 산문시는 더욱 풍부한 자태로 〈들풀(野草)〉이라는 상징주의의 대표적인 작품 속에서 다시 표현된 것도 매우 좋은 증명이다.

저우쮜런(周作人, 1885-1968)도 전통문학과 외국문학의 영향 하에 문학의 길로 들어선다. 그의 '5·4운동' 시기 일부 신시 창작에는 전통적이고 비교적 함축된 기탁시 영향의 흔적이 있을 뿐만 아니라, 외국 상징파 시조가 침투된 색채도 보인다. 그의 〈눈을 쓰는 두 사람(兩个掃雪的人)〉은 베이징의 거리에서 본 '음침한 날씨'에 흰 눈이 휘날리는 속에서 천안문 밖의 끝없이 하얀 도로에서 눈을 쓸고 있는 두 사람의 근면한 노동을 묘사하였는데, 여기에는 시인의 진실한 축복 속에 복잡하고 풍부한 함의가 숨겨져 있다. 눈을 쓸고 있는 사람은 일종의 정신의 상징이 되었다. 〈자고의 그릇(慈姑的盆)〉은 사물을 쓴 소시이다.

> 녹색 그릇에 자고 몇 알을 심어,
> 파아란 애잎이 돋아났다.
> 가을의 한기가 다가오자 잎은 모두 말라들어,
> 한 그릇의 물밖에 남지 않았다.
> 차가운 물속에서 두서너 가지의
> 띠 같은 암녹색의 수초만이 떠있다.
> 때론 귀여운 참새가,
> 석양녘에 날아와,
> 물을 차며 살그머니 목욕을 한다.

여기에서 묘사한 경물은 전통시에서도 모두 그 그림자를 찾아볼 수 있지만, 이 소시가 이러한 경물의 배후에 암시하는 사상과 이미지는 많은 자연 경물이 부여받은 상징적인 함의로, 구체 시사의 형식 속에서는 용납되기 힘들었다.

여린 생명과 추위의 고통, 죽음과 신생, 스산한 적막과 생명의 즐거움 등등, 시의 의미가 도대체 무엇인지 확정하기 매우 어렵다. 중요한 것은 그 의미에 있는 것이 아니라 이것이 상징하고 암시하는 정서에 있는데, 이는 사람들이 체험하고 파악할 수 있다. 바로 이러한 상징의 함의가 이 소시를 전통에서 현대로 전환하여 얻은 현대시의 품격을 나타내게 하였다.

　이러한 현대 의식의 기초위에 출현한 상징성의 묘사 방법의 확대는 저우쭤런이 창작 당시 많은 찬양을 받았던 장편 시 〈작은 강(小河)〉에서 우언과 상징이 결합된 방법을 이용하여 그 창작 특색을 나타냈다. 시 속에서는 간단한 이야기를 서술하고 있다. 본래는 자유롭게 "은밀히 앞으로 흐르는" 작은 강은 "지나는 곳 양 쪽이 모두 검은 흙이고,/ 붉은 꽃들과 푸른 잎, 노오란 과실들로 가득 찼다". 그러나 한 농부가 호미를 들고 와, 작은 강물 속에 댐을 쌓아 하류는 말라버렸고, 상류의 막힌 물은 흘러내리지 못해 앞으로 나가지도 못하고 또 뒤로 물러나지도 못하여, "댐 앞에서만 맴돌고", "물이 그의 생명을 잃지 않으려면 항상 흘러야 하건만 댐 앞에서 맴돌 수밖에 없다". 댐 아래의 흙은 "점차 스며들어 깊은 못이 되었지만", 그 흐르던 작은 강물은 이 댐을 원망하지 않고, 그저 "예전처럼 평온하게 앞으로 흐르기만을 원할 뿐". 그러나 이러한 소원도 빼앗기고 만다. 하루는 그 농부가 또 찾아와 돌 댐 밖에 또 더 견고한 돌 댐을 쌓았다. 흙댐은 무너지고 "물은 견고한 돌 댐을 향해 그 주위를 맴돌기만 한다". 그리하여 댐 밖 논에 있는 벼는 다음과 같이 슬프고 애처로운 노래를 불렀다.

> 나는 한 그루의 벼, 한 그루의 불쌍한 작은 풀.
> 나는 물이 와서 적셔 주기를 바라지만
> 그가 내 옆을 흘러 지날까 두렵다.
> 작은 강의 물은 나의 좋은 친구,
> 그는 예전에 평온하게 내 앞을 흘러 지나갔고,
> 내가 그에게 머리를 끄덕이면, 그도 나를 향해 미소를 지었지,
> 나는 그가 돌 댐에서 나와
> 예전처럼 평온하게 흐르며
> 우리를 향해 미소 짓기를.
> 구불구불 마음껏 앞으로 흘러
> 지나간 양 쪽이 모두 금수강산으로 변하기를 바란다.

그는 본래 나의 좋은 친구,
지금은 나를 못 알아보지 못할까 두렵다.
그는 땅속에서 신음하고,
들어보면 매우 미약한 것 같지만 또한 매우 두려워한다.
이는 내 친구의 평상시의 소리 같지 않다.
— 작은 바람을 타고 모래밭까지 왔을 때
그 쾌활한 소리.
나는 그가 다시 나올 때
예전의 친구를 알아보지 못할까 두렵다.
그저 나의 몸 위를 한 걸음에 지날까,
나는 지금 여기서 근심하고 있다.

논가의 뽕나무는 고개를 저으며 강물 친구와 자신의 불행한 처지를 탄식하고 있다. "지금은 내 친구가/ 나를 모래사장으로 데려가 넘어뜨린다,/ 그가 감고 온 수초와 함께". 그들의 말을 듣고 논에 잠긴 작은 풀과 새우들은 '또한 모두 탄식하니, 각각 그들 자신의 걱정거리가 있다'. 시의 결말은 다음과 같다.

물은 단지 댐 앞에서 맴돌 뿐,
견고한 돌 댐은 조금도 흔들리지 않는다.
댐을 쌓은 사람은 어디로 갔는지 알 수가 없다.

이 시는 이로부터 "신시가 정식으로 성립되었다"[16]는 상징적인 시가 되었지만, 결코 세련되지 못하고, 또한 시적 의미와 미감도 부족하다. 하지만 작가는 흐르는 강물이 사람에 의해 막힘을 당하는 경우로 개성의 발전이 압제와 속박을 당하는 것을 희미하게 상징하였고, 암시적인 수법으로 인성의 속박을 타파하고 사람의 개성과 인성이 철저히 해방되

---

16) 북사(北社)가 편집한 ≪신시연선(新詩年選)≫의 후기, 〈1919년 시단 약술〉, 상하이아동서국, 1922년.

는 외침을 표현하였다. 이는 내가 독자로서 체험해 얻은 느낌이다. 하지만 이 속에는 더욱 깊은 기탁의 의미가 있다. 작가 자신이 후에 설명한 것처럼 "대체로 겁쟁이들이 나의 시에 나타난 지는 오래되었다. 가장 좋은 예는 〈작은 강〉이다···. 이는 민국 8년 1월 24일에 쓴 것으로 ≪신청년≫에 실렸는데, 모두 57행으로 당시에 꽤 특별하다고 느껴져서 많은 주목을 받았다". 그는 이 시의 내용이 매우 낡았다고 하였다. "한 마디로 말해서 이 오래된 두려움은 본래 중국 구시인의 전통이지만 그들의 불행은 일이 일어난 후의 비통이고, 우리에게 비교적 나은 것은 장래에 대한 근심이라는 것이다". "나는 중국 동남쪽 물의 고장 출신으로 물에 대한 정이 깊지만 또 물에 대한 무서움도 잘 알고 있다. 〈작은 강〉의 제재는 여기에서 온 것이다. 옛사람이 말하기를, 백성은 물을 근심하여, 물은 배를 띄우기도 하고 배를 뒤집어 놓기도 한다. 프랑스 루이 14세가 말하기를, 짐이 떠난 후 홍수가 날 것이다. 물을 겁내기를 주공과 같이 하고, 물을 난폭히 다루기를 수의 양과 같이 할 것이지만, 이 둘의 말을 한데 모으면 모두 두렵다는 것이다".[17] 이 현실 비판성이 숨겨진 의미는 과거에는 이해하는 사람이 적었다. 이 시의 의미 역시 모호함과 불확정성을 갖고 있었다. 예술적 표현으로 볼 때, 저우쭤런이 ≪신청년≫에 처음으로 이 시를 발표할 때, 시 앞에 한 단락의 머리말이 있었는데, 거기에는 이렇게 말하였다. 이 시는 그저 상상으로만 창작된 것이 아니라, 서구 상징파의 비조인 보들레르(Charles Baudelaire, 1821-1867)의 창작에서 영감을 받았고, 또 보들레르가 "제창한 산문시와 대략 비슷한데" 서로 다른 점이라면 "한 줄 한 줄 갈라 쓴" 것 뿐이다고 하였다.[18] 그러므로 저우쭤런이 보들레르에게서 받은 영감은 산문시의 형식뿐만이 아니라, 더욱 중요한 것은 상징주의의 표현 방법과 담

---

17) 저우쭤런, 〈고다암 타유시 후기(苦茶庵打油詩附記)〉, ≪지당잡시초(知堂雜詩抄)≫, 웨루서사(月麓書社), 1987년 1월, 10-11쪽.
18) 1919년 2월 15일, ≪신청년≫, 제6권 제2기.

겨진 내용이다. 저우쭤런은 이 시의 형식이 "직접이 아니고 비유를 이용했는데", "외국의 민가 속에는 이러한 방식이 많으며, 중국의 〈중산랑전(中山狼傳)〉 속의 늙은 소와 늙은 나무도 다 말을 한다". 그러므로 이것은 새로운 것이 아니라고 하였다.[19] 이것은 초기 맹아 형태의 상징시 탄생의 문학 자원의 다양성과, 전통과 현대의 교차가 예술 창조의 일상적인 법칙임을 설명하고 있다. 저우쭤런은 이와 거의 동시에 ≪신청년≫에 가장 처음으로 프랑스 후기의 상징파 시인 구르몽(Remy de Gourmont)의 상징주의시를 번역했는데, 이는 그의 서구 상징파에 대한 관심과 익숙함을 충분히 설명해 주고 있다. 하지만 저우쭤런은 산문 기질이 더욱 풍부했고, 당시의 백화시 또한 유치한 계단에 처해 있었으며, 이 〈작은 강〉도 우언식의 방식에 근접해 있어서 〈불의 얼음(火的冰)〉과 같은 신기한 상상으로 창조한 상징적인 이미지가 부족하여 더욱 깊은 상징적 함의가 부족하다. 〈작은 강〉의 전통 우언시의 예술적 축적이 서구 상징파 산문시의 영감과 서로 결합되어 나온 결과라고 말할 수 있겠다. 주즈칭은 〈작은 강〉이 여전히 "비유로 도리를 설명한 것"이라고 했다. 후스가 창도한 '구체적인 작법'의 실천이지만 '경물에 융합되어 정감을 넣고, 정감에 융합되어 도리를 넣는' '융합'의 경계에 이르렀다고 하였는데,[20] 이는 마침 〈작은 강〉의 전통에서 현대로의 상징시 전형 중의 특징을 드러내 보여주었다.

루즈웨이(陸志韋, 1894-1970)는 가장 먼저 서구시의 영향을 받아 신시 격률화를 진행한 탐색자 중 한 사람이다. 그가 출판한 시집 ≪도하(渡河)≫(1923) 속의 일부 단편시의 구성, 서정과 상상은 모두 관습적인 궤도를 타파하여 당시에 아주 독특한 풍격을 띠었으며, 비교적 은폐되고 복잡한 특색을 표현해 냈다. 그는 "리듬이 적어서는 절대 안 되며, 압운은 무서운 죄악이 아니다"고 했다. 여러 가지 체제를 실험할 때,

---

19) 저우쭤런, 〈고다암 타유시 후기〉, ≪지당잡시초≫, 제10-11쪽.
20) 주즈칭, ≪중국신문학대계·시집≫, 서언.

서구 보들레르의 산문시 등이 창조한 '무운체'(无韻体) 시도 소개하였는데, 이것이 중국인이 사용하기에 아주 적당하다고 믿었다.[21] 30년대 어떤 평론에는 루즈웨이의 시가 격률에 있어서 Blank Verse(무운시)를 모방했다고 여겼는데,[22] 그가 미국에서 유학하던 20년대는 마침 그곳의 이미지파 운동이 한창 번창하던 시기였다. 그의 시 〈Michigau(미시건) 호수의 어떤 밤을 회상하며(憶Michigan湖某夜)〉, 〈잡감1(雜感一)〉 등을 예로 들면, 광활한 시공 관념, 빛, 소리, 색깔이 섞인 신선한 이미지로 마음 속의 순간적인 느낌을 암시하고 전달하였는데, 깊은 신비감을 주어 "또 다른 청담한 느낌을 주었다".[23]

그 날 심야에, Michigau(미시건)은 만고의 메아리를 가져다주었다.
나 육모는 어떤 사람인지,
또 감히 자신의 일부 견해를 남기고,
지나간 은혜와 원한 때문에 주먹 불끈 쥐고 이 악물고 노한다.
　　Michigau으로부터 서쪽 이 만 몇 천 리에 이르기까지
　　야차는 죄악의 결정체를 나르고
　　번뇌의 못을 만든다.
　　그 성 위의 야차, 성 안의 해골은 모두 나의 형제.
Michigau호에는 다만 만고의 메아리 뿐,
나에게 고통의 양심과 협소한 사심을
물보라 위에 놓고 달빛의 끝을 바라보게 한다.
Michigau는 물보라를 데려와 반드시 물보라를 가지고 간다.
내 눈앞에는 모래사장, 뒤에는 측백나무 숲.
이 만고의 소리 속에서 달빛을 향하여 고통을 토로하지 않는다
측백나무, 달빛, 달빛, 측백나무.
그들은 Michigau의 것이지 내 것이 아니다.

---

21) 루즈웨이, ≪도하≫ 속의 〈나의 시의 껍질(我的詩的軀殼)〉, 주즈칭의 ≪중국신문학대계 · 시집 시화≫에서 인용.
22) 자오징선(趙景深), ≪현대시선 · 서≫, 북신서국(北新書局), 1934년 5월.
23) 주즈칭, ≪중국신문학대계 · 시집≫ 서언.

내가 대면한 사람은 내 마음 속의 모든 걱정과 공포.
그들은 전 세계의 것이지 내 것이 아니다.
나는 지금 과거를 기억하지 못하고, 또 미래를 꿈꾸지 못한다.
이에 물보라를 밟고 만고의 소리를 따라 달빛의 끝으로 돌아간다.

이 시는 1921년 1월에 쓴 것으로, 우리는 작가가 추구하는 몽롱한 이미지 속에서 그가 이역에 서는 질시 받는 깊은 고통을 전달하고 있으며, 노하여 이를 악물고 고향을 그리는 애국적인 정감을 보아낼 수 있을 것이다. 이는 이 만 몇 천 리 밖에 있는 조국의 빈궁과 죄악의 고통과 모순적인 마음에 대한 것이다. 자신은 부유와 쾌락을 추구하지 않고 Michigau의 모든 자연, 측백나무, 달밤은 전부 "나의 것"이 아니다. "나"는 타국에서 모든 것을 견뎌내고 절대로 "달빛을 향하여 고통을 토로하지 않는다"는 마음으로 배회하는 것은 막연한 분노와 그리움이다. "나"는 지금 "과거를 기억하지 못하고 또 미래를 꿈꾸지 못한다". 다만 Michigau 호수 가에서 배회할 뿐, "물보라를 밟고 만고의 소리를 따라 달빛의 끝으로 돌아간다". 이는 시인 감정에 대한 자아의 해방이다. 자주 보이는 주제는 깊고 그윽한 서정 분위기 속에 용해되어 있으며, 일부 상징적 이미지의 의미는 시인에 의해 고의로 모호해져 있다.

루즈웨이의 〈잡감1(雜感一)〉은 과거 이별의 정과 추억을 썼는데, 뛰어난 상상력으로 표현되었다.

나는 너의 목적 없는 비애에 바치노니
너는 받거라!
태평양 위엔 흰 눈(雪)의 그림자
끝도 없는 푸른 물 위를 거닌다.
그 포도주의 빛깔,
도대체 누구의 주장인가?
하늘의, 바다의, 아니면 저녁 무렵 없어서는 안 될 것인가?
나는 너 포도주의 빛깔에 바친다.

친구와 이별하고 멀리 바다를 건너가니, 마음속엔 무한한 슬픔과 그리움을 품고 있다. 시인은 당시 유행하던 직접 내심을 서술하는 방법을 사용하지 않았다. 말할 수 없는 비애, 바다의 물보라, 하늘가의 노을, 이별의 마음, 이러한 쉽게 입에서 나오는 시구가 표현한 감정과 경치는 시인의 펜 아래에서 모두 상상의 용접을 거쳐서 감정이 더욱 깊은 곳으로 은폐되어 있게 하였다. "태평양 위엔 흰 눈(雪)의 그림자/ 끝도 없는 푸른 물 위를 거닌다". 이 시구는 극히 신기한 이미지로, 푸른 바다의 물보라를 써서 사람들에게 생동적인 미적 감각을 가져다준다. 노을이 하늘가에 나타난 것을 작가는 "포도주의 빛깔"로 상상했는데, 이는 상상력이 결핍된 신시 초기에는 매우 보기 드문 창조였으며, 시인은 이 "포도주의 빛깔"을 자신이 그리워하는 친구들에게 바쳤고, 앞에서 말한 "나는 너의 목적 없는 비애에 바치노니"와 상응하여, 감정과 색깔의 감각적인 단어와 교차하여 이용하였는데, 이러한 정경은 매우 몽롱하지만 뜻을 알 수 있는 복잡한 감정이 담겨져 있다. 보기에는 '청담'하지만 실제로는 매우 심후하다. 작가의 이러한 당시 현실주의 · 낭만주의 신시와는 다른 풍격의 예술적 탐구와 재능은 매우 진귀한 것이었다. 하지만 그의 현대 격률시에 대한 탐구와도 같이 "아마도 시기가 죽지 않아 다른 사람에게 홀시 당하였을 것이다"[24]. 루즈웨이의 시는 당시 유치한 신시와는 달리 우리들에게 더욱 큰 상상의 공간과 간격을 주었으며, 지성과 이미지의 결합에 더욱 주의하였는데, 이 각도로부터 볼 때 상징파 시의 특징에 더욱 근접해 있다고 하겠다.

---

24) 주즈칭, ≪중국신문학대계 · 시집≫ 서언.

3 현대적 상징시의 맹아

전통에서 현대로 변화하는 상징시의 맹아 중에서, 진정한 현대적 형태의 작품이 출현한 것은 이러한 시인들이 서구 상징파, 이미지파 등 현대성을 갖춘 시 사조의 영향을 받은 것과 직접적인 관련이 있다.

전통문화 자원과의 관계 면에서, 그들과 앞에서 서술한 중간 형태의 작가들은 매우 깊은 관계를 유지하고 있다. 그들의 창작은 변형기 속에서 전통이 자신들의 창작에 미친 제약을 벗어날 수 없었다. 그러나 그들의 서구 상징파 등에 대한 흡수는 매우 복잡한 것으로, 본문의 분류역시 이론 운용의 편리함에서 나온 것이며, 이렇게 나온 결과는 주관적인 색채를 띠지 않을 수 없어 또한 현대 형태와 중간 형태의 작품 사이에는 분별하기 어려운 난처함이 나타날 수 있다. 이러한 차이는 매우 파악하기 어려운 것으로, 교차되는 현상 또한 필연적으로 존재한다. 작가가 상징주의와 그와 연관되어 파생된 시조의 직접적인 영향을 받았는지, 시인 본인이 이러한 창작에 자각 의식이 있으며, 아울러 창작 중에 표현했는지는 내가 고려하는 차이점의 주요한 요인으로, 서구 상징파시와 '비슷'한지 '비슷하지 않은'지는 중요하지 않다. 문학은 필경 한 민족의 문화의 범주에 속하는 것으로, 외래 것을 기계적으로 옮겨오거나 이식할 수는 없기 때문이다.

이 현대 유형 속에서 출현한 시인들에게는 모두 직접 혹은 간접으로 그들이 프랑스 상징시파나 기타 국가의 변화 발전으로 탄생한 여러 유파의 영향을 받았음을 찾아낼 수 있다. 또한 이러한 방식에 대하여 유치한 실험을 하기도 했는데, 여기에는 보들레르를 대표로 한 프랑스 19세기의 상징파시와, 20세기 20년대 발레리를 대표로 하는 프랑스 후기 상징파시, 20년대 초 미국과 영국의 이미지파시 운동, 상징파로부터 발전 변화한 미래파 시조의 운동이 모두 포함된다. 이러한 시조는 많거나 혹은 적게 모두 중국에서 막 탄생한 신시에 영향을 끼쳤으며, 현대적 요인이 풍부한 시험적인 맹아 형태를 출현시켰다. 이러한 작품은 전통의 사실적, 낭만적 글쓰기의 서정적 전달 방식과는 이미 매우 다르다. 그들은 비록 아직은 매우 거칠고 여리지만, 모더니즘 신시의 어린 시절이라고 할 수 있다. 그러나 이러한 시인들이 내디딘 한 발자국은 결국 신시 모더니즘 조류 탄생의 객관적인 존재와 역사적 필연성을 의미하고 있다.

신시의 개척자인 후스(1891-1962)는 미국에서 유학할 때 마침 영미 이미지파(Imagism) 시운동의 고조를 만나, 이 유파의 시인들과 접촉한 바 있다. 그는 이미지파시 운동이 제기한 여섯 가지 원칙의 전문을 자신의 일기에 썼으며 특별히 "이 파의 주장은 우리의 주장과 매우 비슷하다"고 설명을 덧붙였다.[25] 30년대 평론 중 어떤 사람은 다음과 같이 말하였다. "후스의 시는 미국 이미지파시의 영향을 받았다"[26]. 후스의 친구인 량스치우(梁實秋)는 후스가 제기한 문학 혁명의 '8불 주의'가 이미지파시 선언의 여섯 가지 원칙의 영향과 영감을 직접 받았다고 여겼다.[27] 후에 주즈칭은 〈중국신문학대계 · 시집 · 서언〉에서 량스치우의 관점을 인용하여, 중국 신시 탄생의 "최대의 영향은 외국의 영향이다"라는 것을 논증하였다. 이는 후스 자신도 스스럼없이 인정한 사실이었다. 그의 '5 · 4운동' 시기의 일부 시론 주장도 이미지파시 주장의 정수를 주입하였다. 예를 들면 그는 "시는 구체적인 수법을 필요로 하며 추상적인 설명 방법은 사용할 수 없다"는 것을 견지하였으며, 이로써 '선명하게 핍진하는 영상'을 탄생시켰다.[28] 그는 이 관점을 논술할 때 모두 전

---

25) 후스, ≪유학 일기(留學日記)≫(제4책), 상하이상무인서관, 1947년, 1071-1073쪽.
26) 자오징선, ≪현대시선 · 서≫, 북신서국, 1934년 5월.
27) 량스치우는 다음과 같이 말했다. 외국의 영향은 구문학 운동의 도화선으로, 미국 인상주의자의 여섯 가지 경계의 조례 속에도 전형적이고 썩은 언어는 사용하지 않는다고 하였다. ≪낭만적인 것과 고전적인 것(浪漫的与古典的)≫, 신월출판사, 1927년, 12쪽.
28) 후스, ≪담신시≫.

통시를 예로 들었는데, 이러한 이론적 정신은 이미지파 선언 중에 제기한 '하나의 이미지로 드러낸다'는 것을 견지하는 것이며, '시는 특징을 정확하게 표현해야 하고', '견고하고 정확한 시를 써내'야 한다는 원칙과 일치한다.[29] 이러한 이론 주장과 창작 사조의 영향 하에서 그는 직접 사실을 표현하는 것을 특징으로 한 ≪상시집(嘗試集)≫에서도 〈까마귀(老鴉)〉, 〈별 하나(一顆星)〉, 〈재난 당한 별(一顆遭劫的星)〉과 같이 이미지로 묘사한 얕은 측면의 상징으로 정서를 전달한 실험적 작품이 있으며, 일부 시 속에서도 영미 이미지파 영향의 흔적을 찾아볼 수 있다. 예를 들면 시우융(秀永)의 소시 〈호수 위에서(湖上)〉를 들 수 있다.

> 물 위의 반딧불 하나,
> 물 속의 반딧불 하나,
> 나란하게,
> 조심스레,
> 우리들의 배 옆을 스쳐 지난다.
> 그 둘은 점점 가까이 날아와,
> 점차 하나가 된다.

시의 앞에 쓴 짧은 서언에는, "9년 8월 24일 저녁 뒤 호수(현무호)를 노닐며, 주인 왕보치우(王伯秋)가 시를 지으라고 했지만 나는 지어낼 수가 없었다. 어쩔 수 없이 한 때 보이는 것을 썼으며 이 짧은 시가 되었다"라고 쓰여 있다. 이 짧은 시는 확실히 '구체적인 방법'으로 썼으며, 시에서는 두 사람의 진실한 감정은 쓰지 않았어도 경물 속에서 느끼는 감정의 결합점이 있어, 선명하고 구체적인 자연경물에 상징적인 함의를 부여하였다. 자연은 여기에서도 역시 전통적인 경물로 감정을 비유하는 영향의 그림자가 있지만 이와 동시에 이미지파시의 '직접 사물

---

29) 사오쉰메이, ≪현대미국시단개관≫의 역문, 1934년 10월 1일 ≪현대≫, 제5권 제6기.

을 처리하고', '절대 드러내기에 무익한 단어를 사용하지 않는' 방법을 받아들였다. 상징적인 이미지 그 자체로 두 친구의 감정 세계를 암시하였는데, 전통적인 것과 서구적인 예술 방법이 여기에서 '하나가 되었다'.

톈한(田漢, 1890-1968)은 매우 일찍부터 서구 상징파시와 상징적 희극 운동에 주의를 기울였다. 일본에서 유학할 때 그는 궈모뤄(郭沫若), 쭝바이화(宗白華)와의 통신인 ≪삼엽집(三叶集)≫에서 상징파 희곡을 소개하는 의견을 많이 발표하였으며, 1920년 3월, 정보치(鄭伯奇)와 함께 교토(京都)에서 쿠리야가와 하쿠손(廚川白村)을 방문하여 쿠리야가와의 이론을 소개하고 신낭만주의 조류를 소개하였다.[30] 그는 ≪소년 중국(少年中國)≫에 긴 문장인 〈악마 시인 보들레르의 백 주년을 추모하며(惡魔詩人波陀雷爾的百年祭)〉를 써서, 보들레르와 프랑스 상징파 시의 탄생을 체계적으로 소개하였는데, 여기에서 보들레르를 '19세기 프랑스 낭만주의의 건장이며 상징주의의 개척자'이며, '근대 상징 시인들은 보들레르를 따르지 않은 부류가 적다'고 하였다. 그는 자신의 사상과 예술이 본래 평민주의에 치우쳤는데, "일 년 동안 연구 방향이 크게 변하였다. 앨런 포(Allen Poe), 오스카 와일드(Oscar Wilde), 폴 베를렌(Paul Verlaine) 등이 모두 귀족주의 작품을 지었으며, 스스로의 창작 태도 역시 고답적으로 변하였다"고 하였다. 그가 말한 창작상의 '신(神)'과 '마귀(魔)'가 싸우는 내면의 곤경은 "대승적인 해석으로 들어갔기 때문에 해탈을 얻었다"[31]. 그가 ≪소년 중국≫에 발표한 많지 않은 신시 창작 중에 일부 작품은 상징파시의 영향을 적지 않게 받았다. 예를 들면 〈황혼(黃昏)〉이 있다.

---

30) 톈한, 〈신낭만주의 및 기타 — 황르쿠이 형에게 답하는 긴 편지〉, 1920년 6월15일, ≪소년 중국≫, 제1권 제12기.

31) 후스, 〈악마시인 보들레르의 백주년을 추모하며〉, 1921년 11월-12월, ≪소년 중국≫, 제3권 제4-5기.

1

하늘은 자색으로, 옅은 자색으로, 아주 옅은 자색으로 물들었다.
땅은 검은색으로, 높고 낮은 검은색으로 변하였다.
많은 육각형의 검은색에는 사각형의 회색이 끼어 있다.
많은 사각형의 회색 속에는 한 점 두 점의 적색, 황색이 배어 나온다.
맞은 편 그 일자형의 진한 검은색에는
몇 그루의 작은 나무가 있다.
한 두 그루에는 잎이 있고
두 세 그루에는 잎이 없고
저녁 바람이 휘잉 불어와
잎이 달린 것들은 머리를 숙여 노래 부르고 춤추며
잎이 없는 것들은 조금도 움직이지 않고
        침묵만 지킨다.

2

두 가닥의 검은색 중간에는
담담한 운무가 덮여 있고
몇 명의 부녀가 서 있는데
중년이 있고
노년이 있고
조용히 웃음 지으며, 조용조용 이야기 한다.
이 무거운 공기 속에서
또한 청신하고 날카로운 음파의 떨림이 있다.
웃는 소리,
명령하는 소리
달리는 소리,
우는 소리
노래 부르는 소리……
무수한 소리.
여름, 황혼의 음악이여
가장 높은 데까지 연주하라!

작가는 애써 '황혼'을 묘사하고 있는데, 그러한 암흑의 색채와 무거운 분위기로 충만해 있다. 그리고 바로 이러한 분위기 속에서 멀리 아이들의 소리, 전해오는 떨리는 "청신하고 날카로운 음파", 이 생명의 환락은 "황혼의 음악"의 정점이다. 여기에는 '오사 운동' 시기의 계몽사상이 포함되어 있지만, 자연과 인간의 생활 환경 속에 완전히 숨겨져 버렸다. 혹은 작가는 이러한 자연과 인간 생활의 환경 속에서 돌연 몽롱한 정서를 낳고, 시대적 활력에 관계되는 소식을 깨우친다. 이 짧은 주제 없는 연주 속에서 우리는 '황혼의 음악'에 관한 암시를 얻는다.

궈모뤄(1892-1978)는 1920년 3월에 쭝바이화에게 보낸 편지에 속에서, 그가 타케오 아리시마(有島武郞) 삼부곡인 〈삼손과 데릴라〉라는 상징극을 읽었을 때의 느낌을 말하면서, 그는 미래파 시의 작품을 좋아한 적이 있다고 하였다. 궈모뤄의 호방하고 부드러움이 넘치는 낭만주의시 속에는 전통과 현대의 상징 수법을 운용한 것이 많을 뿐만 아니라, 어떤 것은 직접적으로 미래파시를 실험하기도 하였다. 예를 들면 〈저물녘의 결혼 피로연(日暮的婚筵)〉에서는 서양이 질 때의 아름다움을 묘사하며 이미지와 경계를 모두 상징화 하였다. 텐한과 함께 얼르(二日) 시를 구경하는 기차 안에서 그는 또 현대 미국의 미래파 시인인 막스 베버(Max Weber)의 〈순간(瞬間)〉이라는 시를 낭독하였다. "날아, 날아, 날아 나는 차안에서 나의 입체시를 짓고 있다". "나는 여전히 낭독한다. 날아, 날아, ……하하! 차표가 나의 손에서 날아갔다"[32]. 그가 창작한 입체파시가 바로 〈신생(新生)〉이다.

바이올렛의,
원추.
유백색의,

---

32) 궈모뤄가 1920년 3월 30일 쭝바이화에게 보낸 편지는 ≪삼엽집≫에 수록 됨. ≪궈모뤄 전집≫(문학편)의 제12권, 인민문학 출판사, 1990년, 112-124쪽.

안개 장막.
노오랗게,
파아랗게,
지구는 크게 크게, 아침 공기를 호흡한다.
기차는
크게 웃는다
⋯⋯를 향해, ⋯⋯를 향해,
⋯⋯를 향해, ⋯⋯를 향해,
⋯⋯노랑을 향해
⋯⋯노랑을 향해
금빛의 태양을 향해
날아⋯⋯날아⋯⋯날아⋯⋯
⋯⋯ ⋯⋯

색채, 정서, 선명하고 명쾌한 감각, 약동하고 빠른 리듬은 움직임과 정지의 교착 속에서 자아 생명의 신생에 대한 갈망을 전달하였다. 이것 또한 ≪여신≫ 중의 기타 낭만주의 풍격과는 전혀 다른 작품으로, 궈모뤄의 실험은 신시 현대성의 맹아에 다양한 색채를 가져다 주었다.

프랑스 상징파시의 역사적 발전과 창작의 형태에 대하여 ≪소년 중국≫ 잡지는 가장 유력한 소개자가 되었다. 그중 저우우(周无)와 황중쑤(黃仲蘇) 두 사람의 성과가 가장 뛰어나다. 그들은 체계적인 문장들을 발표하였을 뿐만 아니라, 이러한 시풍의 창작을 실험하였는데, 이미지의 상징성과 정서 전달의 암시성에 주의한 것은 이러한 실험성이 있는 맹아 작품의 특징이다.

황중쑤(黃仲蘇)는 〈1820년 이래 프랑스 서정시의 일부분(1820年以來法國抒情詩之一斑)〉 등의 문장을 번역하여 발표하면서 다음과 같이 말하였다. "현재 중국 신시의 발전은 매우 유치하지만 위대한 미래는 이미 많은 창작 속에서 일부 바램들이 어렴풋이 표현되고 있다".[33] 그

---

33) 황중쑤, 〈1820년 이래 프랑스 서정시의 일부분〉, 1921년 10월 1일 ≪소년 중국≫,

의 〈봄은 또 왔다(春又來了)〉는 짧은 산문시로 홀로 풀밭에 앉아 중산(鐘山)을 마주하고 바라 본 여러 경물과 현상들을 썼다. 하늘, 흰 구름, 따사로운 햇빛, 해진 옷을 입은 세 아이, 겨울을 보내고 다시 깨어난 작은 벌레들, 나무 가지 위에 숨어 노래하는 화미조(畫眉鳥), 그리고 누런 풀밭에서 막 싹튼 풀들, 이러한 것들은 모두 주제를 밝히지 않은 그림 속에 엮여져 있는데, 작자의 마음은 그림의 형상 속에 암시적으로 전달된다. 〈황혼(一个黃昏)〉은 어둠이 몰려오는 자연 경관 속에서 일종의 분위기를 전달하며, 〈기러기 한 마리(一只飛雁)〉가 쓴 것은 전통적인 이미지이지만, 또한 시대적 색채를 갖춘 상징적 의미를 부여하였다. 깊은 밤 차가운 달빛 아래 "지독한 적막은 그 비장한 외침에 의해 깨어"지는데, 이는 동료에게 버림받은 외로운 기러기의 소리이다. "기러기야, 너의 그 멋지고 자유로운 먼 여행길,/ 지칠 줄 모르는 울음소리,/ 정말 나를 기쁘고 흠모케 하고, ― 온갖 번뇌를 다 잊게 하는구나". 그 시대 계몽가의 지칠 줄 모르는 분투의 마음은 이 상징적인 이미지 속에 투영되어 있다. 톈한은 황중쑤의 〈마음의 물음(心問)〉에 나오는 이상 추구자의 내면 모순에 대한 탐구를 칭찬하며 다음과 같이 말하였다. 시 속에는 "마음은 조용하고자 하나 조용하지 못한 사이에 있다. 그러나 세상에는 즐거움이 있고, 인생에는 생명이 있기 때문에 특이할 것 없는 평범한 생활 속에서도 시의 의미가 있다……. 조용하고자 하나 조용하지 못하고, 뿐만 아니라 아마도 영원히 조용해야 하지만 조용하지 못할 것이다."라고 했는데, 톈한은 이 작품을 신낭만주의의 예로 들어 그의 논문 속에 수록하였다.[34]

저우우(타이쉔太玄)도 ≪소년 중국≫에서 프랑스 상징파시를 소개하는 데 가장 노력한 사람 중 한 명이다. 그는 〈불란서 근세 문학의

___

제3권 제3기.

34) 후스, 〈신낭만주의 및 기타-황르쿠이 형에게 회답하는 장편의 편지〉, 1920년 6월 15일, ≪소년 중국≫, 제1권 제12기.

추세(法蘭西近世文學趨勢)〉라는 문장을 썼을 뿐만 아니라, 상징주의 문학 운동의 선진성과 환상성에 대하여 비교적 객관적인 평가를 하였다. 프랑스 상징파시의 이론을 서술한 것 외에 또한 프랑스 시인 아이미얼·더스바커스의 〈행복(幸福)〉과 상징파의 창시자 중 한 사람인 베를렌의 〈가을의 노래(秋歌)〉와 〈그는 마음 속으로 운다(他哭泣在心里)〉를 번역했는데, 베를렌의 시를 "새로운 예술을 창조하고, 새로운 이미지를 뽑아냈다"고 평가하였다.[35] 저우우는 또한 〈밤비(夜雨)〉, 〈짧은 노래(小歌)〉 등 단시들을 발표하면서 자신이 상징하는 분위기를 전달하였다. 가장 주의할 만한 것은 그의 〈한 사건(一件事)〉으로, 파리의 번화한 거리 한가운데 한 마리 개의 처지로써 하층민들의 불행을 암시하였다. 또 다른 작품인 〈말벌(黃蜂儿)〉에서는 부지런히 일하는 말벌이 물에 빠져 죽어가며 발악하는 과정을 그리고 있는데, 이는 노동 인민들의 몸부림치며 분투해도 희망이 없는 비참한 운명을 은유하였다. 저우우가 1920년 초 파리에서 창작한 〈한 사건〉, 〈말벌〉 두 시는 당시에 신시의 발전을 주목하는 친구들에게 "모두가 Symbolism(상징주의)의 작품"이라고 칭해졌다.[36] 시는 다음과 같다.

> 말벌 한 마리, 물에 빠졌다.
> 그는 몸부림치며 날아가려 하지만, 물에서 나올 수가 없다.
> 물은 아주 천천히 흘러 고요히 한 층 한 층 나무 그림자를 끼고,
> 벌은 아주 급히, 급히, 몸부림치며 위로 날아보려 하지만,
>   여전히 물 속에 있다.
> 날개는 이미 젖어버려, 다시는 날 수 없고, 물 속에서 맴돌기만 한다.
> 발 위의 꽃 연못은 그들이 바라는 것,
> 그는 가슴이 아팠지만, 이미 물 속에 흩어져 버리고 말았다.

---

[35] 저우타이쉔, 〈폴 베를렌의 두 시〉, 역자 후기, 1921년 3월 15일, ≪소년 중국≫, 제2권 제9기.
[36] 리쓰춘(李思純)이 쭝바이화에게 쓴 편지, 1920년 9월 15일, ≪소년 중국≫, 제2권 제3기.

비록 언덕은 보이지만 그는 물 속에서만 맴돌 뿐.
무엇 때문인지 모르겠다. 생명? 사업?
가엾게 물은 그를 밀고 나가 한 층 한 층 나무 그림자를 지난다.
쉬다가 또 몸부림치고, 그러나 그는 여전히 물 속에 있다.
아, 그렇다 앞에는 많은 수초들이 떠있다.
하지만 꿀벌은 움직이지 않게 되었다.

이 시는 유치하지만 일반적인 우언과는 다르다. 저우우는 프랑스 상
징파에 대해 소개를 하면서 그들의 창작 방법을 배웠다. 그는 자각적으
로 시 이미지 자체가 전달하는 함의의 상징성을 추구하였다. 시인이 찾
은 "물에 빠진" "말벌"은 독립적인 존재의 의미가 있을 뿐만 아니라, 뒤
에 숨겨진 의미도 있다. 전자의 존재는 후자를 암시하기 위한 것이지만,
후자를 잃더라도 그 독립적인 문학적 가치를 상실하지는 않는다. 말벌
은 "물에 빠졌다", "하지만 물에서 나올 수가 없다", "그러나 그는 여전
히 물 속에 있다". 이것은 프랑스 상징파 시인들이 자주 사용하는 주제
의 강조나 혹은 강화의 복합적인 구절 형식으로, 작가가 전달하고자 하
는 본래의 의미를 아주 강하게 돌출시키도록 하였다. 말벌 한 마리의
몸부림, 갈망, 결국에는 죽고 마는 운명, 이러한 것들 자체가 사람들에
게 동정과 탐복을 자아내게 한다. 그러나 이 이미지의 과정 뒤에 숨겨
져 있는 상징적 함의는 또한 불확정적인 것으로, 고난자들의 비참한 운
명의 상징인지, 인생길에서의 추구와 실망의 영원한 모순인지, 아니면
시대의 선진적 이상을 쟁취하는 자의 분투의 고통인지, 파악하기 어려
운 '모호성'과 상징 미학과의 관련으로 인하여, 이 시는 깨우침의 의의
를 명확히 하는 우언시와는 다른 품격을 드러냈다. 헤겔의 말처럼 상징
의 현상에는 '본의'와 '은유'의 두 가지 의미가 있는데, 이것이 상징의
형상인 '애매성'의 특징을 결정한다. 양자(형상과 의미) 사이의 관계를
말하면 애매성이 없어지지만, 또한 "더는 진정한 상징이 아니라 보통
말하는 비유"가 된다.[37] 〈말벌〉이 상징주의의 맹아를 구성하지만 일반

적인 우언시가 아닌 이유가 바로 여기에 있다.

'오사' 초기 백화시의 창작 속에는 20년대 중후기의 계급 관계와 의식 형태의 선명한 한계가 없다. 초창기의 관용적이고 창조적인 정신은 신시를 외래의 상징주의와 그와 관계되는 모더니즘 조류를 흡수하게 하였지만, 독립적인 창작 형태로 출현하지 않고, 반대로 서로 다른 시인의 관심을 받도록 하였다. 예를 들면 문학연구회, 창조사, 침종사, 어사사 등등의 많은 간행물들은 여러 편폭으로 소개를 하였을 뿐만 아니라, 이미 있는 시인들도 가끔 창작을 통하여 이후 비주류 형태의 예술 작품이라고 불리는 것들을 시험해 보았다. 총체적으로 보아 '인생을 위한' 사실주의 예술에 편향된 문학연구회의 일부 작가들도 자연히 맹아 시기의 상징파 시조 속에서 홀시할 수 없는 역할을 충당하였다.

량중다이(梁宗岱, 1903-1983)는 프랑스에서 유학할 때 프랑스 후기 상징파의 대 시인 발레리(Paur Valery)와 교류가 깊었던 바, 발레리의 장편시 〈수선사(水仙辭)〉를 번역하였고, 후에는 또한 상징주의 이론을 연구하여 서구 현대 상징과 중국 전통 시가와의 소통에 노력하여 '순시'를 제창하였다. 20년대 초기에 출판한 시집 ≪저녁 기도(晚禱)≫ (1924) 속의 일부 시, 예를 들면 〈저녁 기도 — 민후이에게(晚稻 — 呈 敏慧)〉, 〈우주(太空)〉 등에는 우주적 사고 의식과 신기한 환상과 비유를 지니고 있어 상징의 숨결이 흘러 넘친다. "희미한 여름날의 달밤-/ 나는 연기 같은 꿈에 덮여있다,/ 나풀거리며/ 은회색의 요람 속에 엎드려,/ 은하에까지 간다./ 자세히 들어보라 - 우주의 자애로운 어머니가/ 조용히 부르는 자장가를"(〈우주〉 12). 우주의 노래 소리를 들으며 우주와 나누는 마음 속 대화는 의식과 상상 모두가 예술적 초월이다. 량중다이의 〈저녁 기도 — 민후이에게〉의 두 번째 절은 매우 몽롱하게 쓰여져 있다.

---

37) 헤겔(Hegel), ≪미학≫(제2권), 상무인서관, 1979년, 13쪽.

저는 홀로 울타리 옆에 서 있습니다.
주여, 저녁 안개의 흐릿함 속에서
따스한 그림자들은 조용히 오가고
양들은 장미나무 밑의 그윽한 꿈을 시작합니다.
저는 홀로 여기에 서서,
열광적인 과거를 뉘우치고 반성하며
멍하니 세상의 꽃을 꺾습니다.
저는 눈물을 머금고 기대하고 있습니다.
희미한 붉음이 있기를,
봄 저녁 스며드는 동풍에게
아무도 모르게 내 앞으로 불어오기를.
경건하게, 살그머니,
황혼녘 별들이 참회하는 희미한 빛 속에서
저의 감은의 저녁 기도를 완성합니다.

황혼의 저녁 안개 속에서 자신의 소원을 빌고, '희미한 붉음'이 다가
오기를 갈망하며 경건한 저녁 기도를 완성한다. 우리는 시인의 정서와
그가 창조한 분위기를 분명히 느낄 수 있으며, 또한 일부 신기한 비유와
묘사 속에서 시인이 기도하는 마음을 알 수 있는 바, 그의 '뉘우침', 그
의 '열광적인 과거' — '멍하니 세상의 꽃을 꺾습니다'에서는 수수께끼
처럼 그 정확한 함의를 쉽게 알아낼 수가 없다. 청년들의 경멸과 오만
을 상징할 수도 있고, 예전에 추구했던 생활의 아름다움과 향락의 야심
을 상징할 수도 있는데, 이들의 모호함이 바로 시인이 이 작품을 창작할
때 추구한 예술적 효과이다. 이는 량중다이가 열중한 프랑스 상징주의
시가와 그 시적 미의 추구와 기본적으로 일치한다.

1920년에 프랑스로 유학한 류반눙(1891-1934)은 초기 백화시의 최초
개척자 중의 한 사람으로, 그의 〈얼음을 치다(敲冰)〉, 〈늙은 소(老牛)〉
등 시 속의 상징은 매우 낮은 수준의 우언식의 방법으로, 대부분은 〈종
이 한 장을 사이에 두고(相隔一層紙)〉, 〈한 농가의 저녁(一个小農家的

暮)〉처럼 새로운 의미를 부여한 사실적인 작품들이다. 그가 프랑스에서 유학할 때 원래 가지고 있던 현실주의적 작풍이 근본적인 변화를 가져오지 않은 상황에서 프랑스 상징파 시인의 새로운 표현 방법을 힘써 흡수하였으며, 창작 속에 존재하던 우언식의 상징적 경향이 예술 방법의 심화를 통하여 얻어낸 일종의 전환이다. 그는 또한 함의가 비교적 몽롱한 시를 일부 창작하였는데 예를 들면, 〈뜨거움(沸熱)〉, 〈메아리(回聲)〉, 〈파리의 늦가을(巴黎的深秋)〉, 〈무제(꿈 속에서 지음)(无題(夢中作))〉, 〈나는 결국 생각나지 않았다(我竟想不起來了)〉, 〈꿈(夢)〉 등은 모두 비교적 농후한 상징적 색채 속에서 자신의 깊은 내면의 세계를 암시하였다. 아래는 1921년 9월 파리에서 쓴 〈무제(꿈 속에 지음)〉이다.

나의 마음과 너의 마음은,
하늘과 바다처럼 밀접해 있다.
나의 심금과 너의 심금은,
바람과 물처럼 화합해 있다.

아!
피 같은 꽃,
꽃 같은 불,
그의 말을 듣자!
나의 영혼과 너의 영혼을,
태워 재로 만들어 그에게로 날려 보내자!

서정 주체인 '나'와 '너'는 긴밀히 연계 되어 마음이 서로 통하는데, 이 감정은 '피 같은 꽃'처럼 아름답고, '꽃 같은 불'처럼 열렬하다. 마지막에는 두 영혼이 '불'에 타 재가 되어 함께 날아가는 소원을 묘사하였다. 이는 '꿈'으로 본래 아주 큰 환상성을 지니고 있지만 또한 모호함 속에서 아주 진실한 정서를 전달하고 있다. 즉 사랑에 대한 집착인지 아니면 나라에 대한 그리움인지. 그 의미는 정하기가 힘들다. 작가는 "이는 꿈 속에서 지은 시이다". "이는 진정한 무제시로 프로이트의 특별한 판결을 받아야 한다. 그러나 재미가 있어 깨어난 후 시로 써냈다"[38)고 하였다. 이것은 신시 창작과 프로이트(Sigmund Freud) 현대 심리학의 잠재 의식 학설의 영향을 언급하거나 혹은 그것과 암암리에 부합된 후 진행한 서술이다. 거의 동시에 지어진 소시 〈파리의 가을 밤(巴黎的秋夜)〉은 다음과 같다.

> 우물 같은 천정.
> 그 음침한 네 벽을 오래도록 지켜보고 있지만,
> 한 가닥 햇빛도 보기 힘들다.
> 모든 것이 조용해지고,
> 모든 것이 희미해져서,
> 살살 부는 산들바람만이,
> 땅 위의 낙엽과 놀고 있다.

순수히 경물을 쓰고 있는 것 같지만 그 속에 포함된 정서는 매우 묵직하다. 류반눙의 이러한 사실로부터 약간의 상징에 이르는 미학적 변화는 그가 이 시기 '이해하지 못하는 문학'에 대해 너그러운 태도를 취한 것과 관련되어 있다.[39) 또한 그가 1928년에 출판한 《반눙이 그림자를 말하다(半農談影)》에서 강조한 '맑음(淸)'과 상대되는 '흐릿함(糊)'의 관념, 즉 너무 사실에 치우치지 않는 모호함을 중시하는 것과 몽롱한 심미를 추구하는 것의 효과는 일치한다. 자오징선은 당시에 류반눙의 어떤 시들을 평가할 때 "너무 '몽롱'하게 써서", "나는 알아보기

---

38) 류반눙이 1921년 9월 5일 후스에게 쓴 편지, 《후스 왕래 서신 선집(上)》, 베이징중화서국, 1979년.

39) 졸작 〈류반눙 시 예술의 현실주의적 풍부성을 논함(論劉半農詩藝現實主義的丰富性)〉(《반눙시집평》(철학사회과학판), 1991년 제5기) 참고 바람.

어렵다"고 하였다.[40] 또 예술적 영향 측면에서도 류반눙의 시는 여러 가지 심미적 취향을 반영하였다. 문학연구회의 시인 왕퉁자오(王通照)는 많은 정력을 들여 아일랜드의 상징파 시인 예이츠(W.B.Yeats)를 소개하였으며, 〈예이츠의 시〉, 〈예이츠 전기〉 등을 발표한 적이 있다. 그는 예이츠가 세상에서 "하나뿐인 위대한 시인"이며, "희미하고 환상적인 미에 치우쳤지만 동시에 현실을 실제 생활 속에서 실감나게 반영하였다. 그러므로 그의 작품은 한편으로는 조국의 전설(傳說)과 고적(古迹)에 대한 강렬한 사랑이며, 한편으로는 허환적인 영혼에 대한 해탈로 이 것을 힘껏 추구하였다". 그리하여 "시종 신낭만파 문학가의 면모를 잃지 않았다"고 하였다. 왕퉁자오는 장시 〈아오샹의 방황(奧廂的漂泊)〉을 자세히 소개하였고, 아울러 이 장시가 "위대한 정신, 아름다운 구절, 인생의 문제를 거의 완전히 포함시켰으며, 곳곳에 풍부한 상징 색채를 담고 있다"고 하였다.[41] 왕퉁자오의 시집 〈동심(童心)〉(1925)의 일부 시편들, 예를 들면 〈비애의 고함소리(悲哀的喊救)〉, 〈춘몽의 영혼(春夢的灵魂)〉, 〈생명의 불길이 타올랐다(生命之火燃了)〉, 〈피곤(疲倦)〉 등은 모두 생명과 우주의 의식이며, 현대 인생에 대한 고민과 탐구로 비록 전형적인 상징주의 작품이라고는 할 수 없지만, 담담한 상징 색채와 몽롱한 정조를 띠고 있다.

  톈한과 궈모뤄로부터 량중다이, 류반눙, 왕퉁자오 등에 이르기까지 그들의 미학 관념과 창작 실천은 다음과 같은 것들을 설명하고 있다. 중국 신시의 탄생과 발전 속에는 처음부터 다원화된 개방적 품격을 지니고 있었다. 시인들은 스스로 유파를 이루어 한 가지를 정하거나, 서로 다른 예술 조류에 대해 배타적인 거부의 태도를 취하지 않았다. 현실주의나 낭만주의로 자임한 시인들도 상징주의나 이미지파, 심지어 입체주의적인 모더니즘 색채에 접근하는 시들을 창작하였다. 예술 발전의

---

40) 자오징선의 평어, 《반눙시집평》, 서목문헌출판사(書目文獻出版社), 1984년 8월.
41) 왕퉁자오, 〈예이츠(W.B.Yeats)의 시〉, 1923년 5월 15일, 《시》, 제2권 제2호.

논리는 이렇듯 서로 다른 유파가 침투되고 영향을 받는 것이지, 서로 배척하거나 서로 차단함으로써 발전하고 풍부해 지는 것이 아니라, 부단히 앞을 향해서 발전해야 한다.

4 맹아 형태의 현대적 시학 이론

중국 현대문학 맹아기의 상징파(象征派), 이미지파(意象派) 등 현대적인 시학이론을 거론하기 전에, 우리는 다음과 같은 객관적인 현상을 알아야 할 것이다. 즉 이러한 새로운 맹아시기 외국의 상징파, 이미지파 등 모더니즘 시 사조의 소개가 스스로의 창작 실천보다 많았고, 창작 자체가 또한 어쩔 수 없이 매우 유치한 특징을 지니고 있었다는 점이다. 그리고 이러한 창작 현상과 동시에 발전한 시학이론에 관한 생각과 건설 역시 초창기의 간단하고 생기 없는 특징을 갖으며, 비자각적이고 비계통적인 난잡하고 순서 없는 형태를 나타낸다. 현실주의와 낭만주의의 시학 이론과 비교하면 이 모더니즘시조의 이론 사고는 더욱 빈약하며, 심지어 우리는 파묻혀버린 많은 언론 사료 속에서만 일부 사이비적인 맹아형태의 이론 부분을 조심스럽게 정리하여 찾아내고 있다. 뿐만 아니라 일부 이론은 번역하여 소개한 문자 속에서 동시에 해석되어 있는데, 우리는 외국모더니즘 시조에 대한 소개와 서술을 모더니즘 맹아시기 이론 건설의 한 부분으로 완전히 동등하게 볼 수는 없지만, 그 가운데 반영된 예술 관념과 심미 추구는 확실히 소개자의 신시에 대한 이론 사고에 융해되어 있다는 것을 알 수 있다. 이 부분에 대한 자료의 운영에 대하여 우리는 일반적으로 매우 신중하고 엄격한 태도를 취한다. 왜냐하면 이것은 바뀔 수 없다. 즉 이론에 대한 참조가 이론 건설의 내용 그 자체가 될 수는 없기 때문이다. 다음으로 초기 맹아시기 현대성을 갖춘 시 이론을 소개하겠다.

첫째, 상징주의 시는 신시 탄생시기 창작형태에 있어서 객관적인 존재라는 것을 긍정한다. 이에 대한 사회적 기능의 가치적 판단은 빼고, 이는 예술적 가치와 심미 기능을 더욱 중시하였다. 우선 상징주의라는 한 조류가 전체 신문학 창작이 되는 필요성을 확인하여야 하는데, 이 점에 대해 당시 신문학의 현대성 발전을 주목해온 사람들은 스스로 적극적인 해석을 내놓았다. 그들은 상징주의에 대한 사회적 기능의 가치 판단을 하는 것 외에도 그것의 예술적 가치와 심미 기능을 인식하였다. 어떤 논자는 신문학운동 중에 나타난 상징주의와 자연주의, 사실주의, 낭만주의를 똑같이 대하면서, 문학의 현대화를 실현하려면 '꼭 주의가 있어야 한다'고 여겼으며, 주의가 있는 문학을 제창하여야만 중국 문학이 '세계문학의 궤도에 오를' 수 있다고 생각하였다.[42] 이러한 생각은 신문학이 세계문학과 한 궤도에 들어서려는 희망을 표현한 것으로, 그 출발점은 예술의 창조적 관점에 있다. 이와는 달리 신문학 창조자들 사이에 상징주의를 받아들일 것인가에 대한 토론을 한 적이 있는데, 일부 비평가들의 비교적 개방적인 생각은 상징주의 시학 건설의 의식을 증대시켰다. 예를 들어 선옌빙(沈雁冰)은 한 문장 속에서 중국이 '표상주의(Symbolism)'를 제창할 필요가 있으며, 상징주의는 사실주의적 묘사의 어두움이 가져다주는 소침함을 극복해야하는데, 이는 사람들에게 이상의 힘을 준다고 생각했다.[43] 그리고, 그는 문학과 '민중', 그리고 '전 인류'와의 관계에서 출발해서 '낭만적이어도 좋고 사실적이어도 좋으며, 추상적이고 신비한 것도 다 좋다'. 이는 모두가 인류의 진실한 감정과 사상의 '인간의 문학 — 진실한 문학'을 표현하고 있다고 여겼다.[44] 여

---

42) 리즈창(李之常), 〈자연주의의 오늘날의 문학론(自然主義的今日的文學論)〉, 1922년 8월11일, ≪시사신보≫, 부간 문학순간(文學旬刊), 제46기.

43) 옌빙(雁冰), 〈우리는 현재 표상주의 문학을 제창할 수 있는가(我們現在可以提倡表象主義文學嗎?)〉, 1920년 2월 10일, ≪소설월보≫, 제11권 제2호.

44) 선옌빙, 〈문학과 인간의 관계 및 중국 고래로 문학가 신분에 대한 오해〉, 1921년 1월 10일, ≪소설월보≫, 제12권 제1호.

기에서 주의해야 할 현상은 초기 백화시인인 위핑보(兪平伯)는 처음엔 시가 평민의 것이지 귀족의 것이 아니라고 명확히 주장하면서, 명백하고 유창하게 '시의 나라(詩國)의 '민주주의(Democracy)'를 실현해야 한다고 주장했다.[45] 그러나 일 년이 지난 후, 그의 시학 관념은 분명한 변화를 가져온다. 그는 외국으로 유학을 가는 도중에 동료에게 보낸 편지에서 다음과 같이 썼다. "나는 지금 시에 대한 생각과 의견이 조금 변했네. 예전의 시가 묘사(Describtive)에 너무 치우쳤다고 생각하는데, 이것이 바람직한 추세가 아니라고 생각하네. 순수하게 객관적인 묘사는 어떻게 근사하든지 간에 결국에는 좋은 시가 아니어서, 우연히 한번 해보는 것도 나쁜 일은 아니지만, 이러한 일은 사진사들에게 맡기고, 시인의 책임은 진지하고 활발하게 인생을 대표해서, 자연계와 인류의 사회 정황을 배경으로 하고, 주관적인 정서와 상상을 골자로 삼거나 또는 이 두 가지를 연합하고 융해해서 한 점에 집중시켜 독자들에게 깊은 Image를 남기고, 독자들의 진지한 동정을 불러 일으켜야 한다네. 그러므로 나는 자연계를 묘사하는 것은 반대하지 않지만 자연을 묘사하는 것은 반대하네. 나는 주관적인 면을 믿는데 문학상에서는 객관보다 더 중요할 거네. 자연계는 문인의 눈과 머리 속에서 인격화된 자연으로, 과학자들의 비인격화된 관념이 아니며 철학가들의 초인격화된 관념도 아니라네. 만일 자연이 인격화 된 것이 아니라면 인간의 문학의 한 부분인 시 속에 그것을 재료로 할 수 없을 거네. 나는 자연계를 '시 주머니' 속에 넣으려면 거기에 정서적인 상상의 색채를 더해주어야 한다고 생각하네. 본래 자연과 인생은 둘이 아니며, 인류 자체가 자연계의 작은 부분이고, 그러므로 그것을 인격화하더라도 사실 여전히 자연의 자연이다." 자연의 재료는 반드시 감정과 상상의 '운화'를 통해야만 좋은 시를 창작해 낼 수 있다.[46] 여기에서 작자는 사실주의의 사진과 같은

---

45) 위핑보, 〈시 진화의 환원론(詩底進化的還原論)〉, 1922년 1월 1일, ≪시≫, 제1권 제1호.

묘사를 반대하고, 시인의 주관 정서와 상상의 운화를 주장하고 있고, 시인의 주관적인 창조가 시 속에서 객관에 대한 초월을 강조하고 있으며, 주관과 자연을 융합하여 선명한 이미지를 창조해야 한다. 이러한 심미 관념의 변화와 시학 의견의 제시는 시 미학이 외부 묘사로부터 내부 개발에 이르는 전이를 반영하였다. 비록 여기에는 상징주의 시학의 문제를 정면으로 제기하고 있지는 않지만, 그것들이 포함한 주관이 객관보다 중요하다는 사고와 선명한 이미지에 대한 추구는 새로운 현대적 시의 맹아가 어떻게 사실주의 시학의 범주를 벗어나 초기백화시의 일부 작자들의 미학 건설에 대한 공동한 인식이 되었는지를 설명하고 있으며, 최소한 그 속에서 새로운 시학추구의 정보를 볼 수 있을 것이다.

둘째, 신시 창작 중에서 '이미지(意象, image)' 창조의 개념과 '이미지' 창작의 심리학적 해석을 제기하였다. '의'와 '상'은 중국 전통시학 중에 일찍이 존재했던 미학 범주이다. 신시의 맹아기에 들어선 후 '이미지'는 현대성의 미학 개념으로, 비교적 일찍부터 시학이론 가운데 출현했다. 이는 시학 해석자들이 전통시학에 대한 영향과 관계되며, 더욱이 외래 시학의 영향, 특히 상징파시 맥락에 속하는 영미 이미지파시 운동의 영향과 관계된다. 후스는 〈신시를 말한다(談新詩)〉라는 문장 속에서 '구체적인 작법'이라는 신시 창작의 원칙과 함께 '이미지'창작의 개념도 명확하게 제기하였다. 그의 논술의 주요한 근거는 전통 시사의 우수한 작품들이지만, 그는 이러한 미학으로 신시의 건설을 요구하였고, 은연중에 새로운 풍격을 부여하였으며, 이러한 추구를 신시 현대성의 미학 범주에 주입하였다. 이는 서구 이미지파시 운동의 미학 원칙과 중국 맹아기의 시학 건설이 최초로 일치되는 성과를 보았다. 이것은 당시 일부 문장 속의 '이미지(意象)', '영상(影像)'은 또한 '영상주의(影像主義)', '환상주의(幻像主義)'와 같은 것이다. 류옌링(劉延陵)이 영미 이미지파

---

46) 위핑보가 ≪신조≫의 동인들에게 쓴 편지(1920년 1월 19일), 1920년 5월 1일, ≪신조≫, 제2권 제4호.

시 운동을 전문적으로 소개할 때, 이미지즘(Imagism)을 '환상파'로 번역하고, 이미지파 운동 선언 중 네 번째인 '환상적인 것을 표현하고 추상적인 말을 만들지 않는다'는 원칙을 인용하여, 특히 그 뒤에 괄호로 '후스 선생의 신시를 논한 것을 상세히 보라'고 말했다. 즉 그는 "신시 'The New Poetry'는 세계적인 운동으로 중국만의 특유한 것은 아니다. 중국 시의 혁신은 큰 강의 지류에밖에 속하지 않는다. 현재 중국에는 역류를 따라 올라가는 사람이 있는데, 이 지류의 원류와 현상을 그들에게 알려주고 아울러 그가 지금 오르고 있는 조류가 어떠한 의의를 지니는지를 설명해 줄 것이다. 이것이 혹시 역류하는 사람들을 조금이라도 각성하게 할지도 모르겠다'고 하였다. 그는 중국 신시운동의 발생을 모든 세계 현대시 운동의 추세와 연결하였다.[47] 이러한 의견은 당시 시 이론가들의 눈에는 중국 신시 운동이 세계 현대성 시조 발전의 한 조성 부분일 뿐만 아니라, 후스가 발기한 신시의 '이미지', '구체적인 작법'과 영미 이미지파시운동의 미학원칙 사이의 관계를 밝혀주었다.

류옌링은 그의 문장에서 이미지파시 운동의 영도자인 멍뤄(孟羅)가 편집한 〈시의 잡지(詩的雜誌)〉에서 인용한 아일랜드의 시인 예이츠의 다음과 같은 말을 소개하였다. "구체시 중 모든 부자연스러운 어구를 우리는 싫어한다. 우리는 장식으로 만들어진 단어와 구절들을 버려야 할 뿐만 아니라 '시적 용어'도 버려야 한다. 우리는 모든 억지로 만든 것을 버려야 하며, 시의 문자는 말하는 것처럼 해야 한다. 간단히 예를 들면, 가장 간단한 산문으로 마음의 부름소리가 되게 하여야 한다". 우리는 이 단락의 서술 속에서 후스가 신시 혁명 중에 제창한 시학과 이미지파 운동 사이의 내재적인 관계를 보아낼 수 있으며, 후스의 중국 신시와 전통의 관계를 결합하여 이미지의 창조성 문제의 독특한 사고를 보아낼 수 있다. 창작 심리학적 각도로부터 묵은 것을 그대로 답습하는

---

47) 류옌링, 〈미국 신시 운동〉, 1922년 2월 20일, ≪신조≫, 제1권 제2호.

상투어를 반대하는 (즉'이미지') 이론을 제기하였는데, 이는 후스의 맹아시기 현대성 시학의 건설에 대한 독특한 공헌이다. 후스는 다음과 같이 말하였다. "나는 최근 몇 해 이래로 중국 문학 상투어의 심리학을 많이 생각하고 있다. 많은 상투어(모든 상투어라고 할 수도 있다)들의 기원은 모두 정당한 것이다. 문학이 제일 꺼리는 추상적인 글(허구적 문자)은 구체적인 글에 가장 쉽게 쓰인다(실질적 문자). 예를 들면, '소년'은 '옷섶은 푸르고 머리는 검푸르다'다 못하며 '노년'은 '백발', '서리 내린 머리발' 보다 못하다. 그리고 여자는 '빨간 두건과 비취 소매(紅巾 翠袖)' 보다 못하며, '봄'은 '가지각색의 아름다운 꽃', '수양버들과 향기로운 풀' 보다 못하다. '가을'은 '서풍의 붉은 잎', '떨어지는 잎과 성긴 숲' 보다 못하다. 처음에 사용할 때 이러한 구체적인 문자는 실제적인 이미지를 일으킬 수 있는데, 예를 들면, '수양버들과 향기로운 풀'은 정말로 어떤 구체적인 봄의 정경을 나타내며, '단풍잎과 갈대꽃'은 구체적인 가을의 풍경이다. 이는 고문이 이러한 문자들을 쓴 이유이며, 이는 매우 정당한 것이고 심리적 작용에 극히 맞는 것이다. 그러나 후인들 또한 이러한 문자들을 너무 익숙하게 사용하여, 이제는 묵은 것을 그대로 답습하는 상투어가 되었다. 상투어가 된 후, 구체적인 이미지의 작용을 일으킬 수 없게 되었다". 후스의 이러한 논술은 심리학적 각도로부터 출발하여 구체적인 이미지의 글과 단어가 어떻게 묵은 것을 그대로 답습하는 상투어가 되었으며, '구체적인 영상을 일으키는 목적'을 잃었는지를 관찰하였다. 이러한 창작 미학의 실수를 바꾸기 위해서는 작자가 '근본으로부터 손을 대어' 그러한 구체적인 글을 사용하는 수단을 학습해야 하며, 또한 새로운 상상력으로 새롭고 구체적인 '농후하고 실제적인 이미지'를 일으킬 수 있는 것을 창조해야 한다고 하였다.[48] 이러한 '상투어 심리학' 이론은 전통에서 현대로 향하는 백화 시인의 현대

---

48) 후스, 〈선인모에게 부치는 시론〉, ≪중국신문학대계 · 이론건설집≫, 312쪽에서 인용.

성 시학이 이미지 창조에 대한 낡은 것을 그대로 따르는 것을 반대하고, 새로운 것을 추구하는 미학적 의식과 요구를 반영하였다. 이리하여 전통 시학으로부터 온 이론은 현대성의 심미 추구의 색채를 부여하였다.

셋째, '신비'라는 미학적 효과를 신시 창작의 규범 속에 도입하여 '암시'의 창작 중 의의를 중시하였다. 이는 사실주의, 낭만주의 이론과는 다른 심미적 취향이다. 초기 백화시 작가들 중의 어떤 사람들은 '몽롱하고 모호한 시' 짓는 것을 반대하였다.[49] 그 중 위핑보(兪平伯)를 예로 들 수 있다. 하지만 다른 견해를 갖고 있는 사람도 있었다. 캉바이칭(康白情)은 창작에서 명백하고 유창하고 색채가 선명한 것을 특징으로 하였으며, 주장에 있어서 '신비'한 것을 거절하지 않았다. 그는 시를 지을 때, "단어 구사가 소박하여야 하며 주제를 정할 때 함축적이어야 한다". "함축은 회삽한 것이 아니며, 명백한 것이 함축되지 말아야 하는 것은 아니다. '온유돈후'든지 하는 것은 작자 개인의 수양과 사회의 풍기에 속하며 이와는 무관하다. 그러나 말은 끝이 있고 뜻은 무한하여 읽는 이로 하여금 한 번 읽고 세 번 감탄하게 하는 것은 예술적으로 할 수 있는 것이다. 그렇지 않고 한 번 보고 끝나는 것은 아무런 맛도 없어 시를 짓지 않는 것보다 못하다."라고 하였다. 이런 '말은 끝이 있지만 뜻은 무한'한 심미효과인 '신비'를 시에 도입하는 문제에 대해 매우 정확하게 제기하였다. 그는 또한 다음과 같이 말하였다, "신비는 시에 반드시 필요한 것은 아니지만 그 중 인류의 천성 때문에 미감을 일으킬 수 있는 바, 때론 상상으로 신비에 미치게 하기 때문에 배제할 필요도 없는 것이다". 그는 '시는 귀족적'이라는 관점을 견지하여 시는 '주관에 편중될 수 있으며 어떤 사물을 보고 비유를 쓰거나 그 마음을 선전하여 오로지 언어에서의 명백함을 추구하는 하고, 사람들의 이해를 강구할 필요 없이 사람에 따라 다르게 해석하는 것으로, 사람들에게 쉽게 물을

---

49) 위핑보, 〈사회적으로 신시에 대한 각종 심리관〉, 1919년 10월 30일, ≪신조≫, 제2권 제1호.

필요가 없다.' 라는 관점을 견지하였다.[50] 여기에서는 신비와 인류의 천성 사이에 뗄 수 없는 관계를 말한 것으로, 이로부터 시의 신비적 존재의 합리성을 확인했으며, 아울러 '신비'가 일으키는 미감의 예술적인 효과를 서술하였고, 심지어 '사람의 이해를 강구할 필요가 없'는 모호한 경계에 도달하였는데, 이는 당시 맹아기의 시학이론 중에서는 상당히 선진적이며 현대적인 견해였다.

'신비'와 관련된 것은 예술이 암시를 전달하는 방식에 대한 긍정이다. 일부 시인들은 전통시학의 '말은 가깝지만 뜻은 먼' 것과 서구 상징시가 상징으로 정조를 암시하는 표현 방법 사이의 관계를 힘써 교류하고, 함축과 암시 사이의 심미적 공통점을 찾았다. 위핑보는 신시의 어려운 점이 백화에 있는 것이 아니라, '시에 있다'고 강조하였는데, 백화시와 백화의 분별은 '뼈 속에는 있다'. 다시 말해서 '미적 미감은 고정된 것이 아니'며, 이러한 미감의 매우 중요한 면은 후스가 말한 '기탁'과 '함축'이다. 그들은 당시 아직 '암시'라는 단어로 미학적 요구를 표현한 적은 없었지만, 비슷한 많은 서술들이 있었다. 위핑보는 다음과 같이 말하였다. "시를 짓는 데 있어서 두려운 것은 글이 너무 직접적이며 함축성이 없는 것이다. 무수히 많은 구절로 간단하고 표면적인 의미를 표현하여, 읽는 이로 하여금 한 번 읽어 바로 그 뜻을 알게 하고, 두 번 읽으면 따분하게 느껴지는 이러한 '초를 씹는' 듯한 시는 짓지 않는 게 좋다." 신시는 "'한 눈에 안겨와' 여운이 없게" 지어서는 안 된다.[51] 여기에는 현대성 넘치는 명제가 포함되어 있다. 즉 가장 간단한 언어로 깊은 의미를 암시해야 한다는 것이다. 이는 전통적이면서도 또한 현대적인 것으로, 서로 통하는 범주는 '함축'과 암시이다. 물론 위핑보는 같은 문장

---

50) 캉바이칭, 〈신시에 대한 나의 의견〉, 1920년 3월15일, ≪소년 중국≫, 제1권 제9호, "신시 연구 특별호"(2).

51) 위핑보, 〈사회적으로 신시에 대한 각종 심리관〉, 1919년 10월 30일, ≪신조≫, 제2권 제1호.

속에서 다음과 같이 말하기도 하였다. "흐리멍덩하고 망연자실한 시는 겉으로 볼 때 마치 겹겹이 의미가 깊은 것 같지만, 실은 속이 텅 비어 있다". 이처럼 위핑보와 후스가 제창한 '함축'은 전통 미학과의 연계에서 서구 상징파시와 많은 공명을 지니고 있다. 창조사의 청팡우(成仿吾)는 문학의 범속주의를 반대하고 '시가 있는 시'를 창작할 것을 제창할 때, 마땅히 애써 창작해야 하는 '미적 효과'의 원칙을 논하였는데, 그 중의 하나가 바로 '암시의 변화' 원칙이었다. 그는 "문자의 작용은 결국 하나의 암시에서 나오지 않는다. 문학가들이 일부 죽은 문자로 독자들의 마음 속에 활발한 영상을 연출하는 것은, 작자의 한 자 한 자가 독자들의 상상 속에서 부단한 예상을 이끌어 내기 때문이며, 또한 작가가 작품의 발전 속에서 자기 한 사람 외에는 누구도 모르게 독자들의 예상을 자기가 예정한 방향으로 이끌어 낸다. 독자들은 작자의 암시가 일으키는 예상을 얻고, 마치 작품의 내용과 부합하듯이 일종의 만족을 얻을 수 있게 된다. 만약 불행히도 얻을 수가 없더라도 역시 일종의 우울한 향락을 얻을 수 있을 것이다. 결론적으로 예상의 결과가 부합되든 부합되지 않든, 이러한 암시의 변화는 우리에게 작품에 대한 흥미를 증가시킬 수가 있는데, 이는 의심할 바 없는 사실이다."[52] 라고 하였다. 청팡우는 독자가 받아들이는 각도에서 시와 문학작품의 암시적 미학 효과를 논한 것이다. 하지만 여기에서는 이미 현대 상징파시의 매우 중요한 미학적 특징이 언급되었다. 이러한 관점은 비록 당시에는 작가와 이론계의 주의를 끌지는 못했지만, 이것의 출현은 맹아기 현대적 시학의 내함을 풍부히 하였다. 그리고 이러한 암시적 심미 범주의 이론 건설은 20년대 후기와 30년대에 와서야 비로소 더욱 자각적인 발전을 이루었다.

역사에서는 늘 예상하기 어려운 어긋남이 있다. 프랑스에서 유학한 청년 조각가이자 시인인 리진파(李金發)는 1920년 보들레르와 베를렌

---

52) 청팡우, 〈사실주의와 용속주의〉, 1923년 6월10일, ≪창조주보≫, 제5호.

을 숭배하여 자각적으로 상징파시의 창작을 시작하는데, 이것이 중국 상징주의 시 탄생의 기점이라고 할 수 있다. 하지만, 그것의 결집과 영향은 1925년 ≪가랑비(微雨)≫ 출판 이후의 일이다. 우리는 이를 보고 초기상징파 시조의 기점이 5년이나 늦었다고 말한다. 이 때문에 그 이전 신시 창작에서 있었던 성과를 찾는다면, 대체로 상술한 몇 가지 맹아 성질의 작품에서만 존재하며, 당시 냉대와 공격을 받던 시단을 꾸미고 있을 뿐이다. 만약 리진파의 시가 조금 일찍 신시 창작의 제단으로 걸어왔다면 그는 반드시 신시에 더욱 많은 원망과 불행으로 '영광스럽지' 못한 명성을 가져다 줬을 것이다. 어긋남이 조성한 주인공의 늦음은 아마도 신시 발전에 있어서 행운일 것이다.

앞에서 우리는 몇 가지 맹아기의 작품과 이론 사고를 탐구했다. 이러한 묘사는 매우 큰 주관성과 모험성을 지니고 있다. 하지만 어떻든 간에 우리는 한 가지 사실을 인정하지 않을 수 없을 것이다. 전체 신시 발전의 물결 속에서 상징파 시의 맹아는 언제나 소멸할 수 없는 잔잔한 흐름이었다는 것이다. 이러한 작품과 이론은 여전히 아직도 초기 백화시의 간단하고 유치한 흔적을 벗어나지 못하고 있으며, 이미지나 상징의 내함 또한 결코 많은 내용과 깊은 층면이 없다. 하지만, 이미지 혹은 형상으로 정감과 정서를 강조 암시한 것은 혹은 더욱 전통의 길에 가깝거나, 혹은 더욱 외국의 영향을 받은 것으로, 모두가 중국 상징파시의 최초의 맹아로 볼 수가 있다.

'오사' 문학 본래의 관용성 또한 우리에게 연구 사유의 개방성을 요구한다. 유치하고 황폐한 여린 싹은 그 자체로는 더욱 많은 심미 가치가 존재할 수 없다. 하지만 그들의 출현과 존재는 하나의 정보를 예시한다. 즉 심미 원칙과 예술 방법의 다양화를 추구하는 것이 바로 신시가 필연적으로 발전하는 방향이며, 이역과 전통의 예술적 영양분에 대한 이중적 흡수와 융화가 신시가 끊임없이 생장하고 번성하는 데 있어서 중요한 요소라는 것이다.

제2장
초기상징파시의 탄생

1 초기상징파시의 궐기

중국 상징파시의 맹아기가 지난 후, 상징파시의 탄생에 이르기까지 긴 단계를 거치는데, 여기에는 예술 성장 자체에 원인이 있지만, 또한 창작의 발생과 출판 후에 발생한 영향 사이의 시간적 차이와 관계가 있다.

상징파시가 한 갈래의 예술 조류로 중국의 새로운 시단에 출현한 것은, 20세기 20년대 중기의 일이다. 그러나 중국의 젊은 시인 리진파(李金發)가 진정한 의미에서 상징파시의 창작에 종사한 것은 1920년부터이다. 청년시인 리진파는 중국 상징파시 창작을 최초로 실천한 사람이다.

리진파(1900-1976)는 광둥(广東) 메이현(梅縣) 사람으로, 1919년, 후에 저명한 화가가 된 린펑몐(林風眠)과 함께 배를 타고 프랑스로 유학을 떠난다. 그는 조각 예술을 전공하였는데, 처음에는 프랑스 남부의 소도시인 디종(Dijon)에 있다가 후에 파리로 간다. 예술을 공부하고 남는 시간에 당시 프랑스에서 꽤 널리 유행했던 상징파시의 영향을 받는다. 상징파의 창시자인 보들레르(Ch.Baudelaire)의 시집 ≪악의 꽃≫은 그가 밤낮으로 열심히 읽고 늘 옆에 두었던 책이 된다. 19세기 중엽에 탄생한 프랑스 상징파의 대시인, 예를 들면 보들레르, 베를렌, 말라르메(Stéphane Mallarméé), 랭보(Arthur Rimbaud), 그리고 20세기 20

년대 한때 세상에 이름이 널리 알려진 상징파 시인 발레리 등은 모두 그의 주의를 끌었으며, 그가 시 창작의 길에 들어서는 데 있어서 초기에 창작한 신시에 매우 큰 영향을 주었다. 몇 년 후, 그의 시집이 출판되어, 다른 사람들이 '알 수 없다'고 비난하자, 자신의 시에 대하여 답변 할 때, 조금도 거리낌 없이 "베를렌은 나의 스승입니다"라고 인정한다.

상징파시가 탄생한 고향에서 기거하고 있던 청년시인 리진파는 이렇게 중국 상징파시 창작의 길로 들어선다. 그는 상징파시의 공기 속에서 거의 도취하다시피 열심히 시를 쓰기 시작하며, 아주 짧은 2, 3년 사이에 연속으로 많은 시를 창작하여, ≪가랑비(微雨)≫, ≪식객과 흉년(食客与凶年)≫, ≪행복을 위한 노래(爲幸福而歌)≫ 등 3권의 시집을 펴낸다.

그는 이러한 시집을 써서 국내로 부쳤는데, 받는 이는 그가 한 번도 만난 적이 없는, 당시 이미 베이징대학의 저명한 교수인 저우쭤런(周作人) 선생이었다. 그는 긍정적인 회답을 받았고, 이 때문에 저우쭤런의 추천으로 ≪가랑비≫가 1925년 북신서국(北新書局)에서 출판된다.

그 후, 그의 기타 두 시집인 ≪행복을 위한 노래≫(1926)와 ≪식객과 흉년≫(1927)이 상무인서관(商務印書館)과 북신서국에서 차례로 출판이 된다.

설립한 지 오래지 않은 잡지 ≪어사(語絲)≫도 1925년부터 '리수량(李淑良)'을 필명으로 한 그의 ≪가랑비≫ 중 일부 시들을 싣기 시작한다.

≪어사≫에서 저우쭤런은 그가 쓴 광고에서, 리진파의 시를 국내에서 볼 수 없는 신시 중 '독창적인 형식을 창조'한 작품이라고 평가한다.

괴상하고 아름다우며 또한 회삽하고 알아보기 어려운 이 노래 소리는 신시 평론계와 신시를 애호하는 청년들의 놀람과 분쟁을 불러 일으킨다. 그리고, 중국 신시의 땅 위에 처음으로 몽롱시의 '가랑비'가 내리게 했으며, 외국 상징주의 시의 바람이 중국 신시와는 다른 색깔의 꽃을 피우고, 새롭고 독창적인 열매를 맺게 하였다.

그러므로 주즈칭 선생은 30년대에 처음 10년 간의 중국 신시를 회고

할 때, 리진파를 프랑스 상징주의 시의 수법을 중국 시에 소개한 '첫번째 시인'이라고 하였으며, 또한 그가 20년대 자유파시, 격률파시와 대립하는 가운데 '새로운 세력'으로 돌연 나타난 상징파시의 대표적인 인물임을 인정하였다.[1] 리진파의 몽롱하고 신기한 ≪가랑비≫의 출현은 자연히 중국 상징파 신시가 맹아로부터 탄생에 이르는 상징이 된다.

리진파와 동시에 혹은 조금 후에 상징파 시를 창작하기 시작한 시인으로는 후기 창조사(創造社)의 세 시인이 있다. 프랑스에서 유학한 왕두칭(王獨淸)은 바이런(Byron)의 낭만파에 기울었지만, 후에 상징파시의 창작으로 전향한다. 그는 ≪성모상 앞에서(圣母像前)≫(1926), ≪죽기 전(死前)≫(1927), ≪비니스(威尼市)≫(1928) 등의 시집을 출판한다. 이때 일본에서 유학하면서 일본을 소개하면 문학 창작의 현상을 통하여 프랑스 상징파시의 영향을 받아 창작을 시도한 무무톈(穆木天), 펑나이차오(馮乃超)도 창조사에서 원래 창도하였던 낭만파 시풍과는 다른 작품인 ≪여행하는 마음(旅心)≫(1927)과 ≪홍사등(紅紗灯)≫(1928) 등 두 권의 얇은 시집을 보내온다. 당시 창조사의 간행물을 책임졌던 위다푸(郁達夫)와 궈모뭐는 그들의 시풍이 예전에 창조사(創造社)에서 추구했던 시풍과는 다른 분명한 변화를 보이고 있다는 것을 예리하게 느꼈다. 이렇듯 프랑스 상징파시는 예전의 낭만파시인들이 낭만파에 대한 반동으로 시작하여 탄생한 것으로 창조사에서 마지막으로 보낸 세 시인이 모두 상징파 창작의 길에 들어서는데, 이는 매우 재미있는 현상이다. 왕두칭은 다음과 같이 말한 적이 있다. "궈모뭐는 내가 상징파의 표현 방법을 좋아하게 된 것이 일종의 변화에 속한다고 말하였다. 이는 나의 예전의 시 작법이 모두 바이런식이나 휴고식이었기 때문이다. 이 말은 틀리지 않다".[2] 이는 왕두칭이 자신을 말한 것이지만 또한

---

1) 주즈칭 ≪나의 시 창작 회고— 시집≫ 서언.
2) 왕두칭, 〈다시 시를 말함 — 무톈, 보치에게〉, 1926년 3월, ≪창조월간≫, 제1권 제1기.

궈모뤄가 그들 세 사람의 시 풍격의 변화에 대하여 설명한 거라고도 할 수 있으며, 또한 낭만파 시와 상징파 시인 사이의 예술적 탈바꿈의 관계를 다소 설명 할 수도 있다.

상하이 진단대학(震旦大學)에서 공부하고 있던 다이왕수도 프랑스 낭만파 시인 알프레드 드 뮈세(Alfred de Musset, 1810-1857) 등에 경도됐던 것에서 보들레르, 베를렌(Paul Verlaine) 등 시인의 작품을 즐기는 것으로 변화한다. 다이왕수는 이들 시인의 직접적인 영향으로 자신의 상징파 신시의 창작을 시작한다. 그는 후에 출판한 첫 시집 ≪나의 기억(我的記憶)≫(1929) 중 공들여 엮은 첫 부분의 '낡은 비단주머니(旧錦囊)'에서 자신의 아름답고 우울한 꿈을 묘사하였으며, 프랑스 상징파 시풍의 영향을 받은 펑즈(蓬子)는 퇴폐와 감상의 정조가 넘치는 노래를 불렀으며, 시집 ≪은방울(銀鈴)≫(1929)을 출판한다.

리진파의 상징파 신시가 포함하고 있는 미학적 흥취는 새로운 것을 추구하고자 하는 청년들의 추종과 모방을 불러일으킨다. 그의 상징적 시풍의 영향 속에서 모방으로부터 상징파시의 창작으로 들어선 시인으로는 후예핀(胡也頻), 허우루화(侯汝華), 린잉창(林英强) 등이 있다. 그들 시집의 출판은 매우 늦은 편이 었는데, 후예핀은 후에 ≪예핀 시선(也頻詩選)≫(1929)을 출판하였고, 허우루화는 ≪바다 위의 노래(海上謠)≫(1936)를 출판하였으며, 리진파는 린잉창이 출판한 시집 ≪처량한 거리(凄凉的街)≫에 서언을 써주었다.

후예핀은 서정적 언어와 이미지 등의 방면에서 리진파 시풍의 영향을 뚜렷이 보이고 있지만 그의 시 속에는 사랑에 대한 감격 외에 현실 사회, 개인 생활에 대한 고민과 번뇌의 가락이 울려 퍼져있어, 정서의 억제와 회삽한 분위기 속에서 낭만주의의 희망과 씩씩한 기상이 진동하고 있다.

이러한 시인들 중 다이왕수는 20년대 말과 30년대 후기에 이르러 예술적으로 더욱 큰 발전을 보이며, 30년대에 이르러 상징파시를 더욱 왕성한 현대파시의 단계로 끌어올려 또 하나의 더욱 큰 신시 현대성을 지닌 유파의 영수가 된다. 우리는 구별을 위해서 리진파를 대표로 한 1925년부터 1927년 전후 짧은 시기에 유행한 창작 유파를 초기상징파시라고 하겠다. 이 시기는 중국 모더니즘 시 발전의 시작이라고 볼 수 있다.

하나의 새로운 시 사조의 탄생은 그가 받은 외래 시조(詩潮)의 영향뿐만 아니라 그 자체의 사회적, 예술적 원인을 가지고 있다.

'오사 운동' 문학 혁명의 고조가 지난 후, 청년들의 사상은 비교적 큰 분열 흔들림을 보인다. 일부 청년들은 저조함 속에서 앞으로 전진했고, 다른 일부 청년들은 심리 상태가 대체로 열렬하면서도 처량했지만, 그들은 자신만의 미학적 추구를 탄생시켰다. 예를 들면, 루쉰이 침종사(沉鐘社) 등 일부 문학 청년들을 평론할 때 말한 것처럼, 그들은 "겉으로는 외국의 영양분을 섭취했지만, 내부로는 자신의 영혼을 발굴하여 마음 속의 눈, 목구멍과 혀로 이 세계를 응시하고, 진리와 아름다움을 적막한 사람들에게 노래 불러주려고 했다". 그들의 사회적 태도와 예술적 선택은 대체로 일치하였다.

> 그러나 그때 각성하기 시작한 지혜롭고 지식 있는 청년들의 마음은 대체로 열렬했지만 또한 슬픈 것이었다. 한 가닥의 광명을 찾을 수 있다 해도 '여러 개의 경로를 통해' 분명히 주변의 막막한 암흑을 보았고, 흡수한 외국의 영양분 또한 '세기 말'의 주스로, 와일드(Oscar Wilde), 니체(Fr'Niet-zsche), 보들레르(Ch. Baudelaire), 안드레예프(L. Andrev) 등 준비한 것이었다.[3]

사회 심리가 이끈 영향이 일단 예술 심미의 취미와 합치되면 그 예술 경향은 곧바로 두 배의 역량으로 전통의 속박을 벗어나 새로운 추구에

---

3) 루쉰, 〈≪중국신문학대계 · 소설 2집≫ 서언〉.

로 전진해 나아갈 수가 있게 된다. 그리고 이러한 추구가 집단적 경향으로 변할 때, 누구도 막을 수 없는 창작 사조가 자연스럽게 탄생되는 것이다. 초기상징파 시조의 탄생도 이와 같았다.

현실에서의 실망은 그들에게 감상과 적막 속에서 개인적 감정의 비환을 느끼게 했으며, 인생을 향한 외침은 내심 세계를 발굴하는 것으로 대체되고, 시의 시대정신과 사회적 사명감은 거의 존재하지 않을 정도로 담담해지게 된다. 그리고, 서정 내용은 내심의 감정과 심미적 경험으로의 복구로 표현된다. 리진파는 당시 중국 사회 환경의 추악함을 증오하고 민족 문화의 낙후됨을 슬퍼하여, 오로지 유미주의의 처방으로 마음속의 신기루를 건설하려고 하였다.

리진파는 심지어 예술이 유일한 목적이고, 사회와 도덕과는 무관한 창조적 아름다움으로, "예술가의 유일한 작업은 자신의 세계를 표현하는 데에 충실하는 것"이라고 주장했다. 그래서, 그가 말한 소위 미의 세계는 예술로 창조되는 것이지 사회에서 건설되는 것이 아니어서, 시는 추구와 진리를 표현하는 것과 무관하며, 다만 "서정적인 퇴고이며 구절의 유희"[4]라고 생각했다. 무무톈은 "많은 이상을 마음에 품은" 동시에 가정의 몰락, 사회적 암흑은 또한 그에게 "몰락을 느끼고 깊은 비애를 느끼게 하였다"고 하였다. 이로써 그는 "한 편으로는 붕괴된 농촌을 회고하고, 한 편으로는 찰나적인 관감의 향락과 장미꽃과 술의 도취를 추구하였다". 그는 동경의 1923년 대 지진 후, 그러한 "난잡한 폐허 속에서" 서구 유미주의, 낭만주의와 상징주의의 시를 학습하였는데, 그 중에는 바로 구르몽(Remy de Gourmont), 베를렌(Paul Verlaine), 메테를링크(M. Maeterlinck), 버하린(Verharen), 보들레르, 라포그(Jules Laforge) 등의 시인들이 있다. 그가 그 자신을 설명하던 말로 표현하면, "나는 그 상징파, 퇴폐파의 시인들을 열렬히 좋아하고 있다"고 하였다.[5]

---

4) 리진파, 〈열화(烈火)〉, 〈시문답(詩問答)〉, 1928년 1월, ≪미육(美育)≫ 창간호, 1928년 5월, ≪미육≫, 제2호.

그의 ≪여행하는 마음(旅心)≫ 속의 대부분 작품이 바로 이러한 심정과 예술적 영향 하에 쓰인 것이다. 왕두칭은 고대 로마성의 유적 을 여행할 때 "폼페이(Pompai)의 폐허"를 목격하고 자기 조국의 쇠퇴를 생각하며, 일부 불쌍한 애굽인들에게서 "나로 하여금 동방에 대한 감정을 곧 바로 이상이 깨진 후의 비애로 변하게 하였다"[6]고 말하였다.

비슷한 생활 경험과 예술적 충격은 그들의 시를 서구 상징파시의 자아표현, 내면 발굴의 중시, 부패와 퇴폐에 대한 노래, 내심으로 향하는 감상적인 정조 등과 서로 통하게 하였다. 이 때문에 인생의 고통과 적막을, 신비로운 퇴폐와 감상을 노래하고, 사랑에 대한 미련과 아픔을 노래하였으며, 꿈속의 고요함과 죽음의 질고를 노래한 이 모든 것들이 거의 초기상징파시의 보편적인 주제가 되었다. 그들의 생명에 대한 감탄의 소리를 가장 잘 대표할 수 있는 것은 리진파의 ≪유감(有感)≫이란 시인데 그의 주선율은 다음과 같다. "남은 잎에 뿌려진/ 피는 우리의/ 발 아래에 있듯이,/ 생명이라는 것은/ 죽음의 신 입술 가의/ 웃음……". 그들의 눈에 비친 인생은 고통으로 넘쳐나, 가을의 잎은 흉하게 시들고 삶과 죽음은 눈앞에까지 가까이 와 있다. 이리하여 사람들은 단지 술과 사랑의 깊은 취함 속에서만이 조그마한 생명이 잠깐 동안 안위를 얻을 수 있다. 초기상징파 시인의 창작은 대부분이 이와 유사한 감상과 신비로운 분위기를 지니고 있다.

초기상징파 시인은 그들의 마음속의 눈, 목구멍과 혀를 통하여 "진실함과 아름다움을 적막한 사람들에게 주었"지만, 이 "진실"이 현실의 인생과 보통 사람들의 내면세계와는 너무나 멀리 떨어져 있기 때문에 이러한 '아름다움'은 그들 마음속의 '신기루'와 같은 환영으로 보일 뿐이며,

5) 무무톈, 〈나의 시 창작에 대한 회고— 시집 ≪망명자≫의 서를 대신하여(我的詩歌創作之回顧 — 詩集〈流亡者〉代序)〉, 1934년 2월 1일, ≪현대≫, 제4권 제4기.

6) 왕두칭, ≪다시 시를 논함 — 무톈, 보치에게 부침(再譚詩 — 寄木天, 伯奇)≫, 1926년 3월, ≪창조월간≫, 제1권 제1기.

'적막한 사람들에게' 더욱 큰 적막감과 더욱 많은 감상과 무거운 심리적 그림자를 가져다 줄 뿐이었다.

사회의 복잡한 경험과 심각한 문화적 배경이 모자랐기 때문에, 그들의 자아의 내면세계에 대한 개발은 자신의 사회적 사명감의 상실을 댓가로 하였다.

시의 내용으로부터 볼 때, 그들은 심층 세계로 들어가는 동시에 또한 하나의 좁은 천지로 진입하였다. 때문에 시대의 발전과 개인의 가치 관념의 변화에 따라 대다수 사람들이 이 시절의 시 활동에 대하여 자아의 단절과 부정을 표명하였다. 무무톈은 후에 자신의 이러한 '세속을 떠난' 문학의 '여정'을 예술상에서의 '환멸'감 추구의 기록이라고 생각했으며, 이러한 상징파시가 갖고 있는 비현실적인 예술 세계의 창조가 "다만 멸망에 이른 자들이 일시적으로 환영의 안위를 얻기 위한 것이지, 진실한 문학의 앞길에 크게 도움이 되는 것이 없다고 할 수 있다."[7]고 말하였다.

이러한 말은 무무톈이 30년대에 현실주의 창조의 길로 들어선 후 상징파시에 대한 반성과 비판을 진행할 때 한 것이다. 이론의 협소함은 늘 인식으로 통하고 진리로 접근하는 시선을 가로 막는다. 사실상 초기 상징파시의 예술적 탐색은 그중에 건강하고 아름다운 내용을 포함하고 있어, 결코 무무톈이 말한 것처럼 완전히 '진실한 문학의 앞길' 밖으로 거절당한 것이 아니다. 반대로 초기 상징시파는 예술 면에서 볼 때, 중국 신시 내부의 운동 법칙의 발전에 필연적인 산물이 되어야 한다. 초기상징파시가 남겨놓은 유산은 곧 한 세대 청년 시인들이 신시 예술의 앞길과 도로에서 진행한 반성이거나 탐색의 열매이다.

---

7) 무무톈, 〈나의 문예생활(我的文藝生活)〉, 〈무엇이 상징주의인가?(什么是象征主義)〉, 1930년 6월 1일, ≪대중문예≫, 제2권 제5,6기 합본, 1935년 7월, 상하이생활서점, ≪문예백제(文藝百題)≫에 각각 실림.

2 초기상징파시의 이론 주장

'오사 운동' 이후, 신시와 구시 사이에 자신의 생존을 다투는 투쟁은 이미 끝이 났다. 신구의 투쟁은 점차 신시가 자신의 심미적 가치를 선택하는 예술적 탐구로 대체되었다. '후스의 문체'라는 초기 백화시의 범람은 언어적으로 백화문을 과도하게 중시하고 신시의 시적 특징을 홀시하였으며, 궈모뤄의 ≪여신≫ 식의 외침시의 번성은 곧이곧대로 드러내는 솔직함은 있지만 더욱 깊은 시정의 함의가 없고, 또한 궈모뤄의 신시가 가지고 있는 재능을 발휘하지 못하였다. 그리고 빙신(冰心)의 ≪봄물(春水)≫, ≪뭇별(繁星)≫ 식의 소시는 너무 절제가 없이 성행하여 시의가 전혀 없는 두 세 구절의 경물을 묘사한 언어가 또한 신시를 가장한 간행물에서 유행하였다. 이렇게 사람들에게 '시를 짓는 것은 문장을 짓는 것과 같다'는 것와 '감정이 자연적으로 흘러 나온다'는 이론과 서정에 대해 불만을 갖게 된다. 신시는 심미적 관념의 변화에 면하였으며, 새로운 미학 추구는 이미 시 내부에서 배양된 자아 발전의 필연적인 추세가 되었다.

그리하여 두 가지 추세가 탄생했는데, 원이둬(聞一多)를 대표로 한 격률시파는 영미 낭만주의시 속에서 영양을 섭취하여 신시가 감정을 전달하는 외적인 형식미를 구성하도록 하였으며, 리진파를 대표로 하는 상징파는 프랑스 상징주의 시 속에서 영양분을 섭취하여 신시가 전달하는 내재적 은밀성과 이미지의 아름다움을 하도록 하였다. 이것이 바로 후에 초기상징파시가 탄생한 미학적 원인이다. 물론 그 안의 상황은 비슷하지만 또한 서로 다르다. 리진파의 창작이 주로 프랑스 상징파시의 영향을 받아 모방으로부터 이 조류를 향한 시험이었지만, 꼭 국내의 신시 창작의 발전 추세와 어떤 필연적인 연계가 있는 것은 아니다. 그러나 왕두칭, 무무톈, 펑나이차오 등은 분명히 초기 백화시에 대한 반성과 불만에서 탄생한다. 그들과 리진파가 받아들인 프랑스 상징파 시인 및 그들이 탄생한 시간이 다르기 때문에, 혹은 그들이 선택한 미학적 취향이 서로 다르기 때문에, 그들은 자신의 창작 중에서 상징시의 외적인 음악미와 형식미에 대해서 많은 관심을 갖았는데, 이는 리진파가 주목한 이미지와는 차이가 있다.

그러나 어떠한 차이가 존재하든 간에 그들 사이에 공통점은 그들이 나아가는 것이 프랑스 상징파시의 영향을 받아 창작의 길을 걷고 있다는 점을 모두 인정한다는 것이다. 그들은 신시가 탄생한 이후 미학적으로 새로운 탐구를 하고 있다.

이러한 탐구는 또한 동서 시 예술을 소통시키고자하는 '융합론'으로, '진정으로 중국 신시' 발전을 바라는 길의 깊은 심리적 요구와 암암리에 일치 한다. 이러한 요구의 외침은 거의 동시에 1926년 전후로 나타났는데, 이는 중국 현대시사에서 아주 재미있는 또한 주의할 만한 현상이다. 저우쭤런이 류반눙의 시집을 위해 쓴 〈≪양편집≫ 서(〈揚鞭集〉序)〉, 무무톈과 왕두칭이 같은 해에 ≪창조 월간(創造月刊)≫에 전후로 발표한 ≪시를 논함(譚詩)≫과 ≪다시 시를 논함(再譚詩)≫, 리진파의 〈≪식객과 흉년≫ 발문(〈食客与凶年〉自跋)〉 등등의 문장에는 모두 같은 미학 문제를 생각하고 있으며, 단지 탐색의 심도와 견해가 다를 뿐이었다. 이러한 현상은 초기 백화시 이래로 예술적 경향의 시 본질적인 면에서 요구되어진 반성으로, 이미 피할 수 없는 역사적 추세가 되었으며, 아울러 반성의 변혁으로부터 반성 중 이론과 창작의 미학적 건설로 향해 간다는 것을 설명하고 있다.

이러한 반성 후에 제기한 동서 시 예술의 '융합론'의 신시 미학 추구 중에서 저우쭤런의 사고와 견해는 전면적이며 이론적 규모를 갖추고 있다. 그는 그가 읽어보고 출판을 추천한 리진파의 ≪가랑비≫가 나온 지 얼마 안 되어 상징시를 건설하자는 각도에서 모든 신시 전반적인 문제에 대하여 '신시의 수법 면에서 나는 간결한 묘사에 탄복하지 않고, 또한 수다스러운 서술도 좋아하지 않으며, 잡다한 도리는 더 말할 필요도 없다'고 하였으며, 신시의 작법은 소위 '흥'이 가장 의미가 있는데, 전통시 속의 '흥'은 그가 보기에 '새로운 명사로 말하면 혹은 상징이라고 할 수 있다'고 심란한 견해를 제기하였다. 그는 이렇게 다소 '몽롱함을 띤' 방식을 운용하여 써낸 시들이 사람들에게 '여운과 향기'를 줄 수 있다고 여겼으며, 마지막으로 신시 발전의 길에 대한 이러한 결론을 내렸다.

> 이는 외국의 신사조이며 동시에 또한 중국의 낡은 수법이기도 한데, 신시가 만약 계속해서 이 길을 따라 융합한다면 성공할 수 있을 것이며, 진정한 중국 신시도 이로써 탄생될 수 있는 것이다.[8]

이러한 견해는 반드시 전반적이거나 정확하다고는 할 수 없다. 중국 전통시가의 '부, 비, 흥(賦比興)' 중에서 '흥'의 수법은 그 본래의 정의가 아직 숙고를 필요로 하는 바, 그것이 서구 상징주의 시조 중의 '상징'이라고 말할 수 있는지는 매우 복잡한 이론적 명제이다. 즉 저우쮀런이 진행한 것은 다만 직감적인 판단이지 논리적인 설명이 없어 합당한 논조로 간주하기가 어렵다. 뿐만 아니라 그는 이러한 '정당한 시의 길'을

---

8) 저우쮀런, 〈≪양편집(揚鞭集)≫ 서〉, 1926년 6월, ≪양편집≫(상). 이 머리말이 발표된 지 2년 후, 리진파는 1927년 5월에 출판한 ≪식객과 흉년≫의 후기 중에 이렇게 말하였다, "무엇 때문에 중국 고대 시인의 작품에 대해 이상하게 여겨 묻는 사람이 전혀 없이, 늘 외부에서 그 이유를 찾으려 하였다. 문학혁명 후 그들은 너무 황당하다고 여겼지만 누구도 열심히 비판한 적이 없었다. 사실 동서 작가는 도처에 같은 사상, 숨결, 안목과 재료를 취하였는데, 조금만 주의하면 그들의 근본적인 곳을 부인할 수 없을 것이다. 나는 그들의 근본적인 모두 경중이 있다고 하지 못하여, 두 곳의 작가들이 가지고 있는 것을 서로 소통하거나 혹은 조화를 이루고자 하는 곳에서 뜻이 있다고 생각한다." 이 글이 발표된 것은 비교적 늦었지만, 상징시의 주장과는 아무런 관련이 없으며, 또 그가 실천한 것과도 거리가 멀다. 다만 여기에서 볼 수 있는 것은 1923년 원이둬가 제기한 신시가 동서가 융합된 "귀염둥이(宁馨儿)"라는 이상이라면 이것은 상징파 시인의 독특한 주장일 뿐만 아니라, 일종의 추구이며 생각이라는 것이다. 단지 저우쮀런이 제기한 '상징'과 '흥'의 결합은 매우 소중하다.

'낭만주의'로 귀납시켜서, "시는 거의 모두가 낭만주의이며 상징은 실로 그 중의 요체이다."고 했는데, 이는 더욱이 일종의 관념상의 착오이다. 그러나 저우쭤런의 사고의 가치는 체계적인 이론 성질 자체에 있는 것이 아니라, 그가 '오사 운동' 이래로 신시 창작의 현상에 대한 반성으로부터 출발하여, 새로운 시가의 미학적 구성에 대한 새로운 시각을 갖고자 노력한 데 있다. 그가 만족하지 않았던 신시의 '간결한 묘사', '수다스러운 서술'과 '시끄러운 도리'는 바로 후스, 류반눙을 포함한 많은 초기 백화시인들에 대하여 불만족스러워 했던 일부 폐단의 핵심이다. 그의 이러한 미학에 대한 불만은 그를 압박하여 새로운 미학을 찾게 하였다. 그는 신시가 심층적 표현을 추구할 때 시의 함축되고 숨겨진 심미적 효과의 추구, 즉 사람들에게 '여운과 향기'를 가져다주는 이미지의 창조와 연결로부터 동서 시 예술의 '융합'을 이루는 성공적인 사명을 완성하고자 하였다. 그 결과, 이는 중국 상징파시 탄생을 부르는 데 논리적 근거를 제공하였을 뿐만 아니라, 전체적으로 이 시가 조류가 중국 신시 발전의 길에서 '진정한 중국의 신시'로 존재하고 멈춤 없이 발전하는 이유를 설명해 주었다. 이 다년간 홀시되었던 사고의 진정한 가치가 여기에 있다는 것이다.

이러한 새로운 미학적 추구는 초기 백화시 예술 규범에 대한 총체적 반성에서 나온 것이다. 그리고, 이 총체적 반성과 외국의 예술 추구를 향한 관점의 변화는 또한 시가 관념에 대한 한 차례의 중요한 변화를 배양하였다.

'오사 운동' 이후 20년대 초기의 초기 백화시는 백화로 쓴 신시로, 문언의 구체시를 대체하는 이 혁명을 순조롭게 완성하기 위하여, 운율시의 속박과는 상반되는 생활 속 구어에 가까운 '시를 짓는 것은 문장을 짓는 것과 같다'는 주장을 제기하였다. 즉 창작 중에서 백화와 문어의 차이에 주의하였으며, 시와 산문의 경계를 흐릿하고 모호하게 하였다. 시적 의의가 충분하지 않은 일부 본보기 문장의 영향으로, 평범한 산문과 같은 신시들이 더욱 범람하여, 신시로 하여금 시의 예술 세계에 있어야 하는 독특성과 시의 본질적인 것을 상실하게 하였다. 그리하여 많은 백화시에는 백화의 껍데기만 있을 뿐 시의 함의는 없었고, 일부 추종자들의 글쓰기는 신문과 간행물에 대량으로 나타나 신시의 조잡한 발전 추세를 더욱 조장하였다. 이러한 예술 본래의 비예술적인 추세는 필연적으로 신시 내부 자신에 대한 반발을 일으키게 된다. 이러한 반발은 두 가지 추세의 갈망으로부터 온 것이다. 하나는 낭만주의, 사실주의 자체의 조절로, 이 표현은 일부 시인이 평이함과 조잡함을 반대하고 시의 예술적 풍격을 제고할 것을 요구하는 것이지, 결코 기존 시조의 궤도를 초월한 것은 아니었다. 사실주의 시인인 류반눙은 1920년에 프랑스에서 유학한 후 시의 풍격이 함축성을 지니게 되었고, 1928년에 출판한 ≪반눙이 그림자를 말하다≫에서는 또한 예술의 '함축성'을 주장하였는데, 이것이 바로 사실주의 사조 내부의 예술적 전환이다. 낭만주의를 주장한 창조사의 이론가 청팡우(成仿吾)는 그의 문장 중에 예술적 입장에 서서 당시 신시 창작 중에 존재하는 두 가지 경향을 비판하였는데, 하나는 "내면의 요구 없이 억지로 시를 짓는 것은 이미 틀린 것이며, 소시(小詩)를 표준으로 시를 짓는 것 역시 틀린 것이다"고 한 것이며, 다른 하나는 "철리를 시 속에 끼워 넣는 것은 이미 틀린 것이다. 철리시를 목적으로 하는 것은 더욱 틀린 것이다"고 한 것이다. 청팡우는 또 "지금 이 두 가지 경향은 우리를 불안하게 하는데 얼마나 많은 친구들의 활력이 이미 이 두 가지 경향으로 인해 소모되었는가! 우리가 만약 방어에 서두르지 않는다면 우리의 신문학 운동은 아마 이 두 가지 경향 사이에서 침체되고 말 것이다!"라고 하였다. 이러한 비평은 결코 필요 없는 걱정이거나 목적 없는 담론이 아니다. 이 문장 중에서 작자는 많은 '시가 아닌 것(非詩)'의 예를 들었는데, 그 중에는 후스의 시도 있다.

나는 정말로 아들을 갖고 싶지 않았는데,
아들은 저절로 왔다.
'자손 없이 살자는 주의(無後主義)'의 간판은
지금은 걸어놓을 수가 없게 되었다!(≪나의 아들≫)

또 한 수의 시시한 '소시'를 예로 들었다.

수탉은 그의 아름다운 목털을 다듬고,
높은 소리로 노래 부른 후
이웃의 마당으로 날아가 마구 짓밟는다!

작자의 비평은 신시의 '비시화(非詩化)' 추세에 대한 강렬한 불만을
반영하였다. 그러나 시의 미학적 범주로 볼 때, 그가 지지하여 얻은 결
론은 여전히 낭만주의자가 지니고 있는 시가의 관념에 속하는 "시의 작
용은 포착할 수 없는 것으로부터 포착할 수 있는 것을 창작하는 데 있
으며, 추상적인 물건을 구체화 시키는 것으로, 그 방법에는 단지 우리의
상상을 운용하여 우리의 감정을 표현하는 것이 있다".[9] 이성(理智)을
반대하고 정감을 중시하는 면에서 이러한 비평이 표현한 신시의 폐단에
대한 반성은 여전히 낭만주의 시조의 창작 관념과 방식을 초월하지 못
하고 있다.
    이 외에 또 다른 반발하는 예술 경향은 이와 달랐다. 그들은 신시 초
기의 산만하며, 조잡하고 과분한 표현을 반대하였는데, 이는 원래 있던
서정 방식 안에서 조정한 것이 아니라 그들의 반성은 외국의 상징주의
시조를 받아들이는 것과 결합하여, '시를 짓는 것은 문장을 짓는 것과
같아야 한다'는 궤도 밖에 있기를 도모하여, 전혀 새로운 시의 관념, 즉
상징주의 '순시의 세계(純詩)'를 건립할 것을 시도하였다. 리진파는 단
지 그의 상징주의의 시험적 작품들을 창작하는 데 공헌하였을 뿐이며,

---

9) 청팡우, 〈시의 방위전〉, 1923년 5월 13일, ≪창조월간≫, 제1기.

이론적으로 당시 더 많은 공헌은 없었다. 이론상에서 진정으로 소개 이외의 많은 탐색과 사색을 시작한 것은 당시의 왕두칭과 무무톈이었다. 그들은 상징파 시가의 미학 관념을 건설할 책임을 짊어졌다.

왕두칭(1898-1940)과 무무톈(1900-1971)은 중국 초기상징파시 이론의 창시자라고 할 수 있다.

그들이 공동으로 구상한 이론의 핵심은 시와 산문의 경계를 어떻게 가를 것인가 하는 것이며, 시 속에 대량의 산문적 성분이 주입되는 것을 반대하였다. 그리고, 당시 서구 상징파 시인 발레리(Paur Valery)가 제기한 이상적인 '순수 시가'를 건립하기 위하여 노력하였다. 그들은 중국 초기 백화 신시에 출현한 '조잡하고 엉성하게 만들어진' 폐단의 원인이 시인의 창작 중에서 '더 많이 머리를 쓰지 않거나', '문단의 심미적 박약함' 외에, 더욱 중요한 것은 불건전한 시가 관념의 지배를 받은 결과라고 하였으며, 이러한 시가 관념의 근원을 후스를 대표로 한 신시의 주장에 집중시켰다.

무무톈은 이렇게 솔직하게 말한 적이 있다.

중국의 신시 운동에서 가장 큰 죄인은 후스라고 생각한다. 후스는 시를 짓는 것은 문장을 짓는 것과 같아야 한다고 했는데 이것이 바로 그의 큰 착오이다. 그러므로 그의 영향이 중국에 Prose in Verse 일파의 시를 조성하여, 산문의 사상에 운문의 옷을 입혔다. 그 결과는 다음과 같다.

붉은 꽃
노란 꽃
얼마나 아름다운가!

이것도 저것도 아닌 부류의 것…… 만일 설명한 것이 시라고 한다면 법률, 정치, 물리, 화학, 천문, 지리의 기록이 모두 시가 된다. 시는 설명이 아니다, 시는 표현해야 하는 것이다.[10]

후스는 신시의 혁명과 건설에서 지울 수 없는 공적을 가지고 있다. 그는 몇 천 년 이래로 고전 시가가 이미 형성한 고정되어 조금도 초월할 수 없는 정형에 대하여 언어의 형식으로부터 시작하여 시의 언어가 현대인의 일상생활을 벗어난 것을 타파하여, 생활 구어로의 도전적 구호인 "시를 짓는 것은 문장을 짓는 것과 같아야 함"을 제기 하였다. 이 주장은 낡은 시의 운율과 문언, 전고 등의 규칙을 타파하고, 구어에 가까운 백화시의 탄생을 건립하였는데, 이는 귀청이 울릴 정도의 큰 작용을 하여, 그 의의는 말살 할 수 없는 것이다. 문제는 이러한 '비시화(非詩化)'의 이론으로 탄생한 시의 관념이 과분하게 시의 본질과 특성을 홀시하고, 시와 산문 사이의 경계를 모호하게 하였다는 데 있다. 이는 필연적으로 시에 대한 심미적 기능의 요구를 약화시켰다. 후스가 고려한 것은 시의 명백성의 문제이고 또한 이를 전제로 하여 심미에 대한 요구를 초과하였다. 게다가 당시 백화 신시의 시험자들이 대부분 주의한 것은 '백화'이지 '시'가 아니어서, 더욱 높은 예술 수준의 시를 써낼 수 있는 조건이 구비되지 않았다. 이처럼 역사발전의 불가피한 단계에서 나타난 문제에 대해 많은 시인들은 20년대 중기에 이미 반성을 하기 시작하였다. 서구 상징파 시조(詩潮)의 영향을 받아 신시 창작을 시작한 일부 청년들은 그들 자신의 신시에 대한 미적 가치의 척도로 판단하여, 자연히 후스의 이 관념과 원칙에 대하여 아주 큰 불만을 표현하였다. 그들은 조잡한 글쓰기를 강렬하게 반대하는 가운데 신시의 다른 길을 찾기 시작하였다. 예를 들면, 무무톈은 "중국 현재의 시가 창작은 아주 거칠고 조잡하다. 이것이 바로 내가 가장 통탄하는 바이다."[11]고 말한 적이 있으며, 왕두칭 역시 "중국 사람들이 근래에 지은 시는 중국

---

10) 무무톈, 〈답시 ― 모뤄에게 부친 한 통의 편지〉, 1926년 3월, ≪창조월간≫, 제1권 제1기.
11) 무무톈, 〈답시 ― 모뤄에게 부친 한 통의 편지〉, 1926년 3월, ≪창조월간≫, 제1권 제1기.

사람들이 종사하는 사회사업과 마찬가지로 열심히 하려 하지 않고, 모두 공을 들이려 하지 않기 때문에 탄생한 시들로, 기교(Technique) 방면에서 보면 이것도 저것도 아닌 저질품들일 뿐이다". "중국 현 문단의 심미적 박약과 창작의 조잡한 결함을 고치려면 내가 보기에 Poesie Pure('순시'를 가리킴)를 제창한 필요가 있다".12)라고 하였다.

바로 이러한 기존의 시가 관념과 심미적 원칙에 대한 비판적 반성의 기초 위에 필연적으로 다른 하나의 상징파 신시의 관념과 심미적 원칙을 제기하게 된다. 이런 것들은 초기상징파 시인들의 시적 관념과 원칙에 속하는 것으로 그 내용은 다음과 같다.

첫째, 시는 시인의 내면 생명의 상징이라고 생각한다.

그들은 시와 산문의 경계를 분명히 나누고, 서구 상징파 시인이 창도한 '순수시'를 건설할 것을 주장하였다. 그들의 미학적 관념에서 '순수시'는 한 시인의 "통일된 마음의 반영이고, 내재적 생활의 진실한 상징"이며, 시의 세계에는 반드시 '시인의 소질'과 '순수한 시의 감각'이 있어야 한다. 무무톈은 심지어 "나의 사상 속에서 순수한 표현의 세계를 시가의 영역에 주고, 사람의 생활은 산문에 맡긴다."고 하였다. 이처럼 순수하게 표현된 세계가 바로 '내재적인 생활'인데, 이렇게 해야만 비로소 상징시가 표현하는 대상이 된다고 하였다. 그는 "나는 가장 세밀한 잠재의식 속으로 깊이 들어가, 가장 심오하고, 가장 먼 곳의 죽지 않았지만 또한 영원히 죽은 음악을 들으려 한다. 시의 내재적 생활의 반사는 일반인들은 찾을 수도 알 수도 없는 먼 세계로, 깊고 크고 가장 높은 생명이다. 우리들이 요구하는 것은 순수시이며, 우리가 살아야 할 곳은 시의 세계이다. 우리는 시와 산문의 명확한 경계를 요구한다. 우리는 순수한 시의 Inspiration을 요구한다".13)라고 하였다. 여기에서 마찬가

---

12) 왕두칭, 〈다시 시를 말함 — 무톈, 보치에게〉, 1926년 3월, ≪창조월간≫, 제1권 제1기. Technique, 기교.

지로 강조한 것은 '내재적 생명'의 표현인데, 이것이 낭만주의 시적 관념과 다른 것은 이러한 '내재적 생명'과 시인의 '잠재의식'을 연계시켜이 '잠재의식'이 일반인들의 '찾을 수도 알 수도 없는' 세계에 있게 함으로써 시를 '내재적 생활'의 상징으로 보고, 그것을 '사람의 생활'이라는 현실적 범위에 속하여 없어서는 안 될 시의 내용에서 벗어나게 하였다. 다시 말해서 시의 사회적 책임을 필연적으로 '순수한 시'의 추구에로 나아가게 한다. 이는 외적인 사람의 생활적 표현을 산문 예술이 책임지게 함으로써 시는 다만 상징적 방법으로 자신의 '내재적인 생활'을 표현하였다. 다시 말해서 내심의 정감적 잠재의식의 활동은 자연히 표현하는 내용에서 시와 산문이 '명확한 경계'를 나눌 것을 요구하였다. 그들의 이론은 이미 서구 상징시의 미학적 존재인 농후한 신비적 색채를 받아들였다.

둘째, 시의 암시를 제창하고 설명을 반대한다.

예술 표현 수단의 하나인 암시의 기능에 대하여 창조사와 기타 이론가들은 이미 사실주의와 낭만주의시 전달의 과분한 표현에 대한 반성중 뉘우침과 생각을 갖게 되었다. 1920년 캉바이칭은 신시의 의의를 말할 때 함축해야 한다고 설명한 동시에 신비는 "인류의 천성에 맞"기 때문에 신시 중 "상상으로 인하여 신비에 관련되는 경우에는 배제할 필요가 없다"[14]고 하였다. 이러한 신비는 곧 상징파시의 암시의 미학 색채이다. 청팡우는 더욱 정확한 문자로 '암시의 변화'가 문학작품 중에서 독자들의 상상력을 유발하는 작용을 서술하였다.[15] 비슷한 이러한 논

---

13) 무무톈, 〈담시 — 모뤄에게 부친 한 통의 편지〉, 1926년 3월, ≪창조월간≫, 제1권 제1기.
14) 캉바이칭, 〈신시에 대한 나의 견해〉, 1920년 3월 15일, ≪소년 중국≫, 제1권 제9호, "신시연구 전문호"(2).
15) 청팡우, 〈사실주의와 용속주의〉, 1923년 6월, ≪창조월간≫, 제5호.

의는 한 편으로는 사실주의와 낭만주의 시학이론 중에도 '암시'라는 이 미학적 특징을 용납할 수 있다는 점을 설명하며, 다른 한 편으로는 국부적인 표현 방법의 비슷함이 시조의 미학 이론의 변화와 새로운 각성을 일으킬 수 없다는 점을 설명한다. 무무톈의 이론 주장의 가치는 곧 그가 자각적으로 서구 상징파시의 미학 중의 '암시'를 중국의 신시 창작의 궤도에 끌어들여 탐색을 진행함과 동시에, 이 미학적 특징을 초기상징파시의 하나의 심미적 표준으로 제기하였다는 것이다.

무무톈은 다음과 같이 말하였다.

> 시의 세계는 잠재의식의 세계이다. 시는 큰 암시 능력이 있어야 한다. 시의 세계는 일상적 생활에 있지만 일상생활의 깊은 곳에 있다. 시는 사람의 내재적인 생명의 깊고 신비함을 암시한다. 시는 암시를 해야 하며, 시는 설명하는 것을 가장 꺼린다. 설명은 산문 세계의 것이다. 시의 배후에는 큰 철학이 있어야 하지만, 시가 철학을 설명할 수는 없다.

그는 상징운동 이후의 시를 읽을 때 "무한한 세계가 당신을 감싸고 있는 것처럼 느껴질 것이다. 유한한 율동의 문자로 무한한 세계를 계시하는 것은 시의 본능이다. 시는 화학의 $H_2 + O = H_2O$와 같이 명백한 것이 아니며, 시는 명백하지 않을수록 좋다. 명백함은 개념의 세계로, 시는 개념을 가장 꺼린다"고 여겼다.[16]

왕두칭은 그의 문장에서 똑같이 "아주 적은 문자로 조화로운 음운을 만들어야 한다."고 주장하며, 아울러 더욱 시인 주체의 심미 정취를 강조하여 "한 시인은 보통사람들과는 다른 취미(Gout)가 있어야 한다. 즉 보통사람들이 '정지'한 것으로 여기는 것을 시인은 '움직임'으로 보아낼 수 있어야 하며, 보통사람들이 '몽롱'하다고 여기는 것을 시인은 '명백함'을 보아낼 수 있어야 한다. 이러한 보통사람들과는 다른 취미로 만들어

---

16) 무무톈, 〈담시 — 모뤄에게 부친 한 통의 편지〉, 1926년 3월, ≪창조월간≫, 제1권 제1기.

낸 시가 바로 '순수한 시'이다. 보들레르(Baudelaire)의 정신이 진정한 시인의 정신이라고 나는 생각한다. 시는 설명을 제일 꺼릴 뿐만 아니라 시인도 다른 사람들의 이해를 구하는 것을 가장 꺼린다. 다른 사람들이 이해하기를 바라는 시인은 다만 부녀와 아이들의 비위를 맞추는 거리의 가수와 같은 존재로 순수한 시인이라 할 수 없다."[17]고 생각했다.

저우쮀런은 서구의 상징을 학습하고 전통적인 '흥'과의 '융합' 양식을 제기할 때, 미학적인 원인 또한 신시가 암시적인 아름다움이 부족한 데 대해 불만의 비판을 제기하였다. 그는 중국의 문학혁명이 "고전주의의 영향"을 받아 신시를 포함한 "모든 작품이 유리구슬과 같이 너무나도 빛나고 투명하여 조금도 희미하지 않아 일종의 여운과 그리움이 모자라는 듯하다."고 생각했다. 그는 또 "근래 중국의 시는 독창적인 모습에 가까워지는 것 같은데, 이것이 바로 내가 말하는 융화이다. 자유 속에는 자연히 절제가 있고 호화 속에는 원래 씁쓸함이 있는 법이니, 중국 문학의 고유한 특징을 외래의 영향으로 더욱 미화시키는 것은 단지 나일론 옷을 걸쳐서 되는 일이 아니다."[18]고 하였다.

무무톈, 왕두칭이 외래에 대한 흡수를 강조한 것도 좋고, 저우쮀런이 외래와 전통의 융합을 강조한 것도 좋고, 그들은 모두 중국 상징파시의 관념에 대해 명확하게 '암시' 혹은 '몽롱'이라는 중요한 요인을 제기하였다. 그리고 이 '암시'라는 함의의 정수가 곧 사람의 '내재적 생명의 깊은 신비'이며 '잠재의식의 세계'이다. 신시는 이러한 면의 전달에서 유한한 문자로 '무한한 세계를 계시'하여야 한다고 하였다. 여기에는 물론 그들의 이론적 편파성이 있다. 예를 들면, 그들이 '시는 명백하지 않을수록 좋다', '시인은 다른 사람들의 이해를 구하는 것을 가장 꺼린다.' 등은 비록 개념과 설명으로 시를 지어 이러한 경향을 전달하는 것을 반대하

---

17) 왕두칭, 〈다시 시를 말함 — 무톈, 보치에게〉, 1926년 3월, ≪창조월간≫, 제1권 제1기. Bandelaire, 보들레르.
18) 저우쮀런, 〈≪양편집≫ · 서〉, 1926년 6월, ≪양편집≫(상).

기 위한 것이지만, 그 자체의 합리성이 있으며 또한 완전히 서구 상징주의 시의 신비적 미학 이론을 접수하는 것도 포함하고 있다. 그러나 민족적 심미 습관과 예술의 접수성은 고려하지 못하였다. 이 점에서 저우쭤런이 제기한 '융합론'은 그들의 주장에 비해 민족의 신시 건설의 실제에 더욱 부합한다. 그러나 어쨌든 그들의 이러한 사고는 이미 후스의 '명백하고 분명한' 미학적 법칙을 초월하여 상징시의 미학적 본질에 접근하였으며, 또한 중국적 동방민족의 상징시를 건설하는 사상의 맹아를 포함하고 있다. 그들의 이론적 가치의 중요성이 바로 여기에 있다.

셋째, 시적 정서의 유동성과 완정성을 제창한다.

무무톈이 중국 현대시론사(現代詩論史)에서 처음으로 자연과학적 사상으로 신시 창작의 본체에 대하여 예술적 관심을 보였고, 통일성과 지속성이 서로 결합된 시의 심미 원칙을 제기하였다. 그는 이러한 서구 상징파로부터 온 이론을 '시의 물리학적 관찰'이라고 하였다. '시의 통일성'은 바로 "한 시가 하나의 사상을 표현하며, 한 시의 내용이 하나의 사상적 내용을 표현한다."는 것이다. 다시 말해서 매 한 수의 시는 당시의 많은 신시들이 그랬듯이 '산만하고 단편적인 사물의 편린' 같이 산만한 것이 아니라, 그 사상 정서는 완정한 성질을 표현해야 한다. '시는 선험의 세계에 있으며 절대로 난잡하고 무질서한' 산물이 아니다. 그는 서구 시인 알프레드 드 비니(A. de Vigny)의 〈모세(Moise)〉가 표현한 '천재고독'의 사상, 앨런 포(Allen Poe)의 〈까마귀(The Raven)〉, 모리아스(morías)의 〈절구집(絶句集)〉 등에서 표현한 정서의 통일성을 열거하였으며, 또한 당 말기의 시인 두목(杜牧)의 〈박진회(泊秦淮)〉와 〈적벽(赤壁)〉 두 수의 결구를 비교하여 전자가 이러한 통일적인 특색을 더 체현하였다고 설명하였다. 즉 전자는 '상징적 인상의 채색한 명시'로, '몽롱으로부터 명백함에 이르고 또 명백함에서 몽롱에로 변화'하며, 관능적 감각과 정서의 격동이 '모든 음색의 율동' 속에서 '지속적인 곡선'

의 아름다운 세계를 구성한다. 그러나 후자는 감정 상하의 분리를 표현하여 '통일을 느낄 수가 없다.'고 생각하였다.

소위 '시의 지속성'이라는 것은 시 속에서 정서가 표현하는 지속적인 유동감을 말한다. 무무텐은 자신의 생각을 "통일성이 있는 시는 통일적인 마음의 반영이며 내재적인 생활의 진실한 상징이다. 마음의 유동적인 내재적 생활은 회전하는 것이지만 그들의 유동하는 회전은 질서가 있고 지속성이 있다. 그러므로 그들의 상징도 지속성이 있는 것이다. 한 수의 시는 하나의 선험(先驗) 상태의 지속적인 율동이다."라고 하였다.

무무텐이 여기에서 말한 상징시의 '통일성'과 '지속성'은 시인에게 창작 중 완정하고도 유기적으로 자기 자신의 심층 내재적인 정서를 전달할 것을 요구한다. 매 한 수의 시는 모두 한 시인의 통일된 내심의 충동과 경험의 정체가 되어야 한다. 여기에는 그의 현대적인 미학적 구상이 포함되어 있어서, 결코 서구 상징파시의 미학에 대한 전반적인 답습이 아니다. 그의 논술 중에 매우 중요하게 다루고 있는 것은 "중국 현재의 시가 평면적이고 움직이지 않으며 지속적이지 않다. 나는 입체적이고 움직이며, 공간적인 음악적 곡선을 요구한다. 우리는 우리 마음에 반영된 달빛 파동의 움직임, 물 위의 그물 같은 부표, 만유의 소리, 만유의 움직임, 일체의 움직임, 즉 지속적인 물결의 교향악을 표현하여야 한다."[19]고 명확하게 말하였다. 그의 이처럼 보기에 아주 허황된 이론은 실제로 시의 내용과 형식이 고도로 통일된 후 형성된 예술적 정체가 전달하는 사람의 감정과 자연 사이의 '일치'를 말하는 것이다. 조금 후 그는 한 편의 문장 속에서 프랑스 상징파시의 선구자적 시인인 비니(Alfred de Vigny)를 소개할 때 다음과 같이 말하였다. "그의 시 내용과 형식은 생각하고 생각한 끝에 생긴 지속적이고 통일된 산물이며, 그 시 세계는 순수한 시의 세계이다".[20]

---

19) 무무텐, 〈담시 — 모뤄에게 부치는 한 통의 편지(譚詩 — 寄沫若的一封信)〉,
    1926년 3월, ≪창조월간≫, 제1권 제1기.

넷째, 서구 상징파 시인의 예술적 추구로 신시 언어의 창조를 규범화한다.

무무톈은 그가 반대한 신시의 조잡함과는 달리, 시의 표현적 언어의 '정교'함을 강화하는 데 대한 의견을 제기하며, "나는 세밀함(Délicatesse)을 즐긴다. 나는 살담배와 구리비단으로 지은 시를 즐긴다. 시는 조형과 음악의 미를 겸비해야 한다. 사람의 신경에서 진동하는 보이지만 볼 수 없고, 느끼지만 느낄 수 없는 선율의 파도, 깊은 안개 속에서 들리는 듯 들리지 않는 먼 곳의 소리, 석양 속에서 움직이는 듯 움직이지 않는 담담한 광선, 말하는 듯 말하지 않는 정감과 마음이 바로 시의 세계다."고 주장하였다.[21] 왕두칭은 〈다시 시를 논함(再譚詩)〉에서 주로 상징파시의 문자 전달의 문제를 논술하였다. 그는 자기는 더욱 자각적으로 "프랑스 상징파 시인을 따라 배워서 '색'(Couleur)과 '음'(Musique)을 문자 속에 넣어 언어로 하여금 완전히 우리의 조종을 받게 하고 싶다."고 말하였다. 그는 자신의 시 속의 한 절을 예로 들어 증명해 보였다.

> 수록색(水綠色) 등불 아래 나는 멍하니 그녀를 바라보고 있다.
> 나는 멍하니 그녀의 담황색 머리칼을 바라보고 있다.
> 그녀의 푸른색 눈, 그녀의 창백한 얼굴,
> 아, 이 매혹적인 수록색 등불 아래에서!

그런 다음 자신의 이러한 실험을 이론상에서의 추구로 귀납하였다. 즉 "이러한 '색', '음' 감각의 교차를 심리학에서는 '색의 청각'(Chromatic audition)이라고 하며, 예술에서는 바로 '음화'(音畵, Klangmalerai)라고 한다. 우리는 이 유형에서 최고로 높은 예술을 애써 요구해야 하며,

---

20) 무톈, 〈비니와 그 시(Alfred de Vigny与其詩歌)〉, 1926년 7월 《창조월간》, 제1권 제5기.
21) 무무톈, 〈담시 — 모뤄에게 부치는 한 통의 편지〉, 1926년 3월, 《창조월간》, 제1권 제1기. Délicatesse, 세밀함.

또한 보치(伯奇)가 말한 것처럼 '수정 구슬이 백옥 판에서 구르는 듯한' 시편을 요구해야 한다."[22])는 것이다.

그들이 여기에서 구성한 '시의 세계'는 실제로 여전히 서구 상징파 시인이 선동하는 '순수한 시'의 세계이다. 그들의 이러한 주장은 예술의 조잡함을 반대한다는 측면에서 볼 때 매우 큰 초월이다. 이는 초기 신시가 언어에 대한 시적 성질을 너무 경시하고, 단순히 전달 도구로써의 '백화' 성질을 중시하는 예술에 있어서의 수정이며, 동시에 초기상징파시가 자기 민족의 특유한 이론적 체계를 아직 건립하지 못하고 있을 때, 상징주의 시가의 미학적 초기 형태에 대한 건설적인 사고로 간주하여도 괜찮을 것이다. 비록 이러한 '순시'가 현대 중국의 환경에서 어떻게 하면 생존할 수 있는가 하는 것은, 그들 자신도 생각해본 적이 없는 문제이다.

초기 백화시와 낭만주의 시 사조는 '오사 운동' 신시 최초의 항로를 공동으로 개척하였다. 예술 자체의 발전 법칙으로 인하여, 그들 내부에서 비록 신시 관념의 더욱 새로운 요구를 배양하였지만, 그들 자신의 미학적 한계는 그들로 하여금 이러한 신시 발전 중 필연적으로 담당해야 하는 임무를 완성하기 어렵게 하였다. 초기상징파시의 창시자 리진파는 창작 실천에는 능숙하지만 이론적인 사고에는 약하여 이러한 임무를 완성할 능력이 없었고, 오히려 예전에 낭만주의 시조의 훈도를 받은 적이 있는 창조사의 몇몇 청년들이 서구 상징주의 시조의 충격을 받아 '오사 운동' 이후의 신시에 대해 반성을 진행함으로써, 신시 관념과 심미 원칙의 모반과 혁신을 실현하였다. 그들이 외친 '순수한 시가'의 목소리는 20년대 서구의 발레리(Paul Valery)를 대표로 한 후기 프랑스 상징파 시인이 창도해 일으킨 '순시'를 논쟁하는 열기와 서로 호응하였으며, 또한 중국 신시가 신구 사이의 논쟁을 완성한 이후에 미학적 건설

---

22) 왕두칭, 〈다시 시를 논함 — 무롄과 보치에게〉, 1926년 3월, ≪창조월간≫, 제1권 제1기.

을 진행할 것을 절실히 요구하는 추세에 순응하였다. 그리하여 그들의 일부 주장은 중국 상징파시가 혼돈의 맹아기에서 탄생기로 향하는 이론적 발전의 필연적인 산물이 되었다. 이러한 이론 주장이 결국 얼마나 서구 상징파 시조(詩潮)의 미학 내용에 속하는지, 그들이 서술한 것 중 번역 소개한 내용이 얼마나 되는지는 또 하나의 해석이 필요한 복잡한 문제이다. 하지만 그 중에 중국 신시 창작의 실천에 대한 분석과 건설의 구성이 이미 포함되어 있다. 이렇듯, 우리는 신시 자신의 성패와 교훈의 예술적 사고에 대한 주장을 포함한 것이 중국 초기상징파시가의 이론적 기초를 닦아놓았음을 인정한다.

이론 형태로부터 보면, 이러한 예술적 사고는 아직은 완비되지 못하였으며, 색채가 아직은 민족 고유의 심미 범주와의 융합과 소통이 모자라, 필연적으로 이론 자체에 현실 생활과 심미적 구상에 어긋나는 과도하게 공허한 폐단이 있다. 그러나 어떻든 간에 그들은 한 시조의 탄생을 위하여 소리 높여 외치는 직책을 다 하였다. 완정한 형태의 이론을 요구하고, 이론의 탄생과 동시에 그 본래의 많은 모순을 해결할 것을 요구하는 것은 새로운 형태에 대한 이론적 사고를 사라지게 하는 것과 같다. 만일 사람들이 이러한 척도가 아니라, 발전하는 역사적 눈길로 투시한다면 상술한 이러한 일부 난잡한 신시 관념과 미학 추구 중에서 신시가 앞으로 전진하는 귀중한 것들을 찾을 수 있을 것이며, 중국 모더니즘 시조의 심미적 규정 중에서 일부 초기 형태의 광맥을 찾을 수 있을 것이다. 이러한 외침은 상징파시 발전의 발걸음을 따라 역사적 훈도를 받아 난잡한 것을 버리고 정수만 취하여 더욱 새로운 면모로써 이론의 부단한 탐색 중에서 스스로에 대한 생명의 흔적을 보존해야 할 것이다.

왕두칭은 무무톈에게 "내가 상하이에 도착하자마자 모뤄가 당신의 편지를 꺼내 나한테 보여주었는데 나는 정말 깜짝 놀랐소, 당신의 시에 대한 관념이 어쩌면 그렇게 나와 같은지요!"[23]라고 하였다. 비슷한 관념은 똑같은 외국의 영향과 서로 같은 심미 취향에서 온 것이며, 또한

다른 예술 조류를 추구하는 시인 친구들에 대한 이해로 부터 얻은 것이
다. 이것이 바로 예술 발전이 여러 유파들의 경쟁적 번영의 국면을 드
러내야 하는 필수적 조건이다. 시적 관념의 자각적 변혁은 하나의 유파
가 탄생한 신호 혹은 근거이며, 또한 한 유파가 존재하는 필연성인 표명
이기도 하다. 리진파는 초기상징파시의 새로 돌연 나타난 세력의 대표
자로서, 그의 이론적 사고는 예술적 실천에 비해 창백하였는데, 이 약점
은 마침 무무톈, 왕두칭 등의 예술적 사고 속에서 보상을 받았다.

---

23) 왕두칭, 〈다시 시를 논함― 무톈과 보치에게〉, 1926년 3월, ≪창조월간≫, 제1권
제1기.

▌부록

바이차이(白采)의 장편시 〈지친 이의 사랑(贏疾者的愛)〉

20년대 중기 한 편의 장편시로, 시단에서 독특하고 기이한 색채를 나타내며 짧은 인생이지만 사람들에게 엄숙한 상징성 있는 절창을 보여준 시인이 바로 바이차이(白采)이다.

주즈칭 선생은 당시 한 문장 속에서 신시의 비감에 감하여 신시의 성적이 논할 때 이렇게 말한 적이 있다. "10년 이래로 신시 문단의 성적은 비록 우리들이 만족을 느끼게 하지는 못하였지만 그래도 많은 우수한 작품이 탄생하였는데, 이는 우리가 긍정해야 할 바이다. 예를 들면, 1919년의 〈작은 강(小河)〉, 1924년의 〈지친 이의 사랑(贏疾者的愛)〉은 완성된 시간의 차가 5년이고, 시집으로는 1921년의 ≪여신(女神)≫, 1925년의 ≪즈모의 시(志摩的詩)≫가 출판되었는데, 시간의 차가 또한 4년이지만 모두 빛나는 작품들이다. 보다시피, 비록 신시단은 번영에서 적막으로 나아가고 있지만, 일반인들이 생각하듯이 신시의 생명은 결코 죽어가고 있는 것이 아니다".[1] 이렇듯 주즈칭의 눈으로 보아, 20년대 신시 발전 중에서 〈지친 이의 사랑〉 — 이 장편 시는 매우 중요한 위치를 차지하고 있다.

바이차이(白采, 1894-1925)는 쟝시(江西) 린안(臨安)에서 태어났으며, 사천과 호남을 다녀왔다고도 하고, 원적이 쓰촨이라고도 한다. 그가 남겨놓은 시 속에는 "천하의 산천일지라도, 나의 쓰촨을 따르지 못하리(天下山川, 莫如吾蜀)."라는 구절이 있다.[2] 원명은 퉁한창(童漢長)이고, 자는 궈화(國華)이며, 아이즈(愛智) 혹은 페이인(廢吟)이라고도 한

---

1) 주츠칭, 〈신시〉(상), 1927년 2월5일 ≪일반≫, 제2권 제2기.
2) 바이차이, 〈쥐에쑤루에서 우리 세대에 관한 말(絶俗樓我輩語)〉(서), 1926년 12월 5일 ≪일반≫, 제1권 제4기.

다. 바이차이는 1924년 전후에 발표한 작품에 사용한 필명이며, 그 당시 호는 바이투펑(白吐風) 혹은 셔우즈(受之)였다. 어려서부터 재능이 뛰어나고 시와 그림에 능했으며, 스스로 작은 도장을 만들어 본 적도 있어, '세속을 떠난 신동'이라고도 불렸다.[3] 1915년부터 1921년 사이, "그는 이미 시인의 생활을 시작하였고, 동시에 그림도 그리기 시작하였다". 물론 이러한 것들은 모두 구체시와 중국화였다. 그가 여덟 살 되던 해에 어머니가 돌아가셨고, 1921년 9월 부친도 돌아가셨다. 7년 전, 부친이 형제에게 재산을 나눠 준 일로 인하여 가족 사이에 이미 '서로 화목할 수 없는 불안한 징조'가 감돌았고 부친이 세상 떠난 후 "그의 생활은 크나큰 타격을 입었다. ……그 후 그를 가정에 마음 붙일 수 있게 하는 힘은 가뭇없이 사라져 버렸다". 1922년 그는 가정을 떠나 "'유랑 시인'의 생활을 시작"하였으며, 얼마 지나지 않아 상하이 미술전문학교에 다니게 된다. 1923년 6월 왕 여사와 이혼을 하였고, 그 후 "유랑하면 할수록 더욱 고통스러웠는데 아마 이것이 바로 그의 아픔일 것이다! 그의 예술방면의 노력도 이로써 더욱 고조되었다. 그리하여 그는 1925년에 ≪지친 이의 사랑≫과 ≪절망(絶望)≫을 출판할 수 있게 된다".[4] 1925년 하반기에는 상하이 리다대학(立達學園)에 가서 국문과 교수를 역임하였고, 1926년 3월에 하문집미 학교(廈門集美學校)로 옮겼는데, 이 시기 ≪지친 이의 사랑≫과 ≪절망≫을 교정하여 출판한다. 7월 여름 방학에는 양월을 자유롭게 유람하였고, 8월에는 홍콩에서 병을 얻어 배를 타고 상하이로 돌아왔으며, 27일 배가 우쑹(吳淞) 항구에 도착하려 할 때 배에서 세상을 떴다.[5] 재능이 넘치는 청년 시인은 이렇게 31세

---

3) 바이차이, 〈쥐에쑤루에서 우리 세대에 관한 말〉(속), 1927년 1월 5일, ≪일반≫, 제1권 제4기.

4) ≪절망≫이 출판되었는지를 검색해 보니 이 책을 찾지 못했다. 1924년에 출판한 〈바이차이의 소설〉이 중화서국에서 인쇄되었다고 검색되었는데, 서명은 바이투펑이었다. 이 책에는 소설 ≪절망≫이 수록되어 있다. 여기에서 말한 ≪절망≫은 바로 이 책일 것으로 보인다.

의 생명을 끝마쳤다. 그가 세상 뜬 후 리가 대학의 동료들은 샤가이쭌 (夏丏尊)이 주관한 ≪일반≫ 잡지에서는 전문적으로 〈바이차이〉를 제목으로 추도 문장을 발표하였는데 작자로는 쉰위(熏宇), 페이쉔(佩弦), 가이쭌(丐尊), 커뱌오(克標), 성타오(圣陶), 즈카이(子愷), 후성(互生), 저우웨이췬(周爲群), 광따오(光燾) 등이 참여하였다.

바이차이는 중국 고전시가에 대한 조예가 매우 깊었으며, 많은 구체시를 지었다. 그리고 시화 잡론인 ≪쥐에쓰루에서 우리 세대에 관한 말≫ 4권을 써냈다. 그러나 그는 결코 전통에 구속되지 않고 창조력을 발휘하여 서구 현대예술 자원을 용감히 흡수하였다. 그 자신도 "나는 본래부터 동방의 문법을 배우기 좋아하지 않았으며, 오직 유럽과 서구 및 우리나라의 문체를 우아하게 여기며 중시하였다."라고 하였다. 그리고 근대인이 그림과 시를 담론하는 것에 대한 시에서 "동방과 인근의 것을 포기함이 현명하며, 유럽, 서구, 중국을 아울러 존중하고 숭배해야 한다."[6] 그가 학습한 서양미학은 그에게 현대적인 심미 정취와 시야를 가져다주었고, 초창기의 신시에 대한 확고한 신념에 아주 높은 기대를 주었다. 그는 고대의 통속적인 시학전통을 비평하면서, 논하여 자신의 신시에 대한 미학 관념을 다음과 같이 서술하였다. "원조인 낙천 선생은 주로 풍유시에 탁월하였다. 예를 들면, 〈진중음(秦中吟)〉 등의 시는 이해하기 쉬워 설사 늙은 노파일지라도 해석할 수 있었다. 시구의 내용이 이 세상에 존재하고 발생한 것인데 딱히 배워야 알겠는가? 그처럼 노력하고 애쓰는 모습은 기특하지만 그 생각 자체가 아둔하다! 근래 어떤 사람은 유행어로 시의 문체(이 거동은 중국의 근대 후기 시학의 하나의

---

5) 이상 생평에 대한 자료를 찾아보면 모두 쉰위의 〈바이차이〉 문장에 의한 것이다. 1926년 10월 5일 ≪일반≫(제1권 제2기에 실림). 이 기에 바이차이를 기념하는 문장이 있는데, 제목은 모두 〈바이차이〉로, 각 사람들의 문장 앞에는 제목이 없다. 총 제목 아래에는 바이차이의 자화상이 있는데, 마치 바이차이의 책에 "(스스로 묘사함에) 반 공허한 나를 흠모하는 것 같다".
6) 바이차이, 〈쥐에쑤루에서 우리 세대에 관한 말〉(속).

큰 전변이다. 그 기세는 필히 승리의 기쁨에 잠길 것이며, 심지어 그 무엇도 가로 막지 못 할 것이다. 백년이 지난 후 이름 있는 자가 많이 나타나 한 시기의 정화로 될 것이다. 결코 들은 말이 완고하고 틀에 짜이고 허무하며 뜻이 옅어서가 아니다.)를 창조할 것을 제창하였는데 이를 찬양하는 사람들은 시를 듣는 사람 모두가 이해할 수 있게 하련다는 것을 구실로 하고 있다. 놀랍게도, 민간에 유전되는 것은 또한 그 나름대로 일종의 위대한 문학이 있다. 그러나 필경 시에 조예가 깊은 사람들이 있다하더라도, 심오한 말(고율 등(古律等))이 든지 일상 언어(어체 등(語体等))든지 간에 세상 사람들이 어찌 그 뜻을 다 알 수 있겠는가?"[7] 그는 결코 백거이(白居易)의 "마땅히 할머니도 이해할 수 있게 한다."는 식의 과도한 통속을 추구하는 시의 관념을 완전히 동의하지는 않았고 '시의 깊은 뜻'에 도달하는 것을 추구하며, 세인이 '다 알 수 있는' 심미적 효과를 요구할 필요가 없다고 하였다. 다시 말해서 시의 전달에 있어서 이해하기 힘들고 회삽한 표현을 피하지 않았다. 이러한 견해는 그 당시 아주 현대적인 것이었다.

바이차이의 내심에는 고독, 모순과 고민으로 가득 차 있었는데, 이는 가정의 처지, 혼인의 실패와 관련이 있으며, 그가 영향을 받은 서구 현대철학과 예술 사조와 갈라놓을 수 없다. "그의 처지가 이러하기 때문에 그의 작품도 이러하였다. 그는 한때 강에 뛰어들어 자살을 하려고 시도한 적이 있었다. 비록 그가 강에 뛰어들지는 않았지만 그의 생활은 만성적인 자살과도 같았다. 책상 위에 놓은 빨간 칠을 한 작은 관, 침대 옆에 놓은 회백색의 해골, 이는 모두 그가 저승사자를 환영하는 표징이었다"[8]. 그의 소설 창작은 현대 생활의 고통스러운 사상 정조를 표현하였다. 당시의 평론에서는 "그의 소설 속의 사상 중에 가장 알아보기 쉬운 공통점이 하나 있는데, 나는 이를 '예술과 생활의 충돌'이라고 부른

---

7) 바이차이, 〈쥐에쑤루에서 우리 세대에 관한 말〉(속).

8) 쉰이, 〈바이차이〉.

다.”고 하였다. 예를 들어 〈목적에 도달했다(目的達到了)〉는 한 여자 거지가 완연하고 아름다운 노래를 불러 얻은 보수가 동전 하나밖에 안 된다는 것으로 문자를 팔아 살아가는 사람의 비참한 운명을 암시하였 다. 바이차이는 이에 대해서 “현대 사회의 정황에서 많은 예술적 천재 들은 자신의 예술을 침착하게 감상하며 일종의 도취되는 감각을 느낄 수 없다. 그리하여 예술을 생활의 또 다른 방법으로 삼을 뿐이며, 예술 로 생활을 제고하는 목적에 이를 수 없다.”고 표현하였다. 그의 소설 중 또 다른 한 사상은 “비관 중에 가끔 만분의 일의 희망이 있다.”는 것이다.9) 이에 자오징선(趙景深)은 바이차이의 사상을 ‘비관적이다’고 말하였다.10)

바이차이는 니체를 좋아하여, 니체의 철학 영향을 매우 깊이 받았다. 삼년 후, 주즈칭은 추도문에서 다음과 같이 말하였다. 1924년 위핑보가 바이마호(白馬湖)에 와서 나를 방문하여 함께 닝보(宁波)로 가는 기차 를 탔는데, 거기에서 ≪지친 이의 사랑≫의 원고를 나에게 보여주었다. 나는 기차의 끊임없는 흔들리는 속에서 한 번 읽었는데, 아주 괜찮다고 느꼈다. 나는 핑보에게 그의 이 시가 니체의 영향을 받은 것 같다고 말 하였다. 후에 핑보는 편지로 내가 한 말을 바이차이에게 알렸더니 매우 기뻐하더라고 했다.11) 위핑보는 주즈칭이 말한 그 만남 후에 바이차이 에게 쓴 편지 속에서 이 과정을 서술하며 바이차이의 장편시를 평가하 였다. “나는 이 기회에 이 저작을 감상한 데 대해 무한한 영광을 느낍니 다. 처음에 이 문장을 읽었을 때 한 눈에 시구의 감미로움과 금빛 찬란 함에 놀라고 찬탄하였기에 읽을수록 즐기게 되었습니다. 3월에는 페이

---

9) 자오징선, 〈바이차이 소설을 읽고 우연히 알게 된 것(讀白采小說偶識)〉, 1926년 12월5일 ≪일반≫ 제1권 제2기.
10) 자오징선, 〈바이차이를 기억함〉, 〈바이차이 소설을 읽고 우연히 알게 된 것〉에서 인용.
11) 페이쉔, 〈바이차이〉, 1926년 10월 5일, ≪일반≫, 제1권 제2기.

쉔에게 보여주었습니다. 오렌지색의 유채 꽃이 필 때 우리는 이팅(驛亭)과 닝보 사이의 3등열차 안에서 이 작품을 한껏 읽었습니다. 페이쉔은 이 작품의 이미지가 음절이 독특하고 인물의 개성이 니체의 형식을 닮았다고 하였습니다"[12]. 이 문장으로 추측해 보건대 '바이차이'라는 필명은 니체와 관계가 있는 듯싶다.

바로 이러한 개인적인 심정, 독특한 철학적 사고와 현대성 시적 관념의 기초 위에서 그의 장편시 ≪지친 이의 사랑≫이 출현하였다.

이 장편시에 대해 맨 처음으로 높은 평가를 내린 사람은 주즈칭과 위핑보이다. 1925년 4월 12일, 위핑보가 바이차이에게 쓴 편지에서 주즈칭의 상술한 비평적 의견을 전달 한 것 외에 또 다음과 같이 말하였다. "지금부터 나의 감상 후의 인상을 서술하겠습니다. 나는 이 시가 근래 시단에 출현한 걸작이라고 생각합니다. 마음속에 간직한 것이 깊고 많아야 이처럼 호탕하고 확 트이게 질주하며 활개를 떨칠 수 있습니다. 이 작품은 6천 글자나 되지만 길지는 않습니다. 그것은 한 번에 서술을 진행했기 때문입니다. 내가 보기에 이는 진정한 된 장편시이지 절대로 길게 늘여 수를 맞추기 위해 쓴 위조품이 아닙니다". "조각하지 않아 소박하며, 직접 서술하고 묘사가 없기에 기상이 매우 웅위하고 거대합니다". "시 속의 주인공은 개성이 강하고 자신의 포부를 자술하였습니다. 글의 구상이 치밀하고 말의 뜻이 침통하며 말투가 단호하여 현대 청년들의 쇠락에 대한 충고로 삼을 만합니다. '격앙된 소리가 최고의 현을 만들며, 소리가 급한 것은 리듬으로부터 생긴다(高張聲絶弦, 聲急由調起)'는 것을 이로부터 알 수 있습니다. ……진정한 문예는 완정한 것이므로 부차적으로 무엇을 많이 설명하지 말고 그것의 개요적인 감각과 관념을 서술하면 되는 것입니다. 이 저작을 감상하는 것은 아름다운 여인을 만난 것과 같이 자석처럼 끌리는 짜릿한 그 감정은 언어로 비유

---

12) 핑보, 〈≪지친 이의 사랑≫을 비평하는 한 통의 편지〉, 1925년 8월 23일, ≪문학주보≫, 제187기.

할 수 없어, 침묵 속에서 ≪지친 이의 사랑≫과 그 존귀한 작가를 노래하게 하였습니다."13) 샤가이쭌은 추도문에서 "한 달 전 페이쉔이 베이징에서 백마호로 돌아왔을 때, 나는 여느 때와 같이 그에게서 문예비평의 문장을 요구했는데, 그는 바이차이의 시를 제기하면서 바이차이는 현대 국내에서 아주 보기 드문 시인이라고 하였다. 그리고 그 녹색 표지로 된 부고를 알리는 듯한 시집을 내보이면서 읽어보라고 하였다. 나는 겨우 한 번 보았지만 무시할 수 없는 그 무엇인가를 느끼게 되었으며, 예전 자신의 맹목적인 판단을 깊이 후회하였다."14)고 하였다. 예성타오는 또한 "작년에 그 자신이 매우 귀중하게 여기는 장편 시집 ≪지친 이의 사랑≫이 간행되어 나왔다. 나는 마치 전혀 맛보지 못한 색다른 음식을 먹는 것 같아 평소에 먹던 야채나 두부 그리고 물고기와는 달리 맛본 끝에, 상징적으로 무엇인가를 쓰고 싶어졌다. ……나는 이것은 우수한 시라는 것을 굳게 믿는다. 비록 이러한 견해를 가진 사람들이 많지 않지만"15)이라고 하였다. 1926년 같은 기의 간행물에 쓰여진 주즈칭의 〈바이차이의 시ㆍ지친 이의 사랑〉은 이 시에 대한 가장 전면적이고 깊이 있는 평론과 해석이라고 해야 할 것이다.

  ≪지친 이의 사랑≫은 모두 네 부분으로 되어 있다. 각 부분은 한 '지친 이'와 네 인물과의 대화로 이야기는 이러하다. 주인공 '지친 이'는 본래 이 세상을 사랑하고 있었다. "나도 한때는 열심히 내 '소년'의 꽃을 피워 무럭무럭 자랐다". 그러나 "지난 날 감정을 너무 소비하여" 실망과 허무만을 얻었다. "나도 한때는 많은 이슬이 있었지만,/ 얻은 것은 조소의 열매뿐이다!/ 지금 나는 이미 지친 사람으로 되어 버렸다". 그는 인생에 대한 실망과 싫증 속에서, 세속에 따르지 않았고 자신의 타락에도 복종하지 않았으며, 고갈되고 냉담한 마음에는 스스로의 '회멸'밖에 없

---

13) 핑보, 〈≪지친 이의 사랑≫을 비평하는 한 통의 편지〉.
14) 가이쭌, 〈바이차이〉, 1926년 10월 5일 ≪일반≫, 제1권 제2기.
15) 성타오, 〈바이차이〉, 1926년 10월 5일 ≪일반≫, 제1권 제2기.

었다. 그리하여 그는 '온 중국에 발자국을 남긴' '지친' '유랑자'가 되었다. 첫 번째 부분에서는 그가 방랑 중 세속의 세계에서 우연히 한 '깊고 수려한 산속'의 세속의 먼지에 오염되지 않은 '즐거운 마을'로 들어간 것을 말하였다. 거기에서 "자상한 노인과,/ 그의 아름다운 무남독녀를 만난다". 노인은 그를 설복하였고 그의 딸은 눈물로 그를 바랬으며, 그들은 그에게 사랑을 주었다. 또 그에게 노인이 평행에서 '가장 아끼던' 책과 '그의 모든 밭과 땅'도 주었다. 그러나 그는 자신은 '지친 이'이기 때문에 다른 사람의 사랑을 누릴 자격이 없다고 생각하여 모든 것을 거절해 버린다. 시의 시작은 주인공이 한 나절의 침묵이 흐른 뒤 흐느끼는 목소리로 노인의 '부탁'과 여인의 '애모'에 대해 자신은 모두 받아드릴 수 없다고 솔직하게 고백하는 부분이다. 노인은 이렇게 그에게 권하였다. "막연하고 아득한 앞 열에 있는 그대여/ 왜 자꾸 앞으로 가려고만 하는가?/ 이 잔혹한 인간 세상에,/ 그대는 그들과 떨어져야 한다네./ 그곳에는 시끄러움밖에 없으나,/ 나는 여기에서 그대에게 즐거움만을 주고 싶네". 그러나 그는 역시 이 '감당할 수 없는 큰 은혜'를 거절하며, 인생의 "서로 적인 것 외에,/ 서로 요구하는 장난감 인형일 뿐". "인생길에서의 이 차가운 가시들,/ 나는 이 마을의 한 낯선 손님이 되기만을 바랄 뿐"임을 깨닫는다. 그는 마을을 떠난다.

두 번째 부분은 연약한 '유랑자 아들'이 집으로 돌아와 어머니와 한 대화이다. 그는 어머니에게 자신이 깊은 산속에서 만난 '다만 한번뿐인' '잊어버릴 수 없는' '기이한 일'을 이야기 하였다. 어머니는 그들이 아들에게 준 '정신적인 사랑, 생명의 선물'을 거절하면 저주를 받는다고 생각하였다. 아들은 자신의 이유를 말하며 비록 자신이 '지친 이'이지만 어머니가 남겨준 '이성의 빛'이 있으며 "나는 애인을 위해,/ 자신을 희생할 용기가 있습니다."고 말한다.

세 번째 부분은 주인공과 자신의 동료와의 대화이다. 그는 동료에게 마을에서 발생한 '신기한 일'을 서술한다. "온 마을은 모두 기쁨으로 넘쳤는데, 어떤 사람이 자신의 처녀 딸을 남한테 부탁하기 위해서 였다.”
이 부탁하려는 사람이 바로 촌장 — ‘우아한 은사’였다. 자신과 주인의
딸이 함께 노닐 때 그녀의 기쁨이 어떻게 그녀를 도취시켰는지, 그러나
“나는 그녀에게 사랑한다고 말할 수 없다,/ 나는 마음에 병이 있기 때문
이다”. 친구도 그에게 권고를 한다. 이 “세상은 오랜 시간 마왕의 통치
를 받았네./ 우리 자신의 생을 굳게 지키기 위하여,/ 교활하게, 참고 견
디는 것이 우리의 정확한 삶이네!” “내가 떠날 때 한 충고를 꼭 명심하
고,/ — 자네가 겸손하고 온화한 은신처로 돌아가길 바라네”. 이야기의
가장 마지막 부분은 아름답고 고독한 처녀가 사랑하는 아버지를 버리
고, ‘사랑의 신의 보호를 받았으며, 먼 길도 마다 않고, 주인공의 곁으로
찾아왔지만, 그녀의 열성적인 사랑이 또한 이 ‘고집스러운’ 이의 거절을
받았다는 것이다. “나도 맘속에 사랑의 싹이 튼 적 있지만/ 나의 건강하
게 자란 청춘과 함께/ 사라져 버렸다오./ 내가 얼마나 비통하겠소!/ 내
깨어진 사랑으로 그대를 사랑할 수 없소!” 시의 결말은 주인공의 단호
한 외침이다.

> 내가 인사 드리는 처녀여,
> 빨리 그대의 고향으로 돌아가시오.
> 그곳 산천은 아름답고,
> 그곳 주인의 은혜는
> 영원히 잊을 수가 없소!
> 나는 그대들이 산천만큼 안녕하고 아름답기를 바라며,
> 이 망망한 천지에,
> 어떤 이가 늘 그대들을 위해 축복하고 있다는 것을 잊지 마시오!
>
> 나는 다시 한 번 나의 망망한 앞길을 향해,
> 내가 한 일에 대해 절대 후회하지 않을 것이오.
> 나와 결별하시오.
> 나는 ‘회멸’의 완성을 구하며,
> 내 지친 이의 불충분함을 마음껏 맛보겠소.

이 이야기는 비극적인 결말에 가까우며, 사람들에게 무한한 쓸쓸함과 비애를 남겨주었다.

장편시의 표면으로부터 볼 때, 이는 비극적인 사랑이야기이다. 그러나 작자가 이 상징적 색채가 매우 강한 이야기의 깊은 곳에 숨겨둔 것은, 모순으로 넘치는 현실 세계에 대한 일종의 선택과 정신적 추구이다. 주즈칭은 다음과 같이 말하였다. "이 이야기에서 작자는 현재의 세계에 대한 저주와 미래 세계에 대한 동경을 두 개의 토대로 삼았다. 이 두 토대는 인적이 드문 심산에서 온 것으로 이야기의 건축도 이 세상에 속하는 것 같지 않았다. 내가 놀랍게 생각한 것은 막 보기 시작했을 때이다. 주인공 '지친 이'는 현재의 세계에 태어났지만 미래 세계의 일을 하고 있는 사람이다. 그는 생의 존엄에 헌신하며 타협하거나 몰락하지 않았다. 미친 사람이라 해도 좋고 강도라 해도 좋고 요괴라 해도 좋은 바, 그는 참으로 성실한 애인이다. 그의 '사랑'을 '지친 이의 것'으로 얕잡아 보아서는 안 될 것이며, 실로 현실 세계의 모든 사랑의 방식을 떠난 독립적인 것이다. 이는 가장 순결하고 가장 심각하게 자신을 잊은 사랑이며, 단지 개인에 대한 사랑이 아니라, 미래 세계에 대한 동경도 들어 있다"[16]. 이 서정 장편시의 이야기는, 하나의 큰 상징의 틀이다. 시 속의 주인공은 하나의 핵심적인 상징인물로, 그의 경력의 설계는 시인의 체험적 사고와 서로 통해 있다. 그는 '경험이 있는' 사람이다. 그에게는 아름다운 이상이 있었고 열심히 자신의 "'소년'의 꽃"을 피워왔다. 시대의 암흑을 고치는 것에 대해 그는 "한 때 많은 누설이 있었다." 그러나 도전자의 자태로 세상에 대면하여 "악한 자들에게서 그들에게 없는 것을 찾았는데" 그가 얻은 것은 실망과 세속의 비웃음 뿐 이었다. 그리하여 그는 인간의 일상생활, 세태의 변천을 꿰뚫어 보아 이 '잔혹한 인간 세상'에 싫증을 느꼈다. 그는 "나는 이 용속한 세상에서 모든 견문에,/

---

16) 즈칭, 〈바이차이의 시〉, 1926년 10월 5일, ≪일반≫, 제1권 제2기.

조금도 신기함을 느끼지 못하고,/ 사람들의 똑같은 아둔한 움직임만 보았을 뿐이다". "나는 더욱 잘 알고 있다./ 사람들은 서로 적인 것 외에/ 서로 요구하는 장난감일 뿐."이라고 하였다. 노인이 그에게 한 말은 이 '지친 이'의 마음 속 깊은 곳의 아픔을 드러내 보여주었다.

이 고집스런 소년이여,
그대는 매정한 척 하며,
원망하는 말 하지 말게.
그대는 지난 날 정을 너무 많이 주었다네.
나는 그 뜨거운 마음이 아직 냉담한 얼굴 뒤에 감춰져 있는 것을
본다오.
그러나 우리는 당신에게 너무 과분한 것을 바라지 않는다오.
그대는 실로 감정에 상처를 받은 약한 자!
나는 당신의 정열적인 교류를 보고 싶소.
당신의 차가운 마음에 온기를 되돌리시오.
나는 당신들이 함께 생명의 꽃을 피워가며
짙은 웃음을 당신들의 입술 옆에 피우기를 바라오.

나는 당신이 많은 실망을 했었다는 것을 아오.
당신은 악한 자에게서 그들에게 없는 것을 찾으려 했소.
빨리 당신의 정확한 관념을 회복하시오!
나는 평화를 그대에게 주겠소. 당신이 처음부터 갖고 싶어 했던 것을.

그는 자신의 '관념'을 회복하지 않았다. 그는 이미 반역의 길을 선택하였으며, 기필코 노인, 어머니, 친구, 소녀의 '중용'을 거절하며 현실적 사랑에 대한 미련을 버리고, 자신의 '회멸'의 완성으로 진실한 사랑이 넘치는 미래 세계의 출현을 기대하고 있다.

'지친 이'는 세상을 걱정하는 마음을 가진 사람이다. 그는 많은 청년을 위해 "현대의 고통을 받고,/ 육감의 세계에 더욱 기울었으며", 깊은 '근심'을 품고 또 이를 위해 늘 '통곡'하였다. 이러한 사상은 진실로 '생

의 존엄'을 인식하고 있는 사람이 인생에 대한, 세상에 대한 진실한 사랑을 깊이 감추고 있다. "우리가 생의 존엄을 옹호하기 위해,/ 나는 먼저 엄밀한 선택을 받았다". 이 진실한 사랑의 실현을 위해 그는 소홀함을 수용할 수 없었다. 친구의 세상이 '오랫동안 마왕의 통치를 받은' 시대에 자신의 '본분'을 '든든히 지켜야만 '참고 견디는' 생활을 할 수 있다는 권고에 대해, 그는 단연히 "인류가 생을 추구하는 것이 즐거움을 위한 것이다,/ 뿐만 아니라 서로 부축하면서 대강 살기 위한 것이다./ 악마가 우리에게 준 정신적 감수의 고통이 이미 많은데,/ 더욱 한 방법으로 신이 우리에게 베푼 본능의 향락을 추구해야 한다./ 그러나 나는 본능을 중시하는 상처 입은 새,/ 나는 실생활에서 뒤떨어지기를 기꺼이 원한다!"고 대답하였다. 그는 이 사람의 본능은 '영혼의 확장'과 '영혼의 실질'이라는 '생활의 두 면'을 포함해야 한다고 여겼다. "우리가 실제로 느낄 수 있는 것은 때론 더욱 가치가 있는 것이다!" 그러나 세인은 이 '본능적인 향락'의 '가치'를 정확히 이해할 수 없으며, 더욱이 '쾌락'에 빠져 '연약한 결과만 얻게 된다. 그러나 "연약은 죄의 근원이며,/ 흐림은 불건전한 마음속에 잠재해있다." 그는 사랑은 이상세계의 추구이며 '지친 이'가 관심을 갖는 현실의 변화라고 생각했다. "그러나 우리는 바로 신이 되는 것이 아니니,/ 인간 세상의 사실에 관심을 돌려야 한다". "이상은 정신적 게임일 뿐만 아니라,/ 우리의 실질을 바꾸는 것이다./ 생명의 사실은/ 우리가 느낄 수 있는 곳에 있으며,/ 나는 언제나 영혼보다 중요하다고 생각한다". 그러므로 그는 이상을 추구하는 초인이며, 인간의 천국을 창조한다. 주즈칭은 그가 니체의 영향을 받았다고 하였는데 그가 말한 '본능의 향락', "현실을 떠나면 신비가 없다", '건전한 인격' 등은 모두 니체의 "초인이 바로 그의 의의다"라고 한 말에서 변화하여 나온 것이다. 그는 소녀의 사랑을 거절할 때 다음과 같이 말하였다.

나는 감히 내 깨어진 사랑으로 그대를 사랑할 수 없소!

"스스로 도울" 수 없으면 '합작'할 수도 없지요.

우리가 창조하려는 것을 위해서는 추호의 불완전함이 있어서는 안 되오.

진과 미는 바로 선이지 결손이 아니지요.

나는 스스로를 사랑해야 합니다. ―

당신은 하늘에서 준 황금기를 귀하게 여기시오.

당신은 무사에게로 가 건전한 인격을 찾아야 합니다.

당신은 갓난애 같이 건장한 데로 가 순진한 아름다움을 찾아야 합니다.

당신은 미친 사람에게 접근하지 마시오, 당신에게 병적인 심리가 생기게 할 것이니.

당신은 밤낮으로 사색하는 철학자를 믿지 마시오.

그들은 단지 위선적인 변명들을 만들어 낼 뿐이니.

이러한 건전한 인격은 현실에서는 찾아볼 수 없어 미래에 기탁할 수밖에 없으니, 그러므로 '어머니'의 사상을 제기하였다. 소녀가 바로 '어머니'의 책임을 담당하는 상징이다. 그러나 바이차이가 니체와 다른 점은 그의 초인관이 반인민적이지 않고, 주즈칭이 말한 "거의는 민족을 출발점으로 한 것이다". 지친 이는 소녀에게 다음과 같이 말하였다. "당신은 자신이 더욱 큰 책임이 있다는 것을 알아야 하오./ 이는 당신의 신성한 사랑을 초월하는 것이오./ 우리의 기죽은 민족/ 우리의 오래도록 쇠약한 국가/ 우리의 신령한 자손들 모두가 대부분 쓸데없는 물건이 되었소!/ 당신은 '어머니'의 새로운 책임을 보존해야 하오./ 이러한 '신생'은 당신들의 자애로운 선택에 의지 한다/ 이 장엄하고 무상한 권위는,/ 당신들의 풍만한 손 안에 달려 있소." '지친 이'의 사랑은 개인의 사적인 사랑의 거절이지만, 마침 민족의 큰 사랑의 귀의이다. 이 허구의 이야기는 '우생학'에서 말한 표면의 면사 뒤에 멀리 울려 퍼지는 것은 오래되고 쇠약한 민족이 새 생명으로 나아가는 애절한 목소리로 여겨진다.

이야기 속 인물의 설립과 환경의 배치는 모두 상징의 색채를 지니고 있다. 마왕 통치의 현실과 서로 대립되는 것은 이상적인 국가 형태의 즐거운 마을이다. 이는 작자가 만들어낸 인간세상의 도화원이다. 작품은 많은 부분으로 그곳 사람들의 선량함과 아름다움, 환경의 조화와 은은함, 그리고 노인의 사심 없음과 소녀의 열렬한 사랑을 과장되게 표현하였다. "나는 촌장의 화원에 묵었는데,/ 내 일생에서 그 때가 나의 마음을 모으게 하였다!" 이 현실 속에 존재하지 않는 '우아한 은사'와 아름다운 소녀가 있는 '인간 천국'은 '오사 운동' 시기 시인이 묘사한 '미래의 화원'이며, '중복된 그물 아가리'의 탐욕에 넘치는 도시와 서로 대립되는 이상 세계의 상징이다. 촌장의 아름다운 무남독녀는 미래의 아름다운 이상을 짊어진 창조자의 상징으로 최소한 작자는 이렇게 기대하였다.

노인은 '지친 이'와의 대화에서 다음과 같이 말하였다. "그대의 사상은 얼마나 병적이고 무례한가,/ 그대의 말은 얼마나 각박한가?" 시 속 인물의 이 평어로 주즈칭은 전체 시를 평가할 수 있다고 보았다. 시에서는 시인의 '심각하고 예민한 이성과 넓은 안목'을 충분히 표현하였고, 작자는 '기괴하고 생소한' 제재와 소박한 언어로 중대하고 비평적인 이상을 암시하였다.

완전하지 않으면
차라리 회멸하겠네.
오르지 못할 거면
가라앉기를 원하겠네.
아름다운 비단은 좀벌레의 구멍을 망쳐 놓고,
먼저 그것을 태워 찢어놓지.
무딘 보검은
끊어진 것만 못하네.
어머니,
저는 걸출함을 바라지 않습니다.

그러나 주인공과는 달리 작가는 결국 "보통사람을 초월하였으며, 이 시대를 초과하였다". 그는 '허무'로 현실을 향한 도전을 완성한 '지친 이'이며, 동시에 또한 '시대의 아들'이다.[17] 이것이 바로 바이차이의 이 장편시와 리진파를 대표로 한 초기상징파 시인들 사이에 전혀 다른 점이다.

---

17) 즈칭, 〈바이차이의 시〉, 1926년 10월 5일, ≪일반≫, 제1권 제2기.

제3장
초기상징파시의 예술 탐구

1 이미지 본래의 상징성

초기상징파 시인들의 예술 탐구는 매우 복잡했다. 그들의 이국적 향기에 대한 흡인력은 그들 자신의 예술적 소화력보다 컸고, 형식적 기교에 대한 관심은 현대 의식에 대한 사고보다 컸다. 이 때문에 그들의 창작은 모두 초기 남상시기 상징주의와 모더니즘 시의 모방 흔적과 서구화의 특징을 남기고 있다. 일부 작품들의 과도한 회삽함은 민족적 심미 심리와 습관을 벗어나 지금까지도 해석할 수 없는 '아둔한 수수께끼'로 남아 있다. 리진파도 이 때문에 '시괴(詩怪)'라는 호칭을 얻어, 오늘날까지도 완전히 벗어나지 못하고 있으며, 그의 많은 작품들은 이미 먼지 속에 파묻혀 낡은 흔적이 되어 버렸다.

그러나 만일 우리가 각종 예술 유파의 풍격과 기교의 탐색에 있어서 어느 하나만 중시하고 다른 것을 배타하는 태도를 취하지 않고, 다양한 안목으로 역사를 관찰한다면 초기상징파시의 황폐하고 뒤엉킨 탐색과 실천 중에 진귀하게 여겨질 만한 경험과 미적 창조의 노력이 있었으며, 아름답고 심오한 열매가 적지 않았다는 것을 발견할 수 있을 것이다. 동시에 또한 많은 예술적 사고의 실패라는 역사적 교훈도 여기에 수반할 것이다.

편폭 관계로 우리는 이 문제에 대해 세 부분으로 나누어 논술하겠는데, 이 절에서는 먼저 초기상징파 시인의 예술 추구라는 방면을 소개하겠다.

첫째, 그들은 이미지 본래의 상징성에 주의하였다.

서구 상징주의 시조(詩潮)가 상징(Symbolism)이라는 이 술어에 대한 해석이 비록 매우 광범하지만 좁은 의미에서 볼 때 그들의 인식은 공통되었는데, 그것은 바로 구체적인 상징적 이미지로, 구체적 혹은 추상적인 사상 감정, 정서와 의식을 표현하는 것이다. 프랑스의 상징파 시인과 이 시조의 창시자 중 한 사람인 말라르메(Mtephane Mallarne, 1842-1898)는 상징주의가 "어떤 물건을 조금씩 조금씩 끌어내 마음을 토로하는" 예술, "혹은 반대로 어떤 물건을 선택해서 그 중에 '정서'(etatd ame)를 빼내는 예술"이라고 생각하였다.[1] T.S.엘리엇(Thomas Stearns Eliot, 1888-1965)은 이러한 감정을 표현하는 '어떤 물건'이라는 상징체를 감정의 '객관적 상관물'이라고 했는데, 그는 '객관적 상관물'이라는 것이 "특정한 감정 표현 방식의 사물들, 한 정경 혹은 일부 사건을 맡게 되는 것"이라고 해석하였다.[2] 헤겔은 "상징이 보통 감성적으로 관찰되는 이미 갖추어져 있는 외재적 사물에 직접 표현되며, 이러한 외재적 사물에 대해 직접적으로 그 본래 모습을 보는 것이 아니라, 그가 암시하는 비교적 보편적인 의의를 보는 것이다. 그러므로 우리는 상징에서 두 가지 요인을 갈라내야 하는데, 첫째는 의미이고, 다음은 의미의 표현이다. 의미는 관념과 대상으로 그 내용이 뭐든지 간에 표현은 감성적 존재, 혹은 현상이다."고 하였다. 그는 또 "상징은 본질적으로 두 가지 뜻 혹은 불분명한 것이다."고 하였다.[3] 헤겔(Hegel)은 또한 이러한 예술상

---

1) ≪말라르메 전집≫, 869쪽, 아이샤오밍(艾小明)이 번역한 도미니크 사이커리탄의 ≪상징주의≫(쿤룬출판사. 1989년, 제2쪽).
2) T.S.엘리엇, 〈햄릿(Hamlet)〉, 아이샤오밍, ≪상징주의≫, 1쪽에서 인용.
3) 헤겔, ≪미학≫(제2권), 상무인서관. 1979년, 10-12쪽.

의 특징을 이 유형의 작품들이 특별히 갖는 상징적 이미지의 '애매성'이라고 말하였다.[4]

시 속에서 이미지의 상징성을 추구하는 것은 이미 서구 상징주의 미학 원칙과 생명의 정화가 되었다. 프랑스 상징시파의 영향을 받은 리진파는 그의 작품 속에서 상징이 시 이미지의 창작 중에 일으키는 작용을 매우 중시하였다. 그는 "시는 반드시 image(형상, 상징)가 있어야 하는데, 이는 마치 신체가 혈액을 요구하는 것과 같다. 현실 속에는 대단한 아름다움이 별로 없다. 아름다움은 상상 속에, 상징 속에, 추상적인 퇴고 속에 숨겨져 있다."[5]고 하였다. 시적 이미지의 상징성을 추구하였기 때문에 리진파 시 속의 형상과 이미지, 그것의 함의는 그 자체일 뿐만 아니라 또한 그 자체가 아니기도 하여, 더 깊은 차원의 의미를 포함하고 있다. 그리하여 시 함의의 다의성 문제가 나타난다. 이는 서구 상징파만의 특유한 것일 뿐만 아니라, 중국 전통 시학 이론 중에 이미 존재했던 것으로, 남조 시기 양(梁)의 문학이론가 유협(劉勰)(약465-532)은 ≪문심조룡(文心雕龍)≫에서 "숨김은 여러 의미를 도구로 삼는다(隱以復義爲工)"[6]고 하였는데, 여기에서 '숨김'은 이미지의 숨김을 말하고, 그가 말한 '여러 의미'는 서구 상징파 시인의 말로 하자면 상징적인 이미지 함의의 다의성과 불확정성이다. 예를 들어 리진파의 ≪가랑비≫의 맨 첫 면에 수록된 〈버림받은 여인(弃婦)〉은 1925년 ≪어사≫에 발표되었는데, 이 시는 그가 중국 독자들에게 바친 첫 번째 상징시로 볼

---

4) 위와 같음. 15쪽.
5) 리진파, 〈린잉창의 ≪처량한 거리≫ 서문(序林英强的≪凄凉之街≫)〉, ≪감람월간≫, 1933년 8월, 제35기.
6) 유협의 〈문심조룡·'은수편'(文心雕龍·'隱秀篇')〉에서 말하기를, "은이라는 것은 글 밖의 뜻을 중시하는 것이고, 수라는 것은 문장 속에서 홀로 차지하는 것이다. 수는 뜻을 반복하는 것을 일로 삼고, 수는 특출남을 교묘함으로 삼는다(隱也者, 文外之重旨者也; 秀者也, 篇中之獨拔者也. 隱以復義爲工, 秀以卓絶爲巧)"라고 하였다.

수 있어, 매우 큰 전형적인 의의를 갖고 있다. 시의 내용은 다음과 같다.

긴 머리는 내 눈앞에 드리워져 있어
모든 죄악의 질서를 끊어놓고,
선혈과 함께 급히 흐르고 뼈는 깊이 잠들었다.
깊은 밤 모기 벌레들과 함께 다가와,
이 짧은 담장의 한 구석을 넘어,
내 분명한 귀 뒤에서 부르짖는다.
마치 황야의 광풍이 노호해,
무수한 유목민을 떨게 한 것처럼.

한 가닥의 풀에 의지하여 하느님의 영혼과 함께 골짜기에서 방황한다.
나의 비애는 방황하는 꿀벌의 머리에 안 깊이 박혀있거나,
혹은 산속의 샘물과 함께 벼랑 위에 길게 내리 쏟아지고
그 후 단풍을 따라 떨어져 간다.

버려진 여인의 근심은 동작 위에 쌓이고,
석양의 불은 시간의 번뇌를
재로 만들어 연통에서 날아가
까마귀의 날개를 물들여
해소의 돌 위에 서식하고,
조용히 바다의 노래를 듣지 못하게 한다.

늙어가는 치마 자락은 신음소리를 내며
무덤가에서 노닐고,
영원히 뜨거운 눈물은
풀밭에 떨어져
세계를 장식할 수 없다.

'버림받은 여인'은 이 시의 총체적인 이미지로, 시 속의 많은 이미지들, 예를 들면 '선혈', '백골', '깊은 밤과 모기 벌레', '황야의 광풍', '꿀벌의 머리', '산속의 샘물' 등등은 모두 분리된 이미지이지만 이러한 분리

된 이미지들이 조합되어 '버림받은 여인'이라는 총체적 이미지의 각 측면의 함의를 구성하였다. 이미지의 본래 뜻으로부터 볼 때, 시인은 한 버림받은 여인의 정신세계의 고통, 고독, 절망과 비애를 서술한 것이다. 앞의 두 절의 시는 1인칭을 사용하였는데, 시인은 마치 버림받은 여인을 대신하여 자신의 마음 속 깊은 곳에 있는 고통을 서술하는 듯 하고, 세속의 경시와 냉혹함에 직면하여 여인은 무한한 공포와 중압감을 느끼면서 자신의 분노와 원한을 토로하고 있다. 그러나 자신의 슬픔을 토로할 곳이 없다. 하느님은 듣지 못하고 이해하지 못하기에 다만 산속의 깊은 샘물에 기탁하여 단풍과 함께 흘려보낼 수밖에 없다. 마지막 두 절은 3인칭으로 바뀐다. 시인은 방관하는 동정자의 시각에서 객관적으로 버림받은 여인의 깊은 '걱정'을 풀 수 없어 동작이 늦어지고 치마가 다 찢어져 혼자서 '죽음'을 상징하는 무덤가에서 방황하지만, 이제는 눈물 한 방울 남지 않아 그에게 무한한 고통만을 준 세상을 '장식'한다. 헤겔이 말한 '본의'로부터 볼 때, 이 〈버림받은 여인〉이라는 시의 함의가 표현 한 것은 이미 충분하다. 이는 사람들에게 버림받은 여인의 운명에 대한 동정과 그 불공평한 인간 세상에 대한 분노를 불러일으키는 것이다. 보통의 시로 여기까지 읽어서 이러한 이해를 얻었다면 괜찮은 편이다. 그러나 일반적인 초기 사실주의 신시와 다른 점은, 이것이 상징파시라는 것이다. 왜냐하면 리진파의 시집 《가랑비》 중에서 그가 하층 사회 인민에 대해 동정하는 내용을 포함하고 있는 시구는 거의 없기 때문이다. 그리고 그가 이 시를 지을 때 또한 보들레르, 베를렌 시의 영향을 깊이 받았었다. 그의 침대 머리맡에 놓여있던 책이 바로 보들레르의 시집 《악의 꽃》이었다. 그는 후에 또 자신의 시가 이해하기 힘들어 중국 독자들의 비평을 받았을 때, 베를렌의 작품으로 자기 변론을 하면서 베를렌이 그의 스승이라고 말한 적이 있다. 그는 이 시를 창작할 때 전달하려는 것이 버림받은 여인에 대한 동정이 아니라, 이 상징적인 이미지 속에서 자신의 내면세계의 정서를 전달하려 하였다. 그리하여 우리는 그의 시의 외재적 이미지의 '본의'를 읽는 동시에, 시인의 잠재의식의 세계로 들어가 이 시 이미지 배후에 있는 '의미 표현'을 이해해야 한다. 즉 깊은 층면에서의 상징적인 의미이다. 그러나 이 차원의 의의는 또 '버림받은 여인'이라는 이미지의 상징적인 의미와도 갈라놓을 수 없는 것으로, 작자는 자신이 창조한 최초의 동기에서 이미 버림받은 여인의 이미지에 자기 운명의 불행과 비참함에 대한 격양된 함의를 부여하였다. 작자는 개인의 인생 존재의 의의에서 불공평한 세상이 자신에게 준 생명의 고통, 비애와 고독을 생각하였다. 이러한 진일보한 의의는 이미지의 본의와 함께 〈버림받은 여인〉이라는 이 시 이미지의 모호성과 다의성을 구성하였다. 이도 ≪문심조룡≫에서 말한 중국 고대의 전통시 속에 있는 '글 밖의 뜻을 중시한 것'이라고 볼 수 있다. 이미지의 상징적 성질을 파악해야만 상징주의 시의 세계로 들어갈 수 있다. 리진파의 많은 시도 모두 이렇게 이해할 수 있다.

상징파시 작가의 예술 추구가 현실주의, 낭만주의 시와 다른 점은 우선 여기에 있다. 보기에는 한 사실 혹은 평소에도 이해할 수 있는 이미지를 쓰는 것 같지만, 창작의 진정한 의도는 이러한 일과 이미지의 표면에 있는 것이 아니라 상징의 의미에 있다. 리진파의 다른 시 〈리앙의 차 속에서(里昂車中)〉는 여행 중인 차 속에서의 일반적인 견문과 사물의 현상을 묘사하였는데, 모두 사람들이 늘 볼 수 있는 것들이다. 그러나 그의 의도는 사람들에게 차 속에서 본 정경들을 알려주려는 데 있는 것이 아니라, 묘사한 정경 속에서 인생에 대한 생명의 피로감과 생명이 쉽게 없어지고 만사가 불평스럽다는 감정을 전달, 혹은 암시하려는 데 있다.

> 미약한 불빛은 처량하게 모든 것을 비추고,
> 그 분홍색의 팔을 회백색으로 물들인다.
> 부드러운 모자의 그림자는 그들의 얼굴을 가려,
> 마치 달이 구름 속으로 사라지는 듯하다!

몽롱한 세계의 그림자는
머물게 할 수 없는 잠시 동안,
우리를 멀리 떠나고,
조금도 생각하지 않는다.

산골짜기의 피곤에는 남은 달빛과,
기나긴 흔들림 뿐,
깊이 잠들게 한다.

풀밭의 옅은 녹색, 두견의 날개에 비춰고,
차바퀴의 시끄러운 소리 모든 고요를 찢고,
멀리 시가지의 불빛은 작은 창문에 비추인다.
오로지 피곤해 곤히 잠든 사람의 작은 얼굴과,
마음 속 깊이의 번뇌만을 무력히 드러낸다.

아, 무정한 밤의 기운,
나의 날개를 말아 숨겨주고,
잔잔히 흐르는 소리,
행인과 함께 표류하며
나의 금발을 오래도록 퇴색케 하는가?

알지 못하는 먼 곳에서,
달은 암투를 벌이듯 모든 곳을 비추고자,
만인이 웃고,
만인이 울고,
똑같이 한 곳에 숨는다 ― 모호한 검은 그림자
분간할 수 없네, 선혈인지,
반딧불의 흔들림인지!

　'오사 운동' 시기의 신시 중에 이 시는 예술적 표현 면에서 매우 완미
한 편이라고 할 수 있다. 그러나 리진파는 일반적인 여행의 풍경시에서
처럼 시 속에서 그 자신의 정서와 감동을 보여주지 않고, 차 안에서의

견문, 차 안의 프랑스 여인의 옷차림이 희미한 불빛 아래 비친 정경, 차 밖의 금방 지나가 버린 한밤중 "세계의 그림자", 머나먼 산골짜기의 피곤함과 차 안 여행객들의 졸음, "마음 속의 번뇌" 등을 그리고 있다. 이러한 것들은 모두 매우 현실적인 것으로 보이지만 사실과는 다른 시인의 방식으로 처리하였으며, 뒤 두 절 중 하나는 자신의 청춘이 쉽게 시들어 가는 데 대한 탄식이며, 하나는 세상의 불공평함에 대한 분노로, 이 모두가 모호하게 표현되어 있어 사람들에게 더욱 여운을 남겨준다. 시인의 정서는 그의 펜 아래에서 보통과는 다른 자연과 인문 경물의 묘사 속에 엮여져 있다. 그의 〈비(雨)〉, 〈정원에서(園中)〉 등은 고향에 대한 감정의 변화를 썼거나, 자연 만물의 생존에 대한 아름다움과의 조화를 썼는데 모두가 표면적 묘사 속에서 작자가 상징하는 내심의 감정과 사람과 사람 사이의 이상적 추구와 갈망을 전달하였다. 그는 앞 시와 똑같이 자연 현상을 썼지만, 그 표현이 비교적 명백한 소시 〈율(律)〉을 지었는데, 깊이 음미해 볼 만한 가치가 있다.

> 달은 얼굴에 막을 드리우고,
> 오동잎은 근심스런 얼굴을 하네.
> 내 귀를 기울여 들으니,
> 가을이 왔음을 알겠네.
>
> 나무는 이렇듯 여위고,
> 너는 내가 꺾은 줄 알지만,
> 그의 잎은?

이 시 속의 함의 역시 하나가 아니다. 표면적인 의미로 보면, 사람의 의지로 변화 되는 것이 아닌 자연법칙, 즉 쓸쓸한 가을이 돌아오는 것은 사람의 의지에 의해 바뀌는 자연법칙이 아니라는 것이다. 그러나 작자가 우리에게 보여주려고 한 것이나 이미 우리에게 준 것은 절대 이것뿐만이 아니다. 독자들은 이 시 속의 달빛의 처량함, 나뭇잎이 시들어 떨어지는 묘사 속에서 시인 자신의 생명이 점차 소실되는 데 대한 개탄의 소리를 들을 수 있다. 또 이러한 현상들을 느낄 수 있고, 너와 나를 포함하며 각종 사물을 포함한 생명의 철리, 자연의 율, 만물의 율, 이 모든 것이 이러한 상징적인 이미지의 조합 속에 숨겨져 있다고 말할 수 있다.

비록 초기상징파 시인이 모든 시에 이미지의 상징적 함의를 애써 추구한 것은 아니며, 비교적 쉽게 알 수 있고, 심층적 의미가 없는 시들도 적지 않게 있다. 그러나 그들은 이미지로 더욱 깊은 층차의 정서를 강조하는 데 주의하였으며, 이로써 이미지 자체의 의미를 모호하게 하였는데, 이것은 그들의 보편적인 심미 추구였다. 리진파의 연작시 중 〈시간의 표현(時之表現)〉이라는 제목의 시가 있는데, 그 첫 수는 다음과 같다.

> 바람과 비는 바다 속에 있고,
> 야생 사슴은 내 마음 속에 죽어 있다.
> 보라, 가을의 꿈은 날개를 펴고 갔고,
> 이 원기 없는 혼만이 홀로 남아 있다.

이 시는 서로 연결되지 않은 이미지로 조성된 짧은 시로, 읽으면 영문을 알 수 없는 느낌을 준다. 그러나 만일 작자가 추구하는 이미지의 상징적 성질의 심미 영역으로 들어가면, 이런 저런 각도에서 이 시에 대한 대체적인 상징 의미를 파악할 수 있을 것이다. 내 생각은 다음과 같다. 첫 줄은 공간의 무한을 썼는데 예를 들면, 바람과 비가 무한한 바다 속 크나큰 공간 속에서 시간적 소실의 표현을 암시하였고, 두 번째 줄은 시간의 정지를 썼는데, 한 야생 사슴이 내 마음 속에 죽어버린 것만 같이 작은 세계 속에서 생명이 사라짐을 암시하였으며, 세 번째 줄은 시간의 흐름을 썼는데, 사실은 생명 중의 아름다운 추구가 가을의 꿈처럼 흘러가버렸다는 것을 개탄하였다. 마지막 줄은 주제, 즉 '급히 흘러가는 시간 속에 자신이라는 이 고독하고 공허한 원기 없는 혼만이 남아 있다는 것은 또 얼마나 비참한 일인가!'를 보여주고 있다. 여기에서 '바람', '비', '바다', '야생 사슴' 등 연속으로 나타나는 이미지는 뒤의 서정과는 아무런 관계가 없는 것 같지만 실제로는 내재적인 이미지의 의미에서 끊길 듯 끊기지 않는 연상의 관계가 존재하는데 모두 시의 주제인 '시간의 표현'을 받쳐주고 있다. 그러나 선택한 일부 서로 관련되는 상징적 이미지는 그들 스스로가 깊은 의미를 갖고 있지 않거나, 심지어 의미가 매우 모호하기까지 한데, 한 소시 속에 조합되고 나서 심층적이고 함축된 상징 서정이 넘치는 경계를 구성하였다.

작자는 고의로 명백하고 분명한 사물의 형상을 모호하게 하였다. 다시 말해서 헤겔이 말한 '애매화'의 처리를 한 것이다. 이미지와 생활 속의 형상은 상징화 되었으며, 비슷한 표현방식 그리고 비슷한 이미지의 선택과 처리는 모두 하나의 공통된 심미 추구를 표현하였다. 즉 이미지에 더욱 깊고 더욱 광범위한 함의를 부여한 것이다. 그리하여 그들은 사람들에게 더욱 많은 숨은 뜻과 여운을 주었다.

무무톈 작품 속의 '무한한 몽롱 사이에 섬세하게 엮어 넣은' '가는 빗줄기'(〈빗줄기(雨絲)〉), '부패한 몽롱' 속에 흩날려 울리는 '창백한 종소리'(〈창백한 종소리(蒼白的鐘聲)〉)는 모두 작자의 독특하고 심원한 감정을 기탁한 것이다. 펑나이차오 작품 속의 '삼엄한 어둠 속 전당의 신감'에 불꽃이 하늘거리는 그 '홍사등'(〈홍사등(紅紗灯)〉), '먼지가 가득 끼고', '암담한 비애'로 물든 '금빛의 고병'(〈고병을 노래함(古瓶咏)〉)에도 작자의 무한한 감격의 마음을 깊이 감추고 있다. 이들 시인 중 일부 사실성이 비교적 강한 시 속에는, 선택을 통한 이미지의 조합이나 혹은 이미지의 확장 속에 깊이 있는 상징적 의미를 숨겨두었다. 예를 들면, 후에 혁명 열사가 된 후예핀(胡也頻)의 시 〈동정호에서(洞庭湖上)〉가 있다.

격렬한 분노의 거센 바람,
이 망망한 호수 면을 가로 쓸고,
오백 리의 파도가 솟구쳐,
조용한 고깃배를 방황케 한다.

자욱한 회색빛 안개,
물과 하늘을 한 색으로 물들이고,
일체의 고유는 변하여,
경련과 떨림으로 가득 차 있다.

무수한 물보라와 빗방울은 춤추고,
마치 눈 먼 무리의 열광적인 폭동처럼
만족스런 환락을 과시하며,
무저항의 공간을 향해 통렬히 공격한다.

은은한 약자의 소리,
폭풍우 속에서 나부끼니,
어부의 구원의 고함소리 같고,
고독한 기러기의 실연의 울음소리 같다.

작자가 쓴 것은 동정호의 폭풍우 속 풍경으로, 시 속에서 강자는 흉악하고 약자는 신음하는 묘사 속에서 우리는 시인의 더욱 깊은 감정의 기탁을 느낄 수 있다. 이 호수의 경치는 정서의 상징물이 된다. 상징시는 고함도 아니고, 평평함도 아니며, 묘사도 아닌, 이미지로 감정과 철리를 받쳐주는 것이다. 그러므로 상징시의 이미지는 얼마간의 신비로움을 띠는데, 여기에는 일종의 계시와 부름이 있다. 그래서 "한 줄의 아름다운 시는 독자들의 마음속에 영원히 살아있다. 그것이 불러일으키는 경험은 다방면으로, 비록 짧은 한 구절이지만 전 폭에 교차하는 이미지를 떠맡을 만한 능력이 있다. 즉 한 영혼의 신기루이다".[7]

---

7) 류시웨이, 〈≪어목집≫ 작가에게 답함〉, ≪저화집≫, 상하이문화생활출판사,

물론 상징시 이미지가 지니는 함의의 다의성을 말하는 것이지, 함의의 객관성이 없다고 말하는 것과는 다르다. 한 현대 비평 이론은 작품의 내용과 작자의 창작 의도를 완전히 갈라놓아, 문장의 텍스트를 절대화하여 작품의 본문에서 객관적 의미를 찾을 수 있다는 것을 부정하고, 이해한 주관 뜻대로 작품 함의의 객관성을 대체하려 하였다. 그들은 심지어 작품을 '빈 틀의 구조'로 보고 비평가들과 독자들에게 그 안에 임의의 어떠한 이해를 넣게 하여, 이 구조에 수용된 물건이 많아지면 많아질수록 그의 심미가치도 점차 높아지게 하였다. 이렇게 하여 반드시 작품의 상대주의를 이해하도록 하여, 결국에는 심미 가치의 객관성도 사라지게 하였다.

　　여기에는 두 가지 주의해야 할 문제가 있다. 첫째는 예술 형상 본래의 규정성을 주의해서, 다의적 추구를 무한히 넓혀서는 안 된다는 것이다. 헤겔은 상징 예술의 '애매성'을 긍정한 동시에 또한 상징적 의미의 추구가 상징성의 예술에만 적용된다고 생각하였다. 그는 모든 신화와 예술을 상징의 방식에 따라 해석하는 것을 반대하였다. 예를 들면 그가 말한 슐레겔(Friedrich Von Schlegel)은 각 예술 작품 속에서 모두 우의를 찾을 수 있음을 인정하였고, 근대 단테(Dante)에 대한 평론가는 '늘 그 속 각 장의 시를 모두 우의로 설명'하여 해석 하였다. 헤니가 편찬한 고대 시집의 주에는 "모든 은유적인 추상적 의미에 대해 이해력으로 추상에 대한 해석을 진행하였다."고 하였다. 헤겔은 또한 "추상에 대한 이해력은 특히 상징과 우의를 찾는 데 치우치기 쉬운데, 그것이 의미와 형상을 갈라놓아 상징 방식의 해석에 관심을 갖고 예술 형상을 소멸시켜, 추상에 대한 보편적 의미를 지적해 내는 데만 열중한다."[8]는 것을 인정하였다. 그러므로 헤겔도 이러한 "본래 없는 곳에서 일부 신비로운 상징적 물건을 냄새 맡을 수 있다"[9]는 끝없는 상징 의미를 찾는 방법에

　　1936년 12월, 174쪽.

8) 헤겔, ≪미학≫(제2권), 19쪽.

9) 위와 같음, 127쪽.

찬성하지 않았다. 그는 "우리는 의미와 형상 사이의 예술 관계 그리고 이런 관계가 상징형의 예술 속에서와 고전형의 예술과 낭만형 예술 속에서 서로 다른 것이 무엇인가 하는 것을 확정해야 한다. 그러므로 우리의 임무는 상징을 모든 예술의 영역에 보급하는 데 있는 것이 아니라, 명백하게 그것을 그 특유의 표현 방식에 국한시키는 데 있으며, 그리하여 상징의 방식으로 그 예술의 범위를 다루는 것이다."고 하였다.[10] 다만 상징의 사유 방식으로 그러한 상징을 독특한 표현 방식의 예술 작품으로 보고, 이 사유를 또한 끝없이 모든 것을 서술할 수는 없거나 혹은 작품에 없는 의의를 임의로 탄생시킬 수는 없는 바, 이러한 규정성을 떠나 상징과 우의적 추구를 무한히 범용하면 과도한 견강부회로 나아갈 수 있다. 둘째, 상징적 작품에 대한 심층적 함의를 추구한다 하더라도 마음대로 그것을 해석할 수 없기 때문에 그것이 품고 있는 의미의 객관성을 인정해야 한다. 니체는 "많은 눈들이 있다. 스핑크스에도 눈이 있다— 그리하여 많은 '진리'가 있기도 하고, 또한 없기도 하다."[11]라는 명구를 말하였다. 예술 형상을 이해하는 데 있어서의 절대적인 상대주의는 반드시 작품 내용 자체를 부정하는 허무주의를 초래하게 된다.

여기에서 리진파의 일반적인 시를 예로 들겠다. 이 시의 제목은 〈차가운 밤은 마치……(凉夜如……)〉이다.

서늘한 밤은 마치 온화한 할머니의 가슴처럼
나의 창백한 얼굴을 서서히 입맞춤 한다.
떠도는 바람은 말없이 홀로 나뭇가지에 오르고,
쓰르라미는 개똥벌레와 함께 머물려 한다.

밤과 낮이 잠깐 이별하는 사이
신기한 영원의 울림이 있다.

---

10) 위와 같음, 20쪽.
11) J.R 브록맨(Brockman), 《구조주의》, 상무인서관, 1980년 9월, 31쪽

허나 나의 맘속은 비애로 가득 차
이 소리를 무시하였다.

비록, 그녀는 나에게 무엇인가 충고하려 하지만,
나는 무엇을 아는가? 너는 무엇을 아는가?
우리의 순결한 웃음으로!
Adieu! 연못, 가을 버들, 미약한 종소리.12)

　시의 제목은 첫 번째 행의 첫 번째 글자로 정하였는데, 실제로는 중국 전통시 중의 '무제'에 상당하여 이미 얼마간의 모호성을 띠고 있다. 내용을 보면, 단지 추운 밤이 막 다가올 때, 자신의 마음 속 찰나의 감각을 쓴 것이다. 시인은 황혼이 오려는 잠깐 동안 홀연 멀리서 들려오는 '미약한 종소리'를 들었다. 다시 말해서 시 속에서 말한 "신기한 영원의 울림"인데, 이 소리가 자신을 향해 무엇을 '충고'하려 하는지, 다만 자신이 이 시각 '맘속은 비애로 가득 차', 이 미약한 '소리'를 무시하였다. 우리는 읽은 후 시인이 가리키는 의미를 알 수 있다. 무엇을 다시 추구하지 않더라도 이 시의 의미는 독립적으로 존재한다. 다시 말해서 상징시는 그 형상의 본의에 있어서도 마찬가지로 독립적으로 존재하는 것이다. 예를 들면, 미국의 현대파 시인 에즈라 파운드(Ezra Pound, 1885-1972)가 말한 것과 같다. "상징 ― 적절히 완미한 상징은 자연의 물체라고 생각한다. 시인이 상징을 이용하려면 반드시 상징성을 사람에게 강요하지 않도록 주의해야 한다. 이러면 상징 본래의 상징성의 작용을 이해하지 못하는 사람 ― 예를 들면, 독수리는 그대로 독수리다 라고 말하는 사람은 또한 어떠한 의미도 잃지 않고, 시의도 잃지 않을 것이다".13) 리진파의 〈차가운 밤은 마치……〉의 외재적 의미는 이렇게 그

---

12) Adien, 프랑스어로 영별하자!
13) 에즈라 파운드, 〈회고〉, 라오안(老安), 장즈칭(張子淸) 역, 양쾅한, 류푸춘의 ≪서구현대시론≫, 화청출판사, 1988년, 66, 67쪽.

것을 이해하는 사람에게 전해지는 것이다. 그러나 심층적 의미에서 말하자면 리진파의 이 시는 그 주요한 상징 이미지가 규정한 범위를 벗어나지 않는다. 시에서 가장 핵심적인 이미지는 황혼 때 전해오는 종소리의 '신기한 영원의 울림'으로, 이 '울림'이 결국 무엇을 암시하고 상징하는지? 시에서 말한 것과 같이 "나는 무엇을 아는가? 너는 무엇을 아는가?" 하는 것은 한꺼번에 설명하기 힘들다. 그러나 우리는 시인 맘속의 '비애로 가득 차', '우리의 순결한 웃음으로'가 종소리와 가을 버들에게 고별을 하는 시구에서 여전히 시인이 전달하려는 정서를 지각할 수 있다. 즉, 종교가 사람의 마음을 정화하고 개인 운명의 고통을 해탈하며 생명의 슬픔에 대하여 해결을 얻게 한다. 혹은 일종의 소리의 계시에서 생명의 안녕과 환락의 감각을 얻기도 한다. ……더 많은 무한한 생각과 추구는 또한 아무런 의의도 없게 된다. 서구에서 근래에 유행하는 수용미학에 대한 비평도 또한 이해와 해석의 임의성을 상징 예술의 심미 원칙으로 보는 것을 인정하지 않는다. 일종의 '다원 텍스트(多元本文)'라는 이론이 있는데, 작품의 '상호텍스트성(互文性)'을 주장한다. 즉 무한하며 임의적인 의미가 생겨날 가능성과 임의의 해석을 진행하는 것이다. 이러한 수용미학의 대사인 야우스는 이 이론에 동의하지 않는다. 그는 문학의 해석은 그것과 서로 날카롭게 맞서서, 다음과 같은 전제를 제기하였다. 즉 문학작품 의미의 구체화는 하나의 역사적 과정으로, 그것은 심미 원칙의 형성과 변화 중에 침전된 특정한 '논리'를 준수하고 있다는 것이다. 또한 문학 해석학이 진일보 가설되어, 해석 시야의 변화 중에 "사람들은 분명히 임의 적인 해석과 규범이 정해져 있는 해석을 분간할 수 있다."하였다. 야우스는 이러한 가설을 지지하였는데, 그는 때로는 본문에 대한 해석이 서로 다르지만 서로 모순되지는 않는데, 이것은 각 사람의 차이가 다음과 같은 결론을 초래하기 때문이라고 하였다. 즉 설사 '다원 텍스트'라 하더라도 '초보적인 독서의 감각적인 이해로는 하나의 통일된 심미 방향을 제공'할 수 있다고 생각하였다.[14]

이로써 더욱 반성적인 해석을 하였으며, 또한 본문의 '애매한 문제에 대한 일종의 해답'을 냈다. 그러나 상징의 다의성은 '애매한 문제'의 객관성을 없앨 수는 없다. 소위 '개방적 도식형 구조'라도 그의 포용성은 무한한 것이 아니다. 상징시를 읽을 때 일정한 규정 하에서 다의적인 탐구를 진행할 수 있다. 하지만, 이것은 역사 연구를 하는 것이지 문학 감상은 아니다. 작자가 시에서 표현하려는 객관적 의미를 찾으려 애써야지, 독자가 충분한 상상력을 발휘하여 제멋대로 추측을 할 수는 없다. 이해와 비평을 예술의 감상과 혼동해서는 안 된다. '시는 해석할 수 없다'는 원칙은 상징시의 비평 해석에서도 유지해야 할 것이다.

2 정서 전달의 암시성

이 절에서 우리는 중국 초기상징파시 예술 탐구의 또 다른 측면, 즉 정서 전달의 암시성에 주의한다는 점을 설명하겠다.

서구 상징파 시인은 상징주의를 예술 표현의 한 수단으로 이용하는 것이 아니라, 상징주의 자체 가장 심각한 심미 관념의 추구를 포함한다고 보았다.

그들은 신비로운 몽롱함을 심미의 표준으로 삼았는데, 이는 모더니즘과 낭만주의 시의 명백성과는 서로 대치되는 것이다. 보들레르는 다음과 같이 말하였다. "아름다움은 이러한 것이다, 열정도 있고 걱정도 있지만 모호하고 희미하여 사람들의 탐구와 추측을 일으킨다". "예술이 철학의 명백성에 가까우면 가까울수록 자신을 더욱 낮춘다".15)

---

14) 야우스, 〈수용미학으로 걸어가다〉, 저우닝(周宁), 진웬푸(金元甫) 역, ≪수용미학과 수용이론≫(하권), 랴오닝인민출판사 1987년, 185쪽.

15) 보들레르, 〈수필〉, 우리푸(伍蠡甫) 주편, ≪서구문론선(西方文論選)≫(하권), 상하이문예출판사, 1979년, 225쪽.

또 다른 프랑스 상징주의의 창도자 말라르메는 상징이라는 이 미학적 관념을 가장 충분히 표현하였다. 그는 프랑스의 파르나스파(Parnasse, 즉 '고답파(高踏派, 파르나스파, 1866년에 파리에서 성립된 시인 단체)의 작품이 표현한 '대상을 직접 표현하는 방식'으로 제재를 처리하는 것은 아름다움을 위한 신비성이 부족하다고 생각하였다. 그는 이것과 완전히 상반되는 예술 '암시'의 원칙을 상세히 서술하였다. 그는 다음과 같이 말하였다. "직접 대상을 표현하는 것과는 반대로 나는 반드시 암시를 해야 한다고 생각한다". "시를 짓는 것은 바로 사람들로 하여금 조금씩 조금씩 추측하게 하는 것인데, 이것이 암시, 즉 몽환이다. 이것이 바로 이러한 신비성의 완미한 응용으로, 상징은 이러한 신비성으로 구성된 것, 즉 조금씩 대상을 암시하여 일종의 심령의 상태를 표현하는 데 쓰인다". 또 만일 암시가 아니면 "가리킨 대상은 틀림없이 시의 흥취를 거의 없애버릴 것이다."고 강조해 말하였다.[16]

보들레르, 말라르메의 이러한 미학 사상은 이미 서구의 상징주의로 시작된 모더니즘 시조의 전체 창조적 사유를 물들였다. 그들은 심지어 다음과 같이 생각하였다. "무한한 암시를 포함한 분위기는 가장 좋은 시의 주위에, 심지어 비교적 부족한 시의 주위에 떠있다. 시인은 우리들에게 한 사물을 설명하지만, 이 사물에는 모든 사물의 비밀이 숨겨져 있다. ……시는 이러한 암시 속에서 시의 이러한 '의미' 속에서 시의 대부분의 가치를 얻는다".[17]

상징주의 시파는 암시의 원칙을 존중하는데 이는 그들의 시에 신비와 몽롱을 가져다주었을 뿐만 아니라, 심미 가치의 총체적인 변화까지 가져다주었다. "시는 반드시 가장 규범화된 산문 같은 명백함, 순정함이 있어야 한다"[18]는 시의 심미 관념을 굳게 지키는 시대는 끝이 났다.

---

16) 말라르메, 〈문학의 발전에 관하여〉, 우리푸 주편, 《서구문론선》(하권), 262쪽.
17) 제임스 브래들리(James Bradlley), 〈시를 위한 시〉, 양쾅한, 류푸춘, 《서구현대시론》, 37쪽.

시는 광범위한 독자들과의 심미 거리를 띠어놓아 일종의 이해하기 힘든 심미 객체가 되었다. "상징주의는 보통 시를 과분하게 개인적 관심의 것이 되게 하여, 결국에는 독자들과 교류를 진행할 수 없게 하였다. 상징주의라는 명칭 자체가 상징주의의 독특한 미묘함과 난제를 제기한 것이다."[19]

　상징주의가 창도한 암시의 심미 원칙은 중국 전통시가 추구한 함축된 미학 범주와 일정 정도 서로 통하는 곳이 있다. 그러므로 이는 시작부터 상징파 시조에만 나타나지 않고, 중국 현대의 일반적인 시인에게 접수되었다. 저우쭤런은 일찍이 "시의 가치는 설명에 있지 않고, 암시에 있으므로 함축이 가장 중요하다."[20]고 소개하였으며, 주즈칭은 Paffer의 《미의 심리학》을 소개할 때 시와 문학이 '암시를 띠고 있다는 단서'는 "사람의 유동하는 사상을 정착할 곳이 있게 하여, 이로써 좋은 귀소가 되게 한다. 문자는 달과 같아 암시의 단서 — 즉 여러 가지 암시의 거리 — 달무리 같은데, 달무리는 달보다 커 암시도 문자의 본의보다 크다"고 하였다.[21] 그러나 이러한 관점의 제기는 여전히 일반적인 문학의 표현 기능상의 심미 사고에만 국한되었고, 상징파시 예술의 심미 의식의 자각은 없었다. 다시 말해서 여전히 문학의 형상과 문학이 독자들의 상상력을 일으키는 기능이라는 범위 내에 제한되어 있었다는 것이다. 이러한 관념은 상징주의 조류의 작가가 아니라도 도달할 수 있는 것이다. 예를 들어, 당시 창작과 이론의 경향에서 선명한 낭만주의 작가이자 비평가인 청팡우는 한 편의 문장에서 다음과 같이 말하였다.

---

18) 볼테르(Voltaire)의 말, 르네 웰렉(Rene Wellek)의 《근대문학 비평사》(제1권), 상하이역문출판사, 1987년, 52쪽.
19) 에드먼드 윌슨, 〈상징주의〉, 양롱한, 류푸춘, 《서구현대시론》, 305쪽.
20) 저우쭤런, 〈소시를 논함〉, 1922년 6월 29일 상하이, 《민국일보》 부간 《각오》.
21) 페이쉔(佩玄), 〈미의 문학〉, 1925년 3월 30일, 《문학(文學)》 주보, 166쪽.

문자의 작용은 결국 암시에서 나오는 것은 아니다. 문학가가 일부
죽은 문자로 활발한 이미지를 독자들의 마음 속에 연출케 하는 것은
작가의 한 글자 한 구가 독자들의 상상 속에서 끊임없는 예상을 일으키
기 때문이며, 작가는 작품의 연출 중에 자신 외에 아무도 모르게 독자
들의 예상을 자신이 예정한 방향으로 이끈다. ……예상의 결과가 어떠
하든지 간에 이러한 암시의 전이가 우리에게 작품에 대한 흥미를 불러
일으킨다는 것은 의심할 바 없을 것이다.[22]

그가 말한 '암시의 전이'의 작용은 모든 좋은 문학 작품에도 적용되는
것으로, 상징파시의 품격만을 말하는 것은 아니다. 이러한 암시는 일반
적인 문학 창조의 미학적 추구의 의의 차원에서 말한 것이다.

초기상징파 시인은 일반적으로 문학 표현의 암시 기능을 답습한 것
이 아니라, 프랑스 상징파 시인의 이론을 흡수하여 시의 암시와 몽롱
의 미학 원칙을 신봉하였으며, 이것을 신시 창작의 핵심적인 심미가치
의 표준으로 보았다. 예를 들어 앞에서 말한 것과 같이 그들은 시가
"개념"과 "설명"을 가장 꺼리고, "시는 큰 암시성이 있어야 한다", "시의
몽롱성이 크면 클수록 암시성도 크다"는 주장을 인정하였다.[23] 그들이
유일하게 창작 혹은 높이 평가하는 '시의 세계'는 "반드시 '고요함' 속에
서 '움직임'을 찾아야 하며, 몽롱함에서 '명백함'을 찾아야 한다."[24]는
것으로, 만약 암시와 몽롱을 버린다면 마치 상징시의 생명을 버린 것
과 같다.

리진파의 시는 이러한 예술적 추구를 전형적으로 표현하였다. 예를
들어 주즈칭 선생이 말한 것과 같이 그는 "비록 문자를 사용하였지만,
문자의 의미를 몽롱하게 하여 암시로 정서를 표현하였다"[25]. 문자의 의

---

22) 청팡우, 〈사실주의와 용속주의(寫實主義与庸俗主義)〉, ≪창조주보(創造周報)≫,
    1923년 6월 10일, 제5호.
23) 무무톈, 〈시를 논함― 모뤄에게 부치는 한 통의 편지〉.
24) 왕두칭, 〈다시 시를 논함― 무톈, 보치에게〉.
25) 주즈칭, 〈신시잡화 · 항전과 시〉, ≪주즈칭 전집(朱自淸全集)≫(제2권), 345쪽.

미를 몽롱하게 하는 것은 상징시가 암시로 정서를 표현하는 중요한 방식이다. 앞에서 인용했던 〈버림받은 여인〉 중의 한 구절의 문자는 매우 아름다운 이미지의 창조이다.

> 한 가닥 풀에 의지하여 하느님의 영혼과 함께 골짜기에서 방황한다.
> 나의 비애는 꿀벌의 머리에만 깊이 박혀 있거나,
> 혹은 산속의 샘물과 함께 벼랑 위에서 길게 쏟아지고,
> 그 후 단풍을 따라 함께 멀어져 간다.

여기에서는 '나'의 영혼의 기도가 하느님과 소통할 수 없음을 쓰고 있는데, 다시 말해서 하느님은 '나'의 고통스러운 기도를 듣지 못하고, '나'를 이해하고 동정하는 사람이 없이 단지 작은 벌의 가련한 작은 머리에 '나'의 비애가 박혀 있다. 이것은 아주 깊은 고독이며 이해와 동정을 받지 못하는 고통이다. 시인은 '한 가닥 풀'의 방황, '꿀벌의 머리', 산천과 단풍의 표류 등의 이미지로 전달하려는 감정과 정서를 몽롱하게 하여 독자들에게 암시로 표현하였으며 직접 묘사하지 않았다. 만일 명백한 언어로 표현한다면, 하느님도 나의 고통을 이해할 수 없고, 나의 비애를 기억하고 동정할 사람은 아무도 없다라고 해야 할 것인데, 이러한 문자로 서술한다면, 이 시는 상징파 작품이 될 수 없고, 무미건조하게 변할 것이다.

초기상징파시의 암시의 원칙은 문자의 의미를 모호하게 했을 뿐만 아니라, 이미지 자체의 함의 또한 애써 모호하게 하였고, 이미지 사이의 관계도 애매하게 하였다. 그리고, 일부 비정상적인 연상의 방식을 이용하여 시구들 사이의 교차 관계를 조성하여 독자들에게 낯선 느낌을 주었다. 다음은 리진파의 시 〈불행(不幸)〉이다.

> 나는 영혼의 꽃을 꺾고,
> 암실에서 통곡한다.

언덕 너머의 햇살은
우리의 눈물을 말리지 못하고, 다만 새벽의 옅은 안개를
불어 흩날린다. 아, 나는 참으로 부끄럽다, 밤 비둘기가 저기에서 노
래하니,
너의 풍금을 가져와 나는 모든 불행을 그에게 토로하련다.
그가 여행할 때 도처에 선포하도록.
우리는 아둔한 언어로 교류에 사용하지만,
한 영혼의 붕괴는 오로지 너의 풍금만으로
토로할 수 있다. — 맑은 봄은 이해할 수 있다.
진리를 제외하고 우리는 더 큰 사물을 알지 못한다.
함께 우리의 손을 펼치고, 어둔 밤은 마침 소곤거리고 있으니!
밤 비둘기가 와 나는 우리가 이로서
무단한 비애를 얻을까 두렵다.

이 시의 제목은 〈불행〉인데, 나는 사랑의 곡절이 일으킨 비애의 탄식
이라고 생각한다. 시 첫머리의 "영혼의 꽃을 꺾고", "암실에서 통곡한다"
와 뒤의 "한 영혼의 붕괴"는 모두 이 뜻을 암시한다. 중간의 "새벽의 옅
은 안개", 노래하는 밤 비둘기, 소곤대는 어두운 밤은 모두 앞의 "영혼
의 꽃을 꺾는" 데 대해 통곡하면서 전개된 것이다. 작가는 이미지 자체
를, 그리고 이미지 사이의 연계 방면을 고의로 몽롱하고 희미하게 썼는
데, 이는 독자들에게 시인의 감정 발전의 궤도를 파악하기 힘들게 했다.
마치 빠져 나갈 수 없는 미궁에 들어선 것과 같다. 만일 우리가 작가의
사고 방향을 파악하고, 이미지 사이의 내재적 연계망을 찾았다면, 주요
한 맥락을 찾아 미궁을 빠져나가게 될 것이다. 그러면 대체로 시인이
전달하려는 본의를 이해할 수 있을 것이다. 이 시의 첫 절은 사랑의 곡
절로 야기된 고통과 불행을 썼는데 이 고통은 두 사람에게 속하는 것이
기에, '너'의 풍금으로 노래하는 밤 비둘기에게 토로하여야만 근심을 풀
수 있다. 다음 한 절은 두 사람의 모순된 감정을 썼는데, '아둔한' 언어
로는 '한 영혼의 붕괴'의 고통을 말할 수 없고, 다만 '너의 풍금'으로만이

자세히 토로할 수 있으니, 마치 맑은 봄이 어둔 밤을 이해할 수 있는 것과 같다. 여기에서 말한 '진리'는 내가 보기에, 사랑을 암시하는 것 같고, 마지막 세 줄은 이러한 '불행'을 떨쳐버릴 수 없음을 말하고 있는 것 같다. 즉 밤의 장막이 다시 내려오고, 밤 비둘기가 노래할 때, "우리"가 얻는 것은 단지 '까닭 없는' 비애이다. 사랑의 시가 '영혼의 꽃을 꺾다'라는 모호한 이미지가 구성한 구절과 연속적으로 의미가 모호한 언어를 사용하였기 때문에 독자들이 이해하는 데 가장 큰 장애를 가져다주었으며, 해석하기 힘든 '수수께끼'라고 느껴지게 한다. 리진파의 상징시가 추구하는 암시, 그의 심미 특징과 심미 약점이 모두 여기에 표현되었다.

상징파시의 심미 원칙은 일반적인 예술 형상을 초월한 심미적 효과를 창조하였다. 사실 혹은 낭만적인 시편이 자주 사용하는 서정 방식은 독자가 체험하는 예술 경계의 천지를 제한하였고, 작가는 명백한 형상 속에 더욱 많은 심미적 여운과 음미를 얻지 못하였다. 한 수의 시는 그 형상이 독자들에게 주는 느낌에 대한 작용으로 일종의 심미적 감응장(感應場)이 탄생한다. 이런 시의 심미적 감응장은 비교적 한계가 있는데, 왜냐하면 상징시는 의미와 정서를 매우 곡절 있게 작가가 창조한 몽롱한 이미지 속에 숨길 수 있으며, 이리하여 그가 받는 이해력과 심미적 효과는 이미지 자체를 초월한 탄력성을 부여받기 때문이다. 프랑스 상징파 시인인 베를렌은 상징시 예술을 논할 때, '비교적 몽롱하고 또한 공기 중에 비교적 쉽게 용해되어 무겁지도 않고 별로 체중을 차지하지도 않는다', '사람을 반쯤 취하게 만드는 노래야만이 귀중하고, 그래야만 모호함과 정밀함을 밀접하게 결합시킬 수 있다.'고 말한 적이 있다.

> 그것은 면사 뒤의 아름다운 두 눈,
> 그것은 정오 때의 하늘거리는 태양,
> 그것은 온화한 가을날의 창공,
> 그 밝은 뭇별들이 꽉 찬 푸른 하늘.

또 한 가지가 있으니, 우리는 색 무리를 원한다는 것
단지 색 무리를 원할 뿐, 색상들을 묘사하지 말라.
아, 색 무리만이 중매하여 다리를 놓을 수 있다.
몽환과 몽환, 피리 소리와 나팔 소리.[26]

색 무리는 색상 본래의 범위를 초월하여, 색상보다 더욱 큰 모호함을
갖는다. 중국 초기상징파 시인의 모호한 문자와 형상의 심미적 추구는
베를렌의 예술적 심미관과 일치한다. 리진파의 시 〈온유·1(溫柔·
一)〉의 첫 두 절은 다음과 같다.

나는 주제 넘는 손끝으로
네 피부의 온기를 느낀다.
작은 사슴은 산 속에서 길을 잃고,
다만 죽은 잎의 기척 뿐.

너는 낮은 소리로,
내 황량한 마음 속에 부르짖는다.
나, 일체의 정복자는
방패와 창을 꺾어버렸다.

1, 2절은 연애할 때의 정경을 그대로 묘사하였고, 3, 4절은 은유로
형상적이고 몽롱하게 두 사람의 정다운 때의 주위 조용한 분위기와 내
심의 감각을 표현하였다. 5, 6절은 직접적인 서술이지만, '황량'이라는
단어를 사용하여, 사랑을 갈망하는 마음과 사랑의 소리가 자신의 마음
속에 일으키는 감각을 형용하였는데 조금은 모호하다. 마지막 두 절은
시인이 고의로 뜻을 모호하게 하여 독자로 하여금 상상을 하도록 하였
다. 명확하게 말하면 나라는 모든 것을 정복할 수 있는 사나이가 지금
사랑에 정복되었다는 것이다. 여기에서 암시는 시인이 창조한 은폐성에

---

26) 베를렌, 〈시의 예술〉.

있는데, 이는 독자들이 시경(詩境)으로 들어가는 장애를 설치하여, 크나큰 상상의 공간을 조성하였다. 그리고 수용자에게 이미 더욱 광대한 심미적 깨달음의 자유 공간, 혹은 암시장(暗示場)과 감응장을 얻게하였다. 만일 상징 문자와 이미지의 '창과 방패'를 '꺾어 버리면' 감상하는 자도 예술의 정복자로 변할 수 있을 것이다.

다른 한 수의 시 〈유감(有感)〉을 읽어보겠다.

남은 잎처럼
  피를 우리의
    발 위에 흩뿌린다.

생명은
  저승사자 입가의
    웃음.

반 죽은 달빛 아래
  마시고 춤추며
    찢기는 듯한 목소리는
북풍을 따라 흩어진다.
           아!
  너가 사랑하는 것을 가서 위로하라.

너의 창문을 열어
  그것을 부끄럽게 하라,
    정복하여
      사랑스러운 눈을 가리라.
이는 생명의
  부끄러움과
  분노인가?

남은 잎처럼
  피를 우리의
    발 위에 흩뿌린다.

생명은
　저승사자 입가의
　　웃음.

　시인이 표현한 정서는 퇴폐적이고 분노하는 것이다. 즉 사람의 생과 사는 가까운 곳에 있으며, 고통과 분노, 부끄러움과 미안함이 넘치니, 술과 사랑의 도취 속에서 잠시 안위와 해탈을 얻을 수 있다는 것이다. 시인은 이러한 어두운 생각을 직접 서술하지 않고, 신기하고 몽롱한 이미지와 복잡하고 모호한 문자의 조합으로 조금씩 조금씩 이러한 정서를 암시하였다. "남은 잎처럼 피를 우리의 발 위에 흩뿌리고, 생명은 저승사자 입가의 웃음."이라는 구절에서 시인은 이중적인 비유를 사용하여 그가 전달하려는 사상을 크게 강화하였다. 남은 잎이 피를 흩뿌리는 것은 사람들에게 가을이 쇠잔해 가는 느낌을 주는데, 이는 죽음의 상징이다. 그리고 저승사자 입가의 웃음은 생명과 죽음 사이에 거리가 없다는 것을 말한다. 작가가 창작한 이 이미지의 기이한 몽롱성은 그가 전달하려는 정서와의 사이에 큰 장력을 형성하였다. 다시 말해 시 속에서 이런 몽롱한 이미지와 상징을 받는 주체의 감정 사이에는 독자들에게 줄 수 있는 상상의 공간을 구성하는데, 이를 암시장이라고도 할 수 있다. 우리는 생활 경험과 예술 경험으로 이 암시장에 들어서면 상상에 의거하여 작가가 전달하려는 정서와 의미를 감지할 수 있다. 이러한 감지의 경험이 많고 적음은 시에 나타난 암시의 함의를 얼마나 이해하고 장악하고 있느냐와 정비례를 이룬다.

　"우리가 한 구절을 읽고 한 줄의 글을 읽을 때, 진정으로 경험하는 것은 선후로 서로 이어받는 것이고 복잡하고 예사롭지 않은 것으로, 많은 시각적 혹은 기타의 감각적 이미지(Image), 많은 관념, 정감, 이론의 관계— 이러한 것들이 일일이 의식 중에 나타난다. ……문자는 가볍고 무겁고, 빠르고 느리고, 길고 짧고, 높고 낮은 것으로 이 '인생의 그물'

을 조절하여 그물을 긴장되게 혹은 느슨하게 혹은 기복이 있거나 평평하게 한다"[27]. 문자와 이미지의 암시 속에서 독자는 암시장을 통하여 최종적으로는 이 번잡하고 복잡한 '인생의 그물'에 들어가게 될 것이다.

상징파시가 암시하는 미학 원칙의 실현은 비유에 많이 의지하고 있다. 비유의 창조는 거의 상징 시인의 생명이다. 비유의 신기함은 풍부하고 독창적인 상상을 떠날 수 없다. 그러므로 보들레르는 "세계의 처음에 상상력이 비교와 비유를 창조하였다. 그것은 만물을 분해하여 일부 영혼 깊은 곳을 제외하고, 다시는 기타 연원의 원칙이 없게 하였으며, 소재를 축적하고 그것을 처리하여 새로운 세계를 창조하고 청신한 감각을 탄생시켰다."고 하였다. 보들레르는 심지어 "상상력은 진리의 황후이다."[28]라고 생각하였다.

그러나 기타 똑같이 상상과 비유가 시 창조 속에서의 작용을 중시하는 다른 유파의 시인들과 다른 점은 상징파 시인은 늘상 자신의 상상력이 창조한 비유를 명백한 형식에 놓는다는 것이다. 그들은 비유의 비유체와 비유되는 사물 감정의 본체 사이의 거리를 멀게 하였다. 다시 말해서 주즈칭 선생이 밝혀놓은 것처럼 그들은 늘 '멀리에서 비유를 취한 것'을 사용하였고 '가까이에서 비유를 찾는' 방법을 사용하지 않았다. 이에 대해서 주즈칭 선생은 다음과 같이 해석 하였다. "소위 멀고 가까운 것은 비유의 재료를 말하는 것이 아니라 비유의 방법을 가리킨다. 그들은 보통사람들이 다르다고 생각하는 사물 속에서 같은 것을 보아냈다. 그들은 사물 사이의 새로운 중요한 연계를 발견하고, 또한 가장 경제적인 방법으로 이 관계를 시로 조성하였다. 소위 '가장 경제적'이라는 것은 일부 연관된 자구를 버리고 독자들에게 자신의 상상력으로 다리를 만들게 하는 것이다. 지금까지 보지 못했던 사람은 이것이 다만 흩어진 모래로만 보이지만, 사실은 모래가 아니라 유기체이다. 유기체라는 것

---

27) 페이쉔, 〈미의 문학〉, 1925년 3월 30일, ≪문학≫(주보), 166쪽.
28) 보들레르, 〈1859년의 살롱〉, ≪서구문론선≫(하권), 232쪽.

을 보아내려면 상당한 훈련과 수양이 필요하다"[29]. 이렇게 구성된 이미지 조합의 '유기체'는 자연히 전체 시에 몽롱한 색채를 가져다준다. 헤겔은 은유의 심미적 의의를 논술할 때, 실제로 '멀리에서 비유를 취하는' 방법에 대하여 정밀한 분석을 하였다. "사상과 감정은 간단하고 평범하며 단조롭고 무미건조한 데에 만족하지 않고, 다른 사물로 넘어가 차이를 음미하고, 다름 속에서 같음을 찾아내 하나로 만든다". 그리하여 '은유'의 표현 방식으로 향한다. 여기에는 몇 가지 이유가 있는데, 첫째, "효과를 강화한다". 둘째, "밖의 사물에서 자신을 찾고 그것들을 정신적인 것으로 전환한다". 셋째, "은유도 주체가 임의로 결합하는 기교에서 비롯되는데, 평범함을 피하기 위해서 되도록 이것도 저것도 아닌 사물에서 서로 관련되는 특징을 찾아내, 이로부터 서로 멀리 떨어진 물건을 교묘하게 함께 결합시킨다"[30]. "서로 멀리 떨어진 물건을 교묘하게 함께 결합시킨다."는 것은 '멀리에서 비유를 취하는' 것과 같은 의미이다.

리진파의 시에는 이런 '멀리에서 비유를 취하는' 방법을 이용한 것이 매우 많다. 예를 들면 영혼의 고독과 냉담을 다음과 같이 묘사, "나의 영혼은 황야의 종소리이다.'(〈나의 것(我的)〉) 황야의 종소리가 도대체 어떤 것인지, 느낄 수 있을 뿐 분명히 설명하기 힘들다. 그것과 영혼의 적막 사이의 관계 역시 어떠한 것인지 연결 되는 것 같기도 하고 연결되지 않는 것 같기도 하다. 그러나 시인은 여기에 사용하여 당신에게 매우 큰 상상의 공간을 주어 마음대로 창조하게 한다. 이상과 사랑의 기대에 대해서 쓸 때 그는 또한 다음과 같이 말하였다. "아침 안개가 되어, 내 맘속의 작은 창문으로 오가길./ 긴 숲속 뒤의 믿지 못할 어두운 그림자/ 들꽃과 동무하여,/ 광풍 속에서 미친 듯 웃는다. 마치 가난한 여행의 말없는 나그네처럼."(〈희망과 동정(希望和同情)〉). 여기에는 두 개의 '멀리에서 비유를 취한' 창조가 있는데, 하나는 희망을 나의 맘

29) 주즈칭, 〈신시 잡화·신시의 진보〉, ≪주즈칭 전집≫(제2권), 320쪽.
30) 헤겔, ≪미학≫(제2권), 130-132쪽.

속의 작은 창문으로 오가는 '아침 안개'에 비유한 것으로, 이 '아침 안개'의 이미지와 희망 사이의 관계는 확정하기 어려운 바, 이러한 처리는 사람들에게 흐릿하고 희미한 느낌을 준다. 둘째, 숲 속의 모호한 '검은 그림자'가 광풍 속에서 미친 듯이 웃는 것을 한 '가난한 여행의 말 없는 나그네'에 비유했는데, 그들 사이에 어떠한 정신적 함의와 외재적 형상의 연결이 있다고 생각하기 힘들다. 그러나 이러한 창조는 확실히 사람들에게 신선한 느낌을 주고 독자들에게 아주 큰 상상의 공간을 남겨 준다. 그는 또 다음과 같이 병든 소녀의 꿈의 아름다움과 안녕을 썼다. "병든 여자애,/ 천사가 이마에 키스하는 꿈을 꿨다./ 끝까지 쫓던 토끼는 풀 더미 속에 숨어버렸다."(〈소년의 사랑(少年的情愛)〉). 뒤 두 구절은 앞 두 줄의 '병든 여자애'의 마음을 형용한 것이 분명하다. 그러나 이 마음은 꿈결로, 일종의 공포가 조용함으로 향하는 느낌을 표현하였는데, 이것 또한 명확하게 묘사하기 어렵다. 그는 산간 작은 양의 가련한 울음소리를 쓸 때 "그들의 울음소리는 얼마나 축축한 면사와 같은가"(〈시인의 응시(詩人凝視)〉)라고 하였다. 여기에서는 '얼마나 ……같은가'로 직접 비유하는 방법을 사용하였는데, '축축한 면사'의 소리가 어떤 소리인지 누구도 분명히 말할 수 없고, 또 어떻게 양의 울음소리 같은지도 역시 요원한 연결이다. 하나는 누구나 잘 아는 소리이고, 하나는 누구나 낯설고 말로 표현할 수 없는 소리로, 이 두 가지 소리는 서로 거리가 멀어 함께 배합하면 확실히 이도 저도 아니지만, 또한 직접적으로 관계된 비유와 비교하면 독자들에게 무궁한 연상을 일으킬 수 있다. 또 〈밤의 노래(夜之歌)〉라는 시가 있는데, 처음 몇 항은 다음과 같다.

아, 다정한 야밤이여, 너는 끝내 얼굴을 막고
살그머니 다가오니, 마치 토끼를 가볍게 치는 사자와도 같구나.
우리는 질서 있게 만나,
Salut를 말할 필요 없고, 머리를 끄덕일 필요도 없으리.[31]

밤의 가벼운 도래는 얼마나 많은 시인들의 무수한 상상의 비유인가! 하지만 리진파는 이것을 익숙한 것들을 피하고, 토끼를 잡으러 온 사자의 가벼운 발걸음으로 비유하였는데, 이는 일반적인 비유에 비해 색다른 맛을 느낄 수 있고, 비유와 비유를 받는 사물 사이의 연계가 매우 적다. 이렇게 연계가 없는 사물에서 연계를 보아내는 것이 바로 '멀리에서 비유를 취하는' 방식의 특징이다. 다른 시 〈애증(愛憎)〉 2의 첫 절을 보겠다.

> 시간이 도망간 흔적은
> 나의 빛없는 이마에 깊이 박혀있고
> 나의 사랑의 마음은 영원히 너에게 잠복해 있어
> 마치 평원 위에 남은 겨울의 소리 같다.

이는 비극적인 사랑이 자신의 마음 속에서 불러일으키는 애증의 감정을 쓴 것이다. 이 절의 시로 보건대, 시간은 비록 우리의 청춘을 가져갔지만 나의 너에 대한 사랑은 너의 마음 속에 오래도록 남아있다는 것이다. 이러한 시들고 또 집착적인 사랑을 시인은 '마치 평원 위에 남은 겨울의 소리와 같다'고 비유하였는데, 이 남은 겨울의 소리라는 비유와 비유 받은 사랑의 마음 사이에는 마찬가지로 필연적인 연결이 없는데, 작가는 그것들을 강조하여 함께 배합함으로써, 둘 사이는 끊어진 듯 이어진 듯, 가까운 듯 먼 듯 독자들에게 더욱 많은 것을 느낄 수 있는 여운을 남겨주었다.

이러한 '먼 곳의 비유를 취하는' 방법은 늘 독자들의 기대를 초월한 심미 효과를 일으킨다. 시인들은 상징주의의 요체를 잘 알고 있다. 상징주의는 구체적인 이미지를 통하여 사람들의 사상 감정의 함의를 암시하는 것으로, "해석을 가하지 않은 상징을 운용하여 독자들로 하여금

---

31) salut, 프랑스어로 경의를 드리다는 뜻.

머릿속에 새롭게 그들을 창조하게 하는 것이다".[32] 소위 '해석을 가하지 않은 상징'이라는 것은 나의 이해에 의하면 먼 거리의 상징으로, 이는 상징파 시인의 상상이 늘 사람들의 습관적인 사유의 궤도를 피하고 신기한 창조를 통하여, 보통사람들의 상상의 거리를 열어 젖혀 심미 심리에 일종의 경이감과 낯설음을 창조하는 것이다. 사람들은 이러한 경이감과 낯설음 속에서 작가의 상상을 추적하고 해석하며, 또한 '머릿속에서 다시 그들을 창조한다'. 이렇게 하면 심미적 유쾌함과 만족감이 자연히 생겨날 것이다. 이것이 바로 상징파 시인이 애써 추구하는 암시가 도달하려는 심미 효과이다.

이 점은 상징파시의 예술에서 매우 중요한 위치를 차지한다. 헤겔은 시의 주지와 형상 사이에 이러한 원거리가 존재하는 '진정한 상징형의 예술'이 갖추고 있는 '모호하고 희미한 관계'를 상징 예술과 비상징 예술을 구별하는 중요한 특징으로 보았다. 그는 또한 철학의 주체와 객체의 모순과 모순의 극복 과정의 각도에서, 예술적 경이감의 탄생과 예술 발전 사이의 관계를 다음과 같이 서술하였다.

사람이 만일 경이감이 없다면 그는 아직도 몽롱한 상태에 처해 있는 것이다. 그리고, 사물에 대한 흥취가 없다면 어떤 사물도 그를 위해 존재하지 않는 것이다. 왜냐하면, 그는 아직도 자신과 객관 세계 및 그 속의 사물을 구별해 낼 수 없기 때문이다. 또 다른 극단에서 볼 때, 사람이 만일 다시는 경이감이 없다면 그는 이미 모든 객관 세계를 똑똑히 보았다는 것이거나, 혹은 추상적인 이해력으로 이 객관 세계에 대하여 일반인들과 같은 상식적인 해석을 할 수 있거나, 혹은 더욱 깊은 생각으로 절대적 정신의 자유와 보편성을 인식할 수 있다는 것이다. 후자에 대해 말하자면, 객관 세계와 그 사물은 이미 정신적 자각으로 전환되어 관찰의 대상이 된다. 하지만 경이감은 그렇지 않다. 사람이 이미 벗어난 원시적 자연과 한데 연결된 생활과 절실히 필요한 사물에

---

32) 찰스 채드윅, ≪상징주의≫, 3쪽.

대한 욕망에서 벗어나야만 정신적으로 자연과 자신의 개체 존재의 틀에서 벗어날 수 있다. 그러나 객관 사물 속에서 단지 보편적인 것을 추구하고 발견한다면 그렇게 해야 한다. 예를 들면, 그 본래의 것 영원한 물건을 추구하고 발견하는 것에 이르러야만 경이감이 발생하고, 자연 사물에 감동을 받을 수 있는데, 이러한 사물은 그의 다른 한 부분일 뿐만 아니라 그를 위해 존재하는 것이다. 그는 이 사물 속에서 새롭게 자신과 그의 사상, 이성을 발견해야 한다. 이 때 사람은 한 편으로는 아직 더욱 높은 경계에 대한 예감과 객관 사물에 대한 의식을 갈라놓지 못하고 있으며, 한 편으로는 자연 사물과 정신 사이에 결국 모순이 존재한다는 것을 알고, 객관 사물이 사람에 대하여 흡인력과 저항력을 갖도록 한다. 바로 이러한 모순을 극복하는 노력 속에서 생긴 모순에 대한 인식이어야만 경이감이 생길 수 있다.[33]

여기에서 말한 것은 예술적 관조가 경이감에서 나온다는 것이지, 단지 전적으로 상징적 예술을 가리키는 것은 아니다. 그러나 이것의 근본적인 정신은 상징주의 예술의 심미 효과의 탄생과 서로 일치하는 것이다. 낯선 예술의 객체는 주체의 분열과 거리를 형성하고, 예술 형상과 독자의 심미 습관 사이에 모순을 일으킨다. 이런 모순은 예술 형상이 독자들에게 흡인력을 줄 뿐만 아니라 저항력도 준다. 상징주의 작품을 감상하는 것은 독자들의 심미적 거부에 대한 정복이다. 이러한 흡인력과 거부감의 모순을 극복하는 노력 속에서 모순에 대한 인식을 얻는데, 이래야만 경이감이 탄생한다. 상징주의적 상상의 '멀리에서 비유를 취하는 것'과 그들이 추구하는 '조금 조금의 암시' 효과는 철학과 미학의 추구에서 보건대 비밀이 여기에 있다. 이 이론적인 문제를 설명하기 위해 여기에서 리진파의 비교적 회삽한 시 〈영원히 돌아오지 않겠다(永不回來)〉를 예로 들어 독해를 해 보겠다.

---

33) 헤겔, ≪미학≫(제2권), 20-23쪽.

나와 멀리 가자, 아이야,
낡고 오랜 중세의 성에서,
— 그들은 세기의 밤에 잠자고 있다 —
흐르는 물은 단조로운 노래를 부르니,
마치 동방 시인의 탄식 같고,
그들의 암석 같은 마음은,
이미 이끼로 가득 차 있다.
더욱 먼 곳에
고립된 담장이 있는데,
폐원이 그를 동반하고 있어
검푸르고 검은 적막을 드러내고 있다.
그들은 늦겨울을 잊고
무더운 여름을 멀리 하니,
옅은 모래 속에서 너는
나무 조각을 찾을 수 있으리.
(아, 줄 수 없는 선물)
달팽이는 어둔 곳에서 사람을 비웃고 있다.

그곳에서 새는 지치고
별들은 잠을 아쉬워하고 있다.
이별의 낙엽은
훨훨 날아, 다음은
늙은 소나무에 머리를 끄덕이고,
흐르는 물에 머리를 끄덕인다.

너는 맡을 수 있을 뿐
기후가 남겨놓은 향기 — 썩은 냄새 —
가벼운 나무 그림자는
때론 너를 마비시키고
하늘가에서 남은 빛이라도 비쳐오면,
너는 그들의 낯을 더욱 알아볼 수가 있겠지
그러나 그 마음에는 피가 흐르니, 후회스럽고 냉혹한 것.

너가 우리들이 그 곳에서 즐거워하기를 바란다면
나에게 그 사현금(四弦琴)을 가져 와
"영원히 돌아오지 않겠다"를 연주해주오.

　이 시는 1923년 정도에 썼으며, 리진파의 세 번째 시집인 ≪식객과 흉년≫(1927)에 수록되어 있다. 처음에 보면 낯설고 작가가 무엇을 말하는지 알 수가 없다. 이 시에는 이해에 대한 저항력도 있고, 또한 해석을 받아들이는 흡인력도 있다. 우리가 해독 중 이러한 모순을 극복하기만 한다면 시의 이미지 함의에 대하여 헤겔이 말한 '경이감'이 생길 것이다. 시는 총체적으로 보아 시인과 한 아이의 독백체의 대화이다. 시의 제목인 〈영원히 돌아오지 않겠다〉는 노래의 제목으로, 그 본래가 멀리 떠나 영원히 결별하는 것을 상징한다. 시인은 '아이'를 무엇과 결별시키려고 하는 것일까? 여기에서는 시의 이미지는 가장 핵심적인 상징 이미지를 알아야 하는데, 이 시의 핵심적인　그 '세기의 밤에 잠자고 있는' '낡고 오랜 중세의 성'이다. 여기에서 '세기의 초기'는 본 세기의 뜻이 아니라 창세기 초라는 뜻이다. 1절에서는 처음부터 '나와 멀리 가자, 아이야'라고 하였는데, 이는 시인의 '아이'를 향한 부름으로 아이가 그 낡고 오랜 '고성'을 떠나기를 바라고 있다. 그는 아이에게 이 오래되고 낡은 성에는 모든 것이 생기 없고 단조롭다는 것을 알려주고 있다. '흐르는 물은 단조로운 노래를 부르니', '암석 같은 마음'도 '이끼로 가득 차있다'. 2절에서는 성의 더욱 먼 곳에 '담장'과 '폐원'만이 그와 동무하고, 또한 "검푸르고 검은 적막"에 드러나 있다. 거기에는 따뜻한 여름이 없고 다만 냉혹한 늦겨울과 폐원만이 있을 뿐이다. 여기에서는 낡은 성곽의 황량함을 암시하였다. 3절에서는 더 나아가 고성의 적막함과 쓸쓸함을 썼다. 모든 생명이 있는 것(새, 벌)은 모두 아무런 생기가 없게 변하고, 다만 누런 낙엽만이 생명이 죽어가는 상징으로 휠휠 날아다니며, '늙은 소나무에 머리를 끄덕이고, 흐르는 물에 머리를 끄덕인다'. 마지막 한 절은 고성이 발산하는 썩은 냄새가 그를 '마비'시켰음을 썼는데,

하늘가에서 보내온 남은 빛에 그 사람을 마비시키는 '가벼운 나무 그림자'의 '모습'을 더욱 분명히 볼 수 있다. 여기에서 돌연 '그러나 그 마음에는 피가 흐르니 후회스럽고 냉혹한 것'이라는 한 구절을 사용하였는데, 자세히 읽어보면 이 시구에서 말한 것이 사람을 마비시키는 '나무 그림자'라는 것을 이해할 수 있다. 이러한 오래되고 낡은 성은 어떠한 미련도 둘 필요가 없다. 그러므로 마지막에 그곳에서 즐거워하기를 바란다면 나의 사현금(四弦琴)으로 '영원히 돌아오지 않겠다'를 연주해다오 라고 한 것이다.

이 시는 실은 상징적 이미지(낡고 오랜 중세의 성)에 대한 묘사와 아이(젊은 세대)를 불러와, 이것과 결별하는 속에서 시인의 현대적 추구와 낡은 전통과 결별하려는 마음을 암시하였다. 시 속의 이러한 이미지는 그 본래의 의미가 우리에게 익숙한 것이다. 그러나 그 은유와 상징적 의미는 비교적 낯선 것이다. 이러한 것들은 독자에게 흡인력이 있을 뿐만 아니라 저항력도 있다. 독자들이 작가의 상상력의 논리 범위 안에 들어와서 낯선 저항력을 극복한다면 심미적 경이감과 심층의 예술 난제를 해결하고 얻은 심미적 기쁨을 얻을 수 있을 것이며, 심각한 신비함도 더욱 깊은 사색이 될 것이다. 상징주의의 '먼 곳에서 비유를 취하는' 암시의 힘과 매력 또한 여기에 있다.

아일랜드의 상징파 대 시인 예이츠(W.B.Yeats)는 "우리는 그것을 은유의 수법이라고 할 수 있다. 그러나 이를 상징적 수법이라고 부르는 것이 가장 좋겠다. 왜냐하면 은유가 아직 상징이 아닐 때에는 사람을 감동시키는 심각성이 부족하며, 이들이 상징이 되었을 때 비로소 가장 완미한 것이 되기 때문이다. 왜냐하면 가장 순수한 목소리 외에 그것들이 가장 신비롭다고 할 수 있으며, 그것들을 통하여 사람은 가장 심각하게 이해할 수 있기 때문이다."[34]고 하였다. 리진파의 〈영원히 돌아오지

---

34) 예이츠, 〈시의 상징주의〉, 양쾅한, 류푸춘, 《서구현대시론》, 223쪽.

않겠다〉는 신기하고 생소한 상징 이미지를 창작할 것을 중시하였는데, 이것들은 은유의 범위를 벗어나 사람들에게 풍부한 연상을 일으켰고, 이 때문에 경이감의 심미 효과가 나타났을 때 예이츠가 말한 일종의 '신비감'을 갖추게 된다.

그러나 사물의 처리에는 모두 한계가 있다. 이 한계를 초월하면 반대의 방향으로 나아갈 수 있게 된다. 상징시의 심미 효과는 아름답지 못한 열매가 맺힐 수도 있다. 옛 사람들이 '책만 믿을 거면 책이 없는 것이 더 낫다'[35]고 하였는데 바로 이러한 이치이다.

암시의 기능과 비유의 신기함을 너무 추구하다 보니 중국 초기상징시에 회삽하고 이해하기 어려우며, 이상하고 미적 감각이 결핍되는 폐단을 가져왔다. "너는 눈(雪)을 옆에 두고 봄을 그리워하며,/ 나는 마른 풀 속에서 매미의 울음소리를 듣는다./ 우리의 생명은 너무 메말라,/ 마치 가축들이 논밭을 마구 짓밟는 것 같다"(리진파, 〈시간의 표현·6〉). 마지막 한 구절의 비유는 새롭긴 하지만 또한 일반적인 상상과 거리가 멀어 읽은 후 어떠한 미감도 생기지 않다. "나는 너의 울음, 심지어 너의 웃음도 사랑하여,/ 고뇌를 가슴 속에 채워 넣고, 고양이의 탄식을 드러낸다"(리진파, 〈꿀벌의 소리에게(給蜂鳴)〉). 두 번째 구절의 비유는 비유되는 '고뇌'와 거리가 멀긴 멀지만, 오히려 심각한 신비적 아름다움은 없다. 다음으로 리진파 〈생활(生活)〉의 마지막 한 절은 다음과 같다.

나는 이 없는 턱, 무색의 얼굴을 보는 데 익숙해 있다.
모든 생명의 흐름 속 엄숙함은
때론 풀과 벌레에 가려지고 부서져
끝내 눈알이 마음대로 돌려지지 않는다.

---

35) 류즈지, 〈사통·의고편〉, 여기에서 인용한 것은 맹자의 말로, ≪상서≫를 완전히 믿는 것은 ≪상서≫가 없는 것보다 못하다는 뜻이다.

시인의 생명에 대한 퇴폐적이고 허무한 감정이 시 속에 흐르고 있다. 그러나 서구 상징파 시인의 영향을 받았지만 '추함을 미로 삼는' 미학 추구에서 원래 있던 사회 혹은 윤리적 비판성을 감상과 퇴폐만이 남아 이미지의 추함이 예술적 미로 전환되기가 어려웠다. 나는 몽롱한 아름다움과 아름답지 않은 몽롱은 일정한 객관적 한계가 있다고 본다. 시의 상상과 비유(은유를 포함)가 심미적 제약을 떠나고 심미적 궤도를 벗어나면, 사람들에게 외적, 내적인 미감을 줄 수 없게 된다. 이렇듯 단순히 신기함과 기이함을 추구한 것은 초기상징파 시인 리진파가 실수한 점이다.

3 언어 서술의 신기성

이 절에서 우리는 마지막으로 초기상징파시가 예술 면에서 탐구한 측면을 알아보겠다. 다시 말해서 세 번째 방면으로 언어 서술의 신기함에 주의하고 추구한 것에 관한 것이다.

상징파가 서구에서 탄생할 때 매우 중요한 예술적 배경이 있었다. 그들은 낭만주의 시가 전달하는 언어를 포기하고 사람의 정감과의 접촉으로 만들어진 무절제한 묘사를 과도하게 추구하여 경이감이 없었다. 그리고 파르나스파의 생활과 정감에 대한 단조로운 묘사는 또한 예술적 승화를 결핍시켜 너무 많은 평범함을 주었다. 그들은 이러한 예술전달의 방식에 대하여 용감하게 반발하였다. 시의 언어 전달에 있어서 전통적인 미학 관념과는 완전히 다른 추구를 탄생시켰는데, 언어 전달의 신기함을 추구한 것이 그 주요한 표현이다.

프랑스 20세기 초의 후기 상징파 시인 발레리는 "시는 일종의 언어의 언어이다"고 하였다. 그들의 시적 언어에 대한 주시에서 가장 중요한 것은 '경제적'이어야 한다는 점이다. 즉 될 수 있는 한 시의 언어를 절제하고, 언어의 암시적 기능을 발휘하여 유한으로 무한을 전달하고 경제적으로 풍부한 심미 효과를 전달해야 한다는 것이다.

이 목적을 위해서 그들은 다음 두 방면에서 노력하여 시적 언어 전달의 신기함을 만들어냈다. 하나는 다른 감관의 수식어의 교차 배합, 즉 '통감법'이고, 하나는 정상적인 문법 논리의 주관적 공백, 즉 '생략법'이다. 이 두 가지 방법은 그들의 시 속에서 늘 교차되며 서로 사용되었다.

우선 첫 번째 '통감법'을 설명하겠다.

보들레르는 이러한 미학 관념과 방법의 창시자이다. 그는 우선 '상상력은 일종의 민감함이다'라는 것을 긍정하였다. 이것은 '사람들에게 형체, 색깔, 소리, 향기의 도덕적 의의를 가르쳐줄' 뿐만 아니라, 상상이 창조한 비유와 이미지 속에서 전통적 시의 언어의 수식이 보존하고 있는 정상적인 어법에 부합되는 논리적 관계를 타파하려고 시도한다. 고의로 사람의 형체, 색깔, 소리, 맛 미 등 다른 감관이 서로 대응하는 수식적 단어를 이용하여 고유한 질서의 관계를 흐트러뜨리고 교차성의 배합을 진행하여 일종의 비정상적인 사유 논리가 탄생할 수 있는 신기하고 특이한 예술적 효과를 조성한다. 그의 저명한 〈상응〉의 소네트시에서는 다음과 같이 말하고 있다.

자연은 하나의 신전, 거기에서
흔들리는 기둥은 때론 모호한 말소리를 낸다.
행인은 상징의 숲을 가로질러
그들의 친밀한 주시를 받아들인다.

마치 먼 곳의 긴 울림처럼
어둠과 깊음이 한데 혼합된
밤처럼 아득하고 낮처럼 강력한
색깔, 향기와 소리가 서로 호응한다.

어떠한 향기는 신선한 아이의 피부 같고,

피리소리처럼 은은하고 풀밭처럼 파랗다.
— 더욱이 어떤 것은 부패하고, 농후하며, 웅장하다.

무한한 광활함과 널찍함을 갖추고,
마치 호박, 사향, 안식향, 형향처럼
심령과 관능의 열광을 노래한다.[36]

보들레르는 여기에서 자연을 하나의 상징의 삼림으로 보고, 각각의 사물이 모두 소리를 낼 수 있으며, 그곳을 통과하면 곧 그것과 함께 마음의 상응과 교향을 일으킬 수 있다. 이러한 상징의 영감이 일으킨 교향은 밤과 낮의 흐릿함 속에서 "색깔, 향기와 소리가 서로 호응한다". 그는 시 속에서 또한 다음과 같이 시범적으로 말하였다. 사람들은 후각으로 '향기'를 느끼지만, 그는 촉각으로 느낄 수 있는 "신선한" 아이의 "피부"로 비유하였는데, 이 '향기'의 냄새는 결국 청신하고 맑은 피리소리와 파랗고 깨끗한 풀밭과 서로 생생하게 결합되고, 더 나아가 '향기'와 '웅장함' 간의 연결을 말하였다. 이러한 언어 방면의 '통감'식의 대담한 교차적 사용은 전체적으로 볼 때, 개별적으로(개별적인 사용은 지난 전통시 속에 존재한 적이 있지만, 그것은 단지 개별적인 실험으로 체계적인 창도는 없었다) 전통적 시가 전달하는 미학 관념과 방법을 타파한 것이 아니라, 일종의 새로운 시의 서정 언어의 질서를 건립한 것이다. 이러한 질서는 보기에는 무질서한 것 같지만 무질서 자체가 바로 미학의 새로운 질서이다. 이러한 사실적이고 낭만적인 것과는 다른 시의 전달 방식은 보통 '통감법'으로 불린다.

이런 '상응'론 혹은 '통감법'의 관념은 스웨덴 스베덴보리(Emanuel Swedenborg)의 '대응론'의 철학에서 나온 것이다. 그러나 보들레르에 이르러서는 이미 충분히 예술화가 된다. 예를 들어 그가 〈인공 낙원〉에

---

36) 량중다이 역, 량중다이의 〈상징주의〉에서 인용함, ≪시와 진실 · 시와 진실 2집≫, 외국문학출판사, 1984년, 73쪽.

서 말한 것과 같이 "때론 자아가 사라지고, 그 범신파(泛神派) 시인이 갖고 있는 객관성이 당신 안에서 그렇게 이상하게 발휘되며, 외부의 사물에 대한 응시는 결국 당신 자신의 존재를 잊게 한다. 게다가 바로 그것들과 혼합된다. 당신의 눈은 바람 속에서 흔들리고 있는 한 그루의 나무를 바라보고 있다. 순간, 그것은 시인의 머릿속에서 단지 극히 자연스러운 비유가 당신의 머릿속에서는 현실화 된다. 처음에 당신은 당신의 열정과 욕망 혹은 우울을 나무에게 주었고, 나무의 신음과 흔들림은 당신의 것으로 변화되었으며, 멀지 않아 당신은 나무가 되었다. 똑같이, 푸른 하늘 깊은 곳에서 맘껏 날고 있는 새는 처음에는 인간 세상의 여러 사물 위에서 나는 영생의 희망만을 대표하지만, 바로 당신은 이미 새 자신이 된다"[37]. 이때 도달하는 경계가 바로 중국 전통 철학과 시학에서 말하는 '사물과 자신이 하나가 되고(物我合一)', '사물과 자신을 모두 잊어버리는(物我兩忘)' 경계이다. 통감 혹은 상응은 간단한 방법이 아니라 미학 관념상의 새로운 창조이다.

중국 초기상징파 시인은 직접 혹은 간접적으로 이러한 새로운 미학 관념과 방법의 영향을 받아들였는데, 특히 프랑스에서 유학 도중 보들레르와 베를렌, 말라르메의 예술적 영양에 깊이 빠져 상징파시 창작의 길로 들어선 리진파의 시는 그들의 영향 하에서 실험적 시를 썼으며, 이 방면의 특징적 표현이 더욱 선명하게 나타난다.

중국 초기상징파 시인은 시 이미지와 언어의 암시 기능과 몽롱의 효과를 강조하기 위하여 '통감'이라는 예술 관념과 방법에 대한 다방면의 예술적 실험을 진행하였다. 그들은 자신의 창작 속에서 고의로 다른 감관이 사용되어야 하는 시구의 수식어를 억지로 함께 배합하여, 새로운 언어의 논리 질서 속에서 매우 강렬한 시의의 신기함과 낯설음을 조성하였다. 예를 들어 리진파의 시 〈밤의 노래(夜之歌)〉의 처음 몇 절을

---

37) 량중다이의 ≪상징주의≫, 위와 같음, 76쪽.

보기로 하겠다.

우리는 죽은 풀 위에서 산보하고,
비분은 무릎 아래에 감긴다.

핑크빛의 기억은,
마치 길 옆의 썩은 짐승처럼, 악취를 풍긴다.

작은 도시에 퍼져,
무수한 잠을 흐려 놓는다.

나는 이미 깨진 마음으로,
영원히 진흙 아래에서 돌고 있다.

분별할 수 없는 바퀴 자국에는,
따뜻한 사랑의 그림자만이 길게 찍혀 있다.

아! 수천 년을 하루 같은 달빛은,
끝내 나의 상상을 안다.

나를 세계의 한 구석에 있게 하려면,
당신은 반드시 나의 그림자를 무미한 모래 위에 거꾸로 비껴놓아야
한다.

그러나 이 변치 않는 반사(反射)는 집 뒤의 깊은 암흑을 비추니,
역시 너무나 기계적이어서 웃음이 난다.

…… ……

이 시의 내용은 더욱 깊은 상징은 없고, 다만 한 사람의 실연의 아픔
을 쓴 것이다. 하지만 감정을 전달하는 용어의 방법이 중국 전통의 고
전시와는 다르고, 또한 '오사' 이후 탄생한 신시와도 다르기 때문에, 사

람들에게 특별히 신선한 감각을 준다. 1절은 두 사람이 산보하는 중의 느낌을 썼다. 감정의 엇갈림으로 인해 외부 자연에 대한 감각 역시 달라졌기 때문에, 평소에 생기 있게 느껴지던 풀밭도 '죽은 풀'로 변한다. '비분'은 애수의 내재적 정감으로, 이는 가슴 속 혹은 마음속에 표현되는데, 여기에서는 오히려 "무릎 아래에 감긴다"로 표현하였고, 이로써 산보하는 두 사람이 화합하지 못할 때의 무력하고 완만한 고통의 느낌을 암시하였다. "기억"은 본래 색깔이 없는 것이다. 하지만 여기에서는 수식어 '핑크빛'을 써서 두 사람의 과거에 있었던 아름다운 연정을 암시하였으며, 또한 사람들에게 나름대로 상상할 수 있는 공간을 주었다. '기억'은 더욱이 맛이 없는 것인데, 여기에서는 특히 '마치 길 옆의 썩은 짐승처럼 악취를 풍긴다.'고 하여, 이런 악취가 전 도시의 사람들의 잠을 흐려 놓았다고 하였다. 이러한 배합은 과장될 뿐만 아니라 황당한데, 더욱 중요한 점은 또한 '통감'을 사용하였다는 것이다. 바로 이러한 황당한 이미지와 비논리적인 단어의 '접목' 중 사람들은 더욱 선명하게 시인이 묘사한 실연의 고통스러운 감정을 느낄 수 있다. 즉 그러한 잊을 수 없는 아름다운 추억('핑크빛 기억')은 다시는 느끼기 싫고 그것이 나에게 가져다 준 것은 다만 실증과 고통('악취를 풍기는')뿐이었다. 달빛은 '나의 그림자'를 '무미한 모래 위에' 거꾸로 비껴놓는다. 모래와 자갈을 미각적 형용사로 수식하였는데, 또한 동일한 수법이다. 다른 시에서 리진파는 "창밖의 밤색은 고독한 손님의 마음을 푸르게 물들였다."(〈추운 밤의 환각(寒夜之幻覺)〉)고 하였는데, 여기에서도 한 사람의 마음이 추운 감각에 대하여 색깔과는 상관없는 것이고, 또한 한 색깔로 그것을 형용하지 않아야 한다. 그러나 작가는 '푸른색'과 '마음'을 함께 배합하였고, 더욱이 이것이 추운 밤빛이 '푸르게 물들인' 것이라고 하였는데, 이는 더욱 더 큰 상상의 경지에서 독자들에게 시인의 춥고 적막한 심경을 깊게 느끼도록 하였다. 황당한 처리에서 의외의 심미 효과를 얻은 것이다. 〈희망과 연민(希望與憐憫)〉에서 리진파는 또한 이렇게 썼다.

"나는 나의 맘을 위로하기 위해 기름진 풀밭 위에 앉아서,/ 깊은 밤의 신음 소리를 듣고, 떨고 있는 뭇별들의,/ 그 담백하고 피곤한 눈으로,/ 인류의 피곤과 견고하여 깨뜨릴 수 없는 오기를 세세히 세고 있다". 여기에서 "기름진"으로 "풀밭"을 수식하고 "깊은 밤"이 "신음"을 토해 내게 하며, "견고하여 깨뜨릴 수 없는" 것으로 '오기'를 수식하는 등등, 이것들은 어떤 것은 '통감'이고 어떤 것은 '먼 인연의 접목'으로 생겨나는 예술적 효과는 같은 것이다. 즉 더욱 큰 경이감을 일으키고 상상으로 작가 창작의 욕망을 따른다. 이 점이 바로 이러한 작품들이 도달하려는 심미적 목적이다.

　이러한 '통감'의 예술 방법은 초기상징파의 기타 시인들의 작품 속에서도 때론 운용되었다. 예를 들면 펑나이차오의 〈술의 노래(酒歌)〉이다.

아 —— 술,
청색의 술
청색의 근심
맑게 넘치는 술잔은
나의 마음을 불태운다.

아 —— 술
청색의 술
청색의 근심
나의 마음을 비추고
나의 낡은 꿈을 불태운다.

…… ……

은빛의 밤빛
은빛의 애수
하늘가 실의에 빠진 사람을 비추고,
그가 죽기 전의 숨소리를 잡아끈다.

견사와 같은 밤빛
　고요한 적막
　술잔에 담긴 술은 옆에 없고
　진한 붉은 빛 애수는 숨소리가 없다

　'청색'으로 '애수'를 수식하였고, 밤빛의 '은빛'으로 '쓸쓸한 적막'의 정
서를 수식하였으며, '진한 붉은 빛'으로 자신의 '애원'의 고을 수식하였
는데, 이러한 것은 일반적인 전통시와 기타 유파의 신시 시인들이 봤을
때 그다지 합리적인 창조가 아니다. 하지만 상징시 속에서는 미학의 추
구를 위해서 그들이 존재하는 합리성을 얻는다. 펑나이차오는 다른 시
들 속에서도 "나는 오렌지 빛 달그림자를 사랑하며,/ 고향의 청담한 정
서를 안고 있다."(〈향수(鄕愁)〉), "불꽃의 핵심에는 몽롱한 사랑이 있
고,/ 불꽃의 핵심에는 청색의 비애가 있다."(〈타다 남은 촛불(殘燭)〉)
등등으로 표현하였다. 무무톈의 시에서는 "다 잊어버려라 청춘의 방황
을/ 다 잊어버려라, 진한 붉은 비애를."(〈현 위에서(弦上)〉), "창백한 종
소리, 쇠락하는 몽롱", "하나 하나의 황량을 듣고,/ 낡은 종에서 떠다니
고 떠다닌다."(〈창백한 종소리(蒼白的鐘聲)〉)라고 하였는데, 역시 동일
한 감정전달의 언어 배합의 방법을 사용하고 있으며, 그들이 받아들인
효과 또한 같은 것이다.
　어떤 때는 이러한 '통감법'이 늘상 서정의 동태적인 비유와 융합되는
데, 이렇게 만들어진 결과는 더욱 깊은 의경을 창조할 수 있을 것이다.
여기에서 후예핀의 시 〈가을의 색(秋色)〉 중의 한 절을 보기로 하겠다.

　나의 애수는 마치 강변의 먹장구름 같아,
　돌개바람과 함께 막막한 노을 속으로 빠지고,
　낙엽 진 나뭇가지에는,
　암담한 가을의 색이 나타난다.

여기에서는 자신의 애수에 가을의 색깔이 물들었음을 쓰고 있는데, 시각적으로 보이는 모든 색채감으로 정신의 내재적인 애수를 수식하고 있다. 그러나 먹장구름이 애수에 염색되었는지, 아니면 낙엽의 나뭇가지에 가을의 색이 나타났는지, 작가는 시의 의경을 몽롱하게 하여 색깔의 변이로 마음속의 깊은 애수를 형용하였고, 간단하지 않은 통감법의 운용으로 자신의 감정을 표현하였는데, 이는 매우 성공적인 것이었다.

다른 관능의 이미지와 단어라는 이러한 먼 인연을 접목한 '통감법'은 단어와 단어, 이미지와 이미지 사이의 사람들이 정상적으로 연상하는 다리를 끊어버리고, 독자들의 상상적인 창조에 몽롱하고 새로운 공간을 남겨주었는데, 이러한 기이한 배합이 얻어 낸 것은 아마도 경이감을 일으키는 심미적 효과일 것이다.

통감은 혹은 상응으로 번역되는데, 이런 이론은 30년대에 들어 와서 상징주의를 크게 창도한 중국 현대시인 량중다이가 프랑스 상징주의를 논술할 때 체계적이고 전문적인 논술을 한 적이 있다. 그는 보들레르의 시 〈상응〉 소네트시와 그의 이러한 '상응' 이론이 시가의 예술에 가져다 준 '근대 미학의 복음'을 높게 평가하였을 뿐만 아니라, 시인의 주관적 정신세계와 자연 만물의 정신이 상통한다는 각도에서 '상응'이 표현하는 물아합일의 이론적 근원을 논술하였다. 그는 다음과 같이 말하였다. "사실은 감각이 영민하고 상상이 풍부하며 수양을 갖춘 영혼에 대해서 취함, 몽롱 혹은 넋이 나감은 — 사실 단지 여러 다른 요인이 일으킨 같은 정신 상태이다. — 늘 우리를 형태와 정신을 모두 잊은 무아의 경지로 끌고 간다. 주위의 사물이 이미 다시는 평소에 하는 우리의 행동과 동작의 수단 혹은 공구가 아닐 때, 그렇게 조급하고 번거롭게 우리의 의식 세계를 비집고 지나가며, 우리에게 자세히 볼 수 있는 기회를 주지 않는다. 곧 우리가 알고 있는 대상이 우리의 의식세계에 나타나는 사건마다 모두 우리의 분석과 해부를 받을 때 그 주인, 그리고 알고 있는 나와 객체, 인식을 받은 사물과의 사이에 분별도 사라져 버리는 것이다.

우리는 동작 인식을 버리고, 그리고 점차 일종의 황홀하게 의식이 없는 상태에 빠지기 시작하고, 공허의 경계에 가까워지게 되는데, 거기에서 우리들의 마음은 조용하고 자아의 존재 역시 자각적이지 못하게 된다. 그러나 보아라, 봄꽃의 한 잎 한 잎의 꽃잎이 다 져야만 무성한 열매를 맺을 수 있고, 우리가 바로 이것을 버림으로써 더욱 큰 생명을 얻게 되는 것과 같이, 자아의 존재를 잊었기 때문에 더욱 진실한 존재를 얻은 것이다. 노자(老子)의 '그것을 얻으려면, 먼저 그것을 버려야 한다'는 말은 여기에 인용하는 것이 가장 적합하겠다. 왜냐하면 비록 숨겨진 것들이 서로 소통하고는 있지만, 이 힘들게 얻은 고요함에 다시는 무엇도 우리와 세계사이의 밀접함을 방해하고 흐려 놓지 못할 것이기 때문이다. 즉 일종의 영과 육, 꿈과 깸, 생과 사, 과거와 미래를 초월한 공감적 운율이 그 중간에 충분히 흐르고 있다는 것이다. 우리 내면의 진실과 외계의 진실이 서로 협조하고 서로 혼합 되며 우리는 사라지지만 만물과 융합된다. 우리는 우주 속에, 우주도 우리 속에 있다. 즉 우주와 우리의 자아는 하나로 합쳐지게 되고, 같은 그림자를 반사하고 있으며, 같은 메아리를 반영하고 있다. ……마치 색깔, 향기와 소리의 호응 혹은 상응이 우리의 감관이 극단에 달하는 예민함과 긴장을 할 때 동일한 정서를 합주함으로써, 이 색깔, 향기와 소리의 밀접한 상응은 우리를 그 취함과 꿈결에 가까운 상상으로 떠도는 물질 표층의 경계로부터 더욱 큰 광명 ― 환락과 지혜로 이루어진 광명으로 이끈다. 거기에서 우리는 단독으로 만물과 융합되는 것이 아니라 우리와 만물이 융합되는 것을 체험하고 의식할 수 있을 것이다"고 했으며, 그래서 가장 높은 경기의 시에서는 "모두가 능히, 뿐만 아니라 응당 우리 속에서 보들레르가 말한 소위 '노래하는 마음과 관능의 열정'이라는 이중의 감응을 불러일으켜야 한다. 즉 사람의 몸뚱이가 모두 풀리는 도취와 일념의 철저한 깨달음이다"[38].

이러한 통감 혹은 상응은 일부 중국 초기상징파 시인에게서 그것과 프랑스 후기 상징파 시인이 주장한 시의 음악미와 감정 율동의 조화에 대한 통일의 추구를 서로 결합하여 자연 만물의 운동과 자아 '마음의 교향악'을 더욱 주의하여 표현하였다.[39) 그들은 프랑스 상징파 시인을 따라 배워서 색(Couleur)과 음(Musique)을 문자 속에 놓아, 일종의 '음화(音畫)'의 효과를 창조하고자 하였다.[40) 예를 들면 다음과 같다.

> 이 수록색의 등불 아래, 나는 멍하니 그녀를 바라본다.
> 나는 그녀의 담황색의 머리를 멍하니 바라본다.
> 그녀의 진한 남색의 눈, 그의 창백한 얼굴
> 아, 이 사람을 미혹시키는 수록색의 등불 아래에서!
>
> ― 왕두칭, 〈장미꽃〉

> 우리는 희고 보송한 엷은 구름 비단의 가벼운 날개짓을 듣고 싶다
> 우리는 잔잔하고 구불구불한 도랑의 노래 소리를 듣고 싶다.
>
> 우리는 서서히 전해오는 먼 사찰의 종소리를 듣고 싶다
> 우리는 초가집 위 한 가닥 한 가닥 토해내는 연기를 듣고 싶다.
>
> ― 무무톈, 〈비온 후〉

이러한 표현은 '통감'의 방법과 결코 같은 것은 아니다. 그러나 이는 사람과 만물의 상응, 주관과 객관의 내재적인 혼합이라는 각도에서 '순수시 세계'의 탐색을 진행했는데, 상응론의 철학과 미학의 근원에 있어서 보들레르의 심미 추구와 일치하는 것이다.

다음으로 중국 초기상징파시가 추구한 예술 전달의 다른 한 방면인 '생략법'에 대해서 이야기해 보겠다.

소위 '생략법'은 똑같이 상징의 계통에서 더욱 큰 암시의 기능을 얻기

38) 랑중다이, ≪상징주의≫, 위와 같음, 75-76쪽.
39) 무무톈, 〈시를 논함 ― 모뤄에게 부치는 한 통의 편지〉.
40) 왕두칭, 〈다시 시를 논함 ― 무톈, 보치에게 부침〉.

위하여, 시의 언어 전달 방면에서의 일종의 독특한 탐색이다. 이것의 주요 함의는 다음과 같다. 시인은 될 수 있는 한 시 속에 관련된 단어를 넣지 않는데, 여기에는 일부 필요한 수식성 혹은 연관성의 단어가 포함될 뿐만 아니라, 심지어는 없어서는 안 될 주어도 포함된다. 이러한 방법을 수단으로 삼아 시구 사이의 간격을 넓히고, 가장 간단한 언어로 가장 풍부한 함의를 전달한다. 이렇게 하면 독자들에게 매우 큰 상상의 공간을 조성하게 되고, 독자들에게 자신의 상상력의 창조로 이러한 공백을 메우게 하는데 이것이 바로 상징적 작품에 대한 독자들의 심미적 재창조이다. 당대(唐代) 역사학자 유지기(劉知己)는 "문장은 간략하고도 사실이 풍부한 것'이 문장 서술의 심미 표준이라고 지적하며, '문장이 간략한 것'에서 중요한 것은 '글을 줄이는 것'인데, "한 글자를 늘리면 너무 상세하고, 한 글자를 빼면 너무 생략되니 절충을 구하여 간단하고 합리적으로 하는 것, 이것이 글자를 생략하는 것이다."[41]고 하였다. 이는 문장의 서술 문자가 간결한 것을 말한 것으로, 고전시를 논술할 때 이런 유사한 주장과 실천은 매우 많다. 하지만, 상징주의 시인들이 이 방면에서 다른 것은 그들이 추구한 것이 지금 있는 언어 전달의 질서 규범의 범위 내에서 하는 언어의 절약된 처리가 아니라, 시의 암시 기능에 복종하여 정상적인 언어의 논리적인 법칙을 파괴하는 것을 댓가로 하여 시의 언어 전달을 가장 간단하고 가장 경제적인 정도에 이르게 하는 것이다. 상징파에서 변천해 온 미국 이미지파 시인 에즈라 파운드와 기타 이미지파 시인들이 믿고 있는 주요한 원칙은 이러하다. "표현에 어떠한 작용도 하지 않는 글자를 절대로 사용하지 않는다". "불필요한 문자와 어떠한 것인지 설명할 수 없는 형용사를 사용하지 않는다".[42] T.S.엘리엇도 "언어를 압박하여(필요할 때는 심지어 흩뜨려놓을 수도

---

41) 유지기, ≪사통·서사편(史通·叙事篇)≫.
42) 에즈라 파운드, 〈회고〉(정민 역), ≪20세기 문학평론≫, 상하이역문출판사, 1987년, 107, 109쪽.

있다) 자신의 의미를 표현하기 위해서, 시인은 반드시 더욱 광범위한 이해력을 갖고, 더욱 은유에 능하고 더욱 함축을 가해야 한다."43)고 말하였다. 정상적인 언어의 법칙을 "압박하고, 필요할 때는 심지어 흩뜨려놓을 수도 있다"는 것은 상징파시의 '생략법'이 전통적인 시문 창작에서 제창한 문자의 '간략'과 근본적인 다른 점이다. 하나는 문학 전달의 간결함에 도달하기 위한 것이고, 하나는 경제적으로 풍부함을 전달하는 암시 능력의 증대를 추구하기 위해서이다. 이러한 생략법을 모든 상징시의 미학 체계 속으로 넣어서 보지 않는다면, 합리적인 해석을 해내기 어렵고, 이것과 전통 시문이 말한 문자의 함축과 간결 사이의 차이를 보아내기 힘들 것이다.

리진파는 프랑스 상징주의 시파의 영향을 받아 그의 창작 실천 중에서 애써 '생략법'의 미학을 추구하였는데, 이는 그의 시에 더욱 많은 몽롱함을 가져다주었다. 그의 시 〈자화상에 쓴 시(題自寫像)〉가 바로 전형적인 예이다.

> 달은 곧 물 속으로 잠들지만,
> 자색의 수림과 미소 지을 수 있다.
> 예수 신도의 영혼은
> 아, 너무 정이 많다.
> 이 손과 발에 감사한다.
> 비록 아직은 적지만
> 이미 충분하다고 느낀다.
> 옛날의 무사들은 갑옷을 입고
> 힘이 호랑이를 당할 수 있었지!
> 나는? 좀 부끄럽다.
>
> 무덥기가 밝은 해와 같고
> 회백색이기는 초승달이 구름 속에 있는 듯하다.

---

43) T.S. 엘리엇, 〈현학파 시인〉, ≪20세기 문학평론≫, 127쪽.

나는 풀로 만든 신발을 가지고 있어, 세계의 한 구석만 다닐 수 있다.
날개가 돋쳤을까, 너무 생각이 많다!

이것은 1923년 전후 베를린(Berlin)에서 자화상에 붙인 시로, 주로 자신의 정신 특징을 묘사했다. 본래는 매우 뚜렷한 사고를 갖고 있었지만, 고의로 큰 폭의 문자 생략의 방법을 사용하여, 전 편의 시를 매우 몽롱하게 표현하였다. 만일 우리가 시 속의 오묘함을 안다면 일부 생략이 조성한 공백에 대하여 상상으로 보충하면 시의 의미 역시 금방 알 수 있을 것이다.

시 1절의 첫 두 구는 상징성의 기흥(起興)이다. 그 뜻을 보면, 달이 비록 강물의 맨 밑으로 떨어진다 하더라도 그렇게 쉽게 죽어버리기를 원하지 않고, 마지막 힘을 다하여 황혼이 덮인 수림 속에서 조금의 미소를 지을 수 있다는 것이다. 뒤의 두 구절은 자화상의 본의로 기흥의 앞 두 구절과는 서로 반대된다. 즉 나를 예수의 신도처럼 영혼이 죽지 않도록 기도하게 하는가? 아, 아니! 그러면 너무 정이 많다. 그래서 "예수 신도의 영혼은 아, 너무 정이 많다"라고 한 것이다. 만일 상상으로 공백을 메우지 않는다면 그들과 윗 구절의 연계와 그 본래의 의미를 알기 힘들 것이다. 2절에서는 하느님이 나에게 두 손과 발을 준 것에 감사드리며 비록 적지만 이미 매우 만족한다고 말하고 있다. 전설에 따르면 고대의 무사(武士)는 호랑이를 당할 수 있다고 했다. 나는 그들처럼 힘이 센가? 아니, 나는 좀 부끄럽다. "나는? 좀 부끄럽다"를 보충하지 않는다면, 위의 구절과 매우 큰 연결 언어의 공백이 생길 것이다. 시의 3절은 자신의 변화 많은 마음과 만족할 줄 아는 낙관성을 썼는데, 첫 두 구절에는 주어가 없어 시인이 무엇을 말하려는지 알지 못한다. 그러나 만약 자화상이라는 주제에 근거한다면 우리는 주어를 보충할 수 있을 것이다. 즉 시인은 자신의 마음을 말하고 있는 것이다. 그렇다면 이 네 구절 시의 의미는 바로 다음과 같다. 나의 마음은 때론 밝은 해와도 같이 뜨겁고 때론 구름속의 초승달처럼 회백색이다(이 두 구의 시는 혹은 나의 마음이 밝은 태양처럼 뜨겁고 나의 낯은 구름속의 달처럼 희끄무레하다고 이해 할 수도 있을 것이다). 나의 풀로 만든 신발은 다만 세계의 한 구석만 다닐 수 있으니, 날개라도 돋아 전 세계를 날고 싶은가? 아니, 그러면 너무나 쓸데없는 일을 하는 것이다. 네 번째 구는 그 출현이 너무 뜻밖이라, 앞 구절과 연결되는 단어가 없어 어떻게 말해야 할지 모르겠지만, 몇 마디 말을 보충하면 또 이해할 수 있게 된다. 그러나 진짜 그렇게 하면 이 절의 시 역시 암시의 역량이 존재하지 않게 된다. 전체 시 세 절의 의미는 단지 세 구절로 말할 수 있다. 즉 나는 영원히 죽지 않을 것을 갈망하지 않고, 또한 힘이 무궁해지고 싶은 지나친 욕망도 없으며, 더욱이 전 세계를 모두 돌아다니려는 야심도 없다. 이 자화상에 쓰여진 시는 사람들에게 내가 이렇게 너무나 평범한 작은 인간에 불과하다는 것을 설명하려는 것뿐이다. 이 시는 세 절로 된 시로 자신의 영혼 상태를 그려내고 있다. 사람들은 여기에서 한 시인이 갈망하는 것이 미미하며, 만족함을 알고 항상 즐거워하는 정신적 화상(畵像)임을 알 수 있다. 우리는 당연이 작가가 과분하게 언어의 정상적인 논리를 살피지 않은 것을 비평하며, 그 모자란 부분을 보충하고자 할 것이나, 이렇게 하면 상징시가 가지고 있는 독특한 심미 효과는 또한 모두 소진되고 말 것이다.

이 시가 표현한 상징파시 생략법의 시도에 대하여 당시 비평가인 쑤쉐린(蘇雪林)은 리진파를 논술하는 문장 속에서 다음과 같이 핵심을 찌르는 설명을 하였다. 그녀는 시인의 이러한 언어와 관념 방면에서의 생략은 일종의 "문법의 원칙을 돌보지 않는 것"이며 "구법을 뛰어 넘는" 논리라고 하면서, 이러한 방법을 그녀가 제시한 "상징파시의 비밀'이라고 하였는데, 만일 구체적으로 해석한다면 바로 "생략법을 응용한 것 뿐"이라고 할 수 있다.[44]

이러한 생략법은 문자 구절의 결핍이나 혹은 구법을 뛰어넘는 것이 아니라, 많은 경우 이미지 사이 연계된 부분의 생략이다. 작가가 당신에게 준 구절은 위에서 열거한 예처럼 그렇게 비어있지는 않고, 거의 모두가 함께 이어져 있으며, 일반적으로 정상적인 표현 방식에 부합되지만, 읽어보면 여전히 당신에게 거대한 도약의 느낌을 준다. 리진파〈완전(完全)〉이라는 시를 예로 들어 보겠다.

주홍색의 기와집 아래
네모난 벽은 나를 에워싸고
신중한 동작은
거꾸로 비쳐 더욱 검게 된다.

바람은 성벽 위에서 불어오고
등불이 꺼진다.
나는 나의 사지를 만지며
이것은 네모난가? 저것은 동그란가?

앞의 한 시각의 감은
뒤의 한 시각의 옴을 위한 것
그들의 여정은
사막의 화산(火山)으로 인하여 그친 적이 없다.

나는 어둔 밤의 쓰다듬음을 기다리며
새로운 태양의 미소가 보고 싶어
아! 정적 만세!
사람에게 하나의 완전을 줄 수 있다.

이 시가 당신을 끌어들인 곳은 추상적 사고의 경계이다. 무엇이 '완전'의 경계인가? 대답하기 매우 힘들다. 그러나 시인은 구체적인 묘사를 통하여 추상적 목적을 전달하는 데에 이른다. 황혼에서 어둔 밤으로 이

---

44) 쑤쉐린, 〈리진파의 시를 논함〉, 1933년 7월 1일, ≪현대≫, 제3권 제3호.

르는 시간 안에 방안의 네 벽이 에워싼 '나', 느리고 조심스러운 동작("신중한 동작")도 땅 위의 한 그림자로 변하게 된다. 밖의 바람은 성벽 위에서 불어와, 방 안의 등 또한 꺼진다. "나는 내 사지를 만지면서,/ 이것은 네모난가? 저것은 동그란가?"라고 한다. 여기에 문제가 나타난다. 즉 "내"가 만지는 "사지"가 시인의 것인가? 아니면 방안 사방의 것인가? 하는 것이다. 내 생각에는 후자인 것 같은데, 생략과 도약은 위와 같이 이해함에 큰 모호성을 가져온다. 3절의 시가 말한 것은 시간의 흐름은 무정하다는 것이다. "그들의 여정"을 이용하여 표현하고 있는데, 이것은 일반적인 서정 방식과 달라 사람들에게 생소함과 간격을 가져다준다. 마지막 절에서는 조용한 밤이야 말로 사람에게 일종의 완전한 감정을 가져다주는데, 사람들은 시간이 나아가는 발걸음을 저지할 방법이 없어 "나는 어둔 밤의 쓰다듬음을 기다리지만,/ 새로운 태양의 미소가 보고 싶어"라고 했으니, "완전" 또한 존재할 수 없는 것이다. 그래서, 모든 인생 중. "아! 정적 만세!/ 사람에게 하나의 완전을 줄 수 있다"고 표현한 것이다. 이 표현의 방식에는 생략이 있고 이미지가 있으며 관념과 구절의 도약이 있다. 다만 문구의 생략과 문법의 원칙을 견지하지 않는 것만으로 이러게 복잡하고 얽힌 현상을 완벽하게 설명할 수는 없다.

위에서 설명한 이러한 감정을 전달하는 방법의 응용은 일반적으로 말해서 두 가지 예술 심미 효과를 조성한다. 하나는 시구와 이미지 사이의 도약을 증대시킨다. 시인은 그의 상상의 거리를 크게 하여 일반 사람들에게 습관된 심미적 사유를 초월한다. 두 번째는 시 언어의 논리성과 연속성이 파괴되어 시인이 운용한 언어 '무질서'의 법칙이 일반인의 정상적인 언어의 심미 법칙을 초월한다. 이 두 가지 초월의 결과는 필연적으로 상징시 전체를 한 무더기의 흩어져있는 아름다운 진주가 되게 하며, 시의 회삽도를 증가시켜 단시간에 독자들에게 받아들여지고 이해되어지기 힘들게 한다.

주즈칭 선생은 30년대 리진파의 시를 평론할 때 다음과 같이 말하였다. "그의 시는 정상적인 법칙이 없어 한 부분 한 부분은 알 수 있지만 합치면 아무런 뜻도 없다. 그가 표현하려는 것은 의미가 아니라 감정 혹은 정감이다. 마치 크고 작은 붉고 푸른 한 줄의 진주알처럼 그 한 줄을 감추고 있어, 당신 스스로 끼워봐야 한다. 이것이 프랑스 상징 시인의 수법이다"[45]. 어떤 각도로 보면 상징파시의 이러한 관념과 방법은 일종의 미학 탐구의 새로운 모험이며 심지어 갈림길이기도 하다. 그리고, 또 다른 각도에서 볼 때, 이는 일종의 시 전달의 새로운 미학 영역의 개척이다. 사람들이 상징시의 이러한 신비로움을 장악하고 예술 세계로 들어선다면, 과분한 기이함은 없어지고 반대로 자신의 각종 풍격과 방법에 대한 심미 능력을 제고할 수 있을 것이다.

아름다움을 창조하는 방법은 아름다움을 상하게 할 수도 있다. 생략법의 운용은 독자들의 심미를 재창조하는데 적극성을 불러일으킨다. 상징파시의 경제적인 운구로서 부유함을 전달하는 함축미와 몽롱미의 기능은 또한 이 재창조 속에서 독자들의 인정을 받는다. 동시에 일부 작품들의 과도한 생략과 구조의 서구화는 이미지 사이에 연계되는 폭과 도약을 너무 크게 하여 독자들이 상징파시를 가까이 하는 데 장애를 일으킨다. 비록 이 시의 법칙을 잘 아는 독자들이라도 그 한 줄 한 줄 '붉고 푸른 구슬'을 꿰기는 힘들다. 때론 비평가들도 명확하게 잘못된 해석을 할 수도 있을 것이다. 특히 리진파의 일부 시는 대부분이 22, 23세 때 창작한 것으로, 쓴 시간도 매우 짧고 서구 상징시에 대한 모방이 소화보다 많으며, 자신의 표현 또한 충분하지 못하고 심지어 때로는 고의로 어색하게 짓기도 하였다. 이러한 창작의 열매는 일부 해결할 수 없는 수수께끼 같은 시가 되어 자연히 심미적 효과를 잃게 되고, 영원히 몽롱한 상태에 빠지는 비극이 될 수 있다.

---

45) 주즈칭, ≪중국신문학대계·시집≫ 서문.

중국 모더니즘시의 남상기는 유미주의와 신비주의적 색채를 띠고 있다. 그들이 추구한 이미지의 상징과 암시의 기능은 창조 주체와 심미 주체의 이중적 상상력을 동원하는 데 주의하였으며, 새로운 예술 표현의 항로를 풍부히 하고 개척하여 지울 수 없는 공헌을 하였다.

동시에 그들이 추구한 '순수한 시의 세계'는 예술 자체의 협소한 세상에서만 건설된 것으로, 시대와 인민이라는 더욱 큰 생활의 토양을 벗어났다. 그들은 서구 상징주의 시가의 예술적 영양분을 흡수할 때 시의 자각의식이 결핍되었다. 즉 시의 관념과 방법의 갱신에서 자아의 선택과 주체 정신의 창조는 그들의 예술적 흡수가 예술 자체의 수용력을 초월하고 모방력이 창조력을 초월하도록 하였다. 이 때문에 그들은 중서 시가 예술을 소통하려는 훌륭한 소망도 다소 맹목성을 띤 창조의 열정과 실천에 매몰되고 만다. 그들은 창작 실천 속에서 또한 서구 상징주의와 중국 전통시의 심미 추구의 융합점을 찾을 능력도 없고 찾지도 못하였다. 이는 가장 중요한 교훈 중 하나로, 또한 그들이 이 조류 뒤에 오는 실천자들에게 남긴 힘들고 매우 의미 있는 과제이기도 하다.

제 **4** 장
30년대 현대파 시조의 발흥

1. 30년대 현대파 시조의 탄생
2. 30년대 현대파 시조의 이론 추구

1   30년대 현대파 시조의 탄생

20년대 말부터 30년대 중반까지 중국 모더니즘 시의 발전은 여러 방향에서 번영하는 탐색의 국면을 펼쳐 보였다.

20년대 중기 상징파 시인의 항렬에 들어선 청년 시인 다이왕수는 이 시기 초기상징파와 신월파 시의 그림자에서 벗어나 예술적의 방황에서 예술적 자립으로 발전한다. 그는 상징파시 예술의 탐색에 심취했고, 후에는 또 많은 서구 현대파 시풍의 영향을 받는다. 그의 이러한 독특한 개성과 동방 색채를 띤 시편들은 당시 한 시기 시 창작의 경향에 많은 영향을 미치며, 그는 이 때문에 새로 일어난 모더니즘 시 조류의 대표적인 인물이 된다. 스저춘이 당시 멀리 프랑스에 있는 다이왕수에게 쓴 편지에서, 어떤 평론가들은 다이왕수를 '현대'를 위해 창도한 상징주의 시조의 나쁜 선례를 남긴 사람이라고 하였지만, "지금의 신시는 모두 자네의 것을 모방하고 있네. 나는 자네가 포기하지 않기를 바라네. 자넨 쉬즈모 이후 중국에서 대 시인이 되기에 가장 희망이 있는 사람이니까"라고 하였다. 다른 한 편지에서는 또 "난징의 한 간행물에서는 자네가 '현대'를 본영으로 삼아 상징파시를 제창하고 있으며, 현재의 모든 대형 잡지들의 시 대부분이 자네의 도당이라고 하였네"라고 했다. 다이왕수는 이미 '시단의 수령'이 되었다[1]. 당시 일부 청년 평론가들은 현대파 시를 논하는 논문에서 이 새로이 떠오른 시조를 '현대파'라고 하였다.[2]

현대파 시조의 굴기는 시대적 흐름의 영향을 떠날 수 없다. 1927년 '4·12' 정변 전후 중국의 정치적 형세와 지식인들의 생존 환경에 매우 큰 변화가 일어난다. 북방의 군벌을 반대하는 기세등등한 대혁명의 고조는 갑자기 요절하고, 근대 역사에서 전에 없던 공산당과 진보 인사 그리고 항쟁하는 농민들을 대상으로 한 피비린 나는 진압과 도살은 역사를 다시금 가장 암흑의 시기로 접어들게 하였다. 일찍이 광명의 이상을 안고 실제 혁명 운동에 뛰어들었던 많은 젊은이들은 백색 테러의 그림자 속에서 고통, 절망과 실의, 방황 속에 빠져들었다. 다이왕수, 스저춘, 두헝 등이 모두 이러한 문학청년들로, 그들은 상하이를 떠나 쟝쑤(江蘇) 쑹쟝(松江)에 있는 스저춘의 고향에서 문학 창작과 번역 작업을 한다. 1928년 8월에 출판한 제19권 8호의 ≪소설월보(小說月報)≫에 다이왕수가 쑹쟝으로부터 부쳐온 신작 ≪시 6수≫가 발표되는데, 그 중 그를 일시에 세상에 이름을 날리게 한 〈비 내리는 골목길(雨巷)〉이 들어 있다. 다이왕수의 이 시는 사랑에 실패한 비애 속에, 또한 자신의 이상 추구와 환멸의 감정 세계를 상징적인 형상 속에 쏟아 부었다. 뒤의 각도에서 읽어보면 이는 전형적인 상징시이다. 이 시의 출현은 새로

---

1) 스저춘이 1933년 4월 28일과 5월 29일에 다이왕수에게 보낸 편지임. 쿵링징(孔另境), ≪중국현대작가서간(中國現代作家書簡)≫, 화청출판사, 1982년, 78, 79쪽.
2) 푸펑(蒲風)은 〈오사에서 현재까지의 중국 시단 조감(五四到現在的中國詩壇鳥瞰)〉에서 이 시인들의 단체를 '현대파'(1935년 3월25일 ≪시가계간≫, 제2기)라고 하였다. 쑨쭤윈(孫作雲)은 〈'현대파' 시를 논함(論"現代派"詩)〉에서 '현대파시'하고 불렀으며, 문장에서는 "이 유파의 시는 현재 국내 시단에서 가장 유행하는 영역으로, 특히 1932년 후에 나온 새로운 시인들은 이 시파에 속하며, 당시 유행하였다. 이 유파의 시는 아직도 성장하고 있으며, 공동된 경향만 있고 선명한 기치가 없기에 '현대파시'라는 명칭을 사용하게 되는데, 이 유형의 시가 ≪현대≫ 잡지에 많이 발표되었기 때문이다'라고 하였다. 1935년 5월 15일, ≪칭화주간≫, 제43권 제1기.

운 시조 창작 단체의 미학적 추구의 복음을 예언하였고, 이 단체가 특정한 한 시기에 갖았던 마음과 감정의 시대적 특징을 개괄하였다.

종이 우산을 받쳐 들고, 홀로
방황하며 길고, 긴
또 적막한 비 내리는 골목길에서
난 만나고 싶네
라일락처럼
시름 맺힌 아가씨를.

그녀에겐
라일락 같은 빛깔,
라일락 같은 향기,
라일락 같은 우수가 있으며,
빗속에서 슬퍼하고,
슬퍼하며 또 방황하네.

그녀는 이 쓸쓸한 비 내리는 골목길을 방황하며
종이 우산을 받고
나처럼
나처럼
묵묵히 걷고 있네.
냉담하게, 쓸쓸하게, 슬프게.

그녀는 말없이 다가오고
다가와서는, 또 던지네.
탄식하는 눈길을
그녀는 훌쩍 지나가네
꿈처럼,
꿈처럼 구슬프고 아련하게.

꿈속에서 나부끼던

라일락처럼
내 곁을 스쳐 지나 간 그 아가씨
그녀는 말없이 멀어지네, 멀어져
무너진 담장으로
이 비 내리는 골목길 끝으로 걸어가네.

비의 슬픈 가락 속에
그녀의 빛깔은 사라지고
그녀의 향기는 흩어지고
사라지고 흩어지네, 그녀의
탄식하는 듯한 눈길도
그녀의 라일락 같은 슬픔도.

종이 우산을 받고, 홀로
방황하며 길고, 긴
또 적막한 비 내리는 골목길에서,
난 스치려네
라일락처럼
시름 맺힌 아가씨를.

우리는 이 시를 당시 청년 지식인들의 마음상태를 형상화한 기록의 자료로 볼 수 있다. 시에서 묘사한 그 음침한 골목길에서 서정 주인공이 느끼고 있는 장구하고 적막한 분위기는 곧 작가가 강렬하게 느끼고 있는 시대적 흐름의 상징으로 볼 수 있다. 시인 자신은 고독하고 연약한 사색자이며 꿈을 찾는 이이다. 종이 우산 하나로는 온 하늘의 비바람을 막을 수 없고, 자신의 방황하며 고통스러운 마음을 해소할 수 없다. 시인은 방황 속에서 한 아름다운 아가씨의 출현을 갈망한다. 이 환상 속의 아가씨는 라일락 같은 색깔과 향기가 있고, 또 라일락 같은 우울함이 있다. 아름답고도 쓰디 쓴 이상은 이 상징적인 이미지 속에 숨겨져 있다. 시인은 고민스러운 방황 속에서 아름다운 희망을 품고 있는

데, 이 아름다운 희망이 사라지자 시인에게 남겨진 것은 역시 무거운 고민과 방황이다. 얻은 것을 다시 잃은 아름다운 이상이 시인에게 가져다준 것은 고통스럽고 슬픈 마음이다. 이 시는 표면적인 의미에서 사랑을 쓰고 있지만, 한 층 더 깊은 의미에서 볼 때 한 사람 심지어 한 세대 청년들의 내심 속에 담긴 복잡한 정서를 상징하고 있다. 이 함의는 한 사람의 애원과 감탄의 경계를 넘어서 더욱 깊은 사상적 지향성을 갖고 있다. 〈비 내리는 골목길〉은 시의 형식으로 20년대 말 문학계에 진보적이고 또한 실망에 빠진 청년의 시대 정서의 아름다운 결정체를 선사했다. 시인은 아름답고 우울하며 또한 열렬한 추구로 가득 찬 작고 작은 예술 세계를 창조하였다. 당시 일부 청년들은 아름다운 이상을 얻고 다시 잃어버린 데 따른 고민되고 슬픈 마음에 심층적이고 구체적인 표현을 얻었다. 작가는 이로서 '비 내리는 골목길 시인'이라는 칭호를 얻었는데, 만약 한 사람에 대한 찬미식의 칭호가 아니라, 일부 청년들의 마음과 정서를 상징하는 부호로 본다면 더욱 의미 있지 않을까 싶다.

역사 사실로 보면, 대혁명이 실패한 후 공포스럽고 음침한 정치적 기후가 나타나게 된다. 피비린내 나는 도살은 일부 진보적인 혁명 청년의 마음 속 찬란한 무지개를 교살했고, 열렬한 추구와 갈망, 천진한 분주함과 몸부림. 순결한 몽상과 공헌은 모두 무정하게 파멸되고, 다만 '공하한 마음으로 바꿔온다'. 그들은 실망과 적막의 고통 속에서 내심 깊은 곳의 노래를 불렀으며, 그들 마음 속에서는 결코 '상아탑' 속에 숨어 안녕을 구하지 않았다. 다이왕수가 이때 희생된 친구를 기념하여 쓴 시 〈잘린 손가락(斷指)〉은 바로 이러한 증명이다.

　　이 잘린 손가락 위엔 아직도 잉크 자국이 물들어 있다
　　붉은 색, 사랑스럽고, 빛나는 붉은 색
　　그것은 매우 찬란하게 이 잘린 손가락 위에 있다
　　타인의 비겁을 질책하는 그의 눈빛이 우리의 마음 속에 있는 것처럼.

이 잘린 손가락은 늘 가볍고 끈적거리는 비애를 나에게 가져다 준다
그러나 그것은 내게 또한 매우 유용한 귀중품
사소한 일로 상심할 때마다 나는 말할 것이다.
"그래, 저 유리병을 꺼내 오자."

또 일부 청년들은 혁명의 거센 파도를 경험하지 않고 꿈처럼 적막한 깊은 골짜기로 빠져들었다. 그들은 시대의 격류와는 너무 멀리 떨어져 있고, 자신의 내심 세계와는 너무 가깝게 있었다. 그들은 "꿈속의 희미한 길"(허치팡의 말) 속에서 현실을 기대하고, 사고하고, 신음하며 비판하고 있었다. 또 혹은 냉정한 마음과 눈으로 외부와 내부 세계를 응시하며, 일부 적막하고 '황량한 거리'의 사색가가 되었다. 물론 일부 청년들은 현실 속의 참담한 인생에 직접 참여하는 것에 두려움을 느꼈고, 또 당시의 어둔 권력자와 결탁하여 나쁜 짓 하는 것도 절대 원하지 않아, 자신이 만든 껍질 안에서 개인의 비환과 퇴폐적인 노래를 낮게 읊조렸다. 이렇게 깊은 고난과 음침함으로 가득 찬 조국의 땅 위에서 〈비 내리는 골목길〉의 시인 단체가 배회하고 있었는데, 이들이 바로 상징적인 몽롱함으로 내면의 세계를 노래하는 현대파 시인 단체이다.

시대와 민중의 고난을 위해 외치는 사람들에게 있어서 현대파 시인들의 목소리는 확실히 너무 미약하고 내용도 너무 협소했다. 그러나 가장 적막하고 가장 고통스러운 마음 속에도 시대의 굴절된 빛이 담겨 있는데, 우리는 가장 성과를 보인 일부 '꿈을 찾는 이'들의 목소리에서 여전히 희미하게나마 시대적 맥박의 약동과 절대 굴복하지 않는 정신과 타락한 영혼의 반짝임을 느낄 수가 있다. 그들의 시에도 완전히 개인에게만 속하지 않는 예술 세계를 갖고 있다. 30년대 현대파시의 탄생과 현대파 시인이 창작한 작품을 '한가한 계급'이나 '낙오된 사람들'의 현실을 도피한 결과로[3] 보는 것은 이론상의 단순화와 편협된 견해라고 나

---

3) 푸펑, 〈오사에서 현재까지의 중국 시단 조감〉, 1934년 12월 15일부터 1934년

는 생각한다.

문화적 선택과 심미적 선택의 각도에서 볼 때, 현대파시의 탄생은 더욱 더 그 역사적인 필연성을 지니고 있다.

당시 마침 ≪소설월보≫를 대신 편집하고 또 손수 다이왕수의 시 작품을 발표한 예성타오 선생은 〈비 내리는 골목길〉을 "신시의 음절을 위해서 새로운 기원을 열었다."[4]고 칭찬하였는데, 이는 단지 시의 외재적 형식의 의의에서 판단한 가치 판단이다. 〈비 내리는 골목길〉 등의 더 중요한 내재적 가치는 이미지, 언어, 의경 그리고 분위기의 격조로부터 볼 때, 모두 동방식의 상징시라는 데 있다. 〈비 내리는 골목길〉의 음악성에 대한 추구는 또한 신월파 영향의 그림자가 보인다. 그러나 우리는 이를 신월파 시의 음악미 예술 탐구에 대한 메아리로 여기는 것보다, 20세기 중국 민족의 현대 상징파시 탄생의 첫 움직임으로 보는 것이 더욱 타당할 것이다. 이 시를 쓴 지 얼마 안 되어 다이왕수는 〈비 내리는 골목길〉이 추구한 음악성에 대해서 '용감한 모반'을 진행하여, 내재적 정서의 리듬을 시의 골자로 삼는 〈나의 기억(我的記憶)〉 등의 시를 창작한다. 이는 서구 초기상징파 시인의 현대문화 의식과 새로운 심미 원칙을 초월한 용감한 탐구이다. 그 후 다이왕수는 그의 첫 번째 시집 ≪나의 기억(我的記憶)≫(1929)을 출판하였는데, 이는 30년대 현대파 시조의 탄생을 가리킨다. 이 문학 사조에 속하는 간행물로 몇 년 사이에 연속으로 출판된 것은 다이왕수와 류나어우(劉吶鷗), 스저춘이 함께 간행한 ≪무궤 열차(无軌列車)≫(1928년 9월-12월, 모두 7기 출판)가 있다. 특히 조금 후에 출판 발행된 다이왕수 등이 주편한 월간 ≪신문예(新文藝)≫(1929년 9월-1930년 4월, 모두 8기 출판)는 서구 상징파 시의 번역 소개를 대량으로 발표하였고, 자신이 창작한 일부 상징파시

3월 25일까지, 〈시가계간〉, 제1권 제1-2기에 실림.
4) 원래 예성타오가 다이왕수에게 쓴 편지에 나옴. 이 구절은 두헝의 〈왕수의 풀·서문〉에서 인용함.

작품도 발표하여, 현대파 시조의 탄생을 개척하는 데 책임을 다한다. 이 간행물이 차압당한 후 적극적인 준비를 거쳐 1932년 스저춘이 주편하고 다이왕수, 두헝이 참여한 대형 문학 간행물인 ≪현대≫ 잡지가 창간 출판되는데(1932년 5월-1935년 5월, 모두 34기 출판), 이론의 주장, 국외 현대파, 이미지파시의 체계적인 번역 소개는 물론, 시 창작 경향의 창도 면에서 모두 자각적으로 30년대 현대파시의 왕성한 발전을 위해서 선동적인 작용을 하였다. 좌익의 간행물들이 계속해서 차압당하여 매우 짧은 시간 동안 존재하고, 문학의 진지가 아주 드물게 보이는 상황에서, 이 많은 현대의 저명한 작가들이 모인 대형 문학 간행물의 존재는, 현대시풍의 신시 창도에 있어서 매우 귀중하다. 그것은 현대파 시조가 흥성기로 나아가는 표지가 되었으며, 이로써 새로운 시유파의 탄생과 왕성한 발전, 새로운 현대파 시조의 출현은 이미 조건이 자연스럽게 되었다.

이 후 다이왕수는 전후로 그의 창작 풍격과 수준을 가장 대표할 수 있는 ≪왕수의 풀≫(1933)와 ≪왕수 시고(望舒詩稿)≫(1937)를 출판하였으며, 개인적으로 ≪현대시풍(現代詩風)≫이라는 잡지(1935년, 단지 1기만 출판)를 주편하였다. 다이왕수는 또 볜즈린(卞之琳), 펑즈(馮至), 량중다이(梁宗岱), 쑨다위(孫大雨)와 함께 월간 ≪신시≫(1936년 10월-1937년 7월, 모두 10기 출판)를 출판하기도 하였다. 이 신시 간행물에는 많은 현대파시의 대표적인 작품과 무게감 있는 이론 문장이 발표되었으며, 30년대 현대파 시인 단체가 창작을 위해 모인 가장 중요한 진지로 볼 수 있다. 당시에 일찍이 매우 큰 영향을 일으켰으며, 중국 현대 신시 발전사에서 가장 중요한 간행물중 하나가 되었다.[5]

---

5) 루이스가 한 말에 따르면 "≪신시≫ 잡지는 1936년 10월에 창간되었는데, 처음에는 ≪시지≫라 하였고, 후에 ≪유채꽃 시간≫이라 하여 각각 한 달씩 발간되었다. 다이왕수가 주편하였는데 규모가 꽤 큰 시간(詩刊)이었다. ≪신시≫의 편집자들은 다섯 사람이나 되었지만, 실재 편집은 대부분 다이왕수 혼자서 처리했다. 최초의 자본은 200원이었는데, 다이왕수가 100원을 냈고, 나와 쉬츠(徐遲)가 각각

이 외에, 상하이의 캉쓰췬(康嗣羣), 스저춘이 주편하고 발행한 종합성의 문학 간행물인 ≪문판소품文飯小品≫(1935년 2월-1935년 7월, 모두 6기 출판)과 베이징에서 벤즈린이 편집한 ≪수성(水星)≫(1934년 10월-1935년 6월, 모두 9기 출판)에도 일부 현대파시의 작품이 발표되었다. 어느 정도의 영향을 미친 전문적인 시 간행물로는 또한 난징의 쑨왕(孫望), 왕밍주(汪銘竹) 등의 '토성 작가회(土星筆會)'가 주관한 반월간 ≪시의 돛(詩帆)≫(1934년 9월~1937년 6월, 모두 6기 출판)과 양저우의 루이스(路易士)가 편집한 시 전문 간행물 ≪유채꽃(菜花)≫(1936년 9월, 1기 출판), ≪시지(詩志)≫(1936년 11월-1937년 3월, 3기 출판) 등이 있다. 난징의 ≪시의 돛≫ 잡지에 현대파 시를 발표한 시인으로는 쑨왕, 왕밍주 외에도 청쳰판(程千帆), 창런샤(常任俠), 텅깡(滕剛), 아이커(艾珂), 리바이펑(李白鳳), 허우루화(侯汝華), 린잉챵(林英强) 등이 있다. 우번싱(吳奔星), 리보장(李伯章)이 주편한 시 격월간지인 베이징의 ≪소야(小雅)≫(1936년 6월-1937년 6월, 모두 6기 출판)는 '어떠한 유파의 작품도 모두 동일하게 대한다'는 원칙을 견지하고, 린겅(林庚), 천찬윈(陳殘云), 시진(錫金), 리창즈(李長之), 리바이펑, 스저춘, 루이스, 리진파, 다이왕수 등의 시를 발표하였는데, 일정 정도의 영향을 일으켰다. 차오바오화(曹葆華) 등은 칭화대학교의 '시와 비평사'가 주최한 북평의 ≪천바오(晨報)≫에 '북진학원(北晨學園)' 부간인 '시와 비평'(1933년 10월 2일-1936년 3월 26일, 모두 74기 발행)을 발표했는데, 이 '시와 비평'에는 허치팡, 벤즈린, 리광톈, 차오바오화, 리젠우, 뤄녠성(羅念生), 천징룽(陳敬容) 등 많은 시인들이 작품을 발표하였다. 특히 많은 편폭으로 서구 T.S.엘리엇, I.A.리차드 등 신비평파와 기타 상징파의 시 이론을 번역 소개하였는데, 이는 많은 간행물 중에서도 보

50원씩 내어 시작하였다. 다이왕수는 나와 쉬츠를 편집 위원으로 하려 했지만 우리는 여러 이유로 이를 거절했다". 루이스의 〈삼십 자술(三十自述)〉, ≪삼십전집(三十前集)≫, 상하이시영토사(上海詩領土社) 초판. 1945년 4월.

기 드문 일이었으며, 항일전쟁 전 북방의 현대파 시조에 빠른 발전을 가져온 매우 중요한 진지가 되었다.

이렇게 20년대 말부터 1937년 항일 전쟁이 발발되기 전까지 다이왕수를 대표로 한 현대파 시조는 기세가 등등하게 한 시대를 풍미하였고, "신시인의 다수는 이 유파에 속하여 한때의 풍조가 된다"[6]. 이는 30년대 시단과 사실주의와 대중화를 제창한 중국 신시의 대표인 '신시가파(新詩歌派)'와 신운율시를 제창한 후기 신월파(后期新月派)와 서로 대치하는 3대 시파 중의 하나가 되어, 신시의 짧은 '몰락' 후의 '부흥기'를 구성하였다.[7]

초기상징시파와 다른 상황은 30년대 '현대파' 시인들에게는 방대한 신인 단체가 있었다는 점이다. 이 유파 속에서 "우리가 가장 먼저 제기한 시인은 다이왕수이다"[8]. 다이왕수 외에 볜즈린, 허치팡은 독특한 풍격을 지니고 있는 뛰어난 존재들이다. 볜즈린과 허치팡은 당시 베이징대학 영어학부와 철학학부의 학생으로 리광톈과 함께 '한원 삼시인'이라 불렸다. 후에 그들은 함께 시집 ≪한원집(漢園集)≫(1936)을 출판하였는데, 현대파 시풍에서 매우 큰 영향을 일으켰다.

그 전에 볜즈린은 이미 시집 ≪삼추초(三秋草)≫(1933), ≪어목집(魚目集)≫(1935)을 냈는데, 뒤의 시집은 '오사 운동' 이후 발생한 신시 전환의 '발단'인 새로운 현상의 '상징'으로 볼 수 있어, 당시 현대파시의 발전 속에서 '소수 전위적인 시인' 중 가장 특색 있는 대표시인이다.[9] 항일 전쟁이 일어난 후 볜즈린 선생은 또 ≪위로 편지집(慰勞信集)≫

---

6) 쑨줘윈, 〈'현대파' 시를 논함〉.
7) 푸펑은 〈오사에서 현재까지의 중국시단 조감〉에서 '오사' 이후 신시 발전의 네 번째 시기를 '중기 쇠락' 후의 '부흥기'(1931-1934)라고 하였는데, 이 시기 '중국 시단'에는 다음과 같은 세 유파인 '신월파', '현대파', '신시가파'가 있었다.
8) 류시웨이, 〈≪어목집≫ ― 볜즈린 선생의 작품〉, ≪저화집≫, 상하이문화출판사, 1936년 12월, 131쪽.
9) 위의 작품. 135-136쪽.

(1940)을 펴냈고, 또한 그 전의 작품을 ≪십년 시초(十年詩草)≫(1942)에 수록하였다.

허치팡은 ≪한원집≫ 속의 시 외에 또 시와 산문의 합본인 ≪고심집(刻意集)≫(1938)과, 매우 큰 영향을 일으킨 시집 ≪예언(預言)≫(1945)을 출판하였다.

≪예언(預言)≫은 30년대 현대파시에 일종의 조용하고 투명한 아름다운 풍격을 가져다주었다. 이러한 작품들은 대부분이 항일 전쟁 발발 전에 창작된 것으로 여전히 전기 현대파시의 풍격에 속한다. 후에 허치팡은 또 ≪밤의 노래(夜歌)≫(1945)와 ≪밤의 노래와 낮의 노래(夜歌和白天的歌)≫(1952)를 출판하는데, 벤즈린의 ≪위로 편지집≫처럼 시풍에 매우 큰 변화를 가져온다.

리광톈 선생은 후에 산문 창작으로 옮겨 다른 시집을 출판하지는 않는다. 이 외에 스저춘은 가장 먼저 ≪현대≫ 잡지에서 이미지파시를 창도하고 발표하지만 소설 창작에 더욱 몰두한다. 진커무(金克木)는 ≪박쥐집(蝙蝠集)≫(1936)을 출판하였고, 린겅은 현대파시의 창작에 가장 몰두하여, 전후로 ≪밤(夜)≫(1933), ≪봄의 들판과 들창(春野与窗)≫(1934), ≪북평의 연가(北平情歌)≫(1936), ≪동면곡과 기타(冬眠曲及其他)≫(1936)를 발표한다. 차오바오화는 현대파시를 탐색할 때 숨김이라는 예술적 발전에 더욱 치중하였는데, 그의 시집에는 ≪시에 기생하는 영혼(寄詩魂)≫(1930), ≪낙일송(落日頌)≫(1932), ≪영염(灵焰)≫(1932), ≪무제초(无題草)≫(1937) 등이 있다. 페이밍(廢名)은 소설가로 이름이 알려져 있으며, 시 작품은 그리 많지 않지만 예술적인 개성이 돋보이며 탐색적이고 전위적인 색채를 띠고 있다. 그는 선치우(沈其无)와 함께 시집 ≪물가(水邊)≫(1944)를 펴냈고, 후에는 또 시문 합본인 ≪초은집(招隱集)≫(1945)을 출판하였다. 쉬츠(徐遲)는 현대파 시인들 중 가장 전위적인 의식을 갖고 있던 시인으로, 당시에 출판한 시집으로는 ≪이십 세의 사람(二十歲人)≫(1936), ≪가장 강한 소리(最強音)≫

(1941)가 있고, 또한 출판하려고 준비했지만 전쟁의 발발로 출판하지 못한 시집으로 ≪밝고 아름다운 노래(明麗之歌)≫가 있다. 쉬츠와 가장 친한 시인인 루이스의 시는 수량이 가장 많지만, 시의 예술적인 면에서 볼 때 상대적으로 부족한 면이 있다. 그는 앞뒤로 ≪이스 시집(易土詩集)≫(1934), ≪다녀간 후의 생명(行過之生命)≫(1935), ≪화재의 성(火灾的城)≫(1937), ≪구름을 사랑한 기인(愛云的奇人)≫(1939), ≪괴롭고 슬픈 날들(煩哀的日子)≫(1939), ≪불후의 초상(不朽的肖像)≫ (1939) 등과 항일전쟁 발발 후에 출판한 ≪출발(出發)≫(1944), ≪여름(夏天)≫(1945), 그리고 30세 전의 작품을 연대별로 편집한 자선 시집인 ≪삼십전집(三十前集)≫(1945)이 있다. 쉬츠는 〈시인 루이스에게 바침(贈詩人路易士)〉를 지은 적이 있는데 다음과 같다.

　　그대는 바삐 오가며,
　　기차에서 우주의 시를 짓고,
　　또 내가 말한 나의 이야기를 들으며
　　나의 어깨를 두드렸지.

　　나는 당신의 흑단 지팡이를 기억하네.
　　그것은 나를 지시했지.
　　아름다운 독이 있는 나무는 남아프리카에서 나는데
　　나를 슬프게도 하고, 또 경계하게도 했지.

　　커피숍에 나타나
　　나는 그대를 위해 애주가를 불렀지.
　　술은 다섯 광채의 시냇물.
　　술은 열 빛깔의 꿈결.

　　허나 당신은 커피를 한꺼번에 마시고 나서
　　그 검은 색 양복의 열 네 주머니를 만지며,
　　매 주머니 속에 한 수의 시가 숨어있듯,
　　그리고 당신은 또 나의 온 몸을 뒤졌지.

나는 늘 당신에게 실망을 안겨주었지.
내가 늘 침묵했기 때문에,
당신이 와서 내 손을 잡아야만
나는 내가 노래 부를 수 있다는 걸 깨달았지.

여기에서 우리는 그들이 창작에 있어서 도시를 제재로 한 시작을 중시한 이유를 알 수 있을 것이다. 그리고 리바이펑의 ≪봉황의 노래(鳳之歌)≫(1937), ≪남행하는 작은 풀(南行小草)≫(1939), 링쥔(玲君)의 ≪녹색(綠)≫(1937), 난싱(南星)의 ≪석상사(石像辭)≫(1937), 팡징(方敬)의 ≪빗속의 경치(雨景)≫(1942), 쑨왕(孫望)이 편집한 ≪전쟁 전 중국 신시 선집(戰前中國新詩選)≫(1944) 등도 30년대 현대파시 중 영향력 있는 작품들이다. 이러한 시인들은 시집을 펴내거나 혹은 좋은 작품을 전하거나 혹은 일종의 새로운 형식을 펼쳐 내거나하는 데에서 모두 다른 풍격의 탐색으로 현대파 시조 발전의 길을 개척하였으며, 이 조류 시 창작의 풍채를 풍부히 하였다.

여기에서 특히 언급 할 것은 후에 현실주의 시조의 대표자가 된 대시인 아이칭(艾青)은 이 시기 유럽에서 지니고 온 젊은 피리를 불며, 〈대언하――나의 보모(大堰河――我的保姆)〉와 같은 현실생활의 사랑과 증오로 넘치는 노래를 연주하였으며, 동시에 일부 상징주의와 모더니즘 색채가 농후한 몽롱하고 깊이 있는 시를 창작하였다. 이러한 현실주의 시들은 현대파 시조를 위해 새로운 자태와 목소리를 가져다주었다.

사실, 30년대 현대파 시조는 예술 창작의 내부 법칙에 따라서, 많은 시인들의 창작으로 탄생한 객관적으로 존재하는 시가 조류이다. 어두운 시대의 흥기로부터 '재난의 세월' 속 몰락에 이르기까지, 이는 모두 사회현실 생활과 예술 운동 법칙의 이중적 제약을 받았다. 그러므로 어느 한 잡지나 혹은 어느 한 시인이 애써서 진행하거나 혹은 분개하여 대중에게 외친 결과로 볼 수는 없다. 이 시조가 처음으로 이름을 얻은 것은 이 유형의 시가를 대량으로 발표한 ≪현대≫ 잡지에서 나온 것이다.

2 30년대 현대파 시조의 이론 추구

리진파를 대표로 한 초기상징파 시가와 비교하면, 30년대 현대파 시조는 대오가 클 뿐만 아니라 영향도 심원하여, 이미 크게 초월을 했으며, 신시 관념의 진보로 볼 때에도 현대의식의 자각과 강화를 더욱 잘 표현하였다.

하지만, 당시 많은 사람들이 이해하지 못하고 책망하였는데, 이에 대해 ≪현대≫ 잡지의 편집자인 스저춘은 그들이 제창한 시가 갖추고 있는 현대성과 일반 신시 사이의 초월성의 차이를 다음과 같이 솔직하게 설명하였다.

> ≪현대≫ 속의 시는 시이다. 게다가 순수 현대시이다. 이들은 현대 인들이 현대 생활 속에서 느낀 현대의 정서이고, 현대의 언어로 배열한 현대의 시형(詩形)이다.[10]

이 짧은 설명은 현대파시의 창도자가 이 조류의 창작 특징에 대하여 설명한 개요이며 서술로 볼 수 있다. 여기에서 말한 "현대시"는 '오사 운동' 이래 비교적 명백하고 분명한 언어 서술 혹은 도리를 설명하는 신시와는 달리 자신의 새로운 미학적 추구를 지니고 있다. "소위 현대 생활 속에는 각양각색의 독특한 형태가 포함되어 있다. 큰 배들이 정박하고 있는 항구, 소음으로 들썩이는 공장, Jazz를 연주하는 무도장, 하늘을 찌를 듯한 백화점, 비행기의 공중 전쟁, 드넓은 경마장……, 심지어 자연 경물도 지난 세대와 다르다. 이러한 생활이 사람들에게 주는 느낌이 이전 세대 시인들이 생활 속에서 얻은 느낌과 같을까?"[11]. 소위

---

10) 스저춘, 〈또 본 간행물 속의 시에 관하여〉, ≪현대≫, 1933년 11월 1일 제4권 제1호.
11) 위와 같음.

'현대 정서'란 상술한 설명과 연계해 보면, 젊은 세대 시인들이 현대 생활의 분위기와 대도시의 생활 리듬 속에서 느끼는 '이전 세대 시인'들과는 다른 내재적, 외재적 생활의 통일이라고 생각한다. '현대의 시형'이라는 것은 신월파 시인들이 추구한 외적인 음악미, 건축미와는 구별되는 더욱 산문화로 기울어졌고, 더욱이 현대 구어의 구조에 근접하는 자유시를 말한다. 이 험한 의의로 볼 때, 30년대 현대파시는 초기 백화체의 자유시, 신월파의 신격률체시에 대한 초월일 뿐만 아니라, 동일한 맥박에 속하는 초기상징파시에 대해서도 새롭고 더욱 높은 층차의 모더니즘시의 미학 원칙에 대한 탐색과 건설이다. 두형은 다이왕수와 기타 시인 친구들의 예술 추구를 논할 때 한 편으로 과도하게 직접적으로 드러내는 시의 자아 표현의 이론에 불만을 토로하며, "당시에는 자아 표현의 설법이 보편적으로 사용되었고, 시를 지을 때도 열광적으로 부르짖고, 직설적으로 말하는 것이 통행되었으며, 솔직하고 분방한 것을 표방하였다. 우리는 이러한 경향에 대하여 마음 속으로 반발심을 갖고 있다". 좋은 시는 시인의 '적나라한 본능의 토로'가 아니다. 다른 한 편으로 중국 현대파 시인들은 리진파와 같은 상징시의 과도한 신비와 회삽함에 극히 불만족스러움을 드러내며, "왕수 전에도 상징파의 그러한 작풍을 중국 시단에 옮겨온 사람이 있었지만, 그것은 '신비롭고', '뜻을 알 수 없는 것'이었다. 이러한 것들은 모두가 가지지 말아야 할 성분이라고 나는 생각한다. 왕수의 의견은 비록 나처럼 이렇게 극단적이지는 않지만, 그 또한 중국 당시의 모든 상징 시인들로부터 그 일파 시풍의 우수함을 보아내지 못하겠다고 하였다. 이 때문에 그는 스스로 시의 이러한 폐단을 애써 교정하기 위하여 형식에 대한 중시를 내용에 부가하지 않으려고 했다. 그의 이러한 태도는 시종 변하지 않았다". "다이왕수의 작품을 자세히 읽어보면 빈 감정이 적어, 과장되면서도 허위적이지 않고 화려하면서도 법도가 있어, 확실히 시의 바른 길을 걸었다"[12]. 이러한 평가가 나타낸 것은 다이왕수와 그의 시우(詩友)의 미학적 추구로, 주즈칭의 말대로 하면 다이왕수도 프랑스 상징파의 "몽롱한 분위기"를 추구하였지만, "사람들에게 알아볼 수 있게끔 하였으며", 색깔에도 주의를 기울였지만 일부 초기상징파 시인들처럼 "그렇게 진하"지는 않았다. "그는 미약하고 정묘한 행방을 포착하려고 하였다".13) 이러한 서구 상징파시의 '미약하고 정묘한 행방'에 대한 진정한 '포착'이 바로 일종의 민족적 심미 습성과 독자들이 받아들이는 한도에 기초한 것으로, 동방식의 민족적 상징파, 현대파시의 건설에 대한 추구이다.

다음과 같이 말할 수 있다. 다이왕수를 대표로 한 30년대 현대파 시인들은 그들 자신의 예술 표현의 범위 내에서 다음과 같은 부분을 애써 추구하였다. 즉 시의 형식과 내용의 평형, 자신의 표현과 숨김 사이의 적당함, 이역의 예술적 영양과 중국 전통시의 영양을 흡수하는 것의 통일, 이 세 방면은 초기상징파 시조와 비교해 볼 때, 강렬하고도 심각한 자각 의식을 드러냈다. 현대 문화에 대한 사고와 현대적인 심미 선택은 중국 모더니즘 시조의 남상기에 대한 인정과 모방의 단계를 매듭 짓고, 자각적인 창조의 시기로 들어서게 하였다.

한 유파의 탄생과 함께, 신시의 관념도 필연적으로 중요한 변화와 전환이 발생하였다. 이러한 신시 관념의 변화와 전환은 체계적인 시의 이론과 예술 원칙의 탄생은 없었지만, 일부 시인과 비평가들의 흩어진 각각의 사고 속에서 이 시인 단체의 시학 이론의 자각과 현대 의식의 강화를 표현하였다.

그들은 시가의 심미 의식에서 전통적인 낭만주의에서 분명히 벗어나 모더니즘 시조의 큰 흐름 속으로 들어갔다. 앞에서 서술한 스저춘의 현대파시의 생활 기초와 정서 표현이 체현한 '이전 세대 시인'들과의 차이에 대해서 후기의 청년 시인 쉬츠는 그들의 예술 선택의 심미 취향의 전이를 더욱 똑똑히 표현하였다. 그는 "현대의 구미 대륙에서 세인들의

---

12) 두헝, 〈왕수의 풀·서〉, ≪왕수의 풀≫, 상하이부훙서국, 1932년.
13) 주즈칭, 〈중국신문학대계·시집〉, 서언.

정서를 지배하는 시인은 이미 셰익스피어도 아니고 워즈워드나 셸리, 바이런 등의 시인도 아니다. 20세기 거인의 배 속으로부터 신시대 20세기의 시인이 탄생하였다. 새로운 시인이 부른 노래는 현시대 사람들의 정서에 맞다. 왜냐하면 현시대의 시는 현시대 세계의 혼란 속에서 부르는 노래로 기계와 빈곤으로 향하는 세인들의 정서이며, 구식의 서정, 구식의 안위는 모두 과거가 되어버렸다."14)고 하였다. 여기에서 쉬츠는 긍정적인 어투로 미국의 신흥 시인 린지(Lindsay)를 대표로 하는 현대파시 운동 중의 시 관념의 전이를 말하였는데, 사실 이는 또한 중국 30년대 현대파 시인들의 시 관념에 대한 변화와 전환을 대표할 수 있다. 이것은 일종의 현대적 시가 의식의 각성이며, 이러한 각성은 다음과 같은 데에 집중적으로 표현된다. 즉 그들은 프랑스 상징파 시인의 낭만파 시의 감정을 중시하는 자연적인 노출과 자아 공급식의 서정 방식을 반대하였고, 파르나스(Parnasse)파의 감정주의를 동원하지 않고 조각 같이 냉정한 묘사를 한데에도 반대하였으며, 일종의 이미지의 상징적 정서의 주관과 객관이 완전이 '상응'하는 시인의 경계를 추구하였다. 그리고, 시의 정서는 시의 핵심으로, 이 정서는 이미 최초의 상태가 아니라 시인의 마음이라는 "백금사(白金絲)"의 "완전한 소화와 이를 위해 재료를 충족시키는 여러 가지 점화의 격정"을 거친다고 생각하였다.15) 시는 다시는 감정과 격정 자체가 아니며, 마음의 처리를 경과하여 승화되고 응고되어 이룩된 내재적인 정서이다.

시 정서의 현대성을 중시하는 것은 현대파 시인들의 시 관념의 핵심이다. 신월파와 초기상징파에 비해 다이왕수는 이론에서 "시는 음악의 도움을 받을 수 없으며, 음악의 성분을 버려야 한다". "시는 회화의 장점을 본받아서는 안 된다"16)라고 주장하였는데, 이는 다시 말해서 현대

---

14) 쉬츠, 〈시인 바첼 린지〉, 1933년 12월 1일, ≪현대≫(제4권 제2기)에 실림.
15) T.S.엘리엇, 〈전통과 개인 재능〉.
16) 다이왕수, 〈논시영찰(論詩零札)〉. 처음 1932년 11월1일 ≪현대≫제2권 제1기에

파시는 음악과 회화의 영향에서 벗어나야 한다는 것으로, 이 사고는 단지 형식에 의지하는 것에 대한 탈피이며, 또한 이 보다 더 중요한 것은 그가 현대인이 가지고 있는 시의 정서의 시 창작에 대한 중요성을 반복적으로 강조한 것이다. 그는 시의 외재적 요인과 내재적 요인의 관계를 나누어 놓으며, "시의 운율은 글자의 높낮이와 곡절에 있는 것이 아니라, 시 정서의 높낮이와 곡절에 있다. 즉 시 정서의 정도에 있다"고 하였다. 다이왕수는 '시 정서의 정도'라는 개념을 제기하였는데, 여기에는 그가 대표하는 이 시인 단체의 시에 대한 함의를 이해하는 것에 대한 관념상의 비약이 포함되어 있다. 그들은 더 이상 그러한 감정 토로식의 서정을 중시하지 않았고, 시의 정감의 음과 색의 언어에 대한 의존에도 빠져들지 않았으며, 마음이 감정 승화 중에 작용하는 것을 중시하였으며, 또한 어떻게 하면 얻어진 정감을 시의 느낌과 정서로 바꿀 수 있겠는가를 중시하였다. 그리고, 이러한 정서는 현대적이고 새로운 것이어야 했다. "새로운 시는 당연이 새로운 정서와 이 정서를 표현하는 형식이 있어야 한다". 비록 "낡은 사물", "낡은 고전"이라도 "새로운 정서를 찾을 수 있는 것"이다. 이러한 정서는 마음의 승화를 거친 것으로 각종 직감에 머물지 않았기 때문에 일종의 감관을 초월한 것이 된다. 그러므로 다이왕수는 "시는 어느 하나의 감관의 향락이 아니라, 전감관(全感官) 혹은 초감관(超感官)의 것이다"고 하였다.[17]

현대파 시인이 말한 '시적 감정의 정도' 혹은 '시의 정서'의 함의에는 반드시 두 가지 측면의 특징이 포함되는데, 이는 또한 현대파시의 관념의 전이를 탄생시킨 두 가지 추세로, 하나는 시의 내적인 것을 개발하는 취향을 중시하는 것으로, 이것은 어떤 비평가들이 말한 것처럼 그들은 "각자의 내부로 돌아가 인생의 조화로운 선율을 듣는다". "독특하고 특수한 느낌에 근거하여 각자 현실의 생명을 해석한다". 혹은 "시의 본체"

실림, 제목은 〈왕수 시론(望舒詩論)〉, 후에 시집 ≪왕수의 풀≫에 수록됨.
17) 다이왕수, 〈논시영찰〉, 위와 같음.

가 바로 시인의 "영혼에 대한 충실, 혹은 시의 내재적인 진실"이라고 여겼다.[18] 다이왕수의 ≪나의 기억≫은 시인들 자신이 인정하는 '음악의 성분'을 배반한 나온 후 첫 번째 '걸작품'으로, 이 시는 소박한 언어와 격조로 가장 친밀하게 시인의 내재적인 감정을 표현하였고, 시인의 인생 혹은 사랑의 실의에 대한 따뜻함으로 넘치는 추억을 표현하였다.

> 나의 기억은 내게 충실하다
> 나의 가장 좋은 벗보다도 충실하다.
>
> 그것은 타고 있는 궐련 위에 있고
> 그것은 백합이 그려진 붓대 위에 있다.
> 그것은 낡고 오래된 분갑 위에 있고
> 그것은 무너진 토담의 이끼 위에 있으며
> 그것은 반쯤 마신 술병 위에 있다.
> 찢어버린 지난날의 시고(詩稿) 위에, 눌러 말린 꽃잎 위에
> 희미한 등불 위에, 잔잔한 수면 위에
> 모든 영혼이 있거나 없는 사물 위에
> 그것은 어디에나 존재해 있다, 내가 이 세상에 있듯이.
>
> ·················

기억은 일종의 추상적인 감정이지만 이 추상적인 감정은 시인 마음의 '백금선'의 '점화'를 거치며 이를 에워싸고 일어난 일체의 감정은 모두 일종의 '초감관'의 내적인 정서가 된다. 2절에서는 가장 일반적이고 보편적인 생활의 작은 일들이 변화된 이미지로 기억을 어느 곳에나 다 존재하게 했는데, 여기에서는 형상의 선택과 운용을 통하여 말로는 표현 할 수 없는 복잡한 정서, 과거에 대한 미련, 추억의 고통, 아름다운 시절의 잃어버림, 시인 정감의 회상, 다소 달콤하고 조용한 기분과 심정

---

18) 류시웨이, 〈≪어목집≫ ― 벤즈린 선생 작품〉, ≪저화집≫, 136, 139, 134쪽.

등을 모두 은밀하게 내포하고 있다. ……그들은 가까운 듯 먼 듯하고, 똑똑한 듯 몽롱하고, 멀리 간 것 같지만 또한 그 '영혼이 있거나 없는 물건에' 부활 된다. 낭만주의의 자아 확장식의 분방하고 노출된 서정은 이미 완전이 상징주의의 함축적인 자아 발굴로 전환되어, 시인의 정서와 영혼은 더는 노출의 방식으로 독자들에게 나타나지 않으며 영혼은 감정을 더욱 은밀하고 복잡한 정서로 승화시켰다. 시적 정서의 정도는 완전이 내향적인 승화물로 변하고, 아울러 이로부터 더욱 침울하고 더욱 풍부한 향기와 추억을 부여하는 데로 변하였다. 시인은 소박한 언어 속에서 밖으로 드러내는 경향보다 더욱 힘 있는 시의 '내적인 진실'을 표현하였다. 비평가들이 말한 것처럼 "이는 다만 '말은 가깝고 뜻이 먼' 것만은 아니며, 더욱 여운이 오래도록 남아있게 한다. 여기에서 언어의 기능은 처음 볼 때는 서술 같지만 다시 보면 암시이고, 암시이면서 또한 상징이다".[19]

현대파시의 신시 관념의 전이의 또 다른 추세는 시인의 정서를 중시하는 시대적 특징에 있다. 현대파 시인이 생활한 시대는 현대의 도시 생활의 발전이 가져다 준 의식의 변화와 그들이 받아들인 서구 예술의 영향으로 그들의 심미 선택에 분명한 전환을 발생케 했다. 전통적인 낭만주의가 가지고 있는 영웅적인 기조와 전원 목가식에 익숙한 제재는 이미 현대파 시인들의 주목을 끌지 못하였고, 현대 도시의 현대인들의 생활에 대한 감수와 관심이 그들 시 정서의 주요한 함의가 되었다. 비록 전통적인 생활 영역에서도 그들은 새로운 현대인의 안목으로 자세히 살피고 선택하여 전달하고 재현함으로써 일종의 새로운 초월 의식을 표현하였다. 그리하여 그들은 "문학의 사실주의에 대하여" "현대적인 새로운 각성이 있어야 한다"고 하였다.[20] 이 '새로운 각성'은 바로 일종의 새로운 초월로, 그들은 번잡한 현대 생활에 직면하여 이를 위해서 또한

---

19) 위의 작품, 144쪽.
20) 안화(安華), 〈그랜 그림(菇蓮·格林)〉, 1932년 9월 1일, ≪현대≫, 제1권 제5기.

예술 선택의 현대적인 시각을 표현하였다. 스저춘은 현대파 시인의 '현대 정서'가 탄생한 '현대 생활'의 근원에 대해 해석 할 때 다음과 같이 말하였다. "소위 현대 생활이란 여기에는 각양각색의 독특한 형태가 포함되는데, 큰 배들이 정박하고 있는 항구, 소음으로 떠들썩한 공장, 땅 속 깊은 곳에 있는 갱도, Jazz 음악을 연주하는 무도장, 하늘을 찌를 듯한 백화점, 비행기의 공중 전쟁, 드넓은 경마장……, 심지어 자연 경물도 전 세대와 달라졌다. 이런 생활이 우리 시인들에게 준 감정이 어떻게 이전 세대 시인들이 생활 속에서 얻은 감정과 같단 말인가?".[21]

진커무는 당시에 이러한 '새로운 감각을 위주로 하는 시'가 탄생된 필연성에 대해 논술할 때 다음과 같이 논술하였다. "새로운 기계 문명, 새로운 도시, 새로운 향락, 새로운 고통이 모두 우리 앞에 펼쳐져 있는데, 이러한 새로운 것들의 공통된 특징은 우리들의 감각을 강렬하게 자극한다는 것이다. 그리하여 감정은 흥분과 마비라는 두 극단으로 나아가는데, 마음에는 일종의 변태적인 작용이 탄생한다. 이러한 상황에서 일반적인 사람들은 그 속에 빠져들 수밖에 없지만, 시인은 음미하며 그것을 표현할 수 있다. 아울러 또 다른 같은 경력이 있는 사람들에게는 이로부터 동일한 느낌을 불러 일으켜 이완된 쾌락을 느낄 수 있게 한다". 형식적으로 볼 때, 그것들은 "낡은 단어를 버리고 전혀 본 적이 없었던 신기한 단어로 대신하여 다급한 리듬으로 도시의 혼잡하고 불안함을 표시하며, 또 가늘고 종잡을 수 없는 연관성(외형상으로는 기이한 용법의 형용사와 동사와 구절 양식)으로 도시 속의 신경 쇠약자들의 예민한 감각을 표현하였는데, 일반 사람들은 말하지 않거나 느끼지 못하는 일도 아무렇지 않게 폭로하여, 도시 속에서 자극을 추구하는 병적인 상태를 더욱 잘 표현할 수 있었다".[22] 30년대 현대파시를 놓고 볼 때,

---

21) 스저춘, 〈다시 본 간행물 속의 시에 관하여〉, 1933년 11월 1일, ≪현대≫, 제4권 제1기.
22) 커커(진커무), 〈중국 신시의 새로운 방법을 논함〉, 1937년 1월 10일, ≪신시≫, 제4기.

그렇게 직접적으로 대도시의 번잡한 생활과 병태적인 심리를 묘사하는 작품은 아직 많지 않았다. 시의 제재로부터 보더라도 그 시기에는 아직 도시 시인 단체가 형성되지 않았다. 그러나 진커무가 말한 도시 생활과 문화는 현대파 시인의 의식에 매우 깊은 영향을 끼쳤다. 현대 도시 속 생활의 복잡함은 시인들의 민감한 감각을 격화시켰으며, 이로서 또한 현대 지식인들의 특유한 인생에 대한 걱정과 고통, 비틀어진 현실에 대한 심각한 비판의식을 유발시키고 이끌었는데, 이러한 것들은 일부 현대파시 함의의 주요한 내원이 되었다.

얼마나 많은 현대파 시인들이 이러한 '민감한 감각'으로 생활을 느끼고 세계를 비추어보며 자신을 발굴하였을까? 그들의 창작은 이러한 현대성의 정서를 체현하였다. 다이왕수 작품에 나타난 그 하늘에 대한 향수병자, 황폐한 원림 끝에서 조망하고 있는 '낯선 사람', 목적의 실현을 위해 애써 추구하는 '낙원의 새' 등등의 이미지, 그리고, 벤즈린 작품에 나타난 북국의 황량한 경계, 깊이 잠들고 마비된 사람들을 대면한 '사색자', '혼자 깨어 있는 사람, 또, 허치팡의 꿈이 환멸 된 후의 '동년의 왕국'과 황량하고 적막한 베이징 '고성'과 같이 적막한 '야경', 일종의 '저주'에 의해 죽은 자태로 응고된 만리장성과 태산의 이미지, 페이밍 펜 아래의 그 황당하고 혼란으로 충만 된 '베이징의 거리', 쉬츠의 눈에 비친 상하이 대도시 하늘을 찌를 듯한 높은 건물 위로 바쁘게 돌아가는 시침과 도시의 병태적인 신음, ……이러한 시적 감정의 함의는 고전주의시 감정의 규범을 초월하여 현대인의 독특한 감각과 사고를 주입하였다. 일부 시인들은 창작 내용에서 도시 현대 생활의 제재 자체를 직접적으로 묘사하지 않거나 혹은 도시 생활의 정경에 '담화(淡化)' 처리를 사용하였으며, 시 속의 정서 역시 고전낭만식의 감상을 초월하여 선명한 현대의식을 띠고 있다. 여기에서 우리는 린겅의 시 〈상하이의 비 내리는 밤(滬之雨夜)〉을 보기로 하겠다.

상하이로 와 비 내리는 밤에
거리의 차 지나가는 소리를 들으니
처마의 비는 마치 높은 산의 유수처럼 흐르네.
항주의 종이 우산을 들고 나가자

빗물은 아스팔트 길을 적시고
골목의 위층에서 누군가 얼후를 켜고 있네.
무심한 듯한 우울한 곡
맹강녀가 남편을 찾아 장성에 가네.

　이 시에서 진정으로 도시의 풍경에 속하는 것은 다만 거리에 차가
지나가는 소리와 빗물이 적셔놓은 아스팔트 길 뿐이다. 그 외에는 대도
시만이 갖고 있는 특별한 이미지가 없다. 그러나 시 속 시인의 마음에
는 현대적 감각이 물들어 있다. 시인은 비 내리는 밤 상하이로 와서 현
대적 대도시의 번화함을 찬미하지 않았으며, 반대로 현대의 각성한 한
지식인이 가지고 있는 고독감과 적막감을 깊이 느낀다. 이는 그들의 정
신이 현대 사회와 조화를 이룰 수 없다는 보편적인 특징이다. 상하이의
비 내리는 밤에는 환락이 없고 새로운 느낌도 없으며 더욱이 그 관능이
즐기는 네온등 속으로는 빠져들 수 없다. 시인들은 거리의 차 지나는
소리를 들으며, 더욱 내심의 적막감을 더하였다. 이 때 다만 처마 위의
비 소리를 마음의 지음('곧 높은 산의 흐르는 물과 같다')으로 들으며
자신을 위로한다. 그러나 이렇게 해도 마음속의 적막을 달래 수가 없다.
항주의 종이 우산을 들고 나가면 혹시 마음 속의 쓸쓸함과 적막의 고통
을 털어버릴 수 있을지도 모른다. 그러나 이러한 노력과 희망도 헛된
것이었다.
　혼자서 비에 젖은 아스팔트길을 걸으며 층집으로 빽빽히 들어찬 골
목길에서 '무심한 듯한 우울함'을 전해오는 곡을 들었는데, 이 곡은 '맹
강녀가 남편을 찾아 장성에 가네'이다. 시인은 그가 거리에 나가 적막함
을 털어버리려 하지만, 반대로 더욱 오래되고 더욱 비애에 찬 적막하고

'우울'한 소리를 들었음을 암시하였다. 현대 도시의 생활에서 사람과 사람 사이 관계의 냉담함, 도시 발전이 조성한 물질의 발달로 정신적 결핍이 일으킨 일부 정신세계에만 골몰하는 민감한 지식인들의 내면의 고독과 적막함, 시인은 이러한 정서적 체험에 대하여 이 짧은 시의 형상 속에 모두 집중시켰다. 이런 현대인의 적막은 늘 현대 생활에 대한 부정, 이화된 사람에 대한 감정과 연계되어 있다. 다이왕수는 시 속에서 이렇게 자신을 묘사하고 있다, '나, 나는 참으로 고향을 그리는 병든 사람,/ 하늘에 대한 그 푸른 하늘에 대한 것이지,/ 거기에서 나는 조용히 잠들수 있네/ 조금의 바람도 없고 불면의 밤도 없으며,/ 마음 속 일체 번뇌도 없네,/ 이 마음, 이는 이미 나에게 속한 것이 아니니'(〈하늘에 대한 고향을 그리는 병(對于天的怀鄕病)〉). 이러한 '고향을 그리는 병'은 일체의 '우울한 낯빛'과 '비애의 마음'을 가진 지식인들이 공유한 '생애'이다. 그들은 잃어버린 "그 날", "그렇게 푸른 하늘"을 그린다. 그리하여 스스로 탄식한다. "먼 국토를 그리는 사람,/ 나, 나는 적막한 생물이다". "나는 청춘과 노쇠의 집합체이다./ 나는 건강한 신체와 병든의 마음이 있다"(다이왕수, 〈나의 스케치(我的素描)〉). 나는 이것이 간단하게 한 시인의 퇴폐로 인하여 일어난 감상적인 탄식이나 무병의 신음소리라고는 생각지 않는다. 이 묘사 속에는 현대 시인들의 당시 환경 속에서 이화된 곤혹스럽고 모순된 마음이 정확하고 굴절되게 개괄되어 있다. 현실의 적막감은 아름다운 물건을 잃어버린 데 대한 추억에서 온 것이고, 현대생활 방식의 충격 하에서 자신의 정신적인 위기에 대한 자아 비평에서 온 것이며, 일종의 더욱 드넓은 우주 의식과 인류 의식의 초초함과 비판에서 온 것이다. 페이밍의 시 〈거리(街頭)〉는 당시 시인들의 이러한 마음을 매우 잘 대표할 수 있다.

거리 끝까지 걸어가도 여전히 차는 지나고
여전히 우체통은 적막하게 서 있다.
우체통 PO

여전히 차의 번호 X를 기억하지 못하고
여전히 아라비아 숫자는 적막하다.
차는 적막하다.
거리는 적막하다
인류는 적막하다.

　　이는 도시 거리의 풍경이 시인의 마음 속에 일으킨 감각과 정서이
다. 생활의 리듬이 더욱 빠르게 변하여 날듯이 지나가는 차, 천리밖에
있는 사람의 감정을 짧은 시간 내에 전하는 우체통, 차에는 생활 속의
모든 것보다 더 간단한 번호가 있다. 그러나 이것이 시인에게 가져다
준 것은 여전히 일종의 낯설음과 적막한 정서이다. 이 적막은 한 사람
의 것이 아니라 현대화된 물질의 발달과 사람의 정신이 냉대를 받는
인류의 의식이다. 현대파 시인들은 이러한 정서를 일종의 보편적인 생
명의 체험으로 승화시켜 현실의 비판의식 외에 늘 그들에게 형이상학
적인 깊은 의미를 부여하였다. 현대시인의 정서의 현대성, 이것은 일
종의 표현이다.

　　30년대 현대파 시가 탄생 한 이후로 함께 온 것은 시 관념의 변화로,
또한 시의 심미 가치 표준에 대한 갱신이라는 중요한 측면을 표현하였
다. 비교적 두드러진 점은 어떻게 명백함과 회삽함, 알기 쉬운 것과 알
기 어려운 것의 문제를 대하는가 하는 것이다. 상징파 시가 서구에서
탄생한 후 자연히 이 심미가치 표준의 불일치를 가져왔다. '오사' 초기
맹아 상태에 처한 상징시의 시험은 아직 매우 유치하고 얕은 정도였고,
또 일부 비평은 '알아보기 힘들다'고 탄식했지만23), 다른 심미 가치 표
준의 분쟁이 탄생할 가능성은 없었다. 초기상징파시가 탄생된 후 무무

---

23) 예를 들면, 일부 독자들의 루쉰, ≪들풀≫에 대한 관점이다. 그리고, 자오징선의
　　류반눙이 쓴 몽롱에 가까운 시에 대한 평가로, 그는 류반눙의 〈혈(血)〉, 〈사실(其
　　實)〉, 〈책상머리(案頭)〉 등의 시가 "알아보기 힘들다"고 하였다. 자오징선의 ≪반
　　눙시가집평(半農詩歌集評)≫, 서목문헌출판사, 1984년, 24쪽.

텐 등은 이론상에서 암시와 몽롱의 문제를 제기하고 시의 철학적인 명백함을 반대하였지만, 실천 속에서 회삽함과 알아보기 힘들다는 비평이 탄생한 후, 시인 자신은 늘 자아 변명의 자태에 처해 있고, 자신의 미학 원칙이 존재하는 근거를 제기할 수가 없었을 것이다. 일부 이러한 '독창적인 형식을 창조'한 상징시를 찬동하는 비평가들도 '알아보기 힘들다'는 널리 퍼져있는 탄식에서 벗어나지 못하였고, 시의 관념으로 이 조류가 존재하는 필연성을 증명하지 못하였다.

30년대에 와서 현대파시의 탄생과 흥기 후에 나타난 중요한 변화는 새로운 시 관념과 심미 가치의 각성이다. 그들은 여러 방면에서 온 이론의 책망과 곤혹에 대하여, 생존 권리의 변호만을 한 것이 아니라 시 관념의 변화 속에서 자신의 미학 원칙에 대한 이론적 건설을 완성하였다. 그리하여 현대파시의 '드러냄'과 '감춤'의 논쟁적 분쟁은 독자들이 받아들이는 범위 내에서 서술하는 것에 그치지 않고, 그 중에 새로운 시의 관념, 새로운 심미원칙의 탄생을 의식하였다.

새로운 시의 관념에 기초하여 일부 시인들은 수용자의 현대파시 예술의 감상 면에서 차이가 존재하는 것에 대한 객관성을 강조하여, 시를 이해하는 데 있어서 '이해하는 것'과 '이해하지 못한 것'의 상대성을 논술하였다. 당시 '자연시는 알기 쉽고 자유시는 알기 힘들다'는 여론이 있었는데, 이에 대하여 린경은 이론적으로 이렇게 해석하였다. 그는 "자유시(즉 비교적 몽롱한 현대시 — 필자의 말)는 그다지 자연스럽지는 않지만 결코 그것이 배배꼬인 상태라고는 말할 수 없으며, 단지 생활 속에서 자연스럽게 그것을 넣을 수는 없다". 그러나 "자연시는 문법에 맞는 문자를 이용하여", "일상생활과 한데 어울릴 수 있다"고 하였다. 그리하여 한 사람의 심미습관에 근거하여 위에서 말한 '자유시는 알아보기 힘들다'는 결론을 얻게 된 것이다. 린경은 독자에게 있어서 이러한 '이해하는 것'과 '이해하지 못하는 것'은 상대적이라고 생각하였다.

나는 무릇 시라는 것이 이해하기 쉽다고 말하면 모두 이해하기 쉽다고 생각한다. 예를 들어 '동쪽 울타리 아래에서 국화꽃을 꺾으며, 홀연 남산을 바라보네'는 이해하기 힘들다고 말하면 곧 이해하기 힘들다. 왜냐하면 당신이 이 두 구절을 나한테 해석하여 보여주려고 하는데, 당신이 해석해 낼 수 없다면 어찌하여 당신은 이해했다고 할 수 있겠는가? 사령운(謝靈云)의 좋은 시 '못에서 봄풀이 자라네'는 많은 사람들이 좋다고 하지만, 또한 왜 좋은지를 말하지 못하고, 사령운 자신도 꿈 속에서 얻은 것이라고 말하며, 작가 자신도 설명을 할 수가 없다. 그러나 그가 이해하고 있는지 이해하지 못하든지, 만약 이해하지 못한다고 하면서 자신이 쓴 것이라고 하고, 만약 이해한다고 말하면서 설명할 수 없다면 이는 무슨 도리인가?

시라면 반드시 시의 특징이 있어야 하는데, 자유시가 생활 습관이나 언어 습관과의 거리가 있다고 하여, '우뚝하니 홀로 거기에 서 있으면서', '이해하기 힘들다'고 판단해서는 안 된다. 사실 '이해하고 있는 것은 원래 시가 아니다'. 린겅은 한 예를 들어 말하기를, "눈물은 마른 적 없고, 집은 오의 머리, 초의 꼬리에 있네"라고 했는데, 이 두 구의 시는 보기에는 이해하기 쉽다. 자신의 눈물이 그치지 않는데 밖에서 유랑하며 고향과 멀리 떨어져 있기 때문이다. "집은 오의 머리, 초의 꼬리에 있다"(혹은 '오'와 '초'의 경계선에 있다고 해석된다), 특히 '오의 머리'와 '초의 꼬리'를 몰라 '족(足)'자를 넣었는데, 이는 '유랑하는 나그네에겐 원래 집이 없다'는 뜻으로, 독자들은 이 수수께끼를 모두 알지 못할 것이다. 그러나 모두 의심할 바 없는 것은 이 구절의 시가 이해하기 쉽다고 느껴질 거라는 것이다.[24] 현대파시에 대해 이해하는 것과 이해하지 못하는 것은 다만 상대적인 거라고 말할 수 있다. 이 때문에 시의 좋고 나쁨을 판단할 수는 없다. 린겅은 문제를 설명하기 위해서 자신이 쓴 〈춘야(春野)〉를 '첫 번째 자연시'라고 칭하였다.

---

24) 린겅, 〈무엇이 자연시인가?〉, 1937년 4월 10일, 《신시》, 제2권 제1기.

봄날의 푸른 물은 산 아래로 흐르고
강의 양 언덕에는 파란 풀이 돋았다.
더는 기억하는 사람도 없고 아는 사람도 없다
겨울의 바람은 어디로 갔는지

마치 저물녘의 한 줄기 종소리처럼
온화하여 삼월의 바람 같고,
이름 없는 나비를 따라
봄날의 들판으로 날아든다.

이 시를 읽으면 글자의 의미는 매우 분명하고 이해하기 쉬운 시라고 할 수 있다. 그러나 만약 더 나아가 시 속의 "봄날의 푸른 물", "겨울의 바람", "저물녘의 종소리", "봄날의 들판" 등의 이미지가 도대체 무슨 뜻인지, 전체 시가 또한 작가의 어떠한 정서를 표현하고 있는지, 마지막 절이 자연 경물을 사실적으로 묘사한 것인지, 아니면 작가의 심정이 표면화된 물상인지를 묻는다면, 이는 한 번에 설명하기 어려울 것이다.

'이해하는 것'과 '이해하지 못하는 것'의 상대성은 수용의 심미 수준과 심리적 차이에 근원하며, 동시에 시 관념의 중요한 변화가 가져다 준 심미적 가치 표준의 전이를 반영한다. 현대파시가 출현한 후 사람들의 현대 지성적 사고는 감정의 주도적인 작용을 대체하였고, 지성과 감성이 합해진 경향은 현대의 지혜시와 새로운 감각을 위주로 한 시를 탄생시켰다. 진커무는 이러한 신시 변화의 현상을 논할 때 이러한 시가 또한 반드시 독자들에게 다음과 같이 알아보기 힘든 문제를 가져다준다고 하였다. 한 편에서 이해하기 힘든 것은 시의 "정서가 미묘하고 사상이 심각한 데"서 오는데, "논리에 대한 추리와 과학적인 증명"을 표준으로 삼아 말한다면 이러한 시는 자연히 "모두가 이해하기 힘들다". 왜냐하면 "산문의 과장된 설명을 사용하지 않고 예술적 시의 표현을 사용하였으니, 근본적으로 산문의 교사식(敎師式)의 설명을 거절하기 때문이다". 다른 한 편으로는 이러한 시는 본래 "시를 읽는 사람이 시를 짓는 사람과 동일한 시의 느낌" 혹은 일종의 시를 읽는 예술의 축적이 탄생시킨 '깨우침'이라는 것이 필요하다. 진커무는 다음과 같이 말하였다. "이해한다는 것의 다른 의미는 참선하는 사람과 같이 깨달음이 있다는 뜻이다. 여기에서 빨리 오면 저기에서 빨리 가고, 여래불이 꽃을 꺾고, 석가모니가 미소를 머금는다. 어떤 사람들은 갑자기 막대기로 일격을 맞았을 때 느낀다. 그리고 다른 사름들은 아마도 아직도 막연함 속에 있을 것이다. 이러한 말대로 한다면 신시는 꼭 알 수 있지만, 단지 사람마다 모두 알 수 있는 것은 아니라는 것이다. 왜냐하면 알 수 있는 독자는 시를 지은 사람과 같은 정도의 지혜가 있어야 하기 때문이다"[25]. 주광첸(朱光潛)은 더욱 직접적으로 "'명백하고 분명한 것'은 시 본래의 문제일 뿐만 아니라 동시에 독자들의 이해 정도의 문제이다. 무릇 좋은 시라면 이해할 수 있는 사람에게는 대부분이 명백하고 분명할 것이다. …… '이해하고 있다'는 정도는 사람마다 다르다. 좋은 시라도 때론 모든 사람들이 다 이해한다고는 할 수 없으니, 이해하지 못하는 사람들에게는 더욱 명백하고 분명하지 않은 것이다. 그러므로 독자들의 이해 정도를 떠나서 말한다면 '명백하고 분명하다'는 것은 절대적인 표준이 아니다". "시를 창조하고 시를 감상하는 것은 모두 복잡하지만 정순한 심리활동인데 시를 논하는 사람이 만약 심리적인 차이를 떠나 시 자체에서 보편적인 가치 표준을 찾는다면 신발을 신고 발바닥을 긁는 격이 된다".[26]

현대파시의 독특한 심미 가치 표준과 어긋나는 이론 사고가 나온다. 1937년, 후스는 자신이 책임 편집한 ≪독립평론(獨立評論)≫ 잡지에 〈쉬루(絮如)〉라는 바오딩(保定)의 '한 중학교 교사'가 보내온 편지를 발표하였고 또한 이에 찬동하는 '편집 후기'를 덧붙였다. 그들은 당시 유행하는 상징파시와 현대파시, 허치팡의 산문시 ≪화몽록(畫夢錄)≫을

---

25) 커커(진커우), 〈중국 신시의 새로운 길을 논함〉.
26) 주광첸, 〈심리상의 개별적 차이와 시의 감상〉, 1936년 11월 1일, ≪대공보≫.

'엉망인 시', '엉망인 문장'이라고 비판하였다. "아주 불행하게도 지금 일
부 작가들은 잘못 된 길로 들어서 고의로 극소수의 사람만이 알고 있거
나 혹은 아는 사람이 거의 없는 시와 소품문장을 지어내고 있다". "왜냐
히면 간행물에 이러한 엉망인 문장이 유행한 후 일반적인 학생들, 더욱
이 중학생들이 읽어보고 모방하여 원래 똑똑하던 학생들이 아무도 알아
볼 수 없는 엉망인 문장을 지어내는데 선생님이 고쳐주면 그들은 이것
이 '상징파'로 모 대작가의 체재라고 한다."고 하였다. 편지에는 볜즈린
의 시 〈첫 번째 등불(第一盞灯)〉과 허치팡의 산문 〈부채위의 운무(扇
上的烟云)〉 중 한 단락을 예로 들며 이러한 '엉망인 시'와 '엉망인 문장'
의 '협소한 엉망의 길'을 걷는다면 '어찌 문체의 앞길에 크나큰 위기가
아니겠는가?' 후스는 〈편집 후기〉에서 "현재 이러한 사람들이 알지 못
하는 시문을 짓는 것은 모두 표현하는 능력이 너무 모자라기 때문이며,
그들은 사람이 알아보게 하는 능력이 없다. 우리는 그들을 동정해야지
책망해서는 안 된다"라고 하였다.[27] 저우쭤런, 선충원 두 사람은 편지
로 후스 등 관점과 토론을 벌이면서 현대파 시문의 탄생과 발전에 이론
상의 변호를 하였다. 저우쭤런은 문장에서 이 유형의 시문이 갖는 가치
표준의 독특성의 문제에 대해 언급하며 변호하였다. 즉 상징파, 현대파
시문의 작가들은 그들의 예술 풍격의 추구가 있으니, 일부 작품의 알기
어려운 점을 일괄적으로 논해서는 안 된다. 일부 작품들은 확실히 "표
현력이 너무 떨어진다". "그러나 어떤 것은 풍격이 이러한바 그들도 아
주 순통한 문장을 지어낼 수 있지만, 창작할 때 이렇게 하지 않으면 그
들의 의미와 정조를 충분히 표현할 수 없다고 여겼기 때문이다."[28]고
하였다. 그는 엘리스(Havelock Ellis)의 ≪수감록≫ 중 회삽함과 명백함

---

27) 쉬루의 〈이해할 수 없는 신문예(통신)〉과 후스의 〈편집후기〉, 1937년 6월 13일,
≪독립평론≫, 제238호. 1992년 4월, ≪시간≫에서 주최한 토론회에서 볜즈린
선생은 여기 "바오딩의 한 중학교 선생"인 "쉬루"는 "량스치우이다"라고 하였다.
28) 즈탕, 〈알 수 없는 것에 관한 통신 1〉, 1937년 7월 4일, ≪독립평론≫, 제241호.

을 논하는 문제 속에서 "회삽함에도 다름이 있는데, 어떤 회삽함은 심오하고 우연한 결과이고, 또 어떤 회삽함은 혼란한 자연스러움의 결과이다."라는 말을 인용하였다. 스윈번(Swinburne)은 채프만(Chapman)의 회삽함과 브라우닝(Browning)의 회삽함을 서로 비교하였는데, 그는 이 두 가지의 구별이 췌프만의 회삽함은 연기 같은 것이고, 브라우닝의 회삽함은 전기 빛과 같은 것이라고 하였다. 우리는 연기가 늘 전기 빛보다 아름답지만, 전기 빛이 우리가 보기에 연기보다 더 밝은 것이라고는 할 수 없다는 것이다. 저우쭤런은 차원을 나누어 처리해야 함을 인정하였다. "알아볼 수 없는 신문예가 걸작이라고 공인되었다 할지라도 중학생이 모방하는 것은 아니며, 바꿔 말해서 중학생이 알아볼 수 없는 문장을 쓰기에 맞지 않지만, 비평가들은 이로써 신문예가 가치 없는 것이라고 여겨서는 안 된다'. 즉 상징파, 현대파시가 자신의 독특한 '창작 풍격'과 '정조'를 표현하는 추구가 있기 때문에, 이 유파의 작품을 평가할 때 새로운 관념과 새로운 표준이 있어야 한다는 것이다. 이 점에 대하여 선충원 선생은 아래의 네 가지 문제로 후스와 토론을 하였다. "첫째, 무엇 때문에 한 문장을 어떤 사람들은 알 수 있고 어떤 사람들은 모르는가? 둘째, 무엇 때문에 어떤 시인들의 문장은 알아 볼 수 없는가? 셋째, 무엇 때문에 전문적으로 다른 사람들이 알아보지 못하는 문장을 짓는 사람이 있는가? 넷째, 이러한 작가들과 작품의 존재가 신문화 운동에 어떠한 의의가 있는가?" 선충원은 역사 발전의 안목으로 이러한 문제에 대해 충분한 설명을 하였다. 그는 특히 문학 관념과 심미 표준의 변화를 논술하면서, '명백하고 알기 쉬운' 척도를 견지하고 '알아보지 못하는 시문'을 반대하는 사람들은 두 가지를 소홀한 것 같다고 하였다. "한 가지는 문학 혁명이 사회의 여느 혁명과 마찬가지로 당시의 이상이 얼마나 건전하든지 비교적 긴 시간 속에서 외래의 영향과 사실의 영향을 받아 '변할' 수 있다. …… 변하기 때문에 '명백하고 알기 쉬운' 이론은 한 때가 되면 작가들을 제한할 수 없게 된다는 것이다. 다른 한 가지는 애초 문학 혁명 작가들의 습작에는 하나의 공통된 의식이 있는데 자신이 '보아온 것'을 쓰는 것이다. 20년 후 일부 작가들은 자유로운 창작 조건에서 자기가 '느낀 것'을 쓴다는 것이다. 만일 한 사람이 원래 가지고 있던 관념을 고수한다면 자연히 새로운 것은 알아보기가 점차 힘들다고 느껴 작품이 얼마나 '회삽'하며, 심지어 '통하지 않는다'고 생각할 것이다. 이 변화를 받아들여 매 사람마다 문자로 자신의 감각을 묘사할 권리가 있다고 생각하고 습작하는 사람은 점차 '명백하고 알기 쉬운' 것을 '평범'하다고 비웃을 것이다". "사실 현재 풍격이 있는 작품을 써낼 수 있다는 것을 '표현능력이 결핍되었다'고 말하기 보다는 '자신의 표현 방식이 있다'고 말하는 것이 더욱 합당할 것이다. 그들은 문자에 대한 '소홀'이 아니라, 실은 문자에 대한 '과분한 주의'이다. 무릇 그 자신의 독특한 문장 쓰기를 과도하게 원한다면 써낸 문장도 자연히 짧은 시간 내에 다수의 사람들이 모두 알게 하는 것이 쉽지 않다". 만일 중국 신문학이 20년의 발전 중에서 발생한 이러한 관념과 문체가 추구하는 '변화'를 보아내지 못하고 원래 있던 모든 가치 척도만 지킨다면, 현대파 작풍의 문학 작품에 대해서도 자연히 '거리감'이 있게 되는 것이다.[29]

여기에서 논술할 필요도 없이 이미 명백하게 말했듯이, 소위 '명백하고' 알기 '쉽다'는 비판 뒤에는 예술적으로 원래 있던 관념을 보유하고 있다'는 것으로, 마음 속에도 이해의 거리가 존재한다. 현대파시의 탄생은 시인 단체의 탄생일뿐만 아니라, 새로운 예술 관념과 새로운 미학 원칙의 굴기이다. 이는 필연적으로 낡은 관념의 고수자들과 그 심미 습관에 새로운 충격을 형성하고, 그들로 하여금 망망함과 막연함을 느끼게 하여, 반박의 심리가 생겨 '회삽함'과 '모른다'로 새로운 모더니즘 시조를 속박하려고 시도하는 것이다. 30년대 후기에 진행한 시의 '회삽함'과 '드러냄', '아는 것' 혹은 '모르는 것'에 관한 논쟁 뒤에는 심각한 미학

---

29) 선충원, 〈알 수 없는 것에 관한 통신 1〉, ≪독립평론≫, 제241호.

관념과 가치 표준의 변혁이 숨어있었는데, 이것은 이해하기 쉬운 사실이다. 심미 관념의 변화와 심미 심리의 차이를 떠나 보편적인 평가표준을 찾는 것은 이미 불가능한 것이라고 확정되었다.

총체적으로 30년대 현대파 시조에 대한 의심은 '오사' 문학 혁명 초기 후스를 대표로 한 '시를 짓는 것은 문장을 짓는 것과 같아야 한다'는 시가의 관념 때문이다. 후스는 일부 시와 산문을 '엉망인 시'와 '엉망인 문장'이라고 비평하면서 '명백하고 알기 쉬운 것'은 여전히 "문학표현의 가장 기본적인 조건이다. 작가는 꼭 이 '평범'한 기본 조건에 만족하여야만 '평범하지 않은' 노력을 할 수 있다"고 생각하였다.[30] 이러한 관념은 일찍 일어났던 낭만파와 초기상징파 시인들의 불만에 여전히 남아있었다. '엉망인 시'와 '엉망인 문장'을 반대할 것을 주장하던 량스치우도 초기 백화시의 과도하게 직접적인 묘사에 대해 비판하였는데, 이러한 비평은 후스가 신시의 '가장 큰 죄인이다'라고 책망한 무무톈의 견해보다 더욱 객관적이다. 량스치우는 "'시험집'은 새로운 시의 관념을 표시하였다. 후선생의 신시에 대한 공헌은 백화문을 도구로 제공 뿐 만 아니라 매우 담대하게 새로운 시를 짓는 방향의 문제를 제기한 것이다. 신시와 중국 전통의 낡은 시와 다른 점은 문자 방면에 있을 뿐 만 아니라, 시의 예술이 모두 변한 데 있다."고 긍정하였다. 이것이 한 방면이고, 다른 한 면으로 량스치우는 다음과 같이 말하였다. "신시 운동 처음 몇 년간 중시한 것은 '백화'이지 '시'가 아니었으며 사람들은 어떻게 낡은 시의 울타리 속에서 벗어나는가 하는 것이지, 어떻게 새로운 시의 기초를 건설하는가 하는 것은 아니었다'. 즉, "시의 예술과 원리에 주의하지 않아" 시와 산문의 경계의 모호함을 조성하여, 시의 표준을 잃고 결국 "아무런 속박이 없고" "산만하고 법칙이 없다"[31].

30년대 현대파 시인은 시와 산문의 경계가 선명하지 않은 신시의 관

---

30) 후스즈(胡適之), 〈편집후기〉, 1937년 7월 4일, ≪독립평론≫, 제241호.
31) 량스치우, 〈신시의 격조 및 기타〉, 1931년 1월 20일, ≪시간≫, 제1기.

넘에 대해 자연히 만족하지 않았다. 그들은 자신의 창작 동기로 신시 관념의 함의를 설명하였다. 스저춘은 이미지파시의 소개자이자 실천자 이었다. 그는 "많은 시인들은 늘 신시의 회삽함과 알아보기 힘든 것을 원망하여 신시에 의심을 표시한다. 이러한 사실슨 신시를 짓는 사람들 에게 있어서 물론 형상화 한 점도 있지만, 어렵지 않다는 면에 있어서는 다수의 사람들이 시를 산문으로 감상하기 때문이다". "그러나 시와 산 문은 결코 동일한 표준으로 대해서는 안 된다."라고 생각하였다. 그는 논술 중에 자신의 시 〈은어(銀魚)〉를 예로 인용하였다.

> 야채 시장에 가로 진열되어 있는 은어,
> 터키풍의 여자 목욕탕
>
> 은어는, 하얀 침대 수건처럼 쌓여 있고
> 사람을 미혹시키는 작은 눈빛을 사방팔방에서 보내온다.
>
> 은어는 첫사랑의 소녀,
> 마음마저 노출되려 한다.[32]

시에는 은어의 이미지와 이 이미지의 특징으로, 야기된 시인의 느낌 과 연상을 썼다. 비유에 쓰이는 접속사를 버리고 이미지만으로 표현하 였는데, 이는 사람들에게 광대한 상상의 공간을 준다. 작가는 말하였다. "나는 이 시에서 단지 은어에 대한 세 가지 이미지를 표현하고, 은어가 위생에 이로운가 하는 것에 대해서는 평론하지 않으려 한다. 또 은어와 인생의 관계를 설명하려 하지 않을 뿐만 아니라, 은어의 교육에서의 지 위는 더욱 서술하지 않으려 한다. 다만 어느 하루 아침에 시장에서 생 선을 파는 사람들의 대나무 광주리에서 담은 많은 은어를 보고 이 세 절의 시를 지었다"라고 말하였다. 어떻게 해야 이 시를 이해했다고 할

---

32) 스저춘, 〈이미지 서정시〉, 1932년 6월 1일, ≪현대≫, 제1권 제2기.

수 있을까? 작가는 또 "은어를 본 적이 있는 사람이 나의 시를 읽고 같은 이미지를 느꼈다면 그 사람은 이 시를 이해하였다. 즉, 나의 시는 그 기능을 완성한 것이다. 만일 이 시를 읽고 은어에 대해 나와 같은 느낌이 없다면, 그는 나의 시를 안다고 할 수 없다. 즉, 그의 마음 속에 이 시는 매우 회삽한 것이다."[33]라고 말하였다. 신시 관념의 변화가 30년대 현대파 시인들에게 와서 어떠한 거대한 비약이 있었는지를 진일보 설명하고 있다. 여기에서 말하는 것은 산문을 감상하는 안목으로 시의 예술 체재의 한계의 문제를 보아서는 안 될 뿐만 아니라, 더욱이 중요한 것은 현대파 시인의 감각 방식과 전달 방식의 독특성이 일으킨 그들의 새로운 관념에 어떠한 거대한 변화가 일어났는가에 주의를 돌려야 한다는 것이다. 독특한 시의 느낌을 드러내는 것으로 대체된다는 것을 전달하고 있다. 표현의 명백함은 정감의 숨김에 파묻히고, 시는 다시는 무엇을 설명하거나 지도하기 위해 존재하지 않는다. 명백하고 똑똑한 것은 이미 시의 예술 가치를 재는 척도가 아니다. 이러한 변혁의 필연적인 추세를 인식하여야만 심미 척도와 심미 습관의 갱신을 애써 실현할 수 있다.

30년대 현대파시는 탄생한 그 날부터 복잡한 형태로 출현하였다. 그 주체로부터 볼 때, 상징파시를 위주로 하며 이미지파와 현대파의 조류를 넣어 현대 의식의 창조가 있는 혼합체를 형성하였다. 이와 같은 단일하지 못한 특징에 대해 당시 평론 문장에서는 "사실대로 말하면 현대파시는 일종의 혼혈아로, 형식적으로는 미국 이미지파시의 형식이며, 이미지와 사상 태도에서 보면 그들은 19세기 프랑스 상징파 시인의 태도를 취하였다". "중국의 현대파시는 다만 신이미지파의 겉옷 혹은 형식을 이어받은 것뿐이고, 뼈 속에는 여전히 전통 의식이 들어있다."[34]라고 하였다. 다른 한 평론가는 30년대의 현대파시는 "상징주의와 신감

---

33) 스저춘, 〈바다에 이는 파도〉, 1937년 5월 10일, ≪신시≫, 제2권 제2기.
34) 쑨줘윈, 〈'현대파'시를 논함〉.

각주의의 혼혈아"로 "몽롱하고 알아보기 힘들다는 것이 그들(특히 리진파)의 장점이라고 인식되어진다.'라고 생각하였다.[35] 이 유파의 대표 인물인 다이왕수의 창작도 '상징파의 형식, 고전파의 내용'으로 불렸는데, 두헝은 이 평가를 인용한 후 "이러한 평가는 너무 과분한 점이 있다."고 하였다.[36] 앞에서 말한 것처럼 주즈칭은 다이왕수의 초기 시를 '상징파'에 귀납시켰고, 또 리진파의 시 풍격과 구별시켜 그의 시를 "몽롱의 기분을 찾을 수 있지만 사람으로 하여금 알아볼 수 있게 한다". "그는 유미하고 정묘한 곳을 잡으려 하였다."고 했다. 리젠우는 다이왕수, 벤즈린 등 현대파 시인들과 리진파를 완전히 분리하였으며, 그들이 새로 일어난 현대의식이 매우 강한 '소수의 전위 시인'으로 벤즈린은 '한 현대인이다.'라고 하였다. 또 "한 현대인은 고금의 스산한 느낌을 표현한다 해도 그가 느끼는 양식은 역시 복잡한 것이다."라고 하였다. 그들의 시는 이미 '복잡한 시대'에 진입한 '복잡한 정서의 표현'이 되었다. 그들은 '실험집'이 시작한 전통과 이미 "전혀 다른 거리"가 탄생 하였다. "서로의 출처가 다르며 서로의 견해가 다르고, 서로의 감각 양식이 더욱 다르다". "그들은 한 시 — 한 진정한 시를 창조한다."[37] 허치팡은 "벤즈린 선생의 현대성과 리광톈 선생의 소박함이 결핍되어 있지만, 기질에서는 더욱 순수하고 더욱 시적이다."라고 하였으며, 그는 이 시인들의 맥락을 '상징주의'라고 하였다.[38] 그들은 "리진파와 같은 기질이 있지만 다른 근원에 속한다. 분명한 구별은 바로 그들이 마음으로 중국의 언어 문자, 소위 표현의 도구를 붙잡았다는 데 있다. 또 하나의 근본적인 구별은 이러한 젊은이들이 모방이나 고쳐서 번역한 것이 아니라, 창조를

---

35) 푸펑, 〈오사에서 현대까지의 중국시단 조감〉, 1934년 12월 15일부터 1934년 3월 25일까지, ≪시가계간≫, 제1권 제1-2기에 실림.

36) 두헝, 〈≪왕수의 풀≫ 서〉, ≪왕수의 풀≫, 상하이부흥서국, 1932년.

37) 류시웨이, 〈≪어목집≫ — 벤지린 선생 작품〉, ≪저화집≫, 134, 136쪽.

38) 류시웨이, 〈≪화몽록≫ — 허치팡 선생 작품〉, ≪저화집≫, 201쪽.

시도하였다는 것이다. 이 면에서 우리가 가장 먼저 제기할 시인은 다이왕수 선생이다". 그의 창작은 "프랑스 상징파와 현대시파의 유력한 암시"를 받았다.[39] 그러므로 리젠우는 다이왕수를 대표로 한 이 시인 단체를 상징파, 현대파의 영향을 받아 탄생한 선봉적('소수의 전위 시인')인 시파로 보았다.

30년대 현대파 시조의 발기자로서, 리젠우는 80년대 초기에 이르러 '좌'의 문학 사조에 대한 두려움 때문에, 그가 발표한 문장에서 현대파라는 이 시가 조류의 존재를 인정하지 않고, ≪현대≫ 잡지 속의 시만이 "현대파시"라고 하였다.[40] 나는 만일 ≪현대≫ 잡지에 발표했던 시를 모두 현대파시로 본다면 과학적이지 않다고 생각한다. 그러나 만일 눈길을 한 잡지에만 돌리지 않고, 근 십 년간 한 시조에 대한 총체적인 고찰에 몰두한다면, 영향이 매우 큰 시가 유파의 탄생과 발전이 객관적으로 존재한 사실이라는 것을 알 수 있다.

≪현대≫ 잡지를 펼치면 우리는 적지 않은 낭만주의와 사실주의 색채, 풍격의 시를 볼 수 있다. 예를 들면, 궈모뤄의 〈한밤중(夜半)〉, 〈목가(牧歌)〉, 쟝커쟈(臧克家)의 〈낙엽을 줍는 소녀(拾落叶的姑娘)〉, 〈고통과 환희(愁苦和歡喜)〉, 〈난로를 피우는 여자(当爐女)〉, 류우칭의 〈낙엽(落叶)〉, 〈들장미(野玫瑰)〉, 〈종달새의 노래(雲雀曲)〉, 〈마지막 술잔 앞에서(最后的樽前)〉, 창민(厂民)의 〈뽕잎 따는 처녀(采桑女)〉, 쉬싱즈(許幸之)의 〈대판의 우물(大板井)〉, 라오서의 〈귀신 곡(鬼曲)〉 등이 있다. 이것들은 모두 상징파, 현대파 시의 범주에 넣기 힘들다. 또 일부 시인들은 현대파와 유사하지만 실은 여전히 낭만주의의 전통에 머물러 있다. 예를 들면, 쑹칭루(宋淸如), 스웨이쓰(史衛斯)의 많은 작품들이 이와 같다. 쑹칭루 여사의 시는 ≪현대≫ 잡지에 모두 8수를 실었는데, 풍격으로 볼 때, 주로 신월파의 영향을 받아 운율의 높고 낮

---

39) 류시웨이, 〈≪어목집≫ ― 벤지린 선생 작품〉, ≪저화집≫, 131쪽.
40) 스저춘, 〈≪현대≫에 대한 기억〉, ≪신문화사료≫, 1981년 제1기.

음과 형식의 정연함에 주의하였고, 내용에서도 현대의 의식과 생활의 기운이 결핍되어 있다. 〈등불(灯)〉을 예로 들어 보겠다.

　　누가 그 귀엽고 작은 별을 따서,
　　이 온 방의 광명을 장식했는가?
　　그녀의 마음에는 아마도 분노가 있어,
　　그녀의 가벼운 탄식을 자아내게 하네.

　　분명 난폭한 서풍이
　　그녀의 부드러운 꿈을 놀랬켰겠지.
　　그녀는 하늘위 신선의 즐거움을 그리워해,
　　새벽에 하늘로 날아갔네.

　여기에서는 등불의 반짝임과 꺼짐, 분노와 아름다운 꿈을 썼는데, 격조가 매우 우아하고, 형식은 또한 과도하게 정연하여, 현대파 시조가 추구하는 미학의 격조와는 매우 다르다. 스웨이쓰의 ≪현대파시선집(現代派詩選集)≫에 선택된 그의 시는 현대파의 운율미가 매우 적다. 예를 들어 그가 ≪현대≫ 잡지에 발표한 〈눈(眼)〉을 보겠다.

　　내가 보기에는 너 한 쌍의 눈은, 마치
　　물기 어린 진주 같이 반짝이고 있다.
　　얼굴이 붉어 온 몸에 열이 오르고,
　　단지 너로 하여금 머리를 들지 못하게 하니,
　　찿자, 온 몸의 괴이하고 추함을

　　나를 미치게 하고 둔하게 하고,
　　착하게 하고 침묵하게 한다,
　　만 번을 하려고, 만 번을 할 수 있지만
　　이는 행운이 아니고, 다만 우둔함이다!
　　단지 너의 눈만 바라보아, 마치 화살같이,
　　가볍게 나의 얼굴을 건드린다.

이 시는 쉬즈모의 영향을 받았는데, 이를 ≪신월시선집(新月詩選集)≫에 넣었으면 더욱 합당할 것 같다. ≪현대≫ 잡지의 편집자는 자기가 발표한 것은 모두 현대인의 '현대 정서'의 시라고 하였지만, 이러한 적지 않은 작품이 편집자의 취지와 일치하지 않았다. 후기의 ≪현대≫ 잡지는 다른 사람이 스저춘, 두헝의 책임 편집을 대체하였기에, 발표된 시가 표현한 사실주의 작풍이 완전히 현대시파의 창작을 대체하였다. 그리하여 시는 잡지에서 이미 거의 자취를 감추게 되었다. 그러나 예전 ≪현대≫ 잡지에서부터 ≪신시≫의 주요 창작의 경향으로부터 볼 때, 현대파 시조의 흥기는 객관적으로 존재하는 역사적인 추세였다. 이 시조에 관한 총체적인 관찰을 하면 반드시 꼭 다음과 같은 역사적인 결론을 얻을 수 있다. 즉 이역의 예술을 흡수한 것으로부터 볼 때 현대파시는 프랑스 후기 상징주의를 주요 골간으로 하였으며, 또 영미 이미지파와 T.S.엘리엇을 대표로 한 서구 현대파시의 정신과 방법을 참고로 하였다. 그러므로 당시 일부 평론가들은 다이왕수를 대표로 한 현대파 시조를 넓은 의미에서 '중국의 상징파시'라고 하였다는 것이다.[41] 전통과의 관계로부터 볼 때, 현대파 시인은 자신의 현대 의식과 현대정서를 표현할 때, 이미 중국 전통 시가를 향한 회귀적 흡수와 창조적인 전환을 하였다. 이들을 '뼈 속에는 여전히 전통 의식이 있다'라고 보았는데, 일부 시인을 개괄하는 데 쓰일 수 있다. 만약 총체적인 결론을 내린다면, 특히 일부 걸출한 대표 시인을 관조하는데, 이는 연구자 자신이 현대파 시조의 신시 관념과 심미 가치 방향의 변혁에 대하여 민감한 내재적 이해가 부족하다는 것을 설명한다.

역사는 늘 풍부함과 복잡함으로 예술의 영역에 나타난다. 왜냐하면 그 풍부함과 복잡함으로 주류의 경향을 각종 흐름에 매몰시키고 그 본질적인 특징을 말살하였는데, 이것 역시 일종의 이론상의 모호함이다.

---

41) 뤄무화(羅慕華), 〈중국 '상징파' 시를 논함(談中國"象徵派"詩)〉, 1934년 7월19일, ≪북경신보 · 학원(北京晨報 · 學園)≫, 제705기.

현대파 시조는 그 특유의 자태와 목소리로 동시에 또한 그 자신의 약점을 가지고, 십 년의 탐색과 창조의 과정을 걸어왔다. 많은 시인들이 자신의 심혈을 기울여 이 조류의 들끓는 목소리를 모아 일부 사람들의 마음을 흔들어 놓았을 뿐만 아니라, 지금까지도 예술미를 추구하는 사람의 눈길을 끌고 있다.

제5장
중외 시가 예술의 융합점을 찾다

1 '융합론' 탐색에 대한 약간의 회고

이 장에서 우리는 30년대 현대파 시인들이 시 예술 창조에서 언급한
신시의 보편적인 이론 문제를 토론할 것이다. 이 이론 문제는 곧 어떻
게 외국에서 온 시의 예술적 영양분을 섭취함과 동시에 중국 전통시의
유익한 성분을 흡수하여 이 둘을 어떻게 새로운 창조 속에서 융합하였
는가 하는 것이다. 나는 이러한 노력을 동서 시 예술의 '융합점'을 찾는
것이라고 부르겠다. 이 개념이 과학적인지 혹은 정확한지는 여전히 토
론의 여지가 있다. 그러나 이 두 가지 예술 탐구를 어떤 한 방면 혹은
범위 속에서 '융화' 혹은 융합하는 노력은 역사적으로 존재하였다.

이 중대한 문제에 대한 미학적 사고는 또한 현대파 시인들로부터 시
작된 것이 아니다. 일찍이 1923년 낭만주의 시인인 원이둬는 ≪여신
(女神)≫을 평론한 유명한 논문에서 동서 예술이 결합된 후 탄생한 '귀
염둥이(宁馨儿)'를 창조해야한다는 명제를 명확히 제기하였다. 단지 30
년대 현대파 시인들이 이 문제를 시의 현대성의 궤도로 끌어들였을 뿐
이다. 그래서 나는 여기에서 이 시인 단체들이 이 방면에서 진행한 탐
색에 대하여 약간의 체계적인 해석을 하여, 신시 현대성의 역사적 추구

를 고찰하는 데 유익하도록 하려는 것뿐이다.

우리는 미적 예술 창조가 늘 창조자 자신의 독특한 미학적 사색을 응집하고 있다는 것을 알고 있다. 그들은 자신의 내면세계에서 무한히 풍부하고 아름다운 인생의 경험, 즉 외부적인 것과 내부적인 인생의 경험을 탐색하고 있다.

영혼이 없는 흰 소라껍질, 너의
눈동자 속에는 먼지를 남기지 않지만
나의 손 안에 떨어져
천 가지 느낌을 갖는다.

벤즈린의 시 〈흰 소라껍질(白螺殼)〉 속 첫 네 구질의 시구를 빌어 30년대 현대파 시인의 공통된 심미 추구를 설명할 수 있다.

이 유파 혹은 단체에 속하는 시인들은 대체로 공통적으로 묵인하는 한 가지 미학적 원칙을 지키고 있었다. 즉 시로 자신의 느낌과 정감의 세계를 표현하지만 객관적인 사회생활에 대한 관찰과 묘사를 그다지 중시하지 않는다는 것이다. 그들 눈에 시는 주로 내면세계에 속하는 것이기 때문이다. 예를 들어 앞에서 우리가 말한 바와 같이 무무톈은 시를 시인 잠재의식의 표현으로 보고 있으며, 다이왕수는 시란 한 사람이 꿈속에서 누설한 자신의 잠재의식이며, 시 작품 속에서 자신의 은밀한 영혼이 누설된다고 생각하였다. 벤즈린은 또한 큰 시대적 사건에 직면하여 어떻게 표현할 수도, 어떻게 표현할 지도 모르겠다고 말한 적이 있다. 이 때문에 시가 생활의 민감성과 심각성을 표현할 것을 추구하였고, 내면세계와 외부세계의 통일을 추구하여 서정내용과 표현방식의 새로운 '질서'와 새로운 '평형' 속에서 애써 '순수시'를 완성하려는 것이 현대파 시인들이 신시 창작에서 드러낸 독특한 예술 추구가 되었다. 그들이 이 추세를 따라 진행한 예술 탐색은 창조의 성공과 일부 고유한 약점을 지니고 신시 발전의 조류로 모여들었으며, 모든 신시 현대화의 발전 과정 속에서 우리들이 오늘날까지도 소중히 여기는 공헌을 이뤄냈다.

중국 신시의 예술 탐구에서 우선 30년대 현대파 시인들에게 가장 앞에 놓여 있는 중요한 과제는, 서구 현대시와 중국 고전시 예술의 융합점을 찾는 것이었다. 이는 중국현대시가 현대적인 의미에서 민족화로 나아가는 하나의 관건이었다.

서구 상징주의 시 풍격에 대한 어색한 모방과 중국 고전시가 본래의 소양에 대한 낯섦과 소외로 인하여 리진파 본인과 그를 대표로 한 초기 상징파 시인들은 이러한 건설적인 임무를 완성하지도 또한 완성할 수도 없었다.

그들은 비록 신시와 전통시가 완전히 분리된 후 많은 시인들이 중국 고전시 전통에 대하여 냉담함과 편파성을 느끼는 것을 보고, 자신들의 전통을 중시하며, 거기에 외래시의 예술성에 대한 흡수 속에서 중국과 서구의 시적 예술을 '교류'하려는 소망이 초보적으로 생기기 시작하였다. 예를 들면, 창작에 있어서 가장 유럽화된 리진파 본인도 이 점을 의식하고 다음과 같은 불만과 의견을 제기하였다.

> 나는 매번 왜 다년간 중국고대시인의 작품에 대해 묻는 사람이 없고 다만 한 마음으로 외부에서 수집할 생각만 하고, 또한 이에 동조하는 사람이 많은지, 문학혁명 후 그들이 매우 황당하게 여겨졌지만 착실하게 비판하는 사람도 없었다. 사실 동서 작가들에게는 어디서나 같은 사상, 숨결, 안목과 소재가 있어, 조금만 주의하면 이를 부인하지 못할 것이다. 나는 그들의 근본에 모두 경중이 없으니 오로지 둘을 모두 소유하여 소통을 실험하거나 조화를 시켜야 한다고 생각한다.[1]

이 짧은 문장 끝에 '오월의 베를린'이라고 쓰여져 있다. 이 글이 실려 있는 《식객과 흉년》은 리진파가 출판한 세 번째 시집이다. 그러나 창작된 시기는 1926년 11월에 출판된 두 번째 시집 《행복을 위한 노

---

1) 리진파, 〈《식객과 흉년》 후기〉, 북신서국, 1927년 5월.

래≫보다 더 빠르다. 리진파는 1925년에 귀국했는데, 이 해에 ≪행복을 위한 노래≫를 위해 쓴 서언에서 이렇게 말한 적이 있다. "예전에 베를린에 있을 때 시집을 두 책으로 묶어 저우쭤런 선생에게 주어 출판하게 했는데 출판이 연착되어 지금까지 인쇄하지 못하는 바람에 시의 흥취도 깨져버렸다"[2]. 이 서언에 쓰인 시간이 '1925년 10월에 상하이에서'이다. 그가 말한 "지금까지 인쇄하지 못했다."에서 보면 위에 쓰인 짧은 문장은 1923년 5월에 쓴 것이다.

이 시기 많은 신시인들이 고려하는 문제는 주로 아직도 신시가 어떻게 구체시 전통의 속박에서 벗어날 것인가 하는 문제였다. 예를 들어 류다바이(劉大白)는 이보다 조금 이른 시기에 매우 심각한 자백을 하였다. "나 자신은 구시사 속에 근 30년 동안이나 빠져 있었기에 나의 시는 전통적인 성향이 너무 진하다는 것을 알고 있다. 낡은 데서 새로운 데로 넘어가는 시기의 시인들은 모두 이 점을 피면할 수 없을 것이다. 하지만 저우쭤런 선생만은 예외라고 할 수 있다. 다른 사람들의 시에 전통적인 성향이 점차 적어지고 심지어 없어지는데 나는 이렇게 하지 못하고 순환적으로 나타나 지금까지도 소멸할 수 없는 바, 이 점이 바로 나의 시 속에서 가장 책망 받아야 할 부분인 것 같다"[3]. 천왕다오(陳望道)선생도 다음과 같이 말하였다. "지금 다바이를 잘 알지 못하던 친구들이 말한 것처럼 이는 다바이가 몇 년 동안의 답습에서 벗어나려고 노력한 것이라고 말하고 싶다. 그는 예술 생활과 현실 생활에서 늘 답습이 어깨를 누르고 있으며, 애써 몸부림치지만 때론 억눌려서 움직일 수가 없다고 생각하였다. 그리하여 그는 자신의 답습 경력을 가장 증오하여 늘 이를 맹수에 비유하고 나에게 여전히 벗어날 수 없다고 탄식하였다"[4].

---

2) 리진파, 〈≪행복을 위한 노래≫ 서문〉, 상무인서관, 1926년 11월.

3) 류다바이, 〈≪오랜 꿈≫ 인쇄자술〉, 상무인서관, 1924년.

4) 천왕다오, 〈≪오랜 꿈≫ 서〉, ≪오랜 꿈≫.

당시 프랑스 상징파 시인의 예술적 영향 속에 빠져있고, 중국 전통에 대한 연결이 극히 적었던 리진파는, 국내에서 아직 어떻게 하면 전통시의 속박에서 벗어날 것인가라는 사고에 머물러 있을 때, 이미 위와 같은 이러한 전통을 학습하고 중국과 서구가 '소통'해야 한다는 의견을 제기한 것은 매우 소중하다. 이것은 아마 지금 보건대 중국현대시론 중에서 가장 먼저 제기한 중국과 서구시 예술의 '소통'의 관점일 것이다. 그러나 우리가 강조한 것은 그의 이러한 측면이 아니다. 문제는 리진파 자신이 '동서 작가'의 '사상, 숨결, 안목과 소재' 등의 방면에서의 '공통된' 점에 대하여 잘 모른다는 것이다. 어떻게 하면 중국전통시와 서구 현대시의 예술을 '소통'할 것인가 하는 이 소망을 실현할 것인가에 대해, 그는 여기에서도 그렇고 뒤에서도 더욱 구체적인 이론적 생각이 없었다. 또한 창작 실천 속에서도 그가 총망히 묶어낸 세 권의 시집 작품은 비록 일부 전통시의 구절과 이미지를 사용하였지만 어색한 '접붙임'에 지나지 않았고, 그가 말한 바와 같이 유기적인 '융화'나 '조화'가 아니라 과분한 모방에 의한 유럽화와 회삽한 분위기에 매몰되어 있었다. 그가 추구한 미학의 중심과 기초는 서구 상징파시의 이 단일한 기초 위에 올려놓았는데, 본래 이 둘의 '근본'에 '경중이 없다.'고 하였지만 사실 그 역시 전통 예술의 힘을 가벼이 보고 멸시하였던 것이다. 그러므로 그가 제기한 '두 가지를 함께 소유하여' '소통을 시험하거나' '조화'를 하려는 소망은 물거품이 될 수밖에 없었다.

그 후 창조사의 상징파 시인 무무톈과 펑나이차오는 상징파시의 창작 실천 중에 역시 자신의 의식 속에 중국 전통시의 '민족 색채'의 미학적 의향에 관심을 갖고 있었고, 서구 상징파 시인과 당 말기 시인인 두목(杜牧) 작품의 '몽롱'성에 똑같은 관심을 보였다.[5] 그들의 일부 작품은 민족적 심미 정취와 언어 운용의 전통적 색채 등에서 매우 가까운데,

---

5) 무무톈, 〈시를 논함─모뤄에게 부치는 한 통의 편지〉.

이 점은 또한 리진파 시를 초월하였으며, 중국과 서구 시가의 현대적 의미에서의 융합에 유치하지만 귀중한 걸음을 내디뎠음을 의미한다. 그러나 지나치게 음악 성분에 대한 의존을 중시하거나 혹은 과도하게 고전시의 이미지와 시구에 대한 원형의 섭취에 주의하였기 때문에, 형식과 정조에 대한 추구가 상징적 함의와 표현 사이의 깊은 측면에서 너무 간단하고 이해하기가 쉬워 통일적인 배양을 초월하여 함의가 간단명료하여 진정한 민족적 현대 상징시가 갖추어야 할 깊은 함의와 품격이 결핍되었다.

저우쮜런은 그의 이론적 사고 속에서 비교적 일찍부터 신시의 현대와 전통 사이의 관계 문제를 생각하기 시작하였다. 리진파는 《식객과 흉년》을 쓰면서 1923년 신시가 서구 예술의 양분을 흡수함과 동시에 전통을 학습하는 데 주의해야 한다고 하였다. 그리고 류다바이 역시 《오랜 꿈》의 서언에서 자신의 시가 낡은 숨결을 벗어나지 못하였다고 탄식하면서도 같은 책에 쓴 서언에서는 또 다른 견해를 발표하였다. "그는 자신의 시에 아직도 전통적인 분위기를 많이 띠고 있다고 하는데, 나는 그렇게 생각하지 않는다. 내가 보기에 적어도 《오랜 꿈》 부분에서 그는 애써 낡은 시사의 정취를 벗어나려고 했는데, 달리 말하면 너무 많이 벗어난 것 같아 시를 너무 담백하게 만든 것 같다. ― 비록 이것이 철리를 시에 삽입한 때문일지라도". 이 견해를 이어서 저우쮜런은 어떤 시문 창작 속에서 보편성을 띤 명제 즉 '세계적인 것'과 '민족적인 것'이 서로 결합된 예술적 가치라는 것을 제시하였다. 그는 문학의 민족 색채를 특히 강조하며 이렇게 말하였다. "우리는 반드시 재료에 선명한 향토적 색채를 가져야 하는 것은 아니다. 어느 한 유파의 울타리 속에 들어가지 않고 자연적으로 자라도록 맡겨놓아 적합한 곳에 이르면 곧 개성 있는 저작이 될 것이다. 그러나 우리 이 시대의 사람들은 협소한 국가주의에 대한 반동으로 대체로 일종의 '세계시민(Kosmopolites)'의 태도를 양성하여 쉽게 향토적 색채를 감소시키는데, 이것은 비록 어쩔 수 없는 일이긴 하지만 그래도 아쉽다. 나는 여전히 세계 시민의 태도를 없애고 싶지는 않다. 그러나 이 때문에 더욱 지역 시민의 자격을 느껴야 한다고 본다. 왜냐하면 이 두 가지는 본래 관련되어 있기 때문인데, 마치 우리가 개인이기 때문에 '인류의 한 부분(Homaraus)'인 것과 같은 것이다. 나는 전통적인 애국의 가짜 문장을 경멸하지만 향토 예술에 대해서는 매우 아낀다. 즉 나는 강렬한 지역적 취미가 또한 바로 '세계적' 문학의 중요한 부분이라는 것을 믿는다. 다방면의 취미를 갖고 있으면서 서로 충돌하지 않고 조화로운 전일체가 되는 것 이것이 '세계적'인 문학의 가치이다. 그렇지 않으면 '나무를 뽑아 버려' 산림에 배열될 수 없을 뿐만 아니라 오래지 않아 말라버릴 것이다". 그는 또한 당시 창작의 정황에 대하여 다음과 같이 말하였다. "전통의 압력이 너무 무거워 아이까지 함께 하지 않으면 대야 안의 물을 버릴 수 없는 상황이 벌어질 수 있다. 그래서 우리가 늘 보아오던 시는 반항만 표시할 뿐 건립하지 못하고, 국가주의에 반항하느라 향토적 색채를 줄이게 되며, 고문에 반항하느라 문언의 자구를 적게 사용하게 된다. 이 모든 것이 지난날의 꿈처럼 여전히 분명히 내 머리 속에 남아있다. — 자신의 문자 위에 남아있다"[6].

이러한 사상의 핵심은 새로운 시는 전통시의 예술적 영양분을 버리지 않을 것을 요구하며, 세계적 색채와 향토적 색채를 결합하여야 한다는 것이다. 뿐만 아니라 이러한 현대적 안목이 흡수하는 전통이 표현하는 '지방 색채' 자체가 바로 '세계적'인 것의 특징이라는 것이다. 그의 이런 신시에 대한 중외 '융합론'의 이론은 원이뒤가 ≪여신≫의 지방적 색채가 결핍되었다는 것을 비판하여 중국과 서구시가 결합한 후 탄생한 '귀염둥이'의 사상을 창도한 것과 같은 해에 발표되었다. 여기에서 신시에 대한 당시의 예술 추구를 보아낼 수 있다. 다른 것은 원이뒤가 후에

---

6) 저우쭤런, 〈≪오랜 꿈≫ 서〉, ≪오랜 꿈≫.

낭만주의 길을 따라 창작을 계속 해 나갔다면, 저우쮜런은 상징주의 길을 따라 이론을 설립해 나간 것이다. 앞에서 서술한 바와 같이 1926년 그는 무무톈의 상징파시 주장을 창도한 것과 함께 〈≪양편집≫ 서〉에서 서구시 중 새로운 조류인 '상징'과 중국 전통시 중 고유한 '흥'의 수법 사이의 연계를 제기하였으며, 또한 그들의 '융합'을 통해 신시 발전의 길을 탐구할 것을 주장하였다. 구체적인 방법으로는 사람들이 '융합론'을 추구하는 사고의 방식을 개척하도록 하였다.[7] 이는 당시 매우 새로운 견해였다.

그러나 총체적으로 보아 저우쮜런의 이러한 견해는 심미적 효과 방면에서 생각한 것으로, 예를 들면 신시가 고전식의 투명함을 갖는 데 불만이 있고, '몽롱'이 조성한 '남은 향기와 음미'가 결핍되어 있다고 하였다. 하지만 이는 또한 전체적인 이론에서 중국과 서구의 상징시 '융합론'의 관점에 대해 진행한 구상이 아니었다. 그것 자체가 더욱 깊은 이론 탐구와 설명이 부족할 뿐만 아니라, 이 구체적인 사고가 저우쮜런 자신의 창작에 적용되지 못하였다. 당시 많은 시인들의 반향을 일으키지 못하였고, 실천에서도 이 구상 양식의 가능성을 제시하지는 못하였다.

초기상징파 시인들은 창작 환경의 요구나 개인의 예술적 수양, 혹은 당시 신시가 직면한 임무의 성질을 놓고 볼 때, 모두 중서 예술의 융합점을 찾는 창조적인 사명을 완성할 수 없었다. 이는 후에 리젠우가 비평한 것처럼 리진파는 '이미지의 연결로부터' '시의 사명을 완성'하려 했는데, 이 노력 자체가 신시에 '이미지의 창조'를 추구하게 하는 공헌을 한다. 그러나 그가 "중국의 언어 문자를 파악하지 못하여 때로는 이미지를 한 층 사이에 두게 하여 사람들에게 프랑스 상징파 시인의 숨결을 너무 농후하게 느끼도록 하였다".[8] 사실, 언어를 파악하는 것보다 더욱 중요한 것은 리진파가 중국 고전시의 전통적인 함의를 포착하지 못하

7) 저우쮜런, 〈≪양편집≫ 서〉.
8) 류시웨이, 〈≪어목집≫ — 벤즈린 선생 작품〉.

고, 이 함의와 서구 상징파시와 통하는 부분을 찾지 못하였다는 데 있다. 그는 비록 "동서 작가들이 곳곳에서 그 사상, 숨결, 안목과 제재 선택이 동일하다."고 하였지만, 스스로의 이론과 실천에서 모두 이러한 '동일'성을 표현하지 못하고, 반대로 민족 전통과 심각한 거리를 드러냈다. 그리하여 그의 상징주의 풍격의 시도 필연적으로 "마치 한동안 참신했던 것이 지나니 그 맛도 잃어버린 것과 같다".[9] 즉 '소통'론을 제기한 사람이 상징시의 범위에서 진정한 '소통'의 책임을 다 하지 못하니, 기회는 신시 현대성의 탐색에서 뒤에 오는 사람들에게 남겨졌는데, 이는 역사의 필연적인 선택이었다.

2 현대파 시인의 '융합론'에 대한 탐구

30년대 현대파 시인들의 조건과 분위기는 20년대 초기상징파 시인들이나 기타 이론가들의 탐색과 매우 달랐다.

현대파에 속하는 시인들은 대부분 전통적인 중국 고전시가에 대한 비교적 공고한 예술적 수양을 지니고 있었다. 이때에 이르러 신시의 발전은 그것 스스로의 낡은 족쇄의 구속에서 애써 벗어나려 했던 것과는 달리 풍부한 고전시가 예술로 돌아왔다. 또한 현대파 시인이 생활하는 시기가 되자 중외 문학의 충돌은 이미 새로운 역사 단계로 나아가 사람들의 주목을 받았고, 흡수한 외국 시인들로 인하여 전통에서 더욱 현대적인 데로 전환하였다. 당시 도시의 문학 발전과 시인들의 문학 관념에 대한 혁신은 그 시대 청년들의 예술 취미와 심미 선택에 강력하게 새로운 경향을 탄생시켰다.

이때 사람들의 정서를 지배한 것은 이미 셰익스피어, 바이런, 셸리,

---

9) 위와 같음.

휘트먼, 하이네 등 고전낭만주의 시인들이 아니다. 이들은 상징파의 초창기 시인들이나 일부 시인들에게 주목을 받았을 뿐, 다른 시인들 속에서는 이미 유일하거나 혹은 주요한 관심의 대상이 아니었다. 30년대 현대파 청년 시인들의 눈은 이른바 '신시대를 대표하는 20세기 시인'에게 더욱 쏠렸다. 왜냐하면 이런 청년들에게는 이들 시인들이이 자신의 시대 사람들의 주체적 가치의 각성과 생활 리듬의 변화 수요에 더욱 근접해 있었기 때문이다. 당시 서구 현대 심리학이 문학에 준 충격도 시 창작에서 '내부로 향하는' 경향의 발전에 영향을 주었다.

이리하여 30년대 현대파 시인들은 중외 시가 예술의 영양분을 흡수할 때 초기상징파 시인과는 다른 일종의 강렬한 현대적 심미 의식과 민족시가 전통에 대한 강한 응집력을 표현하였다. 이렇게 그들의 이론 사고와 창작 실천에서 자각적으로 중외 시가 예술의 융합점을 찾게 되었으며, 그들 예술 탐구의 중요한 측면으로 삼았다. 여기에서 설명해야 할 점은 이러한 융합점이 하나는 현대파시의 예술 궤적을 따라 나아간 것으로, 원이둬가 말한 '귀염둥이'의 일반적인 용합론과는 다른 것이고, 다른 하나는 서구의 상징파, 현대파 시와 중국 전통시 예술에 대한 영향 사이의 융합으로, 중국 동방 민족의 현대파시를 창작하는 데 쏠리고 있다는 것이다. 서구 현대파시와 중국전통시 예술은 이렇게 융합점이 분리될 수 없는 '양극'을 형성하는데, 우리가 아래에서 서술하려는 융합점의 추구는 모두 이러한 의의에서 이 개념을 사용하였다.

중외 시가 예술의 융합점을 추구한 것은 우선 30년대 현대파 시인 단체가 중외 시가 예술에 가까운 심미 원칙에 대한 사고와 인정으로 표현된다.

그들은 자신에게 잠재해 있는 전통 역량과 자신의 민족에만 속하는 현대파시를 창조해야 한다는 사명감을 지닌 채, 새로이 접촉한 서구현대시에 대하여 자신의 시각과 느낌으로 내재적인 충동을 탄생시켰다. 즉 서구 현대시 조류에 대한 이해와 흡수, 소개와 전파 중 중국 민족 전통의 시가와 대응하는 심미 관념이 있었고, 더욱 깊은 측면에서 같은 것을 추구하는 자각의식이 있었다. 예를 들면, 벤즈린이 아직 신월파 시풍의 영향 하에서 신시 창작을 시작할 때, 이 유파의 미학 경향을 다소 돌파하였고, 쉬즈모의 영향을 받아 미학 경향에 다소 변화를 가져왔다고도 말할 수 있다. 아직 초기 상징파시이긴 하지만 서구 상징파 시가에 더욱 근접해 있었다. 벤즈린은 중외 시가를 초월한 창조 주체자의 밝은 정신으로 두 가지 시의 심미 원칙이 서로 통하는 점을 생각하고 추구하였다. 그는 보들레르의 ≪악의 꽃≫의 일부 작품을 번역하였고, 영국 당대문학 평론 작가인 해롤드 니콜슨(Harold Nicoson)의 작품 ≪베를렌(Verlaine)≫의 부분적인 장절을 선택적으로 번역하였다. 이 부분의 내용은 "베를렌 시 속의 친밀(Intimacy)과 암시(Suggetion) 및 이 두 특징이 상징파 시법에서 차지하는 위치이다". 문제는 왜 벤즈린이 프랑스 상징파 대 시인 베를렌의 시에 관한 이 두 가지 특징에 흥미를 가지게 되었으며, 또한 원작의 1장에서 특별히 이 절을 '독단으로 펴내어' 중국의 시계(詩界)와 독자들에게 번역하여 소개했는가 하는 것이다.

시인 벤즈린이 간행물에 발표한 한 단락의 설명은 우리들이 이 문제를 탐색하고 사고하는 데 매우 중요한 가치가 있다. 이 한 단락의 설명은 다음과 같다.

베를렌의 이름은 중국 문예계에서 이미 상당히 익숙해졌다. 그의 몇 수의 유명한 시는 이미 많은 사람들에 의해 여러 번 번역 되었고, 상징 주의도 어떤 사람이 제창한 적이 있는 것 같다. 베를렌의 시가 왜 특별히 중국 사람들의 구미에 맞았을까? 상징파시를 지을 때 추상적인 명사들을 쌓아놓기만 하면 되는 것일까? 비록 이 문장이 우리를 위해 쓴 것은 아니지만, 위의 질문들은 이 문장에서 약간의 해답을 찾을 수 있을 것이다. (사실 꽤 이상하다. 한 번은 상징파의 유명인으로 지칭되는 한 시인이 베를렌의 시를 매우 이해되지 않게 번역했는데, 독자들은 이상하게 여기지도 않은 것 같고, 회삽함과 알기 힘든 것을 상징파의 유일한 방법으로 생각했다. 사실 역자는 원시의 주요 내용을 이해하지 못하였을 뿐만 아니라, 문자와 구절도 똑똑히 다듬지 못하였다. 이 유명인은 늘 '스스로를 베를렌의 학생임을 인정했다고 한다'). 사실 니콜슨의 이 문장 속의 논조를 중국에 옮겨온 것은 별로 새로울 것이 없지만 친절과 암시는 여전히 구 시사(詩詞)의 장점이 아닌가? 그러나 이러한 장점은 아마 거의 — 혹은 벌써 — 당대의 일반적인 신시인에 의해 잊어졌을 것이다.[10]

이 문장이 우리의 주의를 일으킨 것은 두 가지 면에서 문제를 설명하였기 때문이다. 첫째, 우리는 여기에서 현대파 시조에 들어서려는 젊은 시인들이 초기상징파시, 특히 리진파의 '회삽하고 알기 힘든' 시의 풍격에 강렬한 불만과 초월의 심정을 표했다는 것을 보여준다. 둘째, 이 시인 단체가 서구 상징주의, 모더니즘 시가 예술의 영향을 받았다는 것을 분명히 보여줌과 동시에 그것과 중국전통시 사이에 존재하는 심미 원칙의 공통점을 애써 찾으려고 했다는 것이다. 그들은 일반 시인에 의해 '잊어진' 자신의 민족시 속에서 예술적 본질을 갖춘 것을 애써 불러냈는데, 이것이 바로 서구 현대시의 예술과도 통하고 또 '특히 중국 사람들의 구미에 맞는' 것이다. 여기에서 말하는 '중국인의 구미에 맞다'는 것은 나의 이해로는 중국 민족의 심미 정취와 심미 습관에 부합된다는 것이며, 한 시인 단체로서 이는 일종의 동방 민족 현대시의 심미 원칙에 속하는 것이다.

이러한 공통된 심미 원칙의 추구는 중국 모더니즘 시가 외래 영향을 흡수할 때의 변화와 생성에 이론적 준비를 하는 데 그 목적이 있다. 그들은 서구 상징주의, 모더니즘 색채의 시 속에서 자신의 심미 수요에 맞는 것을 흡수하고 또한 변화시켰다. 후에 시인 벤즈린은 자신의 초기 창작에서의 예술 취미를 말할 때 더욱 명확하게 이렇게 설명 하였다. "나는 프랑스어를 일 년간 배운 후 시를 쓰는 흥미가 중국전통시와 결

---

10) 벤즈린, 〈베를렌과 상징주의〉. 1932년 11월 1일, ≪신월≫, 제4권 제4기

합된 길로 전환되었고, 프랑스를 중심으로 한 상징시를 참고로 할 수 있었다"[11]. 다이왕수는 창작 초기에 한 편으로는 중국고전 시사의 예술적 분위기에 깊이 빠져서 음율미"를 "고생스레 탐구하고" 추구하였으며 "시를 구시(舊詩)와 같이 '읊'을 수 있는 것이 되게 하려고 노력하였고", 한 편으로는 또한 기독교 대학에서 프랑스 상징파시의 '금지된 과실'을 매우 흥미롭게 몰래 따 먹었다. 프랑스 상징파 시인의 표현방식은 "그에게 특별한 흡인력이 있었는데", 이러한 '흡인력'의 근원은 프랑스 상징파 시인의 "특수한 수법이 마침 그의 자신을 숨기는 것도 아니고, 자신의 습작 동기와 연고를 표현하는 것도 아닌 것이었다."[12] 두 가지 추구에서 애써 예술의 '융합'과 전환을 추구하여 다이왕수의 시를 초기상징파 시인을 초월하여 더욱 민족적 색채의 특징을 띠게 하였다. 주즈칭 선생은 다이당수를 20년대에 나타난 상징파 시인이라고 하였지만, 그와 다른 초기상징파 시인들 사이의 차이점을 매우 확실하게 설명하였다. "다이왕수도 프랑스 상징파를 본보기로 삼았고, 이 파의 시를 번역한 적이 있다. 그도 정연한 음절에 주의하였지만 이는 낭랑한 것이 아니라 가볍고 맑은 소리이며, 또한 몽롱한 분위기를 찾았지만 사람들에게 알아볼 수 있게 하였다. 그리고, 색깔도 있지만 펑나이차오처럼 그렇게 진하지 않았고, 심오하고 정교한 곳을 포착하려고 하였다"[13]. 다이왕수의 서구 상징시의 "심오하고 정교한 곳"에 대한 '포착'에는 민족의 심미 구미에 맞는 선택과 융화가 포함되어 있다.

30년대 현대파 시인들이 중서 시가 예술을 소통하고, 중외 시가 예술의 융합점을 찾는 임무를 담당할 수 있었던 것은, 그들이 중서 현대시를 예술적으로 융합하려는 자각의식이 있었기 때문이며, 이는 그들로 하여금 예술 창조 자체의 입장을 찾게 하였다. 즉 중국 현대 상징시의 현대

---

11) 벤즈린, 〈≪조충기력(雕虫紀歷)≫ 서〉.
12) 두형, 〈≪왕수의 풀≫ 서〉.
13) 주즈칭, 〈≪중국신문학대계 · 시집≫ 서언〉.

성과 전통성을 소통시키는 관계를 찾았고, 중국 민족의 심미습관의 "심오하고 정교한" 곳을 찾았다는 것이다. 그리하여 그들은 초기상징파시가 전통에 대한 장벽과 낯섦, 전달의 과분한 '회삽함과 알기 힘든 것'을 바꿀 수 있었고, 또한 일종의 '표현'과 '숨김' 사이에 있는 몽롱미를 추구하였기 때문에, 신시의 현대성 예술이 쌍방향의 흡수와 융합에서 새로운 예술적 평형을 실현하도록 하였다.

다음으로 중외 시가 예술의 융합점을 찾는 데 있어서, 다른 예술 유파에 대하 말하자면, 심미 선택이 다른 가치 취향이 있었다. 후스가 수용한 것은 미국 이미지파 시의 이미지 추구를 중시하는 것으로, 그는 이러한 현대성의 시가미학을 그의 '명백하고 분명한' 궤도에 포함시키고, 또 변형시켜서 이미 원래의 예술 취향이 아니었다. 궈모뤄의 낭만적인 시 정서는 휘트먼(Walt Whitman), 셸리, 중국의 굴원(屈原) 등의 시인 풍격에서 '융합점'을 찾아 가장 합당한 전달 방식을 실현하였고, 원이둬, 쉬즈모는 영미 낭만시인의 형식을 선택하였고, 또 다른 정도로 전통에서 찾았는데, 운율의 구성 속에서 신시의 산만하고 간단한 표현에 대한 초월을 탐색하였다. 그러나 30년대 현대파 시인들의 추구는 달랐다.

다이왕수를 대표로 한 현대파 시인들은 위에서 서술한 몇 가지 시조의 예술적 탐구에 대해 돌이켜 생각해 보고 매우 불만족스러움을 나타냈다. 그들은 신시를 또 다른 방향으로 나아가는 예술적 선택으로 추동하였으며, 외국 모더니즘시와 중국 고전시를 흡수함에 있어서 그들 특유의 심미 선택의 가치 표준을 구현했다.

외국의 예술 근원으로부터 볼 때, 현대파 단체의 시인들은 광범위한 접촉과 소개라는 전제 하에(프랑스의 보들레르에서 소련의 마야코프스키를 모두 포함) 비교적 주의하고 영양을 받은 것은 다음 세 가지 시 예술 유파이다. 첫째, 발레리, 잠므(Francis Jammes), 폴 포트(Paul Fort), 구르몽(Remy de Gourmont) 등이 대표하는 프랑스 후기 상징파시, 보들레르와 이 유파의 영향 하에 창작된 프랑스 및 기타 국가의 유파와 시인들도 포함하는데, 예를 들면, 프랑스의 아폴리네르(Apollinaire), 스페인의 로르까(Federico Garcia Lorca), 후기 상징파에 속하는 아일랜드의 대시인 예이츠(W.B.Yeats)도 현대파 시인들이 관심을 가졌던 시인들이다. 둘째, 미국 20년대 초기 이미지파시 운동이 한 세대를 풍미했는데, 여기에는 에즈라 파운드(Pound), 로웰(Amy Lowell), 둘리틀(Hilda Doolittle)과 기타 이미지파 시인들이 포함된다. 셋째, 20년대 구미 대륙에서 궐기한 T.S.엘리엇을 대표로 한 모더니즘으로 불리우는 시가 조류, 미국의 '도시 시인'으로 불리는 샌드버그(Carl Sandbury)도 여기에 속한다. 이 세 가지는 광범위한 의미에서의 모더니즘 시가 조류에 속하는데 주로 30년대 현대파 시인의 손을 거쳐서 중국의 시단에 소개되었으며 현대파 시인들의 창작에 비교적 큰 영향을 일으켰다.[14]

중국 고전시로부터 볼 때, 현대파 시인 단체의 작가들은 광범위한 접촉과 독서의 기초 위에서 '일부 정서가 풍부한 당대 시인의 절구'에 더욱 많은 눈길을 돌렸다. 특히 이상은(李商隱), 온정균(溫庭筠) 등을 대표로 하는 '당말 5대 시기의 정교롭고 아름다운 시사'는 다이왕수, 벤즈린, 허치팡, 페이밍, 린겅 등의 시 창작에 더욱 깊은 영향을 미쳤다. 이러한 시인들의 창작은 자신의 내심 정서와 느낌을 쓰는 데 치중했으며, 전달 속에서도 이러한 정서와 느낌에 일종의 희미하고 몽롱한 겉옷을 입혀주었다. 당말 시사 속에는 성당 시기 시의 투명하고 명확한 정조나 표현 방식과는 달리, 현대파 시인들의 은폐와 함축을 중시하고, 상징적

---

14) 미국 이미지파시 운동과 프랑스 후기 상징파시에 대해 30년대 현대파가 소개하기 전 이미 일부 소개와 작품의 역본이 있었다. 문학연구회의 ≪시≫ 잡지를 예로 들면 그 중 류옌링의 〈미국의 신시운동〉(1922년 2월 20일 제1권 제2호), 류옌링의 〈프랑스시의 상징주의와 자유시〉(1922년 7월 제1권, 제4호, 이 속에는 프랑스 상징파 시를 제외한 구르몽의 시 주장이 이미 소개됨), 왕퉁자오의 〈예이츠(W.B.Yeats)의 시〉(1923년 5월 제2권 제2호) 등이 있다. 그리고 저우쭤런은 ≪어사≫ 잡지에 구르몽의 애정시 〈시몬〉을 번역 소개했다.

인 심미 정취를 추구하는 특징에 부합될 뿐만 아니라 이로부터 현대파 시인들로 하여금 그들 서구 상징파시, 이미지파시, 모더니즘시와의 예술적 결합점을 찾게 하였다.

어떠한 외래 예술에 대한 소개라도 모두 맹목적은 아니었다. 외래 예술에 대한 소개는 번역가와 창작자인 시인, 작가들에게 있어서 완전히 다른 일이었다. 번역가의 책임은 자신의 민족과 독자들에게 외래의 예술을 빠짐없이 소개하는 것이다. 그러나 창작자인 시인이나 작가는 외국의 예술을 소개함에 있어서 독자들에게 외래의 예술적 진품을 소개함과 더불어 더욱 중요한 것은 자신이 소개하려는 예술에 대한 공명, 흡수 그리고 어떻게 자신의 창조에 융합시켰는가 하는 것이다. 후자의 번역 소개 속에서 적어도 일부 소개는 외국의 예술과 중국의 전통 예술 수용자의 '구미' — 즉 본 민족의 심미 표준 혹은 정취 — 방면에서 내가 심미의 '대응 법칙'이라고 말한 법칙이 작용한다. 다시 말하면 외국 시가 예술에 대한 소개에서 소개자의 머릿속에는 민족 전통과 현대성의 창조가 형성한 하나의 미학 정취와 대응성의 부름이 존재하며, 이 '대응 법칙'의 규정성을 떠난 것은 '융합론'을 실천할 가능성을 잃게 된다.

30년대의 현대파 시인들은 서구 모더니즘 시조의 여러 유파, 혹은 시인들에 대한 주의와 소개는 모두 이 '대응 법칙'에 따랐다. 그들의 그런 소개는 모두 번역가들의 심미 선택의 표준과 정취를 포함한다. 그들은 자기 민족의 현대적 시가의 창조에서 '소통'과 '흡수'에 주의하여 소개했다. 다이왕수는 그가 창간한 ≪신문예≫ 잡지에 프랑스 후기상징파 시인의 창작을 강력하게 소개하였고, 스저춘은 그가 창간한 ≪현대≫가 출판된 지 얼마 안 되어 미국 이미지파의 유명한 세 여류 시인의 짧은 시들을 의식적으로 소개하였으며 글을 써서 추천하였는데, 그 중 로웰을 이야기할 때 다음과 같이 말하였다. 그녀는 "미국 시인들 중에서 창작과 평론 문장이 가장 풍부한 시인으로, 그녀의 시는 우리나라와 일본 시의 영향(현대 영미 신시의 많은 시인들이 본래 동방시의 영향을 많이 받음)을 가장 많이 받았으며, 짧은 시의 정묘함은 당대의 절구와 일본 하이꾸(俳句)의 풍미를 지니고 있다"15). 이 한 단락의 말은 우리 연구자들에게 매우 중요한 의미가 있다. 그는 앞에서 서술한 벤즈린 선생의 베를렌의 상징시가 중국 사람들의 '구미'에 '맞다'는 그 말보다 더욱 구체적으로 한 유파로서 외국의 다른 한 유파의 시가 작품에 마음을 기울이고 관심을 갖는 중요한 근원을 설명하고 있다. 즉 심미가 요구하는 '대응 법칙'이다. 이 말로 영미 이미지파 시인과 중국 고전시(古典時) 사이에 존재하는 미학 추구 방면의 심각한 연계를 설명하였는데, 이 문제는 비교문학에서 전문적으로 연구할 과제이기에 여기에서는 구체적으로 설명하지 않겠다. 다른 방면에서 또한 중국 30년대 현대파 시인들이 영미 이미지파시가 운동 및 그 시인들의 창작에 관심을 갖고 흡수하였다는 중요한 정보를 제공하였다. 즉 그들이 이 시조에서 중서 시가 예술이 현대적 의미에서 융합될 수 있는 공통점을 찾았다는 것이다. 이는 20년대의 시인들이 영미 이미지파시를 소개했 목적과는 매우 다르다. 그 때에 고려했던 것은 어떻게 '자유'와 '백화'로 신시 생존권에 대해 변호할 것인가 하는 것이었고, 이 시기에는 신시의 현대성 건설에 미학적 영향을 받은 '융합론'의 가능성을 위한 증명이었다. 즉 후스가 이로부터 참고하고 주장했던 "구체적인 작법"도 그들의 "명백하고 알기 쉬운" 이론에 의해 말살되었다. 동방과 서구 시의 예술적 만남은 이 유파에서 어려운 실천을 보였다. 바꿔 말하면 그들의 시가 예술에 대한 참고와 흡수는 바로 여러 민족의 예술적 교류를 실천하는 '대응 법칙'의 아주 좋은 증명이다.

예를 들어 스저춘이 번역한 여류시인 스코트(Evelyn Scott)의 시 〈열대의 달(熱帶之月)〉을 보겠다.

---

15) 안이(安嶷), 〈미국 세 여류 시초〉, 역자 기록, 1932년 8월 ≪현대≫제1권 제3기에 실림. 안이는 스저춘의 필명임.

뜨거운 철은
바람에 타격을 받고,
별 같은 불꽃은
하늘에서 꺼진다.
용광로는 빛나고,
적색으로
반반한 종려 나뭇잎 위에서.

    스저춘은 이 시에서 중국 당대(唐代)의 절구가 추구한 '시 속에 그림이 있'는 전통과 유사한 반짝임을 보고, 그녀의 시가 "매우 정교한 도안을 그리는 방식으로 시를 쓴 것이 분명하다"고 하였다. 스저춘은 시인의 창작 속에서 회화의 선명성을 강조하였다. 여기에서 작가 스코트는 열대의 달에 대한 일종의 느낌이나 인상을 썼는데 시에서는 전적으로 구체적인 이미지로 표현하여, 거의 추상적인 단어로 형용하고 꾸미지 않았지만 사람들에게 강렬한 인상을 주었다. 이는 서구 이미지파시에서 완전히 '이미지를 드러내는' 작법인데, 또한 중국 전통시의 고유한 특색이기도 하다. 다이왕수 등 30년대 현대파 시인들도 바로 여기에서 일부 예술적 결합의 암시를 받아, 이로부터 그들 중 일부 시인들의 독특한 미학적 추구를 형성하게 되었다.

    상징적인 몽롱하고 아름다운 특징이 있는 이미지를 창조하기에 힘쓰고, 이미지를 나타냄에 있어서 자신의 감정과 사색을 전달하는 것은 이러한 추구의 표현이다. 스저춘은 미국의 이미지파시를 소개하였으며, 그 자신이 바로 중국 이미지파시의 최초의 실천자였다. 그가 번역 소개한 후 얼마 되지 않아 ≪현대≫ 잡지에 일련의 시들을 발표하였는데 제목은 ≪이미지 서정시≫이다. 이 시들은 이미지의 포착과 창조에 주의를 기울였다. 그 중 〈교각 구멍(橋洞)〉과 〈여름날의 경치(夏日小景)〉 연작시에서 이러한 추구가 특히 돌출된다. 아래는 〈여름날의 경치〉 연작시 중 〈설리번(沙利文)〉이다.

나는 설리번이 매우 무덥다한다.
그 얼음 빙수의 눈꽃 위에 있는
소녀의 크고 까만 눈마저,
내가 모르는 사이의 이전에
모두 나의 Fancy Sundes를 녹아버리게 하였다.[16]
나는 설리번이 매우 무덥다한다.

　시 속에서 쓴 것은 시인의 한 커피숍 여름 풍경에 대한 인상과 느낌
이다. 처음과 끝의 비교적 추상적인 서술은 이미 이러한 의미를 명확히
밝혔다. 시인이 창조적으로 추구한 것은 이러한 느낌을 설명하는 데 있
는 것이 아니라, 이미지로 이러한 느낌을 강화하는 데 있다. 그리하여
"얼음 빙수의 눈꽃 위에 있는/ 소녀의 크고 까만 눈마저" 라는 매우 새
로운 이미지가 포착되어 시에 박혔으며, 나의 상상력을 모두 "융해"시킨
다는 보충을 가하여 시인이 그 "소녀의 크고 까만 눈"에 대한 정감의
강화 작용에 충분히 도달하여, 시의 이미지로 감탄을 자아내게 하는 심
미적 효과를 탄생시켰다. 시에서 전달하려는 뜻에 있어서는 선명한 이
미지와는 반대로 매우 몽롱하게 표현되었다. 이것은 대도시 여름 풍경
에 대한 단순한 스케치지, 커피숍의 인정세태에 대한 감탄인지 아니면
소녀의 아름다움과 열애의 마음과 정감에 대한 관심인지, 도대체 어떤
의미인지 이 시에서는 그다지 중요하지 않다. 중요한 것은 이미지 본래
의 포착과 창조, 이미지 뒤에 숨겨진 일종의 미감이다.
　다이왕수가 번역 소개한 후기 프랑스 상징파의 여러 시인들은, 심미
특징에 대한 개괄에서 이러한 시인들의 예술 특징에 대한 느낌이라기보
다는, 전통시 예술의 어떤 특징과 현대적인 신시 건설의 수요에서 출발
하여, 서구시 예술에 대한 일종의 대응적 인정과 부름이라고 하는 것이
더욱 바람직할 것이다. 예를 들어 그는 구르몽이란 이 '프랑스 후기상징

---

16) 영문, 상상력.

주의 시단의 영도자'를 "그의 시는 절단의 미묘함 — 마음의 미묘함과 감각의 미묘함을 갖고 있다. 그의 애정시는 완전이 독자들의 신경을 자극하여 가는 털 같은 미세한 느낌을 준다."[17]고 하였다. 그리고 폴 포트가 "프랑스 후기상징파 중 가장 순박하고 가장 눈부시며 시의 감정이 있는 시인으로", "그는 가장 서정적인 문자로 사람을 미혹하는 이미지를 표현할 수 있어 기타 과장된 형이상학적 단어들을 사용하는 시인들을 훨씬 초월한다."고 찬미하였다.[18] 또한 잠므의 시가 "일체의 허무한 화려하고, 정교하며, 아름다운 것을 버리고, 그 자신의 순박한 마음으로 시를 짓는다."고 하였고, 그의 "다듬어진 말이 없는 시에서" 사람들은 일상생활의 가장 일반적인 소리를 들을 수 있어 "일종의 특수한 미감을 느끼게 한다."고 하였다.[19] 이러한 개괄은 다이왕수 자신의 심미 관점의 취사 선택을 포함한다. 즉, 그는 과장되고 추상적인 수식어로 시를 짓는 것을 반대하고 버렸으며, 자신의 시에 부합되는 것은 잠재의식이 표현한 관념의 그러한 '마음의 미묘함과 감각의 미묘함'을 추구하며, 일상생활의 일반적인 말을 시에 사용할 것을 추구하였다. 그리고 전달에 있어서 가장 순박하고 사람을 미혹시키는 '시경(詩境)'을 갖추어야만 수용자들이 느낄 수 있는 일종의 '특수한 미감'을 창조할 수 있다는 것이다. 이러한 것들은 프랑스 후기 상징파 시인들이 가지고 있는 심미 특성일 뿐만 아니라, 또한 다이왕수가 민족 전통과 신시 현대성에 근거하여 진행한 심미 추구의 선택이기도 하여, 이 가운데 일종의 미묘한 대응 관계가 있다.

허치팡과 볜즈린은 이러한 대응 관계가 자신의 창작 속에서 체현 된 것을 더욱 진일보 설명하였다. 허치팡은 낭만주의 시의 영향을 포기한

---

17) 다이왕수, 《시몬집》, 역자 서문, 1932년 9월 1일, 《현대》, 제1권 제5기.
18) 다이왕수, 《폴 포트 시초》, 역자 후기, 1930년 1월 1일, 《신문예》, 제1권 제5기.
19) 다이왕수, 《잠므 시초》, 역자 후기, 1929년 9월 15일, 《신문예》, 제1권 제1기.

후 '몇 분의 파르나스파 이후의 프랑스 시인들의 작품에서', 당말 오대의 시사를 읽을 때 일어난 것과 '동일한 도취된 느낌'을 찾았다고 하였다.[20]

벤즈린도 후에 이렇게 말하였다. 한 편으로 그의 초기시 속에는 "한 시기는 이상은(李商隱), 강백석(姜白石)의 시사와 '화간'사 풍의 흔적이 떠오른 것 같고, 다른 한 편으로 또한 보들레르, 엘리엇, 예이츠, 릴케, 발레리의 영향의 흔적도 남겨져 있는 듯하다". "어떤 것은 또 남의 격조를 이용하여 자신의 다른 느낌을 표현하였다". 그는 또 "30년대 동서의 시대 조류를 구분하지 않는" 중에 자신은 "처음에 20년대 서구 '모더니즘' 문학을 읽고 나서 마치 옛 친구를 만난 듯이 글쓰기에서 공명을 이루지 않은 것이 없었다."고 하였다.[21]

위의 간단한 고찰과 논술 속에서 30년대 현대파 시인들의 중외 시가 예술의 영양을 흡수할 때의 분명하고 자각적인 선택 의식을 엿볼 수 있다. 그들은 중외 시가가 현대성의 측면에서 소통할 수 있는 것들을 찾았는데, 사람들의 내재적인 감정 세계 속에서 예술 융합점을 표현하는 것이었다. 현대파 시인들이 20년대 서구 모더니즘 시가 표현한 "옛 친구를 만난 듯'한 친근함은 바로 그들이 중외 시가 예술의 소통이 그들 마음속에서 일으킨 창작의 공명이다. 이러한 공명은 그들이 찾고 창조하고 융합한 중외 시가 예술의 방법이고, 중국 민족의 모더니즘 시가에 속하는 예술의 기초를 구성하는 것이다. 그들은 이 사상을 따라 성공적인 창조를 진행하였으며, 중외 시가 예술의 현대적 소통에 아름다운 다리를 놓아 주었다. 그들이 창조한 열매는 반드시 성숙의 표시는 아니다. 그러나 이러한 열매는 성숙에로 나아가는 길을 예시하고 개척하였다.

---

20) 허치팡, 〈꿈 속의 길을 논함〉.
21) 벤즈린, 〈《조충기력》 서〉.

3 '융합론'의 창조 정신의 표현

다른 민족의 이질적 문화가 '대응 원칙'하에 흡수하는 것은 어떠한 일 치하는 곳이나 '옛 친구를 만난 듯'한 공명감이 존재하든 간에, 결국 자 신의 민족 문화의 현대성 건설이라는 이 목표를 구성하는 데 따른다. 그러므로 흡수 중의 융합은 필연적으로 자신의 창조성을 예술 발전의 생명으로 삼는다. '융합론'의 추구는 '융합'되고 동화되는 것이 아니라, '융합'으로 얻은 자신의 민족 모습에 속하는 창조적 성과물로 세계 문학 현대화의 숲으로 진입하는 것이다. 이 때문에 '융합론'이 추구하는 본질 은 동방 민족의 현대파시에 대한 수립이다.

30년대 현대파 시인들은 이 점을 분명히 이해하였다. 그들은 '융합'이 어색한 모방이 아니며, 간단한 '접목'이 아니라는 것을 알고 있었다. 마 음속의 깊은 곳에 있는 예술미의 창조물로, 두 가지 생물 사이의 접목을 통해 얻은 다른 한 가지 중계성의 물품과는 다르다고 생각했다. 그리고 시인이 어떻게 '세계민'이 되는가? 우선 그리고 최종적으로 마땅히 '지 방민'이 되어야 한다. 모든 흡수 속에서 시인은 반드시 창조성의 변화를 거쳐야만 자신과 자신의 민족에 속하는 노래를 부를 수 있다.

30년대 현대파 시인들 중 일부 우수한 시인들이 창조하여 후세에 전 해지는 작품들은 대부분이 이러한 예술 창조의 정신을 체현하였다.

다이왕수의 〈비 내리는 골목길〉은 중국 전통 시사의 이미지를 중시 하는 장점을 흡수하였을 뿐만 아니라, '라일락은 공연히 비 속에 근심을 맺네(丁香空結雨中愁)'와 같은 비 속의 라일락 꽃망울이 개인의 풀 수 없는 우울함을 상징하는 전고를 직접적으로 이용하였다. 이는 낡은 전 고의 간단한 옮김이나 희석이 아니라, 아름답고 상징적 의미가 풍부한 형상적 창조를 하였다. 고전의 아름다운 결정체는 시인의 현대적 변화 를 거쳤고, 이 변화 속에서 시인은 분명 서구 상징파시의 방법을 흡수하 여, 시 속의 '나', 처녀, 비 내리는 골목길 등의 이미지에 깊은 상징적 함의를 부여하였다. 그리고 또 숨김의 투명도에 도달하였으며, 서구 상징시의 회삽하고 알기 힘든 결함을 피하여, 동방 민족에 속하는 투명한 몽롱미를 창조하였다. 다이왕수의 또 다른 새로운 '걸작'인 〈나의 기억(我的記憶)〉과 〈나무 아래의 속삭임(林下的小語)〉은 각각 잠므의 〈식당(膳廳)〉과 구르몽의 〈시몬집(西茉納集)〉의 영향의 그림자를 남겼다. 그러나 다이왕수의 이러한 이미지의 선택과 느낌의 섬세함은 모두 잠과 구르몽의 작품과 다르며, 다이왕수만의 독창적인 개성화와 민족화의 특징을 갖추고 있다. 여기에서 대비를 하며 설명을 해보겠다. 잠므의 〈식당〉은 자신의 과거에 대한 추억을 쓴 것으로 그 첫 번째 절은 다음과 같다.

> 광택 없는 옷장이 있다.
> 그것은 내 조모의 소리를 들었고,
> 그것은 내 조부의 소리를 들었으며,
> 그것은 내 부친의 소리를 들었다.
> 이러한 기억들에 대해 옷장은 충실하다.
> 다른 사람들은 그것이 침묵만 할 줄 안다고 여기는데 이는 틀렸다.
> 왜냐하면 나는 그것과 대화 하고 있기 때문이다.[22]

여기에서 시인 잠은 자신의 과거에 대한 감정을 식당의 낡은 옷장에 담아 옷장의 기억과 충실함을 통해서, 그리움의 정서를 내심의 심상으로부터 외적인 일상생활 속의 사물의 형상으로 끌어내, 사람들에게 일종의 소박하고 친절한 느낌을 주었다. 아마도 이러한 일상생활 속의 사물을 중시하는 것으로부터 일으킨 친절한 암시라는 점은 다이왕수에게 자신의 '기억'에 대한 시화(詩化)의 구상을 불러일으켰고, 그가 〈나의 기억〉이라는 명작을 짓도록 하였다.

---

22) 다이왕수의 〈잠므 시초〉 역문.

나의 기억은 나에게 충실하다.
나의 가장 좋은 친구보다 더 충실하다.

그것은 타고 있는 궐련 위에 존재하고,
그것은 백합을 그린 펜 자루에 존재하며,
그것은 낡은 분통 위에 존재하고,
그것은 말라비틀어진 수리딸기에 존재하고,
그것은 반 마신 술병 위에 존재한다.
찢어버린 과거의 시고 위에, 말라버린 꽃잎 위에
쓸쓸한 등불 위에, 고요한 물 위에
모든 영혼이 있고 없는 물건 위에
그것은 도처에 사는데, 마치 내가 이 세상에 있는 것과 같다.

일부 일상생활 속에서 가장 보편적이고 또한 가장 추억을 불러일으킬 수 있는 사물이 시인이 엮어 놓은 시적 이미지들에 진입하였다. 왜냐하면 다이왕수가 스스로의 구상이 독특하고 이미지가 선택한 길을 찾아서 사람들의 추상적인 감정 ― '기억' ― 을 최대한으로 구상화하여 매우 번잡하고 풍부하게 드러냈다. 보기에는 평범한 것 같지만 실제로는 모두 그 생활 정감의 함의가 들어있게 하여, 서정시의 암시성의 미학 기능을 증가시켰다. 많은 이미지들은 또한 모두 사람들이 늘상 보아오는 신변의 사소한 것들로 손가는 대로 조합하였으며, 옷장, 시계와 비교해 보면 민족적 색채가 더욱 짙을 뿐만 아니라, 사람들의 기억에도 더욱 내면에 연상되는 친절함을 일으킬 수 있다. 벤즈린이 소개하고 논술한 베를렌의 상징시의 '암시'와 '친절' 이 두 가지는 서구 상징시에 속할 뿐만 아니라 민족 전통시의 특징에도 속하는데, 다이왕수의 이 시 속에서 매우 잘 체현되었다.

설령 일부 시구로 보더라도 비교적 비슷한 시에서 다이왕수는 서구의 영향 속에서도 자신의 창작 변화 과정을 갖았다. 사람들은 늘 잠므의 〈식당〉 마지막 절과 다이왕수 〈가을(秋天)〉의 마지막 절이 비슷하다고 한다. 다음은 〈식당〉의 마지막 절이다.

우리 집에 왔던 많은 남자와 부녀들
그들은 이러한 자그마한 영혼을 믿지 않는다.
허나 나는 그들이 나만 홀로 살고 있다고 여기는 것에 미소 짓는다.
한 손님이 들어와 나에게 묻는다.
— 안녕하세요? 잠므 선생?

다이왕수의 〈가을〉은 가을의 소슬함이 잃어버린 '좋은 꿈'에 대해 낙
담하게 하는 자기 내부의 '근심'을 썼는데, 마지막 절은 이러하다.

나는 그것에 대해 사랑도 없고 공포도 없다.
나는 그것이 가져다준 물건의 중량을 알고 있다.
나는 미소 지으며 편안히 나의 창가에 앉아 있다.
뜬 구름이 협박하는 투로 나에게 말한다.
가을이 왔어요. 왕수 선생!

자신의 이름을 시에 써넣어 생활 속의 현상과 대화하게 하여 서정
대상과 서정 본인의 거리를 가까이 하였으며, 시의 친근감을 증가시켰
다. 이 점은 잠므의 시 유형과 비슷하다. 그러나 그들 사이에는 아주
다른 점이 있다. 하나는 고독한 우울함에 대면한 부담스러운 미소이고,
하나는 인생의 우울한 압력에 대면한 태연한 미소이다. 하나는 친구를
방문할 때 늘상 볼 수 있는 일상적인 실제의 문안이고, 하나는 하늘의
구름이 가을이 다가옴을 알릴 때의 상상 속 위협적인 말투의 경고이다.
동일한 서정 방식이지만 전달한 함의와 시각이 모두 바뀌었다. 작가는
자신의 정서를 표현하는 수요에 따라 '늘 구름으로 태양을 막을 수 있다'
는 이 전통 시구 속의 '구름'의 이미지를 자신의 예술적 구상으로 불러
왔고, 잠므의 원래 시 속의 친구를 방문하여 하는 일반적인 인사는 자연
과 상징이 합쳐진 '구름' 이미지가 발생하는 협박식의 경고와 시인의 태

연한 미소, 창문 앞에 편히 앉아있는 것으로 변하여 고독 속에서 자신감과 우울함이 절반씩 섞인 강한 힘과 느낌이 그 속에 포함되게 하였다. 시 속에서 전달한 감정은 분명 더욱 풍부하고 복잡하다. 다이왕수의 다른 시 〈제사 날(祭日)〉 속에서도 비슷한 구절이 있다. 시인은 제사 날 죽은 친구의 '저승에서의' 정경이 생각나, 그의 '충성스런 눈빛'을 기억하였다. 그 다음은 다음과 같다.

> 그러나 나는 그의 예전의 익숙하고 힘 있는 목소리를 들었다.
> "즐겁소? 다이 씨?"(즐겁다니, 오, 나는 지금 이미 없어졌는데.)

대화의 삽입은 시의 친근감을 증가시켰다. 이는 죽은 친구의 물음으로 자신의 영원히 '즐거움'을 잃어버린 마음을 표현하였고, 아주 가벼운 것 같지만 깊은 곳에 무한한 아픔과 쓰라림이 스며있다. 비록 모두 시인 자신이 문안하는 것으로 끝마쳤지만, 다이왕수가 운용한 전달 방식과 전달의 내용은 모두 더욱 완곡하고 굴곡적이며 또한 더욱 친근함과 암시 속에 일종의 미묘한 자기 조소와 정감의 분위기가 넘쳐난다.

다이왕수가 폴 포트를 소개 할 때 그의 시는 가장 서정적인 시구로 "사람을 미혹시키는 시경(詩境)"을 표현하였다고 하였다. 여기에서 '시경'이라는 이 심미적 평가는 바로 중국 전통시 속에 존재하는 중요한 미학 특징의 개념인 '이미지'를 사용하여 비판의 가치 척도로 삼은 것이다. 서구의 상징시 속에서 자기의 민족의 심미 특성을 찾아, 더욱 자각적으로 자신의 현대적 시의 창작 중에 이 특성을 심미적 추구가 되도록 할 것이다.

이미지의 창조는 중국 전통시 속에서 중요한 미학적 추구이다. 이것은 시인이 서정 중에 정과 경, 주관과 객관이 유기적으로 통일된 시의 경계와 분위기에 이르는 것이다. 다이왕수가 중외 시가 예술의 융합점의 추구에 대하여 더욱 많이 표현한 것은 상징적 이미지의 암시성과 이미지가 드러내는 심원성의 결합에 주의하는 것이었다. 또한 이 결합 속에서 중국 현대파시 특유의 이미지를 창조하였다. 그의 이미지는 고전 시가에 비하여 더욱 깊은 상징적 함의를 갖고 있으며, 고전 시가의 '시 속에 그림이 있고' '정과 경이 서로 융합된' 것에 대한 일종의 현대적 초월이다. 그의 시 〈비 내리는 골목길〉은 상징적 이미지의 조합 속에서 사람들에게 심원한 예술적 경지를 느끼게 해 준다. 〈인상〉이라는 시는 다이왕수가 프랑스로 유학가기 전 손수 편집한 시집인 《왕수의 풀(望舒草)》 중 첫 번째 작품으로, 이미지의 조합 속에서 일종의 상징적 경계를 창조하였다.

깊은 골짜기로 떨어진
유유한 방울소리겠지.
안개 물 속으로 밀려간
작은 고기 배겠지.
만일 청색의 진주라면
그것은 이미 낡은 우물 안 어두운 물속에 떨어졌으리.

나무 꼭대기에 반짝이는 쇠락한 석양
그것은 살그머니 기어 들어가네.
얼굴의 옅은 미소를 따라서.

한 적막한 곳에서 일어난,
아득하고 적막한 흐느낌 소리
또 서서히 적막한 곳으로 돌아오네. 적막하게.

시의 제목을 〈인상〉이라고 했지만, 실제로는 시인의 적막한 느낌과 정서를 썼다. 작가는 생활의 진실한 묘사에 얽매이지 않고, 느낌과 상상 속의 진실에 주의하여 포착하였으며, 감각의 세계에서 그의 상상의 날개를 펼쳤다. 시인은 여러 가지 움직임으로 넘치는 이미지를 선택하여, 이들을 응고 시켜 점차적으로 자신의 적막한 느낌과 마음의 상태를 암시하였다. 매 하나의 이미지는 모두 그 독립적이고 서로 연계되는 상징적 함의를 지니고 있다. 여기에서는 먼저 세 개가 병렬하여 나타난 이미지의 조합이 있다. 즉 깊은 골짜기로 떨어진 유유한 방울소리, 안개 물 속으로 밀려간 작은 고기 배, 낡은 우물 안에 떨어진 청색의 진주. 그리고, 종소리, 고기 배, 진주 이 세 개의 아름다움과 희망을 상징하는 물건이 소실 된 후, 시인 내심의 추구와 이상의 실망을 상징적으로 암시하였다. 이러한 실망감은 바로 이 시 정서의 중심으로, 시 속의 모든 조합된 이미지는 모두가 이 정서를 중심으로 전개되고 있다. 그들의 표현과 상징성의 결합은 주관과 객관, 자연 경치와 인물 간 감정 사이의 완미하고 일치된 이미지를 조성하였다. 이 정서의 축을 에워싸고 시의 이미지를 더 깊은 곳으로 이끌었으며, 그러므로 시 속에는 가볍게 얼굴의 미소를 거두는 석양의 이미지가 나타난다. 이 이미지는 앞의 세 개의 비교적 명랑한 이미지의 더욱 깊은 은유가 될 뿐만 아니라, 정서를 강화하여 아름다운 물건의 소실을 암시하며, 또한 자신의 독립적인 상징의 함의가 있어, 앞의 이미지들과 함께 시 정서의 확대와 보충을 구성하였다. 마지막 절의 시 이미지는 일종의 소리이다. 즉 "적막의 흐느낌"이라는 이 소리는 다른 데서 나온 것이 아니라 바로 시인 마음 속의 순간적인 느낌에서 온 것으로, 이는 앞의 이미지 조합의 점제성의 서정이며 또한 전체 시 이미지를 더욱 깊은 곳으로 이끄는 일종의 돋보이게 하는 여운이다. 고요한 인상 속에서 비통한 '소리'가 전해오며, 또한 실망에 빠진 고요 속으로 사라진다. 이 소리는 매우 먼 곳에서 온 듯 하지만 또한 매우 가까워 "아득히 멀다"라는 감정 색채가 농후한 수식어는 시인 영혼의 적막으로 인한 고통의 무거움을 더욱 암시하였다. 다이왕수는 "시는 진실이 상상을 거쳐서 창조된 것으로 진실한 것만도 아니고 상상만도 아니다"[23]고 하였다. 진실과 상상을 초월하여 창조된 열매는 바로 중서 시 예술의 공통된 심미 추구로, 이것은 고전을 벗어나 현대적 의미의 시대로 들어선 후, 이미지와 상징의 이중적 추구와 융합과 통일을 실현하여, 단순한 진실과 단순한 상상을 초월한 결과에 도달할 수 있었으며, 현대시의 더욱 큰 암시성으로 넘치는 서정적 예술 경계는 또한 이로서 탄생하였다.

중외 시 예술의 융합점에 대한 추구의 심미적 심리는 30년대 현대파 시인들을 중외 시가 예술의 공통점에 대하여 자각하고 깊이 탐색하게 하였으며, 게다가 그들로 하여금 자신의 예술 창조 중에 창조적인 변화 작업을 하게 하였다. 이 창조적인 변화의 결과는 '고전화 하고', '유럽화 하는' 통일된 목표에 이르는 것으로, 볜즈린은 이 방면에서 조건도 되고 또한 자각적으로 지칠 줄 모르는 탐색을 하였다. 그는 시공을 초월하는 안목을 지니고 있었다. 볜즈린은 자신의 예술 선택에 대한 예민한 감각으로 중국 구시(舊詩)의 '의경(意境)'을 중시하는 것과 서구 현대시의 '희극적 상황', 중국 구시의 함축과 서구 현대시의 암시를 중시하는 사이에서 모종의 합일점을 찾아서, 그의 시 창작이 '고대화 되고', '유럽화 되는' 통일된 이미지에 이르게 하였다. 그는 다음과 같이 말하였다. "한 편으로 문학은 민족 풍격이 있어야만 세계적 의의가 있고, 다른 한 편으로 유럽 중세 이후의 문학은 이미 세계의 문학이 되었는데, 이 '세계'에는 당연히 중국도 포함되어 있다. 내가 보기에 문제는 시를 짓는 것이 '고전화 되고' '유럽화 되는' 것이 될 수 있는가 하는 것이다".[24] 예를 들어 볜즈린의 〈흰 소라껍질〉은 발레리가 사용한 일종의 운율 배열상의 가장 복잡한 시의 형식을 모방하여 응용하였지만, 표현 방식과 이미지의 서정에는 민족의 심미 정취와 특질이 깊이 박혀져 있다. "나는 그대의 시듦을 꿈꿨지./ 처마의 물방울에 구멍 뚫린 돌층계,/ 줄톱이 모자란 우물 난간……/ 시간은 인내를 모두 갈아버리네!/ 노란 색은 여전히 어린 병아리들,/ 청색은 여전히 작은 오동나무들,/ 장미색은 아직 장미

---

23) 다이왕수, 〈논시영찰〉.
24) 볜즈린, 《≪조충기력≫ 서》.

에,/ 그러나 당신은 길옆을 뒤돌아보고,/ 나른한 장미의 가시 위에는,/ 아직도 당신의 묵은 눈물이 걸려있네". 우리는 시의 이미지와 서정적 함의로부터 작가가 중외 시가 예술을 융합시킨 노력을 명확하게 보아낼 수 있다. 그러나 이것은 다만 시의 형식적 창조 방면의 돌출된 예일 뿐이다.[25] 이 시의 전체적인 창작에서 벤즈린은 중서 시가 예술의 자각 의식을 소통하여, 여러 가지 시험을 할 수 있게 하였다. 그는 후에 자신의 이 시기의 창작에 대해 다음과 같이 말하였다.

> 스스로 백화 신체시 속에 표현된 생각과 작법 상에서 고금 중외에 적지 않게 서로 통하는 면이 있다.
> 예를 들면 내가 서정시를 지을 때, 우리나라의 구시와 같이 '의경'을 중시하여 서구의 '희극적 환경'을 통하여 희극적인 대사를 쓴 것이다.
> 또 시는 간결해야 한다. 나 스스로 함축을 중시하여 시를 쓸 때 서구 시의 암시성을 중시하는 것이 또한 자연히 쉽게 합치된다.
> ············
> 소극적인 방면에서 말하면, 예를 들어 나의 초기시의 한 단계는 의외로 만당 남송 시사의 말세의 소리가 출현한 적이 있으며, 동시에 서구 '세기말' 시가의 정조에도 조금은 근접하였다.[26]

벤즈린은 '의경(意境)'과 '희극적 환경', '함축'과 '암시'의 미학적 범주에 대해 중서 '소통'의 실천을 통하여 많은 민족 특색을 갖춘 모더니즘 시편을 써냈다. 뒤에서 이에 대해 진일보한 서술을 할 테니, 여기에서는 상세히 설명하지 않겠다.

똑같이 중외 시가 예술의 표현방식을 흡수한 허치팡의 시는 담담한 상징적 색채 속에 고전 시가의 숨결이 한층 더 포함되어 있다. 그의 일

---

25) 벤즈린, 〈≪조충기력≫ 서〉, 이 속에서 "나는 전·후기에 시를 창작 할 때 여러 가지 서구의 시체를 시험하였는데, 예를 들면 〈흰 소라껍질〉에서는 발레리가 사용했던 운율 배열의 가장 복잡한 시체를 이용하였다."라고 하였다.
26) 벤즈린, 〈≪조충기력≫ 서〉.

부 시제는 고전시사 사패의 이름을 직접 사용하였는데 예를 들면, 〈나선원(羅衫怨)〉, 〈휴세홍(休洗紅)〉, 〈관산월(關山月)〉 등등이다. 그러나 내용에 있어서는 현대적 감각이 넘친다. 많은 시에는 신기한 상상과 몽롱한 분위기로 의경미를 구성하여, 사람들에게 어떤 것이 중국 고전의 것이고, 어떤 것이 외국 현대시의 영향인지 분간하기 어렵게 하였다. 예를 들어, 시 〈달 아래에서(月下)〉는 처음 ≪한원집(漢園集)≫에서는 제목을 〈관산월(關山月)〉이라고 하였다.

> 오늘 밤엔 꼭 은빛 꿈이 있으리.
> 마치 흰 비둘기가 목욕의 날개를 펼치고 있는 듯
> 마치 흰 연꽃이 물속에 떨어진 꽃잎처럼
> 마치 유리 같은 오동잎에
> 쌓인 서리 같은 기와 위의 가을 소리로 흘러간 것처럼.
> 그러나 어양(漁陽)에도 은빛 달 파도가 있을까?
> 있다 해도, 영롱한 얼음으로 응고되었을 것이다.
> 꿈에서 마치 순풍에 돛 단 듯한 배는
> 얼어붙은 밤 속으로 들어갈 수 있을까?

은색의 달밤에 그리워하는 사람은 달빛 아래에서 '은빛 꿈'을 떠올린다. 시에서는 세 개의 직유로 이 꿈의 순결함, 부드러움과 아름다움을 설명하였고, 또한 이 꿈의 담담한 우울함, 소리 없음과 고독을 표현하였다. 다음으로 그리워하는 사람이 사는 먼 곳에도 이러한 '은빛 달 파도'가 있는지를 상상하였다. 다시 말해서 이러한 순결하고 아름다운 감정이 있는가 하는 것이다. 그러나 허치팡이 쓴 것은 열애 중의 감정이 아니라 추억할 때 실의에 빠진 느낌으로, 이 허한 감정은 냉각되어서 있다 하여도 이미 얼어버렸다. 나의 그리움은 순풍에 돛 단 배라도 당신의 '얼어버린 밤'으로 들어갈 방법이 없는데, 다시 말해서 '얼어버린' 마음으로 들어갈 수 없다는 것이다. 시 속의 아름다운 이미지는 늘 사람들에게 고전시 속 이미지에 대한 기억을 불러일으키지만, 이 이미지 자체는 또한 전체의 상징을 구성하며, 이러한 전체적인 상징은 경치와 정서를 묘사하는 측면을 초월하여 사람들에게 사랑에 대한, 실망하여 찾을 수 없는 아름다운 이상에 대한 멀고도 복잡한 정서를 불러일으킨다.

30년대 현대파 시인의 작품 속 예술 세계는 중외고금 예술적 빛의 흐름이 합쳐져 있다. 다이왕수는 "낡은 사물에서도 새로운 정서를 찾을 수 있다."[27]고 하였고, 허치팡은 "낡은 시문 속에서 일부 다시금 불태울 수 있는 문자들을 선택한다."[28]고 하였으며, 벤즈린은 "동서 모든 곳의 고전시"에 대해 "자각하든 자각하지 못하든" "모방"하고 "흡수"할 수 있다고 말하였다.[29] 이러한 의론과 청조적인 체험은 모두 모더니즘 시가 중외 문화예술의 영양을 흡수하는 융합점을 찾을 때, 중국 고전시에 대해서나 외국 모더니즘 시에 대해서나 똑같이 선택, 소화와 창조의 과정이 있다는 것을 설명한다. '고전화 하는 것'과 '유럽화 하는 것'의 통일은 중국 모더니즘 시 발전에서 꼭 거쳐야 하는 길이다.

T.S.엘리엇은 "문예부흥 후 모든 유럽 시의 풍격은 모두 모호와 농축의 경향으로 기울었다"[30]고 하였다. 프랑스 상징파, 프랑스 후기 상징파, 미국 이미지파, 영미 현대파 등의 시가 운동은 시간과 주장이 다르지만 몽롱과 전달의 경제(즉 '농축')라는 특징을 추구하는 것은 그들의 공통점이다. 그러나 바로 이 점이 중국 전통시의 깊은 함의와 함축을 즐기는 중국 현대파 시인들의 구미에 맞아, 그들의 중국과 서구시 예술을 '소통'하려는 소원에 중요한 기회를 제공하였으며, '유럽화'와 '고전화'의 길이 서로 통하게 되었다. 그리하여 서로의 흡수와 창조성의 변화가 중국 민족화된 모더니즘 시의 새로운 길을 만들어 놓았고, 이들은

---

27) 다이왕수, 〈논시영찰〉.
28) 허치팡, 〈꿈 속의 길을 논함〉.
29) 벤즈린, 〈≪조충기력≫ 서〉.
30) T.S.엘리엇, 〈단테(Dante Alighieri) ― ≪지옥편≫〉, ≪엘리엇 시학 논문집≫, 국제문화출판사, 1989년, 74쪽.

초기상징파를 초월하여 새로운 경계에로 나아갔다. 동서 시 예술의 융합점을 추구한 결과는 참으로 중국의 민족적 색채를 띤 동방 민족의 모더니즘 시가의 탄생이다.

여기에서 탐구할 만한 문제가 있다. 즉 중국 모더니즘 시의 '유럽화'와 '민족화'의 문제이다.

20년대 상징파시로부터 30년대 현대파시의 발전은 줄곧 이론 비평의 운명을 동반하고 있다. 즉 '서구화'의 산물로 여겨졌던 것이다. 이러한 여론은 80년대에 이르러서도 여전히 벗어나지 못하였다. 그러나 시 발전의 사실이 증명하듯이 모더니즘(상징파를 포함) 시가에서 '고전화 하는 것'과 '서구화 하는 것'은 모두가 현대 민족 예술을 생성한 환경의 제약을 떠나지 못하고, 문학 창조 중에서 창조자 자체가 가지고 있는 민족의 심미 심리와 독자의 심미 습관의 제약을 벗어나지 못하였다. 신시뿐만 아니라 문화의 본질적 특징도 늘 민족 특색을 지니고 있다. 이것은 문학(시를 포함)이 인간의 학문이라는 이 명제가 창조 대상으로 쓴 것이 인간이고, 인간을 위해 탄생한 인성의 본질, 인간 자신의 가치이며, 응당 큰 존중을 받아야 하기 때문이며, 동시에 이 창조자 스스로가 더욱 사람의 주체 형식으로써 존재해야 함을 설명하는 것이다. 그러나 시인의 창조는 내재적인 마음 속 메커니즘의 작용을 떠나지 못한다. 이러한 심리 메커니즘은 외래의 문화가 본 민족의 현대 문화로 전환되는 여과기이거나 혹은 전자제품 중 다른 전압으로 전환되는 변압기와 같아, 늘 외래문화를 흡수하는 데 있어서 제약이나 선택, 전환의 작용을 일으킨다. 여기에서는 변환 생성의 개념을 이용하여 이러한 작용의 결과를 설명할 수 있는데, 이것이 새로운 특징을 갖춘 민족 형식 예술 작품의 탄생이다. 루쉰은 몇 백 편의 외국작품의 영향을 받고 자신의 소설 창작을 시작하였으며, 라오서(老舍)는 다량의 외국 장편소설을 읽고 자신의 습작을 시작하였다. 궈모뤄는 시를 쓰기 전에 휘트먼, 괴테(Johann Wolfgang von Goethe), 셸리, 하이네에 대해 깊이 취한 적이 있는데 전에 없었던 일이고, 위다푸(郁達夫)의 자서전체 소설과 일본의 사소설은 밀접한 관계가 있다.

30년대의 현대파 시인 단체의 현대파 시인들은 더욱 자각적으로 외국 현대파 시가의 최신의 성과를 흡수하였는데, 다이왕수, 볜즈린, 허치팡과 후기 청년시인 쉬츠(徐遲)의 시는 프랑스 후기 상징파시, 미국의 이미지파시, 영미 현대파시의 영양을 받은 것이 매우 분명하였다. 그러나 그들의 작품은 여전히 모두 중국 현대 민족 형식의 산물로, 그들은 외국 시의 영양을 흡수하여 외국 문화에 동화되어 그림자나 모방한 위조품을 만들어 낸 것이 아니라, 외국문화를 정복하여, 자신의 현대 민족 문학을 건설한 주인이 되었다. 한 민족의 작가가 외국문화를 흡수하는 중의 이러한 심리적 메커니즘은 '서구화'의 위기감이 단지 일종의 마음이 조성한 공포의 환상이라는 것을 결정하였다.

30년대의 현대파 시인들은 민족의 상징파, 현대파 시를 창작하는 가운데 다음과 같은 것을 증명하였다. 외래의 문화를 수용하였지만 동화되지 않는 것은 상술한 민족 심미의 심리적 메커니즘의 작용 외에, 여기에서는 또한 한 민족의 문화가 재생 창조된 용기와 힘이 작용하고 있다는 것이다.

이러한 재생 창조의 용기와 힘은 다시 말해서 민족 문화의 심리의 역 문화에 대한 소화 능력이다. 한 민족의 문화전통이 유구할수록 민족 문화의 축적도 풍부해지고, 이러한 창작 전환의 능력도 점점 강대해진다. 민족 문화 사이의 교류는 필연적이다. 강대한 창조적 전환 심리와 능력 있는 민족의 문화는 영원히 사라지지 않는다. 창조 전환이 있으면 또한 반드시 모순과 투쟁이 있다. 펑쉐펑(馮雪峰)은 민족 문화의 창조력을 논할 때 다음과 같이 말하였다.

문화적으로 다른 민족에게 영향을 끼친 민족은 물론 창조력이 있는 것이다. 그러나 다른 민족 문화의 영향을 수용하는 것도 창조력이 있어

야 한다. 민족의 문화에서 창조력의 발휘는 민족 문화 생활의 내재적인
것, 자연 발생적인 요소뿐만 아니라 늘 다른 민족의 투쟁에도 고무를
받는다. 민족과 민족 사이의 경제와 정치의 투쟁으로 일어난 문화 투쟁
에서, 혹은 세계 문화의 모순적으로 발전되고 형성되는 과정에서 민족
적인 것의 문화에서의 타자화와 모방은 바로 이 민족이 문화에서 창조
한 일종의 늘 있는 형태이다. ……이런 타자화의 과정은 반드시 민족
문화의 내재적인 모순이 투쟁을 일으켜야 창조력의 발전이라고 할 수
있다. 창조력은 민족 문화의 모순 투쟁을 필요로 하는데, 즉 낡은 것과
새로운 것의 투쟁, 저급 문화와 고급 문화의 투쟁, 그리고 민족 문화와
세계문화의 투쟁 등등이다.[31]

중국 신시의 발전에서 새로운 문화를 흡수하는 것은 바로 이러한 투
쟁 중에 발전한 것이다. 30년대 현대파 시인들이 중서 시가 예술의 융
합점을 찾는 데 들인 노력도 이러한 모순 투쟁 속에서 실현된 것이다.
이러한 모순 투쟁은 외래 문화의 '서구화' 경향을 억지로 옮겨오는 데에
대한 부정과 반성이 포함될 뿐만 아니라, 그러한 오래전부터 있던 전통
을 고수하는 데 대하여 또한 모더니즘 시조의 유입에 대한 일종의 '서구
화' 공포 심리의 정복도 포함된다. 창조자는 '세계민'이 될 용기가 있어
야 할 뿐만 아니라, '지방민'이 될 용기도 있어야 한다. 외래 문화의 흡
수에 대해 또한 전통 문화를 향한 관심도 함께 갖아야 한다. 그러나 이
러한 추구 속에서, 우선 '서구화의 공포' 심리를 부단히 극복해야하고,
모더니즘 시가의 생존과 발전, 모더니즘 시조에서 중외 시가 예술의 융
합점을 찾는 이론과 실천에 대해 더욱 현실적인 의의를 지니고 있다.
이 점에서 언제나 외래 문화와 전통 문화의 흡수, 그리고 신시 발전
의 길에 개방적인 견해를 갖고 있던 주즈칭 선생은 신시가 외국 시 예
술의 영향을 흡수하는 데에 탁월한 견해를 갖고 있었다. 그는 민족 문
화 전통의 강대한 힘과 시인의 창조적 변화에서 민족 심리 메커니즘의

---

31) 펑쉐펑, 〈창조력〉, ≪펑쉐펑 논문집≫(상권), 인민문학출판사, 1981년, 212쪽.

작용을 보았던 것이다. 30년대의 현대파 시조가 '서구화'의 책망을 받고 있을 때, 주즈칭 선생은 마침 민족 전통의 구심력에 대해 충분히 자신한다는 전제 하에서, 당시 신시가 외국의 영향을 받아 탄생한 '서구화' 문제에 대한 쟁론에서 자신의 견해를 피력하였다. 그는 "이것은 서구화다. 하지만 현대화라고 말하는 것이 더 낫다". "현대화는 새로운 길로, 낡은 길에 비해 많이 짧다. 그들을 '따라 잡으려'면 꼭 이 새로운 길을 걸어야 한다."[32]고 하였다. 나는 이것이 많은 신시 발전의 경험과 교훈에서 나온 매우 과학적인 결론이라고 생각한다.

---

32) 주즈칭, 〈신시 잡화·진정한 시〉, ≪주즈칭 전집≫(제2권), 386쪽.

제**6**장
현대파 시인 단체의 심리 상태 관조

1. '꿈을 찾는 이'의 형상
2. '황무지' 의식
3. '힘겹게 걸어가는 이'의 심리 상태

1 '꿈을 찾는 이'의 형상

신시의 발전이 다원화로 나아가는 예술 탐구는 1930년대에 이르러 갈수록 양극으로 분화되는 현상이 분명하게 드러난다. 한 편으로는 시대적 사명감을 강화해 많은 시인들의 창작이 시대의 맥박과 함께 했으며, 시가 현실과 대중화를 위해 나아가는 진귀한 노력을 보여주었다. 아이칭(艾靑), 장커쟈(臧克家), 푸펑(蒲風), 무무톈(穆木天), 왕야핑(王亞平), 톈젠(田間) 등의 시인들과 '좌련(左聯)'에 속하는 중국시가회(中國詩歌會)의 시인 단체들은 이 신시 발전의 방향을 대표하였다. 다른 한 편으로 시의 창작 사명에 충실한 일부 시인들은 자신의 세계를 응시하여 신시가 내적인 세계를 표현하는 방법과 전달의 예술미에 대한 추구에 집착하였는데, 다이왕수(戴望舒), 벤즈린(卞之琳)을 대표로 하는 현대파 시조가 대체로 후자에 속한다.

이 시인 단체들은 모두가 시대의 투쟁을 멀리하는 생활 태도와 독특한 심미 가치의 관념으로 인하여 비슷한 풍격 속에서 비슷한 사색과 심리 상태를 표현하고 빛나도록 했는데, 우리는 이러한 작품이 표현한 사색과 심리 상태에 들어가야만 작품의 표면을 통과하여 세속적인 관습의

260 제6장 현대파 시인 단체의 심리 상태 관조

각막을 타파하고 이 시조가 갖는 현대성의 특징을 이해할 수 있게 된다.

현대파 시인들은 주로 두 부류의 청년 시인들로 구성되었다. 한 부류는 시대의 정상에서 '용감히 맞서 싸우는 사람들'이고, 다른 한 부류는 학교의 울타리에서 막 나와 불합리한 세계에 대한 분노의 정신 혹은 몽환적인 정감을 가득 품은 '깊이 사색하는 사람(深思者)'들이다. 그들 내면의 불은 '추위를 두려워하지만 투명'하며 '죽어버린 얼어붙은 불의 그림자'(다이왕수 말)로, 아직도 그들의 마음 속에서 꺼지지 않고 반짝이고 있다. 자신의 사상 발전과 시의 심미적 취향은 그들 창작의 내용이 나아갈 총체적인 궤도를 결정하였다. 즉 시대 풍운의 변화와 인민들의 생활 질고와의 거리감과 무관심은 창작의 중점을 개인의 내심 세계의 자아에 대한 관찰과 개발에 집중되거나, 혹은 내심 세계의 구상화를 통하여 투영된 빛이 시대적 감수와 서로 연결되게 하였다. 설사 그들의 필체가 우연히 외부 세계의 사회 생활이나 자연 현상을 언급하였다 할지라도, 이러한 이미지는 내재적 정서의 느낌이나 상징의 창구가 되게 하였고, 그리하여 우리는 그들의 시에서 시대 조류의 출렁이는 소리를 듣기가 어려웠다.

한 부분의 상실은 종종 다른 한 부분의 수확이다. 한 영역의 생활에 대한 둔함은 다른 한 생활에 대한 예민함을 발전시켰다. 그러므로 독특한 현대인의 예민함으로 일상생활과 사소한 사물 중에서 시를 발견하거나, 혹은 개인의 감정 세계에서 시를 발굴하는 것은 현대파 시인들에게 몽롱한 외형에 표현된 노래 소리의 주요 가락을 형성케 하였으며, 무관심과 열정, 절망과 추구, 막연함과 명백함은 일부 시인들의 마음 속에서 모순의 그물망을 조성하였다. "나는 당시 방향이 명확하지 못하여, 작은 곳에 민감하고 큰 곳에 막연했기에, 역사 사건, 시대의 풍운에 대면하여 늘 자신의 슬픔과 기쁨을 표현하려 했지만 어떻게 표현하면 좋을지 몰라했다. 이 시기에 시를 짓는 것은 언제나 몸은 깊은 골짜기에 있으면서 마음은 산꼭대기에 있는 듯하였다"[1]. 이와 같이 시인 벤즈린의 몇 년 후의 반성적인 고백은 당시 현대파의 일부 정직한 시인들의 불평형의 심리 상태와 창작 내용의 방향을 대표하였다고 할 수 있다.

현대파 시인들의 이러한 심리 상태에서 창조된 예술 세계는 바람과 우뢰가 격렬한 시대의 풍운, 광대한 인민 생활의 사회 현실과 비교하면 협소하고 단조로웠다. 그러나 총체적인 인생 경험과 정감이 흐르는 양에서 볼 때, 이는 또한 독특한 광활함과 깊은 풍채를 뿜어낸다. 일부 시들에는 몽롱하고 함축된 형식에서 사람들의 현대의식의 탐구와 현대 사회의 인생에 대한 사고가 침투되어 있다. 시대, 사회, 인생의 투영은 더욱 깊은 형태로 여러 가지 형식으로 표현된다. 예를 들면 '장식의 의의는 자신을 잃는 데 있다', '나는 나를 완성함으로써 것으로 나를 완성한다.'(볜즈린의 〈화장대(妝台)〉). 주체 가치에 대한 관찰과 확인은 현대파 시인들에게 일부 공통된 주제 속에서 자아의 형상을 찾게 했는데, 이러한 형상은 또한 큰 시대적 맥박과 연결된 의식과 심리 상태를 포함한다. 여기에서는 단지 세 가지 면에서 분석을 해 보겠다.

'꿈을 찾는 이'의 형상

중화민족의 우수한 지식인들은 지난 세기 말부터 서구 열강들의 침략과 대포 소리로부터 깨어난 후, 마비된 인민들을 대면하며 고통스레 민족 각성과 민족 해방의 길을 사색하고 탐구하였다. 그들은 한 번 한 번 이상의 환멸 속에서 중화민족 신생의 희망을 찾았다. 몇 세대 사람들의 희망과 실망은 고통으로 넘치는 넓고 아름다운 꿈을 이루었다. '오사' 사상 혁명과 문화 혁명 이후, 이러한 꿈을 찾는 의식은 한 세대 한 세대 각성된 이들의 마음을 물들였고, 얼마의 작품들이 꿈을 찾는 의식의 내심과 외상의 창조적 응집물을 이루었다. 중국 민족 영혼의 대표인 루쉰은 1918년에 〈꿈(夢)〉이라는 제목의 신시를 지었다.

---

1) 볜즈린, 〈《조충기력》 서〉.

아주 많은 꿈이 황혼에 소란을 피운다.

앞의 꿈이 그 앞의 꿈을 대신했을 때, 그 뒤의 꿈은 또 앞의 꿈을
쫓는다.

가버린 꿈은 먹처럼 검고, 그 뒤의 꿈도 먹처럼 검다.

간 것과 있는 것은 모두 "나는 참 좋은 색깔인 것 같아"라고 말하
는 것 같다.

색깔은 좋지만 캄캄하여 잘 모르겠고,

게다가 모른다. 말하는 이가 누구인지.

캄캄하여 잘 모른다. 몸이 뜨겁고 머리가 아프다.

너는 여기로 오너라! 명백한 꿈이여.

 루쉰은 역사의 관찰 중에 과거의 꿈에 대한 일종의 실망감을 표현하
였다. 그는 인생 존재의 이상에 부합되는 '명백한 꿈'을 간절하게 부르
고 추구하고 있다. 후에 루쉰이 쓴 '지나가는 손님(過客)'이라는 뜻이
깊은 형상은 현대 역사에서 다소 꿈을 찾는 이들이라는 힘겹게 걸어가
는 모순된 정감, 정신적 역량과 끈질긴 품격을 주조해 냈다. 1930년대
에 이르자, 짧은 광명의 희망은 갑자기 더욱 커다란 암흑, 피비린내 나
는 압박으로 대체되었고, 일부 각성된 시인들의 꿈을 찾는 이의 의식은
또한 새롭고 더욱 무거운 분위기 속에서 일어났다.

 현실에서 잃어버린 이상은 꿈결에서야 보상을 받을 수 있고, 암흑 속
에서 갈망하는 광명의 낙원은 꿈결에서만 실현될 수 있다. 환상 중의
아름답고 따뜻한 파멸은 꿈속의 몽롱한 길에서만 찾을 수 있다. 이러한
여러 가지 원인으로 인하여 신시의 국토에는 사방팔방에서 젊은 '꿈을
찾는 이'들이 모여들었다. 그들은 서로 다른 소리와 색깔로 자신들 내면
의 정서와 심리 형상을 조각하였으며, 다시 한 번 단체의 형식으로 시대
적이면서 또한 민족적인 '꿈을 찾는 이'의 노래를 불렀다. 다이왕수의
〈비 내리는 골목길〉은 사랑의 추구와 실망의 외연에서 꿈을 찾는 이가
추구하는 길에서 아름다운 꿈을 얻었다가 다시 잃어버려 한없이 실의에

빠진 느낌을 묘사하였다. 그 빗속의 라일락 같이 향기로운 처녀 자체가 아름답고 붙잡을 수 없는, 마침내 잃어버릴 수밖에 없는 꿈의 상징이다. 그의 〈낡은 절 앞에서(古神祠前)〉, 〈나의 기억〉, 〈하늘에 대한 고향을 그리는 병(對于天的怀鄕病)〉, 〈나에 대한 소묘(我的素描)〉 등의 시들은 나지막한 감상적인 율동 속에서 꿈을 찾는 이의 고집 센 영혼이 방황하고 있으며, 꿈을 찾는 이의 추구와 환멸의 모순된 심리 상태를 진실하게 반영하고 있다.

〈극락조〉에서 사계절과 밤낮을 구분하지 않고 '쉴 새 없이' '영원한 고역' 같은 비행을 하는 그 '화려한 날개의 극락조'는 고통스럽게 잃어버린 꿈을 추구하는 '천국'의 시인 자신을 상징하고 있다. 이는 그의 〈꿈을 찾는 이〉는 각성되고 집착적인 이 단체의 정신세계의 조각상이다. 시인은 꿈의 아름다움을 썼을 뿐만 아니라, 더욱이 꿈을 찾는 이가 걷는 어려운 발길을 써냈다.

다음 시는 '비상'을 통하여 많은 독자들의 사랑을 받아 잘 기억되고 있는 〈극락조(樂園鳥)〉이다.

> 날아, 날아, 봄, 여름, 가을, 겨울,
> 낮, 밤, 쉴 새 없이.
> 화려한 날개의 극락조여
> 이는 행복한 여행인가?
> 아니면 영원한 고역인가?
>
> 목이 마를 때도 이슬을 마시고
> 배가 고플 때도 이슬을 마시네.
> 화려한 날개의 극락조여
> 이는 신선의 맛있는 음식인가?
> 아니면 하늘에 대한 그리움 때문인가?
>
> 낙원에서 온 것인가,

아니면 낙원으로 가는 것인가?
화려한 날개의 극락조여,
망망한 푸른 하늘에서도
너의 여행길은 적막한가?

만일 네가 낙원에서 왔다면,
우리한테 말할 수 있는가?
화려한 날개의 극락조여
아담과 이브가 쫓겨난 후,
그 하늘의 화원은 어떻게 황폐해졌는가?

이 시에 담긴 깊은 뜻은 당시에는 결코 많은 사람들이 이해할 수 있는 것이 아니었다. 예를 들어 어떤 평론가는 다이왕수의 시가 그 자체로 "큰 느낌이 몰려오나 다듬어 놓으면 흔적이 보이지 않는다"(왕세정이 〈예원잔언(藝苑厄言)〉에서 도연명을 평한 말)고 하였다. 이 때문에 이들의 "통일된 정서나 혹은 색조'를 표현하라면 그것은 바로 '작품 속에 가로 놓인 허무하고 비관적인 사상'이다. 〈극락조〉가 바로 이 비평가가 '제일 즐기는' '좋은 시' 중 한 편이다.2) 후에 또 다른 평론가는 이 시 속의 "하늘의 화원"마저 이미 "황폐해졌다"고 묘사한 것에 근거하여 이 시가 비관적이고 허무한 색채를 띠고 있다고 여겼다. 사실 이러한 판단은 일정한 편견과 오해의 성분이 있다. 극락조의 형상은 "영원한 고역"을 기꺼이 감당하려고 하는 자의 형상이다. 그는 "하늘에 대한 그리움"이라는 꿈을 안고 "망망한 푸른 하늘"에서 일 년 사계절 "쉴 새 없이" 날아다닌다. 그는 추구자의 적막을 맛보고 또한 추구자의 고생을 모두 다 하였다. 그의 "하늘에 대한 그리움"에는 아름다운 꿈에 대한 추구가 간직되어 있다. 그러나 "낙원"은 이미 영원히 사라졌다. 땅 위가 "황폐"할 뿐만 아니라 하늘도 "황폐"해 졌다. 시인의 모든 물음은 자신

---

2) 쑨쥑원, 〈'현대파시'를 논함〉.

의 "꿈을 찾는 이"의 고통스러운 심리 상태를 암시하고 있다. 중국 굴원
(屈原)의 "길은 멀고 수행도 멀어, 나는 위 아래로 탐구한다"는 추구 정
신, "아홉 번을 죽어도 후회하지 않는다"는 끈질긴 품격은 서구의 예수
가 수난을 당하는 형상이나 밀턴(John Milton)의 ≪실낙원(失樂園)≫
의 이미지가 결합되고, 이들은 모두 이 시의 이미지에서 충분히 나타난
다. 시인은 고집스럽고 비극적인 색채를 띤 이미지 속에서 자신의 끈질
기고 집착적인 꿈을 찾는 정신을 전달하였다.

만약 '극락조'가 작가가 고의로 만들어낸 상징적인 이미지라면, 시인
의 '꿈을 찾는 이'라는 한 무리의 정신적인 창조의 추구는 더욱 직접적
인 암시의 특징을 갖게 된다. 이 시를 읽고 나면 누구라도 시인 다이왕
수가 찬미한 그 "아홉 번 죽어도 후회하지 않는다"는 많은 민족 영혼들
의 현대적인 꿈을 찾는 정신을 잊을 수 없을 것이다.

> 꿈은 꽃을 피우리,
> 꿈은 아름답고 요염한 꽃을 피우리.
> 더 없이 진귀한 보물을 찾으러 가세.
>
> 푸른 바다에,
> 푸른 바다 밑에
> 금빛의 조개 하나가 깊이 숨어있네.
>
> 구 년의 빙산을 타고 올라,
> 구 년의 마른 바다를 항해 하여라,
> 그 다음 당신은 그 금빛 조개를 만나게 되리.
>
> 그것은 하늘의 운우의 소리가 있고,
> 그것은 바다의 파도 소리가 있으며,
> 그것은 당신의 마음을 취하게 하리.
>
> 바다 속에서 구년을 기르고,

하늘에서 구년을 길러,
그 다음, 그것은 캄캄한 밤 속에서 활짝 꽃피우리.

당신의 귀밑머리 희끗희끗해질 때
당신의 눈이 몽롱해질 때
금빛의 조개는 복숭아 빛의 진주를 토하리.

복숭아 빛 진주를 당신의 품에 안고,
복숭아 빛 진주를 당신의 베개 옆에 놓아,
그러면 하나의 꿈이 조용히 떠오르리.

당신의 꿈은 꽃을 피웠네.
당신의 꿈은 아름답고 요염한 꽃을 피웠네.
당신이 이미 늙었을 때에.

시인은 현실 생활의 측면을 초월하여 보편성을 띤 인생 철학의 사고를 하였다. 모든 사람들이 어찌 인생의 여행 중에 꿈을 찾는 이가 아니겠는가? 꿈은 현실적 존재를 초월하여 사람들이 더욱 바라는 것으로 무한이 아름다운 것이다. 그것은 마치 '금빛의 조개가 복숭아 빛의 진주를 내뱉'는 것 같은 진귀한 가치가 있다. 그러나 사람들이 그것을 얻으려면 반드시 필생의 고달픈 대가를 치러야 한다. 아름답고 요염한 꽃을 피우는 꿈이 '조용히 떠오를' 때 당신은 이미 '눈이 몽롱하고' 생명이 '늙어갈' 때이다. 시인은 그 시대 이들이 추구하는 꿈의 무한한 아름다움을 쓰고 있으며, 더욱이 모든 꿈을 찾는 사람들이 반드시 바쳐야 하는 막대한 대가를 집중해서 썼다. 중화 민족으로서 다년간의 각성된 꿈을 찾는 이들의 완강하고 집착적인 정신의 특징이 이 상징시 속에서 매우 훌륭하게 표현되었다.

이러한 단체의 심리 상태는 때로는 더욱 은밀하게 일부 시의 상징적인 이미지 속에 나타난다. 다이왕수의 〈불나방(灯蛾)〉과 벤즈린의 〈불벌레(燈蟲)〉는 불에 날아들어 죽어가는 벌레들에 대한 깊은 사색을 통하여 시인 영혼의 깊은 곳에서 밝고 희망찬 꿈에 대한 희망과 추구를 표현하였다. 벤즈린은 다이왕수에 비해 더욱 냉정한 지성을 갖추고 있다. 그의 펜으로 쓰여진 꿈을 찾는 이의 형상은 예사롭지 않은 숨김과 우울함을 표현하였다. 〈흰 소라껍질(白螺殼)〉은 이상과 현실의 모순을 드러내는 것으로부터 꿈을 찾는 이의 정신 세계를 표현하였다. 시에서는 '흰 소라껍질'를 바다에 의해 매우 순결하고 풍부하게 씻겨진 인생의 이상적인 상징물로 보았다.

> 영혼이 없는 흰 소라껍질, 너의
> 눈동자 속에는 먼지를 남기지 않지만
> 나의 손안에 떨어져
> 천 가지 느낌을 이룬다.

여기에는 아름다운 인생의 이상이 숨겨져 있다. 그러나 시인은 사람들에게 일생의 긴 추구를 통하여 아름다운 꿈이 결코 현실로 이루어지지 않는다면, 사람들이 얻은 것은 도대체 무엇인가 라는 것을 알려주고 있다.

> 노란색은 여러 병아리들에게
> 청색은 어려 작은 오동나무들에게
> 장미색은 장미들에게 돌려준다.
> 그러나 당신이 길옆을 뒤돌아보면
> 여린 장미의 가시 위에
> 여전히 당신의 묵은 눈물이 걸려있다.

'묵은 눈물(宿淚)'은 사람이 일생을 통해 이상을 위해 고군분투한 공헌의 기념이다. 인생의 아름다운 꿈을 추구하는 과정은 사람들에게 가장 잊혀지지 않는 기념이다. 꿈을 찾는 이가 추구 속에서 겪는 고통이 바로 이들이 가지고 있는 기쁨이다. 작가는 꿈을 찾는 이의 내심 세계에서 느낀 더욱 심원한 철리를 체험하고 있다.

이 단체로 볼 때, 시인은 영원히 맑게 '혼자 깨어 있는 사람이다'. 꿈을 추구하는 중에도 그는 시시각각 자신의 내면세계를 자세히 살펴보고 '낡은 주인의 꿈의 흔적'에 영향을 받지 않고, 늘 자신의 영혼을 고문하며 이러한 꿈을 찾는 의식의 명백함과 냉정함을 견지하고 있다.

> 당신은 방향을 잃지 않는가요?
> 꿈속의 안개 가득한 물 속에서.
> ― 〈꿈에 빠지다(入夢)〉

이러한 냉정함과 명백함은 30년대 현대파 시인들이 민족적인 것과 자신의 길에서 선택한 신중한 사고가 이미 '오사 운동' 시기의 열기에서 현대 의식의 엄숙함으로 진입하였음을 나타낸다. 그들은 꿈속의 깊은 취함에 빠지려 하지 않았고, 또한 역시 꿈속에서 방향을 잃는 것도 달가워하지 않았다. 이러한 면에서 시인 허치팡은 더욱 많은 수확을 얻었다. 벤즈린에 비해 허치팡이 묘사한 꿈을 찾는 이는 더욱 많은 열정과 깊은 사색이 결합된 색채를 지니고 있다. 그의 첫 번째 시 〈예언(預言)〉은 바로 따뜻한 꿈을 잃은 후의 탄식이다. 그는 자신의 최초의 일부 시가 작품들은 모두가 '잠 못 이루는 밤의 탄식과 뒤척임'이라고 하였는데, 후에 이러한 '변화'는 계속될 수 없었고, "나는 잃어버린 황금 열쇠를 찾아 꿈의 문을 열 수 있었고, 세월의 번뇌와 먼지를 지니고 녹음이 우거진 뜰로 다시 돌아왔다. 나는 결국 황량함을 찾았다."[3]고 하였다. 꿈은 그에게 더욱 많은 따스함을 가져다주지 못했다. 그는 고향으로 다시 돌아가 지은 시 〈측백나무 숲(柏林)〉의 결말에 다음과 같이 썼다.

---

3) 허치팡, 〈연니집 · 후기(燕泥集 · 后話)〉, ≪허치팡 문집≫(제2권), 인민문학출판사, 1982년, 60쪽.

이때부터 어른의 적막을 느끼기 시작하였고,
꿈 속 길의 황량함을 더욱 좋아하였다.

　그는 자신이 시를 짓는 길을 직접 '꿈 속의 길'이라고 불렀다. 그가
베이징이라는 '이 사막 같은 곳'으로 다시 돌아왔을 때, "이로부터 나는
더는 하늘의 별들을 바라보며 꿈을 꾸는 사람이 아니다."[4]고 하였다.
그러나 조금 후에 쓴 시적 정취가 넘치는 산문에는 여전히 ≪화몽록(畫
夢錄)≫이라는 제목을 달았고, 여기에는 꿈을 찾는 격정과 영감이 차고
시 속에 흘러 넘친다. 다른 것은 〈예언〉, 〈기후병(季候病)〉, 〈다시 증
정(再贈)〉 등 아름다운 꿈에 대한 추구가 늘 사랑에 대한 추억과 함께
엉켜있지만, 그 사랑은 꿈의 실체이며 때로는 아름다운 인생에 대한 꿈
의 상징이기도 하다는 점이다.
　다음은 〈기후병〉이다.

　　내가 병으로 앓고 있다는 것에 대해 부정하지 않는다.
　　뼈 속까지 스며드는 상사(想思)이며 연애의 증후라는 것을.
　　그러나 누구의 치마 한쪽이 가볍게 날리고,
　　나의 무성한 꿈속의 영혼은 밤낮으로 감도는가?
　　누구의 기대하는 검은 눈이 방목녀의 방울소리처럼
　　순종적인 양떼를 부르고 있는가? 나의 가련한 마음인가?
　　아니, 나는 가을을 꿈꾸고, 그리워하고 생각하네.
　　구월의 맑은 하늘은 얼마나 높고 둥근가?
　　나의 영혼은 얼마나 가볍게 들려 비상하는가?
　　백로(白露)의 공기를 통해 나의 탄식하는 눈길처럼,
　　남방의 교목은 모두 손바닥 같은 붉은 잎이 떨어지고,
　　길고 긴 말발굽 소리는 심산의 적막을 깨뜨리거나
　　혹은 한 줄기 시냇물에 투명된 근심이 흐른다,
　　점점 편해지는 것 같기도 하고, 또 더욱 깊이 얽매이는 것 같기도
하다…….

───────────────

　4) 허치팡, 〈꿈 속의 길을 논함〉.

봄이 가고 또 여름이 와, 나는 남몰래 초췌해지고
골똘히 생각한다, 소리 내지 않고 눈물도 흘리지 않고!

시인이 여기에서 사색하고 있는 것은 인생이 추구하는 아름다운 꿈이다. 그는 이러한 꿈속의 고통이 단지 사랑에 대한 꿈의 실망을 품고 있는 젊은이들만이 느끼는 슬픔이 아니라고 분명히 말하고 있다. 그의 꿈에 대한 추구는 다른 함의가 숨겨져 있다. '가을' 속 '구월의 맑은 하늘'은 다만 이상 세계에 대한 상징으로, 시에서는 작가의 독특하고 끈질긴 추구로, 환상에 치우친 고집 센 성격의 색채로 표현되어 있다. 이렇듯 '골똘히 생각' 하는 것은 각성된 지식인들의 보편적인 심리 상태이다.

허치팡은 초기에 뭔가 큰 추구를 하지 않았기 때문에 더욱 깊은 고통도 실망도 없었다. 그의 꿈도 역시 열정적인 달콤함과 투명한 우울감을 지니고 있었는데, 그의 아름다운 생각이나 영혼의 비상은 꿈을 찾는 이들의 공통된 노래 소리였다. 후에 그는 쓰촨(四川) 완현(万縣)에 있는 고향에 한 번 다녀왔는데 그 '동년의 드넓은 왕국'이 '비참하게 작다'는 것을 슬프게 발견한다. 기억의 가장 깊은 곳에 숨겨둔 '낙원'이 사라진 후에야 시인은 열정적인 꿈에서 깨어나 더욱 큰 '어른의 적막'을 씹기 시작하였다. 그 후 일부 꿈을 찾는 시들은 구슬프고 비참하며 격분된 비판적인 색채가 깊이 스며들었고, 꿈의 아름다움과 열정은 사라져버렸다. 시인의 꿈의 정경은 때론 결국 황량한 사막과도 같이 더욱 큰 적막 속에서 개인의 꿈에 대한 추구로부터 모든 인생의 꿈에 대한 탐구로 전환되었다. 〈불면의 밤(失眠夜)〉은 이러한 문화적 심리 상태를 전형적으로 표현하였다.

마침 한 사람이 아득히 먼 꿈결에서
돌아온다. 어떤 사람의 꿈속도 사막이다.
배회하고 있다.

　　　　딱, 딱
딱따기는 무거운 발걸음을 내디디며
길을 잃은 거리와 골목을 두드리며 묻지만,
다른 사람은 문 밖의 개 짖는 소리에 놀라고,
자신은 또 벙어리가 된다.

마지막에 너 이 밤차는
길게 탄식해야 하리.
너 그렇게 강하고 떨리는 때
수림의 잎은 차가운 이슬에 떨고 있다.

병든 아이는 어머니의 손목에서
잠이 깬 눈을 비비며 울고 있다.
백발인의 잠꼬대는
옆의 코고는 사람을 깨우지 못한다.

차여, 너는 여러 가지 다른 꿈을 싣고
길에서 일부를 주워 올리고
또 길에 버려버린다.5)

　시인의 꿈을 찾는 마음의 변화는 매우 분명하다. 아득히 먼 꿈에서
돌아온 사람은 시인 자신이며, 꿈의 사막에서 배회하는 이 역시 시인
자신이다. 시인은 꿈속에서 놀라 깨어나 현실 세계 밤의 적막함과 황량
함, 길고 긴 처량하고 쓸쓸히 세인들의 연민과 마비를 듣고 있다. 얼마
나 많은 꿈이 소멸되고 얼마나 많은 꿈이 또 다시 만들어지는가. 인생
은 바로 이 꿈의 추구와 환멸 속에서 심각하게 발전하고 전진하는 것이
다. 우리는 이 속에서 시인이 가지고 있는 "모든 사람이 취했는데 나
홀로 깨어있는" 꿈을 찾는 이의 가장 깊은 고통을 뚜렷하게 느낄 수
있다.

---

5) 1936년 상무인서관, ≪한원집≫ 판본에 의한 것으로, 후에 작가가 수정함.

2 '황무지' 의식

영국 현대파의 대 시인 T.S.엘리엇이 1922년에 발표한 유명한 장편 시 ≪황무지≫는 서구 시인들의 마음을 흔들어 놓았으며, 더욱이 나라와 국민의 비극적 운명을 조급히 생각하고 있던 중국의 각성한 지식인들의 정신세계에도 깊은 영향을 미쳤는데, 특히 미학적인 관념에서 같은 의식을 가지고 있던 30년대 다이왕수를 대표로 한 현대파 시인들에게까지 파급되었다. 후에 현대파 시인들의 손을 거쳐 ≪황무지≫는 중국어로 번역되어 중국에 소개되었으며, 당시의 지식계, 특히 청년 시인들의 창작에 지대한 영향을 일으킨다. 나는 이것이 '오사 운동' 이후 신시 발전 중 첫 번째로 나타난 가장 큰 현대적인 '충격파'라고 생각한다.[6]

T.S.엘리엇의 ≪황무지≫는 상징의 현대적 수법으로 제1차 세계대전 후 자본주의 사회의 현실과 인생, 사람의 운명과 생존방식, 그들의 정신세계의 공허함과 무료함 등에 대해 심각한 풍자와 비판적인 묘사를 하였는데, 이는 ≪성경≫ 속에서 메뚜기 떼가 지나간 후에는 '황무지'가 될 것이라는 전설을 중심으로 한 상징적 이미지로, 객관 세계와 사람들의 정신생활에 대해 냉혹하고도 매서운 분석을 하여, 지성적 특징과 반어적인 풍자의 색채가 넘치게 하였다. 이 시를 사람들은 "과거와 미래의 다리"라고 불렀다.[7]

T.S.엘리엇이 '황무지'를 상징적 이미지삼아 표현한 서구 사회에 대한 심각한 절망과 강렬한 부정 정신은 중국 30년대의 현대파 시인들의 문화적 심리 상태에 깊은 영향을 주었다. 이로써 탄생한 '황무지' 의식은

---

6) 졸작, ≪중국현대시가예술≫(인민문학출판사, 1992년 11월)에 수록한 〈≪황무지≫ 충격파를 받은 현대 시인들에 대한 탐구(≪荒原≫冲擊波下的現代詩人們的探索)〉를 참고하기 바람.

7) 샤오쉰메이, 〈현대 미국시단 개관〉, 1934년 10월 ≪현대≫, 제5권 제6호.

한때 민감한 지식인들의 마음을 물들였고, 현대파 시인들도 이러한 비판의식의 침투로 인류 의식의 탐구와 중국사회 현실에 대한 비판적인 사고의 단계로 진입하였다.

《황무지》의 충격파는 처음에는 신월파의 일부 현대 의식이 있는 시인들에게서 표현되었는데, 그들은 민감한 눈으로 T.S.엘리엇과 그의 《황무지》가 시 관념의 변화에 끼친 중요성에 주목하였다. 《신월》 잡지는 '서평(書評)' 란에 글을 발표하여, T.S.엘리엇이 현대시인들을 밀턴식의 낭만주의에서 벗어나, 시의 새로운 '길'을 개척하게 한 대표적인 위치에 있다고 추앙하였다. 그들은 T.S.엘리엇이 자신의 새로운 감각 방식과 현대성의 표현 기교로써, 시가 균형과 가치를 잃었을 때 20세기 시의 발전에 '새로운 균형을 수립하였으며', 그의 《황무지》, 이 빛나는 장편 시는 "모든 인류의 의식을 집중한 노력이다."[8]고 하였다. 《신월》 잡지에서는 보들레르와 베를렌의 상징주의 시를 소개하였는데, 이러한 소개자 가운데의 한 사람이며, 후에 현대파 시인이 된 벤지린은 이 시기 이미 "상징파로 가는 길이 멀지 않았다"[9]고 인정되었으며, 《황무지》의 영향을 받아들였다.

신월파의 맹장인 쉬즈모는 보들레르의 신비한 미감에 대해 일찍이 20년대 초에 크나큰 관심과 탄복을 표시하면서, 보들레르의 시에는 일종의 들리지 않는 음악이 있다고 하였다.[10] 30년대에 이르러, 그는 싱

---

8) 순보(苏波), 〈루이스(Lewis)의 세 권의 책, 1.영시의 새로운 평형〉, 1933년 3월 1일, 《신월》, 제4권 제6호.

9) 스링(石灵),《신월파시》, 양쾅한, 류푸춘이 편집한 《중국현대시론선》(상권)에서 인용.

10) 쉬즈모가 보들레르의 〈시체〉를 번역한 것과 그 서문을 참조. 1924년 12월 1일 《어사》 제3기에 수록. 쉬즈모가 보들레르 시음악의 신비성에 대해 쓴 관점에 대해서, 루쉰, 류반눙 등이 모두 문장을 써서 반박하거나 조소하였다. 그러나 내가 보기에 이 논쟁은 시음악의 신비성에 대한 옳고 그름을 반대하거나 찬미하는 논쟁이 아니라, 서로 다른 유파의 다른 미적 관념 사이의 일종의 학술적 논쟁이었다. 루쉰의 지위로 인하여 루쉰의 비평을 긍정하고, 쉬즈모의 관점을 완전히 부정하는

펑쥐(邢朋擧)가 번역한 ≪보들레르의 산문시≫란 책에 매우 긴 서언을 써주었는데, 여기에 그의 상징파시의 미학 관념에 대한 진일보한 접근을 서술하였다. 더욱이 이때에 보들레르에 대한 열정으로부터 T.S.엘리엇에 대한 수용으로 전환하였다. 그가 말한 바와 같이, 보들레르는 "19세기의 참회자"이며, 그의 "기점은 그들 자신의 의식이며, 종점은 한 시대 전체 인류의 성령에 대한 총화"[11]이다. 여기에서 "종점"이라는 전체 인류의 성령이 바로 T.S.엘리엇이 사고한 기점이다. 쉬즈모는 창작 중에 풍자적이고 조소적인 말투와 격조로 작품 ≪서쪽 창문(西窗)≫을 지었는데, 이 작품이 처음 발표되었을 때의 부제는 바로 "T.S.엘리엇을 모방함"이었으니, 그의 T.S.엘리엇에 대한 접수가 이미 매우 자각적이었음을 알 수 있다. 일부 평론가들은 이 시가 모방한 것이 비슷하지 않다고 하였지만, 짧은 시를 어떻게 모방하여 비슷한가는 그리 중요한 문제가 아니라고 생각한다. 문제는 쉬즈모의 시에 확실히 풍자의 어투와 희롱의 수법으로, 현실 인생의 여러 가지 현상에 대해 비판하는 정신이 있었기에, 확실히 ≪황무지≫의 방법이나 정신과 서로 통한다는 것이다. 이 시의 끝에 이러한 시구가 있다. "이 인간 세상은 혼돈스럽고 몽매한 상태에서 쉴 새 없이 맴돌고 있다./ 마치 노부인이 공터에서 땔나무를 줍는 것처럼". 여기에서 나타난 '혼돈스럽고 몽매한 상태'의 이미지는 '황무지' 이미지의 영향을 받아 창조 변형된 것임이 분명하다. 그리고 마지막 구절에서 노부인의 비유도 현대성의 풍자적 의미와 색채가 다분하며, 이것이 내포하고 있는 인류 사회의 정체에 대한 비판성적 의의가 매우 선명하다고 하겠다.

신월파의 또 다른 대표 시인인 쑨다위(孫大雨, 1905-1997)는 30년대 시가의 의식과 심미 추구에서 모두 신월파의 낭만주의로부터 현대파로의 변화를 일으켰다. 1935년 전후에 이르러 그는 현대파 시인 단체에

것은 정확하지 못하다고 생각한다.
11) 쉬즈모, 〈보들레르의 산문시〉, 1929년 12월 10일, ≪신월≫ 제2권 제10호.

가입하였으며, 다이왕수, 벤즈린, 펑즈, 량중다이 네 사람과 함께 현대 파 시풍을 제창하는 잡지인 ≪신시≫를 편집 출판하였고, 정식으로 이 현대파 시인 단체의 일원이 되었다. 그는 T.S.엘리엇의 ≪황무지≫를 배워서 자신의 신시 창작을 시도하였는데, 이는 매우 이른 것이었다. 1931년부터 시작하여 연속으로 3,000여 행이나 되는 장편시 〈자신에 대한 묘사(自己的寫照)〉의 몇 개 부분을 발표하였다. 이 시는 처음으로 광활한 시공의 배경 아래, 미국이라는 전형적인 자본주의 사회의 번잡 함과 난잡함, 반동과 문란, 표면의 번영으로 덮여진 여러 가지 추악한 현상을 묘사하고 드러냈기에, 더욱 선명하게 ≪황무지≫의 정신과 습 작 방식에 직접적으로 영향을 받았다고 하겠다. 이 장편시에는 다음과 같은 사고가 나타나 있다. 즉 성경에서 말한 메뚜기의 재해로 '지나는 곳마다 푸른 들이 모두 타버린 황무지로 변했다'는 부분 앞에서 시인은 인류의 큰 실망과 큰 고통을 느낀다. 그리하여 그때 당시 이 '정교하게 구성되어 사람을 놀래킨 장시'에서 '광범위한 관념으로 모든 뉴욕시의 엄밀하고 심각한 느낌으로부터 현대인의 착잡한 의식을 두드러지게 할 수 있었다'는 찬사를 받았다. 또한 이 장편 시 속의 "새로운 단어, 새로 운 상상과 웅장하고 힘찬 기백은 모두 사람들을 놀라게 했다"[12]고 하였 다. 그러나 총체적으로 보아 ≪황무지(The Waste Land)≫의 충격파는 신월파 시인들의 현대 의식의 심각한 각성이나 표현 기교에 더욱 많은 변화를 일으키지는 못하였으며, 일부 변화와 편향은 낭만주의 시파의 고유한 질서와 '균형'을 깨뜨리지는 못하였다.

  ≪황무지≫의 충격파가 진정으로 일으킨 사상의 공통된 인식과 예술 경향의 동일성은 현대파 시인 단체가 탄생한 후에야 실현되었다. 그들 중 일부 각성되고 내면 깊은 곳으로부터 현실 사회를 주목한 시인들은 자신의 창작 동기에서 점차 공통된 문화적 심리 상태를 형성하였는데,

---

12) 쉬즈모, 1931년 4월, ≪시간≫, 제2기 서문. 천밍쟈, 〈≪신월시선≫ 서문〉, ≪신 월시선≫, 상해신월서점, 1931년 9월.

나는 이러한 문화적 심리 상태를 '황무지' 의식이라고 부르겠다.

이른바 '황무지' 의식이란 T.S.엘리엇의 ≪황무지≫의 영향으로 일부 현대파 시인들의 머리 속에 생겨난, 모든 인류의 비극적 운명에 대한 현대적 관심, 그리고 지극한 황당함이나 암흑으로 가득 찬 현실 사회에 대한 비판 의식이다.

현대파 시인들은 ≪황무지≫에 대해 매우 높은 평가를 하였다. 그들은 T.S.엘리엇과 미국의 현대파 시인 에즈라 파운드 등을 "국가에 한정되지 않은" "세계주의(Cosmopoitaism)"적 시인이라고 하였으며, "전 세계는 그들의 경험이고 전 우주는 그들의 눈빛"으로, 그들이 사고하는 것은 모든 인류의 운명과 인생의 가치라고 하였다. ≪황무지≫는 제1차 세계대전 이후 인류 문명이 보여준 그런 '부서진 상태'와 각성한 지식인들의 '현실 생활에 대한 절망'적인 '환멸'감을 심각하게 표현하였다. ≪현대≫ 잡지의 동료들이 이러한 말들을 거론한 문장 중에는 또한 특히 미국 평론가 윌슨(Edmund Wilson)의 〈T.S.엘리엇을 논함〉를 인용하면, "이것은 전쟁 후의 우주이다. 깨어진 제도, 긴장한 신경, 환멸의 의식, 인생에 다시는 엄중성이나 연관성이 없어졌다. — 우리는 모든 것에 대해 신앙이 없다, 결국 모든 것에 대해 열성이 없어졌다." 이 우주는 이미 "황무지"로 변해 "풀은 다시는 푸르지 않고, 사람은 다시는 생육할 수 없다"라고 하였으며, T.S.엘리엇의 ≪황무지≫가 "과거에 대한 역사라고 말할 수도 있고, 현재에 대한 기록이라고도 말할 수 있으며, 또한 미래에 대한 예언이라고 말할 수 있다"[13]고 하였다.

≪황무지≫의 심각한 인류 의식과 강렬한 비판 정신은 중국 현대파 시인들의 공명을 불러일으켰다. 그들은 자신이 중국의 사회현실에 근거하여 창조한 예술 세계를 통하여 도한 새로운 영역을 개척하는 예술 사유의 창조적인 변화를 통하여, 사상과 예술 방면의 공명을 얻어 서로

---

13) 샤오쉰메이, 〈현대 미국시단 개관〉, 1934년 10월, ≪현대≫, 제5권 제6호.

비슷한 문화적 심리 상태와 공통의 창작 의도를 형성하였다. 그리하여 '황무지'의 이미지와 이미지 계열, 이미지 조합으로써 중국의 냉혹하고 암흑의 현실 세계에 대한 절망과 부정, 황량하고 적막한 인생에 대한 비판과 결별 등 이러한 비판과 반성의 정신이 표현된 '황무지' 의식은 30년대 현대파 시인들의 시에 독특한 문화적 심리 상태와 창작 테마가 되었다.

보들레르 ≪악의 꽃≫의 중국초기상징파 시인들 사이의 이식과 모방의 관계와는 달리, 이미 신시의 예술적 자립에로 나아가는 현대파 시인 단체 시인들은 ≪황무지≫ 충격파의 영향을 받아들일 때 자각적으로 더욱 높은 예술적 성숙성을 보여주었다. 그들은 ≪황무지≫ 정신을 자신의 예술 창작의 혈액이 되게 하였고, 서구 현대인의 문화적 사고와 중국 전통의 심미 의식의 축적이 그들 자신의 예술 창조 속에 유기적으로 융합되었다. 그들 시 속의 '황무지' 의식의 문화적 심리 상태와 테마는 또한 신시 자신의 민족화의 특징을 띠고 있다.

다이왕수 ≪극락조≫ 속의 '황량'한 '극낙 세계'의 이미지는 '성경'속 아담과 이브의 이야기를 운용하였고, 밀턴의 ≪실낙원≫의 독창적인 구상과 더불어 자신의 특유한 중국 사회 현실에 잠재된 비판 의식을 전달하였다. 즉 하늘 세계에 있는 화원의 '황량함'에 대한 반문으로, 시인의 현실 세계의 '황량함'에 대한 절망과 부정을 암시하고 있다. 그의 또 다른 소시 〈굳게 닫힌 정원(深閉的園子)〉은 정면으로 감정을 토론하는 시각으로 상징성이 풍부한 '황폐'한 폐원의 이미지와 이미지를 창조하였다. 시인은 '폐원'의 '낯선 사람'의 자태로 시 속에 출현한다.

오월의 뜰은
이미 꽃과 잎으로 무성해졌고,
짙은 녹음 속은 새소리도 없이 조용하다.

오솔길은 이끼로 덮어졌고,

울타리 문의 열쇠도 녹이 슬었는데——
주인은 오히려 아득히 먼 태양 아래에 있다.

아득히 먼 태양 아래에도
찬란히 빛나는 정원이 있을까?

낯선 사람은 울타리 옆에서 머리를 내밀고
하늘 밖의 주인을 상상한다.

　"낯선 사람"의 눈으로 그가 본 세상은 완전히 거꾸로 되어 있다. 오월
은 만물이 무성하고 생기로 넘치는 계절인데, 이 황폐한 뜰에 남겨진
것은 자연의 무성함과 인생의 황량함, 즉 '꽃과 잎으로 무성'하고, '짙은
녹음'이 해를 가로막고 있으며, '황무지'같이 죽은 듯한 적막이 새가 지
저귀는 소리마저 들리지 않게 되니, 여기에서 즐겁게 생활하는 사람의
그림자는 더욱 찾아볼 수가 없다. 왜냐하면 주인은 이미 아득히 먼 태
양 아래로 도망가고, 남은 폐원에는 다만 녹 슨 열쇠와 오솔길의 이끼뿐
이기 때문이다. 이 두 절의 시는 대비가 매우 큰 묘사로, 특히 "울타리
문의 열쇠도 녹이 슬었는데"라는 이미지의 삽입은 폐원의 황량함에 대
한 비판을 위해 현대적 색채를 증가시켰다. 뒤 두 구절의 시는 외부의
관찰로부터 내부의 깊은 사고로 들어선다. '낯선 사람'의 고집스런 질문
이 있는가 하면 '낯선 사람' 자신이 가지고 있는 집착적 '공상'도 있다.
이 짧은 시에서 우리는 시인의 마음 속 깊이 숨겨져 있는 비분과 불평,
현실에 대한 절망, 아름다운 이미지에 대한 열망을 들을 수 있다. 사실
'하늘 밖의 주인'과 '낯선 사람'은 모두가 시인 자아 형상의 외적 표현이
다. 양자를 분리하여 거리를 두어야만 투시해볼 수 있는 독특한 각도가
생기고, 또한 비판적 정신의 숨김과 함의를 지닐 수가 있다. 이 황폐한
원림은 시인이 창조한 현실 세계의 상징이다. '황무지' 의식은 시인의
조작을 거쳐서 중국 민족의 전통적인 심미 습관이 쉽게 받아들일 수 있

는 이미지와 이미지로 변화되었다. 시인의 펜 아래에서 출현한 '울타리문의 열쇠도 녹이 슬었다'는 황폐한 정원이라는 이 창조적인 이미지는 현실을 경고하는 황량함과 또한 자신이 느끼는 적막함에 반항하는 의미를 깊이 담고 있다. 다이왕수는 황량함 속에서 절망하지 않았으며, 그의 마음 속에는 여전히 희망의 불길이 타오르고 있다. 그리하여 폐원 옆에서 하늘 밖의 주인을 생각하며, 지상의 '낙원'에 절망하여 이처럼 간단하다고 볼 수 없는 절망의 고함소리를 지른다. "아득히 먼 태양 아래에도,/ 찬란히 빛나는 정원이 있을까?" "아담과 이브가 쫓겨난 후,/ 그 하늘의 화원은 어떻게 황폐해졌을까?" 부르짖음 속에는 시인의 심각한 현실감과 고통감이 내포되어 있다.

다이왕수의 또 다른 시 〈박명한 첩(妾薄命)〉은 전통적인 제목과 사랑의 내용과 형식으로 나타난다.

> 한 송이, 두 송이, 세 송이,
> 침대보 위 그림의 꽃은
> 왜 열매가 맺히지 않는 걸까!
> 지났다, 봄, 여름, 가을.
>
> 내일의 꿈은 이미 얼음 기둥으로 응고 되었는데,
> 또 따사로운 태양이 있을 수 있을까?
> 따뜻한 태양이 있다면 처마를 따라
> 꿈의 '딩동' 소리를 찾아내자!

이 시에 숨겨진 내용은 역시 현실의 춥고 처량한 사회와 인생에 대한 개탄이다. 사랑에 대한 서술 뒤에는 시인 자신의 인생 비판과 사회 비판적 의식이 보인다. 현실에는 '따사로운 태양'이 없고 꿈속에도 존재하지 않는다. 세계는 황량하고 추운 겨울이다. 시 속에는 인류의 절망적 의식이 숨겨져 있다.

≪황무지≫의 충격파는 그것을 받아들이는 시인에게 있어서, 생각하

는 삶과 개인의 현실적 처지가 다르기 때문에, 각기 다른 깊이와 넓이의 예술적 반향을 일으켰으며, 다른 현실적 상황 속에서 ≪황무지≫에 대해서 더욱 깊이 있고 다르게 공명하고 사고하였다. 다이왕수와 비교하여 북방의 청년 시인들 중, 외국의 현대적 시풍을 접수하는 데 있어서 민감한 일부 작가들은 그 생존 환경의 황량한 맛을 더욱 많이 맛보았기에, 남방 시인들과는 달리 ≪황무지≫의 생명에 더욱 근접하는 느낌과 체험을 할 수 있었다. 그 시기의 고성(古城)인 베이징은 실제로 확대된 소도시처럼 사람들에게 황량한 느낌을 주었고, 또한 현실의 암흑으로 인하여 더욱 답답하고 적막하였다. 민감한 젊은 시인들은 직접 영문으로 ≪황무지≫와 기타 서구 현대파 시 작품들을 읽었다. 그들은 다이왕수의 열정 외에, 사회와 인생 철학에 대한 지적인 사고에 더욱 치우쳤다. 이는 또한 그들을 현실에 민감하게 함으로써 인류 의식을 예술적 승화로 발전시켰으며, 이로써 그들의 몸에 배인 '황무지' 의식은 예술 형상으로 전환되는 과정 속에서 더욱 깊이 있고 넓은 비판적 색채와 철리적 심도를 더하였고, 벤즈린, 허치팡, 린경, 페이밍 등 일부 청년 시인들은 모두 이러한 정신을 체현하는 우수한 작품들을 발표하였다.

　벤즈린은 더욱 자각적으로 T.S.엘리엇의 영향을 받아들였는데, 후에 자신의 창작이 받은 외래 영향을 담론할 때, 이렇게 자술한 바 있다. "내가 전기의 가장 처음 단계에 쓴 베이징 거리의 회색 경물은 분명 보들레르가 파리 거리의 가난한 사람, 노인 그리고 맹인을 쓴 데서 본받은 것이라고 지적할 수 있다. ≪황무지≫와 기타 단편 작품들을 쓴 T.S.엘리엇은 나의 전기 중간 단계의 습작 방법과 관련이 없지 않다."[14] 시인은 '황무지'와 자신이 느낀 북국의 정경 사이에서 어떤 시적 감각의 합일점을 찾았다. 시인의 '북국 경치의 황량한 이미지'에 대한 의식적인 응시와 표현은 현대파 시인이 표현한 제재 영역에 새로운 토양을 개척

---

14) 벤즈린, 〈조충기력 · 서〉.

해 주었다. 〈오래된 촌락의 꿈(古鎭的夢)〉은 북방 작은 소도시의 고요함과 적막함, 인민들의 마비되고 깨어나지 못한 상태를 묘사하였는데, '다른 사람의 꿈을 깨뜨리지 못하는' 대낮의 징과 '다른 사람의 꿈을 깊게 두드리는' 밤의 목탁 소리는 영원히 그 고인 물 같은 소도시의 거리에 울려 퍼진다. 다음은 시의 끝부분이다.

> 깊은 밤이다.
> 또 썰렁한 오후다.
> 목탁을 두드리는 사람이 다리를 지나고
> 징을 치는 사람도 다리를 지난다.
> 끊기지 않는 것은 다리 아래 흐르는 물 소리.

세계의 황량함과 사람들의 마비는 이처럼 고정되어 변하지 않지만, 시간은 흐르는 물처럼 무정하게 흘러간다. 작가는 이 드러내지 않은 묘사 속에서 '황무지'와 같은 사회, 인생에 대해 고통으로 넘치는 풍자를 하고 있다. 다른 자매편인 〈고성의 마음(古城的心)〉은 한 '타향인'의 눈길로 북방의 어느 작은 도시 황혼 무렵의 적막함과 처량함을 꿰뚫어 보고 있다. 시에는 시인의 조소와 슬픔이 넘쳐난다.

> 당신은 자신의 발자국 소리를 들을 수 있으리.
> 저녁 일곱 시의 시장에서
> (이는 또한 이 고성의 마음인 셈이지)

이처럼 동양과 상하이의 상품마저도 '자신의 타락을 비통해' 하는 황량한 작은 도시에는 사람들의 흥분을 일으킬 수 있는 어떠한 것도 없고, 옛 이야기를 듣고 말하는 고서(鼓書)에서만이 조금의 심취함을 얻을 수 있어, 오직 "대고(大鼓)가 시장의 미약한 떨림이다"한다. 벤즈린의 〈봄의 성(春城)〉은 풍자와 조롱의 어투로 쓰레기와 모래바람을 온통 뒤집어쓴 베이징의 황량한 봄을 묘사하고 있다. 시에서 반복적으로 나타난 "베이징 성의 쓰레기 더미에서 연을 띄운다"는 이 이미지가 매우 선명한 시구는 시인의 사회 현실에 대한 비분의 감정을 은근히 내포하고 있다. 이 외에 또한 〈장마(苦雨)〉, 〈소리치며 팔다(叫賣)〉 등의 시는 모두 평온한 가운데 시인의 북국의 황량함과 군중들의 마비에 대한 풍자를 보여주고 있다. 특히 그의 스케치식의 시 〈몇 사람(几个人)〉에서 묘사한 많은 경물들은 정말로 읽은 후에 사람들에게 소름을 끼치게 하는 예술적 효과를 지니고 있다. 아래에서 이 젊은 시인이 '황량한 거리'에서 '깊이 사색'한 심각하고 거대한 고통의 마음 소리를 들어보자.

> 장사꾼은 '사탕과자 꼬치'를 사라고 외치고는
> 아무렇지도 않은 듯 한 입 떼어먹는다.
> 새장을 든 사람은 하늘의 흰 비둘기를 바라보고
> 자유로운 발걸음으로 사허(沙河)를 밟고 지나간다.
> 이때 한 젊은이가 황량한 거리에서 깊이 사색한다.
> 무 파는 사람은 날카로운 칼을 허공에 휘두르고
> 한 광주리의 당근은 석양 아래 바보스럽게 웃고 있다.
> 이때 한 젊은이가 황량한 거리에서 깊이 사색한다.
> 키 작은 거지가 자신의 기다란 그림자를 멍하니 바라본다.
> 이때 한 젊은이가 황량한 거리에서 깊이 사색한다.
> 어떤 사람은 밥 한 사발을 들고 탄식하고
> 어떤 사람은 한밤중에 다른 사람의 잠꼬대를 들으며,
> 어떤 사람은 백발에 붉은 꽃 한 송이를 꽂고 있다.
> 마치 설야의 언저리에 떠오른 붉은 태양 같이…….

이 시는 T.S.엘리엇의 ≪황무지≫의 영향이 선명하게 스며들어 있다. 그러나 시인은 총명하다. '황무지' 의식은 작가의 창조적인 변화를 통해, 이미 자기 민족의 심미 습관에 부합되는 짙은 지방색이 있는 구도로 주조 되었다. 시인이 쓴 '황량한 거리'는 ≪황무지≫의 영향으로 창

조된 이 시의 중심 이미지라고 할 수 있다. 작가는 자신이 '황량한 거리'에서 '깊이 사색한다'는 시각으로, 즉 그의 특유한 민감성으로 포착해낸 일련의 보조적 이미지를 연결하여, 정체성을 띤 틀을 조성하였다. 중심 이미지와 보조적 이미지의 교차적인 조합은 여러 장면의 조각을 구성하였으며, 황량한 북국 거리의 각종 마비되고 무감각한 인민들의 모습에 대한 침통한 비판과 무정한 풍자를 표현하였다. 전체 시에 반복적으로 나타난 "한 젊은이가 황량한 거리에서 깊이 사색한다."는 무감각하고 황당한 사람들을 연결시켜주는 주선율이기도 하고, 또 여러 국민들이 서로 비판하는 소리의 공명이기도 하다. 깊이 사색하는 젊은이는 객체로, 또한 자신의 눈으로 일체의 서정적 주체를 응시하고 있다. 시 속에서 포착한 이미지는 매우 전형적이면서 놀랍다. 사탕과자 꼬치를 파는 사람의 무감각함과 무지몽매함, 새장을 든 사람의 공허함과 한가함, 당근을 파는 사람의 손님이 없을 때의 실망과 무료함은 "키작은 거지가 자신의 기다란 그림자를 멍하니 바라본다."(얼마나 놀랍고 또 영원한 의미를 담은 이미지의 창조인가!)로 표현된다. 이처럼 정신이 극도로 마비된 아둔함과 우매함은 이러한 거리에서 늘 보는 일상적인 현상들이 예술적인 이미지가 되어, 중국 국민성을 표현하기는 여러 가지 형상의 상징이 되었다. 생각이 진행됨에 따라 시인은 끝부분에 더욱 함축적이고 몽롱한 이미지로 시를 끝마치고 있다. 즉 밥사발을 들고 탄식하는 가난한 사람, 밤중에 남의 잠꼬대를 듣는 무료한 사람, 백발에 붉은 꽃을 단 미친 사람 등등, 이 모든 것들이 한데 조합되어 '깊이 사색하는 사람'의 현실 사회와 생활 현상에 대한 더욱 깊고 넓은 관조를 표현하였다. 이것 자체가 바로 황량한 북국 세계가 상징하는 사회 현실에 대한 일종의 비판적 폭로이다. '깊이 사색하는 사람'의 내심은 매우 고통스럽다. 그 비분의 감정은 이미지의 포착과 응집 속에 숨어있을 뿐만 아니라, 서정적 가락의 배치에서도 표현되어 있다. 작가는 내심이 '황량한 거리'의 정경에 대해 비분이 넘치고 숨이 막혀 제대로 숨 쉴 수조차 없는 정서를 강조하기 위해, '한 젊은이가 황량한 거리에서 깊이 사색한다' 는 구절을 네 줄에 한 번씩 나타나게 하다가 다시 두 줄에 한 번씩, 한 줄에 한 번씩 나타나게 하여, 내부 가락의 변화로써 작가의 비판적인 감정의 강도를 강화 하였다. 후에 느림에서 빠름으로, 다시 빠름에서 느림으로 변화하고, 다시 네 줄의 시구로 돌아와 전체 시의 구조를 마감 하였다. 우리는 읽고 나서 마치 작가와 함께 억압, 울적함, 비분 그리고 이러한 이미지가 현실 속에서 끊임없이 나타난다는 것을 느끼고, 마지 막에는 길게 한숨을 내쉬어 자신의 긴장된 마음 상태를 풀게 한다. '황 무지' 의식의 영향 하에 시인의 창조는 현대파시에 놀라운 열매를 가져 다주었다. 여기에서 위고(Victor Hugo)가 보들레르를 찬미한 말을 빌 리면, 이 시는 확실히 사람들에게 '새로운 전율'을 일으킨다.

　≪황무지≫의 작가 T.S.엘리엇은 시인의 지성의 강화를 제창하며, 시에서 될 수 있는 한 감정을 배제해야 한다고 주장하였다. 장편시 ≪황무지≫는 객관적이고 냉정한 묘사와 서정 속에서 자신의 심각하고 철리적인 사고를 전달하였는데, 이러한 경향의 영향을 받아 30년대 현 대파 시인의 창작에서 서정적 주인공의 냉정함은 '황무지' 이미지가 표 현한 중요한 경향 중의 하나가 되었다. 이러한 경향의 탄생은 또 환경 과도 관계가 있다. 황폐한 사회 현실은 열정적인 마음을 크게 냉각시켰 고, 시인들의 격정은 깊이 사색하는 인생에 대한 관조로 응고되며, 황량 한 이미지와 함께 나타난 것은 서정적 주인공의 냉정화이다. 이러한 냉 정화의 주요 표현은 그들이 서정 주체를 객관화하여 표현되어진 사물들 과의 감정적 거리를 최대한 벌리는 것이다. 동시에 일종의 담담하거나 풍자적인 리듬으로 생활의 감각과 이미지의 표현을 처리하였다.

　먼저 주체의 객체화이다. 다이왕수의 시속에 나타난 '극락조'와 '낯선 사람'이 바로 이러하며, 벤즈린의 시에서 늘 보이는 '깊이 사색하는 사 람', '많이 생각하는 사람', '홀로 깨어 있는 사람'의 이미지도 이러하다. 허치팡의 글에 나타난 숨겨진 자아 형상은 늘 황량하고 적막한 사회 현실과 서로 대립되는데, 자아 역시 일종의 냉담한 표현으로 드러난다. 이것이 바로 '황무지'의 이미지가 현대파 시인들에게 미친 예술적 영향의 정도를 표현하였다.

허치팡의 〈고성(古城)〉은 이러한 '황무지' 의식이 침투된 전형적인 작품이다. 작가는 냉담한 자세로 사회 현실을 살피고, 역사의 몰락과 현실의 황량함이 동일한 시공에서 교차되고 하였으며, 서정의 주체는 이미 냉혹한 묘사 속에 융해되어 있다. 즉 열렬한 마음은 완전히 응고되어 버렸다.

> 한 나그네가 변방 밖에서 돌아와
> 장성(長城)이 한 무리의 달리는 말과 같았으며,
> 머리를 들어 포효하려 할 때 돌로 변하였다고 말한다.
> (누구의 마법에 걸렸는지, 누구의 저주를 받았는지)
> 말발굽 아래의 풀들은 해마다 새싹이 돋아나고,
> 고대 선우(單于)의 영혼은 이미
> 모래 속에 잠들고, 먼 변경의 백골도 원한이 없건만…….
>
> 그러나 장성은 모래를 막지 못하고,
> 변새 밖 사막의 바람은
> 이 고성으로 불어와
> 호수가 얼어붙고 나무가 흔들려 떨어지니,
> 유랑자의 마음도 흔들어 떨어뜨렸다네.

시 속에서 변방에서 돌아온 사람과 '유랑자'는 사실상 모두 시인의 자아 심경이 외적으로 표현된 형상이다. 이렇게 '자아'의 출현에서 벗어나 서정의 주체를 객체화하여 도달한 냉각된 처리는, 개인 감정의 성질을 초월하여 현실적 황량함의 객관성과 보편성을 드러내는 데 더욱 유리하다. 시의 중간 부분에는 베이징 성에서 느낀 역시 냉담하고 '어두운 짧은 꿈'을 삽입하였는데, 인정의 냉담함과 고국의 비애가 넘쳐 '일생의 슬픔과 즐거움을 다 맛본 것' 같은 느낌을 갖게 한다. 이후 또 꿈을 깬 후의 현실에 대해서 쓴다.

> 겁먹은 집 문이 멀리서 닫히는 소리 들리고,
> 기나긴 추운 밤의 응결을 남기고
> 지구 표피 위에서 지구는 이미 굳어서 죽어버렸고,
> 단지 한 줄기 미약하게 떨리는 정맥만이
> 간혹 멀고 먼 철길의 진동을 보존한다.
>
> 도망가자, 더욱 황량한 도시로 도망가자
> 황혼에 폐허가 된 성 위에서 멀리 바라보면
> 이 북방의 천지에 더욱 불안하다.
> 말로는 평원의 우레 소리 한번 울린 것이라지만,
> 태산은 구름 안개 속의 십팔 굽이를 둘러싸고
> 또 마치 절망의 자세로 절망의 함성을 지르며,
> (누구의 저주를 받았는지, 누구의 마법에 걸렸는지)
> 해 지는 황하의 선박들은 보이지 않고
> 바다 위 삼신산(三神山)도 보이지 않네……
>
> 비참한 세상은 이처럼 좁고 또 도망쳐 오네.
> 이 고성으로. 바람은 또 호수로 불어와 물이 되고,
> 긴 여름 늙은 측백나무 아래에서
> 또 몇몇 사람들이 탁자에 둘러 앉아 차를 마시네.[15]

땅은 굳었고, 고성은 황량하다. 장성과 태산, 이러한 중화 민족이 창조한 정신과 생명의 상징마저 누구의 마법과 저주를 받았는지 모두 굳어져 버렸고, 나타난 것은 '절망의 자세와 절망의 고함'이다. 이 '황량'한 고성에 사는 사람들은 그렇게 마비되었다. 모래바람이 불고, 겨울이 가고 봄이 오고, 그들은 이미 습관이 되었다. 그들은 이러한 황량과

---

15) 이 시문은 ≪한원집≫ 초판에 근거한 것으로, 후에 작가가 다시 수정함.

적막의 고통을 느낄 수 없다. 서정의 주체가 이 세계의 협소함을 슬퍼하며 이 고성으로 다시 돌아왔을 때, 자연의 기후도 한 바퀴 돌아 또 바람이 불어 '호수의 얼음이 물이 되는' 시기로 돌아왔을 때, 그는 그처럼 냉정하지만 오히려 고통스럽게 이러한 황량한 세상에서 마비되고 할 일 없는 국민들이 길고 긴 여름날 측백나무 아래에서 탁자에 둘러앉아 편안하게 차를 마시고 있는 것을 본다. 그러나 "해 지는 황하의 선박"과 "바다 위의 삼신산"처럼 간절히 보고 싶은 상징은 작가의 아름다운 이상적인 이미지이지만, 영원히 시인의 마음과는 인연이 없다. 복잡한 역사와 현실 상태의 중첩, 현실 세계와 상상 세계의 교차, 꿈결과 진실의 상호 변환은 전체 시의 비판 정신의 역사적 깊이를 증가시키고, 서정적 주인공은 시 속 자신의 감정 색채를 희미하게 하여, 결국 시가 현실을 훈계하는 객관적 의의를 심화하고 보편화하였다. 여기에서 우리는 작가의 마음 속 깊은 곳에서 응결된 '절망의 자세'와 '절망의 부름'을 듣는 것 같다. 이 부름은 모든 각성자의 심금을 울린다. 시 속의 황량한 땅, 얼어서 굳어버린 토지, 모래와 사막의 바람이 불어 황량한 고성, 응고되어 돌이 된 장성과 태산의 절망적 자세와 절망의 부름, 늙은 측백나무 아래에서 차를 마시며 바람을 쐬는 마비된 사람들 등등의 이미지들은 모두가 ≪황무지≫의 영향이 작가의 창조의식을 거쳐서 전화된 변체이다.

허치팡은 이러한 냉담함 속에 열정을 감추는 서정 수법으로, 연이어 〈야경1(夜景一)〉, 〈야경2(夜景二)〉, 〈불면의 밤(失眠夜)〉, 〈모래바람 부는 날(風沙日)〉 등 북국의 황량함을 애석해하는 몇 수의 시를 썼다. 이러한 작품에서 작가는 될 수 있는 한 자신의 주관적 감정의 토로를 숨기고, 냉담한 수법으로 그것을 표현하여, 사람들에게 감정이 없는 듯한 시 속에서 시인의 침울하고 고통스러운 마음을 읽게 했다.

나의 커튼을 열어젖힌다.
보이는 것은 황혼인가,
아니면 한 나절의 누런 모래가 이 바빌론을 묻어버린 것인가?

이것은 〈모래바람 부는 날〉의 마지막 몇 행이다. 이는 사람들이 잘 알고 있는 이국 역사의 유명한 고성의 폐허로 자신의 슬픈 국토 위의 황량한 고성 베이징을 은유하였으며, 역사로 현실을 숨기고, 이러한 숨김 속에서 시인은 현실 속의 '황무지'에 대한 절망과 비판 정신의 반짝임을 드러냈다.

허치팡은 그의 두 가지 변화를 말한 적이 있다. 즉 자신의 감정이 어떻게 열정에서 냉담으로 변했고, 예술 면에서 어떻게 파르나시앵 이후 프랑스의 몇몇 상징파 시인들에게 '똑같이 도취'된 데에서 T.S.엘리엇에 대한 관심으로 변화하였는가이다. 이 시기 그의 감정도 '경계석을 초과하여' '흩어진 여름의 기억을 가지고 황량한 계절로 들어섰으며', "한 차례의 유람을 끝내고 이 북방 도시로 돌아왔을 때, 하늘은 내 눈에서 색깔이 변해, 더는 지난날의 멀고 부드러운 물건들에 대한 상상을 불러일으킬 수 없게 하였다. 나는 날개를 늘어뜨리고, '절망의 자세, 절망의 외침'을 발하였다. 나는 T.S.엘리엇을 읽고 있었으며, 이 고성 역시 황량한 곳이다. 나는 딱따구리의 소리를 들으며, 또 딱따기의 소리를 듣고 있다. 그러나 내가 꽁꽁 닫힌 폐궁 밖에서 방황하고 있을 때, 나는 마치 나지막한 흐느낌 소리를 들은 것 같다. 나는 그것이 어느 구속된 유령에게서 나온 것인지 아니면 자신의 마음 속에서 나온 것인지 알지 못하겠다".16) 허치팡 마음 속의 황량감과 현실에 대한 황량감이 마음

<hr />

16) 허치팡, 〈꿈 속의 길을 논함〉, 처음 1936년 7월 19일 톈진의 ≪대공보≫ "문예" 부간 제182기(≪시가특간≫ 제1기)에 실렸으며, 원 제목은 〈꿈 속의 길을 논함〉 이었는데, 후에 ≪각의집(刻意集)≫에 수록될 때 제목을 〈꿈 속의 길(夢中道路)〉 이라고 고침. 여기에서는 ≪각의집≫(문화생활출판사, 1938년) 75쪽에서 인용한 것으로, 후에 ≪허치팡 선집≫(사천인민출판사)와 ≪허치팡 문집≫(인민문학출판사)에 수록할 때 한 번 수정했는데, 이 때 작가는 T.S.엘리엇의 문장에 관한

속 비애의 감정으로 융합되었다. 그리고, 이 '황무지' 의식이 깊이 표현된 비애감은 그의 마음 속 '고성'과 T.S.엘리엇의 '황원(荒原)'(허치팡이 말한 '황무지(荒地)')에 완전히 부합되게 하였고, 단순한 희망과 열정을 잃은 마음은 냉담하고 침울하게 변하였다. 서정적 주인공의 비판 정신의 경향은 '황무지' 의식의 인정으로 인하여 이성적 승화를 얻었다. ≪황무지≫의 충격파에 대한 자각적인 감응은 허치팡 서정 주체의 냉각적 성숙에 촉진제의 작용을 하였다.

서정 주체 객관화의 또 다른 면의 발전은 ≪황무지≫가 운용된 현실 사회와 인류 생활에 대한 풍자적 태도와 방법의 도입이다. 풍자는 T.S. 엘리엇 ≪황무지≫ 속 일종의 비판 의식의 굴곡적이고 은폐된 표현의 태도와 방법으로, 후에 많은 현대파 시인들에 의해 운용되었다. '황무지' 의식은 사상과 예술의 전체적 의미에서 중국현대파의 일부 시인들에 의하여 수용되었고, 풍자도 일부 지성을 띤 시 작품 속에서 늘 보이는 비판적 태도와 방법이 되었다. 신월파 시인 쉬즈모의 〈서쪽 창문(西窗)〉, 쑨다위의 〈자신에 대한 묘사(自己的寫照)〉, 주샹(朱湘)의 〈론델(Rondel)〉, 〈비〉 등은 이미 T.S.엘리엇과 기타 현대파 시인의 영향을 받아 현실과 인생에 대해 조롱하는 태도와 풍자적 수법을 드러냈다. 쑨다위의 〈자신에 대한 묘사〉의 세 번째 부분은 1935년 톈진 ≪대공보≫ '문화란'에 발표되었는데, 이때 그는 이미 현대파 시인에 속해 있었다. 이 부분은 미국 대도시의 항구와 부두의 번잡함과 시끄러움을 쓰고 있다. 마지막 부분은 다음과 같다.

> 정말로 거대한 고래다(나는 또 생각한다.) 이들은
> 각자 다시 한 번 입항하고 출항할 때
> 그 세 번의 지치거나 긴 외침 소리는
> 매번 자유롭게 나부끼는 바람에 떠돌며

중요한 글들은 삭제함.

안개 깔려 황황한 경보를 울린다. 또
매번 기슭에 오를 때 아가미는 숨을 멈추고
더욱 풍요로운 생의 꿈을 가득 담는다.
꿈의 넓음, 그 생사이별의 괴로움에
적대와 즐거움이 얼굴에 피는 즐거움.
희망은 고갈되고 운명은 쇠락하고,
친척은 서로 만나고, 유랑자는 유랑한다.
죽기 전의 그 가벼운 부탁과
창자를 비트는 듯한 참담함, 그리고 검은 구름까지,
이마를 덮어 오지만, 고향으로 돌아올 때 머리를 쳐들고
씩씩하게 황금을 찾아 돌아간다…….
이 전환과 변화, 이 이동은
그렇게 빈번한데(나는 또 생각한다.
나는 또 생각한다), 어떻게 이 도시를
고대 에게해 주변의 희랍과
웅장하고 화려한 아테네 성처럼
백세의 영롱한 빛을 한 몸에 걸치고,
마치 그것이 이 맑은 빛을 감싸고 있는 것 같지 않은가?[17]

　　사람들의 풍요로운 꿈에 이 대도시의 항구가 가져다준 것은 창자를
꼬는 듯한 참담함과 운명의 흥망성쇠, 생명의 흐름으로, 작가는 이것을
고대 희랍의 아테네성의 번화함에 비유하였다. 이 묘사 자체와 맨 마지
막의 반문은 당시 미국 사회의 문명에 대해 풍자적 색채를 분명히 띠고
있다. 지혜시로 자신의 특색을 표현한 벤즈린은 그의 몇몇 시에서 또한
선명한 풍자적 정신을 띠고 있다. 그의 〈정거장(車站)〉은 어쩔 수 없는
고통 속에 풍자적 분위기가 감돌고, 〈서장안 거리(西長安街)〉는 추억
과 현실, 상상과 묘사를 통해 '서장안 거리'라는 이 황량하고 적막한 상
징적 이미지를 써서 하나의 완정한 예술 세계를 구성하였다. 이 상징적

---

17)　원래 1935년 11월 8일 톈진의 ≪대공보≫ 부간 "문예" 제39기에 실림. 작가는
　　이 시를 천 행 가량 쓰려고 했지만, 후에 어떤 이유로 완성하지 못함.

인 예술의 세계에서 시인은 현실과 역사에 대한 고통스럽고 깊이 있는 사색을 표현하였다. 중간 한 부분은 마비된 병사를 썼는데, 그들은 마비된 국민을 묘사한 것과 같이 깨울 수 없는 상태에서 생활하고 있으며, '그림자'와 같은 인간들처럼 비참하다.

> 가버린 지 몇 해인가?
> 이 그림자, 이 긴 그림자?
> 전진하고 또 전진하고, 또 전진하고 또 전진하여,
> 넓은 들에 도착하고 장성에 갈 것인가?
> 마치 말들과 한 패의 기병들이 있는 듯,
> 전진하면서 아침 해를 맞는다.
> 아침 해는 모든 사람의 붉은 얼굴이고 말발굽은
> 금빛 먼지를 날리며 열 장, 스무 장 높이로——
> 아무 것도 없다, 나는 여전히 길가에 있지만,
> 예전의 노인도 보이지 않고, 두 셋의
> 누런 옷을 입은 병사들이 어떤 대문 앞에 서 있다.
> (이는 사령부인가? 예전의 어느 저택인가?)
> 그들은 비석처럼 거리에 서 있고
> 소리도 내지 않고 말도 하지 않으며 고향 땅을 그리워한다.
> 동북 하늘 아래의 향토? 반드시 그럴 것이다!
> 그러나 그 때는 갑자기
> 갑자기 적들의
> 말 몇 필이 뜰 안의 우물가에서
> 물을 먹던 것이 생각난다. 이때 한 무리의 닭들은
> 수수밭에서 방황하였고, 또
> 어디가 잠시나마 살 수 있는 곳인가. 탕탕!
> 뭐? 총소리! 어디서 들려온 것인가?
> 자신이 만든 총소리이다! 자기 집 것이다! 무서워 말라, 무서워 말아! ……
> 하지만 귀뚜라미 소리도 이미 들려오고,
> 푸른 장막, 푸른 장막도 이미 색이 바랬다!
> 생각해 보라, 아무짝에도 쓸모없게 되어 버렸다!

내일 다시 생각하자, 이때는 단지
소리 내지 말고 말도 하지 말고. 머리를 숙여라,
자동차는 긴 거리의 아스팔트를 지나고
얼마나 '모던'하고 얼마나 편한가! 위풍스럽지만
예전의 큰 기와와는 비할 바 없어.
붉은 태양 아래 온 얼굴에 넘치는 웃음을 띤다!
만일 믿지 못하면 앞에 물어보라.
그 세 개의 붉은 대문에게, 물어라. 지금은 실의에 빠져 있지.
가을의 태양이다
          오, 석양 아래에 나는
한 친구가 있어 그는
더욱 낡은 도시에서, 이때는 어땠는가?
황량한 거리를 걸어 갈 때
비뚤어지고 담담한 긴 그림자와 함께일지도 모르지?
당신이 장안에 간 인상을 나에게 말해주오.
(내 옆에는 당신의 그림자가 있는 듯)
친구여! 노인을 따라 배우지는 말지니
얘기나 좀 나누세…….

여기에서도 다시 '황무지'의 이미지가 나타난다. 마비된 병사들의 마음, 긴 거리를 지나는 '모던'한 자동차, 오랜 친구들의 황량한 거리에서의 적막, 작가는 친절한 대화와 묘사를 통하여 긍정적인 말투에 풍자적 예술의 반짝이는 빛을 보여주었다.

페이밍의 시는 참선의 운취와 고전시의 이미지가 넘쳐나지만, 도시의 제재와 연관되서는 지혜로운 풍자적 색채를 드러낸다. 그의 〈이발사(理髮師)〉, 〈거리(街頭)〉는 어두운 현실 속에서 인류 정신의 장벽과 적막을 비통해 하였고, 또 한 편의 시 〈북평의 거리에서(北平街上)〉는 직접적으로 조소하는 시선을 전쟁 속의 베이징 사회 질서의 혼란함과 인생의 황당함으로 돌렸다.

시인 맘 속의 순경은 자동차의 남행(南行)을 지휘하나
출상하는 사람의 마차는 말이 끌지 못한다.
거리의 적막함은 고대인의 시구인 히이잉 히이잉 말이 울고,
목공의 관 꽃가마의 상여꾼과 길손들은 사흘 전에 죽은 아는 사람을
이야기한다.
정말로 만일 불이 난다면
번호를 알 수 없는 순경 손 아래의 자동차, 시인은 멍하니 답답해
하고,
공중의 비행기는 일본인의 것이라고 하지만,
만일 폭탄을 던지면
인류의 이성은 거리에서 매우 안심한다.
목공의 관 꽃가마의 상여꾼과 길손들은 사흘 전에 죽은 아는 사람을
이야기한다.
마차는 가고 있고, 아직 나이는 젊고 산발하여 눈물 어린 얼굴로 죽
은 사람을 말하는 가족들
폭탄은 학생들의 실험실로 옮겨가라
시인의 맘 속 우주의 미련함이다.

이 시는 1936년 5월 3일에 지은 것이다. 아름답던 강산은 적의 손아
귀에 들어가고, 화북도 적들의 침략과 공습을 받자 사람들은 연이어서
남쪽으로 도망간다. 베이징 거리의 황량함과 인민들의 전쟁 시기에 마
비되어 깨어나지 못한 상태는 시인들의 강렬한 비분의 정서를 격발시킨
다. 그는 도약성이 매우 큰 시구와 황당한 이미지로 이 전란 전야 베이
징 거리의 '황량한 풍경'을 조성하였다. 순경들은 사람들을 지휘해 잇달
아 도망가게 하고, 출상하는 사람들(죽음의 상징)은 붐벼서 앞으로 나
아갈 수가 없다. 적막 속에서 시인은 고대인이 말한 '수레는 덜커덩 덜
커덩, 말은 히이잉 히이잉', '말들은 울고 바람은 윙윙' '히이잉 히이잉,
얼룩말은 운다' 등의 시구에 대한 회상과 깊은 사색을 불러일으켰고, 상
여꾼과 서로 담론하는 길손들의 무감각함, 적들의 비행기는 공중에서
소란을 피우고 수시로 폭탄을 내리 던질 수도 있지만, 거리의 사람들은

전혀 무관심하다. "인류의 이성은 거리에서 매우 안심한다." 그들은 죽은 사람의 친구들이다. 그들은 개인적으로 죽은 친구에 대해서는 그렇게 중시하지만 국가와 인민의 고난과 멸망의 위기에 대해서는 이상하게도 냉담하다. 시인은 자신의 분노를 더는 누르지 못하고 끝내는 시의 끝에 이렇게 격앙된 목소리로 외친다. "폭탄은 학생들의 실험실로 옮겨 가라,/ 시인의 맘 속은 우주의 미련함이다." 시인의 맘 속에는 거꾸로 된 우주가 있거나 혹은 시인의 맘 속에는 우주의 가장 미련한 현상이 담겨져 있다. 이것이 바로 현실이다. 시인은 다만 객관적으로 묘사하고 직접 비판하지는 않았지만, 그러한 담담한 말투에는 강렬한 풍자적 감정과 수법이 넘쳐흐른다. 시인의 비판적 정신은 이 조용하면서도 풍자로 넘치는 시구에 숨어 있다. 이 전체 시에서는 '황무지'인 고성 베이징에게 사람을 고통스럽게 하고 잊을 수 없게 하는 그림 한 폭을 그려주었다. 이렇듯 페이밍 역시 '황무지' 의식을 위해 독특한 시의 기록을 남겼다.

3 '힘겹게 걸어가는 이'의 심리 상태

근대 문명사회로 들어선 이래, 유럽에서 발발한 제1차 세계대전에서 인간들은 자신이 창조한 물질문명으로 서로에게 치명적인 참살을 감행하였다. 이 잔혹한 사실은 현대의 양심 있는 시인들의 마음 속에서 커다란 환멸감과 절망감을 불러일으켰고, 인류의 존재와 그들이 창조해낸 제도와 질서에 대해 다시금 깊이 생각하도록 하였다. 그들은 현실 세계에 대해 의심하고 절망하기 시작하였으며, "더 나아가 사물의 영원한 성질을 탐구하였다".[18]

현실 속에서는 합리적이고도 실현 가능한 답이 없었고 또 제기할 수

---

18) 샤오쉰메이, 〈현대 미국시단 개관〉, 1934년 10월, ≪현대≫, 제5권 제6호.

도 없다. 그들 중 일부는 인류가 이 모순된 곤경에서 벗어나는 희망을 그들 마음 속에 존재하는 하느님에게 기탁하거나, 혹은 일부는 이로부터 현실 재난에 대한 관심을 버리고 퇴폐함으로 들어갔으며, 또 예술의 '상아탑' 속으로 들어갔다. 시인 T.S.엘리엇은 전자에 속한다.

T.S.엘리엇은 ≪황무지≫라는 장편시의 마지막인 시의 결말인 〈천둥의 말(雷霆的話)〉에서 하느님은 인류에 대해 다음과 같은 훈계를 내리신다. 베풀어야 하고, 동정해야 하며, 하느님의 제약을 받아들여야 한다. 이렇게 하면 무서운 '황무지'는 '봄비'의 윤택을 받아 해방되고 변화될 수 있다. 80년대 중국의 소개자와 평론가들은 "이 시가 한편으로는 사람들의 비관적이고 실망스런 정서를 표현하였고, 다른 한편으로는 하느님이 세상을 구원하는 사상을 선전하였다."[19]고 하였다. 당시에 탄생한 기타 시들도 이와 비슷한 생각이 들어 있었는데, 예를 들면, 20년대 중기 중국에 소개된 소련의 상징파 시인 블로크의 〈열두 개(十二个)〉(1918)는 루쉰이 말한 것처럼 10월 혁명의 폭풍 속에서 탄생한 상징주의와 사실이 결합한 혁명적 장편시이다. 이 시의 마지막에서 열두 명의 홍군 병사가 전쟁 후의 거리를 순찰할 때에도 흰 장미 화환을 쓴 예수 그리스도의 형상이 나타난다. 루쉰은 이처럼 상징과 사실이 결합된 시를 높게 평가할 때, 이러한 결말에 대해서, 이는 "마치 두 가지 해석이 가능한데, 하나는 그들도 찬성하는 것이고, 하나는 여전히 그에게 의지하여 구원을 받아야 한다는 것이다. 그러나 어떻게 하든지 간에 늘 뒤의 해석이 더 가까운 것 같다."[20]

국가 정세의 다름과 문화적 차이로 인해 20세기 20년대 서구 현대파 시인들이 이러한 현실 속 모순을 해결하려는 이상적인 도식은 중국 30

---

19) 웬커쟈(袁可嘉), T.S.엘리엇, 〈알프레드 프루프록(Alfred Prufrock)의 연가〉 번역자 설명, ≪외국현대파 작품선≫, 제1권(상), 상하이문예출판사, 1980년, 75쪽.
20) 루쉰, 〈집외집 보충(12)·후기〉, ≪루쉰 전집≫(제7권), 인민문학출판사, 1981년, 300쪽.

년대 현대파 시인들의 민족 의식과 심미 선택에 부합되지 않았다. 20세기 중국 지식인들 특유의 사명감은 그들에게 어두운 현실 사회를 증오하게 하는 가운데, 여전히 현실에 집착하고 환멸의 절망 속에서도 비극적인 희망을 품게 하였다. 이처럼 비극적인 항쟁이 내심 세계에 대한 계발에로 향했을 때, 루쉰의 문장 속에서 창조된 '고독자'들이 가지고 있는 공동된 정신적 특징이 탄생된다.

그리하여 우리는 다음과 같은 일부 역사의 그림자를 볼 수 있다. 즉 젊은 현대파 시인들은 그들의 창작 속에서 사회의 주요 조류와 동떨어진 자신의 힘겨운 인생을 걸어가는 무수한 형상을 창조해낸다. 그들은 인생에 대한 탐색자이자 유랑자가 되었으며, 적막과 우울은 그들의 마음을 물어 씹고, 그들이 피곤하여 걸어가는 문화적 심리 상태의 특징을 이루었다. 이러한 선율로 인해 일부 현대파 시인들의 창작 속에는 너무 퇴폐적이고 감상적인 색채가 보이기도 하고, 일부 시에는 어쩔 수 없는 운명론과 색공(色空)적 관념이 나타난다. 그러나 더욱 중요한 것은 그들은 현실 속에서 모순되고 복잡한 비극적인 색채를 띤 반항자이거나, 혹은 내심에서 비극적인 반항을 하고 있다고 말할 수 있다. 이 때문에 우리는 여전히 그들의 창작 속에 나타난 '힘겹게 걸어가는 이의 심리 상태'라는 주제로부터 현실에 대한 사고와 무거운 부담이 일부 민감한 시인의 마음 속에서 어떻게 심각한 정신적 낙인을 찍어 놓았는지를 보아낼 수 있다.

이렇게 힘겹게 걸어가는 이의 심리 상태의 하나의 중요한 함의는 현대파 시인들이 자신의 꿈을 찾는다는 가치 실현의 가능성과 그것을 위해 지불한 댓가에 대한 사고로, 현실 속에서 자신이 존재하는 위치에 대한 근본적인 의심이다.

허치팡은 꿈에 대한 읊조림 속에서 적막한 '유랑자의 마음'이 역동하고 있다. 그는 자신의 개인 가치를 '잃은' 데 대해 탄식하며, "밤의 색깔과 어두운 사상은 나로 하여금 자신을 잃게 하고, 나는 지금 어디에 있는가?"[21]라고 고통스러운 의문을 던진다. 그는 시 속에서 '고독'하게 기억 속의 대화를 귀 기울여 듣는다.

> 오늘 밤 북풍은 마치 파도소리 같이
> 우리의 작은 집을 흔들어 놓는다.
> 배 같구나. 나의 적막한 동반자여,
> 당신은 이 기나긴 여행에 싫증이 났는가?
> 우리는 열대로 가
> 거기에서 식물로 변하리.
> 나는 영원히 푸른 등나무
> 당신은 높은 보리수 나무.
>
> ― 〈모래바람이 부는 날(風沙日)〉

　한 세대의 각성한 자들이 자아의 인생 추구 가운데 '기나긴 여정'에 대한 적막함과 피곤함 그리고, "열대"라는 이 "추위", "황량"과 대립되는 이미지가 상징하는 시인이 갈망하는 아름다운 이상적 경계에 대한 정신적 추구는, 일종의 몽롱한 겉 표면 속에서 생동하고 함축된 표현을 얻었다. 이는 허치팡의 시 속에서 힘겹게 걸어가는 이의 형상이 가지는 특유한 자태이다.

　허치팡이 말한 "나는 지금 어디에 있는가?"라는 의문은 본래 보편적인 의미를 갖는 중대한 명제이다. 내면에서 발하는 이 의문은 '힘겹게 걸어가는 이'들 자신의 길과 가치에 대한 사고를 표현하였을 뿐만 아니라, 동시에 그들과 마비된 자들 사이의 근본적인 차이를 표현하였다.

　'힘겹게 걸어가는 이'는 사회 밖에 동떨어진 쓸모없는 사람이거나 염세적인 사람이 아니라, 마음 속 깊은 곳에서 사회적 현실과 시대적 동향을 주목하는 깨어있는 사람이다.

　이러한 정신적 특징은 볜즈린의 시 속에서 더욱 집중적으로 표현된

---

21) 허치팡, 〈연니집·후기〉, ≪허치팡 문집≫(제2권), 인민문학출판사, 1982년, 60쪽.

다. 벤즈린은 우리들에게 내심의 정서를 담은 형상들을 조각해 내며, 이렇게 '힘겹게 걸어가는 이'들의 깊은 차원의 정신 상태를 드러내 보여 준다. 그들은 인생 여정을 간고하게 걸어가는 사람으로, 몹시 피곤한 행진 속에서 중국의 한 세대의 각성한 지식인들이 갖는 특유의 정신의 각성을 갖추고 있다. 그의 시 〈길 옆(道邊)〉은 바로 이러한 심리 상태를 보여주는 가장 전형적인 묘사이다.

> 집은 어깨에 메고 있어 마치 달팽이 같고,
> 등이 휘엇고 지팡이가 휘고 다리가 휘었다.
> 힘겹게 걸어가는 이가 가까이 와서 나무 아래의 사람에게 묻는다.
> (흐르는 물속에 흘러가는 구름을 한가로이 바라보며)
> "북안촌은 어디로 가는지요?"
>
> 자신에게 길을 묻는 것에 자부심을 느끼지만
> 타향 사람은 물속의 미소를 안다.
> 또 길손의 이야기보따리를 풀지 못한 것을 후회한다.
> 마치 집안의 막내가
> 멀리에서 온 형의 보따리를 풀어보지 못한 것처럼.

이 시 속에서 처음으로 '힘겹게 걸어가는 사람'의 형상을 직접 창조하였다. 이 '힘겹게 걸어가는 이'는 제로 시인 자신으로, 이것은 꿈을 찾는 길 위에서 먼 길을 고생스럽게 걸어가는 사람이다. 그는 갈 집이 없으며, '집'은 그에게 마치 달팽이가 등 뒤에 실은 껍데기와도 같아 어디에 가나 항상 따라 다닌다. 그는 너무 많은 세월과 너무 많은 길을 걸어왔으며, 등에는 너무 무거운 부담을 싣고 다녀 세월의 무거운 부담에 눌려 "등이 휘었고 팡이가 휘었 다리가 휘었다". 그의 형상은 다이왕수의 〈꿈을 찾는 이(尋夢者)〉 중에서 쓴 형상과 같은 경우이다. 즉, 아름다운 이상에 대한 추구를 위해 일생을 분투한 후, 자신은 이미 '눈이 흐려지고', 생명이 '노쇠'한 사람이 되었다는 것이다. 벤즈린 시의 '힘겹게 걸어가는 이'는 비록 이렇다 할지라도 여전히 쉬려고 하지 않는다. 그는 자신이 나아가는 앞길의 목표를 물으며 지친 몸을 이끌고 계속 앞으로 나아가려 한다. 이 시 속의 피곤하게 가는 '길손'과 대조를 이루는 것은 매일 할 일 없이 앉아있으며, 거기에서 "한가하게 흐르는 물속의 흘러가는 구름을 바라보는" 그 "나무 아래의 사람"이다. 이는 한 시대의 마비된 사람의 형상으로, 그는 '힘겹게 걸어가는 이'의 이상적 추구와 정신 세계에 대해서 아무런 이해도 없다. 그가 보기에 '힘겹게 걸어가는 이'는 가장 기초적인 상식조차 모르는 것("북안촌은 어디로 가는지요?") 같은데 뜻밖에 '자신에게 길을 물으니', 이렇게 작은 일에 무지한 사람의 '자만심'을 느끼며, 그 '타향 사람'에게 의기양양한 '미소'를 보낸다. 그는 늘 한담을 생활 속의 즐거움으로 삼았는데, 이 때문에 그는 "길손의 이야기보따리를 풀어" 아이들이 만족하는 그러한 단순한 쾌감을 얻지 못한 것을 무의미하게 후회한다. 그러나 이 '힘겹게 걸어가는 이', 혹은 '타향 사람'은 걸음을 멈추어 그의 잡담을 들을 수가 없다. 시에 나타난 이 구절 "타향 사람은 물속의 미소를 안다"라는 구절은 '나무 아래 사람'의 마비와 무지에 대해 깊은 이해가 있다는 뜻도 포함된다. 시인 자신은 '나무 아래 사람'에 대해 일종의 호의적인 조소를 표하였고, 더욱이 '힘겹게 걸어가는 이'의 지치고 적막한 심리 상태와 갈림길에 선 고통에 대해서는 몽롱한 묘사를 하였다.

  '힘겹게 걸어가는 이'는 자신의 앞길을 볼 수 없을 뿐만 아니라, 자신의 처지에 대해서 더욱 막연해 한다. 그들은 혼란하고 복잡한 현실 속에서 자신의 위치를 찾지 못하고, 자기 고향의 '타향 사람'으로 변하였다. 마치 허치팡이 자아의 '잃음' 속에서 질문한 "나는 지금 어디에 있는가?"와 같다. 볜즈린도 내심의 깊은 곳으로부터 자신에게 질문을 던진다.

  뭇별들을 관찰하는 천문학자가 망원경을 떠난 듯이,
  떠들썩한 장소에서 빠져나와 자신의 발자취를 듣는 듯이.

자신의 범위 외의 범위 외에 있는 것이 아닌가?
황혼으로 뻗은 도로는 마치 한 단락의 실망과 같다.

— 〈돌아가다(歸)〉

우리는 여기에서 시인 내면의 아픔과 맥박의 요동침을 느낄 수 있다. 속세의 현실은 이상하게 적막한데, 시인은 단지 이러한 적막 속에서 "자신의 발자취"를 듣는다. 그러나 자신은 결국 어디에 있는가? 자신의 앞길은 또 무엇인가? 시인은 뒤 두 구절의 시에서 이 문제에 대해 "자신의 범위 외의 범위 외에 있는 것이 아닌가?"라고 부정적인 대답을 한다. 시인은 자신이 처한 위치에 대해서도 막연해 하며, "황혼으로 뻗은 도로는 마치 한 단락의 실망과 같다."라고 한다. 길을 찾는 강인함과 길을 잃은 고통은 이렇게 심각하다. 여기에서 '실망'은 쇠락과 절망이 아니라 매우 깊은 함의를 지니고 있는데, 작가가 전달한 이러한 고통스러운 심리 상태는 그 시대 양심 있는 현대파 시인들의 보편적인 목소리를 반영하였다.

'힘겹게 걸어가는 이'도 유랑자이다. 그들은 비슷한 정신적 특징을 가지고 있다. 이러한 특징은 전통시가 창조한 예술 형상과 일정한 연계를 가지고 있어, 시인의 현실 속에서의 느낌이 늘 전통을 향해 공명을 부름으로써, 자신의 마음을 더욱 풍부하게 전달한다.

중국의 전통시에는 타향에서 생활 하는 사람들의 형상이 많이 나타난다. 이러한 형상 본래의 함의는 이미 시공의 한계를 초월하여 예술적 심리가 쌓이게 되었다. 현대에 민감하고 갈 곳 없는 인생을 어렵게 나아가는 사람들은 늘 이 속에서 깊은 공명을 얻는다. 중국의 현대파 시인들은 혼탁한 사회 현실과 야합하길 원하지 않고, 또한 자아의 마음이 의지할 만한 조류를 찾지 못하였기에, 전통시의 목소리와 현대인의 고통이 마음 속에서 교차되어 함께 울려 퍼진다. 그리하여 유랑하며 힘겹게 나아가는 여행자들의 형상이 그들의 시에 대량으로 나타나 현대성의 색채를 띤 창작 주제가 되었다.

　다이왕수는 '밤에 다니는 이(야행자夜行者)'의 형상으로 변형하여, 여행하는 사람의 고통스러운 심리 상태를 개괄하였다. "여기에 그가 왔다, 야행자! 조용한 거리에 무거운 발자국 소리,/ 검은 안개로부터,/ 검은 안개에 이르네'(〈야행자〉). 시인 린겅도 자신을 "바다 같은 깊은" 밤중에 "나는 홀로 밤의 깊은 곳에 있는 야행자!"라고 하며, 여름의 연못을 지나고, 공포의 묘지를 지나고, 달이 없는 꽃향기를 지나지만 그의 길은 어디에 있는가? "나는 걷는다. 밤의 더욱 깊은 곳으로 걸어간다./ 발 아래의 평탄한 큰 길을 밟으며,/ 나는 전사처럼 가슴을 내밀며,/ 앞으로 걸어가니 마음에 더는 근심이 없다. ……/ 저도 모르게 등불 아래로 걸어가,/ 머리를 돌려 보니 아무것도 없다'(〈야행〉)라고 하였다. 허치팡의 글 속에서 인생을 힘겹게 살아가는 자는 적막한 마음에서 당 말기 온정균(溫庭筠)이 객지에서 살아가는 사람을 쓴 시 〈상산의 조행(商山早行)〉 속의 이미지와 융화되어 들어간다.

> 서풍 속에서 털을 간 낙타들은
> 네 발굽의 무거움을 들었다가,
> 또 살며시 내려놓는다.
> 거리에는 이미 한 층의 엷은 서리가 끼었다.
> 　　─ 〈나이 들어 사람을 그리다 2(歲暮怀人 二)〉

　시에서 쓴 것은 다른 사람의 생명의 힘겨운 전진으로, 이 속에서 암시한 것은 여전히 시인의 자아 생명에 대한 사고이다. 현대의 꿈을 찾는 "여행자"의 적막함과 냉담함은 고대 유랑자들의 '닭 우는 소리, 초가집 위의 달, 인적 드문 나무다리의 서리(鷄聲茅店月, 人迹板橋霜)'에 비하면 쇠락과 번뇌가 더욱 많아졌다. '늙은 태양은 점차 차지고, 북방의 밤은 더욱 추워지고 더욱 길어진다.'(〈나이 들어 사람을 그리다 1(歲暮怀人 一)〉)

현대파 시인들의 작품에서 인생을 고생스럽게 살아가는 사람의 '여행자' 이미지와 이를 제재로 한 시들은 그 수량이 상당히 많다. 그들은 동일한 주제 속에서 각자의 감정과 서로 가까운 생각을 전달하였다. 예를 들면, 우허(伍禾)의 〈여행자〉에서는 유랑자가 자신의 추구 속에서 "그리워하는 낙토"는 결코 없다고 하소연한다.

> 애수에 찬 작은 상자를 등에 지고 간고하게 걸어가는
> 여행자여!
> 당신은 망설였는가?
> 이 기나긴 여행길이 싫어진 것인가,
> 아니면 당신이 가는 길을 머뭇거리는 것인가?
>
> 이 잔의 술을 마시게,
> 이로서 당신이 소매를 날리며 가기를 바라오.
> 시베리아의 추방객들을 따라
> 소리 높여 노래 부르오.
>
> 남아프리카의 타조는
> 마치 양 떼처럼 온순하다.
> 여행자여
> 또 무슨 미련이 있는가!
>
> 모두 광야의 바람 속에서 달리는데
> 우는 것도 좋소.
> 망설였는가?
> 당신이 그리워하는 낙토를 나에게 말해주오.
> 여행자여. 22)

---

22) 1934년 2월 1일, ≪현대≫, 제4권 제4기에 실림, 원래 필명은 이밍(佚名)이었고, 후에 이 잡지의 제4권 제5기(1934년 3월 1일) 중의 〈사중 좌담(社中座談)〉에, 작가에게서 온 편지를 실었는데, 이 시의 작가가 우허(伍禾)라고 설명하였다.

이렇게 힘겹게 걸어가는 형상과 인생의 꿈을 찾는 강인한 사람의 추구 정신은 언제나 함께 연결되어 있다. 시인은 여행자의 '망설임'을 썼는데, 그에게 물은 이유는 바로 자신과 다른 사람에 대한 정신적인 채찍질로, '망설임'을 쓴 것은 '망설임'을 부정하기 위한 것이다. 린겅 선생의 〈거센 바람이 부는 저녁(大風之夕)〉은 이러한 여행자가 결코 고독한 존재가 아니라는 것을 표현하였다. "바람은 겨울밤에 각별히 조여오고/ 가로수는 마치 한 무더기의 꽃처럼 흔들리는데/ 바람 속의 여행자여/ 어제 밤에 나는 길을 빨리 가/ 앞의 한 아는 사람을 따라잡았네". 역시 밤의 광풍 속이지만 그것은 이러한 심리 상태의 단체적인 존재성을 드러냈다.

진커무는 현대파 시인들 중에서 인생의 운명을 사고하는데 능한 시인 중의 한 사람으로, 사람들에게 잘 알려진 시 〈여행자(旅人)〉는 자아 마음 공간의 '황무지' 의식과 객지에서 사는 사람의 추구 사이의 깊은 관계를 나타냈는데, 이는 상당히 완성된 현대파시라고 할 수 있다.

> 너 우산을 등에 진
> 힘든 여행자여!
> 좋은 날씨는 여기에 없다.
> 잠시 마른 나무 뿌리를 베고
> 깊이 잠이나 자게!
> 설마 당신은 아직도 무성한 복숭아와 자두를 찾는가?
>
> 저 하늘가에 있는 푸른 창은
> 당신이 달리도록 유혹하는가?
> 힘든 여행자여!
> 지친 까마귀가 돌아올 때
> 작은 식당의 말구유 옆
> 덮개 없는 가스등이 당신을 위로하리.

뜨거운 태양과 거센 비도 아랑곳 않지만
내일 아침 짙은 안개가 낀다면?
힘든 여행자여!
갈대 하나를 뽑아 지팡이를 만들어
어둠 속에서 더듬어야 하는가?

정말로 물들거나 방해 없이
의연히 억새 신을 끌고 걸어가게!
그러나 기억하게, 힘든 여행자여!
여기의 사막 바람을 끌고 가
먼 곳 미혼(未婚)의 꽃과 새를 해치지 말지니!

시인은 매 절의 시에서 모두 "수고하는 여행자"에 대한 부름이 나오는데, 이는 시인의 내심에 대한 부름이고, 또한 시인의 한 시대 인생길의 탐색자들에 대한 부름이다. 이 시의 현실적 배경은 "좋은 날씨"는 없고 단지 "마른 나무 뿌리"만 남은 "황무지"이다. 시 속에서는 "힘든 여행자"의 고생스럽게 나아가는 피곤함과 신념을 썼고, 또 "힘든 여행자"가 고생스럽게 나아가는 강인함과 그들이 계속해서 전진하고자 하는 결심을 썼다. 다이왕수의 시 속에서 인생의 '비 내리는 골목길'에서 방황하는 사람들은 진커무의 시 속에서 이미 인생의 긴 여정에서 힘들게 전진하는 유랑자로 변한다. 시인과 이 유랑하는 사람의 대화는 실질적으로 자아 마음 속의 대화이다. 작가는 형상을 통하여 그 자신과 모든 먼 길을 가는 사람들의 마음 속에 숨은 비밀 하나를 드러낸다. 그것은 그들이 이렇게 힘들게 쉬지 않고 나아가며 한 점의 희망을 지지하는 것이 바로 먼 곳에 있는 그 "하늘가의 푸른 창문"("저 하늘가에 있는 푸른 창문은/ 당신이 달리도록 유혹하는가?")이 마치 '사막' 같은 현실 존재에 대해서 말하면 "푸른 창문"은 아름다운 이상 경계의 상징이다. 이 현대적 이미지는 자연히 우리에게 루쉰의 산문시 〈길손(過客)〉 중 '길손'을 전진하도록 한 그 먼 곳의 부름 소리를 떠올리게 한다. 이는 시인이 사막 같은 현실에 불만을 느끼고 아름다운 이상을 추구하는 정경을 포함하며, 시는 마지막에 다음과 같이 당부한다. "여기의 사막 바람을 끌고가/ 먼 곳 미혼의 꽃과 새를 해치지 말지니." "미혼의 꽃과 새", 이 얼마나 아름다운 상상인가! 현실 세계의 황량한 적막감과 이상 세계의 순결하고 아름다움은 여기에서 선명한 대조를 이루었다. 여기에서 당신은 그 "힘든 여행자"의 강인한 전진의 정신적 동력과 작가가 이 시에 부여한 깊은 함의를 느낄 수 있을 것이다.

현대파 시인들 속에 이러한 심리 상태가 보편적으로 존재한다는 것을 설명하기 위해서, 우리는 또 한 시를 예로 들어 보겠다. 이는 리신뤄(李心若)의 〈피곤(倦)〉이다.

> 붉은 것은 아침 노을이고 채색은 저녁 노을이라.
> 저녁색을 고민하는 정오에는 매우 견디기 어려우리,
> 이미 검지만 실제로 흰 머리를 한 나로서는
> 더욱 걸음을 옮기기 어려움을 느낀다.
>
> 신기루가 내 눈앞에 떠오르는 듯
> 눈물이 나게 하는 비참한 일만은 아니겠지?
> 사랑에 빠진 사람이 밤마다 하는 "밤 수업"도
> 달콤한 웃음만을 자아내는 추억만은 아니겠지?
> 우리의 일생이 하루같이 흘러갈 때
> 우리는 또 어떤 꿈을 찾아야 하는가?
>
> 나에게, 천당의 화초는 좋지만
> 신선만을 위하는 것은 원하지 않고, 영원한 열반만을 바라네.[23]

시의 첫 절에서는 앞에 얼마나 아름다운 이상 세계가 있다 해도 그것

---

23) 피터 포크너(Peter Faulkner), 푸리쥔(傅礼軍) 역, 《모더니즘》, 쿤룬출판사, 1989년, 2쪽.

을 추구하는 도중에 이미 늙고 피곤을 느낀 나로서는 다시 걸음을 떼어 전진하기 힘들다고 썼다. 두 번째 절에서는 아름다운 일은 물론 공허하지 않지만 생명의 급류 속에서 꿈의 추구는 언제나 너무 아득하다고 썼다. 세 번째 절은 두 줄로 되어 있는데, 시인은 아름다운 이상의 추구와 추구자의 현실적 처지의 적막감 사이에 심각한 모순이 존재한다는 것을 설명하였다. 그래서 "천당의 화초"와 진커무 시 속의 "하늘가의 푸른 창문", "멀리 미혼의 꽃과 새"는 모두 같은 우의(寓意)를 지니고 있는 것이다. 그다지 잘 썼다고 할 수 없는 이 시는 내용을 전달하는 면에서 이 유파 시인들의 특징을 잘 표현하고 있다. 즉 꿈을 찾는 이의 형상과 힘겹게 가는 사람의 심리 상태를 한데 결합하여 현대파 시인 단체의 정신세계의 총체적 특징의 두 측면을 구성한다. 꿈을 찾는다는 것은 힘들게 전진하는 동력이고, 피곤하게 가는 것은 꿈을 찾는 정신적인 표현으로, 양자의 결합은 30년대의 현대파 시인들 마음 속의 일종의 "현대적 감수성"[24]을 구성한다거나 혹은 현실의 복잡성에 대한 의식이라고도 말할 수 있다. 그러나 이러한 "복잡성에 대한 의식은 모더니즘 작가의 기본적인 인식이 될 것이다".[25]

만일 우리가 이러한 각도에서 현대파시 속의 공통된 심리 상태의 주제를 관찰한다면, 이들과 중국 전통시가의 이미지와 주체 사이의 비슷한 점을 분명히 볼 수 있을 뿐만 아니라, 이들과 세계 모더니즘 시 사조 사이의 정신적인 특징이 심각하게 연계되어 있다는 것도 볼 수 있을 것이다. 그들의 이러한 시들에서 어떤 작품은 전통적 시와 비슷한 외형 속에 시인이 갖고 있는 현대적 감수와 사고가 숨겨져 있다.

현대파 시인의 꿈을 찾는 이들이 표현한 '힘겹게 가는 이'의 심리 상태의 또 하나의 중요한 정신적 특징은 그들이 인생과 사회에 대해 표현한 것이 심각한 적막감과 우울감이라는 것이다.

---

24) 위의 책, 26쪽.
25) 처음 1933년 8월 1일, ≪현대≫, 제3권 제4기에 수록.

보들레르가 19세기 후반기에 ≪파리의 우울(Le Spleen de Paris)≫이라는 상징주의의 시조격인 산문집을 출판한 이후, '우울'이 상징주의 미학원칙 중 중요한 범주로 제기되어, 많은 시인들의 시적 감각의 현대성 가운데 이러한 감정적 특징이 광범위하게 유행하였다. 적막은 예전부터 선각자와 민감한 사람이 갖고 있는 정신적인 특징이다. 뿐만 아니라 우울감과 적막감은 도시 문화의 발전과 물질문화 관념의 충격에 따라, 사람과 사람 사이의 진정한 감정이 점차 옅어지고 개인의 주체성이 받은 왜곡과 상실도 현대파 시인들의 정신 세계와 심미 정취에 깊이 침투되었다. 이러한 시인들은 그 시대의 주류와 비교적 먼 거리가 있을 뿐만 아니라, 또 과분하게 물질화된 도시 문화의 발전과도 비교적 큰 간격이 있다. 그들은 자아의 내재적인 세계에 더 많이 경도되었다. 이러한 시인들의 자아 생명의 가치와 존재 의의에 대한 사고 역시 필연적으로 깊은 적막과 우울의 색채가 물들어 있다.

다이왕수가 쓴 시 중에는 적막한 심리 상태를 노래한 것이 많다. "요원한 국토에서 그리워하는 사람,/ 나, 나는 적막한 생물"(〈나에 대한 소묘(我的素描)〉). "적막한 가을의 근심이라 하고,/ 넓은 바다의 그리움이라 하지만,/ 만일 사람들이 나의 번뇌를 묻는다면,/ 나는 당신의 이름을 감히 말하지 못하오"(〈번뇌(煩憂)〉). "날은 지나가고 적막은 영원히 존재하니,/ 벌판의 들풀에 혼을 맡기고,/ 저 불쌍한 영혼들같이,/ 나처럼 키가 크다./ ……나는 밤에 앉아 바람을 듣고, 낮에 자면서 빗소리를 듣네./ 달은 어찌하여 둥글지 않은지, 하늘은 어찌하여 늙지를 않는지 깨닫는다"(〈적막(寂寞)〉). 다이왕수가 갖고 있는 적막감은 때로는 그가 아름다운 물건을 잃어버려 실의에 빠진 느낌과 함께 연결된다. 예를 들어, 그의 〈인상(印象)〉은 사실상 어떤 아름다움에 대한 실망으로, 실의에 빠진 내재적 감정의 파동을 상징한다.

전체 시에서 앞의 두 부분은 네 개의 이미지를 한데 조합하여 하나의 '실망의 아름다움'이라는 감각의 도형들을 구성하였다. 사라지거나 혹은 멀어져 가는 종소리, 고기 배, 진주, 넘어가는 태양이 사람들에게 남겨준 것은 일종의 아름답고 흐릿한 인상이다. 이러한 것들의 상징 뒤에는 잃어버린 사랑, 혹은 소중한 지난 일, 혹은 일종의 깊이 숨어 있는 이상 등, 아무튼 이는 시인의 마음에 무한한 따스함을 남겨준다. 이들의 소실이 가져온 것은 거부할 수 없는 거대한 적막이다. 이 '적막의 흐느낌'은 자신의 마음 속 깊은 곳에서 온 것이고, 또 마음 속 깊은 곳으로 돌아간다. 시인의 마음 속에 남겨둔 것은 영원한 실망이다. 내용으로 볼 때, 이 시는 제목을 〈적막〉이라고 할 수 있지만, 이렇게 하면 너무 노골적이다. 이 시 속의 창조는 더욱 은폐되고 함축되어 있다. 한 아득한 '인상'의 소리는 사람들의 마음 속에 영원한 메아리를 불러오는데, 이것이 바로 '힘겹게 가는 이'가 갖고 있는 내재적인 정신 역량이다.

벤즈린 쓴 우울감과 적막감은 더욱 깊은 철리적 색채가 들어있어, 사람들에게 인생의 존재 가치에 대한 광범위한 사고를 불러일으킬 수 있다. 예를 들어 그의 시 〈적막(寂寞)〉은 다음과 같다.

> 시골 아이는 적막이 두려워
> 베개 옆에 귀뚜라미를 기른다.
> 성인이 되어 성에서 노역하며
> 그는 야광 시계 하나를 샀다.
>
> 어릴 때 그는 늘
> 풀로 만든 귀뚜라미 집을 갖고 싶어 했다.
> 지금 그는 죽은 지 세 시간이 지났지만
> 야광 시계는 멈추지 않는다.

여기에는 한 모더니즘 시인이 갖고 있는 인간 생명의 복잡성에 대한 사고가 넘쳐흐른다. 도시 생활의 인간성에 대한 왜곡에 반항하는 시의 사상과 의식은 작가가 만든 형상적 세계 속에 침투되어 있다. 인류의 어린 시절 인간성의 천진함은 그 무엇보다도 소중한 것이다. 그들은 자연과 생명의 융합에서 무한한 즐거움을 얻는다. 죽음에 대해서도 공포스러운 느낌이 없다. 그러나 이 어린 시절이 성인으로 자라나 도시 생활의 기계와 같은 운행에 진입하였을 때, 그가 잃어버린 것은 동년의 천진함과 즐거움뿐만이 아니라, 모든 인간성이 갖는 생명감의 존재이다. 사람을 가장 비참하고 적막하게 하는 것은 사람이 '현대화'된 생활의 '과로'한 스트레스 아래에서 이미 마비되어 적막한 마음마저 느끼지 못한다는 것이다. "그는 죽은 지 세 시간이 지났건만,/ 야광 시계는 멈추지 않는다". 이 비극은 현실의 적막에 반항하는 시인만이 느낄 수 있는 것으로, 사람은 일단 현대 생활의 기계에 들어서면 자신의 생명을 잃은 것과 같다는 것이다. "가장 큰 비애는 마음이 죽은 것이다". 진정한 적막을 느끼지 못하는 사람은 생명의 즐거움도 느낄 수 없다. 볜즈린은 현대파 청년 시인으로서 인생의 이러한 사고에 대해, 때로는 속세에 비분하는 정도에 이르기도 하였다.

> 등불 앞 창문의 유리는 거울 같다.
> 커튼을 열고 멀리 바라보지 말라, 자신을 보고 싶지 않다.
> 그러나 멀리있는 창문은 더욱 먼 거울이다.
> 별과 같은 등불들은 누구의 우울한 눈빛을 보는가?

> '나는 당신과 함께 나의 코 고는 소리를 들을 수 없고,'
> 예리한 칼날이라도 소용돌이를 끊을 수 없다.
> 사람은 당신의 꿈속에서 당신은 사람의 꿈속에 서있다.
> 홀로 깬 사람은 칼을 버리고 당신들을 위해 축복한다.

이는 볜즈린의 시 〈지난 설날 밤의 사색(旧元夜遲想)〉이다. 시의 구성은 시에서 전달하는 의식과 마찬가지로 착잡하고 복잡하다. 중국 전통적 명절의 즐거운 분위기 속에서 시인의 마음은 적막감과 우울한 감정으로 넘쳐있다. 왜냐하면 등불 앞의 창문 유리라는 이 거울에 자신의 '우울한 눈빛'이 비치는 것이 두려워, 자신에게 '커튼을 열고 멀리 바라보지 말라'고 경고하고 있기 때문이다. 그러나 현실은 언제나 무정하다. 가까운 창문의 유리는 마치 가려진 듯 하지만, 먼 데 있는 창문은 여전히 그대로 있다. "먼 창문은 더욱 먼 거울이다". 그곳의 "별과 같은 등불"은 역시 자신의 버릴 수 없는 우울함—"우울한 눈빛"을 비춰 낸다. 두 번째 절에서는 우울함에 대한 자아의 해소를 썼는데, 첫 줄에서 사람들은 모두 잠속에서 모든 번뇌와 우울을 잊는데, 이러한 세속적인 인생은 바꿀 수가 없다("사람은 당신의 꿈속에서, 당신은 사람의 꿈속에서"). 계속해서 자신의 이러한 유일하게 생활에서 '홀로 깨어있는 사람'은 비록 이 마비되고 깊이 잠든 현실 상황을 바꾸려 하지만, 결과는 자신마저도 이 노력이 헛된 것임을 알고 '칼을 놓고' 이러한 깊은 꿈속의 사람들을 '축복'하게 된다. '소용돌이'는 우울의 상징으로 '예리한 칼날이라도 소용돌이를 끊을 수 없다'. 시인은 여기에서 고대 시사 속의 '당신은 얼마의 우울함이 있는가, 마침 강의 봄물이 동으로 흐르는 듯하구나', '칼을 빼어 물을 자르니, 물은 더욱 세차게 흐르고, 잔을 들어 술을 마셔 우울을 잊자니 우울은 더욱 심해지네' 등의 시구와 이미지를 몰래 이용하였다. 시 속에서 '홀로 깨어있는 사람'은 분명 '모든 사람들이 다 취해 있는데, 나만이 홀로 깨어있다'는 시구를 인용해 사용한 것이다. 그러나 융합하여 창조해 냈지만 흔적을 남기지 않으면서, 도시 사람들의 번화한 도시 속에서의 그 적막과 우울한 마음을 버리지 못하는 것을 매우 심각하고 함축되게 표현하였다. 작가의 자신에 대한 반성은 세속에 대한 비판과 마찬가지로 매우 무정하다.

도시 각성자의 적막감과 우울감은 결코 그들이 좋아하는 심리 상태가 아니며, 또한 그 심리 상태에 취해 있는 것도 아니다. '자고로 성현은 모두 적막하다', '모든 사람이 다 취해 있지만 나만 홀로 깨어있다'와 같이 결코 적막과 홀로 깨어있음으로 자신의 고상함을 뽐내는 것도 아니다. 여기에 포함된 것은 엄숙한 현실과 역사에 대한 고통감이다.

린껑은 그의 적지 않은 적막에 대한 무제 시 속에서 바로 이러한 정서를 표현하였다. 그의 〈상하이의 비 내리는 밤〉은 한 민감한 지식인이 낯선 현대 대도시에 있으면서 생긴 해소할 수 없는 내심의 고통을 표현하였는데, 이는 현대인의 우울감과 적막감의 병이다. 그는 〈몽롱〉에서 다음과 같이 썼다. "늘 아이의 발자국 소리가 나에게로 가까이 오는 것을 듣고/ 한 순간의 갑작스러운 적막감 속에 멈춘다". 〈야행(夜行)〉은 "혼자 깊은 밤의 깊은 곳에서" 머리를 돌리지 않고 앞으로 나아가는 것을 묘사했는데, 묘지, 죽음과 멀리에서 들려오는 피리 소리, 오월의 꽃 향기에 가까워졌지만 "저도 모르게 이미 등불 아래로 걸어와,/ 내가 머리를 돌려 보니 아무것도 없네"라고 했다. 이 시에서도 일종의 고독감과 적막감의 고통이 들어 있다. 〈있다(在)〉는 사람의 무감각함과 마비에 탄식하며 "바보와 죄인 사이에서 태어나/ 하늘과 땅의 잔혹함을 느낀다"고 하였고, 〈텅 빈 성(空心的城)〉에서는 자신이 사람들 속에서 방황하는 '처량함'을 썼다.

> 텅빈 성의 적막
> 나는 적막하게 지킨다.
> 밤의 마음은
> 높은 달의 머리 위에 떠있다.
> 길 옆의 검은 그림자와 어두운——
> 냉담한 영화관에서는
> 저급한 취향의
> 새 것을 즐기고 낡은 것을 버리는 비극을 돌리고 있다.
> 시장의 교역은 곧 끝나가고,
> 시골의 황량함보다 못해
> 농가집의 개와 노새를 떠올리게 한다.

시인이 현실 속에서 해소할 수 없는 적막감은 상상 속에서 애써 도망갈 수밖에 없다. 그리하여 우리는 린겅이 시 〈밤(夜)〉에서 부른 노래를 들을 수 있다.

밤은 적막한 곳으로 흘러들어
눈물도 마치 술 같다.

원시인의 활활 타오르는 불길은
삼림에서 피어 오르니,
이때 귀속 말을 하겠지?

담장 밖 급한 말발굽 소리
멀리 가버리고,
빠른 말 한 필,
나는 축복을 위해 노래한다.

마치 서로 연결되지 않는 이미지와 시구 같지만, 거기에는 오히려 내재적으로 매우 강한 논리적 구상이 들어있다. 1절에는 적막의 무거움을 썼는데, 시인은 자신의 고독을 쓰지 않고 밤의 고독을 씀으로써 술처럼 진한 눈물까지 흘러내리게 하였다. 이는 시인 자신이 느낀 적막의 고통이 매우 깊음을 완곡하게 표현한 것이다. 2절에서는 작품과 독자 사이의 상상의 거리가 멀어진다. 작가는 계속하여 자신을 쓰지 않고 멀고 오래된 기분을 애돌아 묘사한다. 그는 원시인의 생활에 대한 열렬함과 사람과 사람 사이의 친밀함으로 현대인의 고독감을 두드러지게 하였으며, 고통스러운 정신 현상의 현실을 조성하였다. 3절은 현실을 쓴 것이지만 또한 상상이기도 하다. 시인은 당시 베이징의 깊은 밤에 우연히 포착한 도시의 말발굽 소리가 멀어져가는 이미지를 여기에 놓아, 자신이 적막에서 도망가고 싶은 일종의 강렬한 마음을 적절히 표현하였다. "나는 축복을 위해 노래한다"는 부분은 담장 밖 적막으로부터 도망가는 사람들에 대한 축복이고 또한 자신의 마음이 적막에서 도망가고 싶은 갈망을 상징하는 것이기도 하다. 이 소시는 마음에서 이미지에 이르기까지 모두 현대인의 현대성이 넘치는 감각과 상상이다. 이것은 '자고로 성현은 모두 적막하다'는 고전식의 감탄과는 완전히 다른 것으로, 활발하고 고통스러운 각성된 도시 청년들의 마음이 시의 형상적 세계에서 약동하고 있다.

시 〈밤(夜)〉에 비해 한 걸음 더 나아가 린겅과 기타 현대 시인의 적막한 마음이 그들의 현실에 대한 황량감과 서로 연결된다는 것을 설명한 것은 린겅의 또 다른 시 〈모래바람 부는 날(風沙之日)〉이다.

> 행인은 급히 지나가고
> 점차 적막을 느끼며
> 길옆에는 석상만이 서있는데
> 이것이 상징하는 것은 무엇인가?
> 사거리 어구에는 추악하고 교활한 사람이 쭈그리고 앉아
> 점치는 노점을 벌여놓았다. '기상을 잘 봐요'!
> 나는 머리를 들어 하늘의 해를 바라보지만
> 층층의 구름 뒤에는
> 희고 참담한 것은
> 20세기의 눈.
>
> 지붕의 기와는 하나하나 떨어지고
> 집안의 상큼한 웃음소리 들린다.
> 이는 영원히 알 수 없는 것!
> 나는 거리에서 방황하며
> 해가 서쪽으로 기울어질 때
> 마치 하나의 노른자가
> 흐릿하고 광채가 없는 것 같다.

텅 빈 거리에는 다만 두리번거리는 행인들만 급히 지나가고, 고독한 석상만이 길옆에 서있어, 그 무거운 고독의 기분을 더욱 잘 드러내고 있다. '기상을 잘 보는' 점쟁이도 매우 쓸쓸한데, 그는 '추악하고 교활한' 사람으로 이는 사회의 일부 투기자들에 대한 부정적인 상징적 부호이기도 하다. 이 사거리 어구에 있는 이 그림자 같은 사람을 찾아오는 사람

은 없다. 왜냐하면 사람들은 그의 점괘가 "기상을 잘 관찰"한다 할지라도, 현실의 '기상'이라는 이 중대한 문제에 대해서 도저히 해답을 찾을 수 없다는 것을 알고 있기 때문이다. 그러나 시인의 눈에는 자신이 처한 사회 현실이 여전히 그렇게도 암담하고 창백하다. "희고 비참한 것은/ 20세기의 눈"처럼 매우 새로운 비유이며, 시대감이 매우 선명한 이미지로, 시인이 현실의 황량함에 대해 갖고 있는 심각한 비판적 정신을 포함하고 있다. 2절에서 기와가 떨어진 방에서 들려오는 맑은 웃음소리는 사람들에게 생활에 대한 황당한 존재감을 가져다준다. 그것이 황당하기 때문에 영원히 사람들에게 알려지지 못하는 것이며, 이처럼 황당한 환경에서 시인 자신은 단지 '황무지'의 고독한 배회자일 뿐이다. 황량함과 고독, 웃음소리와 적막은 이 시에서 하나의 완정한 선율을 구성하였다.

그 외에 다이왕수의 〈파리(蠅)〉는 한 마리의 가을 파리가 쇠약으로부터 죽음에 이르는 과정으로, 지친 생존자의 생명에 대한 비극을 상징하였다. 진커무의 〈생명(生命)〉은 선명한 이미지로 인생이 태어나서부터 죽음에로 이르는 적막한 과정을 개괄하였다. 스저춘의 〈교각 구멍(橋洞)〉은 강남 물의 고장의 교각 사이 공간으로 오가는 배들을 본 것과 또 다른 느낌의 과정으로, 인생의 긴 여행 중에서 알 수 없는 운명과 이로부터 탄생한 현대 인생의 우울함을 상징하였다. 인생의 만남과 생명의 가치는 시인의 적막이란 주제 뒤에 전달되는 사고로, 그들의 많은 시는 개인의 내심 세계에 대한 탐색과 시대적 분위기의 비판을 함께 결합시킬 수 있다.

이 시들에서 우리가 문화적 심리 상태의 탐구로부터 착수하면, 그 협소하고 단순한 현실 내용이 요구한 가치 표준의 속박에서 벗어날 수 있으며, 그들이 꿈을 찾는 과정에서 필연적으로 갖춰야 할 피곤하고 우울한 심리 상태를 보아낼 수 있다. 그 중에는 자연히 그들이 적극적으로 추구하는 정신이 들어있다. 물론 일부 시에서도 깊은 감상적 숨결을 표현하지 않을 수 없었다. "나는 퇴폐적으로 이 뒤늦은 아침 해에 접근한다,/ 나는 피곤한 사람이다. 나는 휴식을 기다린다."(다이왕수, 〈우울(憂鬱)〉). 현대파 시인은 큰 시대적 운명의 현실적 사명감을 주목하지 못 하였으며, 인민 대중의 생활 감정과 너무 동떨어져 있었다. 때문에 이러한 퇴폐와 감상이 그들의 시에 존재하는 것도 필연적인 것이었다.

현대파 시인들의 복잡한 구성은 그들의 창작 함의의 복잡함을 결정하였다. 그들의 노래 소리가 모두 다 내심 세계를 파내는 사색은 아니었다. 우리는 그들의 혁명 열사에 대한 깊은 회상과 추모를 들을 수 있고(다이왕수의 〈잘린 손가락(斷指)〉, 〈제사 날(祭日)〉), 조국에 대한 깊은 관심과 이국에서 고향을 그리는 마음을 들을 수 있으며(벤즈린의 〈척팔(尺八)〉), 시인의 광대한 사회 생활의 제시 하에 마음이 현실로 나아가는 노래 소리를 들을 수 있다(허치팡의 〈구름(雲)〉). 벤즈린 등의 시에는 모든 사회와 인생 철학 관념에 대한 깊은 사고가 담겨져 있다. 벤즈린, 다이왕수, 허치팡, 진커무, 린겅 등이 쓴 애정시는 시의 맛이 섬세하고 시각이 새로우며 전달이 함축적이어서 사람들에게 건강한 미감을 준다. 물론 한 단체와 한 시기의 창작 풍격으로 삼기에, 이 유파와 단체 가운데 일부 평범하고 무의미하며 천박한 작품들도 잇따라 출현하였다.

그러나 탐색의 길에서의 먼지는 시간의 흐름에 따라 사람들의 마음 속에서 사라졌고, 남은 것은 사람들에게 깊은 사색을 불러일으켜 미적 느낌을 주는 무수한 예술의 꽃들이었다. 민족 항전의 폭발과 함께 더욱 격앙된 목소리는 이러한 마음의 노래를 대체하였고, 일부 현대파 시인들도 인민 전쟁의 물결 속으로 들어가 새로운 노래를 부르기 시작하였다.

제 **7** 장
현대파 시인들의 심미 추구

1. 시가 대상의 심미 선택
2. 감정 전달의 심미 척도
3. 시적 정서의 지성화된 심미 경향

1 시가 대상의 심미 선택

30년대의 현대파 시인들은 하나의 통일된 이론 주장이나 혹은 미학적 강령이 있는 유파가 아니었다. 그들 각자의 창작은 시의 함의와 전달 방식의 미학적 추구에 있어서 매우 큰 차이를 보였다. 그러나 '오사' 운동이래의 현실주의 시, '신월파' 시인을 포함한 낭만주의 시와 비교하면 미학적 추구에 있어서 비교적 비슷한 성질을 보이며, 이 단체의 일부 대표적인 걸출한 시인들의 창작 실천에서 늘 정체성을 띤 심미 추구의 특징을 드러냈다. 이러한 정체성의 특징이 바로 이 시인 단체가 신시에 가져온 독특한 공헌이다.

문제는 일종의 대화와 이해가 있어야 한다는 것이다. 아마도 많은 비난이 이러한 시인들로 하여금 예술 심리적 부담을 갖게 하며, 하였으며, 그들이 예술적 적막 속에서 반항기를 띤 자신감 넘치는 노래를 부르게 하였을 것이다. 1937년 3월 다이왕수는 〈나는 생각한다(我思想)〉라는 네 줄의 시를 창작하였다.

나는 생각한다, 그러므로 나는 나비다……．
만년 후 작은 꽃의 가벼운 부름에
꿈도 없고 깨어남도 없는 운무를 뚫고
내 알록달록한 채색 날개를 젓는다.

시인이 생각하는 것이 어떤 인생 철리의 함의를 담고 있는지는 상관
없이, 단지 시 예술의 창작 면에서 이 시의 우의를 적용해 보면, 이러한
느낌을 어렵지 않게 얻을 수 있다. 즉 진정한 미의 창조자는 영원한 생
명이 있다는 것이다. 시의 뜻은 나는 창조한다, 그러므로 나는 아름다
운 것('나비'라는 이미지가 상징한 것)이다 라는 것이다. 설사 지금 사람
들의 이해를 얻지 못하더라도 이는 시공을 초월한 것이기에 '만년'후 '작
은 꽃'('나비'와 '작은 꽃'은 이해하는 사람과 이해 받는 사람의 관계임)
의 가벼운 부름에 '꿈도 없고 깨어남도 없는' '운무'(일종의 '죽음'의 혼돈
의 세계)를 꿰뚫고 새롭게 '나의 알록달록한 꽃 날개를 저어' 즉 새롭게
'나'의 아름다운 예술 생명을 표현한다는 것이다. 다시 말해서 이해자
의 부름은 일부 차압당한 생명의 아름다운 재생을 얻게 할 수 있다는
것이다.

사실 시간 발전의 논리에 따르면 바로 이와 같다. 다이왕수 스스로의
믿음과 예언이 반반인 시적 상징의 소망은, 반세기가 지난 후 80년대에
와서 이미 현실로 변하였다.

그렇다면, 다이왕수와 그의 동료들의 시가 예술의 탐구 중에서 또 어
떤 것이 우리들이 '가볍게 부르'거나 진귀하게 보아야 할 것일까?

서구 상징파, 현대파 시가 탄생한 후, 시가 서정의 대상을 선택함에
있어서 중요한 변혁은 바로 낭만주의의 웅위하고 장엄하며, 숭고하고
신성한 것을 버리고 사람들의 일상생활 속의 사소한 사물이 서정의 영
역으로 진입한 것이다. 거리의 가난한 사람, 괴로워도 호소할 곳 없는
거지, 커피숍의 음란한 대화, 더러운 냄새를 풍기는 썩고 추악한 여자

시체 등등은 모두 보들레르와 T.S.엘리엇의 시에 들어갔다. 보들레르를 예로 들며, T.S.엘리엇이 보들레르를 논술할 때 다음과 같이 말하였다, "그는 실로 낭만주의의 산물이지만, 또한 그가 본질적으로 보면 첫 번째로 낭만파 시를 대한 사람이다". 그리하여 보들레르는 "당대의 활발하고 신선한 이미지의 재료를 사용하여, 시에 새로운 가능성을 부여하였다"고 하면서, 엘리엇은 한 단락의 시를 인용하였다,

> ……한 오래된 교외의 중심에, 때가 얼룩덜룩한 미궁에서
> 사람들은 발효된 이스트처럼 계속 꿈틀 거린다.
> 한 연로한 넝마주이가 걸어와 머리를 흔들며
> 걸려서 담장에 부딪친다, 마치 한 시인처럼.

그 다음 여기에 "모종의 새로운 것을 들여왔는데 이는 현대 생활에서 보편성을 띤 것이다". "보들레르는 다른 사람들을 위해 해탈과 표현 방식을 창조하였는데, 이는 일반적인 생활 속의 이미지를 이용하였기 때문이 아니며, 또한 그가 대도시의 더러운 생활 속의 이미지를 이용하였기 때문도 아니다. 그것은 이러한 이미지가 최대의 강도에 도달하여, 이미지를 원래대로 표현하였지만, 그것이 대표하는 것은 그것과 멀리 떨어진 내용이기 때문이다"[1]고 하였지만, 그것이 시의 이미지 선택과 당대의 생활을 가까이 끌어당겼으며, 특히 일상적인 보통 생활과의 거리를 좁혀 일상생활에서 시의 성분을 발견하는 것은 모더니즘 시조 발전의 하나의 경향이었다.

중국의 30년대 현대파 시인들이 이러한 영향을 받아, 외부에 대한 찬미와 비판을 벗어나 마음 속에 잠재된 의식과 심리 정서로 전이한 것도 필연적으로 시의 미학 관념의 변화를 가져오게 되었다. 즉 시가 정

---

1) T.S.엘리엇, 〈보들레르〉, ≪엘리엇 시학문집≫, 국제문화출판사, 1989년, 112-113쪽.

서의 새로움과 일상생활에 근접한 것에 주의를 돌리는 것은 현대파 시인들의 심미 의식의 핵심이 된다. 이 유파의 시인들은 그들이 표현하는 내심 세계의 총체적인 요구에 부응하고, 자신의 심미 선택의 시각을 조정하는 것에 주의하였다. 즉 다른 사람들에게 홀시되는 담담한 일상생활 속에서 시를 발견하고자 노력하였다. 주즈칭 선생은 시 감각의 예민성을 담론할 때, 시의 제재가 일상생활의 사소한 일로 확대되는 이 미학 문제를 언급하였다. 그는 초기의 작가는 늘 대자연과 인생의 비극에서 시의 감각을 찾았다는 것을 인정하였다. "그러나 꽃과 빛도 시이고, 꽃과 빛 외에도 시가 있다. 그 음침하고 축축하고 썩고 부패한 구석에도 아직 발견하지 못한 시가 많다". "보기만 해도 몸서리쳐지는 생활에도 시가 있지만, 평범한 일상적인 생활에도 시가 있다. 발견되지 않은 이러한 시를 발견하는 첫 걸음은 예민한 감각에 의거하는 것이고, 시인의 촉각은 익숙한 표면을 꿰뚫고 다른 사람이 가지 못했던 곳으로 가야 한다. 거기에는 신선한 것이 많다". 그는 원이뒤, 쉬즈모, 리진파, 야오펑즈, 펑나이차오, 다이왕수 등 여러 시인들은 모두 각기 이러한 방면에 노력하였는데, 볜즈린, 펑즈 두 시인은 "더욱 이 방향을 향해 발전하였으며, 그들은 더욱 멀리 나아갔다". "만일 우리가 펑선생이 담담한 일상생활에서 시를 발견하였다고 한다면 볜선생은 미세하고 사소한 사물에서 시를 발견하였다고 말할 수 있다"고 하였다. 이 두 사람의 시 미학에서의 추구는 대체로 일치한다. 주즈칭은 같은 문장의 끝 부분에 볜즈린의 일부 시에는 "담담한 생활의 비극과 희극이 숨겨져 있다는 것을 보아낼 수 있다"[2]고 하였다. 펑즈 선생의 창작에 관해서는 뒤에서 40년대 초 현대파시의 발전을 설명할 때 다시 토론할 것이며, 여기에서는 주로 다이왕수, 볜즈린 등 시인들의 창작 중에서의 이러한 미학적 추구를 언급할 것이다.

---

2) 주즈칭, 〈신시 잡화·시와 감각〉, 《주즈칭 전집(제2권)》, 326-332쪽.

주즈칭이 여기에서 말한 "익숙한 표면을 꿰뚫고 다른 사람들이 가지 못했던 곳으로 가야한다"에서 이러한 '꿰뚫는 능력'은 시인이 사물에 숨겨져 있는 내재적인 시적 의미에 대한 느낌과 개발의 능력으로, 이 유파 시인들이 일상생활에서 시를 발견하는 강한 예민도를 표현한 것이다. 다이왕수, 허치팡의 일부 작품은 비록 상징의 체제 속에서 여전히 일정 정도 낭만주의적 색채를 띠고 있다. 예를 들면, 〈비 내리는 골목길〉, 〈예언〉 등이다. 제재의 선택에서 보면 감상적인 정조와 신화의 성분이 들어 있는데, 그들이 후에 창작한 많은 작품들은 일상적인 평범한 생활 속에서 시의 의미를 섭취하는 데 더욱 주의하게 된다. 《나의 기억》에 서는 일상생활 속 많은 사소한 사물의 이미지로 상징의 경계를 구성하였는데, 후에 시에 나타난 깊이 닫히고 황량한 '정원'(〈깊이 닫힌 정원(深閉的園子)〉), 찬바람 속에서 죽어가는 파리(〈파리(蠅)〉)는 모두가 일상적인 평범하고 사소한 사물 속에서 사람들에게 깊은 사색 하게 하는 의미를 발굴해 내고 있다. 허치팡의 〈야경2〉, 〈불면의 밤〉 등도 일상생활의 이미지에서 시의 연상을 할 수 있으며 일종의 현실 비판적인 정서를 전달할 수 있다. 페이밍의 시 〈이발소(理髮店)〉, 〈북평의 거리에서(北平街上)〉, 〈거리(街頭)〉 등은 더욱 더 생활 속의 사소한 일과 도시 거리의 소란스럽고 황당한 사람들의 이미지를 시로 엮어냈는데, 이러한 조합 속에서 시인의 철리적인 사고와 비분이 담겨져 있다. 〈이발소〉를 예로 들어 보겠다.

이발소의 비누 거품은
우주와 관계가 없고,
또 물고기는 강과 호수를 잊은 듯하다.
이발사 손 안의 면도칼은
인류의 이해를 생각나게 해
많은 흔적을 긋는다.
벽에 걸린 질 낮은 무선 라디오는 켜져 있어,
이는 영혼의 침이다.

시인은 가장 사소한 생활의 사물, 예를 들면 "이발소의 비누 거품", "이발사 손 안의 면도칼", "질 낮은 무선라디오"의 소리 등을 시에 써넣어 큰 사물 예를 들면 "우주", "인류의 이해"와 시적인 의의가 있는 역사 이야기 예를 들면, "물고기는 강과 호수를 잊은 듯" 등과 함께 결합하여 시인은 그 속에서 발견한 인생의 철리적이고 시적인 의미를 전달하였다. 즉 사람이 영혼의 적막에서 벗어나 인류의 진정한 상호 이해에 도달하는 것은 매우 어렵다라는 것이다. 페이밍은 일상생활의 사소한 사물이 시에 들어오는 것을 거절하지 않고 그의 시 작품에 친밀감을 더하였는데, 이러한 추구는 그가 일상생활에서 시의 민감성을 개발하는 데서 표현된다.

이런 면에서 주즈칭이 칭찬한 볜즈린의 심미 선택의 의식은 더욱 강하다. 그에게는 일종의 시에 대한 독특한 발견 능력과 감각이 있다. 그에게는 자신의 심미를 응집하는 안목이 있고 일상생활의 사소한 사물에서 애써 시적인 의미가 넘치는 이미지의 정취를 발굴하여 이러한 이미지로 그가 사랑하고 증오하는 상징의 세계를 구축하였다. 시적 의미가 전혀 없는 사물이 그의 시에서 상징의 저장체가 되었다. 베이징 거리의 "한가한 사람" 손에 있는 반들반들하게 다듬어진 호두(〈한 한가한 사람(一個閑人)〉)에서부터 절망적인 사회의 "황량한 거리"에 온갖 가난하고 마비된 인생의 색상(〈몇 사람(几个人)〉), 매실차를 파는 사람과 나무 아래서 걷고 있는 노인과 노인의 그림자(〈매실차(酸梅湯)〉, 〈서장안거리(西長安街)〉)로부터 아이들 손에서 뿌려져 나간 자갈과 바닷가에서 나온 망가진 배 조각(〈투척(投)〉, 〈망가진 배 한 조각(一塊破船片)〉), 담장에 쓰인 아이의 한 마디 '장난이 심하다'고 욕하는 말(〈장난이 심하다(淘氣)〉)로부터 상상의 해변 가에서 주은 정교한 흰 소라껍질(〈흰 소라껍질(白螺殼)〉)……, 시인의 민감한 느낌을 통해 시적 감정의 함의와 색채를 부여받지 않은 것이 없다. 마치 시와 무관한 임의의 사물이 그의 감정의 '거리의 조직'을 통해 시적 의미가 넘치는 경계로 되는 것 같다. 아래는 〈망가진 배 한 조각(一塊破船片)〉이다.

> 조수가 밀려온다. 파도는 그녀에게
> 망가진 배 조각을 가져다준다.
> > 말하지 않고
> 그녀는 또 암석에 앉아
> 석양이 그녀 머리의 그림자에
> 망가진 배 조각을 그리게 한다.
> > 그녀는 오랫동안
> 또 다시 바다의 끝을 바라보지만
> 조금 전의 흰 돛은 보이지 않는다.
> 조수가 밀려갔다. 그녀는 어쩔 수 없이 떠나보낸다.
> 망가진 배 조각을
> > 바다로 떠나보낸다.

일종의 희망과 갈망의 소실, 간절한 기다림의 헛됨, 인생의 처지를 상징하고 있으며, 또한 사회가 사람의 마음에 준 충격을 상징하고 있는데, 매우 깊은 철리성의 시적 의미가 바로 이 해변의 '망가진 배 조각'에서 느껴지고 암시된다. 늘 사람들에게 홀시되었던 가장 시적 의의가 없는 사소한 물건들이 상징성 많은 독특한 시적 의의로 발굴된다. 벤즈린 자신도 그의 초기 작품이 보들레르의 영향을 많이 받았다고 하였다. 여기에는 심미 선택의 경향도 포함된다. 보들레르는 다음과 같이 말하였는데, "한 사람이 모든 것을 묘사하지 못한다면, 예를 들어 궁전과 낡은 집, 부드러운 감정과 잔인한 감정, 가정의 따사로움과 보편적인 인자함, 식물의 우아함과 건축의 기적, 가장 부드러운 것과 가장 무서운 것, 모든 종교의 내적인 의의와 외적인 아름다움, 모든 민족의 정신과 육체의 모양, 종합컨대, 모든 것, 보이는 것부터 보이지 않는 것까지, 천당으로부터 지옥에 이르기까지, 그는 진정한 시인이라고 할 수 없다."[3] 다이왕수가 프랑스 상징파 시인 잠므의 작품을 논할 때, 그의 시에는 보통 생활을 제재로 하여 표현한 "이러한 미감은 우리의 일상 생활 속에 존재하는데, 우리는 그것을 적당하게 예술적으로 붙잡지 못했다"[4]고 하였다. 벤즈린은 하나의 제재에서 애써 시를 발굴하고 시의 미감을 발굴하였으며, 이를 많은 이미지 속에 묻어두었는데, 이러한 능력이 바로 주즈칭 선생이 말한 '꿰뚫는 능력'이다. 이러한 '꿰뚫는 능력'은 바로 현대성을 지닌 시인이 가지고 있어야 할 생활 속 시적 의의의 민감성에 대해 발견하는 안목과 감각 능력으로, T.S.엘리엇이 말한 상징의 '객관적 상관물'에서 이것이 상징하는 시적 의미를 발견하는 능력이다.

일상생활의 소소하고 평범한 사물에서 시를 발견하는 것은 결코 시인의 정서를 보잘 것 없는 수준에로 내리는 것이 아니다. 제재의 평범함은 정서의 평범함이 아니다. 여기에서 추구하는 것은 시인 느낌의 현대성이 포함된다. 즉 현대성이 매우 강한 시인은 그의 느낌으로 생활의 깊은 곳에 숨어 있는 시적 아름다움에 대한 발견과 승화를 하여, 보기에는 담담하고 소소한 사물에서 상징하는 시적 의미의 느낌을 느낄 수 있다. 그리하여 우리는 제재가 협소하거나 혹은 적막하고 우울한 시에서 여전히 시인의 현실과 인생에 대한 관심을 느낄 수 있으며, 이상과 현실이 충돌하는 내심의 비극적인 고통을 느낄 수 있다.

주즈칭 선생의 일상생활에서 시를 발견한다는 이론에 대해 보충해야 할 것은, 30년대 현대파의 일부 청년 시인들이 대도시의 현대 생활 방식과 생활의 리듬에서 새로운 인식과 특유의 민감성을 표현하였고, 이러한 착잡하고 바쁜 생활 속에서 시적 의미와 시적 이미지를 발견하였다는 것이다. 그들은 '오사' 이래로 제재로 사용되지 않았던 것들을 시 속에 사용하였고, 참신한 이미지의 포착과 제조 속에서 신시의 현대 의식을 강화하였는데, 이는 현대시의 생활 혹은 감정 영역의 확장

---

3) 보들레르, 〈몇몇 동시대인에 대한 사고〉, ≪보들레르 미학논문집≫, 인민문학출판사, 1987년, 99쪽.
4) 다이왕수, 〈"잠므 시초" 번역 후기〉, 1929년 9월 15일, ≪신문예≫(창간호).

을 나타내며, 신시 이미지의 창조에 낯설고 참신한 느낌을 가져다주었다. 이것이 바로 일상적이고 사소한 사물을 시적 표현의 민감성으로 들어가게하는 표현일 것이다. 당시 현대파에서 가장 젊은 시인 중 한 사람인 쉬츠(徐遲)는 시단에 그의 첫번째 시집 ≪스무 살의 사람(二十歲人)≫을 창작했는데, 그 중에 가장 중요한 가치는 그가 신시에 대도시 현대 생활의 이미지와 분위기를 가져다 주었다는 것이다. 그는 ≪현대≫ 잡지에 문장을 발표하여 미국의 도시 시인 린지(V.Lindsey), 샌드버그(Carl Sandbury)를 소개하였는데, 거기에 자신의 예술 정취와 미학적 관념의 전이를 반영하였다. 그의 적지 않은 시들은 대도시 상하이의 도시 생활에 독특한 관찰의 시각을 제공하였다. 예를 들어 〈일곱 빛의 낮(七色的白晝)〉은 대도시의 햇빛에 대한 독특한 느낌 속에서 몽롱한 사랑의 정조를 서술하였고, 〈보슬비 내리는 거리(微雨的街)〉에서는 대도시가 빗물에 씻긴 후의 "신비한 맑은 거울" 속에서 소년의 장밋빛 얼굴과 자신의 '적막'을 보았다는 것을 서술하였으며, 〈하루의 채색 그림(一天的彩繪)〉에서는 한 소녀가 대초원, 동물원, 커피숍, 강가, 음악회의 자리, 버스를 기다리는 녹음이 우거진 거리 등의 장소에서 시인에게 준 느낌을 통해 사랑의 갈망과 행복의 느낌을 썼다. 다음은 〈도시의 만월(都會的滿月)〉이다.

로마자로 새긴
I II III IV V VI VII VIII IX XI XII
대표적 열두 개의 별은
한 기어를 에워싸고 돈다.

밤마다 만월은 입체 평면의 기계 부속품
하늘을 찌르는 듯한 탑 위에 붙어있는 만월
또 다른 높은 층집 아래에서 굽어보는 도시의 만월

짧은 바늘과 같은 사람,

긴 바늘과 같은 그림자,
간혹 도시 만월의 표면을 바라본다.

도시의 만월에 실은 철리를 알고
시각의 구분을 안다
명월과 등과 시계는 모두 있다.

　이 시에서 중요한 사상이나 주제를 찾기는 매우 어렵지만, 이 시의 느낌과 이미지는 전통과 과거의 신시에는 없는 것이다. 시인은 특유의 현대적 안목으로 이 도시의 높은 층집 위의 만월 같은 시계에서 현대인이 발굴할 수 있는 시의 의미와 철리를 찾았는데, 일종의 생명의 조급한 느낌이 이 속에 담겨 있다. 쉬츠, 루이스 등 시인들의 시는 대도시에서 탄생하였고, 또 대도시 생활의 정경에 많이 치우쳐져 있어 더욱 현대적인 인생 의식을 담고 있다. 쉬츠의 시 〈시인 루이스에게 바침(贈詩人路易士)〉에서 다음과 같은 내용을 볼 수 있다. "그대는 급히 오가며/ 기차에서 우주의 시를 짓네/ 또 내가 말한 나의 이야기를 들으며/ 나의 어깨를 두드리네.// 나는 당신의 흑단 지팡이를 기억하지./ 그가 나를 지시한 것/ 아름다운 독 나무는 남아프리카에서 나는데/ 나를 슬프게도 하고 또 경계하기도 하네.// 커피숍에 나타나/ 나는 그대를 위해 술 취해 노래를 부르네./ 술은 다섯 가지 빛의 냇물/ 술은 화려한 꿈// 허나 당신은 커피를 단번에 마시고 나서/ 당신의 그 검은 색 양복의 열네 주머니를 만지며/ 마치 하나하나의 주머니 속에 한 수의 시가 숨어있는 듯/ 그리고 당신은 또 나의 온 몸을 들추네.// 나는 늘 당신에게 실망을 안겨다 줬지./ 나는 늘 침묵하고 있기 때문에/ 당신이 와서 나의 손을 잡아야만/ 나는 내가 노래 부를 수 있다는 걸 깨닫네." 특정한 생활, 특정한 심미 정취를 갖은 쉬츠 등의 시는 새로운 영토를 마련해 주었으며, 새로운 사유 방식, 새로운 표현 수법을 가져왔는데, 이것은 30년대 현대파시 미학 추구의 새로운 개척이었다.

1926년 루쉰은 러시아의 시인 블로크 장편시의 역본에 쓴 〈≪열두
개≫ 후기〉에서 블로크는 1904년 최초의 상징 시집인 ≪아름다운 여
인의 노래(美的女人之歌)≫를 발표하면서부터 '현대 도시 시인의 첫 번
째 사람'으로 불렸다고 하면서, "그의 도시 시인으로서의 특징은 공상,
즉 시적 환상의 눈으로 도시 속의 일상생활을 바라보며 그 몽롱한 인상
으로 상징화하였으며, 그가 묘사한 사물에 정기를 불어넣어 소생하게
하였다. 즉 용속한 생활과 떠들썩한 거리에서 시의 요소를 발견하였다"
고 하였다. 루쉰은 '중국에는 이러한 도시 시인이 없다'고 하였는데, 30
년대 쉬츠 등 현대파 시인들의 창조는 적어도 이러한 면에서 신시 현대
성에 희망을 주는 새로운 소식을 전하였다. 이는 매우 중시할 만하고
또한 매우 진귀한 것이다.

2 　감정 전달의 심미 척도

　상징파시, 현대파시는 시의 전달에 있어서 신비함과 은폐를 추구하였
다. 보들레르는 다음과 같이 말하였다. "시의 본질은 단지 인류가 최고
의 미를 지향하는 것이며, 이러한 본질은 열정 속에서 표현된다." 이는
일종의 "마음의 도취"이고, 시는 "영혼이 무덤 뒤의 빛을 훔쳐보는 것이
다".[5] 진정한 예술품은 바로 "암시하는 한 줄기의 멈추지 않는 샘물이
된다".[6] "민감한 감각의 능력"은 시인 위고(Victor Hugo)를 위해 "심연"
을 지적하면서, "그는 도처에서 신비로운 것을 보았다"[7]고 하였다. 그
들은 시의 몽롱미를 숭상하였다.
　중국 30년대의 현대파 시인들은 예술적으로 심미적인 기원과, 전달

---

5) 보들레르, 〈에드가 앨런 포를 다시 논함〉, ≪보들레르 미학 논문집≫, 206쪽.
6) 보들레르, 〈리차드 바그너와 '탄호이저'〉, ≪보들레르 미학논문집≫, 566쪽.
7) 보들레르, 〈몇몇 동시대인에 대한 생각〉, ≪보들레르 미학논문집≫, 98쪽.

면에서 여전히 상징파시의 기본 원칙을 인정하였다. 다이왕수와 그들의 시우들의 눈에는 시를 '일종의 쉽게 세속에 공개하지 못하는' 것으로 보았고, 시인 자신의 '은밀한 영혼의 누설'로 보았다. 볜즈린과 기타 현대파 시인들도 중국 전통시의 함축된 미학 추구와 서구 상징파시의 암시를 중시하는 예술 전통 속에서 시의 은폐성을 추구하는 것이 서로 통하는 면이 있다는 것을 인식하였다. 이러한 시의 감정 내포와 전달 방식 및 특징에 대한 접근은 그들에게 점차로 시의 감정 전달에 있어서의 심미 추구에 대한 일치성을 형성하게 하였다. 즉 시의 동기는 "자신을 표현하는 것과 자신을 숨기는 것 사이에 있다는 것이다".[8] 그들은 서구 상징파시의 회삽함을 거울삼아 수용자 민족의 심미 습관을 존중하였고, 매우 적절한 '은폐도'를 추구하고 장악하여, 너무 황당하거나 회삽하지도 않고 너무 드러내거나 직접적이지도 않았다. 일부 능력 있고 성숙한 시들은 늘 몽롱한 숨김 속에서 독자들에게 시의 일부 공공성의 정보를 이해하게 하였다. 볜즈린의 말대로 한다면 조금의 '창구'를 독자들에게 남겨주는 것이다. 총체적으로 볼 때 그들은 될 수 있는 한 상징적 이미지의 깊은 의미를 숨기고 모호하게 하였으며, 몽롱하면서도 다방면에서 심미 효과를 조성하였다.

　다이왕수와 허치팡의 일부 시는 비교적 명랑하고 은폐도가 적어 투명한 몽롱미를 가져다주었는데, 예를 들면, 다이왕수의 〈비 내리는 골목길(雨巷)〉, 〈나의 기억(我的記憶)〉, 〈인상(印象)〉, 〈혼자 있을 때(獨自的時候)〉, 〈꿈을 찾는 이(尋夢者)〉, 〈굳게 닫긴 정원(深閉的園子)〉, 〈극락조(樂園鳥)〉 등과 허치팡의 〈예언(預言)〉, 〈나산원(羅衫怨)〉, 〈꽃다발(花环)〉, 〈사랑(愛情)〉, 〈불면의 밤(失眠夜)〉 등도 이미지의 상징에 주의하고 정서 전달의 은폐에도 주의하였지만, 언제나 접근하기 쉽고 그들의 상징 세계에 쉽게 들어설 수 있으며, 몽롱 속에서 일종의

---

　8) 두헝, 〈≪왕수의 풀≫ 서〉.

투명한 느낌을 주었다. 두 사람의 다음 시 작품들, 예를 들면 다이왕수의 〈가을 파리(秋蠅)〉, 〈눈(眼)〉 허치팡의 〈측백나무 숲(柏林)〉, 〈꿈 후(夢后)〉, 〈야경1(夜景一)〉은 전의 것보다 더욱 깊고 몽롱하며 어떤 것은 또 비교적 회삽하지만 이미지의 상징적 의미를 파악하기에 그래도 쉬워, 모호한 이미지 속에서 그들의 인생과 사회에 대한 비통한 의미의 사색을 감출 수 없었다.

여기서 다이왕수의 시 〈눈〉을 보기로 하겠다.

당신 눈의 미약한 빛 아래에서
아득히 먼 조수는 상승한다.
옥의 진주조개
청동의 해조……
천만 마리 날치의 날개
조각 난 후 다시 합쳐진
완강한 깊은 물

모래섬 절벽이 없는 물,
검푸른 색의 물
어느 경위도 상의 바다 속에
나는 투신하고 또 빠져있다
태양의 영혼으로 비추고 있는 많은 태양 사이
달의 영혼으로 비추는 많은 달 사이
별의 영혼으로 반짝이는 많은 별들 사이?
그리하여 나는 혜성이다.
나의 손이 있고
나의 눈이 있고
더욱이 나의 마음이 있다.

나는 당신의 눈에 어려 있다.
아득하고 몽롱한 희미한 빛 속에
그리고 당신의 위에

당신의 우주의 거울 속에서
나 자신의
투명하고 추위를 두려워하는
불의 그림자
죽었거나 혹은 얼어버린 불의 그림자를 비춰 본다.

나는 길게 빼고, 나는 돌고 있다.
나는 영원히 돌고 있다.
당신의 영원한 주위에서
그리고 당신 속에서……

나는 하늘에서 세차게 바다까지 흘러가고,
바다에서 하늘의 강으로 흘러간다.
나는 당신의 매 줄기의 동맥이고
매 줄기의 정맥이고
모든 모세혈관 속의 혈액이고
나는 당신의 속눈썹이다.
(그것들도 똑같이 당신의
눈의 거울 속에서 그림자를 이룬다)
그렇다, 당신의 속눈썹, 당신의 속눈썹이다.

나는 당신이고
때문에 나는 나이다.

　이 시는 1936년 10월에 썼는데, 처음 발표할 때의 제목은 〈눈의 마법
(眼睛的魔法)〉이었다. 시인은 여기에서 분명히 인생과 자연 사이의 관
계를 깊이 있게 사고하였다. 1절에서는 자연의 풍부함과 아름다움을 설
명하였는데, '당신의 눈'은 자연 그 자체를 말한다. 2절에서는 자연 만유
세계에 대한 몰입 중에, 나 역시 가장 자유가 많은 사람이 되었음을 설
명하였다. "그리하여 나는 혜성이다/ 나의 손이 있고/ 나의 눈이 있고/
더욱이 나의 마음이 있다"에서 시인은 우리들에게 시로 들어갈 수 있는

창구를 마련해 준다. 이 시를 짓기 전에 작자는 〈커무에게 바침(贈克木)〉이라는 시에서 다음과 같이 말하였다. "혹은 나는 기이한 혜성으로 변하여/ 우주 속에서 정지하려고 하면 정지하고, 가려고 하면 가며,/ 궤적을 찾을 수 없게 하고 도리를 알아볼 수 없게 할 것이다". 여기에서도 시 속 '혜성'의 이미지 함의의 주석으로 삼을 수 있으며, 뒤 몇 절의 상징적 의미도 이로써 알 수 있게 된다. 시인은 자연의 영원 속에 몰두하여 자연의 만물과 서로 합해지면 자신도 최대한의 자유를 얻을 수 있어 진정한 '자아'가 된다고 생각하였다. 보기에 좀 회삽한 이미지이지만 시인이 전달하는 사고의 방향은 여전히 투명한 몽롱함으로, 시인은 자아 표현의 은폐도에서 적합하게 표현하고 있다. 다이왕수와 허치팡의 시에서 이는 일종의 독특한 미학적 품격이다.

비교해 보면, 볜즈린, 페이밍, 린겅, 차오바오화, 쉬츠 등의 작품은 은폐도가 더욱 크다. 차오바오화의 시는 아마도 이러한 시인들 중에서 가장 알아보기 어려운 시인일 것이다. 이렇다 할지라도, 설사 그들의 시가 비교적 깊이 은폐되었다 하더라도, 혹은 시구의 이미지와 이미지, 구절과 구절 사이에 남긴 공백이 너무 많다 하더라도, 우리는 여전히 그들 시의 이미지와 시구 속에서 일부 공공의 교통하는 정보와 정서의 발전 방향의 논리를 찾을 것이다. 그들은 독자들을 완전히 거절하는 것을 원하지 않기 때문이다. 예를 들어 이미 서술한 린겅의 〈밤〉에서 우리가 '은폐'라는 새로운 시각으로 이 시의 예술 세계에 다시 진입하면 이러한 유형의 작품의 일부 비밀을 알 수 있을 것이다. 대강 한 번 읽으면 사람들은 시의 이미지의 내재적인 정감의 연계, 단락과 단락 사이, 구절과 구절 사이의 도약과 공백이 상당히 크다는 것을 잘 알지 못하고, 읽고 나서면 영문을 모르겠다는 느낌을 갖게 될 것이다. 만일 시인이 현실의 적막("밤"의 "고독"은 실재로 시인 자아의 "고독"이다)으로부터 원시인의 열렬한 친밀("활활 타오르는 불길"의 "타오름"과 "속삭임")을 생각하고, 다시 시인이 담장 밖의 말을 탄 사람이 적막("급한 말발굽 소리"는 "멀리 갔다")에서 도망가는 것으로 돌아가, 노래 부르는 구절은 "나는 축복을 위해 노래한다"이다. 우리가 은폐된 몽롱한 면사를 벗길 수 있으며, 이 시 정감의 함의와 상상의 논리에 들어설 것이다. 즉 시인은 원시인과의 대조 속에서 현대인의 적막감과 이 적막에서 도망가려는 간절한 마음을 표현하였다. "나는 축복을 위해 노래한다"는 표면적으로는 다른 사람("담장 밖"의 사람)의 도망을 위해 축복하는 것 같지만, 실은 자신이 도망가기를 갈망하는 것을 상징적으로 암시하였다. 이 마지막 한 줄의 시가 핵심을 표현하는 구절이며, 또한 우리가 시인의 정서로 들어가는 '창구'이기도 하다. 숨겨진 가면이 일단 벗겨지면 시의 경계로 들어서는 것은 심미적 향수가 된다.

받아들이는 사람들이 너무 멀어지고 낯설어지는 것을 막기 위해서 시인들은 어떤 때는 창작 속에 독자에게 길을 이끄는 암시를 남겨놓거나, 혹은 많은 의미로 상상의 계시를 준다. 예를 들어 볜즈린의 네 줄로 된 소시 〈물고기 화석(魚化石)〉은 또 하나의 부제(고기 한 마리 혹은 한 여자가 말하다)가 있다.

> 나는 당신의 품과 같은 모양이 되고 싶어요.
> 나는 늘 물의 윤곽선에 용해돼요.
> 당신은 정말 거울과 같이 나를 사랑하나요.
> 당신과 나는 모두 멀어졌지만 여전히 물고기 화석이 있네요.

작자는 이 시에 쓴 후기에서 이미지의 탄생과 중외 시나 혹은 문헌 내용 상의 관계를 설명하였을 뿐만 아니라, 마지막 구절에 대해서는 다음과 같이 해석하였다. "명승지에 '물은 흐르고 구름은 떠다니네(水流云在)'라는 글을 새긴다면 매우 재미있을 것이다. 물고기가 화석으로 되었을 때 고기는 원래의 고기가 아니고 돌도 원래의 돌이 아니다. 이것은 또한 '생하고 생하는 것을 바꾸는 것(易)이라 일컫는다(生生之謂易)'와 같다. 좀 자세히 말하자면 "지나간 나는 지금의 나가 아니고 우리는 여전히 눈 위에 새겨진 새의 발자국을 귀히 여기는데, 이것이 곧 기념이다"라고 하였다. 시인은 나중에 또 그의 이 시 내용의 불확정성 혹은 다의성에 대해 강조하며 다음과 같이 설명하였다. "시 속의 '너'는 돌을 대표할까? 그녀의 그를 대표할까? 그런 것 같지는 않다. 또 뭐가 있을까? 좀 더 생각해 보자, 아니 생각하지 않겠다. 이것으로 충분하다"[9]. 고기와 물이라는 한 쌍의 이미지가 용해된 후 분리되는 자취로부터 보건대, 시인이 전달하는 사물 혹은 사랑과 연계되는 상대성은 그래도 파악하기 쉽다. 그러나 만약 '물고기 화석'만 있고, 부제목(물고기 한 마리 혹은 한 여인이 말한다)이 없다면, 만약 시인의 〈후기〉 속의 계시적 설명이 없다면 이 시는 이해하기 더욱 어려울 것이다. 그러나 작자가 부제목을 달아 놓고 일부 주석 혹은 중요하지만 구체적이지 않은 설명을 하여, 몽롱한 성질에 이해 할 수 있는 투명도를 증가시켰다. 페이밍의 〈날아다니는 먼지(飛塵)〉, 〈등불(灯)〉은 너무 깊게 숨기거나 혹은 구절의 도약성이 너무 커서 이해하기에 많은 곤란함을 가져다주었다. 그러나 모든 시의 중요한 구절에 '정보'를 조금씩 누설하였는데, 작자가 그 중에 포함시킨 선의와 깨달음을 찾는다면 우리는 여전히 몽롱함 속에서 그의 시 세계로 들어가서 시인과 '한 방에서 만날 수 있게 된다'. 이는 작자가 시에 임의의 설명을 하지 않았다 하더라도 그들의 창작 의식의 깊은 곳에는 일종의 감정을 전달하는 심미 척도가 작용을 일으키기 때문이다. 예로 린겅 선생의 〈동틀 녘(破曉)〉을 들어보겠다.

> 동틀녘 하늘가 옆의 물소리
> 심산 속 호랑이의 눈
> 희미하게 밝아오는 창 밖에 새는 노래하네
> 마치 초봄의 추위를 녹이는 노래처럼
> (어둡고 넓은 사막의 마음)

---

9) 볜지린, 〈≪물고기 화석≫ 후기〉.

부드러운 얼음이 갈라지는 소리
북극에서 오는 노래 같아
꿈속에서 은은하게 들려오네.
마치 인간 세상의 첫 탄생처럼.

  이 시는 초기의 창작으로부터 ≪현대≫ 잡지의 4권 6기에 발표되기
까지, 그리고 발표된 후에도 작가는 여러 차례에 걸쳐 수정을 가하였다.
그러나 시 속에서 가장 드문 이미지는 고치지 않았다. 이 몽롱한 짧은
시에서 우리는 창문 밖 새벽의 하늘빛, 시인의 일종의 소리를 위한 부
름, 위해서 아름다운 꿈 속에서 깨어남, 희미하고 검은 그림자의 눈앞에
서 언뜻 지나감, 흐려진 별의 반짝이며 명멸하는 빛을 읽을 수 있다.
이렇게 이 유쾌한 시는 탄생하였고, 이는 시인의 '많은 환상', '많은 말할
수 없는 정서'를 노래하였다. 시인은 "나는 첫 두 구절을 매우 좋아하는
데, 이 두 구절에는 하늘과 땅을 뒤엎을 듯한 힘이 있기 때문이다", "지
셴린(季羨林) 씨가 이 시를 매우 좋아한 것으로 기억하고 있는데, 특히
마지막 구절에 무궁한 정취가 있다고 여러 번 말하였다. 하지만, 나는
후에 마지막 구절에 "마치 인간 세상의 첫 탄생처럼"이라는 구절을 더
하였다. 이 구절을 대할 때, 내 마음 속은 말할 수 없이 기뻤다. 나는
내 시 속에서 이렇게 대담해본 적이 없었다. ……이 구절을 사용한 뒤
시가 더욱 풍부해지고 더욱 자연스러워져 요령을 부린 흔적이 보이지
않았다. 정말 내재적이고 충실한 정서 자체가 자신의 표현을 형성하게
하였다!", "나는 이 구절을 쓰고 거의 의자에서 벌떡 일어났다". 원이둬
는 이 시를 두고 '여건이 구비되니 저절로 이루어졌다(水到渠成)'고 칭
찬하였다.10) 이러한 창작 과정에 대한 서술은 우리들이 시에 대해 파악
하고 이해하는 데 도움을 준다. 시인이 후에 한 설명을 보지 않더라도
우리는 여전히 이러한 이미지의 조합에서 시인이 전하는 정서와 정취를

---

10) 린겅, 〈기쁨과 슬픔(甘苦)〉, 1935년 6월 25일, ≪문판소품(文飯小品)≫ 5기에 실림.

알 수 있다. 이 시는 몽롱한 은폐 속에서 유동하는 투명한 느낌을 주기 때문이다.

　30년대의 현대파 시인들은 시의 정서를 전달하는 은폐도에 대한 처리와 이러한 처리 중에 반영된 시인의 미학적인 추구는 일부 서구 현대파시의 과분하게 숨김으로 독자들에게 들어서기 힘들게 한 상황과는 매우 큰 차이가 있다. 중국의 현대파 시인들은 현대적 표현 방식의 운용과 민족 문화 전달과의 연결을 존중하였고, 독자들이 자신의 예술 창조에 대한 심미 기대를 존중하였으며, 예술 표현의 은폐성과 자신의 정서 전달과의 관계의 조화를 존중하였다. 이렇게 그들의 은폐는 과분한 모호함이 조성한 이해하기 어려운 회삽함과 차이가 나타났다. 이러한 차이점의 실질이 30년대 현대파 시인들의 이상을 표현하였다. 즉 동방식의 민족적 상징파, 현대파 시의 미학적 추구와 건설이다.

　다이왕수는 보들레르의 시를 번역하여 소개할 때, "질적인 노력을 보여주려면 더욱 숨기고 드러내지 말아야 한다"는 것에 주의하여, 중국 현대파 시인들이 보들레르의 시에 대하여 "피상적인 모방이 아니라" "더욱 심도 깊게 그의 영향을 받아들일 수 있기를"[11] 바랬다. 이것이 바로 중국 현대파 시인들의 보들레르에 대한 수용 중 선택 의식을 설명하고 있다. 볜즈린이 프랑스 앙드레 지드(Andre Gide)의 《나르시스의 해설(納蕤思解說)》을 번역 소개할 때 인용 부분에서 '예술품은 하나의 결정 — 일부분의 낙원'이며, 그곳의 한 마디 말은 모두 '투명하여 계시를 줄 수 있는' 상징이다."[12]라고 설명하였다. 중국 현대파 시인은 서구의 상징과 현대 조류의 문학을 접수할 때, 의식을 선택하는 배후에 자기 민족의 심미 의식의 작용과 동기를 포함하고 있다. 괴테는 나르시스의

---

11) 다이왕수, 〈《악의 꽃 선집》 번역 후기〉, 《악의 꽃 선집(『惡之花』撰英)》, 상하이회정문화사(上海怀正文化社), 1947년 3월.

12) 볜지린, 〈《나그네 귀가집》 역자 서문〉, 앙드레 지드, 《나그네 귀가집(浪子回家集)》, 문화생활출판사, 1936년.

신화로 예술적 상징을 해석하였고, 벤즈린은 괴테의 해석으로 중국 현대파시의 '투명하고 계시를 줄 수 있는' 상징에 근거를 찾았다. 린경 선생은 시의 '깊이 들어가고(深入)', '쉽게 나온다(淺出)'는 관계를 논할 때 다음과 같이 말하였다. "사실 얕다는 것은 결코 '얕다(淺)'는 것이 아니지만, 그것은 반드시 '출(出)'자를 포함하고 있으며, 이는 이미 깊이 들어갔다는 것을 암시하고 있다. 사실 그것이 이미 '깊었기(深)' 때문에 '나옴(出)'을 얻을 수 있는데, 이러한 깊은 데서부터 얕은 데로, 만일 통로가 있다면 우리가 처음 접촉할 때 그다지 깊다고 느끼지 않고, 접촉이 오랠수록 또한 얕다고 느껴지지 않는데, 이것이 원래 가장 좋은 시이다"[13]. 여기에서 말한 것은 현대시가 대중이 이해하는 '통로'에로 나아간다는 것이지만, 그 속에 포함된 사상은 다이왕수가 말한 시가 '표현과 숨김 사이'의 이상적인 경계에 처한다는 것과 일치하는 것이다. 30년대 현대시가 왕성하게 발전하던 시기에 주광첸 선생은 문장을 써서 시의 '숨김(隱)'과 '드러냄(顯)'의 문제를 논하며, "서구 사람들은 이렇게 말한 적이 있다. '예술의 가장 큰 비결은 바로 은폐의 예술이다'. 예술이 있지만 사람들에게 예술의 흔적을 보아낼 수 없게 하고, 재능이 있는데 재능을 보아낼 수 없게 하는데, 이것을 '은'이라고 할 수 있다. 이러한 '은'은 시에서 매우 중요하다. 시의 최대의 목적은 서정에 있지 재능을 과시하는 데 있지 않다. 시는 서정을 위주로 하고, 정(情)이 상(象)에 함축되어 합당함에 이르러 그치기에 적당하다'. 주광첸은 무러(穆勒)의 말을 인용하여 "시와 웅변은 모두 정감의 노출인데, 또 서로 구별이 된다. 웅변은 '사람에게 듣게 하는 것'(Heard)이고, 시는 '무의식간에 사람에게 들려지는 것'(Overheard)이다."라고 하였다. 그리고 또 "우리는 웅변의 의의는 '과시'에 있고, 시의 의의는 '전달'에 있어 '과시'를 가장 기피한다. '과시'는 바로 재능을 노출하는 것이기에 '은폐'하지 못한다."고

---

13) 린경, 〈다시 신시의 형식을 논함〉, 1948년 8월, ≪문학잡지≫, 제3권 제3기.

하였다.[14) 여기에서 말한 동·서양 시의 감정 전달에서 추구하는 공통점은 서구시의 심미 추구가 중국 전통 시가 미학의 범주에서 대응되는 연결을 찾는 것인데, 이는 현대파 시인들의 일부 수준 높은 시인들이 추구하는 숨김과 드러냄 사이의 '정도'에 합당한 미학 이상이 바로 주광 첸이 말한 '은'—'정이 상에 함축되어'의 합당함에 이르러 그치기에 적합하다는 것을 설명하고 있다.

현대파 시인들은 몽롱함을 위해 은폐하는 것이 아니다. 은폐는 일종의 예술의 낯설음을 조성하여 형성한 심미적 거리를 예술의 의아한 심리로 정복해야 한다. 이 정복의 과정이 바로 작가의 상상에 대한 '추종'이고, 또한 독자들의 예술 재창조의 심미적 향수이다. 시가 은폐도를 전달하는 데 있어서의 합당함은 현대파시의 하나의 중요한 경계석이다. 이 경계석을 너무 멀리 초월하여 은폐의 깊이만을 추구한다면 시의 그릇된 길로 들어설 것이다.

3 시적 정서의 지성화된 심미 경향

서구 상징파시의 탄생은 본래 철학적인 사고를 그 창작 이론의 기초로 삼았다. '대응론'이 상징의 '부합론'에서 영향을 받은 것이 바로 그것이다. 그러므로 상징파로부터 시작된 서구 모더니즘시 사조는 시의 지성화의 과정과 갈라놓을 수 없다.

보들레르는 "과학과 철학이 밀접하게 동행하는 것을 거절하는 어떠한 문학도 모두 살인과 자살의 문학이다."[15)라고 하였다. 그는 또한 "사

---

14) 주광첸, 〈시의 숨김과 드러냄 — 왕징안의 ≪인간사화≫에 관한 몇 가지 의견(詩的隱与顯 — 關于王靜安的≪人間詞話≫的几点意見)〉, 1934년 4월 5일, ≪인간세(人間世)≫, 제1기에 실림.
15) 보들레르, 〈이교파(异敎派)〉, ≪보들레르 미학논문집≫, 50쪽.

실, 만일 현대시와 그 가장 우수한 대표자들을 전면적으로 한번 본다면 이미 혼합된 상태에 이르렀으며, 그 성질이 매우 복잡하다는 것을 쉽게 알 수 있고, 조형의 천재, 철학적 감각, 서정적 열정, 유머적 정신은 변화무쌍한 비례에 근거하여 함께 배합되고 혼합되어 있다"16)고 하였으며, 심지어 낭만주의의 대 시인인 바이런이 "계속해서 그의 철학적인 냉정함을 유지하고 있다"17)는 것을 인정하였다. 20세기 20년대 이후 T.S.엘리엇은 영국 17세기 현학파(玄學派) 시인들에게서 이러한 철학적인 지성의 성분을 발견하였다. 현학파 시인 던(Douglas Dunn)과 낭만파 시인 테니슨(Tonnyson)의 차이를 논할 때, 엘리엇은 '지성 시인과 사색 시인 사이의 구별'을 제기하면서, "테니슨과 브라우닝(Browning)은 모두 시인이며, 그들이 모두 사고하였다. 하지만 그들은 장미꽃 향기를 맡는 것처럼, 금방 그들의 사상을 느낄 수는 없다. 사상은 던(John Donne)에게 있어서 일종의 경험으로, 이는 그의 감수 능력을 조절하였고, 시인 마음의 지성이 창작을 위해 모두 준비된 후, 끊임없이 여러 가지 다른 경험들을 모은다. ……그러나 시인의 마음 속에서 이러한 경험들은 늘 새로운 총체를 형성한다."18)고 하였고, 그는 또한 "지성이 강하면 강할수록 좋다. 지성이 강하면 더욱 여러 면에 흥미를 느낄 수 있다. 우리의 유일한 조건은 그가 이들을 시로 전환시키는 것이지만, 단지 시적 의미가 넘치도록 사고를 하는 것은 아니다"라고 하였다.19) 시는 반드시 '지성'이 넘쳐야 하는데, 이러한 '지성'이 반드시 '시로 전환되어야 하지만', 철학적인 도리의 설명이 아니라, 진정한 시가 되어야 한다는 것으로, 이는 모더니즘 시조 사론의 중요한 품격이다.

30년대의 현대파 시인 중 많은 걸출한 시인들은 이미 이러한 추세를

---

16) 보들레르, 〈몇몇 동시대인에 대한 사고〉, 《보들레르 미학논문집》, 135-136쪽.
17) 보들레르, 〈에드거 앨런 포를 다시 논함〉, 《보들레르 미학논문집》, 193쪽.
18) 엘리엇, 〈현학파 시인〉, 《엘리엇 시학문집》, 31쪽.
19) 위의 책, 32쪽.

인식하였으며, 이론과 창작에서 본질적으로 새로운 사고와 탐색을 하기 시작하였다.

이 문제에 대해 이론적으로 가장 먼저 체계적으로 사고하고 서술한 사람은 시인 진커무이다. 그는 30년대 '새로 일어난 시'를 논할 때 내용상 세 가지 주류가 있다고 하였는데, 그 중 하나가 바로 '지혜를 핵심으로 한 시'로, 그는 이를 '새로운 지혜시(智慧詩)'라고 하였다. 이는 '오사' 시기 도리를 설명한 시나 경구시와는 다르다. 왜냐하면 "시인은 철학자가 아니며 철학자도 시로 자신의 철학을 발휘하지는 않는다. 만일 더 포괄적으로 말하면 자신을 수립할 수 있는 모든 시인이 철학이 없는 사람이 없으며, 인생과 우주에 대해 독특한 견해가 없는 사람이 없는데, 이러한 견해는 또 반드시 그 시 속에 포함되어 있다'. 정을 표현한 시가 자신의 감정을 표현하여 사람의 감정을 불러일으키는 것과는 반대로, 이러한 '새로운 지혜시'는 "사람의 감정을 일으키지 않고 사람을 깊이 사고하게 하는 것을 특징으로 한다". 이러한 시인은 "감정의 드러냄을 피하고 지혜의 응집을 추구한다". '새로운 지혜시'의 특징 중의 하나가 바로 "감정과 지혜가 통일"되는 것으로, 이러한 시의 지혜는 첫째 비논리적이어야 하고, 둘째 감정과 일치해야 한다는 것이다. 사물이나 인생, 우주에 대한 관찰을 통해 이미 성숙하고 원만하며 간단하고 보편적인 결과가 나왔을 때 "그는 모든 것에 대해 일종의 시인의 이해가 있게 되지만", 이것은 또한 "철학자의 이해가 아니기에 논리적인 전개와 설명을 할 수 없다". 이러한 시는 필연적으로 또한 소위 "알기 힘든 시"로, 이러한 '새로운 지혜시'의 탄생은 "최근 2,30년 이래로 새로운 과학의 비약적인 발전"으로 나타난 "새로운 우주관"과 뗄 수 없다. 진커무는 신시 역사상 처음으로 새로운 현대 과학의 발전이 시인의 창작 사상에 나타난 충격을 논술하며 다음과 같이 말하였다. "새로운 수학(구라파의 기하학이 아님)이 알려지고 새로운 천문학과 새로운 물리학의 대 결합은 우주로부터 전자에 이르기까지 연구의 새로운 범위, 새로운 대상이 되었다. 인간의 대우주에 대한 인식은 불가사의할 정도에까지 이르렀고, 상대론의 출현도 의심할 바 없이 인류 사상에 다시 한번 커다란 변화를 일으켰는데, 인류가 미래에 계속 안정되어 사고할 수만 있다면", 이러한 때에 "이러한 새로운 지혜의 시를 쓰는 사람이 되려면 첫째로 반드시 이러한 새로운 과학적인 눈으로 새로운 경계를 어느 정도는 알아야 하며, 그렇지 않으면 고민의 결과는 아마도 식견이 천박할 뿐만 아니라, 이전 사람들의 보잘 것 없는 의견이나 말에서 벗어나기 어려울 것이다. 다른 한 편으로는, 현대의 정치, 경제 등의 혼란과 모순은 문화의 급진적 변화에 영향을 주어 난잡하게 되었는데, 현대인의 심리와 인생관에도 크나큰 차이와 동요가 생겼다. 그러므로 신시를 쓰는 시인은 만일 새로운 인생을 표현하려면 처한 환경을 무시할 수 없고, 또한 주위의 사람과 사물에 대해 분석적인 인식과 포괄적인 개관을 하지 않을 수 없다. 그렇지 않으면 협소하고 또 새롭지 못할 것이다."[20]

진커무 선생의 논술은 20년대 상징파 시론에서 일반적으로 제창한 '시는 큰 철학이 있어야 한다.'(무무톈의 말)는 것과 비교하면, 크게 앞으로 한 발짝 나아간 것이다. 그는 시의 예술과 철학의 관계를 정확하게 논술하였을 뿐만 아니라, 새로운 과학 발전이 시인의 우주관과 인생관에 대하여, 그리고 사물의 관찰 방법과 사고 방법에 대한 영향을 찾는데 주의하였는데, 이는 철리적 사고와 지성적 성분으로 넘치는 시의 출현과 존재를 해석하기 위한 이론적 설명과 변론이다. 곧 이는 현대파시가 창작에 있어서 이러한 방면에서 시도한 여러 가지 새로운 탐색이며, 이론상 필연적으로 나타나는 반영이다.

30년대 현대파시의 대부분은 감정과 지성의 통일을 추구하는 경향을 보여주었다. 주지파 시가의 발전은 '오사' 이래로 철리시(哲理詩)에 대한 더욱 높은 층면의 초월이다. 시인은 철리적 사고를 상징성의 이미지

---

20) 커커, 〈중국 신시의 새로운 길을 논함〉, 1937년 1월10일, ≪신시≫, 제4기.

에 완전히 융화시켜, 서정 본체 구조의 깊은 곳에 숨겨 두었다. 허치팡과 다이왕수의 시 속에도 철리적 사고를 담고 있지만, 종종 정감이 이성을 넘는다. 볜즈린, 페이밍, 차오바오화의 시는 추상적인 사고와 철학적 현상의 색채가 더욱 짙지만, 의론을 시로 삼는 것이 아니라 철학적 사상을 위해 상징적 저장 장치로 지와 정이 융화되어 일체가 되는 정도에 이르게 하였다. 허치팡은 초기의 낭만적 색채를 띠던 상징을 모두 버리고, 1933년 이후에 창작한 시에서는 서정 속에 철학적 냉담함이 비쳐져 있고, 경물의 묘사에 인생의 깊은 사고가 담겨져 있다. 예를 들면, 〈야경〉의 "도시의 소리는 물러갔다/ 마치 조수가 모래사장에 양보하듯이,/ 모든 회색의 지붕 아래에는/ 깊이 잠든 영혼이 있다.// 마지막으로 낡은 마차가 지나간다⋯⋯'. 고성의 야경은 너무 고요한 나머지 무섭기까지 하고, 산 사람의 숨소리조차도 조금도 없이 다만 '마지막으로 낡은 마차'가 지나가는데, 이는 여전히 낡은 시대가 흘러간다는 상징이다. 그러나 더욱 냉담한 묘사는 뒤에 있다.

> 궁전 밖의 고역살이꾼
> 큰 석판을 베고 잔다.
> 깊은 밤 깨어나 동료를 발로 차며
> 울음 소리를 들었다고 한다.
> 멀리 혹은 가깝게
> 무거운 문이 굳게 닫힌 폐궁 내
> 까마귀가 많이 살고 있는 성루에
> 그리하여 더욱 기이한 대답을 한다.
> 어느 날 황혼에
> 돌사자가 눈물을 흘렸다고 한다.
>
> 부드러운 탄식을 하며 멀리 가고,
> 밤바람은 성 꼭대기의 마른 풀을 흔들어 놓는다.

현실 생활 환경의 적막함과 냉담함, 역사의 낡은 유적의 쇠퇴와 현실을 감싸고 멀리 가려 하지 않는, 현실 인생의 마비와 시인의 비애와 고통은 모두 이 냉담하고 침울한 이미지와 환경 속에서 독자들에게 암시를 준다. 이것 역시 지성이 강한 서정시로, '새로운 지혜시'의 특징을 띠고 있다.

더욱 전형적인 예를 든다면, 우리는 시인 벤즈린의 추구를 볼 수 있을 것이다.

30년대 현대파 시인들 중 창작에 있어서 가장 일찍 그리고 가장 많이 '새로운 지혜시'의 탐색을 진행한 사람은 벤즈린이다. 그가 30년대 초에 창작한 일부 신월파풍의 시가 작품, 예를 들면 〈한 한가한 사람(一個閑人)〉, 〈한 스님(一个和尙)〉 등은 이미 냉담하게 인생과 사회를 사고하는 특징을 보여주었고, 또 일부 시는 인생의 상대성의 철리적 의미에 대한 해석을 하였다. 예를 들어 〈투척(投)〉과 같다 "홀로 산비탈에서,/ 아이야, 나는 너를 보았다/ 걸으면서 노래하는 것을,/ 모두 싫증이 나자, 땅에서/ 작은 돌멩이 하나를 주어들고/ 산골짜기에 던진다.// 사람이 있을 지도 모르는데,/ 아이야, 예전에 너를/ (사랑하지도 증오하지도 않은)/ 매우 재미나게 주어들고,/ 마치 작은 돌처럼/ 속세에 투척한다." 〈투척〉한다는 것은 여기에서 아이의 놀음이기도 하고, 또 사람의 탄생과 환생이기도 하다. 작가는 아이의 무의식적인 놀음의 동작으로 '흥'이나 상징을 일으켜 인생의 탄생을 암시하였는데, 또한 이는 우연한 결과이기도 하다. 인생의 우연과 필연적 사고는 냉담한 시의 형식 속에 숨겨져 있다. 현대파로 전환하여 다이왕수로 대표되는 시조의 기풍과 합쳐진 이후, 벤즈린이 1933년에 쓴 〈수성암(水成岩)〉은 더욱 의식적으로 철학적인 '지혜의 응집'을 추구하였다.

물가의 사람은 암석에 글을 새기려고 한다.

큰 아이는 작은 아이가 귀여워,

어머니에게 "저도 예전에는 저랬어요?"라고 묻는다.

어머니는 자신의 누런 사진이
먼지투성이인 낡은 책상 서랍 속에 쌓여 있다는 것을 생각해 낸다.

하나의 아름다움이
창문 앞 말라비틀어진 콩 껍질 속에 숨겨져 있다는 것을 생각해 낸다.

"비참한 종자여!"라고 탄식한다.

"물이다, 물이여!" 깊이 사고하던 사람은 돌연 탄식한다
고대인의 감정은 유수와 같아
겹겹의 비애를 모아놓았다.

여기 첫머리의 '물가의 사람'은 마치 인생의 존재를 암시하는 듯하고, 끝머리의 '깊이 사고하던 사람'은 시인 지신을 암시하는 듯하다. 중간 4절 7행의 시는 이미지의 암시를 통하여 인생의 철학을 전달하였다. 즉 사람은 시간에 따라 자라며, 청춘에서 늙어가는 것은 자연의 법칙으로, 이 자연 법칙은 또한 인생의 '비참한 종자'를 포함하고 있다. 이는 항거할 수 없는 역사이기에 시인은 "물이다, 물이여!"라고 탄식하였고, 이 탄식은 또한 자고이래로 인생에 대한 비애감이다. 여기에는 작은 아이와 큰 아이, 성년의 모친과 젊은 시기의 상대적 느낌이 들어 있다. 또한 ≪논어≫의 '선생님은 강가에서 가는 사람이 이 사람과 같다고 말씀하셨다!'는 이미지를 사용하였고, 고대 사람은 '술을 들어 노래하노라, 인생은 얼마인가?'로 인생의 우울감, 비애감을 직접 드러냈다. 시인은 상대적인 이미지 속에서 시적 의미가 넘치는 철학 — 시화된 철학을 녹여 냈다. 볜즈린은 늘 많은 상징적인 사물 속에서 철학적인 사고의 열매를 발견하고 암시하였으며, 상대적인 관념은 거의 볜즈린의 시가 철학 사고의 골간이 되었다. 〈돌아옴(歸)〉의 첫 네 행의 짧은 시는 시끄러움과 조용함, 움직임과 멈춤, 먼 것과 가까운 것의 상대적인 관념이 들어 있

고, 〈거리의 조직〉은 더욱 복잡하여 "시공의 상대적 관계를 언급하고", "실체와 표면 현상"의 상대적 관계를 언급하였으며, "미시적 세계와 거시적 세계"의 상대적 관계를 언급하였다. 그리고, "존재와 인식의 관계"를 언급하였지만, 전체 시는 또한 "철학을 말한 것도 아니고 비밀스런 사상을 표현한 것도 아니며, 우리나라 시사의 전통을 답습한 것으로, 일종의 마음 혹은 정취를 표현하였다".[21]고 하였다. 〈비와 나(雨同我)〉는 시간의 길고 짧음, 우주의 크고 작음의 상대적 관계를 표현하였으며, 그 유명한 단편 시 〈단장(斷章)〉은 깊은 철학적 함의를 표현하였는데 더욱 이러하다.

> 당신은 다리 위에서 풍경을 보고
> 풍경을 보는 사람은 다리 위에서 당신을 보네.
>
> 밝은 달은 당신의 창문을 장식하고
> 당신은 다른 사람의 꿈을 장식하네.

리젠우 선생은 당시 평론 속에서 '장식'이란 두 글자를 강조하며, 이 시에 인생의 '무한한 비애'가 함축되어 있다고 하였다. 그러나 시인 자신은 그의 시 속에서 중시한 것이 '상대적 관계'라고 해석하여 말하였다.[22] 이 두 가지의 이해는 모두 존재할 수 있으며, 서로 도움을 주고, 서로 보충을 하고 있다. 그러나 같은 점이라면 시 속에서 전달하는 것이 철학적 사색임을 인정한 것이다. 이는 두 그룹의 구체적인 사물로 구성된 경치 속의 주와 객의 위치가 바뀜으로써 시인의 인생, 사물, 사회 등에 존재하는 상대적 관계에 대한 보편적인 철학적 사고를 숨기고 있다. 시인이 보기에 모든 사물은 고립되어 존재하는 것이 아니라, 기타의 사물과 상대적으로 연결되어 존재하는 것이다. 사물의 상대적 연관과 운동

---

21) 볜지린, 〈거리의 조직(距离的組織)〉 시 주해, 《조충기력》에 보임.
22) 볜지린, 〈'어목집'에 관하여〉, 톈진 《대공보·'문예'》, 1936년 4월 12일.

의 변화는 영원한 법칙이다. 〈물고기 화석〉 중에서 작자가 말한 '생하고 생하는 것을 바꾸는 것(易)이라 일컫는다'는 것도 이러한 의미이다.

　가장 전형적인 예는 〈둥근 보석함(圓宝盒)〉으로, 일련의 상대적 관념과 이미지로 전체 시가 암시하는 총체적 인생 철학을 구성하였으며, 냉담함 속에 인생의 이상과 열정을 포함하고 있다.

> 나는 환상한다, 어디에서(은하수 속에서?)
> 둥근 보석함을 건졌는데
> 안에 있는 것이 몇 알의 진주알.
> 한 알의 투명한 수은은
> 전 세계의 색상을 숨기고,
> 한 알의 금빛 등불은
> 화려한 연회를 비춘다.
> 한 알의 신선한 빗방울은
> 당신의 어제 밤 탄식을 담고 있다……
> 시계 가게로 가지 말라
> 너의 청춘이 먹히는 소리를 들을 테니,
> 골동품 가게로 가지 말라
> 너의 조부의 낡은 진열품을 살 테니
> 너는 나의 둥근 보석함을 보라
> 나의 배를 따라 흐를 테니
> 됐다. 비록 선실 안의 사람은
> 영원히 푸른 하늘의 품속에 있고
> 비록 너희들과의 악수는
> 다리다 — 다리다! 그러나 다리도
> 나의 둥근 보석함에 얹혀 있네.
> 그러나 나의 둥근 보석함은 너희들에게 있으니
> 혹 그들도 아마
> 귓가에 걸려있는 한 알의
> 진주 — 보석? — 별?

여기에서 말하고 있는 것은 이상의 추구와 현실 사이의 모순으로, "둥근 보석함"은 이상의 상징이다. 이러한 지성적 사고는 일련의 상대적 이미지가 구성한 상징적 세계 속에 숨겨져 있다. "은하수"와 "둥근 보석함"은 광대함과 미소함이라는 한 쌍으로 연결되는 사물이고, "한 알의 수은"과 "전 세계의 색상"을 지니고 있는 것은 또한 하나의 큰 것과 작은 것의 상대적 이미지이다. "한 알의 금빛 등불"과 그가 비춘 규모가 큰 "한 차례의 화려한 연회"도 작은 것과 큰 것의 상대성이며, "한 알의 신선한 빗방울"과 "너의 어제 밤의 탄식"(아마 모든 인생을 포함한 것)은 큰 것과 작은 것의 상대성이 더욱 선명하다. "시계 가게로 가지 말라"의 네 줄의 시는 시간의 현재와 과거, 신생과 낡은 것의 상대성의 모순이 포함되어 있다. 즉 "선실 안의 사람은 영원히 푸른 하늘의 품속에 있네"는 일종의 이상 추구의 상징이며, "선실 안의 사람"과 "푸른 하늘"은 또한 유한과 무한의 상대적인 연결이다. 인생의 연결, 인생의 정감은 하나하나의 "다리"로 이는 하나의 확대된 개념이다. 그러나 이 "다리"는 나의 이 작은 "둥근 보석함"에도 놓여있는데, 이 또한 여전히 큰 것과 작은 것의 상대적인 연결이다. 나중에 이 "둥근 보석함"은 마치 "만물이 모두 나를 위해 준비해 놓은" 하나의 세계가 되는데, 그것은 매우 크고 매우 풍부해졌다. 그러나 너희들 혹은 그들 즉 일반사람들의 눈에는 이것이 다만 하나의 "진주", "보석", 은하수(다시 시의 처음으로 되돌아와서)의 하나의 "별"에 지나지 않는다? 이 결말은 역시 광활함과 미소함의 대립이며, 일련의 이미지로 구성된 상대성의 세계를 이용하여 상징한 것 역시 상대성의 인생 추구이다. 즉 인생의 이상은 보기에는 풍부하여 포함하지 않은 것이 없는 것 같지만, 또한 매우 보편적이고 매우 작은 것일 수도 있는데, 이러한 이상의 실현은 쉬운 일이 아니며, 역시 인간의 일생을 따라다닐 수도 있을 것이다! "나의 배를 따라 흐를 테니'도 아마 이 함의일 것이다. 여기에서 우리는 볜즈린의 철학적 사고가 시의 상징적 이미지 혹은 경계에 융합된 것은 이미 과거의 철학적 시의 형상으로 도리를 설명하는 그러한 표현의 예를 초월하여, 상징적 이미지에서 철학적 사고로 응집되고 융합된 것을 창조하였으며, 흔적을 남기지 않고 원만하고 매끄럽게 '새로운 지혜시' 창작의 본보기를 창조하였다. 그의 시는 철학적 설교의 분위기를 완전히 벗어나 철학적 도리를 상징적 이미지의 깊은 곳으로 융화시켜 지성의 신시가 되도록 하였다. 자신의 예술적 탐구를 통해 볜즈린은 신시의 철학적인 전달을 전에 없던 단계로 끌어올렸고, 그의 창작은 40년대 현대파시의 '현실(現實), 현학(玄學), 상징(象征)'의 '종합'적인 창작의 서막을 열어놓았다.

종교 문화도 일종의 철학이다. 현대파 시인들 중 어떤 시인들은 중국의 도교 사상과 불교 선종의 의식을 시정과 시경(詩境)의 창조로 끌어들여, 현대파시에 현학적 색채를 더해주었다. 볜즈린은 이러한 의식으로 사랑을 썼으며, 그의 일부 애정시를 철학적인 이치로 넘치게 하였다. 예를 들면 〈무제(无題) 5〉에서는 "나는 산보하며 감사드린다./ 마음 속의 눈은 쓸 데가 있다/ 비었기 때문에/ 한 송이의 작은 꽃을 달 수 있기 때문이다.// 나는 비녀의 꽃에서 문득 깨닫는다/ 세계는 비었다는 것을/ 쓸모 있는 것이기 때문에,/ 그녀가 당신의 넓은 걸음을 용납하였기 때문이다'라고 하였다. 시인은 세 번째 구절인 "비었기 때문에"에 "옛 사람이 이르기를, '쓸 데가 없다'"라고 주석을 달았다. 이 말은 노자의 ≪도덕경≫ 제11장, "서른 개의 바퀴살이 바퀴통에 모여 수레를 만들고, 바퀴통 속에 빈 곳이 있기 때문에 수레 역할을 할 수 있다. 점토를 이겨서 그릇을 만들고, 그릇 속에 빈 곳이 있기 때문에, 그릇 역할을 할 수 있다. 창문을 파서 집을 짓고, 창문 벽에 빈 곳이 있기 때문에, 집 역할을 할 수 있다. 그러므로 '유(有)'가 사람들에게 편리함을 줄 수 있는 이유는 바로 '무(无)'가 작용을 하였기 때문이다"라고 한 데서 인용한 것이다. 앞에서 바퀴살과 바퀴통, 점토와 그릇, 창문과 집을 예로 들어 다음과 같이 설명하였다. '유'는 사람에게 주는 이익이지만, 단지 '무'와 서로 배합될 때 작용을 일으킬 수 있다. 볜즈린은 이 철학을 변용하였다. 마음 속의 눈은 빈 것이기에 그는 한 송이의 작은 꽃을 달 수 있고, 세계는 빈 것이기에 당신의 넓은 걸음을 용납할 수 있다. 시인이 쓴 것은 애정시이지만, 감정의 열렬한 성분을 깨끗이 씻어 버리고, 변증법적 사상으로 넘치는 소시로 변하게 했다. 그러나 이 시의 철학 속에 어찌 사랑의 깊은 측면의 감정 표현이 포함되지 않았겠는가?

페이밍의 시에는 참선의 철학적 도리가 넘치는 것으로 유명하다. 다음은 그의 〈12월의 19일 밤(十二月十九夜)〉이다.

깊은 밤 등불 하나,
높은 산의 흐르는 물 같아,
몸 밖의 바다가 있네.
별이 있는 곳은 새의 수림,
꽂이고 물고기이고
하늘의 꿈이며
바다는 밤의 거울이네.
사상은 한 미인,
집이고,
태양이고,
달이고,
등불이고,
난로로,
난로는 벽 위의 나무 그림자,
겨울밤의 소리이다.

이것은 '무제시'이다. 현실 생활의 측면에서 이해하자면, 시인이 깊은 밤 홀로 등불을 마주하고 앉아 상상하는 것으로, 현실에서 출발하여 상상의 여행을 거쳐, 또 현실 속으로 돌아오는 것이다. 상상 속의 아름다운 모든 것은 현실에서는 존재하지 않는다. 시인이 대면한 것은 난로의 그림자와 소리일 뿐. 그러나 우리가 페이밍이 불교를 좋아하고 선의 이치에 능하다는 것을 이해하고, 이로써 시인의 더욱 깊은 의식 속으로 들어간다면 이 시에 함축된 불교의 참선의 맛과 시인이 '깨달은' 후의 의미를 느낄 수 있을 것이다. 적막한 등불, 바다, 거울, 일월성신 등등은 모두 불가의 언어와 관계되는 이미지이다. "높은 산의 흐르는 물 같아"는 고대의 유백아(俞伯牙)가 거문고를 연주하면서 지기(知己)를 얻은 속담으로, 시인은 등불로 인해 일어나는 지기의 느낌을 암시하여 '몸 밖의 바다가 있다네'라고 표현하였다. 이 '몸 밖의 바다'도 실제로 있는 것이 아니라, 일종의 인생이라는 바다의 상징과 암시이다. 시인이 말하고 싶은 것은, 자신은 비록 겨울밤에 고독하지만 등불이 지기가 되어주니 생각도 인생의 바다에서 자유롭게 노닐 수 있다는 것이다. 일단 인생의 바다에 대해 깨달은 후 사람은 비록 고독하지만 상상 속에서 아름다운 모든 것을 얻을 수 있어, 인생은 이상의 극치에 도달하며 최고의 만족감과 가장 철저한 자유감이 있게 되는 것이다. 나중에 '난로'로 돌아오는 것도 일종의 '자유롭게' '자유'의 경계에 들어선 후의 감각이다. 이미지는 생활에서 가장 일상적인 것이고 서술의 방법도 별로 특별하지는 않지만, 이 보편적인 서정 속에서 일종의 새로운 지혜시의 독특한 철학적 도리를 품고 있다. 페이밍의 〈바다(海)〉, 〈꽃을 꺾다(摘花)〉, 〈화장대(妝台)〉, 〈등불(灯)〉, 〈별(星)〉 등의 시는 모두 이러한 특수한 철학적 색채가 담겨 있다.

시는 철리를 설명하지는 않지만 더욱 큰 철학을 암시하고 수용할 수 있다. 이것이 20년대 말 무무톈이 제기한 이상으로, 30년대 현대파 시인들의 창작 속에서 비로소 실현되었다. 이러한 시인들의 창작들은 우수한 지성의 시가 유한한 편폭 속에서 무한한 세계를 계시할 수 있다는 것을 증명하였다.

30년대 현대파 시인들의 예술 탐구와 심미 창조는 다방면이다. 예를 들면, 그들의 현대 대도시를 제재로 표현한 것에 대한 탐구, 그들의 암시, 은유와 통감 수법에 대한 운용, 그들의 시에 대한 '비개인화', 즉 개성과 보편성의 통일적 추구는 그들의 현대 백화 구어의 시가 언어에 대한 정련으로, 그들의 산문화 시체에 대한 구성은 모두 그 뒤 시의 발전을 위해 유익한 계시를 제공하였고, 혹은 그 후 현대파 시조 속에서 더욱 성숙됨을 드러냈다. 그들의 추구는 어떤 의미에서는 예술을 위한 예술의 '순시(純詩)'라고 할 수 다. 오늘날의 안목으로 본다면, 우리는 그들을 비판할 권리가 있으며, 또한 그들을 이해해야 할 의무도 있다. 루나차르스키는 푸시킨(A.S.Puskin)이 한 시기 '모차르트 원칙'을 높이 받들어 담론할 때, 어두운 정치의 고압에 처한 "한 시기의 인물들은 늘 순수 예술 속으로 뛰어드는데 이는 그들을 탓할 일이 아니다"고 하였다.[23] 현대파 시인들의 시의 정치적 심도와 예술 창조의 개척과 성과 면에서, 모두 푸시킨과는 비교하기 어렵지만, 루나차르스키가 말한 법칙으로 이 유파의 일부 우수하고 정직한 시인들의 상황을 이해할 수 있을 것이다. 그러므로 그들의 예술 창작의 결정체는 그들의 실수에 비해 우리가 냉정하고 객관적인 연구 토론, 평가와 분석을 진행하는 것이 더욱 가치가 있을 것이다.

---

23) 루나차르스키, 〈알렉산드르 세르게예비치 푸시킨〉, ≪문학을 논함≫(쟝루蔣路 역), 인민문학출판사, 1978년, 136쪽.

제8장
40년대 모더니즘 시가의 개척과 초월

1. 모더니즘 시 예술의 탈바꿈과 새로운 소리
2. 펑즈(馮至), 모더니즘으로 통하는 새로운 다리를 놓다.
3. 40년대 현대파 시조가 탄생한 예술적 분위기
4. '중국 신시'파의 집결과 탄생

1 모더니즘 시 예술의 탈바꿈과 새로운 소리

40년대, 모든 중국 신시의 발전은 성숙된 단계로 들어섰다.

항일 전쟁이 발발한 이후, 아이칭(艾靑) 등으로 대표되는 현실주의 시가의 주된 조류가 발전하는 동시에, 일찍이 쇠퇴했던 모더니즘 시 조류가 또한 주체적 정신과 미학 추구의 점진적인 조화와 통일로부터 예술 창작에 참여하였으며, 아울러 개별적인 탐구로부터 단체의 궐기로 발전하였다. 개별 시인이 상징적 수법을 운용하여 항전시를 창작하는 것으로부터 총체적으로 자각적인 모더니즘 시가를 창작하는 사람들이 많아지게 되었다. 이것이 바로 볜즈린이 쓴 ≪위로 편지집(慰勞信集)≫과 펑즈가 쓴 ≪소네트집(十四行集)≫이 출판된 데로부터 '중국 신시'파(근래에 사람들이 습관적으로 부르는 "구엽시파(九葉詩派)"를 말함)를 대표로 하는 새로운 모더니즘 시가의 탄생과 창조이다. 편리를 위하여 우리는 잠시 이 시기를 중국 모더니즘 시의 확장기(1937-1949)라고 칭하겠다.

소나기의 소란스러움에 잇따른 것은 침묵의 연장이었다. 30년대 후반에 이르러, 즉 항일 전쟁이 발발된 이후 현대파 시가 운동은 지극히 부흥하던 고봉으로부터 쇠퇴와 붕괴로 나아갔다. '오사' 이후, 시가 예술의 탐구는 또 한 차례의 심각한 변화와 전이가 발생하였다.

　한편으로는 현실 생활의 충격 하에 시인의 양심과 사회적 사명감의 자아 각성이다. 허치팡의 변화는 아주 대표성을 띤다. 그는 일찍이 항일 전쟁이 발발하기 전 마음 속에 숨겨져 있던 인생에 대한 열정과 정의감으로부터, 자신의 생활 범위 밖의 광대한 사회 생활이 온통 고통뿐이고 빈부의 차이가 첨예하게 대립되어 있는 사실에 크게 놀란다. 이는 아름다운 꿈과 적막, 실망과 저주받은 노랫소리 속에서 그를 깨어나도록 한다. 그는 "인간의 불행과 고통에 대해 나의 오만함은 오직 머리를 숙이며 분노와 동정의 눈물로 변할 수밖에 없었다. 최근 일 년 동안 나는 도처에 불결함과 썩은 냄새가 진동하는 도시로부터 농촌으로 가, 광야와 깨끗한 공기가 마치 채찍처럼 나의 온 몸을 후려치고 있다는 사실이 나를 더욱 강건해지게 했으며, 나는 다시는 우울하게 고개를 돌려 하늘과 빈 벽을 바라보며 허황된 꿈을 꾸지 않게 되었다. 지금 내가 가장 관심을 갖고 있는 것은 인간의 일이다."[1]라고 하였다. 그는 시 속에서 광활한 세계 앞에서 자신은 단지 한 마리의 윙윙거리는 파리에 불과하다고 느꼈다고 말하였으며, "나는 철사의 손바닥을 기대하고 있다/나의 머리 위에 떨어지는 소리"(〈취하여라(醉吧)〉). 라이양(萊陽)에서, 칭다오(靑島)에서, 그는 농촌과 도시에서 인민의 고난과 고통, 대부호들의 황음과 무치함을 목격하면서 마음 속으로 크게 충격을 받는다. 그리하여 마음의 눈은 보들레르가 사랑에 빠져 항상 바라보던 그 '흔들리는 구름'으로부터 온갖 근심과 고통으로 가득 찬 대지로 관심을 돌린다. 그는 1937년 봄에 쓴 〈구름(雲)〉이라는 시 속에서 이렇게 노래하기 시작하였다.

---

1) 허치팡, 〈나와 산문(서를 대신하여)〉, ≪환향잡기≫, 문화생활출판사, 1949년 1월, 5-6쪽.

이로부터 나는 재잘재잘 논의하기 시작하였다.
나는 풀로 엮은 지붕이 있을지언정,
구름을 사랑하지 않고, 달을 사랑하지 않으며,
또한 별도 사랑하지 않겠다고.

항일 전쟁이 발발한 뒤, 그는 그의 고향인 완셴(萬縣)과 쓰촨(四川) 청두(成都)로 가서 자신의 정열적인 필치로 현실의 문화 비평에 참여하고 지켜보았다. 1938년 6월, 분노와 항쟁의 애국적 격정은 그에게 새로운 노래인 〈청두여, 내가 당신을 흔들어 깨우게 하옵소서!(成都讓我把你搖醒)〉를 부르게 하였다. 청두에서의 고난의 세월 속에서 외로움과 현실의 불결함, 진부함과 죄악으로부터 베이징의 "경직된 광야"가 어떻게 노구교 위 총소리 속에서 놀라 깨어났는가 하는 것, "그 누구도 개인의 비통함을 잊어버렸고, 전국 인민이 한 가닥의 철로 만든 쇠사슬로 이어졌다". 그리고 시인 자신은 바로 이러한 견고한 쇠사슬 가운데 보잘 것 없고 완강한 한 가닥이 되었다.

마치 맹인의 눈이 마침내 뜨인 것처럼,
칠흑 같은 어둠 속의 깊은 곳으로부터 나는 광명을 보았네.
그 거대한 광명이여,
나를 향해 걸어 오소서,
나의 나라를 향해 걸어 오소서…….

…… ……

내가 당신의 창문, 당신의 문을 열게끔 해 주소서,
청두여, 내가 당신을 흔들어 깨우게 하소서,
이 햇빛 찬란한 아침에!

허치팡 사상의 변화와 창작의 변화는 당시 일부 광명을 추구하는 정열적이고 정직한 지식인들이 항일 전쟁이라는 이 시대적 사건의 충격 아래 공동으로 갖고 있는 심경의 여정을 자못 크게 낼 수 있었다.

벤즈린은 1937년 일부 애정시와 철리시를 창작, 발표한 동시에 꽁스땅(Benjamin Constant)의 〈아돌포(Adolfo)〉와 지드(Andre Gide)의 〈지상의 양식(新的糧食)〉을 번역하였다. 1937년 10월, 벤즈린은 사천대학 외국어 학부의 초빙을 받아 청두로 왔고, 그 후 청두의 허치팡, 팡징 그리고, 사천대학의 주광첸, 뤄녠성 등과 함께 자비로 소형 반월간인 ≪작업(工作)≫을 창간하였으며, 동업자들과 함께 그의 일부 시와 번역작들을 발표하였다. 1938년 8월에는 허치팡, 사띵(沙汀) 등과 함께 연안으로 가 새로운 생활에 진입하였다. 1937년 8월, 일본이 상하이를 점령하자 ≪신시(新詩)≫ 잡지는 강요에 의해 정간되었다. 두 번째 해의 연 초에 다이왕수는 아내와 장녀를 데리고 쉬츠(徐遲)와 함께 홍콩으로 가 ≪싱다오일보(星島日報)≫의 문학란인 ≪별자리(星座)≫를 편집하였고, 아이칭과 함께 시 간행물인 ≪정점(頂點)≫ 등을 편집하였으며, 고난 속의 민족과 운명을 같이 하는 풍격이 새롭고 특별한 시편들을 써냈다.

벤즈린이 연이어 발표한 새 시구들을 오래지 않아 책으로 모아 출판한 ≪위로 편지집(慰勞信集)≫(1940), 허치팡이 그 조금 뒤에 출판한 ≪밤의 노래(夜歌)≫(1945), 다이왕수가 출판한 ≪재난의 세월(災難的 歲月)≫(1948) 등은 30년대 현대파 시인들이 단체로 항일 전쟁이 가져다 준 변화의 기간에 모여 시가 창작을 진행한 새로운 수확을 상징하고 있으며, 이 단체가 새로운 역사 앞에서 시를 감상하는 심미 표준이 새로운 방향으로 전환되었음을 나타낸다.

이 외에, 예를 들어 현대파 시인인 차오바오화는 '7·7사변' 이후, 옛 도시 베이징을 떠나 고향 청두로 돌아와 그 자신의 독특한 풍격을 지닌 몽롱시의 세계를 이탈하여 한 편으로, 군중적인 항일 구국운동에 적극적으로 뛰어들었고, 다른 한편으로는 기세 높은 항일 전쟁의 포효 소리 속에서 "애국적 열정에서 출발하여 일본 제국주의의 침략에 극도로 분개하여 한 수 한 수의 항전시가를 써냈다".[2] 그는 1939년에 옌안(延安)

으로 돌아온 뒤, 더욱 새로운 시가 창작에 뛰어들었다. 팡징도 청두, 충칭, 꾸이린 등으로 다시 돌아가 30년대 시집인 ≪비오는 풍경(雨景)≫의 예술적 특징에서 벗어나 새로운 시들을 많이 발표하였다. 그 후 중경에 도착한 시인 쉬츠도 시낭송운동을 더욱 적극적으로 추진하면서 자각적으로 신시를 항일 전쟁 속 민중의 정신적 수요와 결부시키려고 노력하였다.

다른 한 편으로, 민족항일 전쟁의 발발은 모든 시인의 애국적 감정에 대한 강렬한 부르짖음이었다. 민족이 생사존망의 위기에 처한 현실은 시인의 마음 속에 예술적 저울을 바꿨으며, 일부 시인들은 원래 고수하던 현대파의 예술 원칙을 포기하였다. 예를 들면, 자아를 표현하고, 내면을 표현하며, 상징적 수법의 운용과 전달의 몽롱함과 은폐성 등이다. 이는 과거의 그러한 "작은 곳에 민감해 하고 큰 곳에 막연해 하는" 예술적 자태를 바꿨으며, 오히려 시의 현실적 사회 기능의 미학적 관념을 인정하고 강조하는 데로 변경하여, 시를 무기로 삼아 항일 전쟁의 신성한 합창 속으로 뛰어들었다. 허치팡은 새로운 생활 속에서 "열정과 새로운 꿈을 지니고 인류의 미래를 담론하였고", "과거의 그러한 건강하지 못하고 유쾌하지 못한 사상과 완전히 결별하였으며"[3], 일종의 새로운 미학의 세례를 받아들여 창조적 사상에서 아주 큰 변화를 일으켰다. 그는 "항일 전쟁이 발발하기 전 나는 나의 그러한 〈구름(雲)〉(시집 ≪예언(預言)≫을 가리킴)과 같은 작품을 쓸 때 나의 견해로는 문예는 아무것도 위하지 않으며 단지 자신을 표현하기 위한 것이며, 자신의 환상, 감각, 정감을 표현하기 위한 것이었다. 그러나 그 후 현실적 교훈으로 말미암아 나는 인간은 그렇게 맹목적으로 살지 말아야 하며, 또 그렇게

---

2) 팡징, ≪차오바오화 동지를 기억하며(憶曹葆華同志)≫, ≪신문학사료≫ 1981년 제2기.

3) 허치팡, ≪한 평범한 이야기(一 個平常的故事)≫, ≪허치팡 선집≫, 사천인민출판사, 1979년, 271쪽.

맹목적으로 살 수도 없다는 것을 알게 되었다. 그리하여 나는 그러한 오로지 개인을 위한 예술적 견해를 버렸다". 항일 전쟁이 발발한 뒤, "문예로서 민족해방전쟁에 복무할 결심과 시험을 해 보아야겠다는 마음이 생겼다".[4]고 하였다.

　T.S.엘리엇의 《황무지(荒園)》의 걸출한 중국어 번역가이며 동시에 현대파 시인인 자오뤄이(趙蘿蕤) 여사는 항일 전쟁이 발발한지 얼마 되지 않아 〈갱생(更生)〉이라는 시구에서 "그렇다, 과거에 우리는 단지 너무나 좁은 안목으로,/ 단지 그러한 정황에 부합되는 시구를 찾는 것에만 노력을 기울여 왔고,/ 우리의 선생님에게 드리고 우리의 친구들에게 주었지 ─ / 이 한 마디가 없었다면 우리의 배는 굶주려서 홀쭉하게 되었을 것이야."라고 하였다. 현대파 시인들은 자신이 추구하는 예술에 대해 돌이켜 사색하기 시작하였으며, 시대와 인민 대중의 생활에서 벗어나, 과도하게 '순시(純詩)'의 예술미만을 추구하는 데 빠지고, 심지어 이런 추구를 생명의 전부라고 여기며 자아 도취하여 시의 특성을 조성하였지만, 오히려 더 많은 독자와 군중을 잃어버렸다는 것을 인식하게 된다. 한 보통 시인의 '과거(過去)'에 대한 반성은 전체 시인 단체의 심층적 심미 심리와 정취가 변혁을 실현하는 감정적 의도를 아프도록 자극한다. 시인 쉬츠는 청년들의 특유한 열정으로 과거의 미학적 추구에서 벗어나 새로운 시집인 《가장 강한 소리(最强音)》(1942)를 출판하였는데, T.S.엘리엇의 말을 인용하여 조금 극단적으로 시에서 '감정을 추방하자'는 구호를 제기하였으며, 30년대 현대파 시 속의 서정적 성분을 단지 시에 '고상한 멋'이라는 껍데기를 씌워 놓았을 뿐이라고 여겼다. 그리고, 그것들이 "단지 전쟁과 벽을 쌓고 있는 한가한 자들의 장난"[5]이라고 단정지었다. 물론 이러한 관점은 자신의 심미적 의식을 초월하는 적극적인 의의를 띠고 있지만, 단지 두루뭉술하게 서정적 수법이 항

---

4) 허치팡, 〈《밤의 노래》 초판 후기〉, 《밤의 노래》, 중경시문학출판사, 1945년.
5) 쉬츠, 〈서정의 추방〉, 1939년 7월 《정점》 제1기.

일전쟁 시가 속에서의 작용을 부정하는 편파성을 띠고 있어, 일부 시인들의 비평을 일으켰다. 후에 쉬츠는 이러한 사고의 맥을 따라 또 한 편의 문장 속에서 프랑스로부터 시작한 현대파시에 대해 거의 과격하다 싶을 정도로 부정을 하였으며, 그것이 남녀 관계가 분명하지 못한 데서 발생한 "뜻이 알기 어렵고 애매한 시"라고 인식하였다. 이는 일종의 대변혁 시기 속에서의 이론상의 그릇된 견해이다. 그러나 그는 이렇게 부정을 한 뒤 시가 시대의 변화에 부합하고 시대에 복무해야 한다는 견해를 제기하고, '피가 낭자'한 항일 전쟁과 반 내전의 '대 고난' 속에서 중국 신시의 발전을 위해 '자기의 길'을 찾아 줄 것을 요구하였다.[6] 쉬츠의 미학 방면에서의 견해의 변화는 적극적인 의미를 띠고 있다. 그는 자아로부터 나와 거리로 나아가 대중들에게 접근하여 대 후방 중칭에서 한때 크게 유행했던 시낭송 운동의 적극적인 창도자이자 실천자가 되었다.

물론, 이 시기에도 일부 30년대 현대파 시인들은 시 창작을 버리고, 다른 형식의 창작에 종사하거나 혹은 원래 마음 속으로 낮게 읊조리던 것에서 침묵으로 넘어가기도 하였다.

30년대 현대파 시는 근 십년 동안의 탐색과 발전을 거쳐 시대 역사의 갑작스런 충격으로 이미 그 자신의 예술적 탈바꿈과 쇠퇴의 단계로 진입하였다. 현대파시의 이런 탈바꿈의 과정에서 이 시인 단체 스스로의 변화와 반성 외에, 일부 진보적인 현실주의 시가의 조류에서 온 시인들도 현대파시에 대해 비판과 청산을 진행하였다. 그들은 "새로운 시대에는 새로운 정감이 필요하다! 현 단계의 전쟁이 일어나고 있는 중국에서 만약 여전히 그러한 '적막함이여' '고뇌여'와 같은 개인주의의 퇴폐적이고 서정적인 시구들을 고집한다면 이는 이 사람이 의식적으로 피가 흐르고 있는 현실을 무시한 것이며, 근대 시단의 죄인일 뿐만 아니라 중화민족의 죄인이기도 하다!"[7] 초기상징파 시인에서 현실주의 '신시가(新

---

6) 쉬츠, 〈언제나 애매한 감정을 부정해야 한다(總要否定曖昧的感情)〉, 1947년 2월 1일, ≪민가 ─ 시음총간(詩音叢刊)≫(제1기).

詩歌)'로 전환한 시인인 무무뎬은 항일 전쟁이라는 현실적 입장에서 출발하여 '오사 운동' 이래로 신시운동을 돌이켜 보는 시각에서 20년대부터 30년대까지 '상징파'라고 불리는 시가의 조류에 대해 이렇게 청산을 하였다. "오사 운동 말기 몇 년 동안 중국의 시가는 하루하루 현학화, 명상화, 형식화, 관념화, 퇴폐화로 변화하였다. 오사 운동의 말기 몇 년 동안 중국의 새로운 시의 일부분은 영국 신사시가의 영향을 받아 격률시의 형식으로 나아갔으며, 다른 일부분은 서구 상징주의의 영향 하에, ……몽롱하고 어렴풋한 세계에서 관능적이고 퇴폐적인 도취를 추구하였다. 모든 시인의 마음 속에 존재하고 있는 것은 자본주의 몰락기 소시민의 담배 연기와도 같은 비애일 뿐이었다. 물론 이런 시가 작품 가운데 낡은 세계에 대한 소극적인 부정도 상당 수 존재하였지만, 새로운 세계에 대한 적극적인 동경은 없었고, 광명을 추구하는 전투적 정신은 더욱 말할 수 없었다. 시인의 시가 창작은 우리의 민족 혁명과 이탈해 있었다". "우리의 민족 혁명의 현실과 완전히 벗어나 존재할 이유가 없기 때문이다". "현 시대의 시가는 민족 해방 투쟁의 호소와 외침 소리이지, 몇 명의 사람들이 작은 방에 들어앉아 담배 연기나 자욱하게 뿜어내며 하는 현학적이고 비애적인 서정시가 결코 아니다. 그런 현실성 없는 개인적 서정 소시는 이미 존재 이유를 상실하였으며, 단지 죽은 미라와 함께 할 수밖에 없다". 이런 시인들은 마음 속에 존재하는 "과거에 대한 미련"을 극복하고, "자신의 개인주의적 잔재를 포기하며", 항일 전쟁 시가 운동의 조류 속에 뛰어 들어야 한다.8) 이러한 청산과 비판은 현대파 시가 조류와 시대적 조류의 관계에 대해 말할 때, 비교적 진실에 근접한 관찰이긴 하지만, 근거로 삼은 이론이 기계적 유물론의 관념이고, 또 현대파 시가 존재하는 내재적 합리성 및 그 신시 예술 발전의 공헌적

---

7) 천찬윈(陳殘云), 〈서정의 시대성(抒情的時代性)〉, 1939년 11월 16일, ≪문예진지≫ 제4집 제2기.

8) 무무뎬, 〈항전시 운동에 관하여〉, 1939년 12월 1일, ≪문예진지≫, 제4집 제3기.

시각에서 보면, 분명 반박할 수 없는 환경 속에서 자연히 과학적이지 못한 색채가 존재하고 있다. 그리하여 소수의 문학 비평 문장만이 현대파 시인이 '적응하지 못하는' 이유에 접근할 수 있었다. "하지만 우리는 얼마나 많은 시인들이 현재 중국의 질풍노도의 현실에 위축되어 후퇴하고 있는가를 눈으로 보고만 있는가? 이런 후퇴는 새로운 시인들이 시를 쓰기 시작한 그 날부터 근근이 시만 생각하였기 때문에 이 사회가 비약적으로 발전하는 상태에서 단지 '시'이기만 한 시를 필요로 하지 않았다. 그래서 그는 일종의 적응할 수 없는 방황을 느꼈다. 하지만 이러한 현상은 결코 새로운 시인들의 앞날이 여기에서 상실되었다는 것을 증명할 수 없으며, 사회 현실이 더욱 분명히 시인들이 마땅히 시와 현실이 더욱 밀접히 관련되어야 한다는 것을 증명하였다".9) 이 글에서는 시 한 수와 현실 관계에 있어서 시인의 자아 조절의 문제를 제기하였는데, 이러한 비교적 객관적인 비평도 마침 왜 수많은 현대파 시인들이 자기의 미학적 관념을 바꾸었지만, 오히려 과거의 미학 추구에 대해서 언제나 다소 '미련'을 갖고 있음을 설명하고 있다. 이 뿐만 아니라 그 후 이러한 추구가 또한 새로운 층면에서 새로운 단체에게서 다시 출현하는 깊이 있는 원인을 설명할 수 있다.

우리가 가장 깊이 있게 사고할 가치가 있는 것은, 현대파 시인의 시가 조류의 쇠퇴가 결코 모더니즘의 예술적 방법의 소실이 아니라는 것이다. 즉 설사 항일 전쟁의 이러한 시대적 대 고난의 민족정신이 크게 일어나는 배경 하에서도 현대파 시 조류는 시 본래의 예술 추구에 대한 관념과 현대파 시인이 가지고 있는 독특한 가치의 심미적 표현 계통이 일부 이론의 표현 속에서, 특히 수많은 우수한 시인들의 아주 현실적인 감정 전달 가운데, 여전히 재생과 재현을 얻었으며 발전과 새로운 창조를 얻었다는 것이다.

---

9) 시원(西漚), 〈신시인의 전망〉, 1939년 7월16일, ≪문예진지≫, 제3권 제7기.

많은 항일 전쟁 초기의 시들은 이론적으로 예술성이 엄중하게 결여된 문제를 가지고 있었다. 이는 현실주의 시인들의 불만을 자아 냈으며, 동시에 또한 현대파 시인들에게 내심으로부터 미학적 반항을 일으켰다.

　　항일 전쟁이 일어나기 훨씬 이전 시인 양싸오(揚騷)는 수췬(舒群)의 장편시 〈고향에서(在故鄕)〉를 이렇게 비평하였다, "진실한 감정이 과분하게 범람하였고", 예술적인 승화 없이 그저 조잡하게 되는 대로 마구 만들었으며, 시구에 아주 많은 "불필요한 호소, 외침 개념화 된 서술"이 섞여 있다. 그는 또 톈젠(田間)의 장편시가 "서술은 있지만 그 속에 사실이 없고", "무엇을 생각하면 곧 무엇을 썼으며, 무엇을 느끼면 곧 무엇을 노래하였다". "이는 응당 독자들이 읽고 난 후 느껴야 하는 선명한 특징과 형상을 서정적으로 써낼 수 없으며", "일반화되고 개념화된 정도에만 머물러 있다".[10] 아이칭도 항일 전쟁 시기 시가들의 성적을 긍정하는 동시에, 항일 전쟁 초기 시가들의 '보편적인 결점'이 바로 "단순한 애국주의와 군과 국민 정신의 실속 없는 외침뿐이며, 이로써 독자들의 그러한 비교적 허공에 떠 있는 듯한 정감을 기만하였다. 보편적으로 시인들은 정서가 격동되어 있는 상황에서 항일 전쟁에 대해 정치적 혹은 철학적인 사고를 할 수 없었다."[11]고 하였으며, "일부 시인들의 창조력이 빈약한 현상이 보편적으로 가장 잘 반영된 곳이 바로 정감이 깊지 못하고, 사상이 빈약한" 것과, 예술적으로 "추호의 선택도 없었다는 점이다"[12]고 하였다. 신월파에서 현대파로 전환한 시인이자 장편시 〈홀륭한 말(寶馬)〉의 작가인 쑨위탕(孫毓棠)은 비평을 받을 수도 있다는 위험을 무릅쓰고, 문장을 써서 솔직하게 새로운 시가 미학에 대한 낯설

---

10) 양싸오, 〈감정의 범람 — 고향을 읽고 난 후의 감상 및 기타(感情的泛濫 — 在故鄕讀后感及其他)〉, 1936년 11월 26일, 《광명》, 제1권 제10호.
11) 아이칭, 〈항전 이래의 중국 신시(抗戰以來的中國新詩)〉, 《아이칭 전집》(제3권), 화산문예출판사, 1991년, 161쪽.
12) 아이칭, 〈항전 이래의 중국 신시를 논함 — 소박한 노래 서〉, 1946년 4월 10일, 《문예진지》, 제6권 제4호.

음을 표현했으며, 동시에 일부 항일 전쟁 시가의 수준 낮음을 비평하였다. 그는 "우리는 신세대의 시를 써야 한다. 하지만 시를 쓴다는 생각에 익숙하지 못하며, 시를 쓸 때의 표현 기술에도 익숙하지 못하다. 한 개인의 서정시를 쓰는 사람에게 갑자기 항일 전쟁시를 읽고 쓰는 사람으로 변하게 하는 것은, 마치 바이런에게 엘리엇(T.S.Eliot)과 같은 시를 창작하게 하는 것과 같다. 아마 절대 불가능한 일은 아니겠지만, 시 한 수를 쓰는 것도 매우 어려울 것이다. 지난 두 해 동안, 새로운 환경을 제재로 하는 항일 전쟁시를 작자도 써보았고 독자들도 읽어보았다. 그러나 습관적으로 언제나 느끼기에, 시 같지 않고 적어도 평소에 쓰던 그런 좋아하던 시는 아니라고 여겨진다. 억지로 작가와 독자들에게 이러한 것들이 꼭 좋은 시라고 인정하게 하는 것은 마치 억지로 북극의 백곰을 적도에 두고 백곰더러 자신은 열대지방에 살고 있는 동물이라는 것을 인정하게 하는 것과 마찬가지다."[13]라고 하였다. 현대파의 개인적 서정시에 익숙한 사람들이 항일 전쟁시의 전달 방법에 대해 낯설음을 느끼고 예술적 표현력에 시의 뜻이 결핍되어 있는 데 대한 불만을 느끼는 것은 결코 항일 전쟁시에 대한 전면적인 부정이 아니다. 이 속에는 이후 더욱 '좋은' 항일 전쟁시가 많이 배출되기를 바라는 일종의 기대감도 포함되어 있다. 적지 않은 시인들은 이러한 불만과 기대를 항일 전쟁시에 대한 부단한 탐구와 창조로 전환시켰다. 벤즈린, 허치팡, 차오바오화 등의 시가 창작이 아이칭에 의해서 항일 전쟁시로 포함되고, 동시에 그의 긍정을 받은 것도 바로 이 점을 증명한다. 아이칭은 어떤 시인들은 거의 항일 전쟁이 발생한 동시에 "한 편으로 예술 지상의 관념을 포기하고 인생 철학의 설교에서 벗어나고, 일상생활의 고뇌에서 벗어나, 정지되어 있고 자연스러운 행복의 응시에서 벗어났으며, 다른 한 편으로 아주 신속하게 (물론, 그들의 내면 속의 분투 과정은 결코 그렇

---

13) 순위탕, 〈항전시를 논함〉, 1939년 6월 14,15일, 《대공보》, 문화란 《문예》, 642. 642쪽.

게 간단한 것은 아니었을 것이다.) 자신을 새로운 생활의 거센 물결 속에 투입시켰으며, 사람들의 비애와 고통을 자신의 비애와 고통으로, 사람들의 환락을 자신의 환락으로 삼아 자신의 시가 예술을 고난에 굴복하지 않는 인민들을 위해 복무하게 하였으며, 자신을 확고하게 이 시대가 갈망하고, 기대하고 있는 우러르고 칭찬하는 목표를 향해 노력하고 창조하도록 하였다. 벤즈린, 허치팡, 차오바오화 등은 모두 아주 좋은 시들을 많이 썼으며, 이 세 시인은 항일 전쟁의 영향을 가장 깊게 받았다. 그들은 모두 자신을 위해 그들이 기댈 수 있는 새로운 서식지를 찾아냈다".[14]

그러나 현대파 시인의 쇠퇴는 결코 상징주의와 모더니즘 예술 방법의 소실을 의미하지는 않는다. 현대파 시인이 항일 전쟁시 창작에 참여한 것도 결코 원래의 예술 표현 관념에 대해 완전히 포기한다는 것을 의미하는 것이 아니다. 사실상, 현대파의 독특한 심미적 가치를 지니고 있는 표현 시스템은 일부 우수한 시인들의 아주 현실적인 정감의 전달 가운데 다시 부활했으며 재현되었다. 우리는 심지어 상징파, 현대파 방법의 참여와 창조로 말미암아 일부 작품들이 예술적으로 표현력이 더욱 강해지고 깊어졌으며, 더욱 독특한 예술적 풍격을 지니게 되었다고 말할 수도 있을 것이다.

주즈칭은 일찍이 전쟁 전의 현대파 시와 항일 전쟁시의 차이를 아주 함축적으로 언급한 적이 있다. 그는 한 편으로 항일 전쟁 전 신시의 발전은 가히 점차적으로 "순시화의 길로 들어섰다"고 할 수 있다. 항일 전쟁 이후에는 "모두 보편적인 방향으로 나아가 시인들도 상아탑에서 거리로 나왔다".[15] 다른 한 편으로, "우리나라의 항일 전쟁 이래의 시는

---

14) 아이칭, 〈항전 이래의 중국 신시를 논함— 소박한 노래 서〉, 1946년 4월 10일, 《문예 진지》, 제6권 제4호.
15) 주즈칭, 〈신시 잡화·항전과 시〉, 《주즈칭 문집》(제2권), 강소교육출판사, 1988년, 345, 346쪽.

'군중의 마음'에 더욱 치중하여 '개인의 마음'을 홀시하였다"[16]. 이러한
"개인의 마음"에 대한 홀시가 바로 과도하게 산문화된 항전시 속에서
시인 자아 표현에 대한 개성 특징이 결핍된 폐단을 가리키는 것이다.
허치팡이 항일 전쟁 시기에 쓴 시가들은 비록 항일 전쟁을 표현한 내용
이 많지만 동시에 그의 개인적 자아 서정의 특성을 함유하고 있어, '대
중의 마음'을 어느 정도 알맞게 '개인의 마음' 속에 융합시킬 수 있었다.
그의 칭송을 받는 시인 〈성도여, 내가 당신을 흔들어 깨우게 하소서!(成
都, 讓我把你搖醒)〉가 바로 이런 시이다. 이 시 속의 서정 주인공은 일
반화 되었지만 또 매우 거대하다. 당시 성도는 항일 전쟁 가운데 전 중
국에 존재하고 있는 모종의 정신 상태에 대한 상징으로, 시 속에 시인의
독특한 감각과 정서를 숨기면서도 반짝이게 전달하였다. "청두는 황량
하기도 하고 작기도 하다. / 또 마치 무수히 황당한 밤을 지새운 사람들
처럼, / 잠을 자고 있다", "그러나 청두는 나에게 아주 적막감을 느끼게
한다. / 나에게 고독하게 마야코프스키를 생각나게 한다. /예세닌의 자살
에 대한 비난, / '죽는 것은 쉬운 것/ 살아 있는 것이 오히려 어려운 것".
이 시에서는 북방 민족의 각성과 반항을 썼으며, 청두의 향락과 게으름,
죄악과 더러움이 충만한 상태를 응시하고 있다. "로마 멸망 시대와 같
이 미식을 중시하고 있으며", 마음 아프게 "햇빛 찬란한 아침에도 잠을
자고 있다."고 노래하고 있다. 마지막에 여전히 개인의 내재적인 것을
주체로 하는 서정으로 돌아가 "나에게 당신의 창문을, 당신의 문을 열게
해주오! / 성도여! 내가 당신을 흔들어 깨우게 하소서! / 이 햇빛 찬란한
아침에!". 소서사시와 비슷한 〈한 시멘트공 이야기(一個水泥匠的故
事)〉에서는 한 보통 농민의 이야기로 어떻게 가족이 살해되었으며, 치
욕을 참고 각성하여 복수의 행렬에 들어섰는가 하는 것으로부터 마지막
적의 포화 속에서 어떻게 장렬히 희생되었는가 하는 것을 서술하며, "빨

---

16) 주즈칭, 〈신시 잡화·시의 추세〉, ≪주즈칭 문집≫(제2권), 370쪽.

간 불길이 타오르고 있다./ 불길의 고함소리 속에서 이 새로운 순도자/ 새로운 성도는 한 마디의 애통한 외침소리마저 내지 않았다"라고 하였다. 항일 전쟁 속 새로운 인물에 대한 관찰과 찬송 가운데 여전히 한 순진한 지식인의 경건한 안목을 볼 수 있다. 그리고 1940년 그가 연안에서 쓴 다섯 수의 ≪밤의 노래(夜歌)≫ 가운데 이러한 현대파 시인의 서정적 개성이 더욱 분명히 드러나는데, 단지 그가 표현한 내용이 현대파 시와 조금 다를 뿐이다. 그는 서정의 주체를 내심의 자백자로 삼거나 혹은 객관적 생활의 대화자로 삼아 새로운 생활과 전쟁 중의 새로운 인물과 새로운 감정의 발로에 대해서 모두 자아의 감수와 개인의 의식 속에 녹여서 항전시의 시스템 가운데 일종의 새로운 격조를 융합하였다.

> "그러나, 허치팡 동지, 당신은 자연을 좋아 하지 않는다고 말했는데,
> 왜 당신의 책 속에서
> 자연을 그렇게 아름답게 묘사하였나요?"
> 그래요, 나는 바로 자연을 말하려고 해요.
> 나는 언제나 자연을 배경으로 삼고, 장식물로 삼아요.
> 마치 내가 어떤 때에는 들판에서 산보하는 것과 같고,
> 어떤 때는 한 떨기 꽃을 내 단추의 작은 구멍 속에 꽂는 것과 같아요.
> 왜냐하면 이것이 자연스럽기 때문이죠.
> 나는 더욱 인류를 사랑해요.
>
> — 〈밤의 노래〉(2)

> 나는 일어나려고 한다. 한 사람이 강가로 간다.
> 나는 가서 돌 위에 앉으려 한다.
> 물새들이 그렇게 기쁘게 지저귀는 것을 들으며,
> 잠깐 자신을 생각해 본다.
>
> 나는 이미 성인이다.
> 나는 많은 책임들을 지고 있다.

그러나 나는 또 마치 열아홉의 소년처럼,
그렇게 따스한 정을 필요로 한다.

....
나는 내가 이렇게 말할 것을 알고 있다.
수치스럽다.
그러나 나는 아직 그런 생각을 완전히 포기할 수 없다.
— 〈밤의 노래〉(3)

그 '대중의 마음'을 중시하고 '개인의 마음'을 홀시하였던 항일 전쟁 시가의 열기 속에서, 허치팡의 이러한 창작이 진행한 예술적 탐색은 시가 내포하고 있는 진지함과 친절함을 위해 한 가지 길을 찾게 했다. 그것은 가히 시대적 맥박 가운데 '한 지식인의 사상 감정의 모순과 변화'를 융합시킬 수 있었다. 그것은 항일 전쟁 가운데 일부 청년 지식인의 '동감'과 '애호'를 불러일으켰으며, 어느 한 열정적인 독자가 먼 곳으로부터 편지를 보내 와 "나의 작품이 일부 청년들을 인도하여 '생활의 정확한 길로' 오르게 하였다."[17]는 말을 듣게 된다. 아이칭은 허치팡이 "개인의 감상과 자아의 고집스러운 관찰을 사절하고, 〈청두여, 내가 당신을 흔들어 깨우게 하소서!〉와 기타 일부 시들을 써냈으며, 또한 〈한 시멘트공의 이야기〉에서 장르뿐만 아니라 표현 수법에 있어서도 모두 이 시인의 노력과 수확을 엿볼 수 있다."[18]고 하였다. 아이칭은 또한 "만약 벤즈린이 자기의 견해 가운데 그가 새로운 생활에 대한 긍정과 융합을 찾으려고 애쓰며, 의식적 혹은 무의식적으로 자신을 홀시했다면, 허치팡은 개인 내면의 변화로부터 새로운 생활이 그의 세계관에 침입하는 힘을 체험하였다. 그의 시가에는 의식적 혹은 무의식적으로 자신의 독백을 참여시켰는데, 이러한 독백은 이 시인이 가장 흥미를 느끼

---

17) 허치팡 〈《밤의 노래》 초판 후기》.
18) 아이칭, 〈항전 이래의 중국 신시〉, 《아이칭 전집》(제3권), 141쪽.

는 부분이다."[19]고 하였다. 아이칭의 이러한 평론은 비록 허치팡 시의 정감, 심미와 표현적 예술의 변화에 주의하고, 그가 '내심의 변화'로 새로운 생활과 자아 독백에 대한 '흥미'라는 특징에 주의하였지만, 허치팡이 어떻게 현대파 시인의 소양으로 항전시의 탐색과 건설에 뛰어 들어 그의 시가 서정적 주체의 시대적 정서와 수용자의 마음이 서로 가까이 닿을 수 있는 예술적 매력을 구비하게 되었는지를 홀시하였다. 그러나 바로 이 점이 허치팡의 〈밤의 노래〉가 대체될 수 없는 서정적 개성과 독특한 미학적 자태를 지니게 하였으며, 이는 풍부한 항전시의 발전을 위해 일종의 특유한 풍채를 더해 주었다.

일부 현대파 시인들은 새로운 모더니즘의 외래적 예술 양분을 흡수하고 시대적 요구에 적응하여, 자신의 시가의 표현수법을 풍부히 하는 방면에 더욱 노력하였으며, 현대파가 항전시의 창작에 참여하는 데 새로운 길을 개척하였다. 다이왕수, 벤즈린, 펑즈 및 그 이후의 항일 전쟁 후기에 발흥한 일부 젊은 시인들이 바로 이 방면의 대표자들이다. 다이왕수는 항일 전쟁 전후에 프랑스 시인인 쉬페르비엘(Jules Supervielle), 엘뤼아르(Paul Eluard)의 작품, 프랑스 진보적 현대파 시인 아라곤의 일부 초현실적 수법으로 혁명 정신을 표현한 시들을 번역하였으며, 시간인 ≪정점≫에 그가 번역 소개한 〈스페인 항전 요곡초(西班牙抗戰謠曲抄)〉 다섯 수를 발표하였다. 민족의 재난이 겹겹이 닥치는 현실과 개인적 고난, 적들에게 감금되었던 경력이 있는 다이왕수로 하여금 예술적인 변화를 가져오게 하여 〈정월 초하루의 축복(元日祝福)〉, 〈염원(心願)〉, 〈장녀에게(示長女)〉, 〈기다림(等待)〉(1) 등 현실주의 정신과 명랑한 표현 수법이 가득한 시구들을 써내게 하였으며, 또 일부 새로운 초현실적인 상징 수법을 흡수하여 상상이 기이하고 감각이 독특하며 표현이 특이한 조국을 열애하고 광명을 희망하는 시들을 써내게 하였다.

---

19) 아이칭, 〈항전 이래의 중국 신시를 논함 — 소박한 노래서〉, 1946년 4월 10일, ≪문예 진지≫, 제6권 제4호.

1941년 6월에 쓴 〈반딧불에게(致燐火)〉는 T.S. 엘리엇의 ≪황무지(荒原)≫ 가운데 한 이미지에서 영감을 받아 중국 민족이 익히 알고 있는 이미지를 운용하여 창조를 진행하여 초현실적인 이미지에서 죽음에 직면하여 태어난 생명 철학적 사색을 전달하였다.

반딧불, 반딧불,
이리와 날 비추렴.

날 비추고, 이슬 맺힌 풀을 비추고
이 흙을 비추고, 너 죽을 때까지 비추렴.
나 이곳에 누워, 한 알의 씨앗이
내 몸과 내 마음을 통과하여
나무로 자라 꽃을 피우게 하리라.

한 조각의 푸른 이끼가
그렇듯 가볍게, 그렇듯 가볍게
내 온 몸을 뒤덮게 하리라.

작고 부드러운 손으로
언젠가 내가 낮잠 잘 때
얇은 이불을
내 몸에 가볍게 덮어 준 것처럼.

나 이곳에 누워
태양의 향기를 씹고 있으리라.
어느 별천지에서
종달새가 푸른 창공을 높이 날아간다.

반딧불, 반딧불,
작고 작은 광선을 내게 주오──
기억을 간직할 수 있도록
깊은 슬픔을 삼킬 수 있도록!

시인은 자신의 감정을 물체에 담아 자기의 영혼이 작디작은 반딧불과 대화하게 함으로써 비현실적인 수법으로 비현실적인 상상 속의 세계를 구축하였다. 시인 마음의 갈망은 완전히 상징적인 세계 속에서 전달되었다. 그 속에서 상징하고 암시하고 있는 정감은 40년대 초기 항일 전쟁이 가장 곤란한 상황에 처해 있을 때의 한 지식인이 가지고 있는 특유한 심리 상태로, 죽음과 이상, 비애와 쾌락이 떼어놓을 수 없이 한데 엉켜 작품을 읽은 뒤 사람들에게 영혼의 정화와 승화를 가져다주게 하였다. 일부 초현실적이고 상상으로 가득 찬 창조는 시의 느낌에 탄성을 가져다주었으며 아름다움도 가져다 주었다. 다이왕수가 적들의 감옥 속에서 혹은 그 후에 쓴 〈옥중에서 벽에 쓴 글(獄中題壁)〉, 〈내 망가진 손바닥으로(我用殘損的手掌)〉, 〈기다림(等待)〉(2) 등은 현실적인 묘사 속에서도 비현실적인 수법을 함께 사용하였다. 〈내 망가진 손바닥으로〉는 항일 전쟁 시기의 시 가운데 후세에 길이 남을 명작이라 할 수 있는데, 이 시는 몽환적인 초현실주의적 창작 수법으로 시인의 가장 열정적인 애국심을 전달하였다.

나는 망가진 손바닥으로
이 광대한 대지를 더듬는다.
이쪽은 벌써 잿더미가 되었고
저쪽은 단지 피와 진흙 뿐.
이 호수는 나의 고향일 것이다
(봄날, 언덕에 비단 병풍처럼 꽃이 만발하고,
여린 버들가지 꺾으면 야릇한 향내가 난다.)
나는 수초와 물의 상쾌함을 느꼈었다.
장백산 설봉의 뼈에 사무치는 추위
황하의 진흙은 손가락 새로 미끌거렸지.
강남의 논엔, 그 해 새로 난 벼가
그토록 가늘고, 그토록 연했건만…… 지금은 쑥대만 무성할 뿐.
영남의 여지꽃은 외롭게 말라가고

저쪽 끝, 나는 남해의 고깃배도 없는 고통의 물을 찍는다……
…… ……

가장 현실적인 감정을 시인은 가장 비현실적인 표현 수법으로 표현하였다. 이미지는 모두 현실 생활 속에서 전형적으로 존재하는 것이지만, 또한 모두 시인의 현실을 초월한 상상 속에 집어넣었다. 때문에 우리 독자들의 마음과 상상력 역시 모두 시인의 그 '무형의 손바닥이 무한한 강산을 쓰다듬고 지나가는 것'을 따라 일종의 거대하고도 놀라운 격동을 느끼게 된다. 그가 시의 맨 마지막에 표현한 그 '한 편의 푸른 하늘'에 대한 갈망도 특별히 감동을 불러일으키는 상징적 역량을 갖추고 있다. 이러한 시의 예술적 매력과 깊게 사색하게 만드는 힘은 단지 현실 생활에 접근해 있는 형상을 운용한 현실적 묘사로는 닿을 수 없는 것이다. 웬커쟈(袁可嘉)는 〈서구 현대파의 중국 신시(西方現代派的中國新詩)〉라는 문장 속에서 시인은 "허황함 속에서 진실함을 보이는 초현실주의적 수법"을 사용하여 현실 생활의 시적 정서를 표현하는데, "이는 신시가 현대파의 풍격을 배우는 중의 하나의 돌파라고 할 수 있다."고 하였다. 우리는 다이왕수의 이러한 시 속에서 일종의 특별한 정보를 알아낼 수 있는데, 그것은 여러 가지 형태의 현실주의적 방법이 일단 대우주의 현실 감정이 주입된 뒤에는 어떠한 예술적 광채를 뿜어내는가 하는 것이다. 그의 탐색 자체가 이미 현대파시 시기의 종결과 새로운 현대파시 창조 시기의 도래를 암시해 준다.

이런 상황에 속해 있는 시인으로는 또한 볜즈린이 있다. 항일 전쟁이 시작된 뒤, 그는 재빠르게 자신의 심미적 원칙과 예술적 각도를 조절하여 더욱 자각적으로 모더니즘 방법으로 혁명 내용을 표현한 영국의 청년 시인 오든의 영향을 받아들였으며, 그 뿐만 아니라 오든이 중국으로 온 후에 쓴 항일 전쟁과 관련된 시들을 번역, 소개하였다.[20] 그는 일찍

20) 볜즈린이 번역한 오든의 ≪전시에 중국에서 지음(戰時在中國作)≫ 다섯 수는

부터 오든의 수법을 받아들이는 데 주의하였으며, 일상의 생활과 인물 속에서 장엄한 투쟁의 주제를 전달하였고, 유모와 기발함을 소박한 묘사 속에서 표현해냈다. 그의 ≪위문 편지집(慰勞信集)≫은 주체의 내재적인 철학적 사고를 중시하던 것을 객체의 내재적인 시의 의미를 발굴하는 것으로 변화시켰으며, 각종 인물의 묘사와 대화의 배역에 있어서 여전히 개인 내면의 정감이 시의 정감을 전달하는 것에 대한 중요성을 중시하였다. 예를 들어 아이칭이 말한 것처럼, 그는 "자신의 생각에서 출발하여 새로운 생활에 대한 긍정과 융합을 찾으려고 애썼다". 예를 들면 "만약 어둠이 어머니라면, 여기는 자궁이다./ 나도 아침에 다시 태어나는 고통을 체험한다"(〈한 탄광 노동자(一個煤窯的工人)≫). "오늘날, 손도 새로운 단계에 진입하였다./ 괭이를 들어 가시나무를 헤쳐나가며,/ 호소하였으니, 당신 자신도 생산을 실행하라.// 가장 잊기 어려운 것은 당신의 그 '때려 부셔라'는 손짓/ 감정의 격류를 지휘하는 데 쓰이고,/ 일종의 필연적인 큰 리듬에 개입된다."(〈"지구전을 논하며(論持久戰)"의 저자〉). "깃털보다 가볍고/ 태산보다 무겁게/ 책임을 지는 범위에서 자유롭게 소요하네.// 수고를 무릅쓴 신선이여!/ 5분 이내에 죽고 살고,/ 천만 개의 근심."(〈하늘의 전사(空中戰士)〉). 항일 전쟁 중여러 생활 현상은 다시는 생활의 원초적인 형태로 시에 쓰여지지 않았으며, 자신의 생각과 상상의 융합으로 열렬한 생활과 정감을 냉각화, 시화하여 자신의 찬미와 피찬미자로 하여금 일종의 심미적이고 깊게 사색하게 하는 거리를 가지게 하였다. 그의 〈부분 무장한 새 전사(地方武裝的新戰士)〉라는 작품은 오든의 유머와 기발함 가운데 소박함이 보여지는 시로 현실 생활의 제재를 그리는 특색을 더욱 드러내어 표현하였다.

1943년 11월 ≪내일 문예(明日文藝)≫ 제2기에 발표됨.

오늘날 밀짚모자로 가리려 하지 말라
(당신이 습관적으로 쏟아지는 비를 피하는 곳에서)
이런 탄알들! 이런 것들이 탄알이다!
누워라! 바로 당신을 길러낸 땅 위에!

마치 아직 익지 않은 과일은 따지 않는 것처럼,
서두르지 마라! 안전 마개도 천천히 뽑아라!
수류탄에 가득 채워진 분노를 조심하라.
참지 못하면, 당신 자신을 삼켜 없애버리리니.

그러나 그는 〈집 안의 가재와 들의 농작물을 숨기는 농민(實行空室淸野的農民)〉에서 '집안의 가재와 들의 농작물을 숨기는' 이 특수한 전투 속에 있는 농민의 정경을 쓸 때, 이런 한 단락의 시구를 삽입해 넣었다.

누가 작은 걸상을 잊어 버렸다고 하였는가?
하긴, 지친 적들더러 좀 쉬게 하세.
굶주린 배를 움켜쥐고, 바싹 마른 입술을 다시며,
벽돌돌장으로 막힌 창문을 대하고,
돌로 틀어막힌 우물을 대하며,
사람을 그리고, 집을 그리며, 벚꽃을 그리워하네.

다른 사람들의 보금자리를 빼앗아 간 자들은
자기들 역시 잘 곳을 잃어버려도 마땅하리!
바다 저 쪽에 집이 있고, 바다 이쪽에 집이 있어,
서로 집으로 청해 손님으로 모시고,
나들이로 놀러 다니면 모두가 기뻐하리.
왜 남들의 행복과 평화를 깨뜨려야 하는가!

민족의 항일 전쟁 중 침략자들에 대한 격분과 증오의 정서, 그리고 인간성과 이성을 잃어버리고 야만적인 침략을 감행한 죄행에 대해서 시인은 오히려 이런 해학적이고 가벼운 필치와 은근한 전달 수법으로 처리하였다. 이는 구호식의 외침으로 가득 찬 시보다 더욱 친밀한 감화력을 느끼게 하며, 감정적인 증오로부터 이지적인 증오를 끌어들였다. 비록 더욱 깊은 상징과 은유적인 수법은 없지만 오히려 사람들에게 일종의 전투적인 새로운 시의 기운을 느끼게 한다. ≪위문 편지집≫은 비록 문체가 가볍고 명랑하여 전기 시가 작품의 은폐성과 풍부함은 없지만, 그 기발함과 내함은 일찍이 현대파 시인으로서 지니고 있었던 일반 항전시와 구별되는 다른 개성을 보여주었다.

모더니즘적 방법이 항전시 창작에 참여한 세 번째 상황은 바로 일부 현실주의를 견지하던 시인들이 창작한 시구들이 상징주의 등의 창작 수법을 흡수 융합시킨 것이다. 아이칭은 초기에 프랑스 상징주의 수법의 영향을 깊게 받았고, 적지 않은 모더니즘적 시들을 써낸 적이 있다. 항일 전쟁 이후, 상징주의 수법은 더욱 대량으로 그의 현실성이 강한 시가의 창조에 참여하였다. 그의 〈태양을 향하여(向太陽)〉, 〈눈은 중국의 대지 위에 흩내리고(雪落在中國的土地上)〉, 〈거지(乞丐)〉, 〈나무(樹)〉 등의 명작들은 모두 다른 정도에서 상징주의와 현실주의가 결합된 수법을 운용하였으며, 시의 표현력과 운치를 증가시켰다. 주즈칭은 항일 전쟁시를 논할 때 "한 친구가 말한 것처럼, 아이칭은 어떤 때 상징주의의 표현 수법을 이용하기도 하였는데, 〈태양을 향하여〉가 바로 그러하다."[21]고 아주 긍정적으로 말하였다. 항일전쟁 시기, 아이칭은 시가 예술을 논할 때 상징적 수법의 시가 창작에 대한 중요성을 여러 번 강조하였다. 예를 들면, "형상은 모든 예술적 수법 즉 이미지, 상징, 상상, 연상…… 등을 배출해 낸다. 우주의 만물이 모두 시인 앞에서 서로 호응하도록 한다". "시인의 머리는 세계에 대해 영원히 일종의 자력을 발산한다. 그는 쉼 없이 수많은 사물의 이미지, 상상, 상징, 연상……을 집중시

---

21) 주즈칭, 〈신시 잡화·항전과 시〉, ≪주즈칭 문집≫(제2권), 348쪽.

키고, 조직시켜 놓는다". "상징은 사물의 반사이며 사물 간의 차유이고 진리의 암시이며 비유이다."[22]라고 하였다. 이러한 상징적 수법이 시가 창작에 일으키는 작용을 중시하는 태도는 확실히 그의 항전시의 실천에 매우 큰 영향을 끼쳤다. 시인 리양(力揚)의 우수한 장편시인 〈호랑이를 잡은 자와 그 가족(射虎者及其家族)〉은 우화식의 서술 방법으로 오랫동안 인민 대중의 마음 속에 깊게 새겨져 있던 원한과 복수, 반항의 정신 역량을 전달하였는데, 상징적 수법을 많이 운용하였으며 전체적으로 일종의 민족 정신의 상징으로 볼 수 있다.

평쒜펑(馮雪峰)은 20년대에 '호반시파'의 사실적이고 낭만적인 청춘 시가의 창작에 뛰어 들었으며, 40년대에 이르러 적들이 있는 상라오(上饒)의 강제 수용소에서 간고의 세월을 보낸 적이 있다. 현실생활이 그에게 직접적으로 자신의 심경을 토로할 수 없게 하자, 그는 완곡하고 은폐된 방법으로 혁명적 항쟁의 감정을 전달하였으며, 인간의 생명과 죽음의 가치에 대한 사고를 하였다. 그의 〈영산가(靈山歌)〉와 후에 이에 근거해 다시 개편한 ≪진실의 노래(眞實之歌)≫ 시집 가운데 많은 시편들, 예를 들면 〈영산가〉, 〈눈의 노래(雪的歌)〉, 〈미색의 사슴(米色的鹿)〉 등등은 모두 상징적이고 초현실적인 은유의 수법을 운용하여 정서의 전달이 깊은 역량과 사람의 마음을 감동시키는 예술적 매력을 지니게 하였다.

상징주의 수법이 항일 전쟁시의 창작에 참여하여 얻은 득실에 대해, 아이칭과 커중펑(柯仲平)이 쓴 평론 문장 가운데 펑쒜펑은 일찍 이렇게 말한 적이 있다. 어느 평론가가 말한 "프랑스 상징주의 풍격을 지닌다는 점은 나는 그에게 아주 큰 손해를 주었다고 생각한다". 그러나 또 아이칭이 "시종 진실한 시의 영혼을 지니고 있었으며, 또한 그의 시의 발전이 자신의 내재적인 법칙을 지니고 있어, 어떤 때라도 파열을 가져

---

22) 아이칭, 〈신시 · 형상(論詩 · 形象)〉, 〈시를 논함 — 이미지, 상징, 연상, 상상 및 기타(論詩 — 意想、象征、聯想、想象及其他)〉, ≪아이칭 전집≫(제3권), 313, 234쪽.

올 정도에 이르게 하지는 않았다"고 말하였다. "나는 아이칭(그는 프랑스 상징파를 열정적으로 좋아했던 적이 있었을 것이다)의 상징파식의 시의 감각 방법, 그리고 이로부터 나온 상징파시의 형식과 용어의 사용은 그의 시 정신에 손해를 끼친 적이 있으며, 그의 시에서 시의 본질적인 정신과 감각 수법 간의 모순을 분명히 반영하고 있다.(나는 아래와 같은 의견을 아주 반대한다. 즉 아이칭의 시가 그의 이러한 감각적 수법과 형식 및 용어로 지탱하였다는 것이다. 나는 이는 시인과 시인의 본질적인 정신에 대한 말살이라고 여긴다. 왜냐하면 그의 시를 지탱해 나간 것은 그의 내면의 강렬한 생명이기 때문이다……)"[23]. 나는 이러한 평론이 펑쉐펑 자신의 창작의 실제 상황과도 부합되지 않으며, 아이칭과 기타 시인의 창작 상황과도 부합되지 않는다고 생각한다. 펑쉐펑이 비평하고 있는 의견의 편협성은 마침 펑쉐펑 자신의 이론에 편파성이 존재하고 있다는 점이기도 하다.

한 가지 역사 현상이 우연히 발생하는 것은 종종 예술 창조의 복잡성 가운데 나타나는 역사의 필연적인 추세를 포함하고 있다. 다이왕수, 벤즈린, 허치팡 창작의 변화로부터 아이칭의 항일 전쟁시기 시가 창작에서의 거대한 비약에서 우리는 중국 신시 발전 가운데 일종의 시대적 규칙성의 탄생을 볼 수 있다, 모더니즘 시가는 더 이상 30년대 탐색기의 낡은 길을 걸을 수 없었다. 신시의 모더니즘 예술의 추구는 큰 시대의 맥박과 더불어 가야 한다는 전제 하에 자신의 발전에서 현실성이 강한 시가의 창조를 추구해야 하며, 나아가 모더니즘과 현실주의 수법의 통일을 실현하고, 현실과 시인의 민족적 심미 추구의 제약 아래에서 진일보한 모더니즘의 동방화와 민족화의 길을 탐색해야 한다. 시인의 민족적 양심은 시인의 소우주 발굴이 필연적으로 민족의 운명과 간고한 투쟁을 벌이는 사회 인생의 대우주의 광대한 천지로 통하게 하였고, 사

---

23) 멍신孟辛(펑쉐펑馮雪峰), 〈두 시인 및 시의 정신과 형식을 논함〉, 1940년 3월 16일, ≪문예 진지≫, 제4권 제10기.

회적 사색과 민족적 운명을 주시하는 가운데 자신의 감정과 정서 세계를 전달하는 현대성의 독특한 심미 시각과 표현 방식을 파악하고 전달하는 것이, 역사가 40년대 모더니즘시의 '새로운 세대'에 제기한 중요한 과제이다.

2 펑즈(馮至), 모더니즘으로 통하는 새로운 다리를 놓다.

위에서 서술한 이 중요한 과제를 완성하는 임무는 우선 일부 원대한 뜻을 지니고 있고, 창조 정신을 지닌 선배 시인들이 부담하였다. 아이칭, 다이왕수, 벤즈린, 허치팡 등의 항일 전쟁 시기의 신작은 비록 다른 정도에서 일부 상징적이고 모더니즘적인 예술 수법을 채용, 흡수하였으며, 혹은 어떤 것은 바로 모더니즘적 특성의 시편들이었다. 하지만 모든 개인의 전체적 예술성에서 볼 때, 그들의 창작은 아직 모더니즘 시가 범주에 속할 수는 없었다. 이 세대 시인의 탐색인들 중 전체적인 실적을 드러낼 수 있고, 또한 확실하게 모더니즘적 색채를 지니고 있는 이는 30년대 후기 다이왕수의 ≪신시≫ 진영에 들어온 시인 펑즈였다.

펑즈의 ≪소네트집(十四行集)≫ 속 27수는 하나의 전체이다. 비록 우리는 그 가운데 모든 시가 모더니즘적 특성을 지닌 작품이라고 말할 수는 없다. 다시 말해서 시들이 모두 완전한 의미에서의 현대파시라고 할 수 없다는 것이다. 이 점은 아주 분명하다. 그러나 이 1942년에 출판된 시집의 예술적 추구에 있어서의 가치와 후세에 대한 영향은 그 자체에 대한 인식의 의미를 훨씬 초월하였다. 이미 항일전쟁 시기 현실주의 시가의 고유한 형태에서 벗어나 다른 새로운 모더니즘 시조가 탄생했으며, 동시에 성숙으로 나아가는 신호가 되었다. 추호의 과장도 없이 ≪소네트집≫은 예언이다 라고 말할 수 있다. 펑즈는 이 시집의 참신한 탐색으로서 40년대 모더니즘시가 '신생대' 예술 창조로 통하는 교량을 놓아 주었다.

이는 결코 예술의 우연한 현상이 아니었다. 20년대 '침종사(沉鐘社)' 시인 펑즈의 ≪어제의 노래(昨日之歌)≫, ≪북쪽 여행 및 기타(北游及其他)≫ 두 시집의 낭만주의적 노래는 루쉰에게 '중국에서 가장 걸출한 서정 시인'이라고 불려졌으며, 이 두 시집 속에 이미 지혜로운 이의 철학적 사고의 특색이 포함되어 있었다. 펑즈는 1926년 가을에 이미 20세기 초기에 출현한 오스트리아의 위대한 현대파 시인 릴케를 접했으며, 그 때 이미 시인의 작품에 특별한 관심을 찾았다. 릴케 초기의 산문시 〈기수(旗手)〉(Gornett)는 그에게 일종의 "의외의 기이한 수확을 주었는데", 그 속에는 처음부터 끝까지 "우울하고 신비스러운 분위기'로 지배되어 있었다". 당시 그는 "이것이 신이 도와준 작품"[24]이라고 생각하였다. 펑즈의 20년대 후기에 쓴 시가 작품들은 인생, 생과 사 등의 명제에 관한 철리적 사고의 심도를 강화하였다. 어떤 작품 예를 들어 〈굶주린 야수(飢獸)〉(1927)에서는 거의 릴케의 가장 유명한 단시인 〈표범(豹)〉에 대한 감각과 사상 영향의 그림자를 엿볼 수 있다. "나는 피 묻은 먹이를 찾고 있다./ 미치도록 들판에서 달리고 있다./ 위의 기아, 혈액의 결핍, 눈의 갈망은/ 이 모든 경치를 나의 눈앞에서 희미해지게 한다./ ……나는 삼림 속으로 달려 들어가 입구를 잊어 버렸다./ 나는 마음 속으로 이렇게 마음을 놓지 못한다./ 설사 내가 그 어떤 피 묻은 먹이를 찾지 못한다 해도, 어떻게/ 화살 한 개라도 나를 피 묻은 먹이로 여겨 날아오지 않겠는가?"(〈굶주린 야수〉).

펑즈는 1930년 한 편의 산문 속에서 일찍이 자신이 어떻게 "홀린 것처럼" 보들레르의 산문시 〈나그네(遊子)〉를 읽었는지, 고향의 "낡은 집"에서 그 도처에 존재하는 "죽음"을 생각한 적이 있는지, 동시에 어머니의 "죽음"과 자신의 어린 시절을 대화하게 하였는지 하는 것을 말하였

---

24) 펑즈, 〈릴케 — 서거 10주년을 기념하여 지은 글〉, 1936년 12월 10일, ≪신시≫, 제3기.

다.[25] 그는 1930년부터 1935년까지 독일에서 유학하는 기간 동안 존재주의의 철학과 접촉하고 연구하였는데, 이는 그가 인간 생명의 의의 및 생과 사 등 문제에 대해 더욱 철학적 사고를 하도록 강화하였다. 또한 이 시기 펑즈는 릴케의 ≪기도서(祈禱書)≫, ≪신시(新詩)≫, 〈브리크의 수필(布里格隨筆)〉을 읽었으며, 릴케 만년의 시집인 ≪두이노의 비가(Duineser Elegien)≫와 소네트시를 읽었다. 그 속에서 릴케가 청춘 시기에서 중년 시기로 가는 과정 중에 "새로운 의지가 생겼으며" 음악적인 데서 조각적인 데로 전환하였다는 것을 읽어 냈다.[26] 이것이 바로 릴케 시가의 미학적 정수이다. 귀국한 뒤, 펑즈는 왕성한 발전을 하고 있는 다이왕수를 대표로 하는 현대파 시조에 뛰어 들었으며, 다이왕수, 벤즈린 등과 함께 현대파 시의 가장 실력 있는 시간인 ≪신시≫의 편집자가 되었다. 1936년 12월, 그는 ≪신시≫ 잡지에 문장을 써 중국에서 첫 번째 가장 체계적으로 릴케의 생애, 미학적 사상과 작품들을 소개하였으며, 동시에 릴케의 일부 작품들을 번역, 소개하였다. 1937년, 항일 전쟁 전야에 그는 또 ≪역문(譯文)≫ 잡지에 세계 모더니즘 조류에 속하는 ≪니체 시초(尼采詩抄)≫를 번역, 소개하였다.[27] 같은 해, 그는 다년 간 창작의 침체에서 벗어나 량위춘(梁遇春) 등의 죽음에 대해 연작시를 창작하였으며, 제목을 ≪몇몇 죽은 친구들에게(給幾個死去的朋友)≫라고 붙였다. 시는 다음과 같다.

---

25) 펑즈, 〈낡은 집(老屋)〉, 1930년 5월 26일, ≪낙타풀(駱駝草)≫, 제3기.

26) 펑즈는 ≪릴케 ― 서거 10주년을 기념하여 지은 글≫에서 그가 맨 처음 릴케의 ≪기수≫를 읽은 것이 1926년 가을이었으며, 그 후 릴케의 주요한 저작인 〈기도서〉 등을 읽은 것이 '근 5년간의 일이다'고 하였다. 1930년 이후부터 1935년까지, 펑즈는 독일의 대학에서 유학하였으며, 릴케를 기념하는 문장을 쓴 것은 1936년이었다. 여기에서 그가 릴케의 작품을 읽은 것이 모두 유학 기간이라는 것을 알 수 있다.

27) 펑즈가 번역한 ≪니체 시초≫(1937년 5월 16일, ≪역문≫, 제3기 제3권).

1

나는 오늘 안다, 죽음과 노인은
결코 그 어떠한 밀접한 관련도 없다는 것을,
겨울날 우리는 구분할 필요가 없다.
주야로, 주야는 모두 일반적인 냉담함과 소원함이다.
오히려 그러한 검은 머리, 붉은 입술이
때때로 죽음이 닥쳐오는 예감을 숨기고 있다.
당신들은 마치 한 찬란한 봄처럼,
밤에 잠겨서 평온하고 음침하다.

2

우리는 당초 먼 곳으로부터 모여와,
한 도시에 도착한 것은, 마치 오직,
한 조모에, 동일한 조부의
혈액이 우리의 몸속에 흐르고 있는 듯.
지금 우리는 어느 한 곳에 있다 해도,
우리의 집합은 다시는 없을 것이다.
나는 단지 우리의 혈액 속에,
아직도 우리 모두의 혈구가 흐르고 있다고 느낀다.

3

나는 일찍이 많은 사람들을 알고 지낸 적이 있다,
나는 때때로 한 사람, 한 사람을 찾고 싶다.
어떤 사람은 우연히 한 수림을 지나고,
같은 길에 한적한 작은 길을 걸었고,
어떤 사람은 같은 차를 타고 한번 마음을 터놓은 적이 있다.
어떤 사람은 같은 좌석에 앉아 서로 성명을 말한 적이 있다……
당신들도 그들 가운데 섞여 있는지
생소한 대오 속에서, 나더러 찾으라고?

4

나는 생소한 죽은 사람의
얼굴에서, 한 죽음을 정리하기 시작했다.

마치 타향의 마을에서, 폭풍우가 금방 지나간 것처럼,
내가 올 때, 오직 달빛만 남긴 것처럼——
달빛은 조금씩 떨면서 거기에서
과거 폭풍우 속의 모든 정경을 말하고 있다.
그들의 죽음은 오히려 이렇게 적막하고,
적막하다 못해 마치 나의 먼 곳의 고향 같다.[28]

이 연작시는 완만한 필치와 가지런한 형식, 명랑하지만 또한 몽롱한 수법으로 생명의 생존과 죽음에 대한 철리적 사고를 서정적으로 써냈다. 첫 번째 시는 늙거나 젊거나 사람의 생과 사는 밀접히 관련되어 있으며, '죽음과 응결은 원래 더 큰 풍부함을 지니고 있다.'고 하였다. 두 번째 시는 죽음이 인생 존재의 마지막이 아니라 생의 연장선이며, '죽음이 결코 개인에게 존재하는 그림자를 완전히 말살할 수 없다.'고 하였다. 세 번째 시는 일종의 감정상의 '추억에 대한 추구'이며, 죽은 사람은 생의 세계를 떠난 것 같지 않으며, 그들은 영원히 살아 있는 사람의 기억 속에 남겨져 있어, 하였다. "'생소함' 속에 더욱 큰 기쁨이 있을 것이라고 하였다." 네 번째 시는 시인이 죽음에 대한 깨달음을 서정적으로 그려냈는데, 죽음 자체는 마치 바람과 구름이 금방 가신 달빛처럼, 마치 먼 곳의 고향과 같이 영원히 존재하는 아름다운 정적이다. "이는 바로 동양인들이 죽음을 가벼이 여기는 정신으로, 죽음은 바로 영원한 것이고 '우리들의 환락을 부담하는 것보다 더욱 큰 신심이다(릴케)'. 또한 시인이 사숙하고 있는 대 시인 괴테가 말한 영원한 환락이며, 가히 무거운 비애를 부담할 수 있는 믿음— 적막이다. 셰익스피어는 '죽음은 인류가 한번 가서 다시 되돌아올 수 없는 고향이다'고 하였다".[29] 펑즈가 항일

28) 이 시는 맨 처음 1937년 7월 1일, 《문학 잡지》제1권 제3기에 발표됨. 그 후의 작품은 부록으로, 1942년 명일사에서 출판하여 《소네트집》이라고 하였으며, 《추심에게(給秋心)》라는 제목을 넣음.
29) 탕스, 〈사색자 펑즈 — 펑즈의 《소네트집》을 읽고(沉思者馮至 — 讀馮至〈十四行集〉)》, 1948년 《춘추(春秋)》에 실림. 여기에서는 《의도집》(생활 · 독

전쟁이 일어나기 전에 창작한 이 연작시는 내용적으로는 포함하고 있는 특징과 예술적으로 전달하고 있는 추구 등의 방면에서 이미 그가 4년 뒤에 써낸 ≪소네트집≫ 속의 많은 시편들의 총체적 예술방향과 미학 특징을 예시하였다. ≪소네트집≫의 탄생은 펑즈의 이런 시의 탐색 과정 중의 필연적인 결과였다.

≪소네트집≫이 어떻게 탄생하였는지를 이야기할 때, 펑즈는 일찍이 이렇게 말한 적이 있다. 1941년 그가 쿤밍(崑明) 부근의 한 산에 살고 있을 때 매 주 두 번 시내에 들어갔는데, 15리의 길을 걸어갔다 걸어오 는 것은 아주 좋은 여정이었다. "혼자서 산길, 논두렁 사이를 걸어 다니 면서 언제나 보고, 듣지 않을 수 없었는데, 보는 것은 예전보다 특히 더 많아진 것 같고, 생각하는 것도 예전에 생각하던 것보다 각별히 풍부 해진 것 같았다". 그는 이미 아주 오랫동안 시를 쓰지 않았다. 한번은 한 겨울 오후, 몇 대의 은색 비행기가 결정체처럼 파란 하늘을 날아다니 는 것을 보고, 옛 사람들의 붕조(鵬鳥)의 꿈을 생각하며 운치 있는 시 한 수를 입 밖으로 내뱉었다. 집에 돌아와 종이에 써보니 마침 제재가 살짝 변화된 소네트시였고, 이것이 바로 시집의 여덟 번째 시가 되었다. "이 일의 시작은 우연한 것이었지만 내면 속에서 점점 어떠한 요구를 느끼게 되었다, 어떤 체험은 영원히 나의 뇌리에서 재현되고 있고, 어떤 인물들에 대해서 나는 부단히 영양분을 흡수할 수 있으며, 어떤 자연 현상은 나에게 아주 많은 계시를 준다. 나는 왜 그들에게 감사의 기억 들을 남겨 놓지 않을 수 있겠는가? 이런 생각에서 출발하여 나는 역사 상 길이 빛날 인물부터 무명의 시골아이와 부녀자들까지, 먼 곳의 천고 에 남을 옛 도시로부터 산 비탈길의 작은 곤충과 보잘 것 없는 들풀까 지, 개인의 한 단락의 생활로부터 공동으로 겪은 수많은 경험까지, 무릇 나의 생명과 깊은 관련을 가진 것들이라면 모든 사건, 모든 인물에 대해

서·신지 삼련서점, 1989년, 119쪽)에서 인용함

매 한 수의 시를 지었다".30)

1948년에 쓴 이 한 단락의 자술로부터 우리는 항일 전쟁 시기 후방의 쿤밍에서 쓴 이러한 시편들이 정서적으로 당시의 현실 생활과 사상과 연관되어 있지만, 또한 현실 투쟁 생활의 주류와는 일정한 거리를 두고 있으며, 시인 내면의 생활에 대한 사고와 생명 체험에 대한 사색과 연결되어 있는 결정체라는 것을 알 수 있다. 또 이 속에는 그의 많은 사상 가운데 잠재되어 있는 철학적인 논리적 역량과 깊은 사색에서 얻어 낸 생활, 철리 속의 정수를 포함하고 있다. 시에서 쓰고 있는 것은 또한 항일 전쟁 시기의 현실적인 장르가 아니라, 자신의 생명과 밀접한 관련이 있는 현대 혹은 역사 속의 인물, 심지어 일부 생활 속의 사소한 일들까지 포함되어 있다. 작가가 추구하고 있는 것은 이미 30년대 현대파 개인의 지적인 교묘한 표현이 아니라, 평소의 사물들로 구성된 이미지이며, 현대적인 전달 방법과 투쟁 시기의 맥박과 밀접히 연관되어 있다. 즉 시인이 말한 것처럼, "복잡하고도 진실하지 않은 사회 속에서 더욱이 이러한 긴박한 부탁을 말해야 한다. 나의 이 옹졸한 마음에/ 큰 우주 하나를 주소서!"31)라고.

일종의 강렬한 내심 예술의 요구가 탄생하였다. 여기에서, 시인의 추구와 실천은 이미 30년대의 현대파 시조를 초월하였으며, 40년대에 탄생한 새로운 현대파 시조가 추구하는 시각적 미학을 표현하였다. 이는 현실적이고 현학적이며 상징적인 '교향악'과 '종합'이었다. 때문에, 우리는 ≪소네트집≫을 30년대 벤즈린으로 대표되는 철리시 체계의 연장과 발전이라고 보기보다, 40년대 '새로운 세대'의 현대파 시조가 탄생한 하나의 발단이라고 보는 것이 더 낫다.

≪소네트집≫은 예술 탐색의 총체이다. 시인 펑즈는 아래의 세 가지

---

30) 펑즈, 〈≪소네트집≫ 서〉, ≪소네트집≫ 참고, 1948년 상하이문화생활출판사에 서 재판됨.
31) 펑즈, 〈≪소네트집≫ 서〉, ≪소네트집≫, 상하이문화생활출판사, 1948년.

방향에서 현대 의식의 지도 하에 집중적으로 예술적 탐색과 발굴을 진행하였다.

첫 번째, 민감한 감각에서 출발하여 일상생활의 경계에서 시의 철리를 발굴, 체험하였고, 큰 시대적 기후의 영향 하에 있는 민족의 운명과 생과 사에 관련된 인생의 가치 등에 대해 철리적 사고를 하려고 노력하였으며, 이런 것들을 평범한 사물 속에 주입하여 깊은 감정 세계, 철리적 사고와 광활한 현실 세계의 통일을 표현하였다.

주즈칭은 말하기를, 펑즈는 "평범한 일상생활 속에서 시를 발견하는" 사람이라고 하였다. 하지만 또한 더욱 강조하여 말하기를, 펑즈는 "민감한 감각에서 출발하여 일상적인 경계에서 정묘한 철리를 체험해 내는 시인이다"고 하였고, "민감한 경계에서 철리를 체험하는 것은 대자연 속에서 철리를 체험하는 것보다 더욱 앞선 것이다"고 하였다. 이렇듯 전문적으로 시와 철학의 관계를 다룬 문장 속에서 주즈칭은 역사적인 안목으로 '오사 운동' 시기 신시의 초기 도리를 설명하는 것은 신시의 주제 가운데 하나라고 하였다. 후스는 '구체적인 필법'으로 추상적인 의론을 대체할 것을 주장하였지만, 구체적인 비유는 너무 명백하여, "비유와 도리를 두 갈래로 나누어 한데 섞지 않으면 암시의 역량이 결핍되었다". 30년대에 이르러 현대파 시는 "민감한 감각으로 서정적인 내면을 표현하는" 철리시로, "일반적인 독자는 상식적인 범주에서 벗어나기 어렵기에, 더욱 안개 속에서 꽃을 보는 것 같은 느낌을 면할 수 없었다". 항일 전쟁 이후의 시는 다시 의론과 구체적인 비유에로 되돌아간다. 비록 20년 전과 비교하여 진보적이었지만, "추세는 여전히 대체로 비슷하였다". 다시 말해서, 항일 전쟁의 도리를 담론하는 시는 너무 명랑한 동시에 암시하는 역량이 결핍되어 있었다. 하지만 이 때, 또 다른 추세를 대표하는 펑즈의 ≪소네트집≫이 출현하였다. "나의 주의를 불러일으킨 것은 그래도 그의 시 가운데 사람들에게 깊이 심사숙고하게 하고 도리와 정경이 함께 융합되어 있는 도리였다"[32].

우리는 어떤 때는 한 친밀한 밤을 보낸다.
한 생소한 방안에서, 그것이 낮일 때
어떤 모습일지, 우리는 모두 알지 못한다.
그것의 과거와 미래에 대해서는 더욱 말할 필요가 없다. 들판이여—

일망무제하게 우리의 창문밖에 펼쳐져 있다,
우리는 단지 희미한 황혼일 때
온 길을 기억한다. 이것이 곧 그것에 대한 인식인 셈이다.
내일 되돌아간 뒤, 우리 역시 다시는 돌아오지 않는다.

눈을 감아라! 그러한 친밀한 밤과
생소한 곳들이 우리의 마음 속에 담겨져 있게 하라.
우리의 생명은 마치 창밖의 들판과 같으니.

우리는 몽롱한 원야에서 알아냈다.
나무 한 그루, 반짝이는 호수 위의 빛, 그 끝없이 넓은 것이,
망각한 과거와 희미한 미래를 감추고 있음을.

—18

시에서 쓴 것은 평범하기 그지없는 일상생활의 한 장면이다, 생소한
한 여관에서 친밀한 밤을 보내는데, 이 잠깐 스쳐 지나간 곳에 대한 일
체를 "알 길이 없다". 기억하고 있는 것은 단지 황혼일 때 "온 길"이라는
것이다. 내일 간 후 이곳도 다시는 "돌아오지 않는다". 그러나 이 낯선
장면은 인생을 놓고 볼 때 얼마나 소중하게 여겨야 할 소득인가? 그 '친
밀하고' '생소'한 '곳', 모두 '우리의 마음 속에 담겨져 있다'. 더욱 깊게
추구할 필요는 없다. 왜냐 하면, 우리 모든 사람의 생명은 원래 그렇게
파악하기 어려운 것이니. 마치 그 창밖의 '들판'처럼 말이다. 그 "일망무
제"한 "몽롱함" 가운데 "망각한 과거"와 "희미한 미래"를 숨기고 있다.

---

32) 주즈칭, 〈신시 잡화·시와 철학〉, ≪주즈칭 문집≫(제2권), 334쪽.

마치 주즈칭이 설명한 것처럼, "누가 똑똑히 '찾아'낼 수 있겠는가? —
그러나 인생을 깊이 새겨보아야 할 바 역시 바로 여기에 있다". 생명이
존재하는 자체가 바로 생명체의 가치이기 때문이다. 그는 영원한 여행
자일 것이다. 마치 루쉰의 문장 속 '지나가는 손님'처럼 말이다.

다른 한 시는 일상생활 속의 경계에서 시인이 생명 자체에 존재하는
의미의 철리적인 사고를 더욱 잘 전달하고 있다.

> 우리는 광풍 속의 폭우를 들으며,
> 우리는 불빛 아래 이렇게 고독하다.
> 우리는 이 작은 집에서,
> 바로 우리의 도구 사이에 있다.
>
> 천리만리의 거리가 생긴다.
> 동 화로는 깊은 산 속 광액을 그리워하고,
> 자호는 강가의 진흙을 그리워한다.
> 그들은 모두 폭풍우 속에서 날아다니는 새와 같다.
>
> 서로 제 갈 길을 간다. 우리는 꼭 안는다.
> 마치 자신도 모두 뜻대로 할 수 없는 것처럼.
> 광풍은 일체를 모두 고공으로 불어 넣는다.
>
> 폭우는 일체를 모두 진흙에 쏟아 넣는다.
> 단지 이 희미한 붉은 등만을 남겨 놓고,
> 우리 생명이 잠시 존재한다는 것을 증명하고 있다.
>
> — 21

초가집에서 폭풍우가 휘몰아치는 밤, 작은 등을 대하며 우리는 일종
의 강렬한 생명의 '미약함'과 '고독한' 감각을 일으킨다. 자연 속에서 찾
아온 일체의 물건들은 모두 자연 속으로 돌아가야 한다. 그들은 마치
풍우 속에서 날아다니는 새처럼 '자기가 갈 길을 간다'. 생명은 비록 '꼭

안고 있지만', 모두 '뜻대로 할 수 없다'. 이런 인간의 생존 환경의 곤란함에 대한 궁극적인 사고는 실존주의적 철학의 색채를 분명히 띠고 있다. 그러나 작가는 그의 민감한 감각과 철학적인 사고를 일상의 가장 보편적인 생활 환경 속에 주입시켰다.

생명이 조우할 수 있는 '위험' 중에, 시인은 시대 가운데 개체의 생명이 부담할 수 있는 책임을 생각하고 있다. "우리는 깊게 받아들일 준비를 하고 있다./ 그런 생각지 못했던 기적을,/ 기나긴 여정 속에서 갑자기/ 혜성의 출현과 광풍의 불어닥침/ 우리의 생명은 이 순간,/ 마치 첫번째 포옹처럼/ 과거의 비환이 갑자기 눈앞에 나타나/ 움직이지 않는 형체로 응결된다"(1). 대 시대의 탈바꿈 속에서 시인은 개인의 생명이 탈바꿈되는 필연적인 문제를 생각하고 있다. "……우리는 우리를 배치한다./ 마치 자연 속에서 허물을 벗은 매미처럼/ 남은 껍데기를 모두 진흙 속에 남겨 둔다./ 우리는 우리를 그 미래의 죽음 속에 배치한다./ 미래의 죽음은 마치 한 단락의 노래처럼,/ 노랫소리는 음악에서 빠져나와,/ 결국은 음악의 몸뚱이만을 남기고/ 한 청산의 적막으로 화한다."(2). 가장 일반적인 풀 — 귀백초(貴白草)의 '조용히 완성'하는 그의 '생사' 속에서 시인은 인생의 품격과 가치를 발견하였다. "일체의 형용, 일체의 소란스러움/ 당신의 곁에만 가면 어떤 것은 쇠락하고,/ 어떤 것은 당신의 침묵으로 화하네./ 이는 당신의 위대한 자랑스러움/ 오히려 당신의 부정 속에서 완성되네./ 나는 당신에게 기도드리네. 인생을 위하여."(4) 연이어 비 내리던 흐린 날씨에 금방 태어난 몇 마리의 강아지가 구름이 자취를 감춘 날들에 그들의 어머니를 따라 태양을 쬐러 나간다. 시인은 여기에서 이렇게 느낀다. "당신들은 기억하지 못할 것이오./ 그러나 이번 경험은,/ 당신의 미래의 짖음 소리에 융합될 것이며,/ 당신들은 심야에 광명을 짖어맬 것이오"(2, 3). 시인의 민감한 감각은 그로 하여금 일상 사물 가운데 시의 철리를 체험해내게 한다. 시인의 역사적 책임감은 또 그의 이러한 체험이 아주 명확한 시대적 숨결을 지니게 하였다. 그는 영웅 율리시스(Ulysses)를 위하여, 차이웬페이(蔡元培)를 위하여, 루쉰을 위하여, 두보(杜甫)와 괴테를 위하여, 반 고흐(VanGogh)를 위하여, 모두 각각 한 수의 시를 써서, 한 민족이 고난과 항쟁에 허덕이는 시대에 헌신적이고, 전투적이며, 열렬한 정신을 높이 받드는 것은 그의 시대적 '큰 우주'를 주시하는 마음을 기탁한 것이었다.

두 번째, 정감을 파악하는 데 있어서 감정을 직설하거나 분사식으로 세계를 파악하는 방식을 피하고, 또한 객관 세계와 내심 세계에 대해 순수 현학식의 추상적인 사색을 피하였다. 펑즈는 창조적으로 그가 숭배하는 오스트리아 시인 릴케의 원칙을 수용, 흡수하였다. 즉, 시는 단지 감정일 뿐만 아니라 경험이지만 생활과 사물의 경험 자체가 아니라 경험에 대한 제고와 승화라는 것이다. 이 원칙은 30년대 초 량중다이가 그의 〈논시 통신(論詩通論)〉이라는 문장 가운데 릴케의 〈브리크의 수필〉 속 한 구절을 인용한 것이다. "……한 사람이 초기에 쓴 글은 이렇게도 무미건조하다. 우리는 일생동안 기대하고 수집해야 하며, 만약 할 수만 있다면 또한 긴 일생을 바쳐야 할 것이다. 그런 후 말년에 이르러야 혹은 열 줄의 좋은 시를 쓸 수 있을 것이다." 오직 한 줄의 시를 쓰려 해도, 우리는 많은 도시, 많은 사람, 많은 물건들을 관찰해야 한다……. "그러나 기억만 있어서는 그리 만족치 못하다, 또 그들을 잊을 수 있어야 한다". 또 아주 큰 인내심으로 "그들이 돌아오기를 기다려야 하고", "반드시 그가 돌아와 우리들의 혈액이 되고 안색과 자태가 되어야만" 한 구절의 시를 써낼 수 있다.[33] 1936년에 펑즈는 〈릴케— 서거 10주년을 기념하여 지은 글(里爾克 ― 爲十週年祭日作)〉이라는 문장 속에서 릴케의 이러한 미학적 원칙을 진일보 발전시켜 서술하였다. 펑즈는 릴케가 보들레르의 〈썩은 시체(腐屍)〉라는 문장이 표면적으로 사람들의 반감을 일으키는 사물 가운데 모든 존재자 사이에 생존하는 '존재자'를 보

---

33) 량중다이, 〈시를 논함, 서지마에게〉, 1931년 1월 20일, ≪시간(詩刊)≫, 제1기.

아내고 시인에 대해 말하자면 시의 제재는 '선택과 거절이 없다'는 관점을 제기하였다.

'선택과 거절'은 많은 시인의 태도이다. 우리는 흔히 사람들에게서 아래와 같은 말을 듣는다. 이것은 시의 재료가 아니다. 이것은 시에 들어갈 수 없다. 하지만 릴케는 이렇게 대답한다. 그 어떠한 사물이거나 사건을 막론하고 모두 시에 넣을 수 있다. 오직 그것이 진실한 존재이기만 한다면. 일반적인 사람은 시가 요구하는 것이 정감이라고 말한다. 그러나 릴케는 정감은 우리가 이미 지니고 있는 것이며, 우리가 요구하는 것은 경험이다. 이러한 경험은 마치 불교의 제자가 만물의 화신이 되어 중생의 고뇌를 다 맛보는 것과 같다고 하였다.

이어서 펑즈는 또 량중다이에 의해 번역, 소개되고 사람들에게 익히 알려진 릴케의 말을 인용하였다. 반드시 모든 사건과 사물을 관찰하고 감각하는 것에 대해서는 그들이 시인 자신의 혈액, 안목과 자태가 되고 자아와 완전히 융합되고 '구분할 수 없을' 정도가 되어야만 마음 속에서 그러한 진정한 시구를 형성할 수 있다. 이 원칙을 실천하려면 바로 시인의 서정을 원해야지, 자기가 보고 생각한 것들을 묘사하고 호소하는 데 급급해 해서는 안 된다. 시가와 직접적 정감 사이의 거리를 멀리 해야 하며, 그런 침전과 승화를 거친 인생의 경험을 얻고 표현해야 한다. ≪소네트집≫ 속의 적지 않은 시편들은 모두 시인의 이러한 예술적 추구를 표현하였다. 여기에서 우리는 한 수의 시를 보기로 하겠다.

나는 늘 들판에서
한 시골 아이, 혹은 한 시골 부녀가
말없이 맑은 하늘을 향해 우는 것을 보곤 한다.
받은 벌 때문일까? 그러나

장난감이 파기되었기 때문일까?
남편의 죽음 때문일까?

아니면 아들의 병 때문일까?
쉼 없이 목 놓아 울고 있다.

마치 온 생명이 모두 하나의 틀 속에
박혀 있는 것처럼, 틀 밖에는
인생이 없고 세계가 없는 것처럼.

나는 그들이 마치 예로부터
눈물이 끊임없이 흐르는 것 같다고 느낀다.
한 절망한 우주를 위하여.

— 6

　　생활 속 어느 구체적인 사건에 대한 감정의 발로도 아니고, 시대적 재난과 고통에 대한 격정적 분노도 아니다. 시인은 그가 자주 보고 있던 들판의 울음소리라는 이 지극히 보편적인 현상을 깨우친 대로 처리를 하여, 사람과 관계되는 '온 생명'과 같은 사색에로 승화시켰으며, 인류의 한 '절망적인 우주'의 고통, 인생 체험의 상징으로 끌어올렸다. 시인은 "어떤 체험은 영원히 나의 뇌리에서 재현된다"고 하였다. 그의 시는 확실히 이미 원초적인 감정을 토로하는 틀에서 벗어나, 냉정하고 지적인 인생을 표현하는 경계에로 진입하였다.

　　세 번째, 시의 전달 방법에서 릴케는 로댕(Rodin)의 조각하는 수법을 시의 창작에 끌어 들여 냉정하게 자신의 정서를 처리하였다. 즉, 펑즈에 의해 릴케가 가지고 있는 "새로운 의지" 즉 "그는 음악적인 것이 조각적인 것으로 변하게 하였고, 흐르는 것이 결정체가 되게 하였으며, 그 끝을 가늠할 수 없는 해양으로부터 무거운 산악으로 변하게 하였다". ≪소네트집≫ 속에서 펑즈는 창작에 있어서 이러한 예술 원칙을 표현하려고 노력하였다. 인간 세상과의 격리와 적막한 감정은 원래 추상적인 것이다. 그러나 시인의 안목으로부터 보면 그로 하여금 영원히 잊을 수 없게 하는 수상 도시 — 베니스는 결국 이러한 세상의 상징이 되었으며, 그것은 천만 개 고독함의 집체이다. "한 가지 적막함은 한 섬이다 / 한 섬마다 모두 친구가 된다. / 당신이 나를 향해 손을 한번 잡는 것은, / 마치 물 위의 한 다리와 같다. // 당신이 나를 향해 한번 웃을 때, / 마치 맞은 편의 섬과 같다. / 갑자기 한 건물의 창문이 열렸다. // 오직 밤이 깊고 조용한 것을 근심한다. / 위층의 창문이 닫히고, / 다리 위도 인적이 끊겼다"(5) 인간 세상의 거리감과 적막함은 베니스성의 천만 개 물 위에서 서로 이어 지고 또 갈라지는 건물의 화면처럼 상징화 되고 조각화 된다. 인간의 적막함을 직접 서정적으로 쓰는 것보다 그 의미가 더욱 깊어진다. 사물을 씀에 있어서 시인은 더욱 이러한 길을 중시하였는데, 예를 들어 윈난(雲南)의 유칼립투스 나무를 묘사할 때, "당신 가을 바람에 초연한 옥나무 — / 음악이 나의 귀 언저리에서 울려 퍼지고 / 한 장엄한 묘당을 쌓아 올린다. / 나에게 조심히 걸어 들어가, / 또 맑은 하늘에 우뚝 솟은 탑처럼 / 나의 앞에서 높이 솟아오른다 / 마치 한 성자의 몸처럼, // 전 도시의 소란스러움을 승화시켰다".(3) 정감을 씀에 있어서 시인은 또한 이런 점을 중시하였다. "우리의 성장, 우리의 우수는 / 어떤 한 산비탈의 한 그루 소나무이고, / 어떤 한 도시의 짙은 안개이다. / 우리는 바람이 부는 대로, 물이 흐르는 대로, / 평원 위에서 서로 엇갈린 길을 따라, / 한적한 길에서 행인의 생명이 된다."(16) ≪소네트 집≫의 마지막 시는 다음과 같다.

온통 범람하여 형태가 없는 물에서
물을 긷는 사람은 타원형의 병에서 물을 꺼낸다.
이 물은 곧 한 모양새를 갖게 된다.
보라, 가을 바람 속에서 휘날리는 깃발을.

그것은 장악할 수 없는 물체들을,
저 먼 곳의 빛, 먼 곳의 흑야와

먼 곳 초목의 영예로 하여금
또 먼 곳으로 뛰어 가는 마음이 있게 한다.

일부를 이 깃발 위에 모두 남겨 놓고,
우리는 온 밤 바람 소리를 들었고,
헛되이 온 종일 풀들의 찬연한 색깔을 보았네.

어디에 우리의 사상을 둘 것인가?
이러한 시상들이 한 장의 깃발처럼
장악할 수 없는 물체를 장악하길 바란다.

— 27

이 시는 시인이 자신이 추구하는 릴케의 미학적 원칙을 실천하였다는 것을 설명하는 것으로 볼 수 있다. 시인은 일종의 정형(定形)의 방법으로 자기의 감정, 생각들을 모두 구체적으로 파악할 수 있는 형상에 넣어 그것들을 '깃발'마냥, "장악할 수 없는 물체를 장악 한다". "이 깃발은 또한 바로 시인 자신이다. 한 사색하는 사람이 온 몸에 만물을 담고 있는 것과 비교된다". "시인은 새로운 세계로 달려가 로맨틱한 데서부터 클래식으로, 음악에서 조각으로, 유동하는 데서 응결로의 전변을 겪었다. ……그는 누구도 모르는 '새로움'을 우주의 각성함으로 표현해냈다".[34] 펑즈는 일부 일상적이고 구체적인 사물에서 출발하여 하나하나의 서정적인 세계를 구축하였으며, 따라서 그러한 "일부 확정하기 어려운 감상에 일정한 형태를 부여하였다".[35]

《소네트집》이 표현한 예술적 탐구는 시인 자신의 예상을 벗어나 한 시기를 지배하는 영향을 불러일으켰다. 수많은 현대적 의식을 지닌 청년 시인들은 그 속에서 자신의 창작의 영양분을 찾았다. 40년대 후기

---

34) 탕스, 〈철학자 펑즈 — 펑즈의 《소네트집》을 읽고〉.
35) 웬커쟈, 〈서구 현대파와 중국시〉, 《현대파시론 · 영국시론》, 중국사회과학출판사, 1985년, 370쪽.

에 점진적으로 형성된 모더니즘의 '새로운 세대'의 시인 단체 가운데 어떤 사람들은 작품 속에서 펑즈와 릴케를 찾고 접근하였으며, 또 어떤 캠퍼스 시인은 바로 펑즈 선생이 서남연합대학에서 글을 가르칠 때의 학생이기도 하였다. ≪소네트집≫과 펑즈의 릴케에 대한 소개는 일부 젊은 시인들의 현실주의 시가 탐색에 아주 많은 계시를 주었다.

3 40년대 현대파 시조가 탄생한 예술적 분위기

40년대부터, 항일 전쟁 초기 시의 고조기가 지남에 따라 신시 예술의 탐색도 점점 심화되는 다원화 국면으로 진입하게 된다.

아이칭을 대표로 하는 현실주의 시가 창작의 조류가 풍부한 성과를 거두었고, 동시에 일부 시인들도 2, 30년대의 상징파, 현대파 시에 대해 돌이켜 사색하는 가운데 원래의 관념을 갱신하면서 점점 새로운 예술적 영양분을 흡수하기 시작하였다. 신시의 현대적 의식은 부단히 제고되었고 더욱 높은 차원의 모더니즘 시가의 길을 탐색하는 예술적 분위기를 창조하였다.

여기에는 특별히 주의해야 할 역사 현상이 있는데, 역사의 원형을 더욱 잘 관찰하기 위해서 우리는 일부 아주 가치 있는 역사 사료를 인용하겠다.

하나는 서구 현대파 시인과 이론가들을 중국에 오게 하여 그들의 수업이나 창작을 통하여 중국 신시의 발전에 직접적인 영향을 끼치게 한 부분이다.

엠프슨(William Empson)과 오든(W.H.Auden)이 바로 그 예인데, 모더니즘 신비평파 이론의 대표자인 리처즈(Ivor Armstrong Richards)의 소개로 영국 현대파 청년 시인인 엠프슨(1906-1984)은 일찍이 두 번 (1937-1939, 1946-1951)이나 중국에 와서 강의를 한 적이 있다. 그 가운데 첫 번째로 중국에 왔을 때 영향이 가장 컸다. 엠프슨은 옥스퍼드 대학 출신의 유명한 청년 시인으로, 특히 그가 1930년에 출판한, 그의 선생 리처즈마저도 '크게 감동을 받았던' 시가 평론 저작인 ≪일곱 종류의 회삽함(七類晦澁)≫(Seuen typestos Am iguicy)은 그 뜻을 알기 어려운 많은 시의 예문에 대해 뜻을 분석함으로써 현대파시의 이해와 파악에 대해 아주 정교한 견해를 제기하였다. 이 책은 지금까지 영국, 미국의 여러 대학에서 문학을 연구하는 학생들에게 필독서로 남아 있다. 이 저작을 쓸 때 그는 단지 20살 남짓된 청년이었다.

1937년 8월, 국민정부 교육부에서는 베이징대학교, 칭화대학교(淸華大學), 난카이대학교(南開大學)가 합하여 창사(長沙) 임시 대학을 조직하였다. 11월에 창사 임시 대학은 정식으로 수업을 하기 시작하였는데, 문학원은 난위에(南岳)에 설치하였다. 11월, 문학원은 난위에에서 정식으로 수업하였는데, 당시 19명의 교수들 사이에 바로 엠프슨이 포함되어 있었다. 엠프슨이 처음으로 귀국한 뒤, 그의 서남연합대학교 외국어학부의 학생이었던 자오루이치(趙瑞其)는 당시의 정황을 추억하는 문장 속에서 이렇게 말하였다.

"매번 나는 예이츠(W.B.Yeats)가 편찬한 ≪옥스퍼드 현대시선 (牛津現代詩選)≫(Oxford Book of Modern Verse)을 들춰보고, 적막 속에서 엠프슨(William Empson)의 그 제목이 〈거미(蜘蛛)〉(Arachne)인 시를 읽을 때마다, 엠프슨 선생의 그 빨간 희랍 사람들의 높은 코가 생각난다. 그 남회색의 눈동자는 볼이 넓고 검은 테 안경의 뒷면에서 희미하고 가을 안개와 같은 은빛을 뿜어낸다. 또 나는 우리가 그를 따라 '셰익스피어', '영국시', '현대시'와 '돈키호테'를 읽던 그 정열적이고 행복했던 나날들을 생각하곤 한다. 또 나는 통쾌하게 윈난과 꾸이저우의 유명한 술인 마오타이쥬(茅台酒)를 마시며 온 얼굴에 흐르는 샘물처럼 셰익스피어의 '소네트시'와 같은 그런 스마트한 표정을 떠올리게 된다".

한번은 국립 창사대학 학부주석(문학원 원장)인 예꿍차오(葉公超)가 그에게 이렇게 말한 적이 있다. "올해 우리가 새로 초청한 옥스퍼드대학교의 시인인 엠프슨이 이미 오셨네. 그는 지금 위층에서 타자를 치고 계시는데, ─ 내일부터 수업을 할 수 있다네 ─ 오, 그는 정말 대단한 시인이지, 항일 전쟁이 일어나기 1년 전 베이징대학교가 초빙한 분인데. 그는 이전에 일본 동경대학교에서 가르쳐본 경험이 있으니, 자네들은 얼마 지나지 않아 그가 얼마나 천재적인 재능을 가지고 있으며, 재미있고 귀여운 점들이 있는지를 알 수 있을 것이네. 그는 이번 해에 먼저 셰익스피어, 영문시와 3, 4학년의 영어를 개설했다네. 올 여름이 가기 전 엠프슨이 중국에 왔고, 얼마 지나지 않아 '7.7 사변'이 발생했으니, 우리는 그에게 전보를 보내 직접 창사로 오도록 했네"라고 하였다. 후에 그는 대학을 따라 쿤밍으로 갔다.

영국 현대파 시인 가운데 엠프슨 선생은 가장 이해하기 어려운 사람 가운데 한 명이다. 그러나 어떤 평론가들은 그의 '어렵고 깊은 점'이 바로 그의 '장점'이라고 하였다. 이렇게 복잡하고 변화 많으며 역사가 유구하고 새로운 것이 넘치는 세계 속에서 사회 경제가 뒤 흔들이는 현상, 정치적 차이와 전향 및 우주와 인간 세계에 대한 사색, 탐색과 해석을 볼 수 있다. 그는 그의 지혜와 우수한 기교로 한 폭 한 폭의 다채로운 미래의 모습을 그려놓았다. 우리는 현대 영문시를 담론하기만 하면 눈앞에 젊은 시인들이 미소를 짓거나 엄숙한 표정을 짓고 있는 것을 떠올릴 것이다. 그들은 모두 생명을 사랑하고 모든 사물을 직시하고며, 부지런히 일하고 쾌활하게 앞으로 나아간다. 그들이 요구하는 것은 햇빛과 자유이다. 그들은 여러 가지 각양각색의 인간 세상을 알고 있으며, 마치 잔 물결이 일고 있는 호수처럼 여러 면에서 반사되어 온 그림자를 포용하고 있다.

그들 앞에 과분하게 신비롭고 상징적이며 환상적인 아일랜드 시인 예이츠 ─ 그가 바로 그 시대 시단의 종주였다. 그들의 길에서 또한 광활하고 심원한 ≪황무지≫를 전개하였다. 심각하고 장대한 T.S. 엘리엇은 먼 곳에서 찬란하지만 펴나가는 빛을 발하고 있었다. 엘리엇이 건축한 시가의 묘당에서 이 한 무리의 젊은 시인들은 각자 자신의 심령이 투숙할 곳과 진실하고 열정적인 신심을 찾았다. 그러나 ≪황무지≫는 도대체 어떻게 해서 멀어져 갔을까? 그들 세대는 ≪황무지≫에서 다시 사회와 공장으로 돌아왔고, 원일점에서 강렬한 햇빛이 쬐이는 근일점으로 돌아왔다. 그러나 더욱 위대한 것은 그들이 인류의 불가피한 비극적인 도살 속에서 — 전쟁의 그림자가 일찍이 그들의 시편에 남겨져 있었다. 그들은 더욱 실제적인 전쟁에 참가하였다. 즉 줄리안 벨(Julian Bell)은 중국에서 스페인으로 돌아갔고, 정의와 인도주의를 위하여, 자유와 행복을 위하여, 마드리드의 전쟁터에서 희생되었다. 오든과 이셔우드(Isherwood)는 영국에서 전쟁 중인 중국으로 와 피가 낭자한 중국의 현실을 가지고 돌아갔다. 우리의 엠프슨 시인은 더욱 친절하고 심각하였다. 그는 실질적으로 전쟁 중인 중국의 일체를 보면서 한 대학을 따라 이동하며 온갖 고생과 곤란에 봉착하였다. 쿤밍과 같이 그렇게 맹렬한 폭격 속에서 엠프슨 선생은 더욱 이 시대의 의미를 잘 이해할 수 있었고, 유황과 화약 냄새는 시인의 운율을 더욱 제고시켰다.

연합대학에서 2년간 글을 가르치면서 엠프슨 선생은 언제나 그 회갈색의 양복과 낡은 구두를 신고 있었다. 특히 쿤밍에 우기가 온 뒤에는 언제나 기름종이로 만든 우산을 들고 방울소리가 나는 낙타대오 속에서 맨발로 걸어 다녔다. 질척거리는 거리와 세게 내리치는 빗소리는 마치 시인의 흥취를 더해 주는 듯싶었다. 한 덩이 한 덩이의 진흙이 그의 양복 바지에 묻었는데(양복바지 밑단을 말아 올린 모양은 마치 폭풍우가 지나간 뒤 쇠사슬이 끊어진 돛과도 같았다), 그는 추호도 개의치 않고 또 바꿔 입지도 않았으며, 날씨가 개었다 하더라도 그대로 입고 수업을 진행하였다.

그는 열렬하고 진실한 생명의 추구자였다. 시인이 바로 시인이라 함은 그가 일부 기이한 행동을 하거나 혹은 낭만적인 정서를 가지고 있다거나 하는 것이 아니라, 장엄하고 열정적인 마음을 가지고 있기 때문이며, 정열적으로 생활하고 있고 인간 세상과 우주의 모든 것을 탐색하고 있기 때문이다. 그리고 한 진실한 시인은 반드시 진실하고 견고한 생명을 토지 속에 묻어야만 영원한 시편들을 창작해낼 수 있다. 엠프슨 선생은 비록 옷차림에 신경 쓰지 않았고, 다른 영국 신사들처럼 틀에 박혀 있거나 구속되어 있지도 않았다. 그는 온종일 담배를 입에 물거나 술을 마시기 좋아하였으며, 온종일 책을 읽거나 하여 마치 책벌레인 듯싶었다. 하지만 그의 인생, 사물에 대한 관찰, 이해력과 그의 지혜와 견해, 뜨거운 소년과도 같은 마음과 문예 방면에서의 수양은 끝내 그를 현대 영국의 저명한 시인으로 만들었다. 때문에 구라파의 정세가 흔들리고 전쟁의 고난이 지속되며, 영국이 나치스의 직접적인 위협을 받고 있을 때에도, 우리의 시인은 그의 전부인 장서를 서남연합대학교에 기증하였고, 그의 낡은 구두를 끌며 밤낮으로 길을 서둘러 그의 조국으로 되돌아갔다.[36]

40년대 서남연합대학교의 무단 등 여러 현대파 시인은 엠프슨을 통

---

[36] 자오루이루이(趙瑞蕤), 〈엠프슨 선생을 추억하며(回憶Empson先生)〉, 1943년 5월 15일, ≪시대와 조류(時與潮)≫, 제1권 제2기. 이 문장에서는 또 엠프슨 선생이 쿤밍에 있을 때 여러 수의 시를 쓴 적이 있다고 하였는데, 그 시에는 전쟁시기 중국 내지의 상황을 묘사하고 있다. 그는 중국에 있을 때 장편시 〈난위에의 가을(南岳之秋)〉을 쓴 적이 있는데, 전쟁 당시 호남 남웨에 설립된 서남연합대학교 문학원에서 생활한 체험과 관련된다. "이 장편시는 그의 인상과 감상을 아주 잘 전달하였으며 그 속에는 또 유모, 의문과 자아 조소 등이 포함되어 있다. 그러나 주된 흐름은 즐거움이었다."(왕쭤량, 〈영시의 경계(英詩的境界)〉, 생활, 독서, 신지 삼련서점, 1991년. 172쪽.)고 하였다. 웬커쟈는 모더니즘의 새로운 평론을 논할 때 "현대 영국과 미국의 평론가는 누구나 다 이 방면의 고수이다. 베이징대학교에서 교편을 잡고 있던 엠프슨 교수는 특히 이 방면에 탁월하였다. 최근 그는 18세기 대시인인 포프(Pope)의 〈사람을 논함〉이라는 시 가운데 기발함이라는 한 단어에서 21가지의 다른 의미를 찾아냈으며, 또한 매 한 가지에 모두 시인의 내재적인 근거가 있다. 정말 생동적이라고 말할 수 있다."라고 하였다. 〈비평의 예술〉, ≪신시·현대화를 논함≫, 156쪽.

하여 서구 현대파 시와 비평 이론을 더욱 많이 접촉하였는데, 이 점에 관해서 적지 않은 서술이 있다.

전쟁 초기, 도서관은 그 이후의 것보다 작았다. 그러나 남아 있는 책들, 특히 외국에서 진귀한 보물마냥 운반해온 새로운 책들도 예의 없는 기아가 삼켜버렸다……. 그러나 이러한 연합대학교의 젊은 시인들은 결코 엘리엇와 오든의 책을 힛되이 읽지 않았다. ……이런 젊은 작가들은 아주 열렬하게 기술적인 세부 문제를 토론하였으며, 격앙된 목소리는 어떤 때는 심야까지 지속되었다.[37]

이 모든 것들은 모두 엠프슨으로부터 시작되었다. ……엠프슨은 쿤밍 서남연합대학교의 영국 청년 교수로, 아주 뛰어난 인재였으며, 수학적 두뇌가 뛰어난 현대 시인이며 예리한 비평가였다……. 그의 '당대 영국 시(當代英詩)'라는 수업은 내용이 충실하였고 제재를 선택함에 그 각도가 독특하였다. 홉킨즈(Hopkins)로부터 시작하여 오든에 이르기까지 강의하였는데, 그가 선택한 시인 가운데 적지 않은 시인이 엠프슨과 같은 시대의 사람이거나 시우였다. 때문에 그의 강의도 일반적인 학원파가 말하는 그런 내용이 아니라, 책에서 찾아 볼 수 없는 내용들이었다. 또한 그의 언어에 대한 정밀한 분석도 있었다. 우리들(무단 및 그의 동학)은 모두 엘리엇을 좋아했는데, 단지 그의 ≪황무지≫ 등의 시만 제외되었다. 그의 평론과 그가 주필한 ≪표준(標準)≫이라는 계간도 우리에게 영향을 끼쳤다.[38]

서남연합대학에서 영국 엠프슨 교수의 가르침을 받고 현대파 시인, 예를 들면 예이츠, 엘리엇, 오든 나아가 더욱 젊은 딜런 토머스(Dylan

37) 왕쭤량, 〈한 중국 신시인(一个中國新詩人)〉, ≪무단시집·부록≫, 1947년 5월 심양에서 자비로 인쇄함. 1947년 7월 1일, ≪문학 잡지≫, 제2권 제2기.

38) 왕쭤량, 〈무단, 유래와 귀숙〉, ≪한 민족이 이미 일어났네≫, 강소인민출판사, 1987년, 2쪽.

Thomas) 등의 작품과 근대 서구 평론을 접하게 되었다. 기억하건대 우리 두 사람은 모두 예이츠의 시를 좋아하였다. 그(무단)의 당시의 창작은 모두 예이츠의 영향을 받았다. 나도 우리가 엠프슨 선생님에게서 윌슨(Edmund Wilson)의 ≪액셀(Axair)의 성보(城堡)≫와 엘리엇의 문집 ≪성스러운 숲≫(The Sacred Wood)을 빌려서야 도대체 무엇이 현대파인지를 알 수 있었으며, 수시로 함께 모여 토론하였다.[39]

또 영향이 비교적 큰 시인은 영국의 청년 시인인 오든(1907-1973)이었다. 아직 옥스퍼드대학을 다닐 때 오든은 다른 세 명의 시인— 세실 데이 루이스(Cecil Day-Lewis), 루이스 먹니스(Louis MacNeice), 스데반 스펜더(Stephen Spender)와 함께 출현하여 엘리엇 등 이후의 '오든 세대'를 형성하였다. 이들의 출현은 "마치 새로운 영웅시대가 도래한 것처럼, 대 시인 예이츠도 ≪옥스퍼드 현대시선≫을 편집할 때 그들의 작품을 수록하였으며, 또한 자신도 그들을 능가할 수 없다고 하였다". 그는 소설가 이셔우드(Isherwood)와 함께 1938년에 우한(武漢)에 왔으며, 항일 전쟁의 전선에 가서 위문하였다. 그는 이 기간에 쓴 시가 작품과 이셔우드의 산문을 함께 ≪전쟁터에서의 행보(戰地行)≫(1939)라는 책으로 출판하였다. 그 속에는 23수의 소네트로 구성된 시가 "20세기의 영국을 대체하여 거대한 광채를 뿜어냈다".[40] 그의 분명한 '좌경' 의식과 현실을 중시하는 열정, 스페인 프랑코(Franco) 정권을 반대하는 투쟁, 엘리엇과 파운드(Pound)를 계승하는 모더니즘 전통은 내용과 언어에 있어서 더욱 도시성과 유모성을 띠게 했으며, 중국 40년대 현대파 시인들에게 추앙을 받았다. 벤즈린은 그의 중국 전쟁터와 관련된 소네트시 ≪전시에 중국에서 창작한 시(戰時在中國作)≫ 다섯 수를 번역한 뒤, 후에 또 오든의 시 〈소설가(小說家)〉[41]를 번역하여 당시에 비교적

---

39) 저우위량(周鈺良), 〈무단의 시와 역시(穆旦的詩和譯詩)〉, ≪한 민족이 이미 일어났네≫, 20쪽.
40) 왕쭤량, ≪영시의 경계≫, 181쪽.

큰 영향을 일으켰다. 그중 한 수는 중국 민족의 전쟁으로부터 시인 릴케를 상기시켰으며, 십년 동안의 침묵 속에서 위대한 시편들을 써내, "단번에 그 무엇으로 불려도 교대가 되게 했으며", 중국 민족 전쟁의 거대한 승리를 암시하였다. 펑즈 선생은 이 시를 읽고 또 문장을 써서 "이러한 생각은 나에게 의외의 친절함을 느끼게 했다"고 하였으며, 시인은 "중국과 릴케 이 두 생소한 이름을 서로 연계시켰는데, 아마 가장 생소한 사물이 생명의 가장 깊은 곳에서 어떤 때는 아주 친절하게 느껴질 것이다."[42]고 하였다. 오든의 시는 당시 현대파 청년 시인들의 마음을 더욱 끌었는데, 그 이유에 대해 그는 "우리는 오든을 더욱 좋아한다. 이유는 그의 시가 더욱 이해하기 쉽기 때문이며, 그의 그러한 학구적 재능과 당대에 대한 민감함을 섞은 격언들은 더욱 쉽게 감상할 수 있었다. 더욱이 우리는 또한 그가 정치적으로 엘리엇과 달리 좌파였고, 일찍이 스페인 내전 전쟁터에서 구급차를 몰았던 적이 있으며, 중국 항일 전쟁터로 와서 우리의 심금을 울린 소네트시를 창작한 적이 있었다는 것을 알고 있다"[43]고 말하였다. 오든의 "독일의 유태인, 전쟁 난민 및 피압박자들에게 깊은 동정을 표현한다."라는 말은 중국 청년 시인들의 호응을 얻었으며, "우리는 특히 그가 중국 전쟁터를 방문했을 당시 쓴 수십 수의 소네트시를 잊을 수 없다"[44]고 하였다. 오든의 새로운 시가의 미학 의식은 이미 현대파의 '새로운 세대' 시인들에게 인정을 받아, 웬커쟈는 "강렬한 자아의식에서 출발하여 분석하고, 현대 비행사의 관점을 취하였다. 즉 개인을 광대한 사회에서 단독으로 분리시키고 고공에 배치시켜 이지적인 행동에 근거하여 발밑의 세계를 내려다보았다.

---

41) 《전시의 중국에서(戰時在中國)》 다섯 수는 1943년 11월 《내일 문예》 제2기, 1947년 4월, 《소설가》,《동방과 서방》 제1권 제1기.

42) 펑즈, 〈작업과 기다림(工作而等待)〉, 《펑즈선집》, 사천문예출판사, 1985년, 169-170쪽.

43) 왕쭤량, 〈무단, 유래와 귀숙〉.

44) 웬커쟈, 〈분석에서 종합까지〉, 《신시 현대화를 논함》, 194쪽.

이러한 각도의 대조 속에서 현대파 시인은 영화기술이 제공하는 수은등의 빛이 집중적으로 반사되는 방법을 응용하였으며, '구라파 및 군도, 여러 갈래의 강, 수면이 갈기갈기 갈라 터진 쟁기쟁이의 손바닥과 같았다.'[45]고 말하였다.

예이츠, T.S.엘리엇, 릴케로부터 오든, 엠프슨에 이르기까지 그들은 40년대 신현대파 시조의 형성에 아주 거대한 영향을 끼쳤다.

예술적 분위기의 두 번째 방면은 두 세대 시인의 새로운 차원에서의 교류와 대화로, 신시 현대화의 길을 진일보 탐색했다는 것이다. 여기에서는 주로 서남연합대학교, 베이징대학교 캠퍼스 내부의 청년 시인들의 일부 활동을 예로 들어 보겠다. 40년대의 신현대파 시인 단체는 이론상에서와 창작의 계승에 있어서 윗세대 모더니즘 시인의 탐색을 인정하였으며, 그들이 계승받은 선배라는 것을 아주 명확하게 인정하였다. 그들 가운데 나이가 가장 많은 사람들, 예를 들면, 신디(辛笛), 천징룽(陳敬容)은 30년대 다이왕수, 볜즈린, 펑즈 등이 주필한 ≪신시≫와 차오바오화가 주필한 ≪북신학원(北晨學園)≫ 부록인 ≪시와 평론(詩與批評)≫에 이미 현대파 풍격의 시가 작품을 발표하기 시작하였다. 청년 시인 무단은 창작을 시작할 때 아이칭의 장편시 〈그는 두 번째로 죽었다(他死在第二次)〉와 볜즈린의 ≪위로 편지집≫ 등의 시편을 각각 평론하는 문장을 열정적으로 썼으며, 그들이 현실을 중시하고 또 예술적 표현의 창작을 추구하는 것을 자신의 선행으로 삼았다. 당시 서남연합대학교 외국어 학부의 학생으로, 40년대 현대파 시인이며 이론가인 웬커쟈는 그 뒤 비교적 객관적으로 이렇게 설명하였다. "중국 30년대의 신시 운동은 선배 시인 다이왕수, 볜즈린, 아이칭, 펑즈 등의 노력을 거쳐 이미 서구 현대시의 기교 등을 참고로 하는 과정에서 한 가지 새로운 길을 개척해 냈다. 그들은 실제 생활(국가의 것과 개인의 것)과 민족

---

45) 위의 책 191쪽.

전통(고전적인 것과 신시 자체의 것)을 결부시키고, 또 서구 현대 예술의 기교를 융합하였다. 30년대 말 40년대 초기에 서남연합대학교에서 창작하기 시작할 때 그들은 선배 시인의 영향을 받기도 하고 또 서구 현대파 시인인 릴케, 예이츠, 엘리엇과 오든 등의 훈도를 받기도 하였다. 연합대학교 캠퍼스의 분위기는 활발하고 자유로웠다. 청년 시인들은 벤즈린의 ≪십년시초(十年詩草)≫와 펑즈의 ≪소네트집(十四行集)≫을 읽기도 하고, 이미지파 시선과 오든의 ≪전쟁터의 행보(戰場行)≫를 읽기도 하였다. 그들은 어떤 사람은 시사에 참가하기도 하고 벽보를 꾸리기도 하면서 적지 않은 신작들을 그곳의 ≪문집(文聚)≫ 잡지와 계림의 ≪내일문예(明日文藝)≫, 홍콩 대공보 문화란 등의 잡지와 신문에 발표하였다. 원이둬 선생이 ≪현대시초(現代詩抄)≫에 수록한 그들의 작품은 그들을 더욱 크게 고무시켰다. 영국의 저명한 평론가이자 시인인 엠프슨 교수가 당시에 끼친 영향도 물론 충분히 고려해주어야 한다".46)

1938년 5월, 서남연합대학교 학생들은 샹첸전(湘黔滇)을 여행하는 도중에 상의하고 계획하여 세운 시사(詩社)가 내몽골에서 성립되어 이름을 '남호시사(南湖詩社)'라고 지었으며, 벽보식의 시간을 모두 네 기 출간하였다. 원이둬, 주즈칭 선생 등은 그들의 초청에 흔쾌히 응하여 지도를 해 주었고, 지도 선생과 모든 사원이 참가한 좌담회는 두 번밖에 열리지 못했다. 신시의 미래와 동향 및 신구 시의 대비 문제를 담론하는 '남호시사'의 성원에는 자량징(査良錚)(무단), 자오루이치 등이 있었다.47)

1941년, 12월, 서남연합대학교의 학생들은 문예사단인 '동청사(冬靑社)'를 세워 원이둬 선생, 펑즈, 벤즈린, 리광톈 등을 지도교수로 초빙하

---

46) 웬커쟈, 〈시인 무단의 위치―서거 10주년을 기념하여(詩人穆旦的位置 ― 紀念逝世十周年)〉, ≪한 민족이 이미 일어났네≫, 16쪽.
47) 원리밍(聞黎明), 허준쥐쿤(侯菊昆)을 참고, ≪원이둬 연보장편(聞一多年譜長編)≫, 호북인민출판사, 1994년 7월, 550-551쪽.

였다. 성원들 가운데는 두윈셰(杜運燮), 무단, 왕쩡치(汪曾祺) 등이 있다.[48] 1940년 8월, 무단은 서남연합대학교 외국어 학부를 졸업하였으며, 이 기간을 전후하여 '남황사(南荒社)', '동청사' 등 진보적인 학생문예단체 활동에 참가하여 원이둬, 볜즈린, 리광뎬 등의 지지를 받았다.[49]

서남연합대학교 청년시인 두윈셰는 추억하기를, "1940년, 볜즈린 선생은 쓰촨에서 쿤밍의 연합대학교로 와서 교편을 잡게 되었는데, ……내가 특히 시 쓰기를 좋아하고 또 그의 작품도 즐겨 읽었기에 자주 찾아가 가르침을 받게 되었고, 당연히 그도 나의 스승이 되었다. 그가 서남연합대학교에 왔을 때 신작 ≪위로 편지집≫은 이미 홍콩 대공보에 연속으로 발표되었는데(1939년 3월부터 1940년 2월까지) 당시 양깡(楊剛)이 대공보 문예부간의 책임 편집을 맡고 있었고 연합대학교의 적지 않은 동학들, 나를 포함하여 모두 거기에 신작을 발표하였으며, 그 외 일부는 해방구의 작가들이었다. 볜즈린의 신작은 문예를 애호하는 쿤밍의 청년들에게 아주 깊은 인상을 남겼다. 우리 세대의 청년들은 모두 볜즈린의 ≪어목집(魚目集)≫, ≪한원집(漢園集)≫ 가운데 〈수행집(數行集)〉 및 〈단장(斷章)〉, 〈척팔(尺八)〉, 〈거리의 조직(距離的組織)〉 등의 명작들을 읽어 보았다. 때문에 그가 해방구로 간 것과 시풍을 변화시킨 것에 대해 모두 관심을 갖고 있었다. 볜즈린 선생이 연합대학교에 온지 얼마 되지 않아 캠퍼스 내 동청문예사가 그에게 〈시를 읽는 것과 쓰는 것(讀詩與寫詩)〉이라는 주제로 강연을 청한 적이 있었는데, 그때 청중들이 아주 많았다"[50]라고 하였다. 두윈셰가 기록한 이번 강연의 원고는 1941년 2월 20일 홍콩의 ≪대공보≫에 발표되었다. 또 1944

---

48) 원리밍, 허준쥐쿤 참고. ≪원이둬 연보장편≫, 598쪽.

49) 리팡(李方), ≪무단 〈쟈량쩡〉 연보간편(穆旦〈查良錚〉年譜簡編)≫, ≪무단 시전집(穆旦詩全集)≫, 중국문학출판사, 1996년, 374쪽.

50) 두윈셰(杜運燮), 〈감정을 띤 의미의 추구 ― 볜지린 시의 길에서의 전환점을 논함(捧出意義連帶着感情 ― 淺議卞詩道路上的轉折点)〉, ≪볜지린과 시예술≫, 86-87쪽.

년 5월 8일에 서남연합대학교 문예사가 연 문예 공연에서 뤄창페이(羅常培)와 원이둬의 뒤를 이어 벤즈린은 〈신 문학과 서양문학(新文學和西洋文學)〉이라는 주제로 강연을 하였고, 그 강연 기록은 1945년 중경의 ≪세계문예계간(世界文藝季刊)≫ 제1권 제1기에 발표되었다.

고정적인 문학과 시가 단체 외에도 또 기타 일부 선생님과 학생들의 문예 활동이 있었다. 펑즈 선생은 일찍이 1941년 '5월 4일' "베이징 대학교에서 문예 공연을 하였는데, 나와 그(주즈칭을 가리킴)는 모두 강연을 하기로 되어 있었다. 나는 강연에서 전쟁 전의 소위 상징파라고 하는 시를 비평하게 되었는데, 밤에 돌아오는 길에 그는 나에게 '당신이 말한 것이 정확합니다. 그러나 조금 도를 지나쳤습니다.'라고 말하였다."[51]고 한 적이 있다. 여기에서 우리는 주즈칭 선생의 상징파와 현대파시에 대한 이해와 관용적인 태도를 볼 수 있으며, 당시 문예 발전의 느슨하고 자유로운 분위기를 엿볼 수 있다.

1942년 초, 무단은 서남연합대학교에서 '문집사(文聚社)'를 설립하는 것을 지지하였다. 이 활동에 참여하고 문장의 집필에 참가한 사람들로는 무단 외에도 두원셰, 류베이판(劉北汜), 왕쩡치, 린위엔(林元), 톈쿤(田堃) 등의 학생들이 있었다. 2월에는 문학 간행물인 ≪문집(文聚)≫이라는 잡지를 발행하였는데, 본 사는 주즈칭, 펑즈, 팡징, 양깡, 진커무, 자오루이루이, 웬수이파이(袁水拍) 등의 지지를 얻었다. 문집사는 또 ≪문집 총서(文聚叢書)≫ 열 종을 출판하였으며, 무단의 첫 번째 시집인 ≪탐험대(探險隊)≫도 이 총서에 수록되어 1945년 1월에 출판되었다.[52]

---

51) 펑즈, 〈주즈칭 선생을 추억하며(憶朱自淸先生)〉(1942년), ≪펑즈 시집≫(제2권), 210쪽.

52) 리팡, 〈무단, 〈자량징〉 연보 간편〉, ≪무단 시전집≫, 376쪽, ≪한 송이 사십년대 문예의 꽃 — 쿤밍 〈문집〉 잡지를 추억하며(一枝四十年代文藝之花 — 回憶昆明 〈文聚〉 雜志)≫, 1983년 ≪신문학사료≫ 제3기. 〈찬미〉, 〈봄의 강림〉, 〈시팔장(詩八章)〉, 〈합창(合唱)〉, 〈선 위에서(線上)〉 등.

서남연합대학교의 신시사(新詩社)와 북으로 이동해간 뒤의 정황에 대하여 펑즈는 서남연합대학교 학생들의 동아리인 신시사가 1944년에 성립되었으며, 북으로 이동해간 뒤에도 계속 활동을 진행하였다고 하였다. 신시사의 건립 4주년이 되던 해에 펑즈는 문장을 발표하여 "쿤밍에 있을 때 나는 신시사의 집회에 몇 번 초청되어 갔었다". "매번 집회를 마치고 집으로 돌아올 때마다 나는 마음 속으로 아주 흥분된 감정을 느꼈으며, 마치 정감의 일부분이 해방되는 듯한 느낌을 가졌다. 불빛 아래서 사원들이 각자 자신의 작품을 낭송하였으며, 서로의 결점을 서슴없이 지적해내는 것을 보았다. 나는 지금까지도 시 낭송을 들으면서 느꼈던 느낌을 잊을 수가 없다". "현대 사회의 부패는 우리들에게 아주 자연스럽게 진리를 추구하고 신앙을 추구하는 길에 들어서게 했다. 이는 우리 이전의 시인들이 아주 오래 동안 모색해야만 찾을 수 있었던 것이다……. 이는 많은 젊은 시인들의 시에서 찾아 볼 수 있었다……. 때문에 지금 우리의 문제는 길을 찾는 것이 아니라 어떻게 이 길을 견지해 나아갈 것인가 하는 것이다."[53]라고 하였다.

이러한 문예와 시 동아리는 당시 새로운 시대가 요구하는 문화적 분위기를 뚜렷이 보여주었다. 이는 또한 일부 젊은 시인들의 실제 창작에서 새로운 예술적 추세를 보아낼 수 있게 하였다. 펑즈는 "그들의 활동은 신선하고 활발하였다. 왜냐하면 그들은 그들 자신이 신선하지도 않고 활발하지도 않은 사회에 처해 있다는 것을 잘 알고 있었던 것이다. 때문에 그들은 시대가 그들에게 부여한 행복과 고난을 더욱 깊이 인식하였다. 그들의 작품은 선배 시인들로 하여금 자신이 걸어온 협소한 길을 되돌아보며 부끄러움을 느끼게 하였고, 그들의 소리는 일부 청년 지도자라고 자처하는 사람들에게 '자존심'을 잃게 하였다. 이 속에 은밀하게 하나의 새로운 추세, 새로운 발전을 배양하고 있지 않다고 말할 수

---

53) 펑즈, 〈이전과 현재(신시 4주년을 기념하여 지은 글)從前和現在(爲新詩社四周年作)〉, ≪펑즈선집≫, 204-206쪽.

있겠는가?"라고 하였으며, 또한 나의 일부 시에 대한 '감상'이 일찍이 서남연합대학교의 "일부 시를 짓는 학우들"이 "나에게 준 계시를 받았다"[54]고 말하였다.

예술적 분위기의 세 번째 방면은 원이둬 시학의 심미적 관념의 변화이다. 낭만시파 계통에 속하는 원이둬는 초기 미국에서 유학하던 시절에 많은 현대적 심미 의식을 접하였는데, 그 가운데는 당시 미국에서 유행하던 이미지파 시운동의 영향도 포함되어 있었다. 그의 ≪붉은 초(紅燭)≫, ≪고인 물(死水)≫ 두 권의 시집 가운데 일부 시편들에서 바로 보들레르의 '추악함을 미로 한다'는 미학적 관념과 '이미지의 표현'을 중시하는 창작 원칙 영향의 흔적들이 있는 것을 보아 낼 수 있다. 쉬즈모는 20년대 말에 쓴 〈서쪽 창문(西窗)〉이라는 자신의 시가 "T.S. 엘리엇의 작품을 모방하였다"고 하였으며, 낭만주의를 중시하던 데로부터 현실주의를 중시하는 데로 넘어갔다. 1931년, 원이둬가 쉬즈모가 창간한 ≪시간(詩刊)≫에 발표한 '10년 잠자코 있다가, 한 번에 사람을 놀래킨' 장편시 〈기적(奇迹)〉은 이미지의 조성과 전달의 몽롱함 면에서 이미 모더니즘 경향을 체현하였다. 이렇게 10년간의 침묵을 거쳐 그가 사생들을 따라 남으로 장거리 이동을 하면서 쿤밍 서남연합대학교의 캠퍼스로 들어섰을 때, 그의 창작과 심미 의식은 모더니즘과 현실주의를 같이 중시하는 열정을 불러 일으켰다. 그는 1943년 당시 서남연합대학교에서 교편을 잡고 있던 영국 시인 로버트 페인(Robert Payne)[55]과 합작하여 ≪중국 신시선택(中國新詩選擇)≫을 편집하였는데, 그는 주즈칭 선생 댁에서 본 해방구 시인 톈젠(田間)의 시를 몹시 찬양하여, 수업 중에 낭송하면서 '시대의 고수'라고 칭한다. 그는 또한 아이칭의

---

54) 펑즈, 〈먀오훙이의 시를 읽고(讀繆弘遺詩)〉, 〈종전과 현재(신시사 4주년을 기념하여 쓴 글)〉, ≪펑즈선집≫(제2권), 205쪽.

55) 로버트 페인(Robert Payne)은 1943년 8월 1일에 서남연합대학교로 간 뒤, 중국주재 영국대사관의 소개를 받아 11월 3일 교수로 초빙되어 '서양 소설', '현대 영국시' 등을 강의함.

시도 찬양하며, 아이칭과 톈젠 모두를 '중국 현 단계의 고수'[56]라고 칭
찬하였다. 당시 강의를 들었던 한 학생은 이렇게 적었다. "교수님은 그
의 손으로 베껴 쓴 책을 겨드랑이에 끼고 강당을 내려섰다. 나는 불시
에 시 한 구절을 지었다. '북소리여,/ 너는 한 노인에게 이렇듯 젊어지
게 하는구나!'. 그는 확실히 아주 젊었다. 그는 젊은 사람들의 시를 세심
하게 화선지 위에 베껴놓고 연구하였다. 이는 정말 기적이다. 정말 앞
으로 나아가는 대오 속에 이런 노병사를 만나게 될 줄은 생각지도 못했
다". "안경을 낀 한 학우가 교실에서 걸어 나왔는데, 마치 교수의 힘이
그의 정신세계에까지 전달된 것처럼 그는 교수의 뒷모습을 향해 이렇게
낭송하였다. 이 북소리를 듣고 있던 시인은 곧 북을 치는 사람으로 변
할 것이다"[57]. 원이둬는 몸소 〈시대의 고수 — 톈젠의 시를 읽고(時代
的鼓手 — 讀田間的詩)〉, 〈아이칭과 톈젠(艾青和田間)〉 등 유명한 평
론 문장을 지었다. 이런 현실 가운데 전투적인 시가에 대한 긍정과 찬
양은 민족정신의 표현일 뿐만 아니라, 그의 미학사상이 탄생되었다는
것을 포함하였으며, 시인의 독특한 심미 감수도 포함하였다. 뿐만 아니
라, 이런 현실 정신이 아주 강한 시의 아름다움이 충분히 긍정되고 찬양
됨에 따라 원이둬의 전체 심미 견해도 점점 또 다른 변화를 일으켰다.
이것이 바로 2, 30년대에 흥기한 젊은 현대파 시인들의 창작에 대한 중
시이다. 그가 친히 편찬한 ≪현대시초(現代詩抄)≫라는 책에서 그의
이러한 미학적 관념의 변화를 볼 수 있다.

첫째, ≪현대시초≫의 부록인 ≪신시 과안록(新詩過眼錄)≫에서 열
거한 것 중 편자가 접해봤거나 주목한 시집 중에서 상징파, 현대파 시인
에 속하는 작품이 19명의 것이 있다. 그 가운데 볜즈린의 ≪십년 시초

---

56) 샤오화(小華)(허샤오다(何孝達)), 〈원이둬 선생의 화상(聞一多先生的畫像)〉, 원
리밍, 허우쥐쿤, ≪원이둬 연보장편≫, 670쪽.
57) 〈북의 감동(鼓的感動)〉, 1943년 10월 16일 ≪신화일보 · 신화부간≫, ≪원이둬
연보장편≫, 673쪽.

(十年詩草)≫, 다이왕수의 ≪왕수의 풀(望舒草)≫, 허치팡의 ≪밤의 노래와 낮의 노래(夜歌和白天的歌)≫, 량중다이의 ≪밤의 기도(晚禱)≫, 화링(華玲)의 ≪만천성(滿天星)≫, 팡징(方敬)의 ≪비 오는 날의 경치(雨景)≫, 마쥔제(馬君玠)의 ≪북망집(北望集)≫, 자오뤄루이의 ≪뤄루이 시집(蘿蕤詩集)≫(원고본), 펑나이차오(馮乃超)의 ≪홍사등(紅紗燈)≫, 화링의 ≪장미꽃(玫瑰)≫, 왕두칭(王獨淸)의 ≪두칭시선(獨淸詩選)≫, 리진파(李金髮)의 ≪가랑비(微雨)≫, 쳰쥔타오(錢君匋)의 ≪수정좌(水晶座)≫, 뤄바오산(羅寶珊)의 ≪꽃은 시들어 가려고 한다(花要落去)≫, 가오창훙(高長虹)의 ≪주다(給一)≫, 중톈신(鐘天心)의 ≪추적(追尋)≫, 톈즈핑(田植萍)의 ≪낙월집(落月集)≫, 숭친신(宋琴心)의 ≪차디찬 마음의 노래(冷的心曲)≫, 푸둥성(阜東生)의 ≪쌍목집(雙木集)≫, 펑즈(蓬子)의 ≪은방울(銀鈴)≫ 등이 있다. 이 항목 아래, 전문 잡지로는 단지 다이왕수가 책임 편집한 ≪현대시풍(現代詩風)≫과, 다이왕수, 볜즈린, 펑즈 등이 편찬한 ≪신시≫ 잡지만을 수록하였다. 초보적인 통계에 따르면, ≪신시 과안록≫에서 나열한 49명의 시인 가운데 대체적으로 상징파, 현대파 시인에 속하는 이가 근 20명에 달한다.

두 번째, ≪현대시초≫의 부록에 있는 신시 ≪대방록(待訪錄)≫의 '별집'과 '전쟁터의 노래', '선집' 가운데 상징파, 현대파에 속하는 시인의 작품은 대체로 화링(華鈴)의 ≪나팔꽃(牽牛花)≫, ≪해라라기(嚮日葵)≫, ≪담화(曇花)≫, ≪부디 나를 잊지 말아요(勿忘儂)≫, 허치팡의 ≪예언≫, 리광톈(李广田)의 ≪땅의 아들(地之子)≫, 창런샤(常任俠)의 ≪수확기(收獲期)≫, 진커무의 ≪박쥐집(蝙蝠集)≫, 허우루화(侯汝華)의 ≪해상요(海上謠)≫, 천쟝판(陳江帆)의 ≪남국의 바람(南國風)≫, 링쥔(玲君)의 ≪연분(綠)≫, 쉬츠의 ≪스무 살의 사람(二十歲人)≫, 스저춘(施蟄存)의 ≪환선집(丸扇集)≫, 리창즈(李長之)의 ≪밤의 연회(夜宴)≫, 린겅(林庚)의 ≪밤(夜)≫, ≪봄의 들과 창(春野與窗)≫, 루이스(路易士)의 ≪지나가는 생명(行過之生命)≫, 신구, 신디(辛谷, 辛笛)의 ≪주패집(珠貝集)≫, 난싱(南星)의 ≪석상사(石像辭)≫, 루이스(路易士)의 ≪2월의 창(二月之窗)≫, 난싱의 ≪방울뱀집(響尾蛇集)≫, 쉬츠의 ≪밝고 아름다운 노래(明麗之歌)≫, 루이스의 ≪재해의 성(火災的城)≫, 리바이펑(李白鳳)의 ≪봉황의 노래(鳳之歌)≫, 차오바오화의 ≪무제초(無題草)≫ 등 모두 25부가 있는데, 총 48부 시집의 52%를 차지한다. '대방록' 가운데 '특집호' 한 항목 가운데 나열한 ≪소아 시간(小雅詩刊)≫, ≪유채꽃 잡지(菜花雜志)≫, ≪시지(詩志)≫ 세 가지는 모두 30년대 현대파시 잡지이다.

세 번째, ≪현대시초≫가 선택한 작품에 선출된 시인은 모두 65명이며, 그 가운데 현대파의 풍격과 경향을 현저히 지닌 시인은 29명으로, 선출된 총수의 45.8%를 차지한다. 선출된 시편은 모두 184수인데 현대파의 풍격을 갖추고 있는 것이 70수로 총수의 38%를 차지한다. 이 중에는 2,30년대 상징파와 현대파 시인을 제외하고 예를 들면, 왕밍주(汪銘竹), 천얼뚱(陳逈冬), 왕두칭, 페이밍, 다이왕수, 링쥔, 허우루화, 린겅, 스웨이쓰, 쳰쥔타오, 리바이펑, 천위먼(陳雨門), 천스(陳時), 쑤진산(蘇金傘), 뤄무천(羅慕辰), 쉬츠, 상관제(上官桔), 천쟝판(陳江帆), 위밍촨(兪銘傳), 허치팡 등이 있고, 이외에 특별히 40년대 서남연합대학을 위주로 하는 청년 시인들의 새로운 작품, 예를 들면, 왕쭤량, 무단, 뤄지이(羅寄一), 양저우한(楊周翰), 두윈셰 등을 넣었으며, 그들 중 어떤 사람은 후에 40년대 현대파 시인 단체의 골간이 되었다.[58]

≪현대시초(現代詩抄)≫에 관하여 상술한 이러한 완전히 정확하다고 할 수 없는 고찰 속에서, 우리는 적어도 아래와 같은 몇 가지 면을

---

58) 위에 서술한 자료는 모두 ≪원이둬 전집≫(제1권, 후베이인민출판사, 1993년)의 ≪현대시초≫(1943년) 편에서 발췌함. 원이둬는 이것이 단지 '선택'이 아니라 '선택과 번역'이라고 하였는데, 이는 8개월 뒤에 영국과 미국에서 동시에 출판하게 될 ≪중국 신시선역≫(번역 부분은 영국의 한 친구와 합작함) — 1943년 10월 25일 장커쟈에게 쓴 편지, 원리밍, 허우쥐쿤의 ≪원이둬 연보장편≫ 682쪽, ≪현대시초≫는 그 후에 1948년 8월 개명서점에서 출판한 ≪원이둬 전집≫에 수록됨.

알 수 있다. 1) 원이둬의 시가 심미 관념 중에서 상징파, 현대파 시에 대한 인식과 평가가 아주 높은 위치에 놓여져 있다는 것이다. 그의 미학적 의식은 낭만파로부터 현대파로 점차 변화하는 과정을 거쳤다. 2) 원이둬는 시의 사회적 기능을 중시하는 동시에, 시가 개인의 내재적 내용과 외부적 정감을 전달하는 면에서 심미적 기능을 아주 중시하였다. 3) 원이둬는 아주 예리한 안목으로 40년대 현대파의 '새로운 세대' 시인들이 궐기한 사실을 보고 있었으며, 동시에 그들의 독특한 풍격을 지닌 작품을 대대적으로 찬양하며 긍정하였다.

바로 ≪현대시초≫를 편집하던 그 해에, 원이둬는 어느 강연회에서 쓴 제요에서 그의 이러한 시적 미학 사상을 표현하였다. 그는 시의 선전 가운데 책임 '가치론'을 중시하였을 뿐만 아니라, 또한 시 언어를 전달하는 미학적 '효율론' 역시 아주 중시하였다. 그는 '비선전적인 진공 상태에 처해 있는 아름다운 언어', 이것은 '너무 높거나 심지어 불가능하다'고 생각하였다. 때문에 그는 아래와 같은 내용을 제기하였다.

> 적극적으로 창작을 지도하는 것은 아마 시의 기본적인 성질과 모순될 것이다.
> 선전만 있고 시가 없으면, 선전의 효과를 잃어버리게 되고,
> 선전을 헛되이 하는 것과 마찬가지이다.
> 시도 없고 선전도 없으면 아무 것도 남는 것이 없게 된다.
> ....
> 자유로운 발전을 격려한 결과는 반드시 다양한 발전을 가져오게 되고
> 다양화는 자연히 중화의 이상인 절대가치로 가는 데도 멀지 않을 것이다.

원이둬는 시 속에서 개인의 각성은 역사적으로 예술의 거대한 비약이라고 심각하게 논술하였다.

봉건시대는 사회 독재 시대이다 그 속에 개인이란 없다.

시는 사회적 기능으로써 탄생하며 존재한다. 시교 고대시(삼백 편) 낮은 효율이어도 가치를 발휘할 수 있었다. 사람의 심리적 조직은 간단하기 때문이다.

개인은 점차 사회의 울타리 속에서 벗어나 갈수록 근대시를 탄생시켰다. 초사로부터 시작하여 명칭은 '시'라고 달았지만 실질은 크게 변하였다. 시경, 당시와 비교된다.

오직 개인만 있고 사회는 없다. 소수의 개인은 복잡하다. 효율적인 유희 가운데 개인의 향락을 목적으로 하는 가치를 완성한다 — 완전히 이기적이다.

....

혹은 개인의 발전이 극에 달하면 개인의 소아와 대아의 훼멸이다. 그러나 개인주의의 폐병이 너무 심하면 반드시 거꾸로 서양화의 영향을 더하게 된다. 사회는 외부 힘을 빌어 크게 탈바꿈한다. 외부 힘은 결과를 완전히 뒤바뀌게 한다. 봉건시대를 말하자면 단지 사회의 개인이거나 개인의 사회로, 꼭 개인이 없는 사회가 아니다.

문화는 개인주의에서 사회주의로 발전한다. 시도 예외일 수 없다.[59]

원이뒤는 개인과 사회의 결합, 즉 시의 가치론과 효율론의 통일을 주장하였다. 여기에 그의 현대적인 시가의 심미 관념이 포함되어 있다. 이러한 관념은 그에게 현대성이 매우 강한 시의 조류 속에서 가치의 실현을 찾도록 하였으며, 또한 새로운 현대파 시의 탄생을 위해 현대적이고 기풍이 넘치는 예술 분위기를 제공하게 하였다.

---

59) 원이뒤, 〈시와 비평〉(원고), 원 제목은 〈어떻게 중국시를 읽을 것인가〉임. 원리밍, 허우줘쿤의 ≪원이뒤 연보장편≫, 686-689쪽.

4 '중국 신시'파의 집결과 탄생

40년대 모더니즘시파는 또한 '중국 신시'파[60]라고 칭할 수 있는데, 이 것은 이 유파가 최후에 형성되고 탄생되는 데 아주 큰 영향을 미친 대표 적인 잡지가 ≪중국 신시(中國新詩)≫인 데서 이름을 얻게 된 것이다.

'중국 신시'파의 출현은 각자의 탐색으로부터 응집되는 과정을 거치 고, 최후에 형성되어 탄생되는 과정을 거쳤다.

일찍이 30년대 중, 후기에 벌써 '중국 신시'파 중 일부 시인, 예를 들 면, 신디, 팡징, 천징룽(陳敬容) 등은 다른 정도에서 다이왕수가 대표하 는 현대파 시의 창작에 뛰어 들었다. 신디, 팡징은 일찍이 다이왕수, 볜 즈린 등이 책임 편집한 ≪신시≫ 월간, 볜즈린이 주필한 ≪수성(水星)≫ 잡지에 일부 개인 내면의 정서를 그린 현대파 풍격의 시들을 발표한 적 이 있다. 팡징, 천징룽은 모두 차오바오화 혹은 허치팡과 좋은 친구 사 이였으며, 모두 차오바오화가 주필을 맡은 ≪북진학원 · 시와 비평(北 晨學園 · 詩与批评)≫ 문화란에 일부 시들을 발표하였는데, 또한 모두 현대파 시의 풍격 범위에 속한다. 항일 전쟁이 일어나기 전, 신디는 또 시집 ≪주패집(珠貝集)≫(합집 1935년)을 출판한 적이 있으며, 팡징은 항일 전쟁 전의 현대파 풍격의 창작은 후에 한데 모아 ≪비 오는 날의 경치(雨景)≫(1942)라고 제목을 달았다.

이 시기와 조금 이후의 시간 동안 비교적 젊은 항위에허(杭約赫), 탕 치(唐祈), 탕스(唐湜) 등도 신시 창작을 시작하였다. 그러나 결코 현대 파 시풍의 탐색이라고는 할 수 없었다. 서남연합대학교의 일부 시인 가 운데 무단은 비교적 일찍 창작을 시작한 시인으로, 항일 전쟁이 시작된 이후 바로 잡지에 그의 시편들을 발표하였다. 두윈셰가 창작한 시편들 을 발표하기 시작한 것도 대체적으로 이 시기이다. 비교적 늦은 것은

---

60) 이 유파가 30여년 뒤, 1981년에 출판한 시 합본 ≪구엽집(九葉集)≫(장쑤인민출 판사)에 근거함. 일반 연구자들은 보통 '구엽시파'라고 칭함.

정민(鄭敏), 웬커쟈이다. 그들이 창작한 시편들을 맨 처음 발표한 것은 대략 40년대 초기이다. 이 시기를 '중국 신시'파가 단체로 형성되기 전 각자의 탐색기라고 할 수 있다. 그들의 시풍은 각자 달랐으며 적지 않은 작품이 낭만주의 색채를 띠고 있었다. 설사 현대파 시풍의 창작이라 하더라도 여전히 30년대 현대파 시풍의 여운을 가지고 있었으며, 새로운 현대파 시의 풍채를 과시하지 못하였다. 그러나 40년대 초에 시작된 무단의 창작은 이미 선명하고 독특한 현대파 시의 풍격을 과시하였고, 조금 후에 《탐험대(探險隊)》(1945)를 출판하였는데, 서남연합대학교 캠퍼스 내의 몇몇 젊은 시인들에게 이미 일정한 영향을 끼쳤다. 상하이의 신디, 항위에허, 천징룽 등의 시인들도 현대파 시의 새로운 길을 탐색하기 시작하였고, 1946년 1월부터 1947년 9월까지 원래 차오바오화 등이 창건한 《시와 평론》 및 그 문화란에 많은 현대파 풍격의 시편들을 발표하였으며, 동시에 이 문화란은 많은 현대파 시풍을 띤 시편들을 발표하였다.

《저화집(咀華集)》에서 다이왕수, 볜즈린, 허치팡이 대표하는 '전선(前線)' 시인에 대해 아주 높은 평가를 한 리젠우(李健吾)는 정전둬(鄭振鐸)와 함께 《문예부흥(文藝復興)》 잡지를 창간하였는데, 이 간행물은 꽤 '선봉'적인 안목이 있었으며, 근 몇 년 사이, 이 간행물에 현대파 풍격에 속하는 시편들이 많이 발표되었다. 여기에는 팡징, 신디, 천징룽, 무단, 두원셰, 탕치, 탕스, 웬커쟈, 천스, 팡위천(方宇晨), 모뤄(莫洛) 등이 있었으며, 항위에허와 정민 이외에 이후 '중국 신시'파 아홉 명의 골간 시인들이 모두 여기에 집결하였다. 이 신현대파 시인 단체의 궐기는 이미 점차적으로 합류하는 시기로 들어섰다.

거의 《문예부흥》 말기로 들어서는 1947년 7월부터 시작하여 《시창조(詩創造)》가 창간되었으며, 근 일 년 후인 1948년 6월에 창립되기 시작한 《중국 신시》와 함께 이 두 영향력이 비교적 큰 신시 잡지의 출현은 '중국 신시'파 시인 단체가 모여서 정식으로 탄생하는 중요한 진지가 되었다.

《문예부흥》이 창립된 동시에 위에 서술한 두 시간이 출판되기 전, 항위에허, 장커쟈 등 몇 명의 시인과 문예를 애호하는 친구들은 항일 전쟁이 끝난 두 번째 해인 1946년 상하이에서 별무리출판사(星群出版社)를 창립하였는데, 이 출판사는 여러 유파의 새로운 시집의 출판을 위하여, 또 《시창조》의 창립을 위하여 경제적 토대와 시인들의 실력을 제공해 주었다. 《시창조》와 《중국 신시》의 창간은 더욱이 별무리출판사가 전문적인 시 출판사로 되게 하였는데, 이는 국통구의 시가 운동을 활발하게 추진하는 데 일정한 작용을 하였을 뿐만 아니라, 중국 모더니즘 시 조류가 발전하는 역사에서도 더욱 찬란한 한 페이지을 남겨 놓았다.

《시창조》는 아직 '중국 신시'파가 가지고 있는 유파적인 간행물에 속하지는 못하였다. 이것을 발기하고 자본을 모아 창간한 사람들로는 항위에허, 장커쟈 및 린훙(林宏), 셰즈위(解子玉) 등 몇 명이 있다. 이 중 항위에허는 간행물의 구체적인 편집 업무의 주관자였는데, 바로 이 때문에 이 간행물은 일종의 '겸용하고 포용하는' 특색을 띠고 있었다. 마치 창간호에서 편자가 말한 것처럼, "오늘 날, 이 역류하는 나날들에 평화와 민주의 실현은 이미 모든 개인에게 ― 유파와 계급을 구분하지 않고 ― 긴박하게 쟁취할 것이 요구된다. 때문에 우리는 시가 창작에서 만약 큰 목표만 일치한다면 그가 표현해낸 것이 지식인의 감정 혹은 고생하는 대중의 감정이나 생활, 대중의 질고, 전쟁의 참상, 암흑의 폭로, 광명에 대한 칭송, 혹은 단지 자신의 연애, 우울함, 꿈, 동경을 막론하고……, 다만 작자가 진실한 감정을 써낼 수 있다면, 모두가 좋은 작품이다'고 여겼다. 그것은 현실 백성의 기쁜 마음을 듣고 보는 시가를 수용하여 반영하였을 뿐만 아니라, 동시에 "소네트시, 현학파 시 및 그러한 고급 형식의 예술 성과"에 대해서 모두 똑같이 "진귀한 사랑"을 주는 것이었다.[61]

당시 창작 상에서 현실을 반영하고 인민의 고난과 투쟁의 현실주의를 반영한 작품은 보편적으로 시가 실천에 있어서 숭상되는 주류라고 인정받았으며, 또 이러한 방면의 시가 작품들이 확실히 범람하고 보호 숭배를 받고 있었다. 이론상으로 거의 배타적이고 협소한 미학에 의해 뒤덮인 상황 아래에서 ≪시창조≫의 편집자가 이런 '겸용하고 포용하는' 원칙을 창도할 수 있었던 것은 아래와 같은 작용, 의심할 여지없이, '작가의 진실한 감정'을 써낸 좋은 작품이며, 일부 '현학파에 관한 시'이며, 일부 '고급 형식의 예술 성과'에 대한 일종의 관용과 창도, 흡인과 추진이라는 것이다. 이렇게 ≪시창조≫, 이 결코 '중국 신시'파가 대표하는 현대파가 아닌 단일한 유파성의 간행물이 '중국 신시'파가 형성되기 전의 집거지로 가장 영향력 있는 진지의 작용을 하였다. 당시 좌파의 시가 이론계에서 한 일부 오해와 비평도 이 간행물이 구비하고 있는 이러한 특색과 작용을 증명하였다.[62]

실제 상황 역시 이러했다. 당시 항위에허가 주필을 맡고 있는 ≪시창조≫의 앞 12집 중 작품을 발표한 작가와 시인은 무려 백여 명이 되며, 발표한 작품의 풍격도 다양하였다. 그래도 현실 생활 제재를 반영한 현

61) 편집자, 〈≪시창조≫ 편집 후기〉, 1947년 7월 ≪시창조≫ 제1기.
62) ≪시창조≫의 제2기는 계민(濟民)의 "특별히 시의 정치 내용"을 실은 문장을 발표하였다, 편자는, "이런 방법에 대해 비록 우리가 완전히 찬동할 수는 없지만 신시는 결정적인 결론과 아직 멀기에 그의 앞길은 결코 한 갈래가 아니다."(〈편집 소기〉, 1947년 8월)라고 하였다. ≪시창조≫ 제5집 편집자의 이런 극히 큰 오해와 비평에 대한 반응은 더욱 뚜렷해졌다. 그 가운데 전에 베이징의 한 ≪문예≫ 간행물에 발표한 평론 문장 한 편을 인용하여 말해 본다면, 무단, 웬커쟈, 정민 이러한 시인들은 "구린 냄새가 풍기는 똥구덩이에서 윙윙 날아다니는 파리와 모기가 되기를 원하고 있다'. ≪시창조≫ 제1기 〈편집 소기〉를 평론할 때, "공공연히 '만약 큰 목표가 일치하다면' 이라는 기치를 들고 그 저속하지만 '진실한 감정'으로 나아간다 …… 이것이 바로 우리의 적이 타격해야 할 것이다."고 하였다. 편집자는 다시 "우리의 편집 방침은 과거에도 현재에도 여전히 베이징의 이 논객이 '타격'하려고 하는 시의 창작을 견지한다. 큰 목표만 일치하다면 표현해낸 것이 지식인의 감정이거나 고통스런 대중의 감정이거나를 막론하고, 우리는 모두 이 주장을 중시한다."고 하였다. ≪편집 소기≫, 1947년 11월.

실주의 시가 위주로 하였다고 말할 수 있지만, 그 가운데 '중국 신시'파
에 속하는 시인은 거의 모두가 여기에서 강하거나 약하거나 간에 현대
파 특색을 가지고 있는 작품을 발표하였다. 예를 들면, 신디의 〈시 삼장
(詩三章)〉, 〈겨울밤(冬夜)〉, 천징룽의 〈무선 전기가 봄을 교살한다(無
線電絞死春天)〉, 〈청춘의 노래(靑春之歌)〉, 〈시 두편(詩兩首)〉, 〈어떤
사람이 황야로 갔다(有人向曠野去了)〉, 〈나는 도시에서 걷는다(我在城
市中行走)〉, 〈비둘기·공원에서(鴿·在公園中)〉, 항위에허의 〈위선자
(僞善者)〉, 〈동물 우언시(動物寓言詩)〉, 〈원한의 매장(仇恨的埋葬)〉
(장편시), 〈길을 안내하는 사람(帶路的人)〉, 〈무제 ─ M에게(無題 ─
給M)〉(필명 쟝톈모江天漠), 탕치의 〈성자(聖者)〉, 〈가장 마지막 시간
(最末的時辰)〉, 〈설야의 삼림(雪夜森林)〉, 〈엄숙한 시간(嚴肅的時
辰)〉, 탕스의 〈새와 삼림(鳥與林子)〉, 〈화려한 덮개, 낡은 벼루, 교수님
(華蓋. 古硯. 敎授)〉, 〈무지개(虹)〉가 있으며, 이외에 진커무, 팡징, 팡
위천, 뤼량겡(呂亮耕) 등의 작품들이 있다. 번역한 시들로는 쉬츠가 번
역한 릴케의 〈피아노 연습(鋼琴練習)〉, 다이왕수가 번역한 〈베르하렌
시 두 편〉, 〈정숙치 못한 부인(不貞之婦)〉(로르카), 〈Duero강의 노
래〉(디에고), 〈전쟁 중 연애편지 일곱 편(戰時情詩七章)〉(엘뤼아르),
〈라인강의 가을 노래(萊茵河秋日謠)〉(아폴리네르), 천징룽이 번역한
〈소녀의 기도 및 기타 (少女的祈禱及其他)〉(릴케), 왕퉁자오가 번역한
〈고요한 방안(死屋)〉(로웰), 장쥔촨(張君川)이 번역한 〈옥중에서(獄
中)〉(베를렌), 탕스가 번역한 〈불타오르는 노턴(燃燒的諾頓)〉(엘리엇),
라오룽(勞榮)이 번역한 〈의리를 논하는 노래(就義之歌)〉(아라곤), 류이
주(柳一株)가 번역한 〈별, 노래, 용모(星星, 歌曲, 容貌)〉(샌드버그)가
있다. 간행물에 실은 평론 문장과 논문을 번역한 것들로는 웬커쟈의
〈시의 희극화(新詩戱劇化)〉, 탕스의 〈파안러시론(梵樂希論)〉, 〈시의
신생대(詩的新生代)〉, 〈손바닥집(手掌集)〉, 〈엄숙한 별들(嚴肅的星辰
們)〉, 청후이(成輝, 천징룽)의 〈탕치와 시를 논함(與唐祈論詩)〉, 모꿍

(默弓)의 〈진실한 소리(眞誠的聲音)〉, 천징룽의 〈팡징과 시를 논함(和方敬談詩)〉, 천징룽이 번역한 〈근대 영국시를 보면서(近代英國詩一瞥)〉(스펜더), 천어(岑鄂)가 번역한 〈네 개 사중주(四个四重奏)〉(스펜더), 선지(沈濟)가 번역한 〈엘리엇이 시를 논함(艾略特論詩)〉, 리딴(李旦)의 〈스펜더가 오든 등의 시인을 논함〉 등이 있다.

이 중 가장 현대파적 특징을 갖는 번역시 전문호와 시 평론 전문지는 바로 천징룽과 탕스가 책임지고 편집한 것이다. ≪시창조≫의 '겸용하고 포용하는' 방침 자체가 당시 현대파시에 대하여 보호와 창도적인 작용을 일으켰으며, 그것은 많은 작가와 독자의 옹호를 받았지만 일부 사람들의 비평도 받았다. 예를 들면, "'우리에게 금전적인 것을 추구하는 것을 가져다주었다', '유미주의'의 모자를 씌워 놓았다."[63] 등이다. 이런 반응은 마침 이 간행물에 발표한 창작과 이론상의 예술적 경향을 증명하는 바, 다원화된 국면에서 바로 40년대 특색을 돌출시켰음을 말한다. 왜냐하면 원래의 편집자 단체의 미학적 관념의 차이, 현대파 '시의 신생대'들이 ≪시창조≫에서 분화되어 나와 ≪중국 신시≫를 창립한 것도 현대파 시가 운동이 발전하는 필연적인 발전 방향이 되었다.

≪시창조≫ 내부의 의견 차이로 말미암아, 제12기가 출판된 이후부터 항위에허는 편집에서 물러났으며, 그는 원래 알고 지내던 시우인 신디, 천징룽, 탕치, 탕스와 따로 ≪중국 신시≫ 총서를 발행하였다. 이때 원래 서남연합대학교의 몇몇 시인인 무단, 두원세, 정민, 웬커쟈 등도 모두 이미 북으로 이동하여 일을 계속하였으며, 혹은 베이징에서, 혹은 톈진에서 간행물의 주요 작가가 되었다. 남북의 선배 작가와 젊은 청년 시인들은 이 간행물 주위에서 동일한 시학의 심미적 관념 아래 응집되었다. 이 간행물은 1948년 6월에 창립되었는데, 신디, 무단을 대표로 하는 40년대 현대파 시인 단체가 정식으로 탄생된 표징이 되며, 이 잡

---

63) 차오신즈, 〈엄숙한 시절을 대면하고 ― ≪시창조≫와 ≪중국 신시≫를 기억하며〉, ≪독서≫, 1983년 제11기.

지가 한 유파의 단체적 특색을 충분히 체현하였기에 우리는 이 시인 단체를 '중국 신시'파라고 칭한다.

항위에허는 후에 이렇게 말하였다. "첫 해의 《시창조》는 큰 방향에서 일치하여 '겸용하고 포용하는' 편집 방침을 실시하였다. 이는 비록 작가의 범위를 넓게 하고 간행물의 내용에서 형식까지 모두 풍부히 하였으며 민주성을 체현하였지만, 또한 너무 질서가 없어 복잡하게 하여, 원고를 선택하는 예술적 표준을 낮게 하였으며, 일부 내용이 없고 조잡한 작품들도 잡지에 실리게 되었다. 《중국 신시》의 작자 범위는 《시창조》보다 협소하지만 원고를 선택하는 표준을 높였다. 그리하여 시의 예술에 대한 탐색과 미학적인 추구를 일부 선배들의 지도와 격려 하에 시우들과 공동으로 협력하여 《중국 신시》라는 이 천지에서 점차적으로 선명한 특색 있는 신시의 유파를 형성되게 하였다".[64] 당시의 일부 평론도 《중국 신시》를 새로운 모더니즘 시가 유파라고 인정하는 의식을 갖고 있었다. 웬커쟈는 "《중국 신시》의 출현이 적어도 두 가지면에서 중요한 의의가 있다. 첫째, 그것은 구체화 되었으며, 동시에 상징화 되었다. 남북 청년 시인들의 전례 없는 합작, 이 합작은 이미 어떤 하나의 독단적인 교조에 기초한 것이 아니라, 현실과 예술 사이에서 평형을 찾고 예술이 현실을 도피하지 않게 하고 예술을 말살하지 않게 하여 시운이 앞으로 나아가게 하려는 목적에서 생긴 것이다. 둘째, 《중국 신시》의 제1, 2집에 수록된 시편들의 극히 다른 풍격은 시의 발전이 다양할 수 있으며 결코 어떤 문학 통일론자들의 환상처럼 반드시 계획해 놓은 길로 걸어야만 하는 것이 아니라는 것을 증명하였다. 《중국 신시》와 다른 시 간행물을 비교할 때 나는 심지어 《중국 신시》가 대표하는 방향이 더욱 넓고 자유로우며, 더욱 우수한 열매를 많이 수확할 희망이 있다고 확실하게 긍정할 수 있다"[65]고 하였다. 탕스

---

64) 위와 같음.
65) 웬커쟈, 〈시의 새로운 방향〉(책의 평가), 1948년 《새로운 길 주간(新路周刊)》

는 또한 "≪중국 신시≫의 특징을 "중국 역사가 발전하는 진보적이고 필연적 기초 위에 세계의 사상과 시의 전통이 다채롭게 발전하는 논리적인 필연성을 받아들이는 것"이라고 하였다. 이 간행물이 발표한 창작과 당시 유행하던 사실주의의 '인민시' 사이의 다른 점은 단지 문학 기술이나 표현 수법을 운용하는 것이 다른 것이 아니라, 더욱이 "본질에 있어서 존재 의의의 차이"에 있으며, "'인간'의 정신생활과 이에 따라 분명히 드러나는 사회 생활의 심각한 분석과 단호하고도 변증법적인 통일에 있다는 것"을 설명해 주었다. 또 그는 "내부에서 외부로, 가까이에서 멀리, 역지사지하여 생활에 직면하며", "모든 생활력과 자각력을 응결시키거나 혹은 집중시켜 생활 가운데 깊은 곳의 반의식 혹은 무의식처를 향해 논쟁하며 나아가, 풍성한 새로운 천지를 열어야 한다"고 하였다.[66]

≪중국 신시≫는 1948년 6월부터 창간되어 11월에 국민당에 의해 차압되고 정간되기까지 총 다섯 집을 출간하였는데, 그 사이에 근 백 편에 달하는 장편, 단편 시 등을 발표하였다. 이 간행물에 후에 ≪구엽집(九葉集)≫에 수록된 시인의 절대 다수의 우수한 시편들이 발표된 것 외에, 기타 예를 들면, 팡징(그는 편집위원이었지만 멀리 쓰촨에 있어 참가하지 못함), 리잉(李瑛), 팡웨이천, 양허(揚禾), 양후이(羊惠) 등도 작품을 발표하였다. 이 외의 선배, 예를 들면 펑즈, 진커무, 리젠우, 장탠쥐 등도 그들의 이론 문장으로 이 유파의 창조에 참여하였다. 또 이 기간이나 전후에 신디는 ≪손바닥집≫(1948년 5월)을 발표하여 큰 영향을 끼쳤으며, 천징룽은 시집 ≪교향집(交響集)≫(1948년 5월), ≪영영집(盈盈集)≫(1948년 11월)을 발표하였고, 두원세는 일찍이 ≪시 사십수(詩四十首)≫을 발표하였다. 항위에허는 ≪성초(星草)≫(1945년 3월), ≪악몽록(噩夢錄)≫(1947년 10월)을 발표한 뒤, ≪불타는 성(火燒

제1권, 제17기.
66) 탕스, 〈중국 신시를 논함―우리 친구들과 우리 자신에게 바침〉, 1948년 9월 13일 ≪화미 석간(華美晚報)≫.

的城)≫(1948년 5월), ≪부활한 대지(復活的土地)≫(1949년 3월)를 출판하였다. 정민은 ≪시집1942─1947(詩集1942─1947)≫(1949년 4월), 탕치는 ≪시 제1권(詩第一冊)≫(1948년 5월)을 출판하였다. 탕스는 일찍이 ≪소란스런 성(騷動的城)≫(1947년 10월), ≪영웅의 초원(英雄的草原)≫(1948년 5월)을 출판하였으며, 무단은 ≪탐험대≫를 출판한 뒤, 전후하여 ≪무단 시집(穆旦詩集)≫(1947년 5월), ≪깃발(旗)≫(1948년 2월)을 출판하였다. 웬커쟈는 창작한 시를 발표한 외에, 또한 모더니즘 시가의 미학이론에 관련된 문장을 체계적으로 써냈다. 쿤밍에서의 ≪문집(文聚)≫잡지, ≪문예부흥≫, ≪시창조≫, ≪중국신시≫ 이외에, '중국 신시'파의 시인들이 단체로 시들을 발표한 간행물로는 ≪문학 잡지(文學雜志)≫(주광첸 주필), 〈대공보·요일문예(大公報·星期文藝)〉(선충원, 펑즈 주필), 홍콩의 ≪문회보·필회부간(文匯報·筆會副刊)≫(양깡(楊剛) 주필), ≪문회보·필회부간≫(탕써우(唐鎪) 주필), 톈진 ≪익세보(益世報)≫ 문학부간 등이 있다.

'중국 신시'파의 시인 단체는 모든 중국 현대 시인 단체의 체계 가운데 하나의 고리로, 그의 탄생과 30년대 현대파 시인 단체의 미학 관념과 예술 분위기 사이에는 일정한 관련이 존재하고 있지 않겠는가? 최근 몇 년 사이, '중국 신시파(中國新詩派)'의 시인들이 주목 받을 만한 평가를 받고 있기에, 일부 시인들이 그들이 예술상에서 탐색한 현실적 사명감과 역사 투쟁을 담당하는 진보성을 강조하기 위하여, 흔히 그들의 창작이 30년대 다이왕수, 볜즈린, 허치팡으로 대표되는 현대파 시의 조류 사이에 이러한 관련이 존재하는 것을 완전히 부인하였다. 이는 사실상 역사의 실제와 부합되지 않는 것이며, 예술 발전의 변증법적 법칙과도 맞지 않는 것이다.

'중국 신시'파는 동일한 시의 예술적 취향으로 말미암아 함께 모인 것이지 사람들이 발행하는 간행물로 말미암아 함께 모인 단체가 아니다(그들 사이의 많은 사람들은 80년대 초 ≪구엽집≫이 출판된 이후에야 서로 만남). 이러한 특징은 그들 사이에 한 유파로서 공동으로 지켜야 할 문학의 강령이 존재하지 않음을 결정하였다. 엄격한 의미에서 말하면, 그들은 심지어 하나의 시 유파라고 말하기도 어렵고, 이전 전통을 수용하면 그들은 완전히 일치할 수도 없다. 설사 30년대의 현대파외의 사이에 관련이 또한 깊기도 하고 옅기도 하지만, 그 가운데 다수의 시인이 모더니즘 시가를 창작하는 길에 오른 것과, 선배 시인들의 탐색과 서로 존재하는 관계는 그래도 그 흔적을 찾을 수가 있다.

우리는 세 층면에서 이 문제를 볼 수 있겠다.

첫 번째, 사람 관계의 측면이다. 시인 사이의 연계는 다원적으로 공존할 수 있다. 그러나 많은 것들에는 흔히 공동의 심미적 관심을 포함하고 있다. 30년대 현대파의 최고 흥행기를 대표하는 ≪신시≫잡지, 항일 전쟁 전에 베이징에서 차오바오화가 책임 편집을 맡은 ≪북진학간·시와 평론≫ 및 볜즈린이 책임 편집을 맡은 ≪수성≫ 등의 간행물 혹은 특별호, 그리고, 이 속에서 이미 활발하게 활동하던 선배 다이왕수, 허치팡, 펑즈, 리젠우, 팡징 등은 사실상 이미 40년대 '중국 신시'파가 학습하고 흠모하던 대상이었다. 그들 사이 일부 시인들의 항일 전쟁 시기의 창작은 더욱이 직접적으로 이러한 청년 시인들에게 직접적인 영향을 끼쳤다. 어떤 선배 시인들은 또한 번역작과 논문으로 ≪중국 신시≫의 공동 창작에 참가하였고, '중국 신시'파의 연장자인 신디, 천징룽은 항일전쟁 전에 이미 다이왕수가 대표하는 이런 조류와 풍조 아래에서 예술적 창작에 참가하였으며, ≪신시≫ 등 간행물에 일부 시들을 발표하였다.[67] 두윈셰는 서남연합대학교로 가기 전에 샤먼(厦門)대학교 외

---

67) 30년대 신디가 난카이중학교에 다니고 있을 때, 보들레르의 ≪악의 꽃≫가운데 일부 시를 번역하여 ≪대공보≫에 발표한 적이 있었다. 칭화대학교에 입학하여 공부할 때는 바로 현대파 시 조류가 열광적으로 일어나던 때였다. 그는 일찍이 "서구 시를 광범위하게 읽었는데", 그 가운데 바로 영국 "17세기 현학파 시인 요한 던(John Donne)의 시편들이 있었다. 또 프랑스 상징파의 말라르메와 랭보(Arthur Rimbaud), 현대파의 예이츠, 엘리엇, 릴케, 홉킨즈(Hopkins), 오든 등의 작품들

국어학부에서 공부하였는데, 당시 샤먼대학교 중문학부에서 교편을 잡고 있던 30년대 현대파 시인 린겅의 학생이자 시우였다. 그가 서남연합대학교에 갈 때 린겅 선생이 친필 편지로 예꿍차오에게 추천 편지를 써주었다. 후에 출현한 서남연합대학교의 몇 명의 시인은 더욱 직접적이거나 간접적으로 펑즈, 벤즈린, 원이둬, 주즈칭, 리광톈, 선충원, 주광첸 등의 수업에서 혹은 수업 외의 지도를 받았다. 그들 사이의 어떤 이는 이미 일종의 시우의 관계를 형성하였는데, 다이왕수가 항일 전쟁 시기 홍콩에서 감금되고, 이후 출옥한 후 1946년 상하이로 되돌아와 살다가 다시 홍콩으로 갔다가 1949년 3월에 베이징으로 되돌아 올 시기에, 바로 벤즈린이 동행을 하였다. 다이왕수의 이 시기 작품은 ≪재난의 세월(灾難的歲月)≫에 묶여지며, 이는 항위에허가 주관하는 상하이 별무리 출판사에서 출판된다. 또한 1946년 5월 서남연합대학교가 해산되어 학교를 다시 베이징으로 옮겨가 회복할 당시 웬커쟈 등 여러 사람은 바로 벤즈린과 함께 차를 타고 쿤밍으로 출발하여 귀주, 광서, 광동을 거쳐 홍콩을 경유하고 북으로 갔다. 같은 해 6월, 벤즈린은 배를 타고 상하이로 가 리젠우의 집에서 하룻밤을 지냈는데, 상하이에서 만난 옛 친구들과 새로 사귄 친구들 사이에는 왕신디(王辛笛)가 있었다. 9월 17일 우시(无錫)에서 상하이로 돌아온 뒤, 배를 타고 톈진으로 가서 잠시 왕신디의 집에 머물러 있었다. 신디는 바로 이후 '중국 신시'파를 형성한 핵심 인물 중 한 사람이다. 1947년 벤즈린은 영국 옥스퍼드에서 돌아온 뒤에도 계속 옥스퍼드에 있던 양저우한, 왕쭤량 등과 자주 내왕하고 있었는데,[68] 후자는 모두 서남연합대학교 청년 시인 중의 인원이었고 시

도 모두 심금을 울리게 했다'. 그 뒤 영국에 유학 간 후 또 엘리엇, 스펜더, 루이스, 뮤어(Muir) 등 시인들을 만나면서 "옛 것을 자주 담론하였으며", 동시에 19세기 후반 인상파 회화와 음악 수법과 풍격을 사랑하게 되어, "습작 가운데 많은 영향을 받았다". 이 때 쓴 일부 농촌 분위기가 농후한 시편들은 "어떤 것은 ≪대공보·문예부간≫과 당시 다이왕수 등이 주필을 맡은 상하이 ≪신시≫ 월간에 발표하였다."(≪신디 시고≫ 자서).

인 무단의 좋은 친구들 이었다. 동일한 시의 조류와 맥락에 속한 두 세대 시인의 교류는 미학적으로 같은 흥미를 느낀 객관적 결과이다.

　두 번째, 이론상 인정하는 층면이다. '오사 운동' 이래의 중국 신시는 낭만주의와 사실주의, 상징주의와 모더니즘 이 두 가지 다른 체계가 현존하고 있었다. 두 체계에는 확연히 다른 표현 방식과 미학 원칙이 있다. '중국 신시'파의 다수 시인들은 그들의 선배와 아주 큰 차이가 있었고 또 훨씬 초월한 면도 있었지만, 이론적인 체계에서 언제나 내재적으로 많은 연계를 가지고 있었다. 30년대부터 왔고, 또 30년대 현대파 시인과 밀접한 연계가 있는 신디, 천징룽은 더 말할 것도 없고, 다른 일부 시인들을 예로 들어 보겠다. 탕스는 그가 40년대 초 신시의 창작을 할 때 가장 좋아하여, "환히 빛나는 별들 사이에 가장 빛나는 두 별"이 바로 아이칭과 허치팡이라고 하였으며, 그 후, 벤즈린의 ≪서창집(西窗集)≫과 펑즈, 량중다이, 다이왕수들이 번역한 시를 읽었고, 더욱이 교실에서 T.S.엘리엇, R.M.릴케의 시를 읊고서야 일부 "새로운 시에 대한 탐색"을 하였다고 설명하였다.[69] 40년대 웬커쟈는 이 새로운 현대파시가 탄생된 것을 대표하는 미학 선언식의 논문에서 40년대 "소수 신시 현대화의 시험자"들의 실험을 담론하면서 "이전의 감성적인 혁명의 구호를 개변할 힘을 지녔다"고 하였는데, 이 "감성적인 혁명"은 결코 갑자기 출현한 것이 아니다. 웬커쟈는 그들 선배들의 '이전의 예'를 들면서 동시에 이러한 동일한 맥락의 시인 단체에 존재하는 미학적 추구의 연계를 제시하였다. 웬커쟈는 말하기를, "이 감성적 혁명의 맹아는 결코 오늘날 시작된 것이 아니며, 다이왕수, 펑즈, 벤즈린, 아이칭 등의 작품을 읽어본 사람이라면 아무런 어려움 없이 그들의 선례를 상기할 수 있을 것이다. 그러나 벤즈린의 시 속의 전통적 감성과 상징 수법의 효과

---

68) 장만이(張曼儀), ≪벤즈린 역저 연구≫의 부록 4, 〈벤즈린 생애와 역저 연표〉, 홍콩대학교 중문학부 출판. 1989년 8월.

69) 탕스, 〈나의 시 예술 탐색〉, 1986년 1월, ≪홍콩문학≫, 제3기.

적인 배합 및 펑즈 선생의 더욱 현대적 의미를 지닌 ≪소네트집≫은 모두가 개혁자가 용속하고 천박하며 게으른 사람들을 대면할 때 불가피하게 반항적인 저항을 받은 적이 있다."70)고 하였다. 당시 발표한 다른 논문 중에 웬커쟈는 벤즈린에 대해, "우수한 감각의 시인으로 벤즈린의 감정에 대해 감각을 통하여 천천히 광범위하고 깊게 파헤치는 효과적인 수법은 그 변화의 다양함이나 혹은 기교의 익숙함을 막론하고 모두 사람을 놀라게 하는 것이다."라고 하였다. 특히 그는 ≪십년시초≫ 가운데 30년대에 쓴 "장식집" 속의 〈옛 보름날 밤의 사색(舊元夜遲思)〉과 몇 수의 〈무제〉를 지적하였고, 특별히 〈거리의 조직(距離的組織)〉 전체 문장을 인용하여 세심하게 해석을 한 뒤, 그들이 대표하는 "간접성, 암시성, 우회성" 등, "정서의 과도한 범람을 피하는 것, 비애를 회피하니 함축이 되는 것" 등을 이야기하였다.71) 그리고, 이미지가 층층이 전개되는 것이 "시경(詩境)의 확대"라는 이 중국시의 전통을 조성한다는 것을 이야기할 때, 웬커쟈는 이미지는 반드시 "암시가 명백한 비유보다 많고, 연상이 직설적 서술보다 많아야"한다고 강조하였는데, 그는 벤즈린의 30년대 "전통에 부합되는" 방면에서의 "탁월한 성과"를 긍정하였고, 다시 〈거리의 조직〉 시 전부를 인용하여 벤즈린 시의 "맥락이 복잡하고, 가까웠다가 멀어지는" 면이 시인의 이미지에 대한 "연관성"과 "시경이 확대된 효과"를 추구함을 표현하였다고 하였다.72) 탕스의 예술적 영양분의 근원에 대한 자술과 웬커쟈의 그들과 선배 시인의 '감성혁명'의 계승 관계 및 30년대 현대파 시인의 시가 예술의 탐색에 대한 중시는 마침 '중국 신시'파 청년 시인의 새로운 탐색과 동일한 맥락의 우수

---

70) 웬커쟈, 〈신시 현대화 ─ 새로운 전통의 추구〉, 원래 1947년 3월 30일 톈진 ≪대공보 · 요일문예≫에 발표됨.

71) 웬커쟈, 〈시와 주제〉, 원래 1947년 1월 14, 17, 21일 톈진 ≪대공보 · 문예부간≫에 발표됨.

72) 웬커쟈, 〈시경(詩境)의 확대와 성과를 논함〉, 원래 1946년 9월 15일 베이징 ≪경세일보 · 문예부간(經世日報 · 文藝副刊)≫에 발표됨.

한 선배 시인 사이에 미학적 방면에서 내재적 연계가 존재하고 있다는 것을 설명하고 있다.

세 번째, 상징주의에 대한 심층적 수용 방면이다. 30년대 현대파 시인 단체는 40년대의 '엄숙한 별들' 사이에서 서구의 상징과 모더니즘 시 조류의 영향과 자신의 전통을 추구하는 방면에서도 일부 공통점을 지니고 있다. 그들은 모두 초기상징파 시인의 서구 상징파시에 대한 모방을 버렸다. 그들은 예이츠, 발레리, 릴케, 엘리엇으로 대표되는 상징주의에서 모더니즘으로 넘어가는 대 시인으로 대표되는 서구 현대시 전통에 대해 모두 감탄하는 마음을 지니고 있었으며 그들 사이에서 다방면의 예술적 영양분을 흡수하였다. 30년대에 출현한 '황무지에 대한 충격파'에서 40년대 '새로운 세대' 시인들에 이르기까지 더욱 심각한 미학적 반응을 얻었다. 30년대 현대파 시인이 제기한 시와 음악은 분리되어야 한다는 사상은 마찬가지로 '새로운 세대' 시인들의 창작 가운데서 얻은 창조적 연장이다. 볜즈린 등이 30년대에 시도한 시의 '희극화' 이미지의 미학적 원칙은 40년대에 와서 현대파 시인 단체가 보편적으로 인정하는 미학적 이론의 더욱 광범위한 실천을 얻게 되었다.

30년대 후기 펑즈 선생은 릴케의 시가 미학적 핵심에 대해 개괄할 때, "그는 음악적인 것이 조각적인 것으로 변하게 하였고, 유동적인 것이 결정체적인 것으로 변하게 하였으며, 일망무제한 대해가 침중한 산악으로 변하게 하였다"고 말하였다. 이는 '중국 신시'파의 일부 청년 시인들이 창작과 실천 가운데 지킨 미학적 원칙이 되었다. 30년대 현대파 시인에게는 '만당 시 열풍'이 있었다. 이렇듯 중국 전통시 가운데 당조 후기의 시사가 대표하는 맥락에 대하여 유독 흥미를 느끼고 있었다. 신디는 말하기를 그는 예이츠, 릴케, 엘리엇을 탄복하는 동시에 "우리나라의 고전시가 가운데 일찍이 이것과 유사한 상징파 풍격과 수법을 구비한 리이산(李義山), 저우칭전(周淸眞), 쟝바이스(姜白石), 궁띵안(龔定庵) 등 시사에 대해 유독 열정을 느꼈다."[73]고 하였다. 그들은 "새로운 평론 언어로서 고대의 시가에 대해— 우리의 진귀한 소장품— 다시 가치를 가늠하였고, 그러면서 전통과 현대화의 관계를 제기하였다."[74]고 하였다. 그들이 제기한 "현실, 현학, 상징의 종합"이라는 이 원칙은 30년대의 현대파 시와 비교할 때, '현실'의 성분을 크게 제고하였지만, '상징'과 '현학'이라는 이 두 가지 현실주의 시 사조의 기본 요소와 구별되는 방면에서, 그들의 선배보다 얼마나 크게 초월 하였는가를 막론하고, 여전히 다이왕수, 벤즈린이 개척한 신시 전통을 계승하였다.

주광첸은 일찍이 이렇게 말한 적이 있다. "한 문화는 보편성과 연속성을 지닌 완정한 생명이다. 특히 보편성이 있어, 한 시기를 풍미하는 풍조이며, 연속성이 있어, 같은 맥락을 찾는 전통이다. 시 역시 이러하니, 한 민족의 시는 결코 망망대해 가운데 무수히 고립되어 있는 섬으로 볼 것이 아니라, 응당 한 갈래의 끊임없이 흘러서 큰 강을 이루는 것으로 보아야 할 것이다. 그것에는 공통적으로 일관된 생명이 있다. 횡적인 면에서 전 대중을 표현하고 전 대중을 감동시키는 보편성을 띠고 있으며, 종적인 면에서 앞의 것을 이어 받고 계승하는 역사적 연속성이 있다". "일반적인 사람들은 경시하거나 심지어 전통을 적대시 한다. 그들 가운데 대다수 사람들은 예술적 창조를 오해하기 때문에 그것이 단지 사람의 활동이라고 여길 뿐만 아니라, 없던 것을 있다고 하는 활동이라고 여긴다. 사실 모든 예술적 창조는 낡은 재료의 새로운 종합이고 낡은 방법의 새로운 운용이다. 이것은 비록 '달리 살림을 차리는' 격이지만 그가 다시 차린 것은 완정한 살림의 모양이지 껍데기가 아니다. 모든 시인은 고독한 섬에서 표류하는 로빈슨이 아니다. 그는 한 편으로 당시 풍조가 반영자이며 다른 한 편으로 역사적 전통의 계승자이다. 풍조와 전통이 확정한 범위와 지시한 길 가운데 그는 자신의 새로운 풍격

---

73) 신디, ≪신디 시고(辛笛詩稿)≫ 자서.
74) 웬커쟈, 〈신시 현대화― 새로운 전통의 추구〉, 원래 1947년 3월 30일 톈진 〈대공보·요일문예〉에 발표됨.

을 창조한다. 비록 그가 풍조와 전통에 반항할지라도 그 반항의 원동력은 여전히 그 반항의 풍조와 전통이다."[75] 여기에서 다룬 것은 신시와 고대시가 전통의 관계이지만, 사실상 이는 동일한 체계의 '중국 신시'파와 30년대 현대파 사이의 '연속성'을 설명하는 데 적용된다.

'중국 신시'파는 시의 현실과 예술적 관계에 일정한 거리를 유지하는 비슷한 미학적 원칙 아래 점차적으로 형성되었다. 그러나 또 일정한 조직적 형식을 갖추지 못한 새로운 모더니즘 시가 유파로, 그들의 모든 작품을 완전한 모더니즘라고 말할 수는 없다. 그들의 창작은 대다수가 고난을 토대로 하고 투쟁으로 충만 되어 있으며, 또한 암흑과 여명이 교차되는 시기의 현실 생활의 토양에 뿌리를 내리고 있다. 그들의 형성 과정과 자체의 창작 특색은 또한 40년대 신시의 각 유파 간에 서로 흡수되고 서로 침투되는 창작 특색을 반영하였다. 즉 당시에 가장 영향력이 큰 현실주의 시 조류인 '칠월시파' 가운데 일부 시인을 놓고 말할 때, 현실 투쟁을 중시하고 현대파 예술 방법을 흡수하는 면에서 '중국 신시'파와 아주 비슷한 면이 있다. 이런 의미에서 보면 시인 겸 평론가인 탕스의 당시의 평론이 아주 일리가 있다. 그는 무단, 두원셰 등의 부지런한 사람들이 일한 보람으로 그들을 "자각적인 모더니즘자"가 되게 하였으며, 뤼웬(綠原) 등이 용감하게 진격하여, 또한 "무의식적으로" "시의 현대화의 길"을 걷게 되었다. 이 두 "새로운 세대" 시인의 강력한 "파도"가 휘몰아침으로 인하여 40년대 시가 영역에서 "서로 보충하고 서로 도와주며 또한 서로 침투하는" 개성적 풍채가 가득찬 시대의 "대합창"을 부르게 되었다.[76]고 하였다.

---

75) 주광첸, 〈시의 보편성과 역사의 연계성〉, 1948년 1월 17일 톈진 《익세보·문학순간》에 발표됨. 《주광첸 전집(朱光潛全集)》(제9권) 336-338쪽에서 인용, 1993년 안휘교육출판사에서 출판. 문자는 다소 변동됨.

76) 탕스, 〈시의 신생대〉, 1948년 2월 《시창조》 제8기에 발표함.

제9장
'중국 신시'파 시인 단체의 초월의식

1. 새로운 심미 원칙의 탐구와 구축
2. 인민 중심: 현실과 현학의 교향악(상)
3. 심리 현실: 현실과 현학의 교향악(중)
4. 시화 철학: 현실과 현학의 교향악(하)

1 새로운 심미 원칙의 탐구와 구축

'중국 신시' 시인 단체는 시가 예술에 대해 깊이 사색하는 사람들로, 그들은 신시의 역사와 현실에 직면하여 자신이 실천하는 신시 창작의 심미적 원칙을 탐구하는 데 자각적이고 강렬한 초월의식을 지니고 있었다.

예술에 대한 사색은 먼저 그들에게 시와 시인 자체의 가치를 존중하는 결과를 낳게 하였으며, 이러한 가치에 대한 느낌의 가장 중요한 내용은 그들이 인정하는 시인의 사회적 사명감과 예술적 사명감의 통일이다. 그들은 중외 현대시가가 발전하는 새로운 교차점에서 자신의 새로운 가치 관념을 찾았으며, 이러한 과정은 중국 2, 30년대 모더니즘 시가에 대한 사색과, T.S.엘리엇, 릴케, 오든 등 서구 후기 상징주의와 모더니즘에 대한 선택적인 흡수, 이 두 가지가 힘을 합하여 공동으로 활동하는 과정 속에서 완성되었다.

30년대에 출연한 현실감이 약한 '순시화'의 추세와 항일 전쟁 후의 통속적이고 직설적인 신시의 '대중화', '정치화'라는 시가 창작 가운데 두 양극화된 현상은 먼저 그들의 불만을 야기시켰고 역사를 되돌아보게 하였다.

상징파와 현대시파에 대하여, 그들은 시가 조류의 체계 내부에 속하는 사색을 하였는데, 한 편으로 자신의 탐색이 선배들의 시 현대화를 위하여 필연적으로 진행한 '감성적 혁명' 간에 깊은 연계가 있다는 것을 인정하였고, 다른 한 편으로 또한 시의 현대화 여정을 가속화하기 위한 선배들의 시학적 국한성에 대해 절박한 초월감을 표현하였다.

30년대에 현대파 시가 조류와 풍격의 창작에 참여한 신디, 천징룽, 항위에허는 40년대로 진입한 후 시가 창작의 예술적 추구에서 아주 큰 변화를 일으킨다. 신디는 1935년 일찍이 남동생 신구와 함께 ≪주패집(珠貝集)≫이라는 시집을 출판하는데, 그의 시는 조용하고도 몽롱한 이미지의 서정적인 토로 가운데 인간 세상의 우수와 고통, 개인의 처량함, 사람과 자연의 '영혼의 속삭임'으로 가득 차 있다(〈담자(潭柘)〉). 시인은 고난의 대변혁의 시대가 도래했을 때 자신의 시 정서와 이렇게 작별을 고하였다. "'친구여, 당신은 굳세어야 하네'./ — 깊게 잠든 망망한 밤에/ 달도 없고 별도 없어/ 단지 깨어 있는 사람과 그의 등잔만이 침묵을 지키고 있는/ 음침하고 습기로 가득 찬 네 벽은 허스키한 목소리로 이렇게 대답해 주겠지./ 지금부터 다시는 주패의 눈물을/ 이 도시에 남겨 놓지 않으리"(〈죽어가는 도시(垂死的城)〉). 낯선 타향에서 고향에 대한 그리움과 타향의 물정에 대한 묘사를 거쳐 시인의 창작은 새로운 미학적 사고로 나아가기 시작하였다. 항일 전쟁이 발발한 이후 "나는 이때부터 자잘한 개인 감정에서 벗어나기로 결심하여 기본적으로 펜을 놓고 다시는 시를 쓰지 않음으로써 개인 풍격의 변화를 촉진하였다". 그리고, 항일 전쟁이 승리한 후에 "은색 꿈은 죽은 이파리에서 다시 소생했고", 시인은 다시 펜을 들어 일부 시들을 창작하기 시작하였다. "피 흘리는 뻐꾸기가 나로 하여금 중국의 평범한 새가 대 변혁의 시대 속에서 울고 있다는 것을 느끼게 하였으며, 반드시 인민의 근심을 개인의 체험 속에 녹아들게 하여야만 시 창작은 그의 일정한 의미를 지닌다".[1]

항위에허는 30년대부터 시들을 발표하기 시작하였으며, 1945년에 그의 첫 번째 시집인 ≪성초를 따며(撷星草)≫를 출판하였고, 이전의 일부 시들을 수록하였다. 이 속에는 개인의 애정을 노래한 것도 있고 심령이 각성되는 소리를 실은 것도 있는데, 이러한 시들의 결점은 당시 한 친구의 말을 빌려 말하면, 언어 전달이 "명확하지 못하고 알아보기 어렵다는 것"으로, 시에는 "마치 다양한 가락에서 애처롭고 가라앉은 목소리가 흐르고 있는 것 같았다"[2]. 후에 시인은 시 속에서 흐르고 있는 정신적인 '허무함, 고민'과 습작 수법 상에서의 "과도한 형식의 '아름다움'을 추구하는 경향"에서 벗어나 전투성과 풍자적 정신을 합한 많은 시들을 써냈다.

천징룽은 베이징에서 일찍이 30년대 현대파시 조류의 창작에 뛰어든 적이 있으며, 40년대에 이르면 이 시 조류의 예술적 한계와 심미적 특성이 결핍 된 구호시의 국한성과 함께 심각한 반성을 하게 된다. 그녀는 이렇게 말하였다. "중국 신시는 비록 아직 짧디 짧은 30년의 역사를 가지고 있지만 무의식 속에 이미 두 개의 전통이 형성되어 있다. 다시 말하면 두 개의 극단으로, 하나는 줄곧 '꿈이여, 장미꽃이여, 눈물이여'를 노래하였고, 다른 하나는 줄곧 '분노여, 뜨거운 피여, 광명이여'만을 외쳐댔다. 그 결과 전자는 인생에서 이탈되고 후자는 예술에서 이탈되었다. 오히려 응당 지녀야 할 인생과 예술을 종합적으로 융합시켜야 할 신성한 임무를 한 쪽에 버려두게 된다."[3] 이 '두 가지의 전통'에 대해 과분하게 '극단'화 된 개괄은 매우 전면적이지 못하고 정확하지 못하다고 말해야 할 것이다. 이것들은 단지 현대파시 가운데 하류와 정치시 가운데 졸작에 대한 표현에 불과하다. 모든 현대파시와 정치시를 애매

---

1) 신디, 〈≪신디 시고≫ 자서〉.

2) 후성(胡繩)이 항위에허에게 보낸 편지, 항위에허의 〈≪최초의 꿀≫ 후기(≪最初的蜜≫后記)에서 발췌. 문화예술출판사, 1985년 10월.

3) 모꿍(默弓), 〈천징룽〉, 〈진실한 소리 — 정민, 무단, 두윈셰에 대한 약술〉, 1948년 6월, ≪시창조≫ 제12기.

모호하게 '인생을 이탈하다'와 '예술을 이탈하다'로 말하는 것도 창작의
실제에 부합되지 않으며, 이는 아주 편파적 색채를 띤 이해와 판단이다.
그러나 현대파시 가운데 한 성원으로서 이러한 편파적인 목소리는 당시
일부 상징파, 현대파(큰 정도에서 시대적 분위기의 제약에 의해 탄생한
과분하게 자아 부정적인 성분이 포함됨)[4] 시인이 현대파 시를 돌이켜
사색한 뒤 표현한 "인생과 예술을 종합적으로 융합시킨다"는 이러한 신
시의 미학적 원칙을 추구한 필연적 추세였다. 과격함 속에는 흔히 보배
로운 진지함이 담겨져 있다. 신디가 앞에서 서술한 1946년 시인절에 쓴
〈뻐꾸기(布谷)〉가 바로 이러한 미학적 인식의 변화 가운데의 진지한
자백이다. "20년 전 나는 네가/ 영원한 사랑을 노래하고 있다고 여겼
다./ 20년 뒤인 오늘/ 나는 개인의 애정이 너무 작다는 것을 알았다/
너의 목소리에 포함된 내용이 변했다/ 너의 한 마디 한 마디의 하소연
은/ 인민의 고난이 끝이 없다고 말하고 있다……". 그리고, 뻐꾸기의 소

---

4) 30년대 현대파 시 조류에 참가한 펑즈는 40년대 말에 와서 상징주의를 과도하게
부정한 적이 있었는데, 그는 앙드레 지드의 말을 인용하여 이렇게 말하였다. "내가
상징파에 대해 가장 탄복하지 않은 점은 그들이 인생에 대해 호기심이 너무 없다
는 것이다. 모두 비관주의자로서 인간 세상을 싫어하는 자, 운명에 복종하는 자.
……시는 그들에게 있어서 피난소가 되었다. 또 추악한 현실에서 벗어나는 유일한
출로가 되었다. 모두들 절망적인 열정을 가지고 거기로 간다. ……그들은 단지
한 가지 미학만 가져왔고, 새로운 논리학을 가져오지 못하였다"(〈시에 관한 몇
가지 소감과 조우(關于詩的几條隨感與偶遇)〉, 1948년 10월 1일, ≪중국 신시≫,
제5집). 지드의 이러한 평론은 결코 완정하고 정확하게 중국의 현대파 시인의
정신적 추구를 개괄할 수는 없다. 마찬가지로 한 때 30년대 "소수 전위적 시인"들
을 위해 애써 변호하던 리젠우도 이 때 상징파에 대해 과도한 부정을 하였다.
그는 "직접 제기하지 않고 문자로 이리저리 돌려서 우회적으로 사물을 제시하였는
데, 때문에 알아보기 어려운 미묘한 단계에 처하였다. 이는 필경 나날이 발전해가
는 중국의 시대(우리가 목소리를 높여 직접 소리쳐도 모를 판에 어떻게 우회적으
로 내심을 말할 수 있겠는가?)가 허락할 수 있는 것이 아니다. …… 중국은 이
시대에 여전히 위고가 너무 적고, 말라르메가 또한 점차 다가오는 것을 싫어한
다.……"(〈생명에서 문자까지, 문자에서 시까지(從生命到字, 從字到詩)〉, 1948년
7월 ≪중국 신시(中國新詩)≫, 제2집) 이러한 주장은 편파적인 성분이 분명히
존재하며, "중국 신시"파의 시가 미학 주장이나 창작 실천과 서로 모순된다.

리를 듣고 시인은 다음과 같은 계시를 받는다.

> 그들은 일제히 선서하며 말한다.
> 온 생명으로
> 당신과 같은 목소리를 융해해 내자고,
> 온 생명으로 인민의 규탄을 불러내야 한다고.

항위에허가 1947년 6월에 쓴 〈계시(啓示)〉는 아마도 이러한 미학적 전환이라 할 수 있으며, 이 시인 단체들의 새로운 미학적 추구에 대한 '계시록'라고 볼 수 있다. "우리는 늘상 자신의 작은 세계에서 헤매인다/ 조개껍질 하나를 줍고, 푸른 벌레 한 마리를 잡아도/ 모두 한 바탕의 기쁨을 얻을 것이다. 마치/ 이 세계가 이미 자신에게 속해 있지만 자신은 오히려/ 한 뭉치의 몽롱함에 묶여져 있는 것처럼,/ — 바꾸어 오고 뛰어가도 한 손바닥 안에 있다". 어느 날 갑자기 깨어보니 생활이 '계시' 아래에 있다. 그래서,

> 물을 건너고 산을 넘어,
> 사랑하는 거울을 버리고,
> 자신의 세계 밖으로 가서 새로운 세계를 찾기 시작하네.
> ....
> 오늘날, 우리는 다시는 쉽게 탄식하지 않으리 —
> 한 떨기의 꽃이 지고, 달이 이지러지고,
> 혜성 한 개가 추락하고, 달걀 껍질 하나가 깨지는 것은,
> 모두 우리에게 미래에 도래할 것을 예시하나니.
>
> 일부 근심은 모두 우리에게 가리켜 주네.
> 앞날의 길을.
> 왜냐하면 그들 생명의 변화가
> 많은 기구함과 험난함을 막아주어,
> 우리를 새로운 세계로 데려다 주리니.
> — 자신의 세계 밖의 세계로

40년대 젊은 세대 시인들에게는 이렇게 현실을 냉담하게 바라보는 경험이 없으며, 또한 이런 예술적 탐구의 전환도 존재하지 않았다. 그들과 그들 몇몇 선배 시인들은 '자신 세계 밖의 세계'를 찾았으며, 인생과 예술적 평형이라는 이 공통된 새로운 미학적 원칙을 탐구하는 가운데 한데 모이게 된 것이다.

40년대에 이르러 '중국 신시'파 시인들은 이러한 인생(과 현실)과 예술적으로 '종합'되는 미학적 원칙의 서술을 더욱 정확하고 명확하게 써냈으며, 30년대 상징주의, 모더니즘을 이탈한 현실 생활의 감상적 경향을 돌이켜 보는 동시에, '중국 신시'파 시인들은 특히 정치시의 '허위'와 '감상'적 경향에 대하여 유행하고 있던 권위적인 이론의 강력한 부담을 무릅쓰고, 독립적인 예술적 사색을 진행하였으며, 아주 값진 맑고 뚜렷한 비판적 태도를 견지하였다.

일찍이 1946년, 웬커쟈는 글을 써서 일부 농후한 감각과 '힘의 농축' 성이 '무섭게 결핍되었지만', 그래도 일부 사람들에게 '정치적으로 좋은 시'라고 불리우는 작품들이 범람하는 경향에 대하여, 그리고 그러한 사람들에 대하여 아주 강렬한 불만을 표시하였다. 그는 이러한 시편들의 결점을 시의 '정치적 감상성'이라고 예리하게 비평하였으며, 이러한 시의 범람이 아래와 같은 결과를 유도하였다고 생각하였다. "예술적 가치 의식의 전도"는 "순수하게 관념 자체를 표현하는 것으로써 작품 가치의 높고 낮음의 표준을 결정한다".[5] 후에 천징룽은 '중국 신시'파 시인들의 논문과 '중국 신시'파의 간행물을 평론하는 가운데 또한 예리하게 다음과 같이 비평하였다. "현재 중국 시단에는 구호만 얼버무리는 구호시와 일부 산문이라고도 할 수 없는 것들로 행을 바꾸어 써낸 가짜 시들이 범람하고 있다". 어떤 시들은 "보기에는 그럴 듯하지만 사실상 내용이

---

5) 웬커쟈, 〈현대시 속의 정치 감상성을 논함〉, 1946년 10월 27일, ≪익세보 · 문학 순간≫.

비어있을 뿐만 아니라, 도리에 어긋나기 그지없으며 아주 허위적이다".[6) 그는 또 이렇게 말하였다. 당시의 시 예술 중에는 "혼탁하고 공허한 안 개가 가득 끼어 있었는데", 이는 그들이 독자들과 함께 "참다운 원칙인 예술이 허위를 용납하지 않는다"는 것을 각자 준수하고자 한다는 것을 표현한다.[7) 탕스는 항일 전쟁이 승리한 뒤에 시단에 "보수적인 나로드 니키"의 "부활"이 출현하였으며, 낡은 술병에 새 술을 담는 식의 형식주 의와 낙후된 수공업식의 경험주의자 혹은 기교주의자로 표현되는, 문자 의 기교는 "천편일률"적이고 내용적으로 "겉만 맴도는 표상적인 사회 현실"에만 만족하고 있다고 생각하였다.[8)

시의 '허위'와 '감상'적 경향을 반대하는 기초 위에 '중국 신시'파는 다 음과 같은 그들의 40년대 현대파시의 미학적 원칙을 추구하고 있었다. "이 남북에서 모인 젊은 한 무리의 작가들은 예술과 현실 간의 정상적 인 평형을 어떻게 추구하였을까?", "그들의 큰 방향은 일치하였다 — 교 주주의적인 독재적 통일과 얼마나 다른가! — 그렇게 차이가 있고 다양 한 풍격이 출현하고 발전하는 것을 허락하였으며, 강렬한 현대화의 경 향을 통하여 시의 새로운 탄생을 확정적으로 지향하였다". "그들은 결 코 어느 하나의 공통된 교조가 있어 의기투합한 것이 아니라, 단지 예술 과 현실 사이에 평형을 추구하려는 일치된 염원이 있었기에 모인 것이 었다. 이는 분명히 좌경이거나 우경 혹은 중간에 있지만 좌측에 치우치 는 문제가 아니라, 예술과 인생, 시와 현실 사이에서 정확한 관계의 긍 정이며 견지이다! 현실이 시를 삼켜버리는 것도, 시가 현실을 도피하는 것도 허락하지 않는다. 우리는 시가 현실을 반영하는 것 이외에 또한

---

6) 모꿍, 〈천징룽〉, 〈진실한 소리 — 정민, 무단, 두원셰에 대한 약술〉, 1948년 6월, ≪시창조≫ 제12기.

7) 천징룽, 〈편집실〉, 1948년 6월, ≪중국 신시≫, 제1기.

8) 탕스, 〈중국 신시—우리의 친구와 우리 자신에게 바침〉, 1948년 9월 13일, ≪화미 석간(華美晩報)≫.

독립적인 예술 생명을 가지고 시가 되기를, 뿐만 아니라 좋은 시가 되기를 요구한다"[9]. 그들은 이러한 현실과 예술 사이에서 평형을 추구하는 것을 예술적 원칙으로 자각하여 명확하게 개괄하였다. 즉 "시가 포함해야 하고 해석해야 하며 인생의 현실성을 반영해야 한다는 것을 절대적으로 긍정해야 하지만, 동시에 시가 예술이 되었을 때 반드시 존중되어야 하는 시의 실질— 시가 예술의 특성을 절대적으로 긍정해야 한다."고 하였다.[10] 천징룽의 서술을 빌리자면 그가 추구하는 현대의 시는 바로 "우선 현실 속에 뿌리를 내려야 하지만 또한 현실에 속박되어서는 안 되는"[11] 것이다. 탕스는 시는 반드시 현실적인 "토지에서 자신의 뿌리를 깊게 내려야 한다". "그것은 반드시 사회 생활의 자궁에서 길러지지만 또한 반드시 모체를 이탈하여 성장해 모든 것을 초월한 참신한 자신을 형성되어야 한다"[12]고 하였다.

이 '모든 것을 초월한 참신한 자신'이라는 것은 시의 미학적인 추구 가운데 현실적 내용과 예술적 심미 사이에 절대적 평형에 대한 강조를 의미한다. 그는 내재적으로 '중국 신시'파의 시인 단체가 역사적이고, 현실적인 시가 창작의 미학적 반성 속에서, 시의 주체적 창조적 의미의 인식에 대한 성숙과, 세계시의 현대적 발전의 새로운 추세의 역사성에 대한 인식을 반영하였다.

앞의 측면에서 말할 때, 그들은 유행하는 이론이 시인 주체의 내재적 창조력에 대해 무시하는 것을 반대하였으며, 시인은 응당 '강렬한 자아 의식'을 구비해야 한다고 강조하였다. 그들은 시인이 표현한 사회와 개인의 관계에서 "사람과 사회, 사람과 사람, 개체 생명 가운데 여러 가지

9) 웬커쟈, 〈시의 새로운 방향〉, 1948년 ≪새로운 길 주간≫, 제1권 제17기.
10) 웬커자, 〈신시의 현대화— 새로운 전통의 추구〉, 1937년 3월 30일, 톈진 ≪대공보·주일 문예≫.
11) 모꿍, 〈천징룽〉,≪진실한 소리— 정민, 무단, 두원셰에 대한 약술≫, 1948년 6월, ≪시창조≫ 제12기.
12) 탕스, 〈풍격을 논함〉, 1948년 6월, ≪중국 신시≫, 제1기.

요소의 상대성과 유기적인 종합을 절대적으로 강조하였지만, 위에서 서술한 대칭 모형 가운데의 어떠한 한 가지 혹은 몇 가지 요소의 독점과 독재, 그리하여 전체를 추방하는 것을 완전히 부정하였는데, 이러한 인식은 한 편으로 '최대 의식상태'의 심리 분석을 근거로 하였으며, 한 편으로 개인이 책을 읽고 처신하는 경험으로부터 지지를 받았을 뿐만 아니라, 정확한 의미 아래에 있는 자아의식의 광범위한 인식의 확대가 깊어지면서 필연적으로 힘껏 추구하는 혼연일체가 된 화합과 협조를 특히 중시하였다."[13]고 하였다. 그들은 대부분의 중국 시인이 아직도 '자연적이고 단순한 서정 속에서' 일상생활을 노래하고 있으며, "자각적인 정신과 일부 초월적인 혹은 농후한 상상력"[14]이 없는 데 대해 불만족해했다. 펑즈 선생도 시의 현실적 사명감과 시인의 내재적 생명에 대한 추구를 긴밀히 연결시켰다. 그는 "진실함과 신앙에 대한 긴박한 요구"는 시인의 "양심"적 요구가 표현한 "시대의 목소리"와 "살아가려는 의지력"이다. 이를 위하여 시를 "생명의 의의"로 보아야 하며, "시인의 진귀함이 좋은 시 몇 수를 쓰는 데 있는 것이 아니라, 시를 써서 그의 진실한 사람됨의 태도를 증명하는 데 있다"[15]고 하였다. 이것이 바로 자아의식과 내재적 생명 의미를 강조하는 의미에서 웬커쟈는 이 시인 단체가 추구하는 모더니즘을 또 "내재적 현실주의'이라고 칭하기도 하였다.[16]

뒤의 방면에서 놓고 볼 때, 그들은 세계 모더니즘 시 사조가 현실을 중시하는 경향으로 가고 있으며, 현대 시인의 창작 속에서 "강렬한 자아의식 가운데 똑같이 강렬한 사회의식이 돌출될 것"을 강조하였다. '중국 신시'파 시인들이 좋아하는 상징파, 현대파 시인은 예이츠, T.S. 엘리엇,

---

13) 웬커쟈, 〈신시 현대화 ― 새로운 전통의 추구〉, 1937년 3월 30일, 톈진 ≪대공보 · 요일문예≫.
14) 탕스, 〈무단을 논함〉, 1948년 9월, ≪중국 신시≫, 제3,4기.
15) 펑즈, ≪펑즈 시선≫(제2집), 206쪽.
16) 웬커쟈, 〈시와 민주〉, 1948년 10월 30일, 톈진 〈대공보 · 요일문예〉.

릴케, 오든이다. T.S.엘리엇은 예이츠를 평론할 때 "'예술을 위하여 예술을 하는' 것을 보편적으로 신봉하는 세계에서 태어났으며, 또한 예술을 사회적 목적을 위해 이용하는 하는 세계에서 성장하였다. 하지만 그는 둘 사이에 정확한 관점을 견지하였는데, 이러한 관점은 결코 양자 간의 타협이 아니라, 그의 행위는 한 예술가가 완전히 성실하게 그의 예술을 추구하는 동시에 또한 그의 국가와 세계를 위해 힘닿는 데까지 공헌을 한다는 것이다."[17]고 하였다. 엘리엇이 주장한 예술가의 책임감은 시인의 개인적인 열정이 그가 선전하는 사회 사상과 감정 사이에 '조화'와 통일이 되어야 한다는 이 미학적 원칙을 요구하는 것은 '중국 신시'파 시인들의 공명을 불러일으켰다. 오든은 현대파의 방법으로 중국 항일 전쟁이라는 현실 생활에 대한 창작과 그의 미학적 탐구를 직접적으로 표현하였으며, 이 시인 단체가 신시의 현대적 미학에 대해 탐색하고 실천하는 열정을 불러 일으켰다.[18] 더욱 중요한 동기는 이러한 시인이 사회적 양심, 시대의 생활 투쟁이라는 두 요소가 내심 세계에서 서로 비치며 통일되는 것으로, 이 시인 단체가 현실 생활에 관심을 갖는 것을 제약하였다. "우리가 인민에게 속한 이상 강렬한 인민의 정치의식이 있다".[19] 웬커쟈는 "시와 정치가 동등하게 밀접한 관계를 갖는 것을 완전히 긍정하지만, 양자 사이에 그 어떠한 종속 관계도 완전히 부정한다"고

---

17) T.S.엘리엇, 〈예이츠〉, ≪엘리엇 시학논집≫, 174쪽.
18) 웬커쟈는 오든의 '독일 유태인과 전쟁 난민 및 핍박받는 자에 대한 깊은 동정'을 찬양하며, "우리는 특히 그가 중국 전쟁터를 방문했을 때 쓴 수 십 편의 소네트시를 잊을 수 없다"(〈분석에서 종합까지〉, 1947년 1월 18일, ≪익세보·문학 순간≫)고 하였으며, 왕쮜량은 "우리는 오든을 더 좋아한다. 그 이유는 그의 시가 알아보기 쉽기 때문이다. 그의 학자적 재능과 당대에 대한 민감한 격언을 섞은 시는 감상하기 더 쉬웠다. 또 우리는 그가 정치적으로 엘리엇과 다른 좌파였고, 일찍이 스페인 전쟁터에서 구급차를 몰아 본 적이 있으며, 또 중국의 항일 전쟁에 참가하여 우리의 심금을 깊이 울리는 소네트시를 창작했다는 것을 알고 있다"(〈무단, 유래와 귀숙〉, ≪한 민족이 이미 일어났네≫, 강소인민출판사, 1987년)고 하였다.
19) 항위에허·탕치, 〈편집실〉, 1948년 7월, ≪중국 신시≫, 제2기.

하였으며, 시의 "재료는 광대하고 깊은 생활 경험의 영역에서 오며, 또한 현대인의 인생과 정치는 이렇듯 변화하며 밀접히 관련되어 있다. 만약 오늘날 시인이 모든 정치 생활의 영향에서 벗어나려는 생각을 가지고 있다면 그는 물고기가 연못을 떠나려는 허황된 기도와 요구에 빠질 뿐만 아니라, ……또한 확실히 자신의 감성적 반경을 축소하고 생활의 의미를 감소시키며 생명의 가치를 낮추는 것과 다를 바 없다. 때문에 이와 같은 자아 제한의 욕망은 기타 작품의 가치에 영향을 주지 않을 뿐만 아니라, 개별 생명의 진귀한 의미에도 엄중한 손해를 입힌다."[20]고 하였다. 탕스는 T.S.엘리엇를 논할 때 "시인은 사회 변혁의 세계에서 생활해야 하며, 동시에 사상과 문학 변혁의 세계에서 생활해야 한다. 그의 출현은 반드시 사회, 사상과 문학 역사의 일치된 요구를 맞이하며 포용하는 것이어야 하며, 뿐만 아니라 반드시 이 삼자의 현재 존재하고 있고 질서를 변화시켜서 그들에게 마땅한 영향을 끼쳐야 한다"[21]. "우리는 모든 시대의 목소리가 마음 속에서 한 갈래의 엄숙함으로 변화되는 것을 파악해야 하며, 엄숙하게 모든 것을 생각해야 한다. 즉 우선 자기 자신을 생각하고 자신과 모든 역사 생활의 엄숙한 관계를 생각해야 한다".[22]고 하였다.

위의 두 방면에서 인용한 서술 가운데 우리는 '중국 신시'파 시인들의 미학적 맥락을 알 수 있다. 그들은 시 작품이 개인 내면의 창백한 정감을 위한 속삭임이 되는 것을 반대하였고, 시가 시대를 이탈하여 현실의 관상품이 되는 것을 반대하였다. 그들은 또한 간단히 예술을 정치적 부속품이나 도구로 보아 시로 하여금 시대와 정치의 매개체가 되게 하는

---

20) 웬커쟈, 〈신시의 현대화 — 새로운 전통의 추구〉, 1937년 3월 30일, 톈진 ≪대공보·요일문예≫.
21) 탕스, 〈페이쉔 선생의 ≪신시 잡화≫(佩玄先生的≪新詩雜話≫)〉, 1948년 9월, ≪중국 신시≫, 제4기.
22) 탕스, 〈우리는 부른다(我們呼喚)〉(서를 대신해 씀), 1948년 6월, ≪중국 신시≫, 제1기.

것을 반대하였다. 그들은 인생과 문예가 인생과 정치생활에 대해 밀접한 관계가 있다는 것을 분명히 인정하였다. 일종의 강렬한 사회 사명감이 그들의 창작을 촉진시키고 있다는 것이다. 마치 그들이 자신을 인민의 고난과 성토를 담은 피가 묻은 뻐꾸기로 비유하는 것처럼 말이다. 바로 그들이 '한 줄기의 바람을 견뎌내지 못하는 갈대'라는 한 떨기의 '젊은 백화'는 아름다운 풍채와 자태를 가지고 있어도 "오직 공기만 있고/ 토지가 없으면 생활해 나갈 수 없다는 것"(신디, 〈자태(姿)〉)을 알고 있기 때문이다. 이 두 가지의 비유는 마침 그들의 자체 미학 원칙을 구축하는 사고의 논리적 출발점을 설명하였다. 중국 신시와 서구 시가의 상징주의, 모더니즘 예술 전통을 자각적으로 계승하였으며, 시의 현실과 예술 간의 평형을 추구하였고, 이러한 평형 가운데 시대적 색채와 독특한 성격을 구비한 시의 미를 구축하는 길을 견지하였다. 이러한 시적 아름다움의 독특한 성질은 인민의식과 개인의식의 결합체를 본위로 하는 시인의 심미 깊이이다. 이런 심미적 깊이는 그들로 하여금 자각적으로 신시의 현대화 운동에 참여하던 것으로 부터 30년대 현대파 시 및 서구 모더니즘 시가와 완전히 다른 궤도에 오르게 하였다.

그들은 이런 현대화의 추구를 신시 모더니즘의 새로운 경향과 새로운 전통을 건립하는 것이라고 칭하였다. 그들은 자신이 추구하는 현대시의 '고도로 종합'적인 성질을 다음과 같이 서술하였다.

> 이런 새로운 경향은 순수히 내심으로부터 나온 심리적 요구로, 결국에는 반드시 현실, 상징, 현학의 종합적 전통이다. 현실은 목전의 세계와 인생에 대해 긴밀히 파악하는 것으로 표현되며, 상징은 암시와 함축성으로 표현되고, 현학은 민감하고 사유가 다채로운 것, 감정, 의지의 강렬한 결합 및 수시로 드러나는 기발함으로 표현된다.[23]

---

23) 웬커쟈, 〈신시 현대화 — 새로운 전통의 추구〉, 1937년 3월 30일, 톈진 《대공보 · 요일문예》.

웬커쟈는 이런 '결론'을 '현대 시가'의 '새로운 종합 전통'이라고 칭하였다. 중국 모더니즘시 조류의 맥락인 2,30년대의 역사적 추세로부터 나와 40년대 이후로 출현한 일종의 '신시 현대화'의 현상에 이르기까지, 서구 현대시가 표현한 '고도의 종합'적 성질이 미학 특징을 다시 인증하여 이 시 '현대화'의 새로운 경향과 새로운 전통을 총결하고 개괄해 낸 것은 중국 모더니즘 시가의 미학 원칙의 중대한 돌파이다. '현실, 상징, 현학'이라는 3차원적 구조 및 이것과 불가분의 성질을 갖는 총체는 새롭고 독특한 현대 시학의 범주를 형성하였다. 그것은 시인이 강렬하게 관심을 갖는 사회적이고 심리적인 현실을 생명으로 삼고, 다양한 형식의 상징을 이미지로 구성하여 정서를 전달하는 수단으로 삼는다. 그리고, 추상적인 철리적 사고와 구체적이고 민감한 감각으로 시의 지적인 기초를 표현하였다. "단순한 염원을 포기하는" "현대 문화적 복잡성과 풍부성" 가운데 일종의 새로운 "큰 보폭으로 현대로 전진하는" 시의 세계를 구축하였다.24) 이 미학적 원칙은 2,30년대의 무무톈, 량중다이 등이 창조한 서구의 '순시화' 이론의 성질을 약화시켰으며, 현실의 사회적 인식과 내재적 자아의식이 융합된 성분을 강화하였다. 이는 일정 정도에서 당시 존재하는 현실주의를 심화하는 사고의 조류라는 충격이 가져온 시의 현대적 미학에 대한 조절을 체현했다고 말해야 한다. 그것은 전체적 사고와 실천적 조작에 있어서 모더니즘 시가의 발전 속에서 민족화로 나아가는 노력을 더욱 잘 체현하였다. '현실, 상징, 현학'이라는 이 시학적 범주의 탄생은 다이왕수로 대표되는 30년대 각종 현대적 시학의 탐색을 초월하였으며, 새로운 역사 단계로 진입한 이후 중국 모더니즘 시가 미학 원칙의 추구와 구축이 성숙으로 나아가는 경향을 표명하였다.

---

24) 웬커쟈, 〈시와 민주〉, 1948년 10월 30일, 톈진 ≪대공보 · 요일문예≫.

2 인민 중심: 현실과 현학의 교향악(상)

'중국 신시'파가 무의식적으로 모인 것에서 시작하여 자각적으로 형성되기까지, 1937년 민족 항일 전쟁과 1945년 이후 인민의 민주를 쟁취하기 위한 해방 전쟁이라는 두 역사적 단계를 거쳤다. 민족의 생사존망, 인민의 자유와 고난, 인간 생명에 존재하는 환경의 열악함, 암흑과 광명의 첨예한 투쟁, 이러한 아주 민감한 문제는 줄곧 시대의 주제가 되어 모든 양심 있는 시인의 앞에 놓였다. 이 민족의 대 각성, 인민의 큰 분기의 시대에 성장한 시인 단체는 비록 사상과 창작이 추구하는 기점이 완전히 같지는 않았지만 나날이 강화되는 인민의 민주 의식의 촉진으로 말미암아, 자신이 창조한 예술적 완미성의 추구 속에서 반드시 이러한 방향을 선택하게 되었다. 즉 현실 의식의 강화에 충실하는 것으로, 이는 우선 민족의 운명과 인민의 운명에 대한 강렬한 관심이다.

이미 앞에서 서술한 것처럼 이 유파에 속하는 시인과 이론가는 그들의 창작 정신의 추구를 '내재적 현실주의'라고도 불렀는데, 이는 어떤 의미에서 그들의 미학 의식과 창작 실천 가운데 시가 현실 생활에 충실해야 한다는 것을 아주 중요한 위치에 놓고 있다는 것을 인정하는 것이다. 이렇듯 현실에 충실하는 전통은 시가 정신을 담은 총체적 방향에서, 시인의 심미 선택에 있어서 현실주의 신시 조류의 정신적 추구와 심각하면서도 자연스러운 연계를 가지며, 예술이 인생을 대면하고 지녀야 할 일치성을 유지하였다. 연계와 이러한 일치성에서 가장 중요한 것은 시대적 투쟁의 조류에 직면하여 민족과 인민 생존의 운명에 대한 강렬한 관심으로, 다시 말하면 당시 양심 있는 많은 지식인들이 받아들이고 인정한 '인민 중심'의 사상이 이미 드러났거나, 잠재적으로 이 시인 단체가 생존하고 창작하는 정신적 원천과 지주가 되었다. 민족과 인민의 운명을 중시하는 것은 다른 정도에서 그들의 창작 의식을 지배하였다. '현실, 상징, 현학'의 '종합'에서 '현실'이란 '목전의 현실과 인생을 긴밀히 파악하는 데서부터', 사회를 관조하고, 시를 쓰고 다루는 데로 진입하였는데, 우선 시인의 시야에 들어온 것은 민족과 인민 생존의 현실적 운명에 대한 긴밀한 파악이었다.

항일 전쟁이 40년대 초 대치국면의 단계로 진입하였을 때, 청년 시인 무단은 그가 발표한 선배 시인 볜즈린과 아이칭의 창작에 대한 평론에서 이러한 현실을 긴밀히 파악한 '인민 중심'적 의식을 표현하였다. 무단은 '오사 운동'의 서정성으로부터 볜즈린의 ≪어목집(魚目集)≫의 '회색의 길'을 저주하는 것까지의 사이에서 '기발함(Lit)으로 시를 쓰는' 기풍의 발전을 긍정하였다. 그러나 또한 "7.7 항일 전쟁 이후의 중국이 이전과 매우 달라졌으며, '회색의 길'은 현재 이미 새 중국의 혈관이 되었고, 무수한 전사의 뜨거운 피, 투쟁의 무기, 각성된 의식이 바로 그 속에서 이동하고 있었으며, 모든 민감한 중국인의 마음 속으로 흘러들어갔다"고 하였다. 갈망을 따라 출현한 오래되고 '침체된 소택지'에서 벗어나 새로운 삶을 맞이한 중국이 직면한 현실에서 신시는 마땅히 어떠한 방향을 택해야 하는가? 이는 단지 낡은 서정성의 '추방'이 아니라 '새로운 서정'의 탄생이다. "사회 혹은 개인 역사의 일정한 발전 아래에서 보편적으로 광명을 향하여 전진한다는 점을 표현하기 위하여 시와 이 시대가 조화로운 감정을 가지게 하기 위하여 우리는 '새로운 서정'을 요구하는데, 이 새로운 서정은 이성적으로 사람들을 고무하여 그 광명을 띤 것을 쟁취해야 한다". 무단은 그런 "이지의 심층적 측면에서 어떤 기점도 없는" 정열적이지만 공허하여 내용이 없는 시를 반대하였다. 그는 아이칭의 〈나팔 부는 사람(吹号者)〉이 이런 '새로운 서정'의 '비교적 좋은 대표'라고 하였는데, 그 이유는 이 시에서 '정서와 이미지의 아름다운 융합'을 보아 낼 수 있기 때문이라고 하였다. 이러한 이미지 속에서 전투를 진행하고 있는 중국이 '새로운 삶 속에서의 왕성함과 고통, 그리고 유쾌함의 격동을 표현하였으며', '우리에게 생명과 투쟁을 향한 열정을 불러일으켰다'. 그리고, 볜즈린의 ≪위로 편지집(慰勞信集)≫

가운데 표현된 냉정한 '기발함'이 전투의 격정보다 많은 데 대해 "'새로운 서정'의 성분이 너무 빈약하다"고 불만을 표시하였다. 그는 이 시대에는 한창 '아름다운 정신의 꽃'이 피고 있으며 큰 거리나 들과 작은 진을 막론하고 "모두 군중의 거대한 노랫소리를 들을 수 있다"고 하였다.[25] 그의 '새로운 서정'에는 인민의 각성과 시대적 투쟁을 극도로 중시하는 의식을 표현하였다.

무단은 아이칭의 시집인 ≪그는 두 번째로 죽었다(他死在第二次)≫에서 "우리 본토 위의 모든 신음, 고통, 서정과 희망들에서 쑥쑥 생장하고 있는 것"을 들었고, 또한 "동일한 '토지의 향기'"를 맡았다. "마치 휘트먼이 노래하고 있는 신생의 미국처럼 그는 신생의 중국을 노래하고 있다". 시인은 일종의 "어떻게 거대하고 깊은 감정으로, 어떻게 정열적인 마음이 희생과 고통의 경험을 용해하고 있는지, 그리고 시인의 전진하는 역량을 유지하고 있는지로 말미암아", "휘트먼의 그런 중산 계급의 맹목적으로 자족하는 정서보다 시인 아이칭은 더욱 진보적이고 더욱 심도가 깊다"고 하였다. 무단은 아이칭의 시를 인용하여, "삼림이 깨어났다/ 새들의 울부짖는 소리가 들려왔다/ 강이 깨어났다/ 말 무리가 물을 마시게 유인한다./ 시골의 벌판이 깨어났다/ 농촌 부녀자들이 바삐 제방에서 걸어 지나간다./ 광야가 깨어났다/ 회색 옷을 입은 사람들이/ 어둑한 새벽의 낡은 집에서 걸어 나와/ 붐비거나 줄서고 있다……"고 하였는데, 이러한 "생활을 표현하여 특별히 친근하고 진실하게 표현된" 생활의 그림 속에서 인민의 각성, 투쟁의 간고함, 투쟁의 신념을 보아내며, "어떻게 시인의 마음을 격동시키는지", "이는 단지 거대하고 심후한 감정과 정서로서 부활하는 토지 위에서만이 그려낼 수 있는 진실한 화면이다"고 여겼다.

아이칭은 ≪그는 두 번째로 죽었다≫ 속 한 전사의 몸에서 '민족의

---

25) 무단, 〈≪위로 편지집≫ ― ≪어목집≫부터 이야기함(≪慰勞信集≫ ― 從≪魚目集≫談起)〉, 1940년 4월 28일, ≪대공보 · 종합≫(홍콩편).

위대한 의지'를 보아냈으며, "이러한 한 전사를 묘사해 냈는데, 그는 무수한 중국의 전사를 일으켜 세운 것과 같다. 왜냐하면 우리는 바로 얼마나 많은 이런 무수한 사람들이 조국을 위하여 사람들의 심금을 울리는 일들을 해내고 있는가를 생각하게 하기 때문이다". 무단은 동시에 아이칭의 시 가운데 주인공의 심리적 각색이 그 어느 다른 심리적 묘사보다 '더 생활에 충실했다'는 것을 찬양하였는데,[26) 무단의 평론 의식에는 잠재적으로나 겉으로 보아 모두 '인민 중심'에서 출발하는 현실의 투쟁 생활과 긴밀히 연계되는 민족의 생사존망에 대한 운명의 심각한 현실주의적 정신이 포함되어 있다. 그의 이러한 의식은 이 시인 단체의 창작 관념의 추세를 따른 대표라고 볼 수 있다.

그들이 40년대 말에 응집하여 자각적인 시파가 되었을 때, 이런 '인민 중심' 의식은 현실을 긴밀히 파악하고 중시하는 사상 관념과 미학적 추구로부터 출발하여, 기타 유파와 함께 같으면서도 서로 다른 형식으로써 더욱 명랑하고 자각적으로 표현하였다. ≪중국 신시≫ 잡지가 창간될 때 탕스가 쓴 발간사 속에서 "우리가 직면하고 있는 것은 엄숙한 시기이다"라고 하였는데, 낡은 세계가 곧 무너지게 될 시대에 "도처에 역사적으로 큰 천둥과도 같은 호소가 있고, 들로 가서 인민의 투쟁 속으로 들어가며, 진지한 생활 속으로 들어간다". "우리는 마음 속 깊이 이 세상의 사람을 사랑하는 사람들로, 역사적 생활을 껴안기를 갈망하며, 위대한 역사의 찬란한 빛 속에서 우리는 작은 일들을 한다. 우리는 모두 인민 생활 속의 일원이며, 모두 경건하게 진실한 생활을 껴안을 수 있기를 갈망한다. 자각적인 사색 속에서 간절한 기도, 호소를 불러일으키고 시대의 목소리에 응답한다". "우리는 모두 단조롭고 침체된 시대가 아니며, 생활로부터 예술의 풍격에 이르기까지 모두 다양한 모순이 가득 찬 통일에로 나아가고 초월적으로 혼합된 대융합으로 나아간다".

---

26) 무단, 〈그는 두 번째로 죽었다〉, 1940년 3월 3일, 〈대공보·종합〉(홍콩편).

"우리는 모든 시대의 목소리를 장악하여 마음 속에서 엄숙함으로 변화시켜야 하며 엄숙한 사상이 모든 것이다. 우선 자신을 생각하고 자신과 모든 역사 생활의 엄숙한 연관을 생각해야 한다". "우리는 하나로 어우러진 사람들의 시대적 풍격과 역사를 초월하는 안목을 지녀야 하며, 또한 각자 적절한 개인의 시대적 풍격의 돌출과 잠재되어 있는 심층적 개인의 공헌을 허락해야 한다". "역사는 우리를 생활의 격류 속에서 살게 하였고, 역사는 우리를 인민의 투쟁 가운데 생활하게 하였다. 우리는 모두 인민의 일원으로, 우리를 모든 진지한 마음으로 단결하여 공동으로 노력하게 한다. 이 모든 영예는 인민에게 속한다!"[27] 이어서 간행물의 제2집에서 편집인은 더 나아가 또 이렇게 말하였다. "내용상으로 오늘날 중국에서 가장 투쟁 의미가 있는 현실을 더욱 강렬하게 포용하며, 설사 우리가 온갖 결점을 가지고 있다 할지라도 광대한 인민의 길은 이미 모든 가장 복잡한 투쟁의 길을 가리켜 주었다. 우리는 인민에 속할 뿐만 아니라, 강렬한 인민의 정치의식을 갖추고 있으니, 어떻게 우리의 예술 형식을 통하여 호소하며 표현해내야 하는가? 이 점에서 우리는 과장된 선전주의도 아니고 혹은 금전적이고 투기적인 '농민파'도 아니며, 또 모든 것을 두려워하는 중국식 '유미파'의 헛된 공허한 투쟁도 아니다. 우리는 먼저 진정한 사람이기를 원한다. 가장 복잡한 현실 생활 속에서 우리는 각 방면에서 이 간고하고 빛나는 투쟁에 참여하며 역사 단계의 진리의 호소를 받아들이며, 우리의 신시에 대한 습작을 실험한다".[28] 그들은 자각적으로 인민에 귀속되어 인민의 정치적 의식을 자신의 의식으로 삼으며, 아울러 이런 요구로부터 출발하여 현실 생활을 껴안고, 현실 투쟁에 참가하며 자신이 선택한 '초월'적인 예술적 창조를 통해 시의 창작을 실현하였고 독특한 '시적 풍격'의 형성을 요구하였다. 그들이

---

27) 탕스, 〈우리는 부른다(我們呼喚)〉(서를 대신해 씀), 1948년 6월, ≪중국 신시≫, 제1기.
28) 〈편집실〉, 1948년 7월, ≪중국 신시≫, 제2기.

써낸 작품은 예술적으로 아마도 기타 유파에 비해 이런 저런 차이가 있을 수 있지만 그들의 창작 정신의 시에서의 표현은 모두 인민에게 속하고 현실에 속해 있는 것이었다.

'인민 중심' 의식을 창작의 정신적 동력으로 삼는 것은 결코 자신의 예술을 '강렬한 인민의 정치의식'의 매체로 변화시키는 것과 같지 않으며, 자신이 창작한 심미적 추구를 인민의 심미적 수요와 수준에 부합시키는 것이다. 현실과 예술의 통일에 충실하는 것은 이 '엄숙한 별들'의 최고의 추구이다. 그들이 항일 전쟁에 참가한 후 창작한 대부분의 작품은 예술의 진실성과 생활의 진실성 사이에서 될 수 있는 한 조화와 일치를 이루고자 노력하였다. 인민의 생활을 그 토대로 하고 또 인민의 생활에 충실히 하며 독특한 이미지와 서정적 구축으로 생활의 원시적 형태를 생활의 예술적 미로 초월되는 과정을 표현하였다. 내재적 체험은 생활에 대한 승화와 제련에 강렬하게 참여함으로써 시 본질의 진정한 완미함의 시 형식에 부합되며, 현대적 시의 본질에 부합함에 있어서 펑즈가 제기한 "나에게 협소한 마음과/ 큰 우주를 주소서"와 같은 염원을 실현하고자 노력하였는데, 이는 그들 시 창작의 공통된 원칙이 되었다. 이 때문에 그들의 '내재적인 현실주의'는 또한 일반적인 현실주의 작품과 달리, 시인의 내심이 생활에 대한 감각과 승화를 더욱 강조하여, 더욱 강렬한 현대성을 갖춘 심미 개성을 지닌 추구를 표현하였다.

'중국 신시'파 단체의 '대우주'의 수립은 완미한 창조에 의해 완성된 것으로, 그들의 시는 인민과 현실적 미에 대한 교향악을 구축하였다. 인민의 고난, 인민의 투쟁과 각성, 그리고 인민의 강인함과 항일 전쟁의 구국 활동에서 발한 비할 데 없는 창조력은 그들 시 속에서 독특하고 깊이 있게 표현되었다.

항위에허의 정치의식은 아주 강렬하였다. 그의 시 속의 이러한 현실의식은 더욱 선명한 형식으로 표현되었다. 〈환향기(還鄕記)〉는 시인과 인민이 극도의 암흑 속에서 강압적으로 품고 있는 분노와 원한을 서정적으로 표출하였으며, 〈여명이 오기 전에(黎明之前)〉는 시인과 모든 진보한 사람들의 공통된 의지를 써냈다. 즉 끝이 없는 밤 속에서 투쟁자의 견실한 발걸음으로서 '산 저쪽의 이미 스며들고 있는', '서광'을 맞이하였다. 〈세계에는 얼마나 많은 사람들이 나의 이름을 부르고 있는가?(世界上有多少人在呼喚我的名字)〉는 현실 정신이 아주 강렬한 시로, '항위에허'의 이름과 무수한 보통 노동자들의 부르짖음이 연이어 이어져 있는 것을 통해 그들의 고통스럽고 무거운 운명을 써냈으며, 또 이런 '불행한 사람들'을 위해 내심의 갈망을 노래하였다. "나는 얼마나 갈망하는가, 어느 날을 갈망한다/ 그들의 자기의 생활, 자기의 행운을 위해 노동할 수 있기를/ 이러한 밀가루는 배고픈 사람들에게 운반되어 줄 것이고/ 이러한 목재는 집 없는 사람들에게 운반되어 보낼 것이다./ 이런 우뚝 솟은 웅위로운 석상은/ 하나 하나 모두가 조국과 인민을 위해 몸 바친 영웅들/ 황량한 벌판에서 다시는 볼 수 없으리/ 들개들에게 물리운 시체들……". 그의 장편시 〈불타는 성(火燒的城)〉은 아주 친절하고 약간은 풍자적이며 또한 사실적인 필치로 고향의 어느 작은 도시의 역사적 변화와 향촌과 작은 도시 사이의 발전과 연관, 인민이 받은 침략자가 가져온 고난과 감수해야 하는 새로운 압박자의 유린과 각성자의 투쟁 및 반항을 서술하였다. 다른 한 편의 장편시 〈부활한 대지(復活的土地)〉에서는 모든 세계의 나치 전쟁을 반대하는 것과 대 상하이의 생활과 운명을 배경으로 삼아 시인의 현대적 의식과 예술적 방법이 강렬히 표현되었다. 강렬한 인민의 정치의식, 거대한 역사시적인 구조, 적에 대한 강렬한 증오와 인민에 대한 깊은 사랑의 정감에 대해, 민감한 현대적 이미지의 포착, 사람들을 깜짝 놀라게 하는 각성한 시적 언어, 격렬하고 부단히 변화하는 정서와 서로 일치하는 현대적 리듬은 T.S.엘리엇의 ≪황무지≫의 의도와 서로 상반되는 진리가 사악함을 이기고, 광명이 암흑을 정복하는 인민 승리의 교향악을 구축하였다. "자기 노동과 생명을 공헌한 것은/ 이런 맨발의/ 이 깊이 잠든 산하를 움직이고 보위하는 것이 아니겠는가/ 재난 많은 조국과 그 자신의/ 생명의 뿌리를/ 보위하는 것도 바로 그들이 아니겠는가?/ 지금, 그들은 괭이를 든 손으로/ 적들에게서 빼앗은 무기를 꽉 붙잡고/ 이 최후의 속박 당한 토지를 해방시킨다'. 이 시는 1948년 10월에 쓰여진 긴 장편시로, 한 세기 이래 가장 밑바닥에 눌려있는 인민의 마음을 섬세하고 투철하게 노래하고 있다. 탕스의 장편시 〈동란과 성(騷動与城)〉, 탕치의 장편시 〈시간과 깃발(時間与旗)〉도 모두 극도의 큰 열정으로 인민의 분노와 반항, 그리고 인민이 자신의 해방을 도모하는 전쟁을 노래하였으며, 광명은 반드시 도래한다는 믿음을 사람들의 마음 속에 울려 퍼지게 하는 시대적 주제를 전달하였다. "과거의 시간은 여기에 남아있다. 여기는/ 완전한 과거가 아니다, 지금도 내부에서 팽창하고 있다/ 또 흔히 미래이다, 모든 것을 포용하였다/ 방향, 하나의 거대한 역사적 형상은 이 빛나는 것에서 완성된다/ 인민의 깃발"(〈시간과 깃발〉), 두윈셰의 〈버마 도로(滇緬公路)〉는 아주 웅장하고 탁 트인 기세와 현대적 색채로 가득 찬 필치로 생명과 선혈로서 민족 항일 전쟁의 위대한 공정을 걸머진 노동자들을 위하여 사람들의 마음을 뒤흔드는 서사시를 조각해 냈다.

항일 전쟁 포화의 강대한 추동은 첫 번째로 중국 지식인의 개인의식을 가장 크게 인민의식으로 융합시켰다. 그들은 '개인의 영예' 위에 광대한 인민생활의 진실한 세계와 '서로 이어지고 맞물리는' '무아의 영예'를 창조하려고 하였다. '오사 운동' 이래로 문학에는 줄곧 인민의 고통스러운 운명에 대한 동정의 주제가 존재하였지만, 점차로 인민의 역량과 내재적 정신미의 발견과 찬미로 대체되었다. 많은 시인들은 다시는 일부 소설 등의 장르에서 계몽자가 심취되어 있는 인민의 마비된 결점의 가락을 중복하지 않고 자신의 눈과 마음으로 노래하는 인민의 외부와 내심에로 그 방향을 바꾸었고, 그들이 민족 항일 전쟁 가운데 탄생한 새로운 힘과 미적 표현으로 전향하게 하였다. 이 방면에서 '중국 신시' 파 시인 단체의 창작은 40년대 신시 교향악을 위해 우렁차고도 깊이 있는 선율을 제공하였다. 민족의 운명을 열정적으로 주시하고 있을 뿐만 아니라, 항일전쟁의 현실로 뛰어 들어 진실한 죽음의 시련을 체험하였던 청년 시인 무단은 인민의 각성에 대해 가장 낭만적이고 열정적인 '찬미'를 노래했다.

> 다 말할 수 없는 이야기는 다 말할 수 없는 재난, 침묵의
> 애정이다. 공중에서 날아다니는 매의 무리이다.
> 건조한 눈은 뜨거운 눈물이 차 넘치기를 기대한다.
> 움직이지 않는 회색의 대오가 머나먼 하늘가에서 꿈틀거리고 있다.
> 나에게는 너무나 많은 말들이 있고, 너무나 오래된 감정이 있다.
> 나는 황량한 사막, 가파른 오솔길, 노새차로서,
> 나는 배로서 온 산에 핀 들꽃으로서 비가 내린 흐린 날씨로서,
> 나는 모든 것으로서 당신을, 당신을 포옹하련다.
> 나의 도처에서 볼 수 있는 인민이여,
> 치욕 속에서 생활하고 있는 인민이여, 등을 구부리고 있는 인민이여,
> 나는 피가 묻은 손으로 당신 매 한 사람과 포옹하려고 한다.
> 왜냐하면 하나의 민족이 이미 일어났기 때문에.
>
> ― 〈찬미〉

또 다른 시 〈차가운 섣달 밤에(在寒冷的腊月的夜里)〉에서 시인은 아이칭의 〈눈은 중국의 대지 위에 흩내리고(雪落在中國的土地上)〉라는 시의 영향을 현저하게 받는다. 그러나 또 더욱 풍부한 역사성과 몽롱성의 처리를 하였다. 시인은 북방의 그런 고난 속에서 허덕이고 있는 오래되고 현실적인 운명에 대해 깊이 사고하였다. 즉 그들의 섣달 차디찬 바람 속에 바싹 마른 전답, 그들의 보리와 곡식을 마을에 모아놓은 수확, 그들의 오래 된 길과 전답에서 가로 세로 반짝이는 등불, 그들은 삐걱거리는 차바퀴에 눌리어 죽은 길 위에서 하나하나의 친절하고 무거우며 주름 가득한 얼굴을 위하여, 그들 마음 속 깊은 곳의 혹은 고통스럽거나 혹은 유쾌한 혹은 마비된 정감들, 시인은 모두 이러한 것들을

평등하고 깊이 동정하는 자태로 예술적으로 그려냈고 맥락을 살폈다. 우리는 시 속에서 동정과 찬미를 초월한 목소리를 들을 수 있다.

바람은 동쪽으로 불고, 바람은 남쪽으로 불고, 바람은 낮고 좁은 작은 길 위에서 불어댄다.
나무격자의 때운 창호지는 모래흙을 쌓고 있고, 우리는 진흙이 뒤섞인 처마 아래에서 잠든다.
어느 집 아이들이 놀라서 울고 있다. 와一웅一웅一 지붕에서 지붕으로 전달된다.
그는 곧 자랄 것이다. 점점 우리와 같이 늙고 우리와 같이 코를 골 것이다.
　　　　　　지붕에서 지붕으로 전달되는, 바람은
　　　　　　이렇듯 크고, 세월은 이렇듯 유구한데,
　　　　우리는 들을 수 없다, 우리는 들을 수 없다.

불꽃이 꺼졌는가? 붉은 석탄불이 꺼졌는가? 한 목소리가 말한다.
우리의 조상은 이미 잠들었다. 우리로부터 멀지 않은 곳에서 잠들었다.
모든 이야기는 이미 다 했다. 단지 잿더미만 남겼을 뿐 ,
우리는 위로 없는 꿈 속에서 그들이 이리 저리 왔다 갔다 한 뒤,
　　　　　　문 어귀에서 그 오래 쓴 낫으로,
　　　　　　괭이, 소 멍에, 맷돌, 큰 수레로
　　　　조용히 눈꽃이 흩날리는 것을 받아들이고 있다.

인민에 대한 깊은 사랑과 관심의 의식, 유구한 역사와 사람을 압박하는 현실을 포함한 시인과 인민 사이의 마음과 마음의 교류, 위로 없는 꿈 속에서 유구한 역사 속 농민의 운명에 대한 더 깊은 사고는 이러한 현실적 서정과 담담한 상징적 이미지의 조합에 융합되었다. 이는 현실적 분위기의 상징이며 또 시인의 내심 속 정서의 상징이다. 그것이 포함하고 있는 현실적 생활의 진실과 역사의 추궁은 그런 직설적으로 묘사한 시보다 더욱 사람들의 심령에 깊고 유구한 감동과 메아리를 준다. 시인은 이런 노래를 부르기도 했고, 또 항일 전쟁에 존재하는 여러 가지

광명과 암흑을 부르기도 했으며, 숭고한 희생과 이기적인 부패의 모순이 야기한 내심의 찢어질 듯한 고통도 노래하였다. "역사의 모순은 우리를 짓누른다./ 평형은 우리 하나 하나의 충동을 말살한다". 시인은 지식인이 이러한 이상 추구의 곤경을 참고, 자신의 정신 역량을 싸워 이기는 원천을 깊이 제시하였다. "왜냐하면 우리의 배경은 무수한 인민이기 때문에/ 비참하고 열렬하거나 혹은 우매하게/ 그들과 공포는 언제나 어깨를 나란히 하고 싸운다"(〈성토(控訴)〉).

강렬한 '인민 중심' 의식의 현실적 관조와 강렬한 현대적 의식의 심미 추구는 이 시인 단체가 창작한 대부분의 시편들로 하여금 현실의 교향악 속에서 잠재되어 있는 반항과 조소의 색채를 띠게 하였다. 그들은 도전자의 자태, 원한의 눈빛으로 사회의 암흑과 부패, 압박자의 이기심과 탐욕, 인민의 빈곤과 유린에 대해 묘사하거나 암시하거나 풍자하는 형식으로 분노도 가득 찬 항쟁과 저주의 노래를 불렀다. 이러한 시는 또한 일반적인 정경의 사실적이거나 혹은 정감적인 허무함을 초월하여 예술적 미가 가득 찬 경계로 진입하였다. 신디의 〈여름날의 소시(夏日小詩)〉, 〈회답(回答)〉, 〈아Q의 문답(阿Q答問)〉, 항위에허의 〈악몽(噩夢)〉, 〈어릿광대의 세계(丑角的世界)〉, 〈최후의 연출(最后的演出)〉, 무단의 〈옷 빠는 여인(洗衣女)〉, 〈신문팔이(報販)〉, 〈농민 병사(農民兵)〉, 〈출발(出發)〉, 탕치의 〈여자 감옥(女犯監獄)〉, 〈석탄 캐는 노동자(挖煤工人)〉, 〈늙은 창녀(老妓女)〉, 〈최후의 시각(最末的時辰)〉, 천징룽의 〈논리병 환자의 봄날(邏輯患者的春天)〉, 두윈셰의 〈고통을 잘 표현하는 사람(善訴苦者)〉, 〈개(狗)〉, 〈물가를 쫓는 사람(追物价的人)〉, 정민의 〈어린 도장공(小漆匠)〉, 〈인력거꾼(人力車夫)〉, 웬커쟈의 〈도시로 들어가다(進城)〉, 〈상하이(上海)〉, 〈난징(南京)〉, 〈난민(難民)〉 등등은 모두 인민의 운명을 긴밀히 파악한 가장 현실적인 사색 속에서 이런 시인의 현실생활에 대한 첨예한 투쟁, 시의 예술적 완미성, 정체성에 대한 추구, 시인의 시대적 사명감과 예술적 가치에 대한 간고한 돌진을 표현하였다. 그들의 창조는 그들의 "감정을 깊이 있는 이미지 속에 응결하는"[29] 현대 예술 의식의 자각을 표현하였다. 그들은 언제나 매우 현실적인 감정과 사색을 위하여 내부로 용해되게 하였으며, 아울러 동시에 완정한 예술미의 매체를 찾았을 뿐만 아니라 양자로 하여금 T.S.엘리엇이 말한 '조화'의 경지에 도달하도록 하였다. "맑은 경지에서/ 우리는 안다/ 가장 진실한 진실/ 가장 아름다운 아름다움이 무언지를"(마펑화, 〈무제(无題)〉).

다음은 신디의 〈풍경(風景)〉이다.

　　열차는 중국의 늑골에 머물고
　　마디 마디 이어지는 사회 문제
　　잇닿아 있는 초가집과 들판의 무덤
　　생활은 종점에서 이렇듯 가깝네.
　　여름날의 토지는 풍요롭고 자연스럽게 푸르지만
　　병사의 새 옷은 싯누렇고 처참하게 퇴색되었네
　　여태 머물렀던 곳을 다시 습관적으로 돌아보니
　　생소하지만 일반적인 암담함 말할 수 없네.
　　여윈 경작소와 더욱 여윈 사람들
　　모두 병이지, 풍경이 아니네!

다음은 웬커쟈의 〈상하이〉라는 시이다.

　　얼마나 많은 사람들이 그것의 침몰을 예언했는지 묻지 않는다.
　　듣기로 매 년 몇 촌씩 함몰된다고 한다.
　　새로운 건축은 언제나 마귀의 손바닥처럼 뻗어 있고
　　지면에 속한 햇빛과 수분을 섭취한다.
　　그러나 마귀의 그림자 어지러이 널려 있고, 탐욕은 고공에서 진행된다.

---

29) 탕스, 〈≪높이 날아오른 노래≫ 후기〉, ≪높이 날아오른 노래≫, 평원출판사(平原出版社), 1950년.

한 차례의 절망적인 전쟁은 전화벨 소리를 울리고,
진열창의 수치는 마치 순서가 뒤섞인 신경과 같이
지면에 분포된 것은 기아에 허덕이는 진공 상태의 두 눈이다.

도처에 불평이 가득 차 있고, 세월은 가벼이 지난다.
사무실에서 술집 사이 한 궤도가 들어섰고,
사람들은 돈 버는 데 10시간, 황음에 10시간을 쓴다.

신사들은 큰 배를 내밀고 사무실로 들어서고,
맞이하는 것은 타자 치는 아가씨의 붉은 색 하품
신문을 들고, 얼굴을 가리고, 난징의 뜬소문을 기다린다.

　처음 시는 사회에 대한 파노라마식의 비판으로, 생활 현실의 묘사와
작가가 그 속에 감추고 있는 깊은 분노, 구체적인 생명 이미지와 추상적
인 논리 언어, 평담한 사실과 잔혹한 인생의 철리, 담담한 용어와 그것
의 다양한 함의가 시 속에서 자연스럽게 한데 섞여서, 당시 정권의 통치
아래 몰락과 병태로 가득한 중국의 '풍경 아닌' '풍경'을 구성하였다. 이
러한 시는 냉정함 속에서 열정을 표현해 냈고 깊은 사고 속에서 사람들
에게 분노를 가져다 주었다.
　두 번째 시는 구체적인 도시를 대상으로 한 풍자적인 묘사에 속한다.
구체적인 대상 속에서 현실 전체에 대한 절망과 분노를 포함하고 있다.
풍자 대상의 특징에 부합하기 위하여 작품 속에서 시인은 의도적으로
많은 현대 공업과 상품화된 대도시의 언어와 이미지를 운용하였다. 어
조 상으로 보면 아주 가볍지만 심중한 사상의 힘을 함유하고 있다. 새
로운 상상과 기이한 이미지, 언어의 어울림, 흔히 보이는 상황에 대한
묘사 속에서 모두 깊고 넓은 풍자적 역량을 숨기고 있다. 그들의 현대
적 전달 방식의 운용이 가져온 품격, 현대 정신의 심도와 함유, 생활과
직접 관계된 묘사를 하지 않음으로써 가져오는 심미적 거리감, 이러한
것들이 40년대 도시에서 유행하던 풍자 가요체 혹은 도시 풍자체와 구

별되게 하였다.

사람들은 이 시인 단체를 연구할 때 흔히 그들의 미학적 주장에 근거하여 그들을 40년대에 존재한 자유주의 문학 사조와 연계시켜, 그들이 현실과 거리를 두고 예술의 독립을 추구한 면을 강조하였다. 그러나 그들 자체가 가지고 있던 '인민 중심'의 강렬한 정치의식을 핵심으로 한 현실을 중시하는 면을 홀시하였다. 나는 이것이 적어도 단순한 이론의 표면적 관찰로 인하여 창작의 표현을 홀시하여 생겨난 일종의 오해거나, 혹은 개별 시인의 창작 의식의 한 측면을 모든 시인 단체에 대한 고찰로 대체한 때문이라고 생각한다. 어떤 자유주의 사상을 견지한 문학가는 당시 확실히 문학의 독립성을 다음과 같이 주장한 적이 있다. "나는 문예를 홍보하거나 아부하는 도구로 삼는 것을 반대한다. 문예는 그 자체로 인생을 표현하거나 사람의 심정을 정화시키는 기능이 있다. 이런 자신의 보유지를 잃어버리고 종교 철학, 혹은 정치를 위해 나팔을 불거나 줏대 없는 인간이 된다면, 주인 자리를 버리고 노예가 되는 것에 만족하는 것이다".30) '중국 신시'파 시인인 신디는 일찍부터 인민의 고통을 노래할 것을 자임하였고, 항위에허는 연안에 간 적이 있는데, 이 시기 다른 사람보다 더욱 강렬한 현실 정신을 표현하였다. 탕스, 탕치, 천징룽의 시 역시 인민과 시대의 분개에 대하여 노래하였고, 무단과 두윈셰는 생사존망의 항일 전쟁에 참가하여, 인민의 운명을 중시한 시편들을 노래했다. 정민의 시 속에는 직접적으로 현실 생활을 노래한 성분이 조금 적지만, 그녀의 〈나무(樹)〉, 〈어린 도장공(小漆匠)〉에는 모두 민족과 인민의 운명을 중시하는 시의 정서가 담겨져 있다. 웬커쟈의 어떤 시, 예를 들면 〈공(空)〉 등은 변화무쌍하고 몽롱한 감이 많이 스며 있어, 당시의 평론은 이것이 시인의 고독으로 말미암은 마음 속 '비애에 찬 호소'라고 하였다. 즉 "이와 같은 시는 그 기질이거나 표현 수법이거

---

30) 주광쳰, 〈자유주의와 문예〉, 1948년 8월, 《주론(周論)》, 제2권 제4기.

나 간에 모두 오늘날 전투적 시대정신과 통일되지 않는다".[31] 비록 '중국 신시'파 시인 단체의 개별 시인과 40년대 자유주의 문인 간에는 일부 스승과 제자 혹은 기타 인간관계의 내왕이 있었지만 그들의 창작 이론과 실천에서 볼 때, 그들과 자유주의 문인 사이에는 문학상으로 단순히 정치 선전의 도구가 될 수 없었고, 시 창작이 예술적 미의 품격이라는 면을 상실할 수 없는 일치된 면이 존재하고 있었다. 그러나 그들 사이에도 아주 큰 구별이 있었는데, '인민 중심' 사상을 인정하는가 하지 않는가 하는 근본적인 면이다. '중국 신시'파 시인 단체는 결코 문예를 단순하게 표현하는 것 혹은 추상적인 인성과 '인생' 혹은 '심령을 정화하는' 것이라고 보지는 않았다. 그들 마음 속에는 언제나 현실과 인민이 담겨져 있었다. 인민의 의식과 인민을 대표하는 가장 근본적인 이익은 민주 의식이 그들 자체의 개인 의식의 일부분이 되었다. 그들이 강조하는 것은 '현실, 상징, 현학'의 '종합' 원칙으로, 이것 자체에 사회 현실을 중시하는 의식이 포함되어 있다. 그들은 엘리엇, 오든 등 여러 현대파 시인의 창작과 실천이라는 두 '종합'적 추세를 반영하고 있다고 생각하였다. "엘리엇의 '문화 종합' 및 오든의 '사회 종합'은 마치 사회의 두 기치처럼 무의식적으로 현대인의 종합 의식을 위해 그 발전 과정의 흐름을 표현해 주었다". "그들의 사회 활동에는 모두 강렬한 사회의식이 포함되어 있다". 그러나 그들은 또 단순히 '다른 사람의 뜻을 전달해주는 매체'가 아니었다. 왜냐하면 그들의 종합은 강렬한 분석 의식을 전제로 하였기 때문이다. 즉 "민감한 자아의식에서 출발하여 점차적으로 확대되고 추진되어 단체 의식에 접근하며, 개체의 광범위화에 기초하여 개체의 가치를 줄이거나 소멸시키지 않았다."[32] 당시 중국 사회의 역사

---

31) 라오신(勞辛), 〈시의 조잡미 단론(詩的粗獷美短論)〉, 1947년 10월 ≪시창조≫, 제4기.

32) 웬커쟈, 〈종합과 혼합 ― 진짜와 가짜 예술의 분야(綜合與混合 ― 眞假藝術的分野)〉, 1947년 4월 13일, 〈대공보·요일문예〉.

조건 아래에서, 그들의 예술 자체에 대한 충성은 자유주의 문학론자의 길을 걷게 할 수 없었다.

1948년 4월, 펑즈는 당시의 청년 시인을 담론할 때 이렇게 말하였다. "지금 사회의 부패는 우리로 하여금 아주 자연스럽게 진리를 추구하게 하고, 신앙을 추구하는 길로 들어서게 하였다. 이는 선배 시인의 노력을 거쳐서야 탐색해낼 수 있는 것이다. ……이는 많은 청년시인들의 시에서 볼 수 있다". "진리와 신앙에 대한 요구는" 시인의 "양심"에 대한 요구가 표현한 "시대적 목소리"와 "살아가려는 의지"이다. 때문에 그들은 시를 "생명의 의미로 여겼으며", "진지한 사람됨의 태도"의 표현이라고 여겼다.[33] 일찍이 《시창조》와 《중국 신시》 창조의 행렬에 참여했던 리잉은 당시 무단 등 이러한 "용감한 젊은 사람"들이 "급하지만 엄숙하게 그들의 시를 쓰고 있으며", 그들의 예술적 창조가 "시와 사회에 대한 개혁"이라고 평론하였다.[34] 이런 평론은 이 시인 단체가 시에 대한 예술성과 그 추구를 중시한 동시에, 모두 시인의 사회적 양심과 현실 생활과 투쟁에 대한 관심을 말하는 것으로, 이 점은 대체로 모더니즘 시 조류에 속하는 시파의 시인 단체들이 홀시 받지 말아야 할 정신이다. 40년대 중국의 현대파 시와 기타 유파는 예술적으로 서로 교차되고 흡수되었으며, 서로 침투되고 경쟁하면서 유파의 구분이 명확하지 않은 사실을 형성하였지만, 이로부터 사회적 양심을 견지하고 인민과 모든 민족의 운명을 중시한다는 공통점에서 '중국 신시'파 시인 단체와 서구 현대파의 다른 점, 또한 그들이 독특하게 지니고 있는 '인민 중심'을 핵심으로 하는 현실의 소중한 품격을 드러냈다.

---

33) 펑즈, 《펑즈선집(馮至選集)》(제2집), 206쪽.
34) 리잉, 〈무단 시집을 읽고〉, 1947년 9월 27일, 《익세보·문학순간》.

3 심리 현실: 현실과 현학의 교향악(중)

'중국 신시'과 단체의 시인들이 사상 의식과 창작 실천 속에서 대부분 '인민 중심'의 현실 정신을 체현했다면, 그들 속의 이론가 웬커쟈는 무엇 때문에 또 '인민의 문학'과 '인간의 문학'의 차이를 특별히 제기했으며, '인간의 문학'이라는 사상을 견지했을까? 이는 우리가 앞에서 인용한 이론 자료와 시 작품이 표현한 정신과 서로 모순되는 것이 아닌가?

웬커쟈는 '인간의 문학'과 '인민의 문학'을 제기하였으며, 그 분석 가운데 '비교'와 '수정'을 거쳐서 '조화'를 추구하고자 했는데, 주요 목적은 당시의 일부 유행하는 이론의 결점을 명확히 하려는 데 있었다. 즉 '인민의 문학'의 '확정적인 계급성'으로서 기타 더욱 광범위한 내함을 지니고 있는 문학적 조류와 작품을 부정하려는 데 있었다. "상징, 현학은 모두 취할 것이 못 되며, 오직 현실만이 취할 것이 된다. 게다가 이것은 어느 모형 속의 현실이다!". 그는 '인간의 문학'이 견지하는 '인간 본위'(혹은 생명 본위)와 '인민의 문학'이 견지하는 '인민 중심'은 결코 대립되는 것이 아니며, "'인민의 문학'이란 '인간의 문학'이 앞으로 발전한 한 부분이며 한 단계로, 서로 보충하고 완성해주는 원만한 관계이다."고 생각하였다. 상대적으로 '인민의 문학' 이론 해석에서의 너무 협소한 제한에 비해 '인간의 문학'은 아주 분명하게 표현하였다. "문학 중 일부는 정치적 문학이다. 그러나 이 부분의 정치적 문학이 결코 문학 전체를 대체할 수는 없다". 설사 문학이 정치 투쟁의 도구라는 것을 승인할지라도 이런 도구는 예술의 큰 범주에 들어갈 뿐만 아니라, "반드시 먼저 '예술 본위'라는 것을 완성해야만 도구의 사명을 완성할 수 있는 가능성이 있다". 문제는 여전히 그가 문학 작품의 예술을 위한 독립적 품격을 강조한 데 있다. 그러나 '인민의 문학' 창도자와 '예술을 위한 예술' 고취자가 다른 점은 그가 개인 생명의 체험과 '현실' 중시에 대한 다른 이해를 갖고 있는 것이다.[35]

웬커쟈와 '중국 신시'파의 시인들이 중요시한 것은 "'인민 본위'를 포기하지 않는 입장에서" 애써 문학 표현이 현실의 내함을 이해하는 데 관용적이었고, 문학의 개인 생명에 대한 체험을 강조하였으며, 문학이 '도구'로서 '예술'을 부정하지 않고, '인민'으로서 '인간'을 부정하지 않도록 하였으며, "우리는 반드시 근본적인 중심 관념을 반복해서 진술해야 한다. 즉 인민을 위하여 복무하는 원칙에서 우리는 반드시 인간의 입장, 생명의 입장을 견지해야 하고 정치 작용을 무시하지 않고 문학의 입장을 반드시 견지해야 한다"[36]고 하였다.

이런 미학 의식의 제기와 견지는 당시의 조건에 상당히 초월적인 의식과 학술적 용기가 필요한 것이었다.

그들의 이러한 '인간 본위'적인 '인간의 문학' 사상으로 문학과 현실의 관계를 고찰하는 것은 바로 시가 오로지 '어떤 모형에서의 현실'을 표현하는 것 — 공허하고 관념적이며 표면적으로 현실을 반영하고 묘사하는 것을 반대하고, 시인의 창작 가운데 반드시 지켜야 할 두 가지 원칙을 강조하고 있는데, 첫 번째, '최대로 가능한 의식 활동의 획득', 즉 생명 자체 체험의 문학이 처리하는 현실의 경험적인 넓이와 높이, 깊이 및 표현 방식의 변화를 확대하려는 것이며, 두 번째, '의식 활동의 자각성'을 긍정하는 것으로, 바로 시인의 창작 활동 가운데 자주성을 강조하고, 현실의 창작에 관심을 갖고 '심령 활동의 자발적인 추구에 근거할' 것을 강조하는 것이다.[37] 결국은 앞에서 이미 제기한 바 있는 '내재적 현실주의'를 강조한 것이다.

이런 예술적 추구의 창작 실천에 있어서의 표현은, 먼저 심리 현실의 표현을 추구하는 것으로, 그들의 많은 창작 작품은 직접적으로 현실생활을 적나라하게 표현하지 않고, 시인 개인 내면의 현실 생활과 경험에

---

35) 웬커쟈, 1947년 7월 6일, ≪대공보 · 요일문예≫.
36) 위와 같음.
37) 웬커쟈, 1947년 7월 6일, ≪대공보 · 요일문예≫.

서 얻어 낸 체험을 채취하여, 그것들을 일정한 예술적 이미지와 정경 가운데 응결되게 하여 현실을 최대한도로 축소화, 개성화 되게 하였으며, 다음으로 가장 우회적이고 더욱 깊은 체험, 상상적 미의 형태로 전달되게 하였다. 여기에서 우리는 당시 웬커쟈에게 두원셰의 ≪시 40수(詩四十首)≫ 중 '가장 현대화 경향'을 대표한다고 평가 받은 짧은 시 두 수를 보기로 하겠다.

오늘 밤 나는 갑자기 발견한다.
나무에 또 다른 아름다움이 있음을.
그것은 나를 위해 한 면의
푸르고 깨끗한 하늘을 받쳐준다.

흩어져 떨어지는 이파리와 이파리 사이
영롱한 별들이 다투어 나오고 있고,
나뭇잎 떨어지는 앙상한 가지에는
가장 둥글고 둥근 달이 받쳐져 있다.
나뭇잎 표연히 떨어져 내리니,
마치 먼 곳의 얼굴이
땅 위에 떨어져 '죽여라'고 소리 지르는 것처럼
나는 그제야 재잘대는 바람을 느낄 수 있다.

바람은 먼 곳에서 마을로
소박한 부끄러움을 데려 오고,
개는 감기에 걸렸고, 사람은 원한이 많다.
소떼들은 서로 바짝 붙어 벌벌 떨고 있다.

유머러스한 두 마리 검은 새
끊임없이 사람의 코골이를 배우고,
홀연 또 크게 웃더니
희미한 깊은 산 속으로 날아간다.

얼마나 많은 열정적인 작은 벌레가
나를 친구라고 생각해
모든 신곡을 연주하며
나를 비애에 잠기게 하였던가.

'지프'차가 나의 베개 옆에 있고
총도 있고 옷도 있다.
그들의 마비된 침묵
하지만 나는 그런 충실함을 싫어하지 않는다.

밤이 깊었다. 마음은 무겁게 내려앉아
깊은 곳은 결국 추운 것
압박은 크고 마음은 아프다.
수탉이 되어 크게 몇 번 울부짖고 싶다.

— 〈야영(露營)〉

두 시는 모두 항일 전쟁 시기에 쓴 것으로, 작자가 인도 숙영지의 밤에 본 것과 인생 경험을 적은 것이다. 첫 번째 시는 시인이 체험한 야영 생활을 쓴 것이다. 생활의 현실화는 시인의 체험으로 변하였고, 우리는 시인의 정서를 느낄 수 있다. 즉 고요한 환경, 작가 내면의 무거움, 시 맨 마지막에 '수탉이 되어 크게 몇 번 울부짖고 싶다'와 같은 상징적 이미지로 시인의 현실과 역사의 무거운 압력 아래 승리와 광명이 도래할 것을 강렬히 바라는 정감을 전달하였다. 두 번째 시 〈달(月)〉은 마찬가지로 시인이 인도 전쟁터에서 야영할 당시 달밤에 본 것을 썼지만, 기발함과 풍자성이 더욱 증가하였다. 시인은 달과의 긴밀한 대화 속에서 '과학자'가 달의 밝음과 가치에 대한 '뜬 소문'에 대해 반박한 것 외에, 전쟁의 동란 가운데 개인의 고향을 그리는 은은한 고통이 표현되어있으며, 확정되지 않은 운명에 대한 자조와 동란 속에서 무고한 난민에 대한 깊은 동정을 표현하였다. 시인은 이렇게 묘사하였다.

한 쌍의 젊은이 꽃잎처럼
강가의 풀밭에 나부끼며 올라
할리우드의 옛 노래를 부르며
이에 맞는 경구를 낭송한다.
창백한 강물은 쓰레기를 끌고 번쩍거리며 흐른다.
타향의 병사는 시든 나뭇잎처럼
다리 울타리에 의해 다리 한 쪽에 막혀있고,
이백의 시를 읊으며
'고개를 숙이고 고향을 그리노라', '고향을 그리노라'를
마치 고향이 한 알의 껌인 듯 씹고 있다.

남루한 옷 입은 사람은 마치 헌 천처럼
길옆에 버려져 있고,
죽어 가는 불꽃을 마주보며 침묵을 지킨다.
나무 위에 남겨진 점점의 황금빛 얼굴 위로 비추이고,
실망스럽게 배회하며 시구를 찾는다.

나는 마치 난민을 가득 실은 낡은 배처럼
아스팔트 길 위에서 방향을 잃고,
항해하노니, 뒤에는 이미 집이 없고,
앞에는 해변이 있을지도 몰라
하늘을 바라보며 개 짖는 정감을 분석한다.

오늘밤도 예전의 밤과 같으니
우리는 땅 위에서 비좁을 수밖에
너에게는 여성의 침착함이 있으니,
모든 괴상한 정감의 파란을 감상하며,
손녀의 수줍음과 할머니의 자상함을 드러낸다.

이 두 시 속에는 현실 생활의 원초적인 면모의 적나라한 표현이 없고,
인민의 고통스런 운명에 대한 직접적이고 세밀한 묘사도 없으며, 현실
의 열정이 발하는 항쟁과 외침도 없다. 그러나 그 속에는 현대 시인이

현실에 몸담고 있으며 또한 현실을 초월한 내면의 예술적 체험을 한 뒤 표현한 "자신이 느끼고 생각한 가까이 바라볼 수 없는 충실함에 대하여" 작가가 현실 생활에서 "몸소 겪은 느낌, 그리고 철저하게 전달하려는 감각 곡선"[38]을 정확하게 그려냈다. 현실 생활은 내면의 심리적 느낌과 예술적 승화의 형태로 시에 들어간다. 표면적으로 볼 때, 이러한 시가 전달한 내용과 현실생활은 일정한 거리가 있지만, 실질적으로 만약 그의 특정한 '감각 곡선'으로 시의 이미지와 경계에 진입한다면 시가 내포한 것이 더욱 광대하고 더욱 아름다운 심리적 현실의 공간이라는 것을 발견할 수 있을 것이다. '인민'의 현실은 '개인'의 심리적 느낌의 형식으로 표현된다. 거리 자체도 자신의 미를 획득하는 일종의 댓가이다. 이 세계에 진입하면 그것이 사람들에게 주는 감각은 친근함이지 거리감은 아니다.

어떤 때 이 시인 단체의 시 창작 속의 심리적 현실은 현실적 투쟁과 광대한 인민 생활의 그림자가 거의 없거나 혹은 이러한 그림자가 아주 담담하게 표현되어 있거나 아주 깊게 은폐되어 있으며, 혹은 인민의 현실 생활과 표면적으로 연결되어 있지 않다. 그러나 그들의 '개인' 본래의 심리 세계의 정감과 인민의 정감은 서로 통하여 있기 때문에 그들 시의 세계에 표현된 자아 심리 현실 역시 '대우주'의 현실을 포함하고 있다.

신디의 대표작 〈손바닥〉이 표현한 것은 극히 평범하고 개인적인 손바닥의 외형과 내부 역량의 심리 느낌이다. 마치 현실과 어떠한 관계도 없는 것 같지만 우리가 이 시의 세계로 들어갈 때 시인의 독특한 방식으로 우리에게 아주 현실적인 의의를 지닌 사색을 제공해 주었다는 것을 발견할 수 있다. 즉 창조하고 있는 인민에게 속하는 인생이야말로 가장 가치 있는 인생이라는 것이다. 이 손바닥은 그러한 인성을 풍부하게 지니고 있다. "가볍게 당신을 내려놓을 때 모기와 같은 작은 벌레를

---

38) 웬커쟈, 〈신시 현대화의 재분석 — 기술의 여러 평면적 투시〉, 1947년 5월 18일, 톈진 ≪대공보·요일문예≫.

눌러 죽일 수 있고/ 당신을 높게 들어 올릴 때 전 인류의 열정을 흡수할 수 있다". "오로지 불행한 것은 당신이 '백수'와 같은 주인이 있다는 것 뿐". 때문에 지금부터 매일 기를 쓰고 당신을 때려야 한다. "당신을 때리는 것이 바로 당신을 사랑하고 당신을 교육시키는 것/ 당신이 견고하게 새로운 이상을 가슴에 품을 때까지".

정민은 창작 생활을 시작한 후 학교 밖의 더욱 광대한 생활을 너무 접촉하지 못했다. 릴케와 펑즈식의 사색하는 듯한 성격은 그녀의 시구상에 있어서 자연과 생활 현상에 묵묵히 생각에 잠기게 하였으며, 표면을 꿰뚫어 보거나 혹은 표면을 묘사하여 현실 내면의 용해 혹은 재건에 도달케 하였다. 〈나무〉는 겉으로 보면 자연의 물상이지만, 그녀 내면의 체험 속에서 우러난 자연 경물을 쓰고 있다. 시인은 마음이 느낀 나무의 소리, 나무의 고요함, 이 두 가지 '품격'을 통해, 항일 전쟁 시대의 분위기 속 시인의 민족 역량에 대한 새로움과 최후 승리에 대한 견고한 믿음을 암시하였다.

당신이 그것을 지나간다면 마치
민족의 자유를 잃은 인민을 지나간 것과 같아야 하며
당신은 저 선혈 속에 갇힌 소리를 듣지 못하는가?
봄날이 찾아 올 때,
그것의 모든 강인한 팔꿈치에는
무수한 울음소리의 영아들이 숨겨져 있네.

정민의 〈시골의 이른 봄(村落的早春)〉은 그녀의 마음과 안목 속의 시골에서 우리는 엄동설한의 견실함과 봄날의 방황, 그러한 "실없이 우매하다고 여겨지는 사람"들과 "초췌한 얼굴과 무시당하는 고독한 마음", 또한 봄날이 찾아 올 때 예를 들면, "얼음이 풀린 하류의 것은 그렇게 오래도록 폐쇄된 기쁨"이라는 것을 보아 낼 수 있다. "그들이 나뭇가지 위에/ 모든 밤마다 여러 개의/ 녹색 희망의 기치가 더해지는 것을 보았을 때". 이러한 전경과 정감은 생활 속의 현실과 같은 것 같지만, 시인의 심리적 현실이 더욱 많으며, 그것은 생활의 직설적인 서술보다 더욱 생동하는 상상의 공간을 지니고 있다. 정민의 다른 시 〈도래(來到)〉는 내용이 더욱 깊이가 있다. 이 시는 완전히 '미래'가 검고 아득한 대지에 휘몰아 칠 때의 일종의 심리적 느낌이다. "그리하여 몽환적인 폭로처럼/ 그들에게는 오직 찬미와 경악만이 있었다./ 당신이 상상해 보라./ 한 건물이 그렇게/ 달밤의 신비로움 속에 응결되어 있지만/ 그들은 서로의 마음 속 소리를 듣지 못하고/ 마치 서로 손을 잡고/ 쏟아져 내리는 폭포 앞에 서 있는 것처럼/ 단지 그 미세한 안개 방울을 통해/ 서로의 희미해진 그림자를 볼 수 있을 뿐". 시의 내함은 확정하기 매우 어렵다. 인민의 마음과 마음의 단절이거나 혹은 자신에게 봄이 찾아온 데 대한 기쁨이거나 혹은 개인이 느낀 사람과 사람에 대한 깨달음이다. 여기에서 현실 생활의 그림자는 심리적 느낌의 형태로 출현하는데, 당신은 여기에 현실이 없다고 말할 수 없을 것이며, 또한 이것이 생활 가운데 존재하는 원초적인 현실이라고 말할 수 없을 것이다. 그러나 한 가지, 당신은 이러한 심리적인 현실이 시의 표현에서 구비한 아름다움이라는 것을 인정해야 할 것이다. 또 다른 시 〈시인과 아동(詩人和孩童)〉은 시인 자신과 한 세대 사람이 고독 속에서 생명과 아름다운 미래의 '기대'에 대해 쓴 것으로, 마찬가지로 현실 생활에 대한 묘사는 없지만 이런 생활의 물상은 이미 완전히 자체의 원초적인 의미는 아니고, 상징적인 내함이 많이 포함되어 있으며, 깊은 차원의 심리적인 현실이 잠재되어 있어, 사람들에게 더욱 깊이 있는 아름다움을 선사한다.

무단의 심리적 현실 세계는 마찬가지로 사물의 상징을 중시하였다. 그러나 신디, 정민과 비교하면 일부 추상적인 사유의 표현 방식이 더 많으며, 일부 내재적 정감의 긴장과 모순에 대한 투쟁이 더 많다. 당시 웬커쟈는 '현실, 현학, 상징'의 입체적인 신시의 현대성 원칙을 논술할 때, 문장에서 무단의 〈시절에 대한 감상(時感)〉이라는 시를 그 예로 든

적이 있다.

우리는 우리가 희망 하나를 가질 수 있기를 바란다.
그 뒤에 다시 치욕을 받거나 고통을 받거나 발악하거나 죽음에 직면
하더라도.
왜냐하면 우리의 밝은 피 속에 용감함이 흘러 다니고 있기 때문에.
그러나 용감함의 중심에 있는 것은 망연함.

우리는 우리가 희망 하나를 가질 수 있기를 바란다.
그것은 말한다. 우리는 결코 아름답지 않지만 우리는 다시는 속이지
않는다고.
왜냐하면 우리는 그렇게 많은 죽어 가는 사람들의 눈을 보았기 때문에
우리의 절망 속에는 눈물의 불꽃이 반짝이고 있다.

여러 해의 고난이 침묵하고 있는 죽음으로 끝날 때,
우리가 기대하고 있는 것은 단지 언약 한 마디
그러나 단지 허무함만이 있을 뿐, 우리는 그제야 우리가 여전히 단지,
행복이 찾아오기 전 인류의 조상이라는 것을 알았다.

또 이름 없는 암흑 속에서 새로운 기점을 개척해야 한다.
그러나 그 기점 속에는 다년간의 치욕이 쌓여져 있다.
추위로 죽은 사람의 뼈를 찌르고 있어, 우리 일생을 파멸할 것이니,
우리는 단지 희망 하나로 보복할 수 있기를 바란다.

이 시는 1947년 2월에 발표되었는데, 원래의 제목은 〈시절을 느낌
4수(感時四首)〉였다. 앞 세 수는 항일 전쟁 후 현실의 암흑과 모순에
대하여 비교적 명랑하고 첨예한 풍자를 하였는데, 이 시는 작가 내면
세계의 모순을 해부하고 제시하였다. 인민의 선혈로 승리 후의 희망으
로 바꾸었고, 현실의 암흑이 가져다 준 절망적인 막연함, 이 희망과 절
망의 첨예한 모순은 당시 현실 생활의 진실한 표현이었다. 모순의 거대
한 고통은 시인의 마음을 갈기갈기 찢어 놓았다. 시인이 써낸 것은 내

심 세계의 느낌이지만 당시 인민의 마음과 정서의 진실을 가장 심각하게 반영하였다. 때문에 웬커쟈는 이 짧은 시가 표현한 것이 "가장 현실적인 것으로, 양심과 양지가 있는 오늘날의 중국 인민의 침통한 심정을 표현하였다."고 하였다. 그러나 작가는 "울음을 터뜨리거나 포효하는 당시 유행하는 형식으로 표현하여 슬픔에 빠지도록 하는" 형식을 취하지 않았고, "사상 감각을 하나의 진지한 성토로 융합시켰으며", 그리하여 현실의 감정이 심리적 처리를 걸친 "'결정체'의 가치"³⁹⁾를 지니게 하였다. '결정체'란 어떤 의미에서는 현실 생활이 개인 내면의 예술적 융합과 승화를 거쳐서 현실 정감의 심리화와 현학화라는 종합적인 심미 경계에 도달하도록 하는 것이다.

'인간 본위'의 '개인적 문학'의 현실성은 여전히 이 시인 단체가 역사적 대 전환점의 시대에 직면하여 '자아'와 지식인 자체의 위치와 귀의에 대한 적극적인 사고를 분명하게 표현하도록 하였다. 이 시인 단체는 총체적인 경향에 있어서 자유주의의 지식인과 아주 큰 구별이 있는데, 그들이 인민의 현실적 '정치적 의식'과 고난 투쟁의 생존 운명과 심각한 관계를 유지하고 있다는 점이다. 그들은 현실과 인민의 생활에 대하여 감상하거나 '거리'를 유지하는 것이 아니라 관심을 가지고 '몰두'하고 있다. 이렇게 암흑 시대가 곧 해체되려 할 때 큰 폭풍우가 도래하기 전 그들의 양심은 모두 민감하게 자신의 가치를 재고하고, 스스로 역사적 선택의 인식이라는 이러한 중대한 과제를 느끼도록 하였다.

그들은 구식 지식인의 신중함을 버렸다. 비록 많은 지식을 얻고, "과감히 몰아치는 격류에 뛰어들었지만", 결과적으로 다만 "인생이라는 원의 하나의 점"밖에 되지 못하였다. "하지만 또한 그 때로는 멀어지고 때로는 가까워지는/ 숭고한 중심을 붙잡을 수 없다(신디, 〈글자를 안 이래로(識字以來)〉)는 것을 스스로 알고 있었다. 그들은 친절하고 풍자

---

39) 웬커쟈, 〈신시 현대화 — 새로운 전통의 추구〉.

적인 필치로 일부 지식인이 추구하는 허황됨과 정신의 허무함을 명확하게 보여주었다. "코 앞에 거울 하나를 걸고 거리로 관상 책을 사러 간다./ 누가 이런 평범하기 짝이 없는 생활에 만족해 하고/ 높은 봉우리에 올라가려 하지 않는가", 그러나 "큰 포부를 지니고 있으면 책 속에 빠져야 하네/ 기나긴 역사는 사람을 기만하지 않으니", 결국 "이 낡고 긴 적삼은 연루되어/ 너, 헛되이 반 세기의 창문을 지켰네"(항위에허, 〈지식인(知識分子)〉). 그러한 "때때로 스스로를 한탄하며/ '계급'과 '시대'에 맞지 않는다고 원망만 하는 것은 그를 불행하게 한다". 그리고 많은 책을 읽었고, 또 '아주 풍도가 있는' "고통을 잘 표현하는 사람'이라고 찬양된다고 무정한 비평을 진행하였다(두윈셰, 〈고통을 잘 표현하는 사람(善訴苦者)〉). 민족의 우환과 시대적 투쟁의 '계시' 아래에서 이런 시인 단체는 다급하게 자신의 '앞에 놓인 길'을 사색하였고, 그들은 찾고 있는 동시에 "새로운 세계―/ 자신의 세계 밖의 세계"(항위에허, 〈계시(啓示)〉)에 몰두하도록 노력하였다. 이 '몰두'의 과정에는 그들 자신도 갈피를 잡지 못하는 점이 있었는데, "나는 자주 걸음을 멈춘다./ 우연히 지나가는 한 갈래의 바람에 의해/ 나는 자주 방향을 잃는다./ 우연히 들려오는 종소리에 의해/ ……익숙히 알고 있는 사물 앞에서/ 갑자기 낯설음을 느낀다./ 우주와 우리를/ 단호히 구분한다"(천징룽, 〈구분(划分)〉). 한 편으로 '배경이 무수한 인민'이라는 민족의 생사존망의 전쟁에 직면하였고, 다른 한 편으로 권력자, '음모자'의 탐욕과 횡포에 직면하여, 그들은 고통과 비분에 가까운 〈고발(控訴)〉을 창작하였다.

이것이 죽음이다. 역사의 모순은 우리를 압박하고 있다.
평형, 우리의 모든 충동을 독살한다.
그런 맹목적인 것은 그들이 생각하는 바를 발설하게 하고,
지혜는 우리를 나약하고 무능하게 할 것이다.

우리는 무엇을 하는가? 우리는 무엇을 하는가?

아, 누가 이러한 죄행을 책임져야 하는가?
한 평범한 사람, 속에는 잠재되어 있네.
무수한 암살과 무수한 탄생이.

　이는 얼마가 사람의 마음을 갈기갈기 찢어 놓는 현실인가! 개인의 마음 속 모순에는 반동파에 대한 큰 분노의 불길이 타오르고 있다. 무단시에서의 이러한 현실에 대한 강렬한 분노의 개인 생명에서의 체험은 어떤 때는 '하느님'에 화풀이하는 형식을 통하여 국민당 반동파의 '사람'을 유린하고 박해하는 죄행을 완곡하게 표현하였다. "우리의 다정다감한 심령에게 또 그는 노래 불러주려 한다/ 경직된 목소리. 개인의 비애와 즐거움/ 대량으로 제조되고 또한 멸시 당해야 하며/ 부정되고, 경직되어져야 한다. 이것이 인생의 의미이다./ 당신의 계획 속에 해를 끼치는 고리가 있다".

우리를 현재에 가두어 놓으라, 아, 하느님이여!
개 이빨의 통로에서 우리더러 반복하여,
행진하게 한다. 우리더러 당신의 모든 구절의 무질서함을 믿게 하는 것
이것이 하나의 진리. 그리고, 우리는 깊게 믿고 의지한다.
우리에게 풍부함과 풍부함의 고통을 줄 것을.
　　　　　　　　　　　　　　　　　　　　— 〈출발〉

　이런 '풍부함과 풍부함의 고통'은 결코 일반적 의미에서의 지식인 정신의 자아 독백이 아니며, 결코 시대와 현실의 생명을 초월하는 각성이 아니다. 이는 아주 현실적인 체험이다. 그것은 당시 한 시대의 민감하고 광명을 추구하는 지식인의 공통된 느낌과 염원을 노래하였으며, 이들은 그 특정한 시대에 지니고 있던 모든 강렬한 사회적 비판성과 현실적 비판 의미로 가득 차 있다. 시인 단체는 개인의 현실 속에서의 위치와 존재적 의미의 사고에 대한 것도 이 때문에 더욱 깊은 측면으로 이끌어 가게 되었고, '개인'의 '중국 신시'파 단체에서의 현실성은 더욱 깊

은 표현을 얻게 되었다.

바로 이러한 낡은 세계의 통치자와, 모든 낡은 시대와의 결별과 반항 의지, 곧 도래할 새로운 시대에 대한 정열적인 갈망에 기초하여야 비로소 그들에게 자신을 위하여 광명의 귀의를 찾아가게 하였다. 무단의 〈봄(春)〉, 천징룽의 〈율동(律動)〉은 모두 그들의 새로운 봄날의 도래, 새로운 별빛이 출현하기를 바라는 마음을 노래하였다. 천징룽의 〈구슬과 구슬을 찾는 사람(珠与覓珠人)〉이라는 시는 각성하고 있는 지식인 개인의 생명이 새로운 시대를 위해 헌신과 '몰두'를 하겠다는 언약이다.

구슬은 조개 속에 있다. 그것은 기다림이 있다
그것은 최고의 행복이
주는 것이지, 고통스런 매장이 아니라는 것을 알고 있다
무수한 낮의 햇빛, 무수한 밤의 달빛
또한 불시의 풍우가 일으키는 흰 파도
이 모든 것을 그것은 이미 받아들였다.
그것의 성장 속에서, 그것의 것으로 변하였다.
소유. 굳게 닫힌 조개껍질 속에서
그것은 사방의 발걸음 소리를 조용히 듣고 있다.
어떤 것은 급하고, 어떤 것은 주저한다.
총총히 왔다 갔다 하는 그러한 발걸음은
지나갔다. 그것은 자신의 것을 단단히 거두어들이는
빛. 적당하지 않을 때는 드러내지 않는다.
그러나 그것은 기다림이 있다
그것은 구슬을 찾는 사람이 지금 어느 방향에서
어떠한 진지함과 열망을 지니고 있는지
그것을 향해 오고 있는지를 안다. 그 때 그것은 드러낼 것이다.
밀폐된 그물, 장엄하게 세계를 향하여
펼쳐서, 전혀 새로운 세계로 뛰어들 것이다.

이것은 아름다운 상징의 세계이다. 시인 개인의 가치가 공헌하는 탐

구와 실현은 여기에서 아주 심각하게 체현되었다. '구슬'의 '최고의 행복'도 바로 시인이 대표하는 한 세대 진보적 지식인의 추구이다. 그것이 기다리고 있는 이해자는 진지함과 열망을 지니고 그것을 향해 걸어온다. 그것은 자신 생명의 빛을 지니고 장엄하게 생명을 펼치며 그가 '몰두'하려는 것은 곧 낡은 세계와 완전히 다른 '전혀 새로운 세계'이며, 현실과 시대는 이 시대 시인이 자신의 가치를 선택하는 방향을 만들었다. 그것은 자연히 이상주의적 색채로 충만해 있지만 이러한 이상주의도 그들이 인민 중심의 원칙을 전제로 한 '개인 본위' 추구의 필연적 결과이다. 이런 개인 생명체의 노래를 부를 수 있는 사람은 자연히 더욱 드넓은 세계를 향한 노래를 부를 수 있다. "노래하는 사람은 목소리가 우렁차다./ 한 순간의 떨림 속에서 정신을 가다듬는다./ 춤추는 사람은 한 자세를 위하여/ 일생의 호흡을 가다듬는다./ 하늘의 구름, 지상의 해양/ 큰 폭풍이 닥쳐오기 전/ 두려운 고요함이 지속되고/ 전 인류의 열정이 한 곳에 모인다./ 고통스런 발버둥 속에서 기다린다./ 한 공통된 염원을 위하여!"(천징룽, 〈힘의 전주(力的前奏)〉). 개인의 소우주와 집체의 대우주는 예술의 큰 형체 속에서 완미하게 체현되었다. 그들의 창조 속에서 '개인'의 의식은 '인민'의 의식과 긴밀히 연관되어 있다. 그것들은 모두 드넓은 천지인 현실로 통하고 있다. 그들은 역사가 전진하는 방향의 계급적 진리를 대표하는 호소에 향응하고자 하며, 고통스러운 실천 속에서 '진정한 시'의 탄생을 위하여 "한 갈래의 걸을 수 있는 길을 개척해 냈다".[40] 이것은 중국의 토양 위에 뿌리를 내린 모더니즘 시의 길로, 가시덤불에서 신시의 미학적 창조의 길을 개척한 것이다.

앞에서 서술했다시피 웬커쟈는 '현실, 현학, 상징'의 종합적 전통의 몇 개 원칙을 논술할 때, 이러한 집체와 개인의 결합을 중시하고 현실과 심리가 서로 융합되는 사상을 아주 명확하게 서술하였다. "사람과 사회,

---

40) 〈편집실〉, 1948년 7월 ≪중국 신시≫, 제2기.

사람과 사람, 개체 생명에서의 여러 요소의 서로 도움과 보충, 유기적 종합을 절대적으로 강조한다". 여기에서는 실질적으로 인민과 민족의 전체 속에서 창조자의 '개체 생명'의 체험 의미에 대한 중시를 강조하였다. 그는 게다가 진일보 나아가 이러한 인식이 한 편으론 '최대의 의식 상태'의 '심리 분석'을 강조한 것이며, 다른 한 편으로 특별히 "정확한 의미에서 자아의식이 광범위하게 심화되는 것을" 중시한 것이라고 말하였다. 이것은 다시 말해서 그의 목적이 시에서 '정체'와 '개체', '인민'과 '개인' 양자의 표면적인 딱딱한 얽힘을 추구하는 것이 아니라, 내심의 느낌과 체험이 '완전히 조화되는' 데 기초한 것이다. 이러한 사상이 여러 창작 실천에 실현되는 것은 반드시 '인민 본위'를 존중한다는 전제 아래에서의 내재적인 혹은 심리적인 현실주의의 예술 추구로 이끈다.[41]

주즈칭은 일찍이 "우리나라 항일전쟁 이래의 시가 '군중의 마음'에 치우쳐서 '개인의 마음'을 홀시하는 것 같다"[42]고 불만을 토로한 적이 있다. '중국 신시'파 시인 단체는 신시 현대화의 새로운 종합적 전통을 탐구하는 가운데, 40년대에 유행한 이론의 강력한 반대를 무릅쓰고 '개인 본위'의 '인간의 문학'이라는 이러한 구호를 공고히 제기하였으며, 동시에 자신의 이론과 창조 정신이 풍부한 창작과 희생정신이 풍부한 생명 실천으로서 '오사 운동'의 일부 계몽자들이 창도한 '인간의 문학'의 내함을 크게 초월하였다. 개인 심리를 탐구하고 개인 형상을 스스로 구축하는 것과 개인 가치를 실현하는 탐구 속에서 강렬한 '인민 정치의식'과 풍부하고 복잡한 '현실'의 요소를 주입하였는데, 이러한 시편들은 '개인'적인 것과 '인민'적인 것, '진실'한 것과 '예술'적인 것이 서로 통일되는 창조적 결정체가 되게 하였다. 이것은 대 시대의 교향악 가운데 신시 '개인의 마음'의 표현을 위하여, 정확한 의미에서 시의 '자아의식'의 심화를 위하여, 신시 현실주의가 다양화와 심층화로 나아가는 것을 위하

---

41) 웬커쟈, 〈신시 현대화 — 새로운 전통의 추구〉.

42) 주즈칭, 〈신시 잡화 — 시의 추세〉, ≪주즈칭 문집≫(제2권), 370쪽.

여, 현실주의 신시 조류가 서로 보충되고 서로 흡수되는 것을 위하여, 공동으로 신시 예술의 발전을 추진하기 위하여 견고한 노력을 하였다.

4 시화 철학: 현실과 현학의 교향악(하)

'중국 신시'파 시인 단체의 창작 내함의 초월성을 구성하는 다른 한 가지 중요한 측면은 '현학'이라는 중요한 의미에 대한 발굴이다.

웬커쟈가 제기한 '현실, 상징, 현학'이라는 이 신시 현대화의 새로운 종합 전통에 대한 개괄을 할 때, 그 중 '현학'의 의미는 주로 현대 신시의 '민감하고 다양한 사색, 감정, 의지의 강렬한 조합 및 기발함이 수시로 묻어 나오는' 데서 표현된다고 생각하였다. 이 극히 간단한 서술 속에는 시의 철리성이 풍부한 사고를 포함하고 있다. 시는 구체적 정감과 추상적 사유 분별이 결합되어야 하며, 시는 전달 속에서 기민하고 지혜로운 등 방면의 내함이 있어야 한다. 현대시의 '현학'은 당연히 이것보다 더욱 광범위한 방향을 포괄하여야 하지만, 이러한 해석만으로도 이미 이 시인 단체가 40년대 말에 이르러 '시와 철학'이라는 신시가 선천적으로 구비하고 있는 명제를 초월하는 탐색을 표현하였다.

웬커쟈의 자신이 제기한 원칙에 대한 해석은 주로 T.S.엘리엇과 영국 17세기 현학파시, 예이츠, 릴케, 오든 등 시인의 미학적 추구의 영향에서 기원한다. 이 자체가 그의 세계 모더니즘 시 조류에 대한 인정과 선택을 포함하였다. 그는 서구 현대시가 표현한 "고도의 종합적인 성질"이 그들의 작품 속 "강렬한 자아의식 속에서 그와 같은 강렬한 사회의식으로 돌출되었고, 현실 묘사와 종교적 정서의 결합과 전통과 현재의 침투는 '큰 기억'의 효과적인 기용이며 추상적 사유와 민감한 감각의 분리되지 않은, 가벼움과 엄숙함 등 여러 요소의 부각과 현대 신화, 현대 시극이 명확히 표현된 현대의 인생과 문화에 대한 종합적인 시도이다"[43]라고 여겼다. 서구시의 현대적 여러 요소는 아무런 선택 없이 그대로 옮겨올 수는 없다. 중국 신시 자체의 전통성과 현대화 발전에 적응하기 위하여 '중국 신시'파의 작가들은 이런 서구 모더니즘 시의 조류 속에서 여러 가지 요소에 대한 사고와 인정을 어떤 것은 돌출되게 하였고, 어떤 것은 약화시켰다. '현학'이라는 측면만 보더라도 웬커쟈가 말한 민감하고 생각이 많으며, 감정과 의지의 결합, 기발함이 수시로 발로되는 등 몇 가지 방면에서 민족 현대화 신시의 건설 체계로 들어서는 주요한 선택이 되었다.

T.S.엘리엇 자체의 창작은 바로 이런 현대적 여러 요소의 가장 훌륭한 체현이며, 동시에 엘리엇 또한 현대적인 민감한 안목으로 처음으로 잊혀졌던 영국 17세기 현학파 시인에 대한 새로운 발견을 하였다. 현학파 시인에 관한 걸출한 논문에서 T.S.엘리엇은 던(John Donne), 클리블랜드(Cleveland), 카울리(Cowley) 등 현학파 시인의 여러 가지 심미적 창조와 예술적 풍격의 요소를 발견하였는데, 예를 들면, 그들은 '곡유(曲喩)'를 익숙히 운용하여 "단지 비유적 내용에 대한 단순한 해석이 아니라 사상이 빠르게 연상되는 발전 — 이는 독자들에게 상당한 민첩성을 구비하도록 요구하였다". 그들은 언제나 "여러 가지의 이미지와 연상성을 충돌을 통해 혼연 일체로 만들거나", 어떤 의미에서의 생각과 소재의 "다른 특징을 시인의 사상을 통하여 강제로 묶어 놓거나" 혹은 가장 다른 특징의 생각들, 즉 상상력과 환상력이 서로 결합된 '기발함' 등등을 한데 묶어 놓았다. T.S.엘리엇은 이러한 '지적 시인'과 낭만주의의 '감성적 시인' 사이의 구별이 던(John Donne)을 비롯한 그들이 가히 "장미꽃의 향기를 맡으면 바로 그들의 사상을 느낄 수 있고", "사상은 던에게 있어서 일종의 경험으로 그의 감수성을 조정하였으며", "그리고 시인의 마음 속에서, 이러한 경험은 언제나 새로운 정체를 형성하고 있

---

43) 웬커쟈, 〈신시 현대화 — 새로운 전통의 추구〉.

다"고 생각하였다.

현학파 시인을 논술한 뒤, T.S.엘리엇은 시와 철학 및 시의 현대성 등에 대한 자신의 견해를 명확히 제기하면서, "시인이 가질 수 있는 흥미는 무한한 것이며, 지성이 강하면 강할수록 좋고, 지성이 강하면 강할수록 여러 방면의 흥미를 가질 수 있다. 즉 우리의 유일한 조건은 바로 그들을 시로 전환시키는 것이지 단지 시의 분위기가 농후하도록 사색하는 것이 아니다."[44]고 하였다. 이러한 사상은 '중국 신시' 시인 단체들에게 흡수되었고, 중국 현대 시인과 평론가들이 보건대, 영국의 대시인인 예이츠는 지성이 아주 강한 '신비주의자'로, '모호하게' 보면, 아주 간단한 말 속에 상징적인 의미가 오히려 "아주 넓고 광범위하다". "그의 시적 미는 바로 여기에 있다. 독자는 늘 달빛이 몽롱한 다른 세계에 온 것 같은 느낌이 드는데".[45] 근본 원인은 여전히 그가 신화적 재료를 빌어서 인생 철리의 심오함을 전달한 데 있다.

릴케에 대해, 30년대 펑즈에서 40년대 벤즈린, 천징룽 등의 소개에 이르기까지, 창작 실천 가운데 일으킨 최대의 영향은 또한 그의 세계와 생활에 대한 철학적 사고로, 구상과 추상의 결합 가운데 조각화의 전달 방식을 추구하였다. 30년대 후기에서 40년대에 이르러 중국시단에 영향을 끼친 영국 시인 오든은 가벼운 묘사와 기발함 속에서 엄숙하고 중대한 장르의 미학적 작품을 표현하였는데, 벤즈린의 소개와 실천을 거쳐 젊은 현대 시인들에게 더욱 독특한 흡인력을 가져다주었다. 무단은 벤즈린의 ≪위로 편지집≫을 논술할 때, 이 시집이 예술적 탐색 중에 표현한 이러한 '기발함'이 구비하고 있는 현대성을 보아냈으며 "20세기의 영국, 미국 시단에서 엘리엇의 바람이 불어닥친 후, 기발함(Wit)으로 묘사하는 작품이 특별히 유행하여, 뇌신경의 운용이 피의 격류를 대체

---

44) T.S.엘리엇, 〈현학파 시인〉, ≪엘리엇 시학 문집≫, 26-32쪽.
45) 주광첸, 〈예이츠(W.B.Yeats) 시선전기(詩選全記)〉, 1944년 3월, ≪시대와 조류 문예(時與潮文藝)≫, 제3권 제1기.

하였다."46)고 하였다. 탕스도 벤즈린의 시 속에는 "예리하고도 풍부한 감정이 엇갈려 있기에 실제와 상징을 늘상 명확히 분별할 수 없다"47)고 하였다. 이러한 시의 체계에 속하는 사람들의 새로운 종합 전통에 대한 영향과 자아의 구축은 '중국 신시'파 시인 단체로 하여금 "모든 비좁은 천지에서 기어오르는 경험을 초월하여 세계의 풍부하고도 다채로운 진보 문화의 새로운 전통을 비판적으로 흡수하게 하였는데, 예를 들면 엘리엇과 릴케의 경건한 시가 바로 그러하다".48)

현학을 시에 넣는 것, 즉 '철학과 시'라는 명제는 '중국 신시'파 시인 단체에 있어서, 추상적인 이론의 문제가 아니라, 구체적인 실천의 문제였다. 다시 말해서 현학적인 사고와 시의 예술적 전달 간에 어떻게 조화롭고 긴밀한 창조 질서를 건립할 것인가 하는 것은 참신한 미학 원칙의 창조와 실천이었다. 어떻게 그의 조작성을 사고하고, 어떻게 심각한 철학으로 시의 미를 상실하지 않을 것인가? 예를 들어 엘리엇이 말한 것처럼 "그것을 시로 전환시키는 것이지 단지 시의 분위기만 농후하게 하여 사고를 진행하는 것이 아니다"는 것으로, 이는 시종일관 그들이 중요시하는 문제였다.

펑즈는 시에 대한 평론 속에서 그들의 이러한 사고를 체현했는데, 펑즈의 ≪소네트집≫은 실천 가운데 가장 성공적으로 릴케의 원칙을 흡수하여, 시의 창작을 생활 측면에서 철학적 측면으로 진입하는 사고의 시험을 진행하였고, 40년대 시단을 위하여 '사색하는 시'라는 풍조를 개척하였다. 40년대 '중국 신시'파 시인 단체 혹은 펑즈의 제자거나 그의 창작의 계시를 받은 사람들은 모두 펑즈의 시에서 어떻게 시의 철학적

---

46) 무단, 〈≪위로편지집≫ ─ ≪어목집≫부터 이야기여〉, 1940년 4월 28일, ≪대공보 · 종합≫(홍콩편).

47) 탕스, 〈페이쉔 선생의 ≪신시 잡화≫〉, 1948년 9월, ≪중국 신시≫, 제4기.

48) 탕스, 〈중국 신시를 논함 ─ 우리의 친구와 우리 자신에게 바침(論中國新詩 ─ 給我們的友人和我們自己)〉, 1948년 9월 13일, ≪화미 석간(華美晩報)≫.

내함과 예술적 표현 사이의 관계를 처리했는지에 매우 주의하였다. 그러나 동시에 당시의 "일반적으로 ≪소네트집≫을 비평하는 사람들이 시에 있어서 철학적인 것의 위험을 극도로 중시한 데 대하여" 시종일관 명확한 견해를 견지하였다. 그들은 펑즈가 우수한 시인으로 주로 관념 자체가 특별한 것이 아니라, 추상적인 관념을 상상에 융합시키고 감각 감정을 통해 시의 표현에 도달하였다고 하였다. ≪소네트집≫이 표현한 관념은 비록 그 자체로 독립적인 주제의 가치를 지니고 있지만, 시집이 사람들에게 감동을 주는 것은 관념 자체의 정확성이나 심각성 혹은 위대함이나 그런 사상의 실제 인생에서의 응용에 있는 것이 아니라, 어떻게 예술적 수단을 통해 예술적 작품을 완성하였는가에 있다. 예이츠는 시의 상징을 논할 때 "시인은 철학적인 면이 있어야 한다. 그러나 철학적인 면을 표현하지는 말아야 한다"고 말한 적이 있다. 여기에서 소위 '철학을 표현한다는 것'은 사실상 함의가 단지 '철학을 설명하는 것'에 지나지 않는다는 것이다. 이 사이의 중심이 바뀐다면 정치적 우울감과 같은 우를 범하기 쉬우며, 단지 관념적 성격이 조금 구별될 뿐이다. 17세기 현학파 시인과 그들의 영향을 받은 현대 시인은 모두 우리에게 수시로 귀띔해준다. 추상적인 관념은 반드시 강렬한 감각을 통해서만 지니고 있어야 할 시의 표현에 도달할 수 있으며, 그렇지 않을 경우 졸작만 배출할 뿐 어떠한 효과도 낼 수 없으며, 성공한 그들의 시편들이 이 점을 충분히 증명한다고 ≪소네트집≫의 작가도 시의 본질에서 나오는 이러한 요구를 자랑스럽게 완성했으며, 그 속에서 관념이 느끼는 강렬한 정도는 모두 이미지와 비유에서 증명할 수 있었다. 이런 시의 철리적인 주제와 관념은 "적나라한 나체의 진열"이 아니라 "상상 속의 홍보성, 정감의 진동성, 특히 찬란한 이미지가 죽은 추상적 관념에 살아 있는 시의 생명을 부여하였다".[49] 그들은 시종일관 시로서 '철학

---

49) 웬커쟈, ≪시의 주제≫, 1947년 1월 14, 17, 21일 톈진 ≪대공보 · 요일문예≫.

을 설명하는' '위험'을 경계하였으며, '정치적 감상'과 같은 '철학적 감상'을 되도록 피하였다. 그들은 감각, 경험, 특히 상징 이미지 등 현대적 아름다움을 추구하여, '죽어가는 추상적 관념에 살아 있는 시의 생명을 부여하는' 시의 표현 원칙을 지켰으며, 그리하여 그들이 새로운 종합적 전통에서의 '현학'의 표현과 '상징'의 표현을 불가분의 예술적 정체가 되도록 하였다. 이 때문에 이러한 유형의 작품은 더욱 함축적이고 더욱 몽롱하며 더욱 내용이 깊어져 현대성이 아주 강렬한 신시의 복잡한 미의 특성을 지니게 하였다.

'중국 신시'파 시인 단체의 창작 가운데 이런 시화된 현학적인 사고는 우리가 아래의 세 방면에서 그들의 풍부한 표현을 탐색할 수 있다.

(1) 인류 정신세계에 관한 전체적 사고이다. 중국 현대시인과 서구 현대파 시인 사이에는 문화적 배경, 생존 환경과 인문 의식의 차이로 말미암아 그들의 현학적 사고가 서구 시인의 그러한 종교적 사상이나 과도하게 신비로운 색채, 그리고 일부 시인의 사회적 책임감과 사명감에 대한 초월성을 없게 하였다. 그들은 30년대 '지성시(智性詩)'와 서구 현대시의 영향을 받아, 또한 20세기 중국 지식인의 특유한 현실감과 사명의식을 다소 주입하였고, 그리하여 그들 시 가운데 현학적 내용은 이미 비순화된 특징을 드러내게 하였다. 그들은 예술 창조에 있어서 선배 시인들을 능가하였으며, 자연 경물과 생활 속의 사건에서 더욱 광대한 세계의 철리적 내포를 체험하고 발견하는 데 익숙하였다. 그들의 이러한 내함은 이미지와 이미지가 조합된 묘사 속에서, 구체적인 것과 사변적인 융합 속에서, 현학적 사고와 상징, 현실의 완미한 결합을 완성하였다. 어떤 때 우리는 그들 시에서의 이러한 현학적 내포와 현실적인 의식을 명확하게 갈라놓기 힘들다.

인류는 20세기로 들어선 이후, 정신세계의 복잡함, 사랑과 미의 상실과 왜곡, 정신적 붕괴로 인해 생겨난 걱정, 고통 등 이런 서구 현대파시에서 자주 볼 수 있는 주제는 중국 현대파 시인의 현실적 감수 혹은 철리적 사고의 모종의 맞물림을 통하여, 강하게 혹은 약하게 '중국 신시'파 시인 단체의 창작 속으로 들어갔다.

그들은 현대 도시 예를 들면, 두 개의 우뚝 선 큰 벽과 가파른 높은 건물과 사람들의 마음을 놀라게 하는 '썩은 냄새와 죽음'이 사람들에게 가져다주는 것은 정신적 압박과 고난의 감각, 즉 "우주는 방대한 회색의 상/ 당신이 서지 않으면 그 모양은 똑똑히 볼 수 없고/ 호흡은 허황한 사막에 떨어져/ 당신은 마치 자신에게 헛된 주먹질을 하는 것과 같네" (신디, 〈고독은 오는 곳(寂寞所自來)〉)라고 깊이 느끼게 된다. 이런 인류의 적막감과 인생에 대한 우려는 어떤 때는 인류의 민감한 심령에서 온다. 항해 도중 우주의 광대함을 보면 인생이 아주 보잘 것 없다는 탄식이 솟아나게 한다. "푸른 산은 백골의 저장지/ 바다는 눈물의 축적지/ 우수에 잠긴 인간 세상에서 당신은 칭송하거나 애도하는 시를 써낼 수 없네"(신디, 〈해상 소시(海上小詩)〉). 그들의 정감 속에는 이러한 고독함과 적막함의 고통으로 가득 차 있다. "정지되어 있는 꿈에서 단체를 벗어나/ 때때로 고통을 느끼고 아무것도 잡을 수 없네/ 끊이지 않는 추억은 자신을 되찾을 수 없네"(무단, 〈나(我)〉). 그들은 일부 자연 경물을 찬미하는 가운데 이러한 적막함과 고독함에 반항하는 정신적 품격의 미를 스스로 찾아낸다. 두원셰의 〈산〉은 산이라는 인류가 영원히 현 상황에 만족하지 않는 끊임없는 정신적 추구가 상징 속에서 우리에게 위대한 추구자는 반드시 영원한 고독함을 동반하고 있다는 것을 계시하였다. 그의 〈우물(井)〉도 아름다운 상징물에 대한 묘사와 사물의 품격 속에서 인류가 고독함 가운데 생명 의미와 가치를 실현하는 미를 칭송하였다. 지적인 사람은 고독함을 두려워하지 말아야 한다. 고독함과 아름다움이 있어야만 영원한 맑음과 고요함을 유지할 수 있다. "고요하고 맑고 간단하며 경건하고/ 절대 도피하지도 흥분하지도 않는다./ 가랑비가 올 때도 미소로 지나친다".

정민은 철학을 전공하였다. 추상적으로 사색하고 분별하는 습관과 존재주의, 인간의 고독과 항쟁에 관한 철학은 그녀에게 '적막함'에 대한 사색에 일부 영향을 끼친다. 그녀의 〈연못(池塘)〉이라는 시는 인류 마음 속의 쫓아낼 수 없는 우수와 의문을 상징하며, 희망을 희미한 미래에 두었다. 그녀의 〈말(馬)〉이라는 시는 말의 자태와 심리에 대한 묘사 속에서 인류의 영웅과 성자의 생명에의 적막함과 고난을 깊이 있게 표현하였다. 그녀의 〈적막(寂寞)〉은 형상과 사유 분별의 결합으로서 적막함이라는 인생 주제를 더욱 깊게 사고한 결과를 전달하였으며, 생명과 적막함 사이의 관계에 대한 더욱 깊은 체험이다. 시에서는 고독한 느낌이 자주 존재하는 현상과 인류가 고독함과 적막함을 벗어나려는 강렬한 갈망을 써냈다. "아, 사람들은 얼마나/ 혼합된 생명을 갈망하고 있는가?/ 만약 이 육체 속에 그 육체가 있다면/ 이 영혼 속에 그 영혼이 있다면". 여기에서는 사람과 사람 사이의 생명이 함께 융합되어 고독함과 적막함이 없는 아름다운 꿈을 썼다. 하지만 또한 이 꿈 자체의 허황됨도 썼다. 더 중요한 것은 시인이 전달한 것이 이러한 자신의 느낌이라는 것이다. 인류는 고독함의 장엄한 힘과 '엄숙한 의미'를 보아야 한다. "나는 어떤 사람이 불길의 고통 속에서/ '경건한' 최후의 안식을 찾는 것을 보았다./ 나도 '적막함'이 자신의 마음을 갉아 먹는 데서/ '생명'의 가장 엄숙한 의미를 찾을 것이다". 그리고 이어서 전체 시의 마감에 시인은 '고독함'을 찬미하기까지 하였으며, 이러한 인류와 시인 자신의 생명 역량에 속하는 찬가를 노래하였다, 더욱 깊은 철리적 측면에서 보면, 분투하고 있는 사람들 속에서 '적막함'은 더는 사람들로 하여금 우수에 젖고 고뇌하게 하지 않는다. "그로 인해 사람들은/ 휘몰아치는 겨울 풍설을 막론하고/ 포효하는 노도에서/ 모두 쉬지 않고 발버둥치고 있다./ 오라, 나의 눈물과 나의 고통에 찬 마음이여!/ 나는 그가 거기에서/ 나의 마음을 갈기갈기 찢고 짓누르는 것을 즐거워한다./ 나는 인류의 모든 작고 작은, 가소롭고 더럽기 그지없는 정서를 모두/ 공중에 던졌다./

그리고 보았다./ 생명은 원래 철철 흐르는 강물이라는 것을".

30년대 현대 시인은 '적막함'이라는 이 인생의 주제를 노래하는 데 익숙해 있었다. '중국 신시'파는 이때에 와서 박력 있고 심도 깊은 인생의 사고로 진입하였을 뿐만 아니라, 강렬한 시대적 현실 색채를 부여하였으며, 또한 진정으로 생명 철학의 층면으로 진입하여 반박과 항쟁의 역량이 포함된 적극적인 서술에 이르렀다. 이는 시대적 정신의 요구에 기초한, 40년대 현대파 시인의 신시 주제에 대한 중대한 추신이며 확장이다.

현대파 인류가 창조한 고통과 가치는 이런 시인의 일부 작품에 새로운 철리적 심도와 경계를 가져다주었다. 정민의 〈영원한 사랑(永久的 愛)〉은 해질 무렵 호수의 물고기 한 마리가 손가락을 가볍게 스쳐지나 멀어져 가는 것으로 '전 세계를 가지고 갔으며', 안개 낀 밤에 아름다운 석상이 '범람하는 몽롱함' 속으로 사라진다. 시인은 이 두 이미지에 대한 민감한 감각으로 철학적 이치를 전달하였다. 즉 인류가 정신적으로 느낌이 서로 통하는 것은 설사 '한 순간'이라 할지라도 '영원한' 이해와 사랑을 포함할 수 있다는 것이다. "아, 오직 신령만이 이해할 수 있다/ 고난 속에서/ 스쳐지나가는 순간에/ 그는 영원한 묵약을 품고 있다". 정민의 〈춤(舞蹈)〉은 한 무용수의 섬세한 느낌과 묘사로 장엄한 미를 표현해냈으며, 인류가 바친 창작의 고난과 완미한 추구가 도달할 수 있는 극도의 성과를 암시하였다. "모든 느리고 민첩한 행동은/ 모두 침묵이 그 지워질 수 없는 언어를 적은 것/ 사람들은 듣고 있다, 듣고 있다. 그들의 마음으로/ 끝내 모든 신체 밖에서/ 한 완미한 신체를 찾는다./ 모든 영혼 밖에서/ 한 완미한 영혼을 찾는다".

정민의 〈매(鷹)〉라는 시는 매 한 마리가 냉정하게 날아다니는 데에서 시인의 '인생 가운데 주저하는 마음'에 대한 일종의 계시를 표현하였다. "그가 날아간 것은 결코 내버림이 아니다/ 이 세계의 아름답지 못한 것과 진실하지 못한 것에 대해", 그의 그러한 더욱 깊은 사색 속의 메아리는 진실과 미에 대해 "단지 더욱 조용하고 더욱 조용한, 민감한 안목으로 찾은 것"이며, 시인 필치 아래의 매의 이미지는 "생각하는 자와 행동하는 자의 이상적 일치함이고 살아 숨 쉬는 사람의 상징이다".[50] 인류 정신의 수확과 자신이 창조해 낸 철리적 의미는 정민의 〈황금 볏단(金黃的稻束)〉에서 충분히 시화된 표현을 얻는다. 펑즈 시의 영향을 깊게 받은 시인의 이 시는 흔히 보이는 자연 사물 속에서 철리적인 사색에 잠겨 사물의 표면으로부터 정신 경계의 사색으로 들어간다. 시인은 늘 쿤밍 교외에서 시내로 들어가 수업을 받았는데, 가을에 수확한 보리와 벼가 우뚝 서있는 들판은 그녀가 가장 자주 보는 자연 경물로, 시인은 아무런 시적 의미가 없는 곳에서 전 인류에 속하는 철리를 발견하고 사고해낸다. 즉 위대한 수확은 반드시 위대한 피곤을 지불해야 한다는 것. 황금색의 벼에서 "나는 무수히 피곤한 어머니를 생각한다./ 황혼의 길에서 나는 주름 잡힌 아름다운 얼굴을 본다". 이 '황금색의 벼'가 우뚝 서있는 앞에서 "고요하고, 고요하다. 역사도 단지/ 발밑에서 흘러지나가는 작은 강에 불과하다./ 그러나 당신들은 거기 서서/ 인류의 한 사상이 될 것이다".

정민의 이러한 시화된 사변은 어떤 때는 아주 자각적이고 완강하하여 더욱 형이상학적인 차원으로 들어간다. 그녀의 〈백창란(白蒼蘭)〉이 쓴 것은 아주 아름다운 한 떨기 꽃이지만 그 속에 담긴 것은 인류 정신 생활 속에서 영원히 지지 않는 아름다운 미가 존재하느냐 하는 철리적 문제이다. 또 다른 시인 〈행복한 기대를 읽은 후(讀Selige Sehnsucht 后)〉는 추상적인 것과 구체적인 것의 얽힘 속에서 아주 강대한 사유 분별의 힘과 논리적 속도로 시인의 인류 생명과 자연 만물의 생과 죽음, 고요함과 변화가 '동일'하다는 철학을 표현해 냈다. "한 그루의 늙은 나무에서 새로운 새싹이 자라나고/ 동일한 마음에서 새로운 지혜가 용솟음쳐 나오고/ 동일한 창문가에서 새로운 감정을 포착한다./ 만약 죽음

---

50) 탕스, 〈정민의 고요한 밤의 기도(鄭敏的靜夜里的祈禱)〉, ≪신의도집(新意度集)≫, 140쪽.

과 변화가 진귀한 것이라면, 왜냐하면/ 그들이 오히려 그 변하지 않는 '동일'함에 연계되어 있기 때문이다". 시인이 보건대 대지의 사계절의 변화와 인류의 역사적 흐름이라는 두 생명의 깊고 영원한 결합이 모두 이 '동일'함의 법칙에 따라서, 사람들의 추구를 추동하지 않고 인류 내면의 불길을 피어오르게 하지도 않아 한 가닥의 빛도 없었지만 인류가 초월한 '생명의 밤'에 개입할 수 있다. "아, 인류는 이렇듯 지혜와 자유를 추구하고 있다./ 이로써 가장 높은/ 봉우리에서 모든 동물을 내려다볼 수 있게끔 요구한다". 이는 인류 생명에서 기원한 내재적 광명과 더 높은 곳을 추구하는 '동일'함이다.

40년대에 탕스는 정민의 논문을 평론할 때 이렇게 말하였다. 그녀 시집의 두 번째 집이 바로 'Selige Sehnsucht'(행복한 기대)로, 행복하게 한 '동일'함을 기대하고 있다. 그는 새로운 새싹, 새로운 지혜, 새로운 감정이 모두 그 끊이지 않는 '동일'함에서 기원한다고 하였다 — 사랑, 심령 혹은 이념은 사람 자신의 마음에서 내뱉은 '생명의 밝은 빛'이다. 그녀는 과거의 전부를 지녀야만 생명은 비로소 마치 한 줄기 끊임없이 흐르는 강물처럼 앞으로 나아가며, 변화는 생명의 길이지만 생명 자체는 그 '영원한 동일'함이라고 하였다. 그리하여 그녀는 T.S. 엘리엇처럼 그렇게 조용히 말하였다.

> 볼 수 있는 현재에 포함되어 있다.
> 모든 볼 수 없는 과거가.
> 모든 '과거'로부터 비로소
> 최고의 초월성을 배양해 낼 수 있다.
> 우리는 높은 산 바위 위에서 풍랑이 덮쳐오는 것을 본다.
> 그 움직이는 한 줄기 백색 뒤에
> 모든 바다의 역량이 있다.[51]

---

51) 탕스, 〈정민의 고요한 밤의 기도〉, ≪신의도집≫, 144쪽.

정민의 이 시 속에서의 표현은 어떤 때에는 사람들에게 과분한 사변이 가져온 이성이 형상의 감각을 초월하였다는 느낌을 준다. 그녀의 일부 기타 작품도 같은 결점이 있다. 어떤 작품은 당시 '펑즈식의 설교'라고 불렸다. 그러나 바로 이러한 추구, 이러한 우수한 창조가 그녀의 수많은 저명한 상징적 시풍 이외에 추상적인 사유 분별과 구체적인 상징을 결합한 또 다른 철리시의 풍격을 구축하게 하였는지도 모른다.

인류 정신 품격의 철리적 사고에 대해 어떤 때 이 시인 단체의 시에서는 혹은 심중하고 혹은 고요하며 혹은 함축적이고 혹은 알기 어렵고 혹은 몽롱하고 혹은 투명하게 표현되었으며, 풍부하고 다채로운 미의 품격을 지니고 있다. 신디의 시는 전달이 너무 깊은 은유적 굴곡을 추구하지 않았으며, 그의 이러한 풍격의 아름다움은 전달 과정의 무거움에서 표현되었다. 〈곡식 베는 여인의 노래(刈禾女之歌)〉라는 시는 이국적인 풍속화 속에서 노동하는 부녀의 심경으로 수확의 아름다움과 환락을 찬미하였으며, 또 인류의 보편적이고 고상한 정신도 찬미하였다. "나의 눈은 들판의 노래를 부르고 있다./ 왜 나의 마음도 공허함으로 가득 차 있을까?" 여기에서 노래한 것은 인류의 도덕 정신에 대한 아름다움이다. 마찬가지로 이국의 경치를 노래한 〈나이아가라 폭포(尼亞加拉瀑布)〉는 큰 폭포 수원지의 작은 물결로부터 마지막에 '하늘을 가로지르며 내리 쏟는' 이미지에 대한 묘사를 통해, '황량한 세계에서 오늘날까지 힘차게 솟구쳐온 자연의 위대한 힘'을 찬미하였고, 인류 문명의 위대한 창조 정신도 찬미하였다. 가장 주의할 만한 것은 신디의 소시 〈산에서 본— 한 그루의 나무(山中所見 — 一棵樹)〉이다. 이 시는 마치 한 폭의 인상파 그림의 정물 소품과 같다.

> 당신의 원추형 같은 그림자는 둥근 우물 입구를 온통 가리고,
> 당신은 독립적으로 각 방향의 풍향을 견뎌낸다.
> 당신은 우주의 제 자리에서 생장한다.
> 달빛의 바람이 있기에 당신은 가장 아름답고도 고독치 않다.

세월은 당신을 단련하고 이슬은 당신을 윤택케 한다.
계절은 교체되고 있고, 당신은 한 해에 그렇게 한 바퀴를 더한다.
일부러 정이 없더라도, 당신은 묵묵히 침묵하며
여름 매미의 울음소리, 가을 벌레의 울음소리를 듣는다.

산 속의 달빛 아래 한 그루의 평범한 나무, 그의 아름다움과 독립성, 강인함 그리고 고독하게 모든 고난과 윤택을 견뎌내는 것은 모두 시인의 주관적 느낌이 주입된 것이다. 이 시 나무의 형상도 철리적 색채를 깊이 띠고 있다. 기나긴 고난이 끝나기 전야의 민족이 감내하는 정신에 대한 찬양일까? 인류의 독립적인 품격의 체현일까? 세속을 초월한 개인의 강인한 정신세계의 심층적 상징일까? 작가는 우리에게 규정된 답변의 창구를 열어주지 않았다. 그래서 우리의 이해 역시 협소한 답안으로 향할 필요가 없다. 그러나 이 시가 우리에게 준 것은 아름다운 이미지 배후의 현학적 사상을 주입한 것이지, 추상적이고 건조한 철리적 설교가 아니다.

인류미의 왜곡과 인간성의 소외감이라는 이러한 철학적 명제 역시 다양한 자태로 이 시인 단체의 탐색에 진입하였다. 무단은 인류와 인생 내면에 대한 초조함, 그리고 초월을 갈망하는 각성을 지니고 있다. 이 주제는 그의 시 속에서 더 많이 표현되었는데, 그는 비극적인 심정으로, 인생이 '시간의 격류'의 발전을 따라 자신이 주인이 되도록 하는 '지혜'를 얻게 할 때를 보았고, 동시에 '감동적인 진지함'을 잃어버렸을지도 모르지만, 자신의 '잃어버린 생명'에 대한 '구조의 소리'를 들을 수 있었다(〈지혜의 도래(智慧的來臨)〉). 신화에서 뱀의 유혹은 아담과 이브를 낙원에서 쫓겨나게 하였다. 그러나 현실에서 물질의 유혹은 또한 사람들로 하여금 미의 본성을 상실하여 "친절함 속에서의 영원한 격리, 적막함"(〈뱀의 유혹(蛇的誘惑)〉)에 빠지게 할 것이다. '인간 세상의 지혜에 대한 순종'이 가져온 것은 '과도한 우수'와 '자연의 꿈'에 대한 상실이다(〈자연의 꿈(自然底夢)〉). 시인은 원시 인류가 겪어보지 못한 역사를 그리워하고, 대자연의 생명에 대한 완전한 자유를 부러워하였으며, 현대 사회의 욕망으로 가득 찬 꿈과 추구가 선량함과 아름다운 인간의 본성을 말살하여 인간성이 '본래의 모습'을 잃어버리게 하였다고 탄식하였다(〈동년(童年)〉). 그는 인류가 세상의 이치를 잘 알고 있었기에 완전히 '낯선 곳'으로 들어섰으며, 자신의 정신 세계도 '시간을 위해 잃어버린 정교한 보물'이라고 개탄하였다. '아이'의 소박함과 본성으로 돌아가기 위하여 자신은 적을 대처하는 자아 증오의 '교활함, 잔인함'의 '용감함'으로 '아이'들의 희망을 보호하고 "그 이미 잃어버린 고향으로 되돌아갈 것"을 갈망하였으며, "나는 세계를 보고 웃으며 다시 한번 행복의 빛을 뿌린다"(〈가로 막힌 길(阻滯的路)〉). 이러한 원초적인 진실함에 대한 갈망은 시에서 "나는 되돌아가려 한다. 나의 이미 방향을 잃어버린 고향으로"라는 이 주된 선율의 반복 속에서 진실하게 재현되었는데, 이는 사람들로 하여금 뜨거운 눈물을 흘리게 하는 아주 감동스러운 시편이다. 무단은 이 시에서 사회 현실이 인간의 자연 본성을 왜곡하고 인간의 정신이 느끼는 고통을 집중적으로 전달하였다. 〈환원 작용(還原作用)〉은 가장 대표적인 시이다.

> 흙탕물 속의 돼지는 꿈에 날개가 달린 것을 보았다.
> 하늘에서 태어나 날아오를 것을 갈망하지만,
> 깨어났을 때는 고통스럽게 소리 지른다.
>
> 가슴이 불타올랐지만 침대에서 일어날 수 없고,
> 벼룩과 쥐들이 그의 몸 위에 붙어 있다.
> 너는 나를 사랑하는가? 나는 너를 사랑한다고 그는 말한다.
>
> 여덟 시간의 일은 껍데기만 남게 하고,
> 먼지 가득한 그물 속에서 줄을 끊어놓을까 두려워한다,
> 거미가 냄새를 맡았다. 하지만 쓸데없다는 것을 알고 있다.

그의 위로는 공부할 적의 친구
3월의 화원이 어떻게 꽃을 활짝 피우는가?
편지의 오고 감은 황량한 벌판을 이어 놓았다.

거기에서 변형된 헛됨을 보아냈다.
땅 위에서 걸음걸이를 학습하기 시작하고 있다.
모든 것은 끝이 없고, 끝이 없는 완만함이다.

　　현대 도시 사람들은 기계 인간처럼 '일'을 하여, 정신세계의 풍부로움
과 자유를 잃어버리고 텅 빈 '껍데기'가 된다. 매일 조심스럽게 거대한
'그물'에서 생활할 수밖에 없지만, 또한 이 생명을 갉아먹는 '그물'을 잃
어버릴까 두려워한다. 그리하여 과거의 따스한 정을 조금이나마 그리는
것으로, 사람들의 정신적 '황무지'에서 유일한 위로가 되게 한다. 생명력
으로 가득 찬 사람들은 한 가지 동물로 비유되는데, 즉 '흙탕물 속의 돼
지'는 비록 자신의 '변형'으로 귀환할 갈망을 지니고 있지만 '변형된 헛됨'
으로밖에 될 수 없다. 인류는 이런 환원할 수 없는 '이화'가 낳은 '변형'의
가능성에 직면하여 마치 인류가 다시 '걸음걸이를 학습하기 시작하는'
것처럼 느리고 서툴다. 이는 인류 생명 자체의 철학적 비극과 현실이다.
인류는 고도의 물질문명을 창조한 동시에 자기의 가장 소중한 '보물'을
상실하였다. 인류는 현실 생활에서 현대성이 아주 강한 모순과 고통을
느낀다. 시인 무단은 철학적 층면에서 사고를 하였는데, 예를 들면 카프
카(Franz Kafka)의 소설 ≪변형기(變形記)≫처럼, 아주 짧은 시에서 상
상이 괴상하고 시화가 농후한 비판적 표현을 부여하였다.
　　(2) 현실 세계와 인생에 대한 잠재적 관조이다. '중국 신시'파 시인
단체는 현실을 중시하는 시편들을 많이 창작하였는데, 이러한 시편 가
운데 대다수는 현실 사회와 인생 정경에 대한 평범한 묘사에 만족해하
지 않았으며, 직접적으로 시인의 정감을 전달하는 것에도 만족해하지
않았다. 또한 표면적으로 도달할 수 있는 격려와 설교의 공리적인 효과

도 추구하지 않았다. 그들은 흔히 객관, 즉 사회 현실과 인생 경험에 대해 더욱 깊은 탐색과 발굴을 하여, 그 속에서 계시성이 풍부하여 사람들에게 사색케 하는 철리적인 요소를 찾아내려 하였다. 현실성과 철리성이 하나로 융합된 이런 류의 시편들은 일반적인 현실주의 작품과는 다른 특색을 띠고 있음을 드러냈으며, 현실성이 강한 시편들이 동시에 철리성이 강한 좋은 작품이 되었다.

두윈셰의 〈바이올린 연주자(小提琴家)〉라는 시는 한 바이올린 연주자의 절묘한 연주 속에서 창작자의 고통과 환희가 섞인 생명 철학을 전달하였으며, 그의 〈나의 한 동포에게(給我的一个同胞)〉는 사람들에게 자유를 위해 투쟁하는 '사람'만이 진정으로 '사람'의 인생을 완성한다는 것을 알려주었다. 그의 〈이름 없는 영웅(无名英雄)〉은 현실 속에서 헌신하는 사람을 그려냈지만, 시인은 이러한 공헌에서 사상의 승화를 거쳐 "역사를 만드는 것은 더욱 깊이 있게 역사에 묻혀야 하며, 그런 후에 불태워져 후세에게 따스함을 주어야 한다"고 노래하였다.

정민은 동란과 죽음으로 가득 찬 시대에 〈1945년 4월 13일의 죽음에 관한 소식(一九四五年四月十三日的死訊)〉, 〈시대와 죽음(時代与死)〉, 〈죽음(死)〉, 〈묘지(墓園)〉, 〈순국자(死難者)〉, 〈죽음에 직면한 갈리아인(垂死的高盧人)〉 등의 시를 연이어 창작해 냈으며, 현실을 사고의 계기로 삼거나 역사를 응시하는 교점으로 삼아 생명과 죽음이라는 이 구체적인 묘사를 초월하여 인간의 생과 죽음 인 철리적인 명제에 대해 깊거나 얕게 정의로 가득 찬 이지적 사고를 하였다. 한 "무한한 생명의 의미를/ 충실하고 용감한 이성에게 계시해준다"는 시대에 직면하여 시인은 그런 민족의 고난을 해방하기 위해 헌신한 사람들에게 자신의 경의를 표하였다. "그들은 냉정하게 죽음을 인내하고 있으며,/ 동시에 죽음을 적들에게 던진다". "그러나 저 타오르는 기치를 보라./ 그것은 영원 목민의 지팡이/ 그는 정확하게 한 방향을 가리킨다"(〈죽음〉). 그들의 죽음은 "더는 훼멸, 공포와 천고의 비애를 표현하지 않는다". 그들은

"고귀한 마음"으로 어두운 밤에 한 줄기 빛이 되어 "밤에 걸어가는 사람의 발걸음을 밝게 비춰준다". 그들의 생명은 이미 "살아있는 사람의 혈액 속에 깊게 용해되어/ 인류가 희망하는 그날로 실려 간다". 시인의 더 깊은 사색 중에는 "'죽음'도 최고의 '생'이다./ 여전히 아름답기 그지없는/ 갑자기 피어난 기이한 꽃으로, 설사 순식간에 진다 해도/ 이미 생명의 배아를 남겨놓았다"(〈시대와 죽음〉). 시인은 개인의 생명중에 나약함과 강인함이라는 이런 문제를 민족 해방 투쟁을 쟁취하는 첨예한 배경에 놓고 투쟁과 제련을 하였으며, 인생의 진정한 아름다움이 바로 고통과 투쟁, 승리와 광명을 쟁취하기 위하여 지불한 강인함이라는 것을 깨달았다. 그리하여 그녀는 "고목이 말없이 녹색을 포기하는 것처럼/ 땅에서 암흑과 압박을 인내하며/ 오직 고통이 몸 속에 깊게 침투되어야만 영혼은 불타올라 빛과 힘을 토해낼 수 있다"(〈생의 아름다움, 고통·투쟁·인내(生的美, 痛苦·斗爭·忍受)〉)고 노래하였다. 시인은 생활의 체험을 철학적 체험으로 승화시켜 민족과 인생의 고통과 환락, 추악함과 아름다움, 순간과 영원함에 대해 생활 측면의 인식보다 더 높은 이지적 색채로 가득 찬 느낌을 일으켰다.

'중국 신시'파 시인은 그들의 독특한 심미와 감수 방식으로 현실을 중시하였고 현실을 묘사하였다. 민족 투쟁의 잔혹한 전쟁, 암흑과 광명의 격렬한 투쟁, 현실의 여러 가지 고통은 이러한 양심의 민감함을 지녔던 지식인의 심령에 의문과 투쟁의 불길을 던졌다. 희망과 절망, 이상과 현실의 산적한 모순의 격화는 그들에게 생활 측면의 직접적 감수로부터 철리적 측면의 사고와 탐구로 진입하게 촉진하였다. 그들의 일부 시편들은 바로 현실과 현학적 사유가 섞여 있는 상태의 구축 속에서 일부는 조용함과 명랑함이 적어지고, 일부는 침중함과 심오함이 많아졌으며, 일부는 낙관적이고 조화로운 면이 적어지고, 초조와 긴장감이 많아졌다.

인생을 '폭넓게 추구하는 자'라고 불리는 무단의 일부 시편에서는 아주 독특하게 이러한 내함과 색채가 표현되었다. 그는 서술하는 방식으로 내심 속 깊은 곳에서 느끼는 잔혹한 현실이 어떻게 이상을 환멸시키는지 보여주었으며, 현실과 이상의 첨예한 모순 속에서 어떻게 강대한 전통 역량의 속박에서 벗어나 "관용으로 충만한 마음'을 기록하였으며, 고통에서 벗어나 새로운 이상으로 "돌진"해 나아갔는지를 보여주었다(〈장미의 노래(玫瑰之歌)〉). 시인은 현실과 인민 대중의 마음을 중시하였는데, 이 점은 그에게 늘 "모든 불행한 사람"을 생각하게 하였고 인류 생활이 어떻게 공포와 모순으로 가득 차 있으며, "따스함이 자주 증오를 동반한다"는 것을 생각하게 하였다. 그는 현실적인 명제에서 시작하여 이성적인 심화에로 변화하고, "바다"의 "용해"가 사람과 사람 사이를 "격리"하는 고통을 소멸시킬 것을 갈망하였으며, 사람들의 생활면과 심리면에서 "깊고 명석한 정착"을 기대하였다(〈불행한 사람들(不幸的人們)〉). 시인은 이러한 극단적인 고통과 원망을 가슴에 품고, "중국은 어디에 있는가?"라고 외쳤으며, 현실의 냉혹함이 그로 하여금 증오의 심경으로 '하늘 밖의 봉우리에서 자유를 찾는' 사람들을 경멸하게 하였다. 그는 무정하게 "지주, 상인과 여러 어른"들의 탐욕과 향락을 조소하였으며, 그 속에서 중국의 진정한 희망을 찾고 있었다. 그리고 상징적인 이미지로서 오직 어머니의 고통 속에서만이 진정한 "봄날"을 배양해 낼 수 있다는 것을 암시하였다. 시인은 이렇게 노래하였다.

> 영원히 멸시 당하는 원한을 품은 침대 위에서,
> 욕망을 숨긴 고갈된 젖가슴 속에서,
> 우리는 반드시 어머니의 생장을 도와야 한다
> 우리는 반드시 어머니의 생장을 도와야 한다
> 우리는 반드시 어머니의 생장을 도와야 한다
> 왜냐하면 역사 앞에서 우리는 영원함을 얻을 수 없으며
> 우리의 고통은 영원히 피어오를 것이고
> 우리의 쾌락은
> 그녀의 어머니 배속에서 계속될 것이기 때문에…….
> ─ 〈중국은 어디에 있는가〉

시인은 인류의 신과 운명에 대한 의존을 싫어하였고, 정치가들의 "헛된 외침, 즉 우리는 자유를 요구한다!"는 말을 조소하였다. 또한 현실을 도피하고 절망적 경계에 빠진 비관론자의 공포와 기대에 대해 무정한 비판과 풍자를 가하였다(〈비관론자의 화상(悲觀論者的畵像)〉). 현실의 관찰 속에는 인생에 대한 여러 가지 다른 철학적인 사고가 담겨져 있다. 사람들을 실망시키는 현실은 시인에게 하나하나의 환상에 대한 파멸을 가져다주었고, 시인은 자신의 생명이 처한 환경을 똑똑히 인식하기 시작하였다. 즉 단지 "환상의 항선에서 내려 온 고객이/ 영원한 착오의 역"에 들어섰다고 여겼으며, "거대한 선박의 고리에 그는 빠져들어 갔다 / 한 노예제도가 부가적으로 가지고 있던 이상"이라고 하였다. 이곳의 은혜는 "서로 무서워하는 것이다". 그러나 그를 따뜻하게 하는 것은 "스스로 유배되는 것"으로, "나약한 사람과 사람 사이의 관계 사이에서 기어 다니며", 단지 "무수한 악의를 자신의 영양으로 변화시킨다"는 점에서 "그는 이미 주인 노릇을 하는 존엄을 학습하기 시작하였다"(〈환상하는 승객(幻想底乘客)〉). 이상에 대한 추구를 상실하고 결국 야심가들의 노예로 전락한다. 선량한 마음의 보답은 "악의"라는 이 현실 속에서 획득한 잔혹한 인생의 철학을 깊게 음미하기 시작하였다.

위 두 시를 쓴 뒤 두 해가 지난 1944년 시인 무단은 마찬가지로 아주 현실적인 시편인 〈살아가라(活下去)〉에서 위험한 토지, 죽음과 하강, 포악함과 흉악함, 기아와 희생 "음탕한 퇴폐"의 포위에 직면하여 민족과 사람들 마음 속에 "살아가라"는 고집스런 호소를 하였다. 그리고, 현실 생활은 시인에게 더욱 심각한 사색을 하도록 하였다. "희망, 환멸, 희망, 다시 살아가라/ 무수한 파도의 파묻힘 속에서,/ 누가 시간의 무거운 신음소리가/ 곧 저주 속에서 형성된/ 햇빛으로 반짝이는 암벽에 떨어질 것을 알겠는가?/ 아이들이여 어둠 속의 우리가 어떻게/ 태어나기 어려운 고결한 감정을 배양해 내고 있는지를 보아라"(〈살아가라〉). 엄혹한 현실 생활의 체험 속에서 시화된 엄숙한 생명 철학이 탄생되었다. 이 철리적인 침통한 외침 속에서 우리는 시인의 마음 속에 절망과 희망이 고통스럽게 발버둥치고 있으며, 동시에 '절망'을 초월한 '희망'의 빛이 타오르고 있다는 것을 느낄 수 있다.

무단은 그의 창작에서 결코 완전히 형상과 논리, 정감과 이성으로 뒤엉킨 체계 속에서 그의 인생의 이상과 현실적 모순의 호소에 침몰되지 않았으며, 어떤 때는 시인 자신과 현실 생활 간의 거리를 멀어지게 하여, 그 자신이 독특하게 구축한 이미지로서 직접적인 호소를 더욱 굴곡 있는 서정으로 바꾸었고, 그의 현실에 대한 현학적 사고가 더욱 초월적인 사유의 공간을 갖도록 하였다. 그의 유명한 시 〈바다의 연애(海戀)〉는 바로 이렇게 현실과 현학이 결합된 작품의 대표이다.

> 파란 하늘에서 떠다니는 자, 바다의 연인
> 우리에게 물고기를 주고, 우리에게 물을 주고, 우리에게
> 밤별을 빛나게 하는 미친 듯한 안내를 하여
> 우리는 이미 심각한 현실과 격리되었다.
>
> 자유는 마치 흔적 없는 노랫소리와 같이 거대하게
> 만물을 점령하고, 환락의 환락이다.
> 모든 것을 표현하고 또 없음으로 귀결된다.
> 우리는 미세한 형태 속에 남아있다.
>
> 현실보다 더욱 진실한 꿈, 물보다
> 더욱 습윤한 사상, 여기에서 시들어지고,
> 청색의 마귀는, 뛰어오르며, 한 번도 끝나지 않는다.
> 길의 창조자는, 길이 없는 여행자다.
>
> 당신의 두 눈으로 모든 아름다운 풍경을 본다.
> 나는 오히려 우울함 속에서 더욱 우울해진다.
> 발밑에 밝은 태양, 아직 형태를 갖추지 못한
> 힘, 우리는 풍부한 없음 속에서 칭송한다.

낮과 밤을 이어가면서 그 하얀 새의 날아다님,
지식 이외에, 그 산 밖의 산들,
그 우리가 가질 수 없는 것, 당신은 이미 그 중심에 서있다.
파란 하늘에서 떠다니는 자, 바다의 연인!

이 시는 1945년 4월, 항일 전쟁 승리의 전야에 쓴 것이다. 기나긴 암흑의 현실은 시인에게 너무나도 많은 실망을 가져다주었으며, 이상의 허황됨과 현실의 잔혹함은 마음 속에서 섞이어 첨예한 모순을 형성하였다. '파란 하늘에서 떠다니는 자, 바다의 연인'은 시에서 시인 마음 속의 다른 형식의 이상을 추구하는 자의 상징이다. 이 상징적 이미지와 그 대칭인 '당신'은 서로 대립되는 것으로, 시 속의 '무거운 현실에 가두어져 있는' '우리'이며 또 시인 자신이라고 말할 수 있다. 시인이 보건대, 이상적 생활 속의 '자유', '거대함', '환락'과 현실에 가두어져 있는 '우리'는 인연이 없다. 우리는 자유로운 인간의 생활에서 있어야 할 모든 것을 상실하였고, 가련하게 '미세한 형태 속'에 남아 있을 뿐이다. 이 엄혹한 현실에서 현실보다 더욱 진실하고 더욱 아름다운 꿈, 예를 들면 바다의 물과 같이 자유롭고 습윤한 사상은 모두 이미 고갈되었다. '바다'의 역량, 활약과 영원한 생기("청색의 마귀는, 뛰어오르며, 한 번도 끝나지 않는다")를 상실하고, 사람들 자신의 처지는 오로지 이러한 모순 순환의 비극에 빠져들 뿐이다. "길의 창조자는 길이 없는 여행자이다". 이것은 또한 '에워싸인 자'의 이미지로, 이러한 현실은 '우리'로 하여금 이상적인 '아름다운 풍경'을 볼 수 없게 하며, 우리는 오로지 자신의 무력함과 빈약함을 '칭송'할 수밖에 없기에 더욱 우울해지게 된다. 자유는 오로지 밤낮으로 계속 바다 위에서 날아다니는 새들에 속한다. 즉 "파란 하늘에서 떠다니는 자, 바다의 연인", "그 우리가 가질 수 없는 것, 당신은 이미 그 중심에 서있다". 여기에서 서정적인 발로는 민감하고 정의롭고 양지 있는 한 지식인의 절망적인 현실에 반항하는 철학이다. 그

민족과 개인이 자유를 상실한 암흑의 연대에 시인이 느낀 이상과 현실 모순이라는 이 철리는 상징적 서정의 체계에서 농후하게 표현되었으며, 그의 예술적 창조는 직접적인 전달 방식보다 더욱 사람들에게 심원한 사고의 천지를 가져다주었다.

(3) 개인 생명의 체험과 내심에 대한 스스로의 분석이다. 이는 이 시인 단체의 창작이 체현한 '현학' 내함의 또 다른 더욱 특색을 띤 면이다. 30년대의 현대파 시인은 이미 '내심'으로 돌아가는 경향을 표현하였으며, 40년대 펑즈의 ≪소네트집≫은 음영과 잔혹한 암흑이 인생을 뒤덮고 견지와 타락, 생과 사의 체험이 수시로 사람들의 마음을 타격하는 시대적 분위기 속에서 자신의 생명 체험을 더욱 험준하고 현실적인 내심의 깊은 곳으로 유도하였으며, 더욱 심오한 철리적 사고를 표현하였다. 40년대 중, 후기로 진입하여 형성된 이 현대파 시인 단체가 직면한 것은 더욱 복잡한 현실, 더욱 냉혹한 인생, 더욱 첨예한 사색이었는데, 그들 중 함축된 예술 감수와 심미방식에 치우친 시인들, 특히 무단, 정민 두 시인은 펑즈가 개척한 '깊은 사고'의 전통을 자신의 내심 세계의 여러 가지 측면을 발굴하는 데로 더욱 유도하였으며, 일부 개인 생명체험과 내심의 자아 고찰에 속하는 철리적 시편들을 써내어 그들이 추구하는 현대적 현실, 상징과 현학이라는 종합적 새로운 전통 속에서 더욱 개인 색채를 갖춘 독특한 부분을 구성하였다.

정민의 이 방면을 내용으로 하는 작품은 개인 생명의 체험이 내심의 분석보다 많아 어떠한 사고를 언급하더라도 모두 고요하고 정련된 미의 특징을 지니고 있다. 모든 양지 있는 지식인이라면 현실의 발전과 민족 운명의 부침에 관심을 갖지 않을 수 없는 시대에 시인의 개인 생활 체험에 대한 형이상학적인 사고는 흔히 현실에 대한 강렬한 관심을 떠날 수 없었다. 〈생명(生命)〉은 한 생명 체험 주제에 대한 선언이라고 볼 수 있다. 시인은 고통과 눈물이 바꿔 온 것이 '자아의식의 조금 각성된 것'이라고 여겼다. 이 각성이 유도한 것은 시대적 책임감이 있는 생명 가치의 선택이다. '생명'은 무엇인가? "이는 여행이다. 우연히 시작하지만 도망치는 것을 허락하지 않는다". "도대체 누가 시종일관 잠자코 빛바랜 고통을 인내하는 자인가?/ 생명의 매 발걸음에 잠복되어 있는 위기를 폭발시킬 때/ 고요한 수면 아래 매 한 곳마다 모두 소용돌이에 신음하고 있어./ 나약한 자는 이미 잠겨버렸고/ 용감한 자도 끝내 싫증을 낸다". 생명의 '여행'에서 시인은 '영웅'과 '성자'를 찬미하고 있다. 왜냐하면 그들 생명의 빛이 '나약한 전쟁의 밤'을 밝게 비추고 암흑에 저항하게 하였으며, 폭풍우 속에서 '사람들에게 잊혀지고 있던' 사람들을 위로하였기 때문에 이 기나긴 유혹으로 가득 찬 생명의 '행렬'에서 시인은 자신의 과분한 요구로 인해 '체내의 보물'을 잊어버린 데 대해 참회하고 있다. 여기에는 '가장 진귀한 종자'가 있어 한 그루의 무성한 나무로 성장할 것이다. 그리하여 다음과 같은 인생의 정수를 느끼게 된다. "당신의 추구는 오히려 더욱 많은 것을 주기 위해서이다./ 당신이 이 세상에 온 것은, 이 세계를 완성하기 위해서이다. 사람의 나무로 그것의 아름다움을 늘린다"(〈지식에 대한 추구(求知)〉). 그러나 자신을 바치려고 준비하는 생명은 마치 아름다운 소녀의 생명이 흔히 '한 영혼이 어떻게 자신을 단단히 가두어야만' '세계를 향해 팔을 벌리는가' 하는 것처럼, 그녀는 계속해서 곰곰이 사색하고 자신을 수렴한다. "주고받는 것으로 충만한 사랑의 천지로 가기 위하여"(〈르느와르 소녀의 그림(Renoir, 少女的畵像)〉). 한 빈궁한 시인의 '공헌'은 시인의 체험에서 고통으로 겹겹이 조성된 '풍부함'으로, 또한 그가 뱉어 낸 쓴 즙으로 결국 "한 균형 잡힌 세계를 찾아낸다"(〈시인의 공헌(詩人的貢獻)〉). 또한 간디의 죽음에서 시인은 생명에 비극을 가져다 준 모순으로 가득 찬 현실을 심각하게 보아냈다. "우리의 사랑이 그를 배양해 냈다. 우리의 증오가 그를 쓰러뜨렸다./ 동일한 토지가 자비와 원한을 배양하였고, 고요함과 투쟁을 배양해냈다. 아, 가장 빛나고 가장 어두운 인도, 인간성의 상징이여"(〈최후의 밤 기도(最后的晚禱)〉). 이런 농후한 생명의 비극성을 가진 체험은 시인이 처한 그 현실적이고 강렬한 시대적 색채를 표현한 것으로, 시대와 인민을 위하여 수난을 받은 것을 시인이 신봉하는 생명 철학이 되게 하였다. 시인의 안목으로 당시의 현실이 생명에 가져다 준 것은 단지 '비좁음과 끊임없는 변화'로, 언어는 사상을 빠뜨렸고 지식은 편견을 가져다주었으며 시인은 그러한 차가움과 강인함 속에서 '한 생명을 인내하는' 것을 추구하였다. 예를 들면, 한 마리의 우둔한 형태의 야수가 "생명의 신선함과 강렬함"을 갖고 있는 것과 같으며(〈야수(한 폭의 그림)(獸(一幅畫))〉), 또한 시인은 베토벤의 생명에서 이런 체험의 공명을 찾았다. "사람들은 모두 고통 속에서 애절하게 호소하지만/ 오직 당신만이 고통 속에서 성장한다./ 모든 충돌과 모순 속에서 언제나/ 희망으로 가득 찬 주제를 찬란하게 유도해낸다"(〈베토벤에게 바침(獻給悲多芬)〉). 생명에 대한 비극성의 체험은 정민 시에서 철리적 사고의 가장 선명한 주제가 되었는데, 이 주제는 역시 시인에 의하여 자신의 예술 창조의 체험 속에 주입되었다. 〈조각가의 노래(雕刻者之歌)〉는 미의 창조자, 생명의 적막함과 영원한 모순을 노래하였다. 사회적 측면을 초월하여 〈어린 도장공〉을 이해하면, 그 속에 상징적인 미의 창조자의 그 '영원한 손'과 마음이 주시하는 빛나는 '순결한 빛'은 시인 자신이 체험한 마음 속 '아픔'과 서로 연계되어 있다. 이 각도에서 보면 앞에서 제기한 〈춤〉 역시 작가의 예술적 미의 창조자에 대한 생명 체험을 포괄한다.

이런 비극적 생명 체험의 사고는 또 다른 유명한 시 〈연꽃(장다첸의 그림을 감상하며)(荷花(觀張大千氏畫))〉에서 집중적이고도 깊이 있는 표현을 얻는다. 시에서는 먼저 활짝 핀 연꽃과 아직 피어나지 않은 꽃봉오리라는 두 가지 미의 형태를 썼는데, 그것들이 "사람들에게 말을 잊게 하는 영원함을 지니고 있으며, 세상을 바라보면서/ 거부하지만 또한 낡고 퇴색된 옷을 입은" 미의 정서적 사색을 써낸 뒤, 시인은 형이상학적인 생각으로 바꿔 이렇게 쓴다.

그러나, 무엇이 진정한 주제인가?
이 고통스러운 연주에서? 이 굽어 있는
연꽃 줄기, 연꽃 송이를 깊이 숙이게 하네.

당신의 뿌리에서, 바람의 두드림을 말하는 것이 아니네.
비의 흔적은 오히려 그것이 창조자의 손에서
더욱 많은 생, 이 엄숙한 부담을 감당했기 때문에.

생활의 혹은 예술의 창조자가 '더욱 많은 생을 부담하는' 이 생명 비극성의 '진정한 주제'는 사람들의 사색을 더욱 깊은 철학적 사색으로 이끌어 간다. 즉 시인이 이 고요한 화면 속에서 들은 이 '고통스러운 연주'가 바로 시인의 현학적 추구가 창조 속에서 맺은 아름다운 열매라는 것이다.

당시 평론은 이렇게 인정하였다. 시인 정민의 이런 '풍부한 사상과 생동적인 이미지'는 사람들로 하여금 일종의 "거대한 희열, 어떤 때는 아주 무거운 압력을 느끼게 하고, 어떤 때는 또한 즐거운 해방감을 느끼게 하여, 압력이 클수록 해방감 속에서 솟구치는 생기 역시 더욱 왕성하다"고 느끼게 하였다. 이는 정민의 예술적 추구가 탄생시킨 심미적 효과의 평가에 부합된다. 문제는 이런 평가를 내린 동시에 평론가들이 이어서 정민의 이런 현학적 추구의 사상 열매가 단지 "너무 화려하고 너무 성숙된 현대 유럽 사람들의 의식으로서", 그녀가 반드시 의존하며 생존해나갈 그런 "시대적 역사의 목소리"라고 단정 지을 수 없다고 보았다는 것이다.[52] 이러한 판단은 단지 그들의 탐색이 서구 시가와 철학적 사고가 연계되는 이 한 측면만을 주의하였을 뿐, 시인의 예술적 창조에서 개인 체험의 시대적 특징과 민족적 수용에서 심미적 변화의 노력을 무시하였으며, 또한 근본적으로 이 시인 단체의 여러 가지 탐색이 중국 사회 현실에 토대하고 있다는 가장 기본적인 사실을 홀시하였다.

---

52) 탕스, 〈정민의 고요한 밤의 기도〉, ≪신의도집≫, 155-156쪽.

정민의 탐색 내용과 표현된 미학 특징과는 좀 다르게 무단은 시 속에서 개인 생명 체험에 관한 현학적 사고가 긴장되고 장중한 풍격 속에서 중국 지식인의 생존 환경에 대한 탐색과 표현이 좀 더 많았다. 이는 민족의 생사존망에 처한 투쟁이 민주와 암흑이 싸우는 복잡한 현실 아래에서 한 정직하고 민감한 지식인의 내심 세계의 독특한 감수로, 격렬한 모순된 생명 체험으로 가득 차 있다. 형이상학적인 사고는 흔히 가장 복잡한 현실의 배경, 생활의 느낌과 불가분적으로 한데 섞여서, 현학적 표현을 더욱 깊이 있는 생활의 진실한 함축성을 띠게 하는데, 이러한 생명 체험의 현학성 역시 무단 시의 가장 개성 있는 부분이 되었다. 당시 무단 시에 대한 이해가 깊은 서남연합대학교 동학들과 시우들은 평론 가운데 특별히 이렇게 말하였다. 무단이 "중국 지식인이 괴롭힘 당하고 또 다른 사람을 괴롭히는 심정"을 표현하는 데 가장 능숙하였으며, 동시에 이 점을 무단 시가의 진정한 "미스터리"[53]라고 본다. 문제는 우리가 어떻게 무단 시의 이 '미스터리'를 대하느냐 하는 것이다. 즉 이는 특정한 시대와의 특정한 관계를 이탈하고, 역사의 제약성을 초월하여 시에서 나온 짧은 시구로 무단의 이러한 내심 속의 '괴롭힘'을 마음대로 근대 역사상의 지식인 마음 속에 보편적으로 존재하는 '아픔'이라고 해석할 것인지, 아니면 모든 시의 창작 배경과 내함을 명확히 한 전제 하에 전체적으로 그것들의 정서와 내용이 전달한 진정한 의도를 파악하여 시인 머리 위에 강압적으로 씌워진 신성한 화환을 떨쳐버리고, 무단 자신에게 속하는 것을 그에게 돌려 줄 것인지 하는 것이다.

무단은 1938년 삼천리나 되는 길을 고생스럽게 지나서, 서남연합대학교의 소재지인 쿤밍에 도착하였다. 2년 뒤인 1940년에 그는 서남연합대학교에 남아 조교로 일하였으며, 이 해에 아이칭의 시집인 ≪그는 두 번째로 죽었다≫와 볜즈린의 시집 ≪위로 편지집≫에 대한 평론을

---

53) 왕쭤량, 〈한 중국 신시인〉, 1947년 7월 1일, ≪문학잡지≫, 제2권 제2기.

발표하였고, 시의 민족 항전을 노래하는 현실주의 정신을 강조하여, 시가 시대적 요구에 부합되는 새로운 서정성을 구비해야 한다고 주장하였다. 그는 동시에 〈뱀의 유혹(蛇的誘惑)〉, 〈장미의 노래(玫瑰之歌)〉, 〈비관론자의 화상(悲觀論者的畵像)〉, 〈불행한 사람들(不幸的人們)〉, 〈환원 작용(還原作用)〉 등 유명한 시편들을 발표하여, 아름답지만 허황된 이상과 현실의 모순이 어떻게 평형을 얻는가와 인생 가치의 추구가 어떻게 전쟁과 빈궁 속에서 물질생활의 "뱀의 유혹"을 이겨내는가에 대해서 항일 전쟁 중의 비관론자들을 질책하고 광대한 재난 속의 불행한 인민을 동정하며, 물욕의 추동과 기계적인 생활이 가져다 준 인성의 일그러짐에 대해 깊이 있는 고통을 전달하였다.

바로 이러한 정감의 배경 아래에서 그는 〈나(我)〉, 〈오월(五月)〉, 〈지혜의 도래(智慧的來臨)〉 이 세 수의 개인 생명 체험을 포함한 시편들을 발표하였다. 이 세 시는 연속적인 하나의 총체라고 볼 수 있다. 〈지혜의 도래〉는 앞에서 서술한 바와 같이 여전히 현실 분위기가 매우 강한 배경 하에서 개인 생명이 시간의 격류 속에서 지닌 '진지함'과 개성의 상실을 사색하였다. 〈오월〉은 목가적 민요 정조의 가벼움과 현실생활에 존재하는 잔혹함의 대비 속에서 개인 생명의 고통을 노래하였다. 시인은 그를 실망시키는 현실 사회의 '끊임없는 음모'와, '아부당하는 거리'가 어떻게 그런 사회의 권력자 — '해를 끼치는 자'들을 '모두 나오게' 하였는가? 그들로 하여금 '구국 민생의 담화를 발표한 뒤' 사람들을 '수렁'에 빠지게 하고, 자기는 오히려 "오월의 자유를 칭송하고,/ 모든 무형의 전력의 중추를 거머쥐는가" 하는 것을 보아냈다. 그리고 그들의 권력과 야심으로 깨어 있는 사람들의 '광명에 가득 찬 영상'을 깨부수고 자신의 모든 열정과 이상을 '물거품'으로 변화하게 하여 영원히 그들 통치의 현실적 노예가 되게 하였는가를 보아냈다. 그리하여 "나는 가장 밑으로 가라앉아/ 당신들의 오래된 감옥을 전심으로 지켜준다./ 한 봉건 사회가 자본주의의 역사 속에 묻혀 있다"고 하였으며, 마지막에는 시인이 상상하는 진정한 주인이 되고자 하는 반항과 복수의 심경을 드려냈다. "건달, 사기꾼, 도적"의 행렬에 숨겨들어 "어지러운 거리에서 걸어가며" 품 속에 숨겨둔 '검은 색 작은 물건'으로 기회를 타 복수를 한다. 비록 이 복수와 반항이 그에게 가져 온 것이 생명의 죽음이라는 것을 똑똑히 알고 있지만. "칠흙 같이 검은 총구를 겨누며, 당신은 볼 것이다/ 역사가 뒤바뀐 탄도로부터/ 내가 두 번째로 탄생할 것임을". 그러나 이는 권력자들의 '끊임없는 음모'로, '당신들은 나에게 루쉰의 잡문을 가르쳤고', 나에게 증오와 원한을 가르쳤으며, 나에게 생명의 고통에 대한 체험과 분노의 항쟁을 가르쳤다. 이 시 이전에 쓴 〈나〉는 뒤의 두 수보다 더욱 깊이 있게 자아 내심 세계의 분석으로 진입하였다. "어머니"가 상징하는 전체적인 따스함을 잃어버리고, 자신의 생명이 "자궁에서 떨어져 나온" "불완전한 부분"이 된 후 "영원히 자신을 황량한 벌판에 가두고" 고통스럽게 "구원을 갈망한다". 모체 속 "정지된 꿈으로부터 집단을 떠난 개인은 그렇게 생명의 절망 속으로 깊게 파고들었다. "울타리를 뛰쳐나가고 싶어/ 두 손을 내밀어 자신을 안아준다. 모든 아름다운 '변화된 형상'은 단지 '더욱 깊은 절망'일 뿐이다". 시 속에서 조성된 영원히 '황무지에 가둬둔' 자아 이미지는 바로 사람들을 절망시키는 현실이 조성한 시인이 피할 수 없는 개인 생존에 대한 곤경의 상징이다. 이 세 시는 현실과 현학의 결합 속에서 시인 개인을 해석하였다고 말할 수 있으며, 또한 당시 혹은 중국 지식인의 생명 체험이라고도 말할 수 있다.

이러한 모순에 깊게 빠진 현실이 일으킨 지식인의 개인 생존 곤경에 관한 현학적 사고는 시인 무단의 중요한 공헌이다. 그는 상징적으로 시화된 '포위된 자'의 형상을 창조하였다. 무단은 1945년 5월, 〈포위된 자(被圍者)〉라는 시를 발표하였다. 몇 년간의 항전을 걸쳐 승리에 이를 때 그는 지식인 내심의 걱정과 정상적 인성의 일그러짐을 더욱 깊이 느꼈으며 동시에 이로 인해 자신의 현실 처지에 대해 의문을 품었다. 시는 시작하자마자 다그쳐 묻는다. "여기는 어떤 곳인가?" "아, 여기는 어떤 곳인가?". 여기에서 시간은 신속하게 사람들을 "당신이 원하지 않는 형태"로 변화시킨다. 그 "하늘의 유성과 물", 생명이 가지고 있는 그 '찬란한 초조'는 모두 오늘날의 '벽돌 부스러기'로 변한다. 사색하고 있는 민감한 지식인으로서 "우리는 끝내 본다./ 과거의 것이 모두 모범이 되는 것을, 모든 잠시는 /서로 섞이면 이 평범한 영원함이다". 시인은 거의 분노에 가깝게, 이곳이 소년이 예언을 주는 곳도 아니고 또 노년이 참고 참은 뒤 "열매를 딸 수 있는 과수원"도 아니라고 말하였다. 이상은 이미 존재하지 않고 생명은 이미 일그러졌다. "그늘 아래에서/ 당신은 끝내 뿌리를 내리고, 원하지 않는 마음으로/ 끝내 형체를 갖춘다. 만약 우리가 뛰쳐나갈 수 있다면,/ 용사여, 만약 유형이 무형으로 될 수 있다면,/ 우리를 여기로 끌어들여 만나게 하지 마시오!" 그러나 이런 '포위된 자'의 곤경에서 뛰쳐나온 항쟁은 아무런 소용이 없다. 왜냐하면 여기는 모든 희망을 절망으로 변화시키는 곳이기 때문이다. '포위된 자'들의 노력 속에서 "모든 여정은/ 모두 이 적의에 찬 곳에 정착될 뿐". 시의 마지막 소절에서는 그 '원'과 같은 '완정한' 질서를 파괴시키는 심경을 노래하였다.

> 하나의 원, 다년간의 인공
> 우리의 절망은 장차 그것을 완정해지게 하리.
> 그것을 파괴하시오. 친구여! 우리들 자신으로 하여금
> 바로 그것의 결핍된 점, 평범한 것보다 더욱 나쁘네.
> 우레와 비, 새로운 기온과 희망만이
> 여기에 영양분을 제공하고, 모든 존경함을 밀어버리리.
> 왜냐하면 우리는 이미 포위된 한 무리이기 때문에,
> 우리는 돌아눕고서야 비로소 새로운 토지에 대한 각성이 있으리.

"그것을 파괴하시오!" 이는 생명이 현실적 질서에 극도로 질식되어 내는 목소리이고, "포위된 자"가 옥 부스러기가 될지라도 평범한 것을

달가워하지 않는 각성된 외침 소리이다. 여기에서 생명의 질식된 상태와 "새로운 기온과 희망"의 교전, 개인 생명의 반항과 더욱 광대한 "새로운 토지에 대한 각성"은 서로 한데 연결되어 있다. 시인 개인 생명의 비극과 항쟁의 철학 그리고 시인의 현실에 항거하는 심정은 여기에서 사람을 놀라도록 표현되었다. 당시 평론가들은 아주 민감하게 이렇게 인정하였다. 이 시에서는 시인의 "평범한 원만함에 대한 싫증과 포기"의 "용감한 자의 도량을 표현했는데", 이는 "영웅주의에 대한 예찬이며" "청춘이 '찬란한 초조'에서 쇠퇴로 나아가는 "한 무더기의 벽돌 부스러기이고", 낭만적으로 변화되고 있는 지혜로부터 평범한 공허와 진실된 죽음으로 가는 것이며 마지막에 옥 부스러기가 될지언정 완정한 벽돌이 되지 않으려는 것으로 귀결된다". "이는 생명의 역사시(史詩)이다!"54) 나는 이것이 더욱이 현실의 비판과 개인 생명의 비극적 체험의 현학이 함께 연주되는 시라고 생각한다.

시인은 여러 측면에서 그 자신의 생명 비극성에 대한 철리적 체험을 전달하였다. 생명의 성장은 동시에 생명의 진지함과 진귀한 것의 상실도 동반될 수 있다(〈지혜의 도래〉). 기계적인 현대생활과 전통 세력의 연합은 생명의 정상적인 발전과 추구를 말살시키고 있다. 그는 "돌리고 또 돌려져", "추구하지만 암흑 속으로 빠진다". "새로 생긴 희망은 제압당하고, 되돌려진다. / 그를 물리쳐야 비로소 안전할 수 있고. / 젊은 사람들은 총명하게 배우고, 연로한 사람들은/ 이 때문에 또한 그들의 어리석음을 지속한다. / 누가 미래를 애틋해 하는가? 누구도 마음 아파하지 않는다. / 내일을 바꾸는 것은 이미 오늘에 의해 달라졌다"(〈갈라진

---

54) 탕스, 〈무단론〉, 이 문장에서 인용한 〈포위자(被圍者)〉의 시 한 구절은 ≪무단시선≫(인민문학출판사, 1986년)과 ≪무단시선집≫(리팡 편찬, 중국 문학출판사, 1996년) 마지막 네 구절이 비교적 차이가 있다, 이 두 책에 있는 이 시의 마지막 네 구절은 모두 아래와 같다. "번개와 비, 새로운 온도와 진흙만이/ 소동을 일으키니, 더 추울 수도 있다. / 왜냐하면 우리는 이미 포위된 한 무리로/ 우리가 사라지면 '무인지대'가 생기게 되기 때문에".

무늬(裂紋))). 이는 시인의 절망에 대한 반항적 선언이다. 생명의 희망
은 그렇듯 잔혹하게 절망에 의해 말살되어, "생명의 변질, 사랑의 결핍,
순결의 냉각"이 모두 내가 "계승"할 수밖에 없다. "나는 운명적으로 정
해진 양(羊)의 지위에서 엎드려 있다". 그러나 "무수한 절망 뒤에" 내가
요구하는 것은 더 이상 "당신의 제단 아래에서 참회하는 것"이 아니다.
"몰래 웃는 웃음"과 "절망적인 탄식"에 직면하여 시인은 이렇게 고집스
럽게 대답하였다. "아니다, 아니다. 아마 아직도 불가능함에 처해 있을
때/ 나에게 남겨진 피는 악독하게 끓어오르고 있다"(〈나는 나에게 말한
다〉). 생명의 '악독함'은 바로 일종의 다시는 굴복시킬 수 없는 생명의
도전이다.

　이런 생명 체험의 현학적 사고는 무단의 애정시도 유입되어, 그의 이
부분의 작품에 모순적인 비애로 충만한 색채를 가져왔다. 〈시 두 장(詩
二章)〉의 첫 번째 시에서는 사랑의 마음이 끊임없는 모순 속에서 발버
둥치고 있다. 모두가 "영예, 쾌락, 애정의 영원함"을 갈망하고 있고, "실
패는 영원히 우리 곁에 매복해 있으며", "진실"을 감추고 "가련한 행복"
을 구걸한다. 그러나 결과는 "우리는 파악하지만 용기가 없다./ 안녕이
없는 것을 즐기고, 승리가 없는 것을 극복한다./ 우리는 영원히 그 의미
있는 변두리를 확대한다./ 그래야만 모든 것을 숨기고, 진실 속에 빠지
지 않는다". 두 번째 시는 이러한 모순을 더욱 첨예하고 비장하게 표현
하였다. 그 '영원히 존재하는 빛'을 추구하려 하고 끝내 '무서운 악몽 속
에서 생활하며' 모든 것이 진실하지 않아 우리의 울음은 오로지 다른
울음을 제조할 뿐, 혼란 속에 빠져 엄숙한 노력도 혼란 본연이 된다.
애정은 오로지 영원히 "착오를 따라 탄생한다". 마음의 유일한 해방은
예수에 대한 신념이다. 사랑의 비극 속에서 "나는 자주/ 그 영원히 달가
워하지 않는 완강한 영웅을 본다". "자식들이여, 하나 또 하나의 거짓말
을 포기하는 것이,/ 바로 환락을 포기하는 것이다. 또 어떤 것이/ 당신에
게 미련이 생기도록 할 수 있을까? 황량하고 비극적인 운명을 향해 걸어

가는 것뿐!". 그러나 신도 사랑의 진정한 시현을 가져다 줄 수 없다.

〈신에게 드리는 기도 2장(祈神二章)〉에서는 이러한 모순과 실망의 추구로 가득 찬 비극을 노래하였고, 〈발견(發現)〉은 진실한 사랑이 허위를 초월할 수 있고 '죽음'이라는 이 생명의 영원함으로 나아가는 것에 대해 썼다. 〈시(詩)〉에서는 사랑의 탐색이 얻을 수 없는 영원한 추구라는 것에 대해 더욱 진일보하게 설명하였다. 얻을 수 없는 원인은 바로 사랑의 "환락이 그 합일된 늙은 뿌리 속에 있으며", "우리의 모든 추구가 마침내 암흑 속으로 왔"기 때문이라고 하였다. 무단의 애정시 〈시 여덟 수(詩八首)〉는 사랑의 발생과 실현되는 모든 과정을 썼다. 사랑이 잠재적 의식 속에서 싹이 튼 뒤, 사랑의 성숙과 열애 상태에 이르고, 사랑의 귀결 ― 일체가 되는 늙은 뿌리에 이르기까지 즉 죽음에서 고요함으로 변한다. 진실한 생활 체험과 신비한 현학적 사고, 구체적이고 육체적인 감각과 추상적이고 사유 분별적인 언어, 추구하는 고통과 획득한 쾌락, 사랑의 찬미와 사랑의 비애는 그렇게 생동적이고 조화로우면서도 또한 모순으로 충만되어 함께 섞여 인생의 애정에 대한 교향시를 구성하였다.

> 흐르는 물과 산 속의 돌멩이 사이에 침전된 당신과 나
> 그러나 우리의 성장은, 죽은 자궁 속에 있다.
> 무수한 가능 속에서 변형된 생명
> 영원히 그 자신을 완성할 수 없다.
>
> 나와 당신은 이야기 한다. 당신을 믿고 당신을 사랑한다고.
> 이때 나의 주인이 몰래 웃는 것을 듣는다.
> 끊임없이 그는 또 다른 당신과 나를 첨가하여
> 우리를 풍부하게도 하고 또 위험하게도 한다.

사랑의 생명 체험은 이렇듯 현실과 현학적 사색, 진지함과 신비로움, 사실적인 것과 상징적인 방법이 함께 섞이어 이렇듯 무겁고 철리성이

풍부한 표현을 만들어 냈는데, 이는 신시의 발전 속에서 거의 없었던 것이다.

무단 시 속의 개인 생명 체험이 표현한 자아에 대한 관찰은 현실 생활과 동떨어진 순수한 내면의 영혼에 대한 자아 고문이라고 보여진다. 무단의 이러한 소위 '자아 고문'을 이야기할 때 사람들은 〈뱀의 유혹〉이라는 시의 한 구절을 예로 든다. "나는 살아있는가? 나는 살아있는가? 나는 왜 살아있는가?" 그러나 이 구절의 특정한 언어 환경을 무시하면, 시인의 현실 생활을 초월한 철학적 의미의 자아 영혼을 고문하는 증명으로 보여진다. 사실상, 이 시가 표현한 생명 철학과 현실적 측면의 창작 의도 사이의 밀접한 관계는 아주 뚜렷하다. 이 시는 1940년 2월에 썼는데, 시의 서언에서 시인은 바로 두 번째 〈뱀의 유혹〉이 가리키는 것이 당시 전쟁과 빈곤한 연대에 풍요로운 물질 생활을 하는 '살아 있는 사람들'에 대한 유혹이라고 분명히 말하였다. "놀라움 속에서 나는 두 번째 뱀의 출현을 느꼈다. 이 뱀은 우리를 유혹한다. 어떤 사람들은 곧 이 빈궁한 토지 이외의 곳으로 추방당해 갈 것이다". 시인이 이 시에 붙인 부제목은 "소자산 계급의 손짓 중 하나"였다. 이러한 것들은 모두 이 시가 내포하고 있는 두 가지 생명 철학관이 전달하고 있는 현실적 비판의 의도를 아주 선명하게 설명하고 있다. 시에서는 당시의 '나'와 모든 사람들이 두 채찍의 공격에 직면하고 있다고 하였는데, 첫 번째는 다수 사람들이 빈곤하고 삭막한 밤에 생활하고 있는데, '나'는 더밍(德明) 부인을 동반하여 차를 타고 백화점에 간 것이다. 그 하늘의 암담하고 자홍색을 띤 노을은 마치 죽어 가는 사람 얼굴이 최후에 보이는 희망과도 같았다. 이 때 '나'는 "채찍이/ 내리친 상흔(그것은 날아올랐다가 다시 모든 행인의 얼굴로 떨어진다)"을 느꼈다. 이 채찍이 때린 것은 바로 이러한 사람들이 모두 직면한 〈뱀의 유혹〉에 대한 추궁이다. "당신은 살고 싶지 않은가? 당신은 잘 살고싶지 않은가?" 이러한 질투 섞인 눈빛 속에서 "쓰레기더미, 더러운 물웅덩이, 죽은 쥐"와 낡은 집들로 가득 채워진 빈궁하고 더러운 거리를 지나 잘 사는 사람들과 부인들이 보석을 고르고 있는 호화로운 백화점으로 들어간다. '나'는 마치 여름날의 반딧불처럼 "처량하고 망연하여 갈 곳이 없다"는 생각이 든다. "어디에 나의 출로가 있어/ 평온하기도 하고 행복하기도 하겠는가?"라는 빈곤한 생활을 달가워하며, 대낮에 울겠는가 아니면 더밍 부인의 뒤를 따라 "어둠을 갈망하고, 밝은 등불을 향해 날아가겠는가?"라고 하며, 시에서는 이 두 가지 내면의 투쟁을 쓴다. "생활은 비록 피곤하지만 나는 반드시 추구해야 한다./ 비록 관념적인 삼림이 나를 휘감고 있지만,/ 선량함과 악독함의 빛이 나의 마음 속에서 반짝이다가 죽어간다./ 악마가 노래하는 나날로부터,/ 나는 단지 그 밭에 있는 지혜로운 열매만 생각한다./ 아부, 기여, 자선사업,/ 이는 귀여운 것이다, 만약 내가 먹어버린다면,/ 나는 미소를 머금고 문명의 세계에서 헤어 다닐 것이다". 잘 사는 집 귀공자의 호화롭고 편안한 생활을 할 것이다. "그때 나는 아담 후대의 숙명지를 떠날 것이다./ 빈궁함, 비천함, 거침, 끊임없는 노역과 고통……". 그러나 이때, '나'는 언제나 두 번째로 추방당한 사람들 속에서 "다른 한 채찍이 우리의 몸에서 휘둘러진다./ 그것은 말할 수 없는 피곤함이고 영혼의/ 흐느낌이다"라는 것을 본다. 더밍 부인은 아주 빨리 청춘을 잃어버렸고, 무수한 젊은 선생들과 아가씨들은 '낯선 친절'에 빠져서, '친절 속에서 영원히 격리된다'.

　　　　　……적막은
모든 사람을 가둔다. 생명은 검에 의해 지켜졌다.
사람들은 점점 그를 떠나서, 원을 에돌며 걷는다.
감정과 의지, 고갈된 껍데기,
일용품에 씨를 뿌리고 또 꽃을 피운다.
"나는 살고 있는가? 나는 살고 있는가?" 나는 살고 있다.
왜?
　　　　　　　두 번째 채찍의 휘두름을 위하여.

....
  아, 나는 스스로가 두 채찍의 협공 속에서 느낀다.
  나는 장차 어느 것을 감당할 것인가? 어두운 생의 명제......

  시인의 마음 속의 자아 고찰 혹은 '고문'은 민족 재난의 대 시대에서
생명이 빈곤과 부유한 생활의 선택에 직면하여, 또 일부 사람들이 '아
부, 기여, 자선사업'을 명목으로 국가가 곤란에 빠진 틈을 타 재산을 끌
어 모으고 취생몽사의 생활을 하는 생명의 선택에 대한 엄숙한 비판이
다. 시인은 두 번째 〈뱀의 유혹〉을 거절하고 두 번째 채찍의 공격을
달갑게 받아들인다. 그도 이 채찍을 그러한 추악하고 이기적인 영혼을
향해 휘두른다. 이러한 '어둔 생의 명제' 속의 현학적 사색은 무단이 진
정으로 인문학적 관심을 갖고 있었음을 표현하였고, 시인의 숭고한 시
대적 양지를 표현하였다. 이 시인 단체의 현학적 사고는 설사 개인 생
명 체험의 이런 가장 심층 영역에 진입하였지만, 자기 인생의 고통을
한꺼번에 되새기지 않았으며, 또한 빈궁하고 광대한 인민도 잊지 않았
다!

무단의 〈시 여덟 수〉에 관한 해석

　여기에서 해석 할 〈시 여덟 수(詩八首)〉는 시인 무단(1918-1977)의 아주 유명한 대표성을 갖는 작품으로 1942년 2월에 쓴 것이다. 그때 그의 나이는 24살로, 막 졸업한지 얼마 되지 않은 서남연합대학교의 '캠퍼스 시인'이었다.

　무단의 시는 사유 형식, 창작 풍격과 표현 방법 등의 방면에서 모두 30년대 서구 현대파 시인인 아일랜드의 예이츠, 영국의 T.S.엘리엇과 오든 등의 영향을 많이 받았다. 이러한 영향 가운데 현학적 사유 분별과 구체적 상징의 결합은 또한 T.S.엘리엇이 깊이 사랑하고 숭배한 17세기 영국 현학파 시인들에게까지 거슬러 올라갈 수 있다. 무단의 시에서는 심각한 시대적 감정을 현저하게 보아낼 수 있다. 그러나 다수의 시는 직접적으로 시대를 표현한 것이 아니라 자신의 마음 속 다툼과 내심의 사상 감정을 주의하는 동시에 추상적 개념과 구체적 형상의 결합을 위해 노력하였다. 전달하려는 감정의 밀도가 크도록 추구하였고 전달 방법에서 독특하고 새롭고 이성적인 성분이 개입하도록 하였으며, 독창적인 은유를 많이 사용하고 이미지의 연상에 있어서 도약을 운용하여 그의 시를 농후한 신기함, 예리함과 무거움을 구비하도록 하였을 뿐만 아니라, 독자들에게 극도의 낯설음을 가져다주었다. 설사 그가 애정을 제재로 한 시를 썼다하더라도 또한 이러하였다. 그의 저명한 〈시 여덟 수〉가 바로 이런 대표 작품 중의 하나이다.

　〈시 여덟 수〉는 중국 전통 가운데 '무제'류에 속하는 애정시이다. 그러나 시에서 우리는 일반적인 애정시의 아련한 감정과 열렬함을 볼 수 없으며, 또한 너무 많은 그리움이나 사모의 정에 대한 묘사도 볼 수 없다. 그의 생활 측면을 초월한 독특하고 각성된 지성은 그로 하여금 자신에게, 또한 인류에게 속한 연애의 정감과 그 전체 과정에 대해 이지적 분석과 강도가 큰 객관적 처리를 하게 하였다. 전체 시는 처음부터 끝까지 아주 심오하고도 냉정하다. 매 시는 모두 두 절로 되어있으며 한 절이 네 줄이고, 시 한 수가 여덟 줄인데 무단의 시 가운데 형식에 있어서 역시 비교적 가지런하고 균형 잡힌 류에 속한다.

첫 번째 시는 사랑이 점점 성숙함으로 나아가는 계절 속에서, 아직 첫사랑에 머물러 있을 때 한 쪽 사랑의 열렬함과 다른 한 쪽 감정의 냉정함 사이에 형성된 모순을 썼다.

'내'가 사랑하는 '당신'은 '나'와 마찬가지로 모두 사랑이 성숙되는 때의 그런 정감에 대한 갈망이 있어야 한다. 그러나 동시에 또 사랑 받는 소녀는 이성적인 통제 하에 정서의 냉정함이 있어야 한다. 그리하여 두 사람 사이에 정감의 낯설음을 조성해야한다. 이렇게 비록 나의 사랑을 "나는 당신을 위해 타오른다". 하지만 그것은 아직도 같은 경지에 있는 '당신'의 눈에 들지 못한다. 이러한 '사랑'은 그렇게 무서우니, '당신'은 마치 한 차례의 '화재'를 보는 듯하고, '당신'은 진실한 '나'의 사랑의 진지한 '타오름'을 보지 못한다. 그러나 이 '타오름'은 하나도 이상하지 않다. 그것은 성숙된 연대의 커플들이 필연적으로 가지는 것에 불과하다. 비록 그것이 '당신에게' 속하든 '나에게' 속하든지 간에. 단지 '당신'은 여전히 '성숙'한 자연적 감정을 무서운 것이라 여기기 때문에, 두 사람의 감정의 거리가 멀어졌고, "우리는 마치 큰 산에 가로막혀 있는 듯 떨어져 있다!'

왜냐하면 사랑은 인류가 성숙되고 있다는 자연스러운 단계이지만, 이 자연스러운 '질서'에 따라서 실현될 수 없기 때문이다. 그래서 시에서는 이어서 이렇게 말하였다. "이 자연스럽게 탈바꿈되는 질서 속에서 나는 오히려 잠시의 당신을 사랑하였네". 여기에서 "나"는 일종의 실망한 느낌이 있는데, 이는 '잠시의 당신'을 사랑하였지만 '당신'의 진정한 이해와 사랑을 얻지 못하였기 때문이다. 그렇다. 사랑은 억지로 해서 될 것이 아니다. '나'는 이처럼 억지스러운 추구를 하며, 자신이 고통스러워하는 여러 가지 모습을 하고 있지만, 여전히 '당신'이 진정으로 이해하는 사랑을 얻을 수 없다. "설사 내가 흐느끼고 퇴색되어 새로운 삶을 얻었다 할지라도,/ 아가씨여, 그것은 단지 하느님이 그 자신을 농락하는 것이리". 이것을 다시 말하면 설사 '내'가 맹세코, '내'가 끈질기게 따른다 할지라도 아무런 소용이 없다는 것이다. 여기에서 '하느님이 그 자신을 농락한다는' 것은 대자연과 모든 생물의 창조자로서 성숙된 애정을 창조하고 인류의 이성적인 감정을 창조하였지만, 이런 그가 몸소 창조한 모순은 단지 하느님 자신의 조소일 뿐, '자신이 스스로를 농락할' 뿐이라는 것이다. 자신이 창조한 물건을 농락하는 것은 자신을 농락하는 것과 마찬가지이다.

무단의 어떤 시에서 우리는 '하느님', '주님'을 자주 사용한 것을 볼 수 있다. 이 점은 마치 무단을 잘 알고 있는 시인 두원셰 선생이 말한 것처럼 무단은 "결코 기독교 신도가 아니며 하느님이 사람을 만들었다는 것을 믿지 않는다. 그러나 편의를 위하여 그는 일찍이 한 시기 동안 '주님', '하느님'을 자주 빌어서 자연계와 모든 생물의 창조자로 대체하였다".[55]

두 번째 시는 내용상 시간의 발전에 따라 '당신'과 '나'의 사랑도 점점 성숙되어 가고 이성의 통제에서 벗어나 열렬한 단계로 진입하기 시작하였음을 썼다.

'흐르는 물과 산의 돌'은 자연의 상징적 이미지를 의미한다. 또 시간이 흘러가고 있다는 내용을 포함한다. '죽은 자궁'은 한 사물(사랑을 포함해서)이 일정한 시간(상대적으로 정지되어 있는 시간) 내에 생명을 배양하고 탄생시키는 것을 상징한다. 첫 두 구절의 시의 의미는 대자연의 계시와 부여에 따라 '당신과 나'의 생명은 모두 함께 성숙되기 시작

---

55) 〈《무단시선》 후기〉, 인민문학출판사, 1986.

하고 우리 사랑의 '성장'도 이 시간 내에 배양되고 꽃을 피우기 시작하였다는 것이다. 그러나 이 소위 성숙되었다는 것도 단지 인간의 생명 속에서 일종의 상대적인 표현이다. 왜냐하면 조물주가 창조한 사랑은 풍부하고 끊임없이 변화하기 때문이다. '당신과 나'의 생명 자체, '당신과 나'의 사랑의 '성장'도 "무수한 가능성 속에서 변형되는 생명이며,/ 영원히 그 자신을 완성할 수 없다". 이러한 '그'도 당신과 나의 사랑으로 이해할 수 있고, 조물주의 인간 사랑에 대한 창조라고 이해할 수도 있다. 현학식의 언어는 그 현학적 내함이 있다. 인간의 생명(사랑을 포함해서) 자체도 모두 자연이 창조해낸 수많은 형태의 '변형'된 존재이다. 창조는 끝날 날이 없으며 생명도 영원히 완성될 때가 없다. '당신과 나'의 사랑도 바로 이 '완성할 수 없는'의 생명의 사슬 가운데 하나의 고리이다. 그에게 완성된 결과를 물어보지 말라. 요구하는 것은 단지 이 진실한 현실의 존재일 뿐, 그러나 이 존재는 바로 성숙된 사랑이다.

다음 한 구절의 시는 이 사랑의 발전과 조물주가 창작하는 과정을 설명할 수 있다.

"나는 당신과 이야기 한다. 당신을 믿는다. 당신을 사랑한다./ 이때 나는 나의 주님이 몰래 웃는 것을 듣는다". 이는 사랑의 발전 속에서 '당신과 나'의 이성적인 요소가 여전히 작용을 일으키고 있어 '주님'을 몰래 웃게 한다. '주님'도 조물주 — 인류 생명의 본능으로, 사랑의 창조자 — 자연을 포함하고 있으며, 그도 몰래 웃고 있다. 현재의 '당신과 나'는 너무 이지적이다. 때문에 "부단히 또 다른 당신과 나를 첨가하며/ 우리를 풍부하고 위험해지게 한다". 여기의 '또 다른 당신과 나'는 바로 현재의 과분하게 이기적인 '당신과 나'에 대한 일종의 초월이며 첨가한 후의 '풍부하고 위험함'으로, 사랑의 열렬한 감정에 대한 추상적인 암시이다. '주님'의 '또 다른 당신과 나를 첨가한다'는 것은 사실상 자신의 감정이 자연스럽게 강렬해지는 것이거나, 혹은 생명의 잠재적인 본능의 능동적인 발양이라고 말할 수 있다.

세 번째 시는 '풍부하고 위험한 경계'에 이미 도달하여, '당신과 나'는 완전히 이성적인 자아 통제를 이탈한 후 정열적인 열애의 시각이 도래하여 '당신과 나' 사이에 진정으로 사랑의 정열과 기쁨을 얻었음을 썼다.

　　"당신의 세월 속 작은 야수,/ 그것은 파란 풀처럼 호흡한다". 이때의 '작은 야수'는 '당신'의 사랑에서 싹튼 정열적인 감정을 암시하거나 혹은 잠재 의식 속에서 생긴 일종의 사랑의 충동을 말한다. "파란 풀처럼 호흡한다"라는 것은 이러한 정열과 충동적 감정의 발전적 표현으로, '파란 풀'의 '호흡'도 청춘, 만연, 생기발랄, 억제할 수 없는 성장 등의 의미를 포함하며, 동시에 여성의 사랑의 방식을 표현하는 상징이다. 이전에 무단이 쓴 〈봄날〉에는 이런 시구가 있었다. "파란 색의 불길이 풀 위에서 흐느적거린다./ 그는 당신이라는 꽃송이를 포용할 것을 갈망하고 있다". 이 시는 대 시대 '봄날'에 대한 기대를 썼다. 그리고, 소녀의 사랑에 대한 열렬한 비유를 하였다. 이런 구체적이고 낯선 암시적 이미지의 의미를 이해한다면 뒤 두 구절 시의 함의도 이해할 수 있을 것이다. "그것은 당신의 색깔, 향기, 풍만함을 가져다주었다./ 그것은 당신에게 따스한 암흑 속에서 광분하게 할 것이다". 이는 '당신'이 이성적 제약에서 벗어나 진정한 사랑의 즐거움을 이해한 뒤 표현한 젊은이들의 정열과 '열렬함'이다. 무단은 다른 한 편의 시에서 "푸른 풀과 꽃송이가 아직 당신의 마음 속에 있기 때문에,/ 인간 세상에 아직 남아 있는 봄날을 활짝 펼치게 한다"(〈한 병사가 부드러움을 필요로 할 때(一个戰士需要溫柔的時候)〉)라고 쓴 적이 있는데, 의미가 서로 비슷하므로 여기에서 우리들의 이해를 도와줄 수 있을 것이다.

　　후반부 네행의 시는 '나'의 이때의 사랑의 표현과 감각을 진일보 분석하였다. 여기에서 시인은 '내'가 끝내 너의 그 '대리석' 같은 '이지의 전당'을 초월하였다는 것을 말하고 있다. 그리고 '이지의 전당' 속에 '묻힌 생명'을 위하여 특별한 사랑의 '소중함'을 느낀다. '대리석'은 사람들에게 아주 냉정한 감각의 이미지를 주며, 여기에서는 '이지의 전당'을 형용하여 더욱 이 '이지'의 인상을 강화하였다. 두 사람이 머리를 맞대고 포옹하고 키스하는 것을 작가는 직접 쓰지 않고 '멀리서 취하는' 비유를 사용하였다. 즉 '당신과 나의 손의 접촉은 파란 풀밭이다'고 하였는데, 이렇게 앞에서 쓴 '푸른'과 서로 호응하기도 하며, 이 자체가 또한 독자들에게 생기발랄하고 일망무제한 정이 넘치는 감각과 상상을 준다. 이 구절의 시는 아주 아름답게 쓰여졌는데, 맨 마지막 구절에서는 "거기에는 그 자신의 고집스러움, 나의 기쁨이 있다"고 하였다. 여기에서 '그'는 여전히 '작은 야수'를 가리킨다. 상상할 수 있는 것은 사랑의 접촉 가운데 여자는 여전히 부끄러움, 완곡함과 집념을 지니고 있으며, 여기에서는 추상적인 '고집스럽다'는 단어로 이런 복잡한 감정을 암시하고 있다. 그러나 이 연애에서 '나'는 시작부터 주동적이었으나 상대방은 조금도 이해하지 못하고 심지어 두려움을 느꼈기에, 쌍방이 모두 경계를 넘어서 열애의 단계로 진입하였을 때, '내'가 느낀 것은 당연히 사랑의 획득자가 가져야 할 태도인 '나의 놀라운 기쁨'이었을 것이다.

네 번째 시는 두 사람이 진정한 열애로 진입한 뒤 고요한 사랑의 분위기 속에서 생긴 여러 가지 복잡한 정감의 표현을 썼는데, 이는 사랑의 '미혹'이며 사랑의 심화이다.

두 사람은 각자의 마음과 달콤한 말들을 모두 털어놓는다. 이 사랑의 '언어'는 암흑 속에서 유일하게 빛을 발할 수 있는 것으로, 이것이 바로 첫 번째 사행시의 첫 두 구절이 전달한 의미이다. 즉 "조용하게 우리는/언어로 비출 수 있는 세계에서 포용한다". 앞에서 말했다시피 "따스한 암흑 속에서 광분한다"는 "비출 수 있는 세계"라는 이 구절과 같은 뜻이다. 나는 이 '암흑'이 밤의 전경(왜냐하면 다섯 번째 시에서야 비로소 '노을이 진다'라는 구절이 나왔기 때문에)을 가리키는 것이 아니라, 감정의 '암흑'을 가리키는 것이라고 생각한다. 그러나 이 시의 세 번째, 네 번째 구절에 와서 "그 형성되지 못한 암흑은 아주 무섭다"고 하였는데, 여기에서 '형성되지 못한 암흑'은 무엇을 가리키는가? 상하 문맥으로 볼 때 이 '암흑'과 앞의 '암흑'은 같은 의미이다. 여기에서 '암흑'은 여전히 사랑의 경계를 가리키고 있다. 다시 말해서 우리가 흔히 말하는 '미칠 듯이 사랑한다'는 의미이다. 그들의 열애 속에서의 의지는 그들로 하여금 경각심을 가지게 하였기에 이렇게 말한 것이다. 이는 마음이 느낀 강렬한 모순감, 혹은 조물주가 사람에게 부여한 이성의 냉정함이다. 어떤 사람은 이 '형성되지 않은 암흑'을 곧 도래할 현실의 공포스런 음영이라고 해석하였는데, 우리가 이 구절을 이해할 때 참고로 할 수는 있을 것이다. 시인은 이어서 눈앞의 이러한 사랑이 결국 인생의 성숙기의 아름다운 경계이며, 때문에 우리가 이성적인 사랑 속에서 '가능하게', '불가능하게' 하는 점이 있을 수 있지만, 이 모든 것은 어느 것이든 간에 '우리로 하여금 깊이 미혹되도록 할 만큼' 아름답다. 그래서 모순을 초월하거나 혹은 모순 속에서만이 사랑의 '미혹됨'을 획득할 수 있다고 말한다.

마지막 사행시의 앞 두 구절은 이해하기 쉽다. "우리를 질식시키고 있는 것은/ 달콤하지만 살지 못하고 바로 죽는 언어이다". "살지 못하고 바로 죽는 언어"는 아주 분명하게 그들이 표현하려고 하지만 입 밖에 내지 못한 혹은 당시에 표현할 방법이 없었던 일부 달콤한 말들을 가리킨다. 무단의 또 다른 시 〈자연의 꿈(自然的夢)〉에는 이런 구절이 있다. "그 늘 있지 않은 것은 우리가 포옹하고 있는 정감으로/ 그것은 우리를 달콤하게 잠들게 한다. 한 소녀의 열정은/ 우리를 이렇듯 자랑스럽고 이렇듯 온순하게 한다./ 우리의 담화는 자연의 몽롱한 잠꼬대로,/ 아름다운 잠꼬대는 그 자신을 일깨운다". "살지 못하고 바로 죽는 언어"는 "아름다운 잠꼬대"에 가까운 연인 사이의 속삭임이다.

문제는 세 번째 구절의 '그것의 유령이 뒤덮여 우리를 떠나가게 한다'이다. 여기서 말한 '그것'은 무엇을 가리키는가? 나는 이것을 앞에서 말한 '주님'을 가리킨다고 본다. 다시 말해서 자연계와 모든 생물(사람을 포함함)의 창조자라고 생각한다. 그는 사람에게 사랑의 본능을 주었을 뿐만 아니라, 앞에는 "몰래 웃는" 당신과 나의 냉정함이고 "부단히 그에게 또 다른 당신과 나를 첨가한다". 이 때는 사랑의 '풍부함'과 '위험'을 촉진하기 위해서였다. 지금 '당신과 나'는 이미 '미혹'된 사랑의 이미지 속으로 들어섰으며, '그것', 다시 말하면 그것이 창조한 인류의 '이지'는 또 유령마냥 '당신과 나'를 뒤덮고 '우리를 떠나가게' 한다. 다시 말해서 '당신과 나'의 자아를 싸워 이기고 이지적인 상태로 되돌아가게 한다. 그러나 시인은 또한 이 때의 '당신과 나'는 이미 완전하게 '그'의 말을 들을 수 없다고 말한다. 즉 '이지'의 지휘가 바꿀 수 있는 감정은 여전히 이지를 이겼고, 그 결과 '떠남'이 '대리석의 전당'을 초과하기 전의 상태에 이른 것이 아니라, 오히려 "혼란스러운 사랑의 자유와 아름다움 속으로 흘러들었다"는 것이다. 그들은 내심의 모순이 가득 찬 상태에서 더욱 깊고 열렬하게 사랑하였다. 이 시는 우리에게 무단의 다른 시 〈기억(憶)〉 가운데의 몇 구절을 생각나게 한다.

> 다년간의 옛 일, 내가 조용히 앉아있을 때,
> 일제히 나의 뇌리에 떠오른다.
> 마치 이 사월의 황혼처럼, 창 밖에서,
> 향기와 고뇌를 한데 섞어, 나에게 갑자기 응시케 한다—
> 한 떨기 하얀 꽃, 피어나고, 검은 밤의
> 생명처럼 완강한 침투 속에서
> 주여, 이 순간에, 나의 정감과 찬미를 흡수하소서.

'주'의 의지를 초월하여도 좋고 '주'의 찬동을 받아도 좋다. '나'는 이 순간 과거 사랑의 '정감과 찬미'를 추억하고 돌이켜 본다.

다섯 번째 시는 애정의 교향악이다. 여기에서 전환 전의 고요한 서정 부분으로 들어간다. 열렬하게 사랑한 뒤 '고요한 '잠'에 빠져들고 아름다운 시각이 '영원히 존재하기'를 갈망한다.

"노을이 지고 미풍이 들판을 스쳐지나고 있다./ 얼마나 오래된 원인이 여기에서 축적되는가'. 이는 아름답고 고요한 시각에 첫 사랑의 애정에 대한 폭발이며, 또한 '당신과 나'의 사랑의 감정의 오래된 '축적'이다. 장구한 감정을 '장구한 원인'이라고 말한 것은 또한 무단이 흔히 사용하는 구체적인 물건을 추상화시키는 방법이다. 아래에서는 나의 마음이 시간의 이동을 따라 이동하고, 이 시간 속에서 방금 지나 간 이 아름다운 시각을 음미하고 있음을 말하였다. 이것이 바로 '경물을 옮기니 나의 마음을 옮겨갔다.'는 이 시구의 의미이다. '경물을 옮기니'라는 단어는 시간을 암시한다. 열애 속에서의 당신은 어떠한가? 이 때 "가장 오래된 발단에서 당신에게로 흘러들어 조용히 잠든다"의 '가장 오래된' 것은 인류의 사랑을 암시한다. 전 인류 생명의 존재 속에서 사랑은 가장 오래된 것이며, 또한 가장 영원한 늘 새로운 주제이다. 이 시의 의미는 바로 사랑의 열렬함이 끝난 후 당신에게 '흘러드는' 것은 고요한 '잠'이라는 것이다.

아래 네 구절의 시는 전체적으로 애정의 열기가 식은 후 '나'의 내심의 명상을 말하고 있다.

"그 수림을 형성하고 우뚝 솟은 암석은/ 영원히 나의 이 시각의 갈망이 영원히 존재하게 할 것이다". 조화와 시간은 영원한 생명의 창조자로, 들판 위의 높고 큰 나무를 창조하였고, 우뚝 솟은 단단한 암석을 창조하였다. 그것들의 존재는 나에게 이 시각 강렬한 희망을 느끼게 한다. 즉 사랑에 대한 '갈망'이 영원히 존재하도록 한다. 시인은 대자연의 영원함 속에서 자신의 애정이 영원히 존재하는 역량의 상징을 찾았다.

아래의 두 시구는 자신이 이 '영원함'의 의미를 음미하고 있음을 썼다. 시구에서의 '그것'은 사랑을 가리킬 수도 있고, 조물주의 인류에 대한 사랑의 창조를 가리킬 수도 있다. 모든 이 과정 속에 '흐르는 아름다움'은 영원히 잊기 어려운 것으로, "나에게 당신을 사랑하게 하는 방법은 나를 변하게 하는 것이다". 여기에서 또 '무단식'의 감정 추상화의 시구가 있다. 즉 '나를 변하게 하는 것'은 사실상 나를 고치는 것이며,

나를 성숙하게 하는 것이며, 나를 더욱 잘 이해하게 하는 것이며, 또한 '당신과 나'의 사랑의 의미에 더욱 충실하게 하는 것이다. 사랑은 사람들로 하여금 몰입하는 속에서 자신을 변화시키게 한다. '나'도 사랑의 순결함과 아름다움으로 인해 더욱 이지적으로 변하게 된다.

이 두 구절의 시에서 위의 구절은 사랑이 시간 속에서 영원하다는 것을 말하고 있으며, 아래 구절은 사랑이 공간 속에서 강인하다는 것을 말하고 있다. 이 두 구절의 시는 사실상, 앞 구절과 서로 연계되어 나무의 끊임없는 성장과 암석의 견고함을 은유적으로 표현한 것이다. 전후 두 구절이 서로 호응하며, 네 행의 시는 불가분의 전체를 형성하였다.

여섯 번째 시는 이 총체적인 사랑의 교향시 속에서 가장 추상적이고도 가장 해석하기 어려운 부분이다.

그것은 앞의 사랑의 열렬함 후에 생겨난 고요한 사색을 이어 받아, 더욱 깊은 철학적 사고로 진입하였다. 의미는 사랑은 영원한 모순이라는 것이다. 인간의 사랑은 이지로 지배할 수 없으며, 이 때문에 조물주가 준 것은 오로지 사랑을 얻고도 또 반드시 사랑을 '버릴' 수밖에 없다는 것이다. 이는 인류의 사랑 속에서의 일종의 자아 통제이다. 나는 이 '버림'이 사랑으로 하여금 더욱 높은 차원으로 진입하게 하며, 결코 '버림'이라는 이 단어의 원초적 의미의 비극적인 발전이 아니라고 생각한다.

과분한 상호간의 인정과 열렬함은 결국 '싫증으로 변화'되며, 이 '싫증'은 다시 말해서 사랑하는 감정의 냉각과 침전이다. 그러나 '당신과 나'의 사랑은 '차별'을 유지하고 있는 사이에 너무 접근해 있기에 또한 '응고'를 시작하여 새로운 '낯설음'으로 진입하게 되는 것이다. 이러한 새로운 '낯설음'은 원래 의미상으로 '높은 산을 사이에 두고' 있는 것과 같은 그러한 '낯설음'이 아니라, 사랑의 획득함에 대한 새로운 재인식이다. 한 겹의 모순이 해결되면 다른 한 겹의 모순이 또 따라서 생성된다. 이것이 바로 이 시에서 관철되고 있는 사랑의 변증법일 것이다. 때문에, 이러한 인생의 사랑 자체도 '여행'의 '모험'을 동반하고 있으며, 인생의 여정에서 경험하는 용감한 실험이다. "이 얼마나 위험하고 좁은 길에서,/ 나는 자신이 거기에서 여행하도록 하였다". 이 두 구절의 시가 말한 것은 이러한 인생에서의 사랑의 철학적 체험이다. 〈시 여덟 수〉와 같은 시기에 쓰여진 시에서 무단은 그 자신에 대해 이렇게 말하였다. "아, 신이시여!/ 개가 으르렁거리는 통로에서 우리를 반복하여/ 행진하게 하소서. 우리에게 당신의 구절 구절의 혼란함이/ 모두 진리라고 믿게 하소서. 우리는 깊게 믿습니다./ 당신이 우리에게 풍부함과 풍부한 고통을 주심을"(〈출발(出發)〉). 그가 말하는 소위 '위험하고 좁은 길'에서의 '여행'도 역시 이러한 '풍부한 고통'의 냄새가 속에 있다.

아래 네 구절의 시에서, 시인은 이런 사랑의 모순된 변증법을 그것의 근원 즉 인류 사랑을 창조한 조물주에게로 이끈다. 이 시 속의 "그"는 모두 창조주를 가리키며, 또한 앞에서 이미 말했던 자연계와 모든 생물의 창조자를 말한다. 시인은 사랑의 과정과 이 속의 모순을 돌이켜 보고 있다.

"그는 존재하여, 나의 지시를 듣는다"는 것은 예전을 말한 것이다. 예를 들면, 첫 번째와 두 번째 시가 쓴 것처럼, 그의 존재가 있었기 때문에 '자연이 탈바꿈하는 가운데' 있으며, 시작에는 '나'로 하여금 '잠시적인 당신'을 사랑하게 하였지만 '내'가 '당신을 믿는다, 당신을 사랑한다.'고 하였기에 이때에는 그 또한 '몰래 웃고' 있었고, '끊임없이 또 다른 당신과 나를 첨가하였다'. 이는 그의 '방법'을 바꾼 것이며 또한 '나의 지시를 듣고'있는 것과 같은 것이다.

"그는 보호하지만, 나를 고독 속에 남겨 두었다"고 말한 것은 그의 지배로 말미암아 또한 그가 창조한 인류 자신의 '이지'의 작용으로 말미암아 '당신'과 '나'는 영원히 '열애' 속에 있을 수 없으며 '당신'은 이미 '잠' 속에 빠졌고, 그리하여 '나'를 고독 속에 남겨놓을 수밖에 없었다는 것이다. 사람은 사랑의 정열을 얻을 수 있으며 또 사랑의 고독도 반드시 맛보게 된다. 인간의 사랑은 그 자체의 질서가 있는데, 이는 자연의 법칙이다. 때문에 이 시의 마지막 두 구절은 이렇게 말하였다. "그의 고통은 끊임없는 탐구이다./ 당신의 질서는, 얻었지만 반드시 떠나야 한다". 여기에서 '탐구'는 '당신의 질서'와 함께 연결되어 있다. '당신의 질서' 가운데의 '당신'은 마치 사랑을 광범위하게 가리키고 있는 것 같지만, 사실은 앞에서 말한 '자연의 탈바꿈과 질서'이다. 다시 말하면 '내'가 '당신'을 위해 '타오르게' 한 사랑의 '질서'인 것이다. 사랑은 모순으로 가득 차있는 하나의 '열매'이다. 사람은 사랑을 알고 있어야 한다. 그런 사람은 또한 사랑의 열렬함에 만족해하지 않는데, 이는 자연이 사람('당신과 나'를 포함)에게 부여한 '질서'이다. 자연은 사람들에게 이 '질서'를 부여한 뒤, 또 반드시 사람들에게 그것을 '떠나가게' 한다. 이는 자연계와 만물의 창조자가 사람에게 부여한 일종의 탐구이다. 그러나 동시에 이는 또한 그 자신의 모순이 생성한 일종의 '고통'이다.

시인은 이 아주 추상적인 한 단락의 철리를 시에 넣어서 전체의 시에 사랑의 추구에 관한 전환과 특유의 심도를 가져다주었다.

일곱 번째 시는 이미 이 교향악의 결말로 들어간다. 이 시는 사랑의 열렬함을 거치고, 또한 사랑의 냉정함도 거친 후의 생명의 사랑만이 이렇듯 성숙되고 강인하게 변할 수 있고, 그것으로 하여금 독립적으로 성장하는 생명이 되게 할 수 있으며, 서로 사랑하는 '당신과 내'가 모든 공포와 적막함의 역량을 물리치는 정신적 기초가 될 수 있다고 하였다. "폭풍우, 먼 길, 적막한 밤,/ 상실, 기억, 영원히 계속되는 시간" 이런 구체적인 형상과 추상적인 언어가 서로 조합되어 '당신과 나' 두 사람이 사랑을 얻은 후 인생의 여정에서 부딪치게 될 여러 가지 '두려움'을 구성하였다. 여기에는 머나먼 공통의 여정을 포함할 수 있으며, 또한 이별의 기나긴 그리움도 포함할 수 있다. 진정한 사랑은 그 자체가 바로 강대한 정신적 역량으로, 이러한 진정한 사랑을 획득한 시인만이 이런 자신감으로 가득 찬 노래를 부를 수 있는 것이다. 즉 "모든 과학이 제거할 수 없는 공포가/ 나로 하여금 당신의 품속에서 안식을 얻게 한다—".

시인은 특별히 '안식' 뒤에 말줄임표인 '—'를 달았다. 이는 아래의 문자와 서로 연계된 의미를 표시한다. 즉 작가가 설명하려고 한 것은 이 '안식'이 결코 의존이 아니며 서로 독립적이면서도 일체가 되는 사랑 속에서 각자 모두 자신을 지탱하는 역량을 획득하는 것이다. 시인은 아주 부드럽고 아름다운 찬양가의 필치로 그의 이러한 사상을 전달하였다.

> 아, 당신의 독립적이지 못한 마음에,
> 당신이 있기도 하고 없기도 한 아름다운 형상
> 거기에서 나는 당신의 고독한 사랑이
> 우뚝 서 있고, 나와 동등하게 성장하고 있는 것을 보네.

지금까지 전체 시에서 '!' 부호를 두 번 사용하였는데, 처음은 첫 번째 시에서 "우리는 서로 높은 산을 사이에 두고 있다!"고 했을 때 '당신'은 여전히 사랑에 대해 낯설어 했다. 지금 모순과 고통으로 가득 찬 길을 경과한 후 두 사람은 모두 진정한 사랑을 얻었다. '당신'의 사랑은 이미 "고독하게" "우뚝 서 있고, 나와 동등하게 성장하고 있다". 이는 사랑의 비약적인 발전이며 시인이 노래한 사랑의 역량에 대해 칭송한 첫 번째 아름다운 선율이다.

여기에서 '고독'이라는 단어에 대해 나는 한 사람이 상대방 혹은 기타 사람을 이탈하여 존재하는 슬픔이 묻은 그런 '고독'을 가리키는 것이 아니라, '독립적인 지지'의 의미를 가리킨다고 생각한다. 시인은 이렇게 서로 의존하면서도 또 서로 의존하지 않는 사랑만이 일종의 강인한 인생의 사랑으로, 다시 말하면 사랑의 쌍방은 독립적으로 지탱하는 '거대한 나무'여야 한다고 말하고 싶어 했다.

여덟 번째 시는 이미 이 애정 교향시의 가장 우렁찬 결말이다. 예를 들면 베토벤의 〈교향곡 제9번〉의 맨 마지막 〈환희의 송가〉가 연주해 낸 인류 간의 사랑을 노래한 격앙된 찬송가처럼 시인은 인류 생명의 진정한 사랑을 연주해 냈다. 이는 또한 시인이 '당신과 나' 자신의 '우리 사랑'의 '거대한 나무가 영원히 푸르기를' 바라는 찬가이다.

그들이 진정한 사랑을 얻었기에, 그들 사이에 서로를 깊이 이해하고 사랑하는 감정이 생겼기에 그들은 서로 일체가 되었다. 그리하여 "더욱 가까운 접근이 없었으며,/ 모든 우연이 우리 사이에서 형태를 정하였다". 인생의 사랑은 흔히 많은 '우연'한 요소를 포함하고 있다. 그러나 많은 '우연' 속에는 또 필연이 포함되어있다. 여기에서 "모든 우연이 우리들 사이에서 형태를 정하였다"는 것은 일종의 진실한 이해이다. 그것은 "사랑은 서로 마음이 통하는 데 있다"라는 이러한 깊은 차원의 잠재된 내용을 포함하였다. 이 두 구절의 시로 보건대 매우 추상적인 말이지만 여기에 놓고 사람들에게 읽혀보면 무미건조함이나 허무함을 조금도 느끼게 하지 않는다. 왜냐하면, 이것이 앞의 구체적인 사랑의 발전 과정에서 나온 필연적인 추상이며, 모든 독자의 마음 속에서 불러일으킨 것이 이해할 수 있는 구체적인 감정일 수 있기 때문이다.

게다가 이 두 추상적인 구절의 시행 뒤에 작가는 바로 아주 구체적인 이미지의 은유를 보충으로 하여, "오직 햇빛이 다채로운 나뭇잎을 통과하여/ 두 원하는 마음 위에 갈라져 있어야만 서로 같아진다"라고 하였다.

마지막 한 절의 시는 시인이 그의 모든 생명 체험과 인식으로 노래해 낸 인류에 대한 사랑이며, 자아 사랑의 영원한 찬가라고 할 수 있다.

> 계절이 도착하자마자 각자 흔들려 떨어질 것이다.
> 하지만, 우리에게 준 거대한 나무는 영원히 푸를 것이다.
> 그것이 우리에게 내뱉은 사정없는 조소
> (와 흐느낌은) 하나로 합쳐진 늙은 뿌리에서 고요함이 된다.

여기에서 말한 것은 인간이 사랑의 획득으로부터 생명의 결과인 '계절'에 도달하였다는 것이다. 첫 번째 구절은 인간 생명의 죽음의 '계절'이 도래하였음을 암시하였다. 그러나 자연, 혹은 조물주가 우리에게 부여한 사랑은 영원히 늙지 않을 것이다. 다시금 여기에서 시 언어로 말하면 '거대한 나무는 영원히 푸를 것이다'는 것이다. '그것'이라는 조물주는 맨 마지막에 또 한 번 출현한다. 자연이 인간을 창조하고 인간이 생명을 창조하였으며 또한 인간의 생명이 자연에 대한 회귀를 창조하였다. '사정없는 조소'는 이 시의 서두와 서로 호응된다. 여기에서 첫 번째 시가 말한 것은 '당신'의 사랑이 아직 성숙되지 못하였을 때 '나의 흐느낌, 퇴색된다.' 등등을 가리킨다. 거기에서 "그것은 단지 하느님이 그 자신을 농락하는 것이다"고 하셨는데, 여기에서 '사정없는'을 참고로 읽을 수 있다. 소위 '흐느낌'은 앞에서 말한 '나의 흐느낌은 퇴색된다.'를 가리키거나 혹은 '하느님'이 그의 '고통'(여섯 번째 시 "그의 고통은 끊임없이 당신의 질서를 탐구하는 것이다./ 얻었지만 또 반드시 떠나가야 한다")을 위하여 '흐느끼는' 것을 가리킨다고 해도 된다. 나는 후자를 가리키는 것이 이해하기에 더욱 순조롭다고 생각한다. 여기에서는 그때가 되면 인간과 만물의 대자연(사물을 만드는 '주님' 혹은 '하느님')의 조소와 고통을 창조하게 되며, 우리를 그 '늙은 뿌리'(영원한 대자연) 속에 결합시켜 함께 고요함이 되게 한다고 말하였다.

인간의 사랑은 대자연의 선물이다. 최종적으로 인간의 사랑은 또한 대자연 속으로 되돌아가게 된다. 이것이 바로 인류 사랑의 가치의 실현이며 진정으로 생명의 '거대한 나무가 영원히 푸르리라'는 인생의 사랑을 획득한 귀속이다.

이곳에서 우리에게 무단이 18세에 쓴 시 〈나는 본다(我看)〉('무제'시에 상응함)에서의 마지막 세 구절을 연상하게 한다.

오, 나의 호흡과 자연을 합류케 하라!
즐거움과 비애를 나의 마음 속에 흘러들게 하라,
계절처럼 꽃송이를 타오르게 하고 또 그것을 불어 끄게 하라.

〈시 여덟 수〉는 중국 현대의 〈가을의 운치 여덟 수(秋興八首)〉라고 볼 수 있다. 다른 것은 두보의 〈가을의 운치 여덟 수〉가 각각 독립적이고도 연관되게 가을날의 정서를 토로하였다면, 무단의 〈시 여덟 수〉는 연계되어 있는 시로 사랑을 쓴 것이라는 데 있다. 이 일련의 시는 불가분적인 총체로, 아주 엄밀한 구조로써 첫사랑, 열애, 고요함, 찬가라는 네 개의 악장(매 악장은 시 두 수임)으로 인류 생명의 사랑을 묘사하고 예찬하였는데, 그 자신 사랑의 복잡하고도 풍부한 여정을 포함하고 있을 뿐만 아니라, 그것의 미, 역량과 영원함을 예찬하였다.

〈시 여덟 수〉는 사랑의 계시록이며 생명의 찬미시이다. 이 시는 시간과 공간의 제한을 초월하여 영원한 예술적 매력을 탄생시켰다. 원이둬 선생은 이 시를 매우 좋아하여, 일찍이 1945년에 그가 편찬한 ≪현대시초(現代詩抄)≫라는 책에 수록하였는데, 이것 자체가 이 시에 대한 말 없는 찬미이다.

1. '이미지' 건설의 회고와 현대적 재구성
2. '간접성' 원칙과 '객관적 상관물'
3. '시의 희극화' 이론과 실천

근 30년간의 풍부하고도 복잡한 실천 과정을 거쳐, 신시 모더니즘 사
조에서 40년대 '중국 신시'파 시인 단체의 심미 추구의 모형과 좌표는
이미 2, 30년대와 달랐으며, 중국과 서구시 발전의 새로운 합류점 위에
건립되었다. 종적인 계승 면에서 그들은 중국 고전시가와 신시의 우수
한 전통을 창조적으로 융합시켰을 뿐만 아니라, "허무하게 호소만 하는"
경향을 힘껏 배제하였다.[1] 또한 "서양 상징파 시의 피상적인 부분을 모
방하고", "단어 속의 협소한 경계에 연연하여" 생긴 "일부러 너무 꾸며
대 오히려 아주 어색하게 되는" 결점을 되도록 피하였다.[2] 그리고 경험
의 승화와 정감의 정화 속에서 시 이미지의 창조를 완성하고자 노력하
였다. 횡적인 계승 면에서 그들은 예이츠, T.S.엘리엇, 릴케, 오든 등
현대파 시인의 일부 예술 원칙을 흡수하였고, '완미한 매개물'을 통하여
정서의 '자유롭고 새로운 조합을 만드는 것을' 중시하였으며, 조용히 관
찰하거나 형상화를 통하여 시의 실감 나는 이미지를 구축하고자 하였
다. 그들은 중국과 서구의 시 예술을 융합시켜 민족 모더니즘 신시의

---

1) 쟝톈줘(蔣天佐), 〈담시잡록(談詩雜錄)〉, 1948년 1월, ≪시창조≫, 제3권 제7기.
2) 펑즈, 〈시에 관한 몇 가지 감상과 만남〉.

탐색을 구축하였으며, 신시 모더니즘 미학의 발전을 새로운 단계로 촉진시켰다.

1 '이미지' 건설의 회고와 현대적 재구성

신시 이미지의 현대적 재구성은 40년대 신시 건설의 중대한 문제였다. 여기에서 우선 이 문제에 대한 일부 역사적 회고와 이론적 서술을 해 보겠다.

서구 현대시 예술의 영향 아래에서 생성된 신시 이미지의 추구는 신시의 탄생과 함께 출현하였다.

'오사 운동' 초기 신시의 시험기에 후스는 시의 개념화와 추상화를 반대하기 위하여 이미지를 강화하자는 의견을 제시하였다. 그는 이런 이미지화의 추구를 실천에 있어서 '추상적 창작 수법'과 대응되는 '구체적 창작 수법'이라 불렀으며, 이를 예술적 효과의 각도에서 '선명하게 다가오는 형상'을 창조하기 위한 것이라고 불렀다. 그는 구체적인 시일수록 더욱 '시적 분위기와 시적인 맛'이 있다고 제창하면서 이렇게 자세히 설명하였다. "무릇 좋은 시는 모두 우리의 뇌리에 한 가지 혹은 여러 가지 명확하고 핍진한 형상을 불러일으킨다. 이것이 바로 시의 구체성이다". 그가 말한 '선명하게 다가오는 형상', '명확하고 핍진한 형상', '눈 속에 일어나는 형상' 가운데 소위 '형상'은 곧 '이미지'라는 의미이다. 그는 '구체적인 글자'의 창조적 중요성을 담론할 때, 시에서 만약 과도하게 케케묵은 언어를 사용한다면 "구체적 이미지의 작용을 일으킬 수 없다."고 직접적으로 설명하였다. 그의 '형상(影像)'과 '이미지(意象)'는 적어도 두 가지 의미를 띠고 있다. 하나는 시의 구체적 창작 방법이 생성한 심리적 효과, 즉 고금중외 모든 좋은 시가 구비해야 할 특징이며, 다른 하나는 시 자체의 형상이 구비하고 있는 은폐성이다. 그는 전통적 '기탁시(寄託詩)'의 '언어가 가깝고 뜻이 먼' 것을 해석할 때 '언어가 가까우면(얕고 가까운 것)' 가까울수록 좋다고 하였다. 그리고 '뜻이 먼 것'은 멀어도 괜찮다고 하였다. "언어가 가까운 것은 기탁에 의존하지 않는 먼 뜻도 독립적으로 존재하여야 하며 문학의 가치가 있어야 한다".[3] '기탁'한 매체가 바로 그가 말한 "사람마다 아는 평소의 일상적인 일들", 혹은 구체적인 '이미지'라고 하였다. 여기의 '이미지'는 이미 독립적인 상징의 가치를 구비하였고 일반적인 형상화의 전달 효과가 아니다. 후자의 의미에서 놓고 말할 때 후스의 '형상'은 미국의 '이미지파' 시 운동이 주장하는 '이미지'와 연계가 있는 것이다. 후스가 유학할 때 쓴 '일기' 속에는 이미지파시 운동의 선언문이 전부 쓰여 있다. 량스치우도 '미국 인상주의자'들의 후스의 문학 개량 주장과 신시 창도에 대한 영향을 지적하였다.[4] 그러나 당시 후스의 이론 사고 속에는 시의 '이미지'를 서구 상징주의 혹은 모더니즘으로 이끌거나 제창하는 단일한 이해가 들어 있지는 않았으며, 모호한 개념 속에서 전통과 현대의 이중적 요소를 포함하였다. '이미지'는 아직 현대적 의미에 있어서 신시의 심미적 범주로서 단독적으로 돌출되지는 않았다.

후스가 제기한 '구체적인 창작 수법'에 대한 견해는 신시 예술 창작이 요구하는 보편적 법칙을 반영하였다. 신시 작가들은 시 자체의 예술적 풍격의 건설을 위하여 서로 다른 정도에서 이 견해를 심화시켰다. 캉바이칭(康白情)은 다른 각도에서 더 깊이 있는 해석을 내놓았는데, 그는 '구체성'이라는 목표 속에서 시인이 '각색한 작용'에 도달할 때 '감흥'이 어떤 작용을 일으키는지를 고려하였다. 그는 '각색'의 창조적 충동을 시인의 '감흥'이라고 하였으며, "나의 감흥이 이렇게 깊은 것은 대상에 대

---

3) 후스, 〈신시를 논함 ― 80년 이래의 큰 일(談新詩 ― 八年來一件大事 ―)〉, 《선인모 논시에 부쳐(寄沈尹默論詩)》.

4) 량스치우, 〈낭만적인 것과 고전적인 것(浪漫的與古典的)〉, 124쪽. 주즈칭은 《중국 신문학대계·시집》 서언에서 량스치우의 관점을 인용하여 민칠(民七)의 신시운동의 '가장 큰 영향이 외국의 영향이라는 증거로 삼았다.

하여 구체적인 인상을 얻었기 때문이다. 독자들이 나와 같은 감흥을 가질 수 있는가는 내가 나의 대상에 대해 구체적인 인상을 구체적으로 써낼 수 있는가에 달려 있다. 우리는 소리를 쓸 때 그 소리를 듣는 것처럼 써야 하고, 색채를 쓸 때 그 색채를 보는 것처럼 써야 하며, 향기를 쓸 때 그 향기의 다양한 느낌을 생생히 표현해내야 한다. 우리는 마음 속의 꽃송이를 하나의 구체적인 인상에 피워내 이 인상으로 그의 마음을 유인해야 한다. 그가 이것을 얻으면 곧 내심의 파동을 일으키게 되고, 그 자신의 감각적 변화를 일으키게 되며, 따라서 그도 감각적 즐거움으로 인해 향락과 흥미를 느끼게 된다. ……나의 감흥의 재생을 일으킬 수 있으며, 다른 사람의 감흥의 공명을 불러일으킬 수 있다"고 하였다. 또한 그는 시인 창작의 '동기'로부터 볼 때 이는 단지 "예술적 충동의 압박 하에", "자신의 의견을 표시"하기 위한 것으로, '감흥'은 바로 "시인의 심령과 자연의 신비가 서로 접촉할 때 감흥하여 생긴 것이다."[5]고 하였다. 캉바이칭은 후스보다 더 진보하였다. 그는 시인의 '구체적인 창작 수법'이 결코 단순히 시인 창작 속에서 실천 방식에서의 기교의 추구거나 독자들의 수요를 위해 노력하여 창조한 예술 '효과'가 아니라고 하였으며, 이러한 예술적 효과는 단지 '감흥'의 필연적인 결과라고 하였다. 캉바이칭은 '구체적인 창작 수법'이 우선 시인의 객관적 자연 혹은 외재적 사물에 대한 내심의 느낌이라고 생각하였다. 이러한 자아 표현의 '예술적 충동'을 위하여 시의 '인상'적 작용을 강조하는 것은 이미 서구의 순수 예술적 관념의 성분과 시인 정감과 자연의 '상응' 이론의 요소를 다소 포함하고 있다. 그의 '감흥설'은 더욱 깊은 측면에서 후스가 제창한 신시의 '구체적인 창작 수법'과 신시 창조 주체의 내심의 느낌과 외부 세계의 연계를 제시하였다. 이는 그에게 시의 '인상'적 '이미지'이라고 불렸으며 새로운 내함을 부여받았다.

---

5) 캉바이칭, 〈신시에 대한 나의 의견〉, 《중국신문학대계(中國新文學大系)》, 328-338쪽.

쭝바이화(宗白華)는 시인은 독서로 이치를 파헤치는 것 외에 자연 속의 활동을 중시해야 한다고 강조하였다. 왜냐하면 '자연'이 '시의나 시경'의 '양식'을 제공하였을 뿐만 아니라 '시인의 인격'을 양성하였기 때문이다. '시인의 마음과 자연의 신비함이 서로 접촉하여 반사될 때 조성된 직접적 영감'이 바로 '시의나 시경'이 생성된 원천으로 모든 '진실한 시, 좋은 시'가 생성되는 '조건'이다.6) 궈모뤄도 '시의 본체'론을 탐구할 때 '활동하고 있는 인상' 즉 상상력의 창조를 직감, 정서와 함께 시의 가장 중요한 성분 중 하나로 보았다.7) 저우우(周无)는 석양 무렵 강물에 비친 경물을 예로 들어 다른 주체의 감수가 자연에 대해 느끼는 다른 표현을 담론할 때 표면적인 '감상'이나 '세밀한 묘사'를 초월할 것을 강조하였다. 더 나아가 "사상을 새로운 길로 들어서게 하였으며", 시가 묘사한 경물을 "우리로 하여금 동경하게 하였을" 뿐만 아니라 또한 이 경물 사이에 "다른 많은 문제가 있다고" 느끼게 하였다. 이는 시의 형상 내함의 몽롱함과 다의적 추구를 포함하고 있다.8) 그들의 의견은 시 본체와 자연의 관계를 담론하거나, 신시 자체 가운데서의 작용을 상상하거나, 시인의 다른 심미적 추구가 사물의 창조에 있어서의 효과를 막론하고 모든 사색과 추구는 결국 이미지로 표현되었다. 그러나 자각적으로 이미지 건설 자체의 문제에 닿지는 않았다. 설사 일부 직접적으로 서구 모더니즘 시의 조류를 소개한 문장 속에서도 이미지의 문제를 언급하지 않거나 혹은 서구 시에서의 이미지의 관념에 대한 단순한 소개에서도 이 범주를 신시 창작이나 혹은 시학 건설의 범주에 개입시키지는 않았다.9)

---

6) 쭝바이화, 〈신시약론〉, 1920년 2월 15일 ≪소년중국≫ 제1권 제8기.
7) 궈모뤄, 〈쭝바이화에게〉, ≪삼엽집≫ 7-8쪽, 상하이아동서국, 1920년 5월판.
8) 저우우, 〈시의 미래〉,≪중국신문학대계·건설이론집≫ 341쪽.
9) 류옌링의 〈미국의 신시 운동〉에서처럼, 1912년 전후에 시작된 이미지파시 운동을 '환상파 시인'으로 번역하고 중점적으로 소개하였다. 그는 "환상파 시인은 미국 시단의 새로운 조류를 일으키게 한 큰 파도이다"라고 하였고, '환상파'의 여섯

진정 자각적으로 이미지의 관념과 서구 '상징'의 시학 범주를 연계시
킨 동시에 이미지를 신시 창작의 가장 중요한 위치에 놓은 것은 20년대
중기 초기이미지파시의 이론과 실천이 생성된 후이다.

리진파는 서구 상징파 시풍을 모방하여 창작을 하는 동시에 상징적
이미지 미학 추구에 대한 자각을 가져다주었다. 그는 첫 번째로 신시의
창작 중 '이미지'를 핵심적인 위치에 놓았으며, 시에서 대자연과 자아의
"영혼 깊은 곳에서의 조화"를 추구하였다.10) 얼마 후에는 또한 "시가 이
미지(image, 형상, 상징)를 필요로 하는 것은 마치 사람이 혈액을 필요
로 하는 것과 같다"11)고 생각하였다. 여기에서 '형상, 상징'이라고 번역
된 'image'가 바로 미국 이미지파 운동이 제기한 '이미지'와 동일한 단어
이다. 리진파는 'image'가 시에서 중요한 작용을 한다고 강조한 것 외
에, 자신의 예술적 이해에 근거하여 이미지와 형상 혹은 상징을 동일시

조항을 모두 번역하였다. 그 가운데 네 번째 조항의 내용은 "한 가지 환상을 표현
할 것을 요구하였고 추상적인 말을 하지 않는다(상세한 내용은 후스 선생이 신시
를 논한 것을 보라)"이다. 그는 '환상'과 후스가 말한' 이미지를 같은 것으로 보았
다는 것이 분명히 드러난다. 그는 또한 동시에 후스의 주장이 이미지파 운동의
영향을 받았다고 하였는데, 그의 소개에서는 형식과 내용 두 방면의 '현대 정신'을
모두 강조하였다. 즉 형식 면에서 "규정과 법칙을 맹목적으로 사수하지 않는 것은
자유를 존중한 것이다"는 '자유정신'이 표현되었고, 내용 면에서 "현대에 적합한
것을 추구하고 현실 정신에 적합한 것을 추구한다"는 것이 표현되었다. 소개에서
는 '환상'(이미지) 자체를 충분히 중시하지 않았다(1922년 2월 15일, ≪시≫, 제1
권 제2기). 류옌링의 〈프랑스의 상징주의와 자유시〉에서는 프랑스 상징파시가
생성된 원인과 보들레르, 베를렌, 윌스, 말라르메 등 주요 대표 인물을 비교적
체계적으로 소개하였는데, 그들의 '객관 세계 사물의 손을 빌리는 것'과 "비록
알기 어렵고 모호하나 우리의 정서를 담을 수 있어, 시인은 이런 것을 포착하여
내심의 정서를 표현해야 한다'고 말하였다. 그들은 "소리로 정신을 전달하고, 소리
와 색채가 같아 외면과 감각이 서로 교착되는' '상응론'(Corrfspondences)을 주장
하였다. 그는 상징주의의 "주요 교의는 객관 세계의 사물로서 내심의 정서를 서정
적으로 쓰는 것"이라고 하였는데, '객관 사물'과 '이미지'의 관계에 대해서는 언급
하지 않았다(1922년 4월 15일, ≪시≫, 제1권 제4호).
10) 리진파, 〈예술의 근원과 그 운명〉, 1929년 3월, ≪미육(美育)≫, 제3기.
11) 리진파, 〈린잉창의 ≪처량한 거리≫ 서〉), 1933년 8월 3일, ≪감람월간≫, 제35기.

하였다. 이는 적어도 두 방면에서 작용을 하였는데, 하나는 이미지와 중국 민족의 심미 습관 중 '형상' 범주의 거리를 짧게 하여 그것의 특정하거나 신비로운 색채를 감소시켰으며, 다른 하나는 이미지와 '상징'의 미학적 범주를 연계시켜 이미지가 상징시에서 단순한 '표현'을 초월하여 더욱 깊은 상징의 의미를 돌출케 하였다. 그리고 '구체성'에서 상징성을 도입한 것, 이러한 이해와 미국 '이미지파 운동'에서의 'image' 운용에 대한 원래의 의미를 추진시켰는데, 이는 후스 시학 관념의 초월이기도 하다. 그는 중국 현대파 시인이 서구 상징주의와 미국의 이미지파 사이에서 한 교류와 종합적인 노력을 반영하였다.

모더니즘 맥락에 속한 20년대 순시에 대한 창도 가운데 무무톈과 왕두칭의 사색은 주로 프랑스 20년대 초 상징주의 이론에서 나왔으며, 아직 미국 이미지파시 조류의 심미 범주로 이동하지는 못하였다. 때문에 '이미지' 역시 본래의 독립적 의미로 그들의 시야에 들어가지 못했다. 그러나 우리가 그들의 주장을 자세히 따져보면 여전히 이미지의 추구와 관련된 일부 흔적을 찾을 수 있다. 예를 들면, 그들이 '순수시'의 세계를 창조하자고 제기할 때 가장 강조한 것이 시의 '통일성'과 '지속성'이었다. 그 내함 가운데 하나가 바로 시의 '상징적인 인상'에 대한 강조이다. 그리고 '지속성'은 바로 사상 정감과 이미지를 전달할 때 '지속되는 곡선', 다시 말해서 사상이 심화된 후 승화된 '결정'체이다. 예를 들면, 무무톈은 알프레드 드 비니의 〈모세(Moise)〉, 앨런 포(Allen Poe)의 〈까마귀(The Raven)〉, 모리아스의 〈절구집(絶句集)〉, 두목의 〈밤에 진회에 정박하여(夜泊秦淮)〉 등의 시를 예로 들었는데, 여기에 모두 통일적인 사상과 그에 상응하는 통일된 '창작 수법'이 있다고 하였다. 그는 특히 두목의 시가 '상징적 인상의 색깔 있는 명시'라고 하였으며 그 속의 몽롱함과 명확함이 서로 섞인 시적 분위기는 사상 승화의 상태가 결정화된 구체적인 총체라고 하였다. 다른 한 수의 시 〈적벽에서의 회고(赤壁怀古)〉의 "창은 두 동강이 나 모래 속에 파묻혔지만 창끝은 함몰되지 않았네"라는 구절은 추상적인 개념으로 사상을 전달하였지만 '통일성'이 결핍되어 있다. '시의 지속성'이 가리키는 것은 상징적 이미지의 효과가 연속된 특징이다. 이것은 전자와 갈라놓을 수 없다. "한 수의 통일된 심정의 반영이고 내심 생활의 진실한 상징이다. 마음이 변화되는 내심 생활은 동적이다. 그러나 그들의 동적인 변화는 질서가 있으며 지속된다. 때문에 그들의 상징도 지속되어야한다. 한 수의 시는 선험 상태의 지속적인 율동이다". 시는 "입체적이고 운동적인 공간에서의 음악적 곡선"을 표현해야 하며, 다채로운 색깔, 소리와 움직임은 시의 '지속적인 교향악'을 구성한다.[12] 이런 통일성과 지속성의 '교향악'은 모두 시인 내심과 자연의 상응 후에 승화된 '결정'을 표현하는데, 다시 말해서 우리가 말한 구체적인 이미지를 근본으로 한다. 무무톈은 시는 "큰 암시성이 있어야 한다"고 강조하였고 제한된 율동으로 "무한한 시의 세계를 계시해내야 한다"고 하였다. 그리고, 왕두칭은 "'색', '음' 감각이 서로 어울리는 것"을 제창하며 '음화(Klangmalerai)' 효과를 추구하였다. 이 두 사람의 관점은 시의 이미지를 표현하는 원칙을 견지하였다.

30년대 현대파 시인의 신시 이미지에 대한 탐색은 더욱 의식적으로 프랑스 상징파시와 이미지시 운동의 '이미지(image)'의 범주를 결합시켰으며, 중국 현대 시학의 미학 범주가 이 범주 이외의 새로운 현대적 내함을 지니게 하였다. 다이왕수는 프랑스 후기 상징파 시인 잠므(Franlis Jarnmes)의 시에서 표현한 '일상적인 미감'이 모두 추상적이고 장엄한 내용이 아니라 '우리 일상생활의 내용'이라고 찬양하였다.[13] 그는 프랑스 현대 신시인 피에르·르베르디(Pieprf Reverdy)의 작품이 "영화의 수법으로 시를 썼으며 그런 포착할 수 없는 것을 포착하였다."[14]고 여겼다. 시의 평론에서 다이왕수는 "시는 자체의 정서를 표현해

---

12) 무무톈, 〈시를 논함 — 모뤄에게 부치는 한 통의 편지〉.
13) 다이왕수, 〈잠므 시초·번역자의 말〉, 1929년 9월 15일, ≪신문예≫(창간호).
14) 천위웨(陳御月, 다이왕수戴望舒), 〈르베르디(Pierre Reverdy) 시초·번역자의

내서 사람들로 하여금 느끼게 하는 점이 있어야 한다. 시 자체는 하나의 생물이지 무생물이 아니다". 정서는 틀에 박힌 촬영이 아니라 "교묘한 필치로 묘사해내는 것"이라고 하였다.[15] 이러한 의견에는 이미지를 창조하여 정서의 내함을 표현하는 것을 포함하였지만, 마찬가지로 본래 의미에서의 이미지의 범주를 명확히 하지는 못하였다. 우선 미국 이미지파 시 운동을 중국에 소개하고 또 자신의 창작 실천으로 중국 이미지파시를 제창하고 추진한 사람은 스저춘(施蟄存)이다. 그가 창간한 ≪현대≫ 잡지 제2기에서는 먼저 〈이미지 서정시(意象抒情詩)〉란 제목으로 일련의 시편들이 발표되었으며, 이어서 〈미국 세 여류 시초(美國三女流詩抄)〉란 제목으로 이미지파의 세 여류 시인인 둘리틀, 스코트, 로월 등의 작품을 번역 소개하였다. 흥미로운 것은 부록에서 그는 여기에서 소개한 세 여류 시인의 작품이 '모두 이미지파에 속하는 것'이라고 하였다. 둘리틀(Hilda Doolittle, 필명은 H.D.)과 영국 시인 리차드 스코트(Ricrard Scott) 부부는 "공동으로 영국과 미국의 이미지시파를 창조하였으며, 영국과 미국의 현대 시단의 주력이었다". 스코트(Fvelyn Soott) 여사의 시는 "극히 정교한 도안을 그리는 수법으로 씌어진 것"이며, 로월(Amy Lowell) 여사의 시는 "우리나라와 일본시의 영향(원래 현대 영국과 미국 신시의 많은 사람들은 모두 동방시의 영향을 받았다.)을 받아, 정교한 짧은 시는 당조 사람들의 절구와 일본 하이쿠의 운치를 느끼게 한다."[16] 스저춘의 창작과 번역 및 소개는 이미지파시 창작의 열기를 불러 일으켰다.[17] 스저춘의 말은 '이미지'가 하나의 독립된 심미

말〉, 1932년 6월 1일, ≪현대≫, 제1권 제2호.

15) 다이왕수, 〈논시영찰(論詩零札)〉.

16) 안치(安欹), 〈미국 세 여류시초·역사 후기〉, 1932년 7월 1일, ≪담시잡록(談詩雜錄)≫, 제1권 제3호.

17) 3개월이 지난 뒤, 스저춘은 〈편집 좌담(編輯座談)〉에서 "끊임없이 날아오는 원고에서 나는 요즘 많은 것을 읽고 있다― 놀라운 것이 아주 많다― 옛 시의 장르를 인용한 소설, 이미지파와 비슷한 시 등이다. 비록 나는 이 많은 원고가 모두 다소

범주로서 건설 중인 중국 현대 시학에 진입하여, 자아 발전의 현대성이 아주 강한 이성적 사고가 되었음을 설명하였다. 뿐만 아니라 이 조류에 속한 미학적 혈통과 중국 전통시 사이에 심각한 연계가 있음을 천명하였다. 여기에서의 '이미지'는 이미 전통적 시학을 초월하였으며, 동·서양 시학의 미학적 관념이 합류한 후에 생성된 현대 시학의 산물이 되었다.

30년대 '이미지'에 대한 해석은 대체로 아직 번역하고 소개하는 것이 자체의 창조보다 더 큰 단계에 머물러 있었지만, 소개에는 또한 건설성과도 포함되어 있었다. 그 표현은 주로 아래와 같다.

(1) 영국과 미국 이미지파시의 관념과 미학적 추구의 규범을 빌어 중국 현대의 '이미지 서정시'를 창립하고 탐색하기 시작하였다. 스저춘은 중국 이미지파시의 창조자이자 실천자였을 뿐만 아니라, 시인들의 창작을 유도하여 '이미지'를 구축하는 것을 중시하도록 유도하였으며, 이 시 조류의 미학 특징을 해석하는 데 자신의 노력을 모두 기울였다. 어떤 사람은 이미지파시의 내용이 단지 '경물에 대한 묘사와 동작, 심리상의 묘사로서 한 폭의 그림을 그렸다'고 잘못 해석하였는데, 이에 대해 스저춘은 경물과 심리적 그림을 묘사하는 것이 모두 시는 아니며, 이미지파 시는 "반드시 경물 가운데 작가가 묘사한 경물에 대한 정서를 표현해내고 느끼게 해야 하며, 이것이 바로 시이다. 때문에 시는 결코 단순한 한 폭의 그림이 아니라 그림보다 더욱 반사성이 있는 것이다."[18]고 하였다. 그는 이미지의 창조(문자의 그림)와 상징파의 '상응'론을 서로 결합하여 이미지에 명확한 인식을 심어놓았다. '이미지'라는 시학 개념도 이 시인 단체의 노력으로 말미암아 현대파 시조의 이론 발전의 맥락으

<hr/>

나에게 일부 영향을 받았다고 말하지는 못하겠지만, ≪현대≫에 투고한 모든 사람들이 모두 이 방면의 작가인 것을 원하지는 않는다"고 하였다. 1932년 10월 1일, ≪현대≫, 제1권 제6기.
18) 스저춘, 〈사중 좌담(社中座談)(3)·본 간행물이 실은 시에 관하여〉, 1933년 9월 1일, ≪현대≫, 제3권 제5기.

로 진입하게 된다.

(2) 그들은 영국과 미국에서 발생한 '오년 간의 이미지파'(혹은 Lmagelsm)를 체계적으로 소개하였으며, 이미지파의 여섯 개 원리를 재차 소개하였고, 동시에 '이미지'의 내용과 성질에 대해 자신의 해석을 내놓았다. 쉬츠는 이렇게 말하였다.

> 이미지파의 이미지는 무엇인가? 이미지, 간단히 말하면 한 가지 물건이며 일련의 물건이다. ……가히 내놓을 수 있는 것이다!
> 이미지는 견고하고 선명하다. 실체가 있는(Concrete) 본질의 것이지 관념(Abstract)처럼 그러한 추상적인 것이 아니다. 상으로, 석고상이나 동상이다. 여러 사람들이 본 바로, 감각으로 느낄 수 있으며, 오관으로 색, 향, 미, 촉, 소리의 오법을 모두 느낄 수 있다. 불교에서 말하는 소위 '법'으로, 표현이며 물건이다.
> 이미지파 시의 주요 목적은 시의 내용에 대한 해방이다.
> 외부 세계의 아름다움은 결코 한 떨기 꽃의 촬영이 표현해 낼 수 있는 것이 아니다.

> 새로운 소리, 새로운 색깔, 새로운 미각, 새로운 감촉, 새로운 맛의 분별을 시에 개입시켰는데, 이것이 이미지파 시의 임무인 동시에 이미지파 시의 목적이다. 우리는 평범한 사람들을 포함하였다. 시인인 우리들은 한 평면에 만족해 할 수 없다. 한 떨기 꽃을 촬영하는 발럭스(Velox) 종이 위에 거리가 멀고 가까움, 크기의 대소, 형상이 생동한가 하는 이러한 찬미와 감상은 우리 자신을 기만하는 것이다. 시는 입체 위에서 생활해야 한다. 건장해야 하고, 근육이 있어야 한다! 온도가 있어야 하고 조직이 있어야 하며, 골격이 있어야 하고 몸의 체계가 있어야 한다! 시는 생명이 있어야 하지만, 생명은 한 평면에 있는 것이 아니라 검은 색 그림자와 같은 평면 위에 있을 수 있다.
> ....
> 이미지파 시인이 서정적으로 표현해 낸 것이 의상이며 이미지(Image)이다. ……이미지파 시는 때문에 한 이미지의 서정적인 표현 혹은 일련의 이미지의 서정적인 표현이다.

이미지파 시는 그래서 역학적 정신이 있는 시이며, 시인의 영혼과
생명의 '물건'이 있는 시이다.[19]

쉬츠는 동일한 문장에서 이미지파의 대담한 구호인 "그것들은 모든
위대한 시의 원질이며, 더욱이 모든 위대한 문학의 원질이다."라고 인
용하여 서술하였다. 또한 "이미지파 시대는 이미 지나갔다. 그러나 이
미지파 시는 이미 영원히 소실되지 않을 것이다."라고 하였다. 거의 같
은 시기에 샤오쉰메이(邵洵美)는 영국과 미국의 이미지파 시운동을 소
개할 때, 이 시파 창작의 특색이 "실질로서 실질을 묘사하고, 실질로서
공상을 표현하는 것이다."고 했으며, "이 운동의 가장 큰 의미는 환상의
시 속에서의 중요성을 충분히 표현한 것이다. 이상은 이지적인 것이다.
그러나 환상은 영감이 있는 것이다."[20]고 말하였다.

(3) 그들은 또 이미지와 자연을 중시하는 것 사이의 관계를 탐색하였
다. 이 자연에는 시골과 도시가 포함되어 있다. 러시아 이미지파 시인
예세닌(Aleksandrovich Esenin) 등의 단체에 대해서 다이왕수는 그가
번역한 프랑스에 살고 있는 새로운 러시아 시인 고리리(Benjamin
Goriely)의 저작 속에서 "그들의 의견에 근거하면 이미지는 모든 진정
한 시의 기초라고 할 수 있다. 즉 '그 현명한 원예사는 가을에, 깎아 버
릴 것이다/ 나의 머리 위의 노란 잎을.'과 같다. 이러한 시인의 이미지
는 언제나 자연계와 농민의 생활 속에서 빌려 온 것이다. 특히 예전에

---

19) 쉬츠, 〈이미지파의 일곱 시인〉, 1934년 4월 1일, ≪현대(現代)≫, 제4권 제6기.
20) 샤오쉰메이, 〈현대 미국 시단 개관〉, 1934년 10월 1일, ≪현대≫, 제5권 제6기.
    이 문장에서 샤오쉰메이는 비교적 정확하게 영국과 미국 이미지파의 여섯 가지
    원칙을 번역하였다. 그 가운데 네 번째 원칙은 아래와 같다. "한 가지 이미지를
    표현해낸다(때문에 이미지파라고 함). 우리는 화가들이 아니다. 그러나 우리는
    시가 특징을 정확하게 표현해내야 하지, 공허하고 평범한 정황에 주의하지 말아야
    한다고 믿는다. 그것이 어떻게 장엄하고 아름다우며 명랑하든지 말이다. 때문에
    우리는 그런 광대하기 그지없는 시인들을 반대하며, 우리는 그가 그의 예술이
    진정으로 곤란한 곳을 몰래 피하고 있다고 생각한다.

농민이었던 세르게이 예세닌이 이 단체에 가입한 후부터이다."[21]라고 하였다. 쉬츠는 미국의 파운드(Ezra Pound) 등의 소개에서 도시 생활 속에서 이미지를 구축하는 것을 더욱 중시하였으며, 이 방면으로 실천 하여 중국 30년대 현대파의 도시시가 흥성하도록 하였다.

30년대 현대파시의 번역 소개와 탐구로부터 '중국 신시'파의 집결과 궐기까지 이 사이에 여전히 일부 신시 현대성의 예술적 본질을 중시하는 시인과 이론가가 있었는데, 이들은 이미지의 신시 현대화 속에서의 작용을 사색하고 구축하였다.

신시 발전 중 예술 유파가 교체되는 예술적 시각에서 심미적인 안목 과 척도로 벤즈린 등 시인에 대한 비평 가운데 이미지 창조에 대한 문제에 새로운 해석을 내놓은 사람은 리젠우(李健吾)이다. 그는 중국 상징파, 현대파 시 발전의 총체적 체계 속에서 이미지가 매우 중요한 지위를 차지하는 것을 인정하였다. 그는 궈모뤄의 거대함과 웅위로움을 추구하는 것과 동시에 출현한 것이 리진파가 영도한 유파의 신시 발전에 대한 탐색이라고 하였다. 즉 리진파의 가치는 그가 이미지에 대해 창조한 공헌에 있다. 그는 시적 의미의 "유구하고 심오함", "함축성"과 "알기 어려움"을 추구하였고 "이미지의 연결에서 시의 사명을 완성하고자" 노력하였다. 그러나 "중국의 언어 문자를 잘 파악할 수 없기 때문에 어떤 때에는 이미지가 격리되어 사람들에게 프랑스 상징파의 분위기를 과도하게 느끼게 하였으며 점점 사람들의 버림을 받게 되었다"[22]고 하였고, "리진파 선생은 마치 신선한 바람처럼 지나갔지만 또한 그 의미를 잃게 되었다. 그러나 한 가지 점만은 귀중한데, 그것은 바로 이미지에 대한 창조이다. 많은 사람들에게 있어서 특히 음악 성분을 반대하는 시

---

21) 다이왕수 번역, 〈예세닌과 러시아 이미지파 시〉(프랑스 고리리 원작), 1934년 7월 1일, ≪현대≫ 제5권 제3기.
22) 류시웨이, 〈≪어목집≫ — 벤즈린 선생 작품〉, ≪저화집≫, 상하이문화생활출판 사, 1936년 12월, 129쪽.

의 창작자들에게 있어서 이미지는 그들이 우선적으로 해야 할 임무이다'라고도 하였다. 이런 리진파식에서 벗어난 모방 역시 '음악적 성분'이 시의 외재적인 데 대한 개입을 반대하였고 '이미지'로서, 신시 창작의 '우선적 임무'로 삼는 사람, 즉 다이왕수, 볜즈린, 허치팡 등이 추구하는 시의 경계이다. 그들의 시는 "내재적 복잡함이 복잡한 표현을 요구하고 이 내재적인 것이 꿈의 진행과 유사하게 소리가 없고 색이 없으며 형태가 없이 몽롱하고, 닿을 수는 없지만 느낄 수는 있다. 이는 심오함이며 함축성이 있어 멀리 보내는 것이 아니며 훤히 펼쳐지는 것도 아니다. 그들이 표현하려고 한 것은 인생의 미묘한 찰나이다. 이 찰나(마치 현대 유럽과 서구 유파들의 소설의 추세와 비슷함) 속에 고금중외가 한데 모여 있고 공간과 시간이 한데 모여 있다. 그들은 많은 이미지를 운용하여 당신에게 복잡한 느낌을 전해준다. 즉 하나지만 복잡하다".[23] 이러한 '구체적인 묘사'로 구성된 '이미지'는 "각 방면에서 보면 모두 빛처럼 균형잡혀 있지만, 오히려 완미한 상상의 세계를 불러일으킨다. 구절 밖과 비유 내에서 세심한 체험이 필요한데, 술래 잡이를 하는 것과 같은 포착을 걸쳐 당신이 연상할 수 있는 모든 가능성을 동원하여 당신의 영원한 시적 정서를 계발한다. 이는 단지 '언어가 가까우나 뜻이 먼' 것이 아니라 깊은 여운이 맴돌게 하는 것이다. 언어의 여기에서의 효과는 처음에는 단순한 서술과 같아 보이지만 그 뒤에는 암시가 있으며, 이 암시는 또한 상징이다".[24] 리쳰우는 발레리의 "한 줄의 아름다운 시는 그의 잿더미로 하여금 무제한적으로 다시 태어나게 한다"라는 말을 인용하였고, 그 뒤에 "한 줄의 아름다운 시는 영원히 독자들의 마음 속에 살아 있으며, 그가 환기시킨 경험은 다방면이다. 비록 짧은 한 구절일지라도 복잡한 전부의 이미지를 거머쥘 재간이 있으며, 이 전부의 이미지는 마치 영혼의 신기루와 같다".[25]라고 하였다. 리쳰우는 이미지를

---

23) 위와 같음. 131쪽.
24) 위와 같음. 144쪽.

창조하는 방법, 이미지의 내용과 상징의 관계 및 상징적 이미지가 생성된 모든 새로운 예술적 효과에 대해 모두 생동적인 해석을 내놓았다. 그의 해석과 다이왕수, 볜즈린 등 젊은 세대 시인의 실천은 상징적 이미지의 창조가 신시 모더니즘 맥락의 발전 속에서의 중요한 지위를 확정하였다.

30년대 상징주의 시에 관한 중요한 사색은 어떻게 서구 상징주의와 중국 상징주의의 관계를 잘 소통시키는가 하는 것이었다. 동서 시 예술의 다른 범주에서 그들 사이의 심후한 내재적 연계를 찾아 중국 현대시로 하여금 서구 상징주의에 대해 수용하여 자신의 미학적 규범의 공명을 찾아내도록 하였다. 이 방면에서 일부 시인들과 이론가들의 이미지에 대한 해석은 단순한 모방을 넘어서 자기 민족의 현대시의 이론이 융합된 품격을 창조하는 데로 들어갔다.

주광첸은 시의 '이정 작용(移情作用, empathy)'을 논술할 때 자신의 내재적 정취와 외래적 이미지가 서로 융합되어 영향을 생성하며, 이러한 주체와 외부 물체의 상징이 맞물리는 이론과 중국 전통의 소위 "경물로 인해 정이 생기고, 정으로 인해 경물이 생기는" 관념은 서로 통하는 것이라고 하였다. 그리고, "매 시의 경계에는 꼭 '정취(feeling)'와 '이미지(image)' 두 요소가 있는데, '정취'는 간단하게 '정'이라고 하고 '이미지'는 '경'이라고 한다". 정취레 구체적 이미지를 덧붙이지 않으면 시로 전환시킬 수 없다. 반대로, 순서 없는 이미지가 정취의 융합을 거치지 않으면, 또한 "내부에 생명이 있고, 외부에 완정한 형상이 있는' 좋은 시를 낳을 수 없다. 주관과 객관의 격리감과 충돌을 타파하여 "정취와 이미지가 가장 적합하게 결합되게 하는 것이 최고의 이상에 도달하는 예술이다".[26] 그러나 주광첸은 또한 심리학의 각도에서 이미지의 생성을 설명하였다. 그는 경물 자체는 시의 이미지와 같지 않으며, '창조적

---

25) 위와 같음. 174쪽.
26) 주광첸, 〈시론〉, ≪주광첸 전집≫(제3권), 안휘교육출판사, 1987년 10월, 53-66쪽.

인 연상'의 심리 활동이 경물의 이미지로의 전환 과정에서 아주 중요한 작용을 일으킨다고 하였다. "이미지란 지각하는 사물이 마음 속에서 찍어놓은 그림자"로 이 이미지가 기억 속에서 경험을 '다시 연출'하는 것이며 단지 '재현된 상상'일 뿐 예술적 창조는 아니다. '창조적인' 연상과 '심리 활동'을 거쳐 경험으로 하여금 '새로운 성분'을 획득하게 해야 시의 '이미지'도 비로소 형성되게 된다고 하였다.[27]

주광첸은 동서 시학을 교류시켜 상징과 이미지의 내함을 해석하였다. 그는 "소위 상징이라는 것은 갑으로 을의 부호를 삼는 것이다. 갑은 을의 부호가 될 수 있는데, 대부분은 유사한 연상에서 나온다. 상징의 가장 큰 용도는 바로 구체적인 사물로 추상적인 개념을 대체하는 것이다. ……예술은 추상적인 것과 내용 없는 허무함을 가장 두려워한다. 상징은 바로 추상과 내용 없는 허무함을 제거하는 유일한 무기이다. 상징의 정의는 '도리를 사물로 설명하는 것'이라고 할 수 있다. 매성유(梅聖兪)의 ≪속금침시격(續金針詩格)≫ 속의 한 단락은 이러한 정의를 아주 잘 발휘하고 있다. 즉 '시에는 내부와 외부의 의미가 있는데, 내부의 의미는 그 도리를 잘 표현하려고 하는 것이고, 외부의 의미는 그 사물을 잘 표현하려고 하는 것이다. 내부와 외부의 뜻이 함축적이어야 시격에 들어갈 수 있다는 것이다".[28]라고 하였다.

주광첸은 '의미'와 '형상'의 외부와 내부의 관계로 서구의 상징 내함을 해석하였으며, 전통 시학 속에서 서구의 상징과 이미지 이론의 공명을 찾으려고 애썼다.

상징과 이미지의 관계에 대한 이러한 이해에 대해 똑같이 동서 시학의 상징 범주의 관련성을 탐구한 량중다이는 다른 의견을 가지고 있었다. 그는 주광첸의 이해가 '상징'을 너무 보편화시켰다고 하였는데, 그 이유는 미학 상에서의 '상징'과 수사학에 있어서의 직유 혹은 은유의 '비

---

27) 주광첸, 〈문예심리학≫, ≪주광첸 전집≫(제1권), 386쪽.
28) 주광첸, 〈아름다움을 논함(談美)〉, ≪주광첸 전집≫(제2권), 64-65쪽.

유'를 함께 섞은 데 있다고 하였다. 량중다이는 협의의 상징과 ≪시경≫ 속의 '홍'이 매우 비슷하다고 하였다. ≪문심조룡≫에서는 "흥이라는 것은 생긴다는 것이다. 정이 생기는 것은 미묘한 것(微)에 의하여 의미를 전달하는 것이다. 소위 '미묘한 것(微)'은 곧 두 경물 사이의 미묘한 관계를 말한다. 상징의 묘미는 '미묘한 관계로 의미를 전달한다'는 몇 글자로 잘 표현할 수 있다. "외부의 물체, 예를 들면 자연 풍경이 우리의 시야에 들어 올 때 우리는 갑자기 그것이 당시 우리의 기분— 기쁨, 우수, 비애, 한가한 심정과 맞물려 어우러진다고 느껴진다. 우리가 우리의 심정을 모방하지 않고 그 자연의 풍경을 심정의 부호로 삼아 전달하거나 혹은 좀 더 정확하게 말해서 우리의 심정 속에 그 풍경을 담는 것, 이것이 바로 상징이다'. 이런 "경물 가운데 정이 있고 정 가운데 경물이 있는 것"이 도달한 "경물과 자신이 보기만 하여도 오래된 느낌이 들거나 혹은 갑자기 만나도 마음 속에 와 닿는 무아지경, 즉 어떤 것이 나이고 어떤 것이 경물인지 모르는 상태야말로 "상징의 최고 경지라고 할 수 있다".29)고 하였는데, 이는 "물체와 나, 내부와 외부 사이"의 "긴밀한 맞물림"으로 "진리에 대한 진정한 인식"을 해야만이 좋은 시를 만들 수 있다는 것이다.30)

량중다이와 주광첸은 비록 상징주의의 상징 개념의 해석에 있어서 다소 차이가 있었지만 중국과 서구의 융합된 이론으로 상징시의 생존을 설명한 것은 필연코 '이미지'에 대한 의존을 가져왔다. 그리하여 이로부터 상징적인 '이미지'의 현대시에서의 위치를 설명하였는데, 이 점은 신시 이미지 범주의 탐색에 대한 일종의 발전이다.

실로 중외 전통시 속에도 이미지가 존재하는 것처럼 이미지의 구축

---

29) 량중다이, 〈상징주의〉, ≪시와 진실·시와 진실 2집≫, 외국문학출판사, 1984년 1월, 63-67쪽.
30) 량중다이, 〈괴테(Goethe)와 발레리(Paul Valery) — 발레리 "괴테론" 후기〉, 위와 같음, 164-165쪽.

역시 모든 신시에서 상징주의와 모더니즘 시가 조류와 맥락의 '특허'는 아니다. 일부 예술과 현실에 관심을 갖고, 장엄한 사명감을 지니고 있는 시인들은 그들의 창작과 실천 속에서 시의 여러 요소의 건설과 사고로 또한 이미지의 구축에 있어서 마땅히 있어야할 관심을 기울였다.

시인 아이칭이 30년대 말에 발표한 시가 평론 속의 이미지에 대한 사고는 단순한 이론적 사유 분별의 범위를 초월하여, 더욱 많은 개인 창작 체험의 견실한 색채를 띠고 있다. 1939년 말 아이칭은 그가 써낸 체계적인 이론 속에서 시인은 반드시 형상으로 세계를 파악하고 세계를 해석해야 한다는 대 전제 하에 시의 이미지를 담론해야 한다고 하였다. 그는 우선 다음과 같은 전제를 설명하였다. "시인은 한편으로 형상적으로 세계를 이해하고, 다른 한편으로 또 형상에 의탁하여 사람들에게 세계를 해석해 준다. 시인이 세계를 이해하는 심도는 그가 창조한 형상의 명확도로 표현된다". 그리고, 형상이라는 것은 "모든 예술적 수법을 배태해낸다. 즉 이미지, 상징, 상상, 연상…… 우주 만물로 하여금 시인의 두 눈에서 서로 호응되게 한다"고 하였다. 아이칭이 보건대, 이미지는 형상파에서 생긴 하나의 지류로, 그의 이론 체계에서 이미지와 상징은 결코 동등하지 않다. 그는 "상징은 사물의 반사이고 사물 서로 간의 차이이며, 진리에 대한 암시와 비유"라고 생각하였고, 이미지는 주로 시인의 주체적 경험의 결정이라고 하였다.

아이칭은 이 시점에서 출발하여 신시의 발전 가운데 이미지에 대해 전문적인 해석을 내놓은 소수 시인 중 한 사람이다. 그는 감오식의 격언이나 형상적인 서술로서 이미지와 시인의 창조간의 신비로운 세계의 대문을 열어 젖혔으며, 사람들을 인도하여 그 이미지의 세계로 진입하게 하였다. 그는 이렇게 말하였다. "시인의 두 뇌는 세계를 향해 영원히 일종의 자력(磁力)을 내보낸다. 그는 쉬지 않고 많은 사물들의 이미지, 상상, 상징, 연상…… 등을 집중시키고 조직시킨다". "이미지는 이로부터 감각의 일부 탈바꿈을 느끼게 된다". "이미지는 순감관적이고 구체

화된 감각이다". "이미지는 시인이 감각으로부터 그를 향해 채취한 재
료의 포옹이며, 시인이 감관을 깨워 제재로 향하는 접근이다".

> 이미지,
> 꽃밭에서 풀밭에서 펄럭거리고,
> 진흙으로 덮인 싯누런 길에서,
> 적막하고 무더운 햇빛 속에서……
> 그것은 나비이다
> 그것은 끝내 잡힌다.
> 그러나 날개를 퍼덕인 후,
> 진실한 형체와 찬란한 빛깔로,
> 새하얀 종이 위에 들어붙는다.[31]

　아이칭은 시인 주체의 이미지 창조에서의 작용이 주로 '감각'이라는
이 마디를 통해 완성되는 것이며, 이미지는 시인 감관의 객관적 외부
물체에 대한 '포옹'과 '접근'이다. 감각의 '탈바꿈'은 또한 바로 감각의
이미지에로의 승화이며, 때문에 이미지는 사실상 '구체화'이며 '경물화'
된 감각이다. 이미지가 시 속에서 표현한 것은 반드시 느껴진 '진실한
형체와 찬란한 빛깔'이어야 하며, 마치 잡혀서 퍼덕이는 나비와 같아야
한다고 하였다. 아이칭이 서술한 이미지는 결코 상징적인 이미지가 아
니라, 항일 전쟁 이래 시의 심미적 수준을 제고하기 위해서이며, 시의
일반적인 예술 풍격의 추구에 대해 말한 것이다. 그러나 그는 결코 상
징을 반대하거나 배척하지 않았으며, 상징과 이미지가 함께 상상 속에
포함되어 있을 뿐만 아니라, 그의 시가 창조한 이미지 속에서 상징적
수법을 대량으로 운용하였고, 시의 전달 정서의 심도와 장력을 증가시
켰다. 이러한 이론과 실천의 탐색은 '중국 신시'파가 '감성적 혁명'에로

---

31) 아이칭, 〈시론·형상〉, 〈시론·이미지, 상징, 연상, 상상 및 기타〉, ≪시론(詩論)≫,
　　인민문학출판사, 1982년 8월, 198-200쪽.

나아가는 방향에 영향을 주었다.

　40년대 후기로 진입하여, 정치 감상시의 공허함과 구호화, 공식화 경향에 대하여 '중국 신시'파 시인들은 그들이 상징 이미지를 재차 구축하는 데 대한 자각 의식을 강화하였다. '현실, 상징, 현학'의 종합된 요구에 근거하여 그들은 시의 이미지의 상징적 성질과 심미적 기능을 강화하여, 일종의 새로운 이미지의 창조 원칙을 건립하려고 노력하였다. 이러한 창건은 대체로 아래의 네 방면에서 말할 수 있다.

　첫 번째, 이미지가 창조한 간접성 원칙이다. 웬커쟈는 이렇게 말하였다. "그들은 '시의 예술적 특성'을 추구하는 의미에서 '이미지의 창조와 이미지의 형성' 등의 요소가 현대시의 '종합적 과정'에서 결핍되어서는 안 되는 가치 의의를 강조"[32]하였을 뿐만 아니라, 감각 전달의 '암시성'과 '간접성'이라는 '감성 혁명'의 사슬에서 이미지와 비유의 '특수 구조 법칙'을 확정하였다. 즉 "현학, 상징 및 현대 시인이 낭만파 이미지 비유의 공허함과 모호함을 아주 혐오한 것 외에, 표면적으로 서로 관련은 없지만 실질적으로 아주 유사한 사물의 이미지 혹은 비유를 발견하여야만 정확하고 충실하며 효과적으로 자신을 표현할 수 있다고 생각하였다. 이 원칙에 근거하여 생성된 이미지는 아주 놀라운 기이함과 신선함, 놀라운 정확함과 풍부함을 띠고 있다". 이렇게 창조해낸 이미지는 한 편으로 기이하고 독자를 자극하는 능력으로 그들로 하여금 "갑작스런 타격으로 주의력의 집중을 높였고", 이로써 최적의 "시가 효과를 누리는 상태에" 진입하게 한다. 다른 한 편으로 독자들은 "조금 평형을 회복한" 후 "이미지와 그것이 대표하는 사물의 확정적인 고정과 사상 감정이 강렬하게 결합되어 얻은 복잡한 의미를 문득 깨닫게 될 것이다".[33] 이러

---

32) 웬커쟈, 〈신시 현대화 ─ 새로운 전통의 추구〉, 1947년 3월 30일, 톈진 ≪대공보·요일문예≫.
33) 웬커쟈, 〈신시 현대화의 재분석 ─ 기술의 어려 평면의 투시〉, 1947년 5월 18일, 톈진 ≪대공보·요일문예≫.

한 해석은 더더욱 현대성을 갖는 상징 이미지와 낭만주의 및 기타 직설적인 조류시의 이미지를 구분하게 하였으며, 게다가 '간접성'이라는 이 주요한 기점 위에서 상징적 이미지의 창조 원칙을 확정하였다. 또 첫 번째로 독자가 예술을 받아들이는 시각에서 이런 이미지가 구비하고 있는 독특한 심미적 효과를 제시하였다. 이런 이미지의 창조 원칙은 40년 대 말에 발표되어 이 유파가 이미지를 창조할 때 공동으로 준수하는 범례가 되었을 뿐만 아니라, 이 시인 단체의 다년간 미학에 대한 탐구와 체험의 이론적 응결이 되었다.

두 번째, 이미지가 창조하는 일치성의 원칙이다. 여기에서 일치성이 가리키는 것은 상징적 이미지와 그 상징하는 의미 사이의 융합이다. 탕스는 다음과 같이 인정하였다. 사물에 기탁하거나 직접적으로 서정을 발하거나 간에 주관이 돌출된 이미지 혹은 간접적인 서정, 잠재적 심화나 객관적으로 암시하는 이미지, 그리고 그것과 시의 특성 사이의 관련은 일종의 '외형적으로 비슷한' 것이 아니라 '내재적 정신의 감응과 융합'이어야 한다. 맥니스는 이미지와 의미는 불가분적으로 결합된다. 상징주의자는 심지어 이것을 원칙으로 정하였다고 하였다. 마치 유협(劉勰)이 말한 "시인이 감흥을 느낄 때 두루뭉술하게 물체를 접촉한다. 비록 물체가 모호하게 나타나지만 합쳐놓으면 의미가 뚜렷해진다"는 것과 같다. 물체의 인격화는 바로 심상의 '자가경계'의 '두루뭉술함(圓覽)'이다. "이미지와 의미의 결합 혹은 일원화도 바로 이미지적인 것이다. 때문에 수사학을 초월하여 비유하는 이원적인 연고는 의미가 이미지에 녹아들어 바로 장자의 〈제물론(齊物論)〉에서 말한 것처럼 '같은 유형 혹은 다른 유형이 서로 어울리면 같은 유형이고, 그렇지 않으면 서로 아무런 상관이 없다'는 경계로, 일종의 변증법적인 통일이다". 이미지와 의미 사이의 대항 관계는 종속적인 관계가 아니라, '내재적인 평형이 또한 융합된 상호간의 관련'이고, 사물과 서정 주체 사이 생명의 '서로 비추는 빛'이며 "마음 속 깊이에서 튀어나온 감응이 또한 한 생명의 초점에 다시 모인 것이다". 이 때문에 "가장 좋고 가장 순정한 시 속에서 때 묻지 않은 이미지를 제외하고, 다른 떠다니는 찌꺼기가 없어야 한다". 탕스는 보들레르의 상징주의가 주장한 '상응론'과 R.M.릴케의 경험이 잊어진 후에 '다시 출현한' 이론, 그리고 T.S.엘리엇의 이미지가 대표하는 '우리가 엿볼 수 없는 정감의 깊은 곳'의 외부 빛의 설법을 인용한 뒤, 이미지와 의미의 융합성이 시인 주체의 생명과 객체 생명의 일치성에서 오는 것이라고 더욱 명확하게 언급하였다. 그는 또한 "시인에게 있어서 이미지의 존재는 한 편으로 시인의 객관 세계에 대한 진실한 보살핌이고 일종의 흔적 없는 맞물림이며, 다른 한 편으로 객관 세계에 대한 시인의 마음 속 응결이며, 만물이 모두 나에게서 기초한다. 그러므로 펑즈는 '어느 길이든, 어느 강이든, 모두 관련이 없다./ 어느 바람이든, 어느 눈이든 모두 연관이 없다./ 우리가 걸어온 도시, 산천은/ 모두 우리의 생명이 되었다'고 읊조렸다"[34)고 하였다.

세 번째, 이미지가 창조한 잠재성의 원칙이다. '중국 신시'파 시인 단체는 프로이트(Sigmund Freud)를 대표로 하는 현대 심리학파의 사람의 꿈과 문학 창조에 대한 해석을 받아들였고, 시 이미지의 창조 중 의식과 내재적 심리 활동의 작용을 추구하였다. 현대파 시의 맥락 속에서 이 시인 단체가 다이왕수가 밝힌 시를 계승한 것은 "한 사람은 꿈 속에서 자기의 잠재적 의식을 나타내며, 창작한 시 속에서 은밀한 영혼을 나타낸다"는 이론이다. 또한 더욱 자각적으로 시인의 잠재의식 활동을 이미지 창조의 해석으로 이끌었고, 그리하여 이러한 잠재된 이론이 신비함으로부터 명랑함으로 나아가게 하였고, 이미지의 창조 속에서 더욱 큰 실천성을 띠게 하였다. 웬커쟈는 자기의 문학관을 해석할 때 하나의 중요한 면은 바로 현대 심리학의 문학 창작을 해석할 때의 중요한 의의에 관심을 두고, 문학과 시가 생성된 '심리 조건'과 '개인' 의식을 홀시하

---

34) 탕스, 원래 1948년 ≪춘추(春秋)≫에 실림. ≪신의도집(新意度集)≫, 11-12쪽.

542 제10장 중국과 서구 시가 발전의 새로운 예술 합류점에서

지 말아야 한다고 강조 하였다.[35] 탕스는 S.스펜더(Stephen Spender)와 C.D.루이스(C.D.Louis)의 시 창조와 시인의 잠재의식 활동 사이의 관계에 관한 형상적인 설법을 인용하여, "시를 쓰는 것은 마치 물고기를 낚는 것과 같다. 잠재의식의 심연에서 감흥으로 물고기를 낚는다― 이미지, 원래 이는 자각적인 것으로 자연의 잠재성을 파악하는 과정이다"라고 하였다. 탕스는 또 이렇게 말하였다. 이미지는 일종의 표상의 쌓임 혹은 모호한 연상의 매개물이어서는 안 된다. "그것이 잠재의식의 심연에서 뛰어오를 때는 일종의 본능과 생명에 대한 충격의 표현이다. 그러나 그것은 또한 꾸며지고 억압된 경험으로, 더 많은 인성적 역량을 융합하여 더 큰 현실적인 자태로 출현할 가능성이 높다. 그러나 그것은 또한 반드시 빛이 있어야 한다. 낭만주의자는 꿈과 잠재된 의식의 진실함과 역량을 느끼지만 그들은 또 거기에 심취해 있어, "자신의 의식이 함몰되도록 방관한다". 그리고 기계적 현실주의 혹은 이상주의자, 가짜 고전주의자는 "생명의 가장 힘 있고 순진한 핵심, 가장 큰 '역량― 잠재 의식류의 작용"을 부인하거나 홀시하였다. 그러나 현대파 시인의 시야에서 "이미지는 잠재 의식이 의식류로 통하는 교량이며 잠재의식의 역량은 이미지의 매개물을 통해 앞으로 달려간다. 의식의 이성적 빛도 잠재의식의 무거움을 비춰 주었고, 그것에 해방의 기쁨을 주었다". 탕스는 W.B.예이츠의 말을 인용하여, 시인은 창작할 때 "잠들어 있고 또 잠들어 있는" "넋이 나간 상태"에 처해 있다. 이런 상태에서 "영혼은 의지의 압력을 이탈하여 상징 속에서 표현된다"고 하였다. 폴 발레리(Paul Valery)는 그의 꿈 속의 사람을 묘사하려면 자신도 특별히 깨어있어야 한다고 하였다. 이 후, 탕스는 다음과 같은 명제를 제기하였다. "이미지는 바로 가장 명석한 의지(Mind)와 가장 경건한 영혼(Heart)이 서로 외면과 내면에서 응결된 것이다".[36]

---

35) 웬커쟈, 〈나의 문학관〉, 1948년 10월 24일 베이핑, ≪화북일보(華北日報)≫.
36) 탕스, ≪신의도집≫, 9-13쪽.

잠재의식이 이미지의 생성 속에서 일으키는 작용을 승인하는 것은 결코 이미지의 응집과 반드시 시인의 이성적인 창조를 거쳐야 한다는 것을 홀시 하는 것은 아니다. 잠재의식이나 혹은 표면의식이 획득한 이미지를 막론하고, 시인의 예술적 감흥의 포착과 응결을 거쳐야만 영혼의 직감과 마음의 사색이 결합한 산물이 될 수 있다. 유협은 ≪문심조룡≫에서 이렇게 말하였다. "문장의 상상력을 도야하는 데 필요한 것은 고요함(虛靜)이다. 오장을 씻고 정신을 맑게 하여, 학문을 쌓고 지성을 기르며, 이지를 작용시켜 재능을 풍부히 하고, 견식을 연마하여 관조의 힘을 길러야 한다. 이러한 경지에 도달하면 다시 수사법을 단련해야 한다. 밝게 비추는 장인은 이미지를 얼핏 보고 도끼를 휘두른다". 여기에서는 고전 이미지의 형성 과정을 직접적으로 언급하였다. 이 한 단락의 문장을 인용한 뒤 탕스는 이미지가 자연적으로 성숙된 뒤 시인의 의식으로 창조될 필요성을 논술하였다. 그는 이렇게 말하였다. "장인과 같은 작업 방법은 릴케가 로댕(Augeuste Rodin)에게서 배운 낭만적인 것에서 성숙된 고전 정신에로 전환했다는 구체적인 표현이다". 성숙된 이미지는 한 편으로 질적인 충실함, 질적인 응결이 있고, 다른 한 편으로 또 반드시 수량 상에서의 광범위한 연장과 의미의 무한한 연장이 있어야 한다. 그리고 "오장을 씻고 정신을 맑게 한다"는 자각은 곧 이미지가 자연 단계에서 더욱 높은 단계에로 발전하는 필연적인 과정이다. 그는 이미지를 두 가지로 구분하였다. 한 가지는 영혼(Heart)에서 출발한 자연의 잠재 의식이 직접적으로 돌출하게 되어 있는 '직감적 이미지(直覺意象)'이고, 다른 하나는 마음(Mind)에서 출발한 자각의식의 심오함이 표현한 '오성적 이미지(悟性意象)'이다. 상징적 이미지가 창조한 가장 높은 완성은 잠재 의식의 '역량(能)'과 의식의 '앎(知)'의 완정한 결합이며, "사상이 직감의 평면을 돌파한 후 더욱 높고 더욱 깊은 심오함에로 나아가고, 가장 크고 심오한 직감과 웅위로운 의지로의 발전"이다. 그리하여 물아 합일하여, 직감적 호소와 간접적 전달, 그리고 주관과 객관

이 "완정하게 빈틈없이 응결되는" 경계에 도달하게 된다.[37]

　네 번째, 이미지가 창조한 조각성의 원칙이다. 30년대 중, 후기 펑즈는 릴케를 소개할 때 일찍이 로댕을 스승으로 모시면서 획득한 계시를 제시하였고, 현대시의 이미지가 창조한 조각성의 문제를 제기하였다. 릴케의 〈표범(豹)〉은 이러한 이미지 창조의 본보기가 되었다. 40년대 초 펑즈 ≪소네트집≫의 출판은 이 원칙을 위해 중국 신시의 실천에서 탐색적인 범례를 건립하였고, '중국 신시'파는 이러한 탐색에 대해 자각적으로 계승 하였다. 그들에게 펑즈는 다음과 같은 것을 가져다 주었다. "그는 로맨틱(Romantic)에서 클래식(Classic)으로, 음악에서 조각으로, 유동하는 데서 응결하는 데로의 변화를 경험하였는데, 이는 마치 자연 기후의 변화처럼 끝없이 넓은 해양에서 장중한 산악으로 전환하는 것과 같다".[38] 이로부터 본보기로 삼아 다시 릴케의 직접적 예술 자원에 대한 흡수로 변화하여, 그들은 상징 이미지의 창조 속에서 이러한 이미지의 조각성의 원칙을 적극 추구하였다. "이는 모든 진지한 시인의 길로, 릴케의 길이며 또한 펑즈의 길이다". 이러한 길을 따라 진정한 시는 "유동하는 음악에서 고정된 건축에로 나아가야 한다". 마치 릴케의 〈오르페우스에게 바치는 소네트시(獻給奧爾菲斯的十四行)〉, ≪두이노의 비가(Duineser Elegien)≫에서 표현한 것처럼 "무한한 음악의 바다가 이미지의 '자태'에 고정되어 있는 것처럼, 펑즈의 ≪소네트집≫에서는 그의 '성숙된 황혼의 깊은 사색'을 고정시켰다. "우리는 깊이 받아들일 준비를 하고 있다./ 그런 생각지도 못한 기적을,/ 기나긴 세월 속에서 갑자기/ 혜성의 출현, 광풍의 출현이 있다.// 우리의 생명은 이 순간,/ 마치 첫 번째 포옹에서처럼,/ 과거의 비환은 갑자기 눈앞에서/ 우뚝 솟아 움직이지 않는 형체로 응결된다……". 이것이 바로 항일 전쟁 이래로

---

37) 탕스, ≪신의도집≫, 13-14쪽.
38) 탕스, 〈깊이 사색하는 자 펑즈 — 펑즈의 ≪소네트집≫을 논함〉, 원래 1948년 9월, ≪춘추≫에 실림, ≪신의도집≫, 118쪽.

많이 추구한 "공허하고 창백한 외재적 표현"과는 다른 "응결된 이미지의 자태"이다. 이러한 '형태와 자태' 속에서 일종의 새로운 현대성의 원칙을 표현하는 것이 곧 "이미지의 깊은 응결"이다. 탕스는 탕치와 모뤄(莫洛)에게서 이러한 '이미지의 깊은 응결'을 보았다고 생각하였다.[39] 두윈셰의 〈우물(井)〉, 〈바다(海)〉, 〈산(山)〉 등 사물을 노래한 시에서는 "이미지가 풍부하고, 분량이 무거우며, 투철한 철리적 사색이 존재함"을 표현하였고, 이미지는 활발하게 눈앞에서 지나가며 "무거운 역량이 있다"고 하였다.[40] 그러나 그는 이미지와 구법이 모두 펑즈와 릴케를 닮은 정민의 시에서, 그녀는 마음 속에서 흘러 지나가는 음악이 모두 자기의 생명을 "한 폭의 그림, 한 조각상 혹은 한 이미지"에 녹아들게 하였다고 생각하였다. 정민의 〈인력거꾼〉과 〈조각가의 노래〉는 "사시(史詩)의 근육적인 역량과 서정시의 정열적인 응결, 즉 일종의 견고한 우뚝 솟음이 있다"고 하였다. 그녀의 비교적 성숙된 시편들은 "모두 로댕의 조각상처럼 간결하고 매끈하다". 이러한 원칙의 추구가 나타난 것은 40년대 신시 현대화 추세에 있어서, "고통스러운 불평형에서 평형으로 나아가는 것이 바로 감정으로부터 지혜로 넘어가는 것이며, 로맨틱에서 클래식으로 넘어가는 것이다".[41]는 중요한 측면을 드러낸다.

2 '간접성' 원칙과 '객관적 상관물'

'현실, 상징, 현학'이라는 현대성의 새로운 종합 전통의 추구를 담론할 때, 웬커쟈는 '인식의 원칙'에 대한 설명으로부터 이런 신시 현대성

---

39) 탕스, 〈이미지의 응결을 논함〉, 원래 1948년 8월, 《대공보 · 요일문예》에 실림. 《신의도집》, 15-17쪽.
40) 탕스, 〈《시 사십 수》 서평〉, 1947년 6월 1일, 《문예부흥》, 제3권 제4기.
41) 탕스, 〈정민의 고요한 밤의 기도〉, 《신의도집》, 143-152쪽.

의 조작 과정에서의 '기술적 여러 평면의 투시'에로 신속하게 진입하였다. 그 가운데 가장 먼저 제기한 것이 바로 서정시의 '객관적 상관물(objective correlative)'의 원칙이다.

자각적인 이론의 해석과 실천으로 말미암아, '객관적 상관물' 원칙은 40년대 현대파 시인 단체가 특유하게 지니고 있는 미학 범주가 되기 시작하였다. 그리고 상징적 이미지의 재구축과 '객관적 상관물'의 추구는 밀접히 연계되어 있는 것으로, 이 때문에 그들의 상징적 이미지에 대한 중시를 탐구한 후, 우리는 불가피하게 그것과 대응되는 '객관적 상관물'이라는 신시의 미학적 범주에 대한 일부 논술을 필요로 한다.

'객관적 상관물'이라는 이 현대파 시의 미학적 범주는 보들레르가 제기한 상징시의 주·객체 간의 '상응'론에서 기원한다. 보들레르는 일찍이 그의 이론과 스위스의 신비주의 철학가 스웨덴보르그(Emmanuel Swedenborg, 1688-1772)의 '대응론' 철학 사이의 관계를 이렇게 설명한 바 있다. "영혼이 더욱 위대한 스웨덴보르그는 일찍이 우리에게 하늘은 아주 위대한 사람이라고 하였다. 모든 것, 형식, 운동, 수치, 색깔, 향기는 정신적으로 마치 자연 속에 있는 것처럼 모두 의미 있고 상호적이며 교류하는 것이고 호응하는 것이다. ……상징의 불분명함은 단지 상대적인 것으로, 즉 우리 마음의 순결하고 선량한 염원과 천성적인 분별력에 대하여 말하자면 의미가 명확하지 않다. 그럼, 시인(내가 말한 것은 가장 광범위한 의미에서의 시인이다)이 만약 한 번역자, 분별자가 아니라면 또 무엇이겠는가? 우수한 시인에게서 은유, 직유와 형용은 아주 과학적으로 현실의 환경에 적응한 것이며, 이 때문에 이러한 직유와 은유, 형용은 모두 보편적인 비슷함이라는 끊임없이 생기는 보물 창고에서만 취할 수 있지 다른 곳에서는 취할 수 없다."[42] 상징파의 선구자, 미국시인 앨런 포를 말할 때 보들레르는 또 이렇게 말하였다. "상상력

---

42) 보들레르, 〈몇몇 동시대인의 사고에 대하여≫, ≪보들레르 미학논문선≫, 97쪽.

은 모든 재능의 여왕이다. ……상상력은 신의 능력에 근접한 것이며 그
것은 사유 분별의 방식을 사용하지 않더라도 먼저 사물 사이의 내재적
인 은밀한 관계, 호응의 관계, 비슷한 관계를 느낄 수 있다". 보들레르
는 또한 앨런 포 자신의 말을 인용하여, "만질 수 없는 물건을 붙잡을
수 없는 사람은 시인이 아니다".43)고 하였다. 보들레르는 선배 대 시인
위고(Victor Hugo)에 대해 말할 때도 다음과 같이 강조하였다. "위고의
시는 사람의 영혼을 위해 볼 수 있는 자연의 가장 직접적인 즐거움을
표현하는 데 능하였을 뿐만 아니라, 볼 수 있는 사물과 무생명의 자연
(혹은 이른바 무생명의 자연)을 통하여 전달하는 가장 짧고 가장 복잡
하며 가장 도덕적인 감각을 전달하는 데 능하였다".44) 보들레르의 상징
시 시인 내부의 마음과 외부의 자연 경물 사이의 신비함에 관한 연계와
호응에 관한 〈교감〉이라는 시는 더욱이 이 사상 예술의 형식이 해석한
전형적인 표본이다. 상징물과 시인의 신비로운 교류와 이런 은밀한 관
계의 추구에 호응하는 것은 '볼 수 있는 물건'으로 시인의 정감을 전달
하는 것을 구성하였다. 이런 비슷하면서도 또한 비슷하지 않은 '사물'의
창조는 후에 시의 서정이 직접적인 서술을 피하고 우회적이고 암시적인
간접성의 원칙을 포함하도록 하였다. 만물과 시인 사이에는 모두 '교류'
와 '호응'이 존재하고 있다. 시인의 그러한 '신의 능력에 가까운' 상상력
은 그와 외부적 사물로 하여금 정보를 전달하고 뜻을 파헤치는 관계가
되게 하였고, 이러한 의미에서 시인은 모든 신비로운 상징적 부호의 '번
역자이자 분별자'이다.

20세기로 들어와 T.S. 엘리엇은 이러한 미학적 사색을 계속 하였다.
그러나 그는 보들레르의 상징물과 서정 주체 사이의 원래 있던 종교적
신비성을 옅게 하고, 그것을 시인 창작 자체의 사고로 끌어들여 자각적
으로 시의 현대성 미학의 건설로 진입하였다. 이전 사람들로부터 영감

---

43) 보들레르, 〈에드가 앨런 포를 다시 논함〉, ≪보들레르 미학논문선≫, 200-203쪽.
44) 보들레르, 〈몇몇 동시대인의 사고에 대하여≫, ≪보들레르 미학논문선≫, 96쪽.

을 얻어 종교적 신비성으로부터 현실 심미성의 변화를 완성하였고, '객관적 상관물'을 창조하는 미학적 범주를 제시하였다.

T.S.엘리엇은 셰익스피어의 ≪햄릿(Hamlet)≫을 설명할 때 현대시의 건설을 위하여 아래와 같은 한 시대에 영향을 준 논점을 제기하였다.

> 예술적 형식으로 정감을 표현하는 유일한 방법은 '객관적 상관물'을 찾는 것이다. 다시 말해서 일련의 실물, 상황, 일련의 사건으로 모종의 특정한 정감을 표현하는 것이다. 마지막으로 형식에 도달하려면 반드시 감각 경험의 외부 사실이 일단 출현하기만 하면 곧 그러한 정감을 야기시킬 수 있다. ……예술상의 '불가피성'은 외부 사물과 정감 사이의 완전한 대응에 있다.[45]

'외부 사물'과 시인 내부 정감의 '완전한 대응'은 이미 다시는 일종의 신비한 선험적 존재가 아니라, 예술적 창조 속에서의 일종의 '방법'이며, 정감의 수요를 표현하는 수단이고, 예술적 현대화의 '불가피성'이다.

다른 한 편의 논문 속에서 T.S.엘리엇은 이미 이 예술적 방법을 현대 예술의 성숙성의 표지로 삼았다. 그는 17세기 영국 현학파 시인을 "그들은 최적화된 상태일 때 언제나 여러 가지 심리 상태와 정감의 문자 대응물에 중점을 둔다"는 것을 인정하였는데, 이는 그들의 예술적 창조력이 더욱 '성숙'되고 '지구력'이 있다는 것을 의미한다.[46]

T.S.엘리엇은 또한 이러한 17세기 시인의 예술적 탐구와 시의 현대적 발전의 관계를 더 깊이 있게 설명하며, 이는 직면하지 않을 수 없는 문제라고 하였다. 그는 "우리의 문명이 목전에 직면한 정황으로 볼 때 시인의 시는 어렵고 난해하게 변하지 않을 수 없다. 우리의 문명은 이처럼 거대한 다양성과 복잡성을 포용하고 있다. 이런 다양성과 복잡성은 정교한 감수력에 작용하여 필연적으로 다양하고 복잡한 결과를 낳을

---

45) T.S.엘리엇, 〈햄릿〉, ≪엘리엇 시학문집≫, 13쪽.
46) T.S.엘리엇, 〈현학파 시인〉, ≪엘리엇 시학문집≫, 32쪽.

것이다. 시인은 반드시 점점 더 포용성, 암시성과 간접성을 구비하여 강제로— 만약 마구 흐트러뜨릴 수 있도록 한다면— 언어로 하여금 자신의 의미에 적합하도록 하게 할 것이다"[47]라고 말하였다. 여기에서는 언어 조작의 특징에 대해 말하였는데, 그러나 더욱 중요한 것은 '객관적 상관물'의 추구로 말미암아 생성된 회삽함과 다양한 복잡성이 있는 현대 생활 및 현대 시인의 세밀한 감수력 사이의 관계를 제시하는 데 있다. '포용성, 암시성과 간접성'을 점점 더 구비한 시인의 창조는 바로 '객관적 상관물'이라는 이 시학 추구가 탄생한 주요 근원이다.

동양과 서양 현대 시학의 새로운 합류점에 처한 '중국 신시'파 시인 단체의 T.S. 엘리엇이 제기한 이 극히 현대성을 띤 시학의 수용과 실천은 신시의 예술 발전 과정 속에서 매우 자연스러운 일이었다.

일찍이 체계적으로 '현실, 상징, 현학'의 현대성의 새로운 종합 전통을 서술하기 전인 1946년 웬커쟈는 자각적으로 T.S. 엘리엇의 이 현대시의 미학적 범주를 서술하였다. 우리가 주의할 만한 것은 이러한 설명이 여전히 시의 상징 이미지의 창조로부터 이야기되기 시작한다는 것이다. 이는 왜냐하면, '객관적 상관물'의 개념이 상징'이미지'의 창조 속에서 주체와 객체 사이의 대응과 연계를 제시하였기 때문이다.

웬커쟈는 상징 이미지 창조의 다른 방식이 형성한 다른 효과의 처리 방법을 탐구하였다. 그는 두목(杜牧)의 〈진회에 정박하여(泊秦淮)〉와 벤즈린의 〈거리의 조직〉을 그 예로 들어 시경 확산의 이미지 창조가 생성한 예술적 효과에 중점을 두어 서술하였다. 그는 이 효과를 설명하기 위하여 '객관적 상관물'의 관념을 도입하였다. 그는 이렇게 말하였다.

오늘 날 시의 확산은 이미 엘리엇의 '객관적 상관물'(Objdctive Correlative)의 설명을 거쳐 그 발전이 이미 극에 달하였다고 할 수 있다. 엘리엇의 '객관적 상관물'은 이렇게 말하였다. 만약 당신이 시의 사

47) 위와 같음.

상과 정서를 표현하려고 한다면 반드시 직접적인 서술과 설명을 피해야 하며, 옆에서 공격하여 이런 정서와 밀접히 관련되어 있는 객관 사물에 의거하여 풍부한 암시와 연상을 일으켜야 하는데, 엘리엇 자신의 이 방면에서의 성과는 ≪황무지≫라는 시를 읽어 본 사람이라면 누구도 부인할 수 없을 것이다.

시의 확산은 또 다른 기능이 있다. 그것은 바로 시의 희극성을 증가시키고 인류의 감각 능력을 확대하고 복잡화했다. 평담하게 직접 서술이거나 혹은 고통을 울부짖는 서정시 속에서는 그러한 시 성질의 제한으로 말미암아 우리는 한 가지 감각 방식 혹은 한 가지 정서의 작용을 경험할 수밖에 없다. '객관적 상관물'은 이런 거의 자살에 가까운 협소한 울타리를 부셔버렸고, 모든 가능성 있는 연관된 감각 방식을 흡수하였으며, 평형 혹은 심지어 상반되는 정서도 모두 융합시켰다. 만약 당신이 충분히 '융합'하는 능력을 구비하고 있다면, 현대시 속에서 표현한 현대인의 사상 감각의 세밀하고 복잡하며 희극적 의미가 농후함은― 실제로 마치 인성의 풍부함을 말한 것과 같음― 유치하고 천진한 낭만 시인을 훨씬 초과할 것이다.[48]

여기에서 웬커쟈는 예술적 조작의 측면에서 첫 번째로 현대 신시에서 '객관적 상관물'의 미학적 내용과 그것의 시적 내용과 정서 면에서의 독특한 가치를 명확하게 설명하였다. (1) '객관적 상관물'은 시인에게 반드시 직접적인 서술과 설명을 피하고 시의 정서와 서로 연관되고 대응되는 '객관적 사물'을 찾는 데 노력해야 함을 요구하며, 이러한 '객관적 사물'에 대한 묘사를 통하여 이미지와 이미지 무리를 구성하여 독자들에게 풍부한 암시와 연상을 불러일으키게 한다. (2) '객관적 상관물'은 이미지의 추진과 이미지의 응집 두 가지 사고 방식으로 시경의 확장과 시경의 결정이라는 두 가지 다른 심미적 처리 결과를 조성한다. (3) '객관적 상관물'은 철저하게 단일한 직선의 감각 방식을 부셔버렸고, 현대인의 사상 감각의 복잡함과 세밀함을 용납할 수 있다. 현대 인성이

---

48) 위와 같음.

풍부한 표현은 일상적인 서술 혹은 광풍노도의 호소하는 사실과 낭만시 전달 방식의 큰 초월이다.

1947년, 웬커쟈는 또 신시 현대화 '기술의 여러 가지 평면'의 탐구가운데 재차 이 문제를 토론하였다. 이 문장 속에서 이렇게 말하였다. 신시 현대화의 요구는 완전히 현대인의 최대 의식 상태의 심리인식을 기초로 하여 엘리엇을 핵심으로 하는 현대 서양시의 영향을 받았다. 이러한 현대화는 공연히 신기함을 과시하는 것이 아니라 추세를 따르는 것으로, 더욱 광범위하고 심후하며 중요한 의의를 지닌다. "그것은 새로운 감성의 궐기를 대표할 뿐만 아니라, 전면적인 사상 활동의 방식을 바꾸는 데 비중이 컸다고 하여도 과장되지 않다". 이 때문에 어떻게 하여 여러 가지 예술 매체의 선천적인 제한 속에서 합당하고 효과적으로 최대량의 경험 활동을 전달하는가 하는 것이다. "과거는 이처럼 풍부하고 목전의 상황은 이렇듯 복잡하며, 장래는 또한 기이한 가능성으로 충만해 있다. 역사, 기억, 지혜, 종교의 현실 세계에 대한 감성적 사유, 중생의 고통과 쾌락, 개인의 사랑과 증오 등은 새로운 종합 가운데 여러 가지 정보를 토로하고 있다. 그들을 포기하는 것은 생명을 포기하는 것과 마찬가지로, 아무런 선택 없이 한데 뒤섞이는 것은 예술이 허락하지 않는다. 이러한 압력 하에서 이미 효과적인 두 가지 수법을 증명하는 것은 극히 확장되고 극히 응결된 것이다". 전자는 조이스(Joyce James)의 소설 《율리시스(Ulysses)》에서 25만 자의 편폭으로 하루의 일상적인 생활을 표현하였고, 후자는 엘리엇의 단지 400행의 시로 전체 현대 문명, 인생, 사회의 《황무지》를 반영하여 걸출한 예로 삼았다. 이러한 '확장과 농축'의 두 가지 상반된 방향으로 보건대, 똑같이 서로 비슷한 예술 처리 방식에 의탁하고 있다. 그것은 바로 소리와 이미지로, 혹은 밝거나 혹은 어둡게, 혹은 멀거나 혹은 가까운 "거의 마르지 않은 연상 작용"이다. 즉 "개념 논리와 반대되는 상상 논리의 발견 및 잡다한 세부적 전체 구조의 기능에 대한 인식이다". 웬커쟈는 두윈셰의 〈야영

(露營)〉과 〈달(月)〉 두 시를 예로 들어 이런 시가 한 편으로 자기가 느끼고 생각한 '접근할 수 없는 충실함'이 있다고 하였고, 다른 한 편으로 이런 정서가 표현하고 있는 '다른 평면'에 대한 각색과 전달의 '감각 곡선'으로, 표현 수법의 조작에 있어서 시가 제어하는 '간접성, 우회성, 암시성'이 있다고 하였다.

이런 예술 전달의 '간접성'은 가장 중요한 표현으로, 바로 "사상 감각에 상응하는 구체적인 사물로, 보기에는 솔직한 것 같지만 사실은 감추려는 직접적인 설명을 대체하는 것이다". 시 속에는 느끼거나 생각지 못한 정면의 서정적 발로나 묘사가 없고, 일련의 사물에 대한 묘사를 통하여 사물 자신의 운동 과정 속에서 '감각 곡선의 아름다움과 정교함'을 완성하여 상응하는 외부 사물을 "자기의 정서로 삼아 정의를 내린다". 이러한 '정의'의 본질은 '간접적으로 정서를 표명하는 성질에 있으며, 이로부터 독자들의 충분한 자유로운 '연상의 발굴' 속에서 현대시의 '독특한 풍부함, 독특한 어려움'의 근원을 표현하였다. 이것과 서로 연결된 '간접성'의 두 번째 표현은 이미지비유의 특수한 구조 법칙으로, 이것이 바로 낭만파 이미지 비유의 공허함과 모호함을 혐오하고 초월하여, "표면적으로 극히 상관 없지만 실질적으로 유사한 사물의 이미지 혹은 비유를 발견하는 데" 치중한다는 것이다. 이 원칙에 근거하여 창조하고 생성된 이미지는 모두가 "놀라운 기이함, 신선함과 놀라운 정확성과 풍부함"을 지니고 있다.[49] 이러한 영국 현학파 시인이 자주 사용하며, 엘리엇에 의해 "가장 독특한 성질의 생각으로 강제로 한데 묶여 있거나"(존슨의 말), 혹은 "소재가 어떤 정도에서 특이한 성질로 시인의 사상을 통해 강제로 하나로 묶일 수 있어" 이미지를 구성하는 방법이거나, 혹은 주즈칭이 전통 개념을 빌려서 말한 상징파 시인이 자주 쓰는 '멀리 취하는 비유'의 방법은 현대파 시인의 '객관적 상관물'을 구축하여

---

49) 웬커쟈, 〈신시 현대화의 재분석 — 기술의 여러 평면의 투시〉, 1947년 5월 18일, 톈진 ≪대공보·요일문예≫.

더욱 큰 암시성에 도달한 수단이다. 이것은 '객관적 상관물'의 상징 이 미지에 더욱 큰 낯설음과 탄력을 가져다주었고, 이미 없어서는 안 될 성분이 되어 새로운 상징 체계로 진입하였다.

30년대 중후기, 중국 모더니즘 체계의 시 조류에서는 일찍이 작지 않은 ≪황무지≫의 충격파가 출현하였다. 이 문학적 현상에 대해 나는 일찍이 글을 써서 초보적으로 탐구한 적이 있다.50) 현재 보충할 수 있는 중요한 자료는 당시 자오뤄루이(趙蘿蕤)가 번역한 ≪황무지≫는 ≪신시≫ 잡지의 편집을 맡고 있던 현대파시 조류의 지도자인 다이왕수의 요구에 응해 번역한 거라는 것이다.51) 자오뤄루이의 ≪황무지≫ 번역본은 신시 발전 가운데 한 시대를 개척할 만한 영향을 끼쳤다. 30년대 아주 폭발적인 효과와 반응을 일으킨 ≪현대≫ 잡지가 제기한 '현대 미국문학 특별호'에는 다이왕수와 함께 ≪신시≫를 창간한 현대파 시인인 쑨다위가 번역한 ≪황무지≫의 목록 광고를 실은 적이 있다.52)

---

50) 졸작, ≪현대시 속의 현대주의(現代詩歌中的現代主義)≫(러다이윈(樂黛雲) 등 이 편찬한 ≪서구 문예사조와 20세기 문학(西方文藝思潮與二十世紀文學)≫, 중국사회과학출판사, 1990년 11월), 〈≪황무지≫ 충격 아래 현대 시인들의 탐색(≪荒園≫冲擊波下現代詩人們的探索)〉(≪중국현대시가예술(中國現代詩歌藝術)≫, 인민문학출판사, 1992년 11월) 등 참조.

51) 자오뤄루이는 1940년에 이렇게 말하였다. "약 6년 전에 나는 엘리엇의 시에 흥미를 느꼈다. 후에 자세히 읽은 후 무의식중에 ≪황무지≫의 첫 번째 구절을 번역하였다. 이것이 1935년 5월경이었다. 그 후 한 해 동안 나는 계속해서 번역하지는 않았는데, 왜냐하면 연구하기 전의 모든 호기심이 이미 소실되었기 때문이다. 또 엘리엇의 시에 대한 견해도 조금 변하였다. 1936년 말에 이르러, 상하이 신시사에서 내가 일찍이 ≪황무지≫의 한 구절을 번역한 적이 있었다는 말을 듣고 나에게 번역하게 한 뒤 출판하기를 원하였다. 그리하여 나는 연말 전인 이 달에 기타 구절도 모두 번역해냈고 평소에 가지고 있던 기타 각종 주석을 달 수 있는 자료도 정리를 하여 엘리엇의 주석과 같이 편집해 놓았다". 〈엘리엇과 ≪황무지≫〉(1940년 5월 14일, ≪시사신보(時事新報)≫)를 참고 바람.

52) ≪현대≫ 잡지는 1934년 10월 1일 제5권 제6기에 '현대 미국문학 특별호'를 출판하였고, 그 전인 1934년 9월에 출판한 제5권에는 '현대 미국문학 특별호 목록 예고'가 실렸다. 그 가운데 작가가 평론한 〈시인 엘리엇〉이 있는데, 작가는 쑨다위이다. 그러나 특별호가 출판될 당시 이 문장은 볼 수 없었다.

그의 장편시 〈자신의 모습(自己的寫照)〉이 ≪황무지≫의 직접적인 영향을 받았다는 것에서도 가히 합리적인 해석을 찾을 수 있다. 당시 베이징에서 활발히 활동하고 있던 현대파 시인 차오바오화(曹葆華)가 당시 편집 출판한 북평(北平)의 조간신문 부록(晨報副刊) ≪학원(學園)≫의 문화란인 ≪시와 비평(詩与批評)≫(모두 74기를 출간)에서도 여러 편의 엘리엇 시학 논문의 번역문을 실었다. 그러나 현재 존재하는 자료로 보건대, 30년대 ≪황무지≫의 '충격파'가 일으킨 영향은 우선 당시 일부 시인들이 처한 시대적 환경과 ≪황무지≫의 창작 사상 간의 공명이었고, 예술적 수법의 흡수 역시 당연히 중시되었지만 아직 부차적인 위치에 처해 있었다. 그들이 치중한 것은 '황무지' 의식의 특유한 현실 비판 정신이고, 시인이 현실에서 취한 비판적 사상 측면의 구조에 제한되어 있었다. 어떤 이미지의 계발과 경험, 예를 들면, 다이왕수가 쓴 '폐허', 벤즈린이 쓴 '황량한 거리', 허치팡이 쓴 '옛 도시', 페이밍이 쓴 '베이징 거리' 등은 모두 이러한 범주에 속한다. 설사 '반어적 풍자(反諷)'의 수법이 흡수되었다 하더라도(예를 들면, 쑨다위의 장편시 〈자신의 모습〉, 쉬즈모의 〈창문〉 등), 주로 '황무지'식 비판의식의 표현 수단이다. 엘리엇이 제기한 '객관적 상관물'의 미학 관념은 이 시인 단체의 뚜렷한 관심을 불러일으키지는 못하였다. 앞에서 서술하다시피 40년대 '중국 신시'파 단체에 또 ≪황무지≫의 영향을 받은 '충격파'가 출현하였는데, 이때 '황무지'의 충격파가 반영한 내함과 30년대는 다소 달랐다. 만약 30년대를 '사상 충격파'라고 한다면, 40년대는 가히 '미학 충격파'라고 할 수 있다. 40년대 '중국 신시'파의 이 현대 시인 단체는 이미 T.S.엘리엇 ≪황무지≫의 예술 내재적 특성에 대해 더욱 깊은 이해와 영향을 받았으며, 또한 이로부터 신시 현대화가 추구하는 새로운 예술 원칙을 창조하는 강렬한 자각으로 전환되었다. 엘리엇이 제기한 '객관적 상관물'의 원칙은 바로 이러한 의미로 이 시인 단체에 의해 인정되고 접수되었으며, 하나의 새로운 미학적 범주가 되어 그들이 추구하는 '현실, 현학, 상징'의 새로운 종합 전통에 융합되었다.

일종의 현대성을 갖춘 새로운 미학 이론의 도입은 결코 창작 실천 속에서 완전히 검증되는 것이 아니다. 뿐만 아니라 역대의 창작 실천이 증명하다시피 시인 창작의 심미 추구는 결코 이미 있던 이론 양식에 따라 자아의 실현을 하는 것이 아니다. 어떠한 이론 양식을 답습하여 인증적인 창작 탐구를 하더라도, 모두 그 연구로 하여금 잘못된 곳으로 들어서게 할 것이다. '객관적 상관물'의 원칙을 담론하며 이 시인 단체의 예술 실천을 논의할 때 이것은 아주 분명하고, 조심스러우며, 경각심을 갖게 하는 문제이다. 즉 자기의 사유를 '그림에 따라 말을 찾는' 함정에 빠지게 해서는 안 된다. 그러나 또한 잘못된 곳으로 들어서는 것을 두려워하여 한 가지 미학 이론에 대한 창작 실천의 고찰을 포기해서는 안 된다. 아마도 일부 시인의 창작의식 속에는 '객관적 상관물' 원칙이 결코 작용하지 않았을 수 있다. 그러나 '객관적 상관물'의 원칙은 사실상 이미지 창조가 상징 측면으로 들어선 후의 예술 실천의 과정이다. 현대파 시인에게 있어서 이는 거의 한 가지 미학 추구와 실현을 피할 수 없게 한다. 이 때문에, 우리가 위의 한 절에서 탐색한 상징 이미지 창조의 추구와 '객관적 상관물' 원칙을 연결시켜서 일종의 광범위한 의미상의 미학 추구로서 전체적인 관찰을 할 때, 40년대 이 현대의식이 아주 강한 시인 단체의 '낭만파를 초월한' 허황되고 모호한 비유로 '전면적으로 심신의 활동 방식을 바꾼' 커다란 노력을 볼 수 있을 것이다. 그들은 그들이 노력한 목표를 표시하지 않았지만, 실천 가운데 이 목표의 예술적 탐구의 과정과 심미적 표준을 제공하였다.

웬커쟈의 논술은 이미지 연합의 방식으로 '객관적 상관물'의 창조를 두 가지 유형으로 분류하였다. 우리는 먼저 그의 방법을 빌어서 '중국 신시'파의 창작 실천과 현대 특색이 추구하는 것에 대한 탐구로 진입해 보겠다.

한 가지 방식은 단일한 기점에서 출발하여 점차 깊고, 넓으며 먼 곳으로 확장되어 가며 논리의 발전과 연관되는 이미지에 부합되어 하나하나 전개되어 간다. 매 하나의 이미지는 앞 이미지의 연속일 뿐만 아니라, 그들의 심화이며 추진으로, 독자의 상상의 거리는 시인의 암시, 연상 및 본래의 기억을 통하여 작가가 창조한 분위기 속으로 들어간다. 다른 한 가지 방식은 시인이 여러 방면에서 주제에 접근하는 것을 좋아하는 것으로, 마찬가지로 암시, 연상, 기억, 감각의 종합을 통하여 사상 감정을 여러 가지 이미지를 동반한 한두 가지 핵심적인 이미지에 놓는 것이다. 전자는 '시경의 확장'이라 불리며 분위기를 조성하는 데 그 뜻이 있고, 후자는 '시경의 결정'이라 불리며 감각의 강도를 조성하는 데 그 뜻이 있다.

'중국 신시' 단체의 창작 중에 우리는 상술한 두 유형에 속하는 시를 많이 찾아 볼 수 있다. 그러나 시인의 창작은 언제나 이론 체계에 따라 창작을 하는 산물이 아니다. 격식에 국한된 분류는 흔히 작가의 작품을 너무 분리시켜 놓거나 혹은 인위적인 이론의 해석을 창조하게 할 수 있다. 설사 모종의 차이가 나는 유형이 있더라도 유형을 초월한 많은 예외가 있고, 많은 차이 사이의 침투와 공생이 있을 수 있다. 이러한 결점을 피하기 위하여 우리는 몇 가지 예만을 들어 '객관적 상관물'이 '중국 신시'파 시인 창작 속에서의 복잡한 실천을 설명하겠다.

무단의 어떤 시는 바로 이미지의 연속적인 추진 속에서 일종의 시경의 확장을 조성하였다. 〈봄〉을 예로 들어보겠다.

> 녹색의 불길이 풀밭 위에서 하느작거린다.
> 그는 당신을 포용하기를 원한다. 꽃송이여,
> 토지에 반항하며, 꽃송이는 모습을 드러낸다,
> 따스한 바람이 번뇌나 혹은 환락을 불어 올 때,
> 만약 당신이 깨었다면, 창문을 열고,
> 이 온 천지에 가득한 욕망이 얼마나 아름다운지를 볼 것이다.

파란 하늘 아래, 영원한 수수께끼에 미혹되는 것은,
우리의 20살 난 밀폐된 육체.
마치 그 진흙으로 만들어진 새의 노래처럼,
당신들은 불타올랐지만 돌아갈 곳 없다.
아, 빛, 그림자, 소리, 색은 모두 이미 적나라하게
고통스러워하며 새로운 조합에 진입되기를 기다린다.

녹색의 '불길'이라는 이 기본 이미지는 바로 시인이 봄에 '물체에 접촉하여 정이 생긴 것' 혹은 정감으로 사물을 느끼고 자기의 정서가 찾은 '객관적 상관물'을 전달하기 위한 것이다. 이어서 온 것은 토지의 '꽃송이'에 반항하며 온 천지의 아름다운 '욕망'이 모두 봄날이 젊은이들의 생명에 가져다준 소생의 욕망을 과장되게 보여주었다. 그러나 자연의 환락은 결코 생명의 모든 조화와 같지 않다. 이어서 온 것은 주체의 탈바꿈 속에서 환락과 고통, 모순에 대한 제시이다. '파란 하늘 아래' 20살 난 '밀폐된' 육체, '진흙으로 만들어진 새의 노래' 등, 이러한 '타올랐지만 돌아갈 곳 없는' 모순 속의 이미지는 독자들에게 유력한 암시와 연상을 준다. 이런 암시와 연상, 그리고 뒤의 감탄, 이미 드러난 '빛, 그림자, 소리, 색', '고통스러워하며' '새로운 조합'을 기다리는 것은 하나의 사상 발굴의 정체를 구성하여, 독자들도 동시에 암시 속에서 자신의 연상 과정을 완성한다. 시인은 기본적인 이미지와 기타 연관된 이미지의 연속과 추진 속에서 최종적으로 시경의 확산과 분위기 조성이라는 의도에 도달하였다. 무단의 〈찬미〉, 〈시 여덟 수〉 등 명작들은 더욱이 이러한 이미지가 다채롭게 조성한 시경의 확장이라는 특색을 잘 표현하였다.

마찬가지로 생명에 관한 사색은 정민의 많은 영물(咏物)이나 영화(咏畵)의 음악과 춤에 관한 시 서정적인 '객관적 상관물'의 상징 이미지의 선택이 집중되어 있으며, 조각성과 응결성이 더욱 풍부하다. 아래 시는 〈춤〉이다.

당신은 침묵의 공간을 거쳐
머나먼 곳에서 온 계시를 접수하기를 원하는가?
암흑과 부드러운 적막이 당신을 에워싸고 있을 때,
그 밝은 빛의 한 모서리에서,
마치 석양이 진 하늘가에서,
신의 밝은 날개를 변화시키고 있는 것처럼,
마치 가을날 오후의 과수원에서
너무 익은 사과가 소리 없이 떨어지는 것처럼,
노랗게 변한 연한 풀밭에 떨어진다.

당신은 마음의 두 눈을 통해,
신의 사지를 보기를 원하는가?
그 말랑한 두 팔,
서서히 굽어지는 허리,
그녀의 발은 수면에 닿을 수 있지만
가라앉지 않고,
그녀의 시선은
먼 거리로 인해 엷어지는 별빛이 아니네.
매 하나의 완만함과 민첩한 행동은,
모두 침묵의 필치,
그 영원한 언어를 기록하여
사람들은 듣고 있네, 듣고 있어, 그들의 마음으로,
끝내 모든 신체의 밖에서
한 완미한 신체를 찾았고.
모든 영혼의 밖에서
한 숭고한 영혼을 찾았네.

시인은 독자들에게 '계시'를 주고자 하는데, 이는 시인 자신이 춤 속
에서 인생의 '계시'를 얻었기 때문이다. '춤'은 여기에서 이미 미의 창조
자의 상징이 되었고, 순결하고 고상한 영혼의 상징이 되었다. 이것 자
체가 바로 시인의 깨달음이 얻은 내면과 외부의 맞물림이 구비한 상징
적 내함의 '객관적 상관물'이다. 시 속에 나온 하늘가 시의 '밝은 날개',

소리 없이 떨어지는 '사과', 먼 거리로 인해 엷어지는 '별빛' 등 비유적인 이미지와 시에서 묘사한 '춤'을 추는 사람이라는 이 총체적인 이미지는 긴밀히 하나로 묶여서 전체 시를 하나의 완정한 원의 구조를 구성하게 하였다. 이러한 이미지의 추진은 시인의 사유 속에서 불가분의 운동을 거쳐서 최후의 종점에서 또한 더욱 높은 의미상의 최초의 원점으로 돌아갔으며, 시인 작품의 이미지의 내함은 이미 인생 철리의 측면으로 승화되었다. 사람들이 얻은 계시는 어떠한 댓가를 지불한 미의 창조자가 가지게 되는 것은 완미하고 숭고한 영혼이라는 것이다. 정민의 〈황금볏단〉, 〈발을 씻다(濯足)〉, 〈나무〉, 〈어린 도장공(小漆匠)〉, 〈말〉, 〈매(鷹)〉, 〈연꽃(장다첸의 그림을 감상하며)〉, 〈야수(한 폭의 그림)〉, 〈연못〉 등이 사용한 것이 모두 이러한 방법이다. 하나의 중심 이미지에서 어떤 정체성의 느낌을 얻고, 시인 자신의 시정의 '객관적 상관물'을 촉발시키며, 암시, 감각, 연상, 기억의 점차적인 '종합'을 통하여 여러 가지 이미지를 한,두 중심적인 이미지에 응결시키고, 최종적으로 시경의 결정체의 효과에 도달하게 한다.

　'중국 신시'파 시인의 창작 중에 이러한 상징 내부의 시의 정서의 느낌에 대한 '객관적 상관물'의 탐구는 거의 일종의 영감의 충동으로 인해 생성된 심미 의식의 자각적인 방향으로, 시인의 정감과 사물의 자연적인 상응이다. 그리하여 고의로 사물을 찾을 필요가 없으며, 또한 단순히 찾기 위하여 대응물의 '허위적인 상응'을 찾을 수도 없다. 정민에게는 〈삼림(森林)〉이라는 시가 있다.

> 이것도 하나의 상징이다.
> 우주의 무수한 고요한 사상을 상징하고 있다.
> 단지 산처럼 그렇게 높지 않고, 바다의
> 명랑함은 지구의 일각에 조용히 서서,
> 짙은 색깔로
> 한 풍부한 하늘의 선물을 봉쇄했다.

굽어 있는 나무 줄기, 첩첩이 쌓인 나뭇잎,
그 볼 수 없는 깊은 곳

다람쥐는 사색하고 있고, 나뭇잎은 떨어지고 있다.
빛은 하느작거리고 있고, 새싹은 이슬을 머금고 있다.
그 형세는 언제나 이렇게 침묵을 지킨다.
하늘가의 독수리와 걷고 있는 행인을 막론하고,
어떤 때는 바다에서 전해오는 풍우에 호응하기도 하지만,
위대한 사람은 좀처럼 웃지 않는 것과 같다.

　시인은 독특한 사유 운동으로 고요한 큰 삼림이란 이 물상 속에서
'상징'의 매개체, 즉 '객관적 상관물'을 찾도록 하였다. 삼림은 비록 산의
웅위로움, 바다의 명랑함이 없지만, 하늘이 내려준 다채로운 세계였다.
그 들여다 볼 수 없는 깊은 곳에는 자유, 정적과 생기(다람쥐의 사색,
잎의 하느작거림, 빛의 움직임, 새싹이 머금은 이슬)가 가득 차 있고,
그것의 위대함은 바로 이런 일말의 소란스러움도 없는 '침묵'에 있다.
시의 서두에서 비록 이러한 점을 과도하게 토로한 점이 없지 않지만,
이는 시인이 '삼림'이라는 이 '객관적 상관물'에서 온 느낌의 발생과 과
정을 제시한 것으로, 이렇게 이 시인 단체가 창작 속에서 드러낸 심미
추구와 사유 운동의 비밀을 표현해냈다. 즉 언제나 정감과 시의 사색에
대한 직접적 토로를 피하고 '객관 사물 — 자연적인 혹은 사물화 된 것
— 자신의 창작 충동과의 순간적인 상응'을 사고하면서 그 가운데 상징
과 상징되는 것의 내재적 연계 및 심후한 내함을 발굴해 냈다. 시인의
현대 사유의 비밀은 바로 연관 속에서 창조적인 연상, 느낌을 진행하는
것이며, 일부 서로 연관된 이미지를 찾아낸 뒤, 중심 이미지를 주체로
하여 점차 표현되는 형체를 완성하는 것이다. 이 〈삼림〉이라는 시는 바
로 그 자체의 상징적 의미 이외에 우리에게 시인과 서정의 '객관적 상관
물' 사이 관계의 텍스트를 제공하였다. 탕스는 이렇게 말하였다. 정민의
시에서는 니체(Nietzsche)가 말한 주신 디오니소스(Dionyseus)식의 광

분을 찾아볼 수 없다. 그녀의 "비교적 성숙된 인생'에 관한 시편 속에는 로댕의 조각상과 같은 '응결된 정교함'을 볼 수 있으며 '풍부한 사상과 생동하는 이미지' 가운데 일종의 '쾌락과 해방'을 느낀다.[53] 이러한 사상과 이미지의 상징 층면에서의 결합이 바로 '객관적 상관물'의 현대성에 대한 실천이다.

3 '시의 희극화' 이론과 실천

웬커쟈는 1946년 시경(詩境)의 확장과 성과라는 이 두 가지 처리 수법을 토론할 때, 시의 희극화(戲劇化) 문제를 '객관적 상관물'이라는 이 신시 현대성의 미학 범주와 연계시켜 함께 제기하였다.

웬커쟈는 시경의 확장이 도달한 기능 가운데 한 가지가 바로 "시의 희극성(戲劇性)을 증가시키고 인류의 감각 능력을 확대하고 복잡화하였다는 것이다"고 생각하였다. 이러한 시의 희극성은 시의 '객관적 상관물'과 밀접히 연관되어 있는데, 시의 희극성은 '객관적 상관물'이 추구한 필연적인 결과로, 시가 창작에서 과거에 유행했던 '일반적이고 직접적인 서술' 혹은 '질풍노도와 같은 호소'라는 이 두 가지 서정 방식이 서정 주체에 준 제한은 "오직 한 가지 방식만 경험할 수 있고 한 가지 정서의 영향만 받을 수 있다는 것이다". T.S.엘리엇의 '객관적 상관물'에 대한 실천은 이러한 방식의 협소성을 타파하고 모든 가능한 서로 관련된 감각 방식을 흡수하여 현대인의 사상 감각의 세밀함과 복잡함 그리고 '희극적 의미의 농후함'을 표현하려는 데 있다.[54] 이는 낭만주의와 사실주의 시인의 서정 방식을 초월한 것이지만, 여기에서 웬커쟈는 여전히 '시의 희극성'을 '객관적 상관물'이 추구하는 일종의 효과로 삼아 제기하였

---

53) 탕스, 〈정인의 고요함 밤의 기도〉, ≪신의도집≫, 143, 152, 155쪽.
54) T.S.엘리엇, 〈현학파 시인〉, ≪엘리엇 시학문집≫, 32쪽.

지, '시의 희극화'의 개념을 명확하게 제기하지 않았으며, 일종의 독립적인 신시 미학 범주의 의식을 형성하지는 못하였다.

1947년에 이르러 웬커쟈는 영국 현대시 발전의 추세와 방향을 고찰할 때, '분석에서 종합으로'라는 짧은 구절을 이용하여 현대시와 현대 인생이 표현해낸 일종의 심각한 모순을 개괄하였다. 즉 어떻게 자각적으로 자아를 소멸할 것이며, 어떻게 개체와 단체의 모순 속에서 긴밀히 결합될 것인가 하는 것이다. '분석'된 자아의식은 개인을 사회로부터 격리시키는 것으로 표현되었고, 그리하여 대천세계를 내려다보는 각도에서 생활을 관조하였으며, 현대 사회의 결점과 약점을 조소하고 비웃었다. 이러한 분석성은 자아 조소에서 비분을 거쳐 가련함으로 나아갔으며, 현대 인생과 목전의 사회에 대해 맹렬한 공격과 비판을 전개할 때부터 소위 '종합'에로 나아가기 시작하였다. "실질적인 독서의 경험은 우리에게 현대시의 분석성과 종합성이 결국 뜻밖에 평행하는 궤적과 다른 비율로 상대적으로 향상되는 상황을 갖추고 있다는 것을 믿게 하였다". 왜냐하면 양자의 비례가 서로 매우 다르긴 하지만 결국에는 평행 속에서 제고되기 때문이다. 그래서 "현대 시인은 모순과 대항의 주요 정서 속에서 언제나 먼 미래에 대한 조화로운 예상을 잊지 않았던 것이다. 또한 1935년 이후, 시극의 궐기에 대해 예고와 보증을 하였다". 그는 몇 명의 주요 영국 현대 시인을 서술하는 가운데, "자조와 조소는 거의 없어서는 안 될 특성 중 하나이다"라고 하였다. 그러나 후에 그는 T.S. 엘리엇의 〈프루프록의 연가(The Love Song of J. Alfred Prufrock)〉, 〈황무지〉에서 오든, 스데반 스펜더(Stephen Spender) 등 여러 사람의 현대 인생과 현실 사회에 대한 맹렬한 비판, 20세기 문명의 광범위하고 심각한 불만의 호소에 대해, 전쟁 죄악의 무정한 공격에 대해, 모두 점차적으로 현대시의 '종합성'을 지향하였다. "현대시에서의 종합적 경향은 오래된 잠재적 조류와 성숙의 과정을 거쳐 1935년 좌우, 현대 시극의 궐기에서 완정한 표현을 얻게 된다. 스펜더의 〈비엔나(Vienna)〉(1935년)

및 루이스의 〈노아와 홍수〉는 모두 이 런 경향의 산물이다. 그들의 주제 의의는 모두 한 방향을 지향한다. 즉 인간과 신, 인간과 자연, 인간과 새로운 사회의 조화로운 협조 혹은 고대 그리스 문명이 대표하는 전면적인 평형에 대한 중시이다".55)

같은 문장에서 웬커쟈는 왜 현대시의 종합 표현이 시극의 형식을 취하여야 하는가, 왜 이 몇 명의 현대 시인(오든 제외)이 역사 이야기를 많이 인용하였는가를 더 깊이 토론하였다. 그의 대답은 다음과 같았다. "왜냐하면 현대 시인의 종합 의식은 강렬한 사회적 의미를 내포하고 있고, 시극 형식은 작가에게 제재를 처리할 때의 공간, 시간, 심도, 넓이 등 여러 방면에서의 자유와 탄력이 모두 기타 시의 장르보다 많게 하였다. 시극을 매개물로 하여야만 현대 시인의 사회적 의식은 충분한 발전을 얻을 수 있고, 현실주의 경향의 효과를 쟁취할 수 있게 한다. 그리고 역사 이야기를 빌리는 것도 마찬가지로 기술의 작용이 있어야 한다. 이는 작자로 하여금 현실을 대할 때 익숙함과 거리감을 느끼도록 하여 현실 세계에 너무 기대어 과도한 현실적 수법을 형성하여 시인이 예견하였던 목적을 훼멸시키도록 하지 않는다".

그 뒤 웬커쟈는 다른 문장 속에서 시극의 궐기는 현대시의 주류에 '배합하여' 현실, 상징, 현학의 종합적 전통에 대한 추구라고 설명하였다. 앞에서 서술한 '현실주의 경향의 효과'를 쟁취하는 것을 "현실 경향의 효과를 쟁취하는 것"으로 바꾸었고, 현실적인 투시와 거리에 직면하여 뒤에 "그것으로 하여금 상징적인 기능을 하도록 하였다"를 더하였다.56) 이러한 것들은 모두 아래와 같은 사실을 설명 한다. 시극 혹은 역사 사실을 빌어 창작하는 것은 장르가 현실의식을 표현할 때 더욱 큰 자유와 탄력을 생성시키고, 시인의 현실적 표현과 현실 생활의 일정한

---

55) 웬커쟈, 〈분석에서 종합까지 — 현대 영시의 발전〉, 1947년 1월 18일, 톈진 ≪익세보 · 문학순간≫.

56) 웬커쟈, 〈시의 희극화〉, 1948년 6월, ≪시창조≫, 제12기.

투시와 거리가 있게 하고 상징적인 작용을 생성하여 현실을 표현하고 또 현실을 초월하는 목적에 도달하는 것이다. 이 모든 추구로 얻은 것이 바로 시의 희극화의 심미 효과이다. 이 때문에 현대시는 "극도의 개인성 안에 극도의 사회성이 있고, 극히 농후한 현실주의 색채는 동일한 이상주의 분위기를 지니고 있다".

위의 서술에서 우리는 현대시가 '분석에서 종합으로' 가는 것과 시의 희극화 이론의 제창이 '중국 신시'파의 시인 단체가 "비교적 늦게 중국과 영국 두 나라의 시단에서 취득한 대조적인 세태" 속에서 중국 신시의 현대성 미학의 품격을 구축하는 노력 가운데 하나라는 것을 알 수 있다.

1948년, 웬커쟈는 자각적으로 '현실, 상징, 현학'의 새로운 종합 전통을 제시하였고, 신시 현대화에 대해 더욱 체계적인 탐구를 할 때, 일찍이 〈시의 희극화〉, 〈희극주의 담론— 신시 현대화를 논함〉 두 편의 문장을 발표하여 체계적인 해석 가운데 이미 '시의 희극화'를 시의 현대화 과정 속에서의 하나의 독립된 미학 범주로 삼아 의논을 진행하였다.

〈시의 희극화〉의 제기는 신시 현대화 관념의 돌파이자 발전을 표시하였다. 또한 1946년 웬커쟈는 현대시 속의 '정치적 감상성'을 솔직하게 비평하면서 다음과 같이 생각하였다. 이런 정치적인 감상은 정서의 감상과 구별된다. "관념을 빌어 깃발로 삼고 그것들의 거대한 그림자 아래에서 창조자가 회피할 수 없는 사상과 감각의 무거운 짐을 회피하였다. 정치 관념들이 억지로 수용되고, 또한 억지로 표현되었다". "시의 정서의 대범함을 생명 활력의 유일한 표현 형식으로 삼았고", "기교적인 어설픔을 힘 있다고 하였다". "표현한 관념 자체로 작품 가치의 높고 낮음의 표준을 결정하였는데", 이러한 시는 "지나치게 개성이 결핍되고", 예술의 '창조성'이 결핍되었으며, 시의 생명을 질식시켰다.[57] 얼마

---

57) 웬커쟈, 〈현대시 속의 정치 감상성을 논함〉, 1946년 10월 27일, 톈진 ≪익세보·문학순간≫.

지나지 않아 그는 또한 일부 시인들이 "격정에 대한 열정 속에 너무 빠지고", "주제의식과 작가 자신을 너무 특수한 정서 속에 빠져들게 하였으며", "인간의 정서와 예술적 정서"의 구별을 잊어버리고, 구호화, 공식화, 한숨과 탄식만 하고 원망만 하는 내용으로 가득 찬 시가 끊임없이 출현하는 국면을 조성하였다고 비평하였다.[58] 이런 시의 관념이 가져다 준 폐단을 극복하기 위해 그는 시의 의미에 대하여 세 가지 측면을 제기하였다. 첫째, 모든 의미 단위(글자 혹은 단어)는 모두 복잡한 부호를 대표하지 일상생활에서 응용하는 단일한 부호가 아니며, 문장에 부합하여 의미의 '선'을 이룬다. 둘째, 이미지의 비유는 더욱 더 확장되고 연장되어 시의의 '면'을 구성한다. 셋째, 어조, 리듬, 자태, 표정은 상상과 연상을 통하여 모든 상반되고 상응하는 요소를 종합하여 강렬한 희극성이 있는 시의 '입체' 조직을 구성한다. 이에 작가는 "우리가 '희극성'이란 단어를 사용하여 묘사한 목적은 시편을 명확히 하려는 데 있다. 어조와 많은 서로 모순되는 능력은 마치 희극이 모순 요소의 조화에서 생기는 것과 같다"[59]고 말하였다. 여기에는 이미 서로 충돌되고 모순되는 '희극성' 요소를 유입함으로써 신시 예술을 극복하고 단조로움과 평면화의 원인을 표현하는 사색이 포함되어 있다.

이런 '희극적 요소'의 예술적 요인을 '시의 희극화' 이론을 체계적으로 구축하는 데에 도입할 때 더욱 충분한 해석을 얻었다. 웬커쟈는 이렇게 인정하였다. 자신의 강렬한 의지 혹은 신앙을 설명하거나 혹은 자신의 어떤 정열적인 감정을 표현할 때를 막론하고 이러한 유행하는 시편의 보편적인 결점은 그들의 기점이나 종점에 있지 않고 "이러한 의지 혹은 정감을 시의 경험으로 변화시키지 않은" 이 '과정'에 있다. 이런 변화의 과정이 없었기에 의지를 설명하는 것이 설교하는 것으로 되었으며, 감정을 표현하는 것이 곧 감상에 빠지는 것이 되었다. 그리고 '시의 희극

---

58) 웬커쟈, 〈시의 미신에 대하여〉, 1947년 4월, 《문학잡지》, 제2권 제11기.
59) 웬커쟈, 〈시와 의미〉, 1947년 11월, 《문학잡지》, 제2권 제6기.

화'는 곧 방법을 강구하여 의지와 정감을 모두 희극적 표현을 얻도록
하였으며 "설교하거나 감상적인 나쁜 경향을 재빨리 피하도록 하였다".
시의 '표현'과 '창조'의 차이를 담론할 때 웬커쟈는 또 표현은 단지 원래
경험의 재현으로 선택, 종합, 융합의 과정을 거칠 필요가 없으나, 창조
는 "반드시 경험의 변화, 내심 선택의 희극적 동작 및 모순에서 통일로
가는 변증법적 곡선을 포함해야 한다"고 하였으며, 창조는 자연보다 '더
욱 높은 급의 자연'을 중시하며, "희극성으로 제고하고 확대하는 근본으
로 삼는다".[60]고 하였다.

근 3년 여의 사색을 거쳐서 웬커쟈는 결국 서구 현대 시학을 섭취하
고 신시의 현대성을 애써 추구하여, 현실 대응력을 갖춘 미학을 구축하
였다. 그는 "어떻게 이러한 의지와 정감을 시의 경험으로 전환시키는
가? 필자의 대답은 바로 본문의 제목인 '시의 희극화'이다. 즉 의지와
정감이 모두 애써 희극적 표현을 얻도록 하고, 설교 혹은 감상적인 나쁜
경향을 재빨리 피하는 것이다"라고 하였다.

웬커쟈는 '시의 희극화'에 포함된 요점이 주로 아래와 같다고 하였다.

(1) 직설적이고 정면적인 서술을 애써 피하고, 상응하는 외부 사물에
작가의 의지와 정감을 기탁한다. 희극 효과의 첫 번째 원칙은 표현상에
서의 객관성과 간접성이다. 마치 '나'라는 글자를 언제나 담화 속에 담
고 있는 것이 가장 사람의 혐오를 자아내는 것처럼 말이다. 현대시 속
에 표현될 때는 3인칭의 단수, 복수가 보편적으로 1인칭의 단수, 복수
로 대체하는 경향이 있는데, 가장 희극성을 띤 오든이 가장 두드러졌다.

(2) 서구 현대시의 경험에 비추어 시의 희극화에는 세 가지 다른 방
향이 있다. 첫 번째는 비교적 내향적인 작가인 릴케를 대표로 한다. 그
는 자신 내면의 깨달음과 외부 사물의 본질(동적이거나 혹은 정적이거

---

60) 웬커쟈, 〈우리의 난제〉, 1948년 9월, ≪문학잡지≫, 제3권 제4기.

나 한)을 찾아서 함께 섞는 데 노력하였고, 이를 시로 표현하였다. 언뜻 시를 보면 그 속에 릴케 자신이 없는 것 같지만 실제로는 시인의 영혼이 가장 완정하게 표현되어 있다. 릴케의 ≪화상집(畵象集)≫은 이런 유형의 최고봉으로, 우리 눈앞에 전개된 것은 심오하고 정적인 조각의 미이다. 두 번째는 비교적 외향적인 작가 오든을 대표로 한다. 그의 습관적인 방법은 심리적인 이해를 통해 시의 대상을 종이 위에 옮겨서 시인의 기발함, 총명함을 이용하고, 또 문자의 독특한 재능을 운용하여 그들을 아주 생동적으로 표현하였다. 그러나 시인의 처리 대상에 대한 동정, 혐오, 원한, 풍자는 모두 어조와 비유로부터 부분적으로 표현되었을 뿐이며, 늘 솔직하게 표현되지 않는다. 세 번째 유형은 시극을 쓰는 것이다. 물론 여기에서는 T.S.엘리엇에서 시작하여 1935년 전후에 궐기한 현대성을 갖춘 시극의 창작을 가리키지, 일반적 의미에서의 시극을 가리키지는 않는다.

이 세 종류에서 40년대 '중국 신시'파 시인들이 인정하고 실천한 것은 앞의 두 가지이다. 릴케에 관해 담론한 것은 비교적 많다. 여기에서는 웬커쟈의 오든의 시에 대한 희극화의 탐색에 치중하여 소개하겠다. 그는 볜즈린이 번역한 오든의 〈소설가(小說家)〉란 시를 예로 들었다.

각자의 재능 속에 넣어 마치 제복을 입은 것처럼,
모든 시인의 계급이 언제나 일목요연하다.
그들은 폭풍우처럼 우리를 무섭게 할 수 있고,
혹은 일찍 죽거나 혹은 혼자서 다년간 살게 한다.

그들은 기병처럼 앞으로 돌격할 수 있다. 그러나 그는
반드시 혈기왕성한 재능에서 빠져나와
소박함과 서투름을 배우고, 모두가
완전히 상대할 가치가 없는 사람으로 여기는 것을 배워야 한다.
왜냐하면, 그의 최소한의 염원을 실현하려면,

그는 아주 혐오스럽게 변해야 하고,
또 세속적인 질병에 마딱 뜨려야 한다.
마치 사랑이 공정한 곳에 있어야 하는 것처럼

공정함은 비열함 속에서 극도로 비열하게 한다.
그러나 그 자신의 취약한 몸에서, 그는 반드시
인류의 모든 억울함을 감수해야 한다.

 오든은 적지 않은 유사한 제목의 문장을 쓴 적이 있다. 예를 들면,
작곡가, 모델, 여행가, 바스걸, 포스터(Foster) 등이다. 이 소네트시 속
에서 시인의 일관된 추구를 표현하였는데, 즉 그는 언제나 상대방의 심
리에서 시작하여 사상의 도약, 표현의 영민함을 빌어 가볍고 유쾌한 효
과를 낳았다. 언뜻 읽으면 내용이 가볍고 친근하게 느껴지지만 자세히
음미해 보면 그 속에서 표현한 친절함과 기발함을 발견할 수 있을 것이
다. 그래서 웬커쟈는 오든을 '시단의 유명한 악동'이라고 칭하였다.
 (3) 시의 희극화의 목적은 시에서 격정적으로 흐르는 미신을 타파하
려고 한 것이다. "일종의 이론의 위험과 해로움은 감정을 방임하는 것
보다 더 심한 것이 없다. 당신의 뜻이 의지의 설명에 있거나 혹은 정열
의 표현에 있거나를 막론하고, 또 당신이 호소하는 대상이 개인이거나
혹은 집체이거나를 떠나서 당신은 반드시 사상의 성분을 융합시켜서 사
물의 깊은 곳으로부터 본질 속에서 자신의 경험을 변화시켜야 한다".[61]
 (4) 심리학, 미학과 문자라는 이 세 가지 배경으로부터 희극주의 시
학의 해석을 비평할 때, 웬커쟈는 시의 '희극 적합성'과 시 구조의 '모순
통일성'을 강조하였다. 전자에서 그는 리차드의 개념을 이용하여, 감정
을 중시하는 19세기 낭만주의와 이치를 중시하는 18세기의고전주의의
시는 단지 시의 경험적 질과 완미한 표현의 결합('희극적 적합성')이 부
족하며, 감상과 설교로 충만한 '배척하는 시'로 모순 속에서 통일 변증

_____

61) 위의 문장은 모두 〈시의 희극화〉를 참고함.

적 성격을 추구하는 셰익스피어의 비극, 생각이 많은 현학시 및 엘리엇 이래의 현대시를 포함해야 '더욱 높은 조화'의 '포괄적 시'를 경험하고 표현할 수 있다고 하였다. 구조로 부터 보면 시의 희극성은 '시가 서로 다른 탄력으로 조화를 얻은 뒤 최종적으로 나타내는 모식'에 도달하는 것이며, "여러 가지 모순된 통일성을 융합시키고", "전통적이고 협소하며 평면적인 구조 이론을 타파"해야 한다고 하였다. 엘리엇의 비교적 긴 시편에서는 일부 흔적이 전혀 없는 의외의 부분에서 모순적인 조화와 통일적으로 구성된 '시의 정서 발전의 곡선'이 있다.[62)]

종합해 보면, 시의 희극성을 제창한 동기는 직접적인 서술과 격정적인 표현을 반대하고, 시 전달의 객관성과 간접성의 미학적 추구를 견지하려는 것이다. 시의 희극성을 제창한 근거는 희극의 객관 서술성과 모순 충돌의 통일이 제공한 '포괄적 시' 창작의 거대한 가능성이고, 시의 희극성이 제창한 내용 핵심은 내향적인 시 경험의 사물화와 외향적인 심리상에서 대상에 접근하여 기발하고 활발한 전달을 하거나 혹은 직접적으로 시극의 형식으로 나타내는 것이다.

이러한 내용에 근거하여 우리는 '중국 신시'파 창작의 실천을 고찰할 때, 이론의 창도와 창작의 실천 사이에 존재하는 복잡성에 주의해야 한다. 우선, '중국 신시'파는 결코 자각적으로 조직된 유파나 단체가 아니다. 그들은 각자 탐색하면서 마지막에 응집되는 과정이 있었다. 웬커쟈의 이론 창도가 자각적인 형태로 된 것은 이미 이 단체가 모이는 동시에 흩어지는 국면에 직면한 때였고, 그의 이 이론은 모든 시인의 창작을 이끄는 지도 사상이나 미학 추구가 될 수 없었다. 다음으로, 외부에서 온 이론과 중국 현대시 창작의 수용 사이에는 종합적인 형태로 나타내며, 단일한 미학적 형태로 창작의 실천을 지도할 수 없었다. 우리가 이런 영향과 흡수를 분석할 때는 자연히 아주 조심스러운 방식을 취해야

---

62) 웬커쟈, 〈희극주의를 논함— 네 번째 신시 현대화를 논함〉, 1948년 6월 8일, 톈진 ≪대공보·요일문예≫.

하며, 분리하는 작업 가운데 이러한 영향 요소가 과도하게 고립되거나 단순화되어서는 안 된다. 셋째, 설사 확실히 영향을 받은 창작 속에서도 시인 자체의 창조적 전환을 잊어서는 안 되며, 현대 시인 중에 외국 시인의 그림자를 쫓아다니는 구속적인 사고를 해서는 안 된다. 만약 위의 이러한 방법론 방면의 요소를 홀시한다면 새로운 미학 범주의 영향과 융합, 40년대 중국 현대파시의 창작에 가져온 일부 새로운 특성과 품격을 명확하게 파악할 수 없을 것이다.

릴케의 시의 경험을 사물화하거나 자신의 주관적 견해를 숨기고 농후한 조각미의 창조를 추구하는 방면에 관하여, 우리는 앞에서 '객관적 상관물'을 탐구할 때 이미 정민, 두윈셰 등의 창작을 예로 들어 분석을 하였다. 뿐만 아니라 이 원칙은 다이왕수, 펑즈를 대표로 하는 현대적인 '감성 혁명'의 원칙과 서로 일치하며, 경험 전달의 은폐성을 추구하는 것이 반드시 '희극화' 관념의 영향과 이론상의 연계가 있다고 분별하기 힘들다. 다른 미학적 관념은 실천 중에 종종 서로 같은 창작 효과를 보이는데, 이것은 흔히 있는 현상이다.

여기에서 먼저 설명할 수 있는 것은 '시극' 형식의 습작이다. 무단의 시 속에서 확실한 것은 '객관화' 전달 방식의 자각적 실천이라는 것이다. 무단은 대학을 다니던 기간에 웬커쟈가 말한 1935년 전후의 몇몇 영국 현대 시인의 '시극' 창작 궐기의 현상과 밀접한 연관을 가지고 있었다. 그의 시 속에는 낭만적인 열정과 강렬한 정치의식이 들어 있지만 정열적인 호소식의 낭만적인 감상이나 정면 서술식의 정치적 감상을 애써 피하였고, 상징적인 이미지, 관념의 도약과 모호화된 언어 전달을 이용하였다. 그리고, 그의 정감과 경험은 현실적인 것과 개인 생명 체험 사이의 모순과 고통의 탄력으로 충만하였다. 그는 늘 서정, 서술의 대상과 시인 자신 사이의 거리를 벌려서 먼 거리의 투시 방법으로 상징의 세계를 구축하였다. 이러한 창작의 자태와 심리 특성은 그로 하여금 서구 시극 창작의 형식을 아주 쉽게 받아들이도록 하였지만, 또한 장편

시극 형식의 창작을 완전히 따른 것이 아니며, 시극 표현 형식을 짧거나 긴 서정과 서사의 체계 속에 넣고 일종의 '시극과 비슷한' 형식의 작품이 되게 하였다. 이러한 작품들로는 〈신과 악마의 전쟁(神鷹之爭)〉(1941), 〈삼림의 요괴(森林之魅)〉(1945)와 〈은밀한 출현(隱現)〉(1947)이 있다. 〈신과 악마의 전쟁〉에서 출현하여 말하는 역할로는 동풍, 신, 악마, 삼림 요괴 갑, 삼림 요괴 을과 삼림 요괴의 합창이 있다. '동풍'은 인류 탄생의 상징자로, 그것은 "오래된 우둔함, 즉 정의, 공리와 세대 간의 분쟁"을 불러 일으킨다. 그는 "어린 시절의 풍경 앞에 서서 인류가 어떻게 그들이 "부패함에서 오는 생명'을 훼멸시켰는지 보는 것을" 희망하였다. '신'은 권력, 부유함, 고귀함, 신성함, '자유'와 '정의', 책임과 이성의 화신으로, 최고로 조화로운 '정점'의 상징이다. 그리고 '악마'는 '영원한 파괴자'의 상징이며, 마치 '불법적인 눈으로' '당신(신 가리킴)에게 버려진 찌꺼기'와 같다. 그것은 그러한 '신령'의 통치 아래에서 오로지 '치욕'과 '멸망'밖에 얻지 못하는 약자들('그런 윤회하는 말, 소와 곤충, 야수')의 외침과 항쟁을 하였다. '삼림의 요괴' 즉 세계에서 모욕을 당하고 압박을 당하는 생물들은 "절반은 깨어 있고, 절반은 꿈이다/ 우리가 살아 있는 것은 죽는 것이고 죽는 것은 살아 있는 것이다/ 아, 더 총명하게 살고 있는 사람이 없다". 그것들은 루쉰의 〈총명한 사람과 바보와 노예〉 속에 나오는 노예와 같은 마비된 자이다. 전체 시는 이러한 배역들의 대화 속에서 신의 권위와 자부심을 과시하였으며, 그것이 어떻게 "모든 영예와 법률, 아름다운 전통"의 대표로, 무수한 사람들을 물과 불의 고통에서 구원해 낸 구세주라고 허풍떨고 있는지를 써냈다. 그가 인류에게 가져다 준 것은 훼멸과 죽음이다.

두려움은 당치 않은 것, 내가 겁내는 것은
이미 도래했다.
　　　오, 가로 세로 뻗어있는 산맥,

나의 위력 아래에서 달리고 있는 너희들
나의 몸을 짓이기고 있다! 나의 가슴에서,
폭탄, 포화, 혼란스러운 도시더러,
나의 순수하고 조화로운 감정을 뿜어내게 하리.
회오리 바람의 정상에 서서, 나는 기다린다.
당신이 뿜어내는 피의 흐름 — 침몰,
내가 폭풍우가 몰아치고 있는 하늘을 수습할 때,
어두운 구름 속에서 무지개가 다시 얼굴을 내민다.

그리고 악마는 지옥의 큰 불길을 일으켜 '잔혹하게 하늘의 조화를 포옹한다'. 악마는 이렇게 노래하였다.

왜 내가 이런 것들을 갈구해야 하는가?
왜 내가 아득한 웃음을 갈구해야 하는가?
한 마디 농락하는 말, 혹은 기다림
열을 이룬 천사들은 무덤 앞에서 춤추며 노래하고,
꽃송이를 흩뿌리는가? 전 세계의 번화함
나를 위해 생긴 것이 아니니, 당연히 근심과 실패
나를 따라 모든 곳을 다니며, 입을 벌리고,
나의 함몰은 그것의 만족, 관련되어 있네.
나에게 통렬한 냉소를 보내며. 그러나 다행히,
저주는 또 나의 머리 위에 있으니, 나는 기쁨을 취할 수 없고,
또 도망갈 수도 없네. 왜냐하면 나는
과거, 현재, 미래이며, 죽어도 참회하지 않는
신의 적수이기 때문에……

'동풍'은 현실 투쟁의 잔혹성을 철저히 깨닫고, 단지 다음과 같은 충고밖에 할 수 없다. "그러나 지금/ 기왕 웃는 얼굴 속에서, 당신은 보네/ 음모를, 환락 속에서 냉혹함을/ 숭고한 이상 속에서 숨기고 있는 것은/ 서로에 대한 살상. 당신이 갈망하고 있는 것은/ 영원히 도래할 수 없네./ 당신은 죽어야만 하고,/ 나의 아이여, 당신은 죽을 수밖에 없네".

이 한 편의 시극은 '죽어도 후회하지 않는 신의 적수'인 악마의 신에 대한 배반, 신이 높은 지위에서 권력을 휘두른다는 자백, 중생의 마비된 탄식 등을 통해서 시인은 불합리한 현실 세계와 인생 상태에 대한 도전과 반격의 사상과 정서를 전달하였다. 〈삼림의 요괴〉의 구상은 비교적 간단하다. 이 시가 처음 발표될 때의 제목은 〈삼림의 노래—야인산에서 죽은 병사를 기념하며〉였는데, ≪무단 시집≫에 수록될 때 제목을 이렇게 바꾸었고, 부제도 "후캉허(胡康河)의 백골을 기념하며'로 바꾸었다. 이것은 시인이 항일전쟁 원정군에 참가하면서 몸소 겪은 군대 생활에서의 죽음의 경력을 쓴 것이다. 작가는 이 제재를 서사시나 혹은 서정적인 호소로 쓰지 않고, 짧은 시극의 체계에 넣어서 우리를 위하여 인류 생활의 비극 속의 잔혹한 한 페이지를 펼쳐 보여주었다. 시극은 모두 65행으로 서술과 대화에 참여한 배역은 주로 '삼림'과 '사람' 둘이다. 마지막에는 등장하지 않은 시인이 노래하는 '장가(葬歌)'로 마감된다. 먼저 삼림의 자술 속에서 원시 삼림의 공포, 내리쬐는 태양과 쏟아지는 비를 썼고, 다음으로 "문명을 떠나고" 또 "많은 적들을 떠난" "사람"(병사)이 자기가 어떻게 이 죽음의 이미지에 빠졌는가를 설명하였으며, "조화롭지 못한 여정이 모든 것을 놀라게 한다"고 하였다. 삼림은 사람의 도래를 환영하는데, 이는 바로 사람에게 죽음을 선물하는 것으로, "당신이 오는 것을 환영합니다. 피와 육체를 모두 버리고"라고 하였다. 사람은 삼림 속에서 몸소 겪은 공포, 기아, 질병과 절망을 보았으며, 삼림이 어떻게 사람을 인도하여 '암흑의 통로'를 지나 죽음에로 들어가는가를 보았다. 마지막 '장가'에서는 삼림 속에 잊혀진 죽은자에 대해 고요하고도 비장한 안혼곡을 불렀다.

> 과거의 것은 당신들의 죽음에 대한 항쟁.
> 당신들이 죽어가는 것은 살아야 할 사람들의 생존을 위함이니.
> 그 뜨거운 분쟁은 아직 멈추지 못했지만.
> 당신들은 삼림의 주변에서 다시는 듣지 못하네.

고요한, 그 잊혀진 산비탈에서,
아직 내리고 있는 가랑비, 아직 불고 있는 미풍
역사가 여기에서 지나갔다는 것을 아무도 모르니.
죽은 영혼만 남겨 나뭇가지에 스며들어 재생케 하네.

몸소 겪은 항일 병사의 비참한 죽음의 정경은 삼림과 사람의 대화 속에서 냉정하고도 심각하게 처리되고 표현되었다. 이런 구조 방식은 직접적으로 사실을 서술하거나 서정적 방식의 그런 불가피하게 직설적으로 감정을 토로하는 결점을 피하도록 하였다.

무단의 시극 형식의 작품 중 가장 심후하고 기이한 시는 〈은밀한 출현〉이다. 이것은 ≪성경≫ 속 이야기를 외피로 삼았는데, 시극에는 인물의 대화도 없고 심지어 명확한 희극 인물의 지칭도 없다. "우리에게 보여 주소서, 우리의 구세주여"라는 구절로 시작된 후, 전체 시는 세 부분으로 나뉜다. 첫 번째 부분은 숨겨진 서술자의 '선도' 즉 '자백'이다. '우리'라는 '방향을 잃은 길에서' 온 한 무리는 모든 '죽어간 명칭' 아래에서 자신의 의지에 따라, 그들로 하여금 영원히 시작과 완성, 믿음과 절망의 모순 속에 빠지게 한다. 우리의 생명이 느낀 것은 '허무'와 '혐오'이다. "우리가 진짜라고 생각했던 것이 이미 가짜로 변했음을/ 우리가 일찍이 울었던 것이 지금은 이미 잊혀졌음을 인정한다". 시인은 이 부분 맨 마지막에서 인류의 생명 가치의 문제를 제기하였다. 즉 "우리가 무엇을 줄 수 있는가? 우리가 무엇을 얻을 수 있는가?" 모든 "오래된 전통"과 "기쁨과 분노, 웃음과 질책" 등은 우리의 탄생을 기다리고, 또 주님은 모든 것들을 생명 가운데 "흘러지나가게 한다". "지혜로운 사람은 지혜로움을 지나가게 하고, 청년은 열정을 지나가게 한다. 먼저 아는 사람은 우환을 지나가게 하고, 농민은 논밭의 오곡을 지나가게 하며, 소녀는 아름다운 모습을 지나가게 한다. 통치자는 음모와 잔혹성을 지나가게 하고, 변절자는 새로 생긴 고통을 지나가게 한다. 대다수 사람들은 무지의 죄악을 지나가게 한다". 생명의 존재는 고통스럽고 경건한 과정이 된다. 즉 "우리는 우리의 기여이고, 우리의 기여 속에서 고통을 받는다./ 모든 것은 그 자신을 완성하고, 모든 것은 우리를 노역시키며, 우리를 통해 우리를 완성케 한다".

　　우리는 무엇을 줄 수 있는가? 우리는 무엇을 얻을 수 있는가?
　　영원히 무관심한 강물의 흐름 속에서, 생은 우리로부터 흘러지나가고, 죽음은 우리로부터 흘러지나간다.
　　피땀과 눈물은 우리로부터 흘러지나고, 진리와 거짓말은 우리로부터 흘러지나간다.
　　한 생명이 이렇게 우리를 유혹하고, 또 우리를 이렇게 포기한다.
　　…… ……

　　두 번째 부분의 '여정'은 인류가 자연 속에서 탄생하고 곧 고정되어 '수감' 당하는 운명을 설명하였다. 이는 '연인의 자백', '합창', '애정의 발견', '합창'의 네 부분으로 구성되어 있는데, 그 속을 관철하고 있는 것은 모순적이고 고통스러운 선율이다. 즉 "왜 모든 빛을 발하는 것은 나를 암흑의 절정에 이르게 하는가?/ 붕괴되는 봉우리에 앉아 나를 조용히 흐느끼게 하네". 사랑의 '발견'은 사실상 사랑이 없는 인간 세상에 대한 저주이다. "생활은 어려운 것, 어디가 당신의 문인가?/ 이 세계는 생명으로 충만하나 움직이지 못하고/ 사람과 사람 사이 고요함 속에서 부대끼며,/ 금전의 광택이나 강권의 자유를 본다./ 더러워진 손을 내밀어 장애를 제거하는 것은/ (행위가 있는 곳에서 빛의 인도가 있다.)/ 음모, 속임수, 채찍은 모두 그의 도움이 된다./ 그는 황금에서 무엇을 보았는가? 그는 포악함 속에서 무엇을 얻었는가?/ 그를 용서하라, 그가 인정하는 가장 아름다운 것을 찾기 위하여,/ 그는 이미 이렇듯 추악하고 냉혹하게 변하였으니". 그리고 이 부분 맨 마지막의 '합창'에서는 주를 저주하는 것으로 인간의 생명에 대한 모순, 사랑의 물질에 의한 소실, '갈림길과 뒤엉킴' 등의 형식으로, 현실 생활에 대해 비판의 소리를 냈다. 이 시의 세 번째 부분 '신에게 드리는 기도'는 '우리'가 '주'를 향해 기도하는 형식으로 인생의 왜곡된 고통을 설명하였다. "헛되도다, 우리는 이 황량한 세계에 서 있다./ 우리는 20세기의 중생으로 이 암흑 속에서 변화를 일으키고 있다./ 우리는 기계와 제도가 있지만 문명이 없다./ 우리는 복잡한 감정이 있지만 귀속될 곳이 없다./ 우리는 많은 소리가 있지만 진리가 없다./ 우리는 양심에서 왔지만 각자 숨기고 있다". "생활은 생활을 쟁취하는 것으로 변한다. 우리의 일생은 영원히 준비하고 있지만 생활이 없다./ 3천 년의 풍부함은 종자 속에 고갈되어 죽어가지만 우리는 계속한다……". 시인의 이어지는 이런 아득히 먼 사색은 이 시극의 마지막에서 고통스럽게 이렇게 소리 지른다.

주님, 우리가 갖고 태어난 자유는 어디로 사라졌습니까?

우리가 흐느낄 때는 이미 눈물이 없죠.
우리가 즐거울 때는 이미 소리가 없죠.
우리가 좋아할 때는 이미 모든 것이 없죠.
모든 것이 이미 늦었지만 그래도 너무 늦지는 않았습니다. 우리가
아직 모른다는 것을 알고 있을 때는요.

주님, 우리가 보았기 때문에, 우리의 총명한 우매함 속에서,
우리는 이미 너무나 많은 전쟁이 있었고, 다른 사람과 자신을 향해서,
너무나 많은 불만, 너무나 많은 삶 속의 죽음, 죽음 속의 삶,
우리는 너무나 많은 이해 관계, 분열과 음모, 보복이 있었죠.
이 모든 것은 우리를 상반되는 극단으로 몰고 갔죠. 우리는
갑자기 몸을 돌려, 당신을 봐야 합니다.

마침 때가 되었습니다. 이곳은 우리의 왜곡된 생명이죠.
당신은 평안하소서, 이곳은 우리의 고갈된 여러 마음이니.
당신은 혼합되소서.
주님, 생명의 원천은 우리에게 당신의 흐르는 소리를 듣도록 합니다.

시극(詩劇)은 '은밀히 출현한' 하느님과 대화하는 상징의 겉옷 아래, 한 각성자의 생명 내면의 근심과 고통을 충분히 표현하였다. 신의 세계에 대한 기도는 시인의 현실 세계에 대한 절망을 상징하고 있다. 이 '고 갈된 여러 마음'은 '생명의 원천'으로부터 나온 '흐르는 소리'를 갈망하고, '흩어진', '선천적인 자유'를 다시 얻기를 갈망한다. 또한 이는 민감한 현대 지식인의 추구이기도 하다. 〈은밀한 출현〉은 현대파시의 희극화 실천 속에서 모범적인 의의를 가진다. 시 속에서 나타낸 이러한 복잡하고 모순된 심경과 생명의 고통, 현실에 대한 저주는 상징 이미지, 사유 분별의 언어가 희극적 대화의 수단을 통해 서술하고 전달함으로써 본래 존재하는 신비로움과 심오함으로 하여금 더욱 간접적이고 냉정한 색채를 더하도록 하였고, 모순 양극화된 생명 체험으로 구성된 서정의 장력을 더하였다. 희극화의 외피는 정서가 주관으로 흐르는 감상적 색채를 없애고, 사람들에게 대화를 받아들이는 동시에 또한 거리가 가져다준 객관적인 냉정함도 받아들이도록 하였다. 독자는 읽는 가운데 더는 직접적으로 서정 주체로 변하지 않고 흔히 진입할 필요가 없는 방관적인 음미자의 배역이 된다. 무단은 이렇듯 반복적으로 직접 시 속에서 희극의 형식을 개입시켜 일부 희극 형식이 아닌 시를 인물의 대화와 내용이 삽입된 성분(예를 들면, 〈뱀의 유혹〉, 〈한밤의 고별(夜晚的告別)〉, 〈화찬 선생의 피곤〉 등)을 더하도록 하였으며, 이런 여러 가지 '희극화'의 노력은 모두 그의 신시 현대화의 심미 의식의 현대시 예술에 대한 일종의 확산을 추구하는 것을 분명히 드러냈다.

오든은 '홍색 30년대' 중 시의 '희극화'를 시험해 본 대표로, 그의 중국 현대파 시인들에 대한 영향은 시극 형식으로 시를 쓴 데 있는 것이 아니라, 그의 시 속에 그러한 기발함, 친절함과 가볍게 숨김으로써 현실의 열정을 주시하는 서정적 방식에 있다. 그의 〈전쟁 시기 중국에서〉란 소네트시는 제재의 비슷함뿐만 아니라 표현 수법의 독특함으로 인하여 일부 중국 현대파 시인에게 창작의 계시를 가져다주었다. 볜즈린의 ≪위로 편지집≫은 객관적 대상에 대한 묘사와 서정 속에서 가장 먼저 오든의 일부 원칙을 실천하여, 시인 창작 자체에 ≪어목집≫의 내재적 지성과 상징에서 항일 전쟁 제재를 서정적으로 쓴 미학적 전환과 변화를 가져왔다. 신디의 〈고독은 오는 곳(寂寞所自來)〉, 〈풍경(風景)〉 등은 현대 도시의 놀랄 만한 부패가 인류 정신에 가져다 준 왜곡, 하나하나 중대한 사회 문제가 시인 마음 속에서 일으킨 파동이 모두 일부 객관 사물과 친밀한 필치로 독자들에게 전달되었고, 또한 현대파 시인의 가벼움 속에서 엄숙한 기발함과 친절함을 숨기고 있음을 표현하였다. 비록 직접적으로 한 시인의 영향에서 온 것이라고 할 수는 없지만, 아마도 작가의 종합적인 흡수일 것이다. 하지만 시인은 당시 그의 "심금을 매번 울리던 것이 서구 몇 몇 현대 시인 중에 있었는데, 오든이 바로 그 가운데 한 사람이다"[63]고 하였다.

1945년 여름, 무단은 항일 전쟁과 연관된 일부 현실적 제재를 처리하여 표현한 것 중 의식적으로 오든을 학습하였다. 그가 이 시기에 쓴 시작 중 오든의 미학 영향이 어떻게 침투되고 변형된 후 존재하였는가를 현저하게 볼 수 있다. 〈전사들에게—유럽승리일에(給戰士—歐戰勝利日)〉는 유럽전쟁 중 인민 승리의 기쁨과 부패한 생활에서 벗어나 새로운 삶으로 나아가는 희열을 썼다. 〈야외 실습(野外實習)〉은 인류가 잔혹하게 서로 죽이는 오래된 직업과 인도주의와 평화를 추구하는 영원한 주제가 기발하고 풍자적인 체계 속에 놓여 심각하게 표현되었다. 〈칠칠(七七)〉, 〈농민 병사(農民兵)〉, 〈쳐나가라(打出去)〉, 〈공헌(奉獻)〉, 〈반공격 기지(反攻基地)〉, 〈통화 팽창(通貨膨脹)〉 등의 시는 항일 전쟁의 진정한 참가자와 그런 항일 전쟁에서 이득을 얻는 부자들 사이의 차이를 썼거나, 혹은 항일 전쟁에서 병사로 나간 농민과 노동자가 어떻게 부자의 개나 고양이, 상급자의 노예가 되었는가를 썼다. 혹은 압박

---

63) 신디, 〈≪신디 시고(辛笛詩稿)≫ 자서〉.

당하고 유린당한 영혼의 각성과 복수의 신념을 쓰거나, 민족 해방을 위해 헌신한 보통 병사의 비극을 쓰거나, 당시 적들에 대해 반격을 가하는 긴장감과 환락의 분위기를 쓰거나, 통화 팽창의 잔혹성과 인민 생활에 대한 해악을 썼다. 이러한 작품 속에는 완곡한 서술 속에 명확함이 배어 있고, 엄숙한 주제 속에 기발한 풍자와 친밀한 필치로 가득 차 있어, 무단의 고도의 긴장감과 생명의 괴롭힘으로 가득 찬 시의 세계 속에서 또 하나의 천지를 형성하였다. 그 중 〈양심송(良心頌)〉은 구체적인 제재를 초월하여 특정한 시기 사람들의 도덕적 측면의 사고로 진입하였다. 서두는 가벼운 어조의 풍자로 시작한다. "비록 당신의 형상은 가장 확정적이지 않아,/ 머리 아홉 달린 새라도 당신의 얼굴을 만들어 낼 수 있지./ 떠날 때 그들은 비로소 가장 행운./ 비밀스럽게, 그들은 당신의 무기력함을 조소한다". 그들은 일부 양심 없는 전쟁의 수익자이며, 진정으로 양심 있는 사람으로 — "부득이한 관리와 고생하는 여인들' — 그들이 얻은 것은 '기아에 허덕이는 것'과 불투명한 미래이다. 시인은 양심에 대한 견지로 열정적으로 칭송하였다.

> 그러나 고독한 이는 오히려 몸을 일으켜 앞으로 나아간다.
> 궁극적인 즐거움을 향하여, 점차 획득한다.
>
> 왜냐하면 당신은 아름다움과 추악함을 구별할 수 있기에.
> 숭고한 느낌은 비로소 당신의 사랑을 두려워하지 않아.
> 그는 역사를 본다. 오직 진정한 당신의
> 사업만이, 모든 실패 가운데 성공함을.

이 시는 4절로 되어 있으며, 매 절은 4행으로, 모두 16행이다. 오든의 소네트시와 비슷하다. 무단은 발표할 때 ≪항전시록(抗戰詩錄)≫이란 전체 제목을 달았다. 이 해에, 그는 여전히 떠돌아다니는 생활 속에서 일찍이 꾸이양(貴陽)의 항공회사에서 일한 적이 있는데, 버겁지 않은 사무의 여가 중에 계속 시를 지었다. 마침 꾸이양의 ≪대강보(大剛報)≫의 ≪진지(陣地)≫ 문화란 주필을 맡고 있던 선배인 현대파 시인 팡징(方敬)은 그를 위해 일부 시들을 발표해 주었다. 팡징은 무단의 화시(花溪) 방문에 대해서 말하면서 "그는 서구 현대파 시를 좋아하였고 또한 이런 시의 현대 정신의 특징을 알고 있었으며, 흡수와 참고에 능하였다"[64]라고 하였다. 이러한 '흡수와 참고' 중 매우 현저한 것이 오든의 전쟁 시기를 제재로 한 시이다.

탕스는 서구 현대시를 대체로 다음 두 가지 유형으로 나누었다. 첫 번째 유형은 자아 발굴을 위한 심리시(心理詩)로 다른 사건, 사물을 빌어 발휘하는 영물시(咏物詩)이다. 다른 유형은 유머적이고 가벼운 시로, 현실을 풍자하고 또 인물을 각색하는 부회시(浮繪詩)이다. 전자는 엄숙하고 장엄한 자태로 출현하거나 외부 사물을 빌어 거울로 삼아 자아를 발견하거나 굴곡적이고 효과적인 하소연으로 명확한 철리 혹은 경건한 느낌을 관철시켰다. 후자는 가요의 양식으로 목탄 스케치 식의 그림을 그려 체재를 가볍고 즐겁게 하거나 시민층의 유행구와 속담을 섞어 소탈하게 묘사를 하였고, 결말도 늘상 묵직한 철리적인 판단을 하였다. 전자는 오든, C.D.루이스를 대표로 하고, 후자는 미스트로(Mastro), 로빈슨(David Robinson) 및 휘트먼(Walt Whitman)의 전통을 계승한 칼 샌드버그(Carl Sandburg)를 대표로 할 수 있다. "현재 절대 홀시할 수 없는 가장 심후하고 가장 '현대미'를 지닌 시인 중 한 사람이다"[65]라고 평가 받은 두윈셰는 바로 이 두 전통의 영향 하에서 성장한 청년 시인이다. 그의 창작 가운데는 비록 두 부류의 영향 아래 쓴 시편들이 모두 있는데, 예를 들면 〈짚신을 신은 병사(草鞋兵)〉, 〈명령(命令)〉, 〈달〉 등 가벼운 시가, 인물을 주로 쓴 부회시를 대표할 수 있고, 〈우물〉

---

64) 팡징, 〈≪진지≫를 회상하며〉, ≪신문학사료(新文學史料)≫, 1992년 4월.
65) 탕스, 〈시 40수·서평(詩四十首·書評)〉, 1947년 6월 1일, ≪문예부흥≫, 제3권 제4기.

, 〈바다〉, 〈산〉 등이 자아서정시를 대표할 수 있지만, 그의 가장 특성 있는 시는 여전히 일부 엄숙한 철리시(哲理詩)이다. 그가 우리에게 준 주요 인상은 "이미지가 풍부하고, 분량이 무거우며, 투철한 철리적 사색이 있는 동시에 자연스럽고 변화가 다양하며 간단하면서 정교하다. 의미심장한 함축성이 있어 여러 가지 다양한 해석을 할 수도 있으며, 우리 독자들이 독특하게 탐색할 여지도 있다. 또한 침착하고 자중하는 풍격에는 대담한 긍정이 있으며, 유창한 문구에는 투명한 느낌이 있다".66) 두원세의 공헌은 그가 다른 사물을 빌어 발휘한 영물과 자아 발굴의 심리 철학의 체험이 한데 융합되어 있는 데 있다. 사물의 이미지에 대한 묘사와 읊조림 속에서 자신과 인생의 보편성을 암시한 느낌을 전달하였다. 그의 〈우물〉은 사람들에게 주의를 끌지 않는 일상 사물 속에서 독특한 느낌을 발굴해냈다.

> 나는 침묵한다. 나뭇잎 몇 조각,
> 작고 작은 하늘에 떠다니는 구름 몇 송이
> 이는 나의 완정하고 조화로운 세계다.
>
> 당신들이 기아에 허덕이고 있을 때,
> 따스함을 떠나, 앞으로 와서 무을 퍼 올리고서야
> 비로소 당신들 얼굴 가득 근심을 본다.
>
> 나는 부득이 따스함에 제거될 수밖에 없고,
> 이 외에, 황량한 적막함에 만족하고, 고독이 있어야만
> 영원히 깨끗한 풍만함을 유지할 수 있다.
>
> 당신들은 단지 나의 표면만을 취할 뿐,
> 쓸쓸한 심령의 깊은 곳을 남기고,
> 사방으로 떨어지는 꽃잎을 썩게 한다.

---

66) 위와 같음

당신들은 또 나의 표면만을 헤집어 놓을 수 있을 뿐,
　　나의 생명은 암흑의 지층에서 오고,
　　그곳에서 나는 비로소 가없는 우주와 연결될 수 있다.

　　당신들은 쓰레기로 나를 버림받게 할 수 있지만,
　　나는 장차 묵묵히 이 모든 것을 감당하고, 세척하려네.
　　그것들을, 나는 영원히 여전히 나 자신이려니.

　　침묵하고, 맑고 투명하여, 간단하고도 경건하니,
　　절대 도피하지 않고, 또한 흥분하지도 않으며,
　　가랑비가 올 때에도 그저 서글픈 웃음만 지을 뿐.

　　그 물욕에 젖은 세계 속에서, 생명의 순결함과 인격의 고매함, 고독하고, 맑고 풍만한 정신 역량, 자신의 깨달음과 조소가 섞인 서글픈 웃음, 이런 복잡한 감정들을 '우물'이라는 이 상징적인 객관 사물에 대한 묘사와 자아 서술 속에서 인생의 사랑과 열정을 아주 냉정하고도 무겁게, 객관적이고도 은밀하게 표현하였다. 이러한 객관은 어떤 때는 의인화 방법을 통해 완전히 희극성을 띤 독백으로 변하였으며, 이 독백은 또한 완전히 냉소적인 조소에서 나와, 시인의 주관적인 배역은 문자의 뒤에 숨겨졌다. 배역 자체는 결코 시인 자신의 화신이 아니라 큰 거리감을 가져다 주었고, 이로부터 시가 독특하고 비판적인 효과에 도달하게 하였다. 두윈셰의 또 다른 유명한 시 〈물가를 쫓는 사람(追物价的人)〉은 바로 이런 탐색을 대표한다. 시작은 '나'의 물가가 "잘 나가는" 데 대한 서술과 뒤쫓아 가는 심정이다. 즉 "물가는 이미 항일 전쟁의 유명인이다. / 예전엔 나와 함께 두 다리로 걸었건만, / 지금은 자동차가 있을 뿐만 아니라 비행기를 타고 / 또 적지 않은 권력자와 부자들을 알았다. / 그들은 모두 그를 추켜올리고, 끌어안고, 발탁한다. / 그의 몸은 마치 휘날리는 재처럼 가볍게, / 날아오른다. 그러나 나는 그를 따라가야지 뒤쳐져서는 안 된다. / 항일 전쟁은 위대한 시대로 뒤쳐져서는 안 된다". 이런 장엄한 용어는 시인에게 교묘하고 기발하게 사람이 높이 치솟은 물가를 쫓는 것에 운용되었는데, 여기에는 꽤 조소적인 느낌이 있지만, 작가는 단지 엷게 드러난 조소에만 국한되지 않고, 더욱 사람의 심금을 울리는 가슴 아픈 서사로 진입하였다.

> 비록 나는 이미 따스한 집을 버렸고,
> 좋고 두꺼운 옷, 아끼는 책을 버렸으며,
> 또 아내와 자식들의 연한 살을 버렸지만,
> 나는 여전히 너무 무겁고, 너무 무거워 걸을 수 없네.
> 물가는 신문지 위에서, 진열창 안에서,
> 통계가의 펜 아래에서, 마음대로 나를 조소하게 한다.
> 아, 나는 안 된다. 나는 아직 너무 많은 살을 갖고 있고,
> 아직 누르스름한 아내와 자식이 있으며, 그들도 살이 있다.
> 또 겹겹이 기운 낡은 옷도 있어, 그것들 역시 너무 무겁다.
> 이런 것들은 모두 버려야 한다. 항전을 위하여,
> 항전을 위하여, 우리는 모두 뒤쳐지지 말아야 한다.
> 다른 사람들이 물가가 높이 오르니, 재빨리 고개를 들고 따라잡는 것을 보라.
> 설사 깃털과도 같은 가벼운 죽음일지라도,
> 또한 따지지 말라, 오로지 뒤쳐지지 말아야 하니.

이것은 풍자시로 결코 더 깊은 상징은 없다. 그러나 작가는 개인의 분노에 찬 정감을 은폐시키고 조금도 내색하지 않고 물가의 '치솟음'과 사람들의 '고개를 들고 따라잡는' 익살스러운 대응과 또한 모순되는 극단적인 묘사로, '항일 전쟁은 위대한 시대로 뒤쳐져서는 안 된다'라는 가운데 구절을 특별히 운용하여, 항전 시기 물가가 사정없이 치솟고 대중이 기아에 허덕이는 정경을 표현하였다. 그러나 또한 기아에 허덕이는 민중에 대한 정경의 묘사를 초월하여 모두 희극적인 독백으로 처리하여, 전달의 효과 면에서 많은 비슷한 제재의 작품을 초과하였다. 서정적 기능의 간접적 추구는 시에 내재적으로 압박하는 풍자적 역량을

가져왔고, 또한 가벼움 속에서 눈물을 머금은 어조로 현대파 시인의 특유한 '기발함'의 특색을 자연스럽게 드러냈다. '중국 신시'파 시인들은 '희극화'에 대한 실험이 이미 단순한 서구 현대파 시인 예술의 음영 아래 순수 기교적인 모방이 아니라, 선택과 소화를 거치고 개인의 창조를 거쳐 자기 민족 문화의 제약과 대중의 수용 한도를 허락하는 자태로 신시 현대화의 창작 과정에 진입하였다. 우리의 이 문제에 대한 탐구도 그들이 어떻게 서구 현대파 시의 미학적 표현의 흔적을 추종하였는가에 치중할 것이 아니라, 이 미학적 정수의 의미에 있어서 중국시인 자체의 창조성을 띤 실천을 고찰해야 한다. "배를 새겨 검을 구하는" 융통성 없는 방법에 대하여 우리는 동서 시 문예의 교류를 탐구할 때 마땅히 역사적인 경각심을 가져야 한다.

T.S.엘리엇은 20년대에 쓴 자신의 대표적인 논문인 〈전통과 개인의 재능〉에서 시의 현대적 의미에서 시의 '희극화' 문제를 언급하였다. 그는 시와 희극 작품이 가치가 있는 것은 결코 감정의 '위대함'과 강렬함에 있는 것이 아니라, 예술적 작용의 강렬함에 있다고 하였다. 다시 말해서 마음이 재료를 소화하여 생성하고 결합 후 생겨난 강렬한 압력이라고 말할 수 있다. 그는 시릴 토르네(Cyril Tourneur)의 〈복수자의 비극〉 중 한 단락의 시를 인용하여, 이 한 단락의 시에 서로 상반되는 두 가지 감정의 결합이 포함된다고 하였다. 즉 일종의 아름다움에 대한 강렬한 흡수와 추악함에 대한 똑같이 강렬한 미혹이다. 후자는 전자의 대비이며, 아울러 상쇄시킨다. 그는 이 두 가지 감정의 평형을 희극이 조성한 '구조의 감정'이라고 보았다. 이런 감정의 화합력으로 말미암아 정감의 공허함을 피하고 우리에게 '새로운 예술적 감정'을 가져다주었다. 이런 시의 감정은 이미 '극도로 복잡한 것'으로, 이로부터 그는 흔히 사람들에게 오해를 받는 문제를 제기하였다. "시는 감정을 방임하는 것이 아니라 감정을 도피하는 것이고, 개성을 표현하는 것이 아니라 개성을 도피하는 것이다".[67] 사실 이 논술과 명제 속에는 이미 감정의 강렬함

이나 공허함과 서로 대립되는 현대시의 '희극화'를 추구하는 사상을 포함하였다. 〈햄릿〉을 논술할 때, 엘리엇은 그의 저명한 '객관적 상관물'의 사상을 제기하였다. 그는 "예술상의 '불가피성'은 외부 세계의 사물과 정감 사이에서 완전히 대응된다"[68]고 생각하였다. 여기에서 희극적 예술 특징으로부터 현대 시인의 미학적 '객관성(客觀性)', '간접성(間接性)'의 문제를 제기하였다. 영국 17세기 현학파 시인을 논술할 때, 엘리엇은 "각종 이미지와 다층의 연상을 충격을 통하여 겹겹이 쌓아 혼연일체로 만드는 수법이 던(John Donne) 시대 일부 극작가들의 용어 특징이다"고 생각하였다. 그들은 '성숙'의 표징 중 하나로, 늘 "여러 마음 상태와 정감의 문자 대응물을 찾는 데 치중하는 것이다"고 하였다. 문명의 복잡함과 다양성은 시인의 감수력을 추동시키고, 그들의 시를 점점 "함용성, 암시성과 간접성"을 구비하게 한다.[69] 여기에서 토론하고 있는 시학적 특징은 모두 시의 '희극화'의 사고에서 기원한다. 엘리엇은 예이츠 시의 '비개성화'는 "강렬한 개인 경험으로 일종의 보편적인 진리를 표현하는 것이고, 또한 그 경험의 특성을 유지하는 것으로, 목적은 보편적 상징이 되게 하려는 데 있다"고 하였다. 한 "서정 시인 ─ 예이츠는 바로 서정 시인이다. 심지어 그가 시극을 창작할 때도 ─ 모든 사람을 위해 말할 수 있고 심지어 그런 그 자신과 완전히 다른 사람을 위해 말할 수 있다. 그리고 이 점에 도달하기 위하여 그는 반드시 어느 한 시각에 자신을 모든 사람 혹은 다른 사람이 되게 할 능력이 있어야 한다"[70]고 하였다. 여기에는 마찬가지로 시의 '희극화' 미학이 추구하는 중요한 방면이 포함되어 있는데, 이는 서정적 배역의 전환과 객관화의 문제이다. 30년대에 이르러 엘리엇은 더욱 자각적으로 시의 '희극화' 문

---

67) 《엘리엇 시학문집》, 7-8쪽.
68) T.S.엘리엇, 〈햄릿〉, 《엘리엇 시학문집》, 13쪽.
69) 〈현학파 시인(玄學派詩人)〉, 《엘리엇 시학문집》, 26, 32쪽.
70) 〈예이츠(W.B.Yeats)〉, 《엘리엇 시학문집》, 167-170쪽.

제를 제기하였다. 그는 현대시 속에 세 가지 목소리가 있다고 하였는데, 첫 번째 소리가 시인 자신이 말하는 (혹은 어떤 사람에게도 말하지 않는 것) 소리이고, 두 번째 소리는 시인이 청중에게 말할 때의 소리이며, 세 번째가 시인이 운문으로 말하는 희극 인물을 창조할 때 시인 자신의 목소리를 쓰려고 한 것이다. 첫 두 가지 소리 사이에서 자기가 말하는 시인과 옆 사람에게 말하는 시인 사이의 구별이 형성된다. 또한 시 교류의 문제이다. 뒤의 두 가지 소리 즉 옆 사람에게 말하는 시인과 허구된 인물을 창조하여 언어를 사용한 시인 사이의 구별은 "극시(劇詩), 준극시와 비극시 사이의 차이 문제"를 구성하였다. "나의 초기 여러 작품 중에는 희극적인 성분이 있다"고 했는데, 이런 희극적 성분의 중요한 표현이 바로 세 번째 소리의 출현이다. "내가 세 번째 소리 ― 희극의 소리 ― 를 들은 것은 내가 처음으로 두 (혹은 더욱 많은) 인물의 문제를 접촉한 뒤이다. 나는 이 두 (혹은 더욱 많은) 인물을 여러 가지 충돌, 오해 혹은 서로 이해하기를 희망하는 국면에 놓도록 해야 하고, 아울러 그 혹은 그녀를 위하여 문장을 쓸 때 내 자신을 되도록 이러한 인물들로 변하게 해야 한다". 엘리엇은 더욱 명확하게 이렇게 말하였다. "내가 말한 세 번째 소리 ― 곧 시극의 소리 ― 모든 특수성은 다른 한 가지 방식을 통하는 것이다. 즉 희극 성분을 통하고 함유하는 ― 특히 희극의 독백의 ― 비시극의 소리의 비교로 나타나는 것이다. …… 한 가지 소리를 내가 듣지 못한 게 아닐까? 희극이어야 비로소 극장 밖에서 가장 잘 운용되는 희극 시인의 소리인가? 만약 한 가지 시가 무대를 위해 쓴 것이 아니지만 또 "'희극적인' 시라고 불릴 가치가 있다면 의심할 여지없이, 그것이 곧 브라우닝(Robert Browning)의 시라고 말할 가치가 있다".[71] 이런 시의 희극화에 관한 논술은 20세기 2, 30년대 서구시가 추구하는 현대화의 미학적 노력을 실현하였으며, 중국 신시인의 새로운

---

71) 〈시의 세 가지 소리〉, ≪엘리엇 시학문집≫, 249-254쪽.

미학적 추구의 내원이 된다.

20년대 중기, 윈이둬, 쉬즈모는 브라우닝과 브라우닝 부인의 시를 접촉하고 번역하는 동시에 그들의 그러한 "무대를 위해 쓴 것이 아닌", "'희극적인' 시에 깊은 흥미"를 느꼈다. 그들의 일부 실천, 즉 시 속에 희극적 대화와 '토착어를 넣는 것'은 일종의 실험적인 탐색이었다. 그러나 그들의 시 미학에 대한 추구는 대체로 여전히 낭만주의의 체계에서 벗어나지 못하였다. 30년대 벤즈린은 보들레르로 부터 엘리엇, 발레리의 미학까지 그들의 영양분을 섭취하여 일종의 '희극화'의 방법으로 북국 거리의 황량함과 인민의 마비된 정경을 쓰기 시작하였으며, 시 속에서 자각적으로 희극의 대화를 도입하여 시의 서정적인 객관성과 희극의 충돌되는 성분을 증가시켰다. 그는 의식의 깊은 곳에서 이런 방법과 중국 전통시의 주관과 객관을 융합하는 방법으로 동일성을 찾았다. 그는 후에 이렇게 말하였다. "나는 언제나 우리나라의 고유한 '이미지' 혹은 서구에서 말하는 '희극성의 상황'을 표현하기 좋아한다. 또한 소설화, 전형화, 비개인화에 치중하였다고 할 수 있고, 심지어 가끔 '희극과 비슷한 작품(parody)'을 쓰기도 하였다." 그는 자신의 이 시기에 창작한 시 중 "고금 중외와 꽤 통하는 부분"이 있다고 하였는데, 그 가운데 하나가 바로 "나는 서정시를 쓸 때 우리 나라 다수의 구체시처럼 '이미지'에 치중하여 자주 서구의 '희극성 처경'을 통하여 '희극성 대사'를 사용하였다". "이러한 서정시의 창작에서 소설화, '비개인화'도 내 자신이 자아의 세계를 벗어나 시야를 넓히고 내향적인 데서 외향적인 데로 나아가는 데 유리하게 하였다". 그리고 그는 이것이 그가 시를 쓰는 후기에 나타난 변화의 "발단"이라고 하였다.[72] 그 후 30년대 말에 이르러, 벤즈린은 오든을 참고로 하여, 그의 ≪위로 편지집≫에서 오든과 프랑스 아라곤(Aragon)의 영향을 받아, 이러한 모더니즘 시가의 창작 방법에 대

---

72) 벤즈린, ⟨≪조충기력≫ 자서⟩.

해 더욱 발전된 실험을 진행하였다. 40년대 '중국 신시'파 단체 가운데 일부 시인의 이론과 실천에 있어서 신시 '희극화'에 대한 추구는 바로 벤즈린 등을 계승한 것이며, 더욱 자각적으로 신시로 하여금 정치적 감상, 낭만적 감상과 일반적인 서술의 방식에서 벗어나게 하였으며, 신시 현대화의 미학 추구의 과정이라는 이 방면에서의 탐색을 강화하였다. 이런 탐색 자체는 40년대 중국 신시 현대성의 미학 범주의 건설에 일종의 새로운 가능성을 가져다주었다.

제11장
맺는 말, 동방 현대시의 구상과 건설

1 동방 현대시 역사에 대한 기대와 사색

민족적 특색을 갖춘 동방 상징시와 현대시를 구상하고 건설하는 것은 '오사' 신시 혁명 이래의 필연적인 역사적 추구이다.

비록 시인 겸 평론가인 량중다이 선생이 말한 것처럼 "상징주의는 어느 나라, 어느 시대의 문예 활동과 표현에서도 모두 없어서는 안 될 보편적이고 중요한 요소이다". 하지만 동시에 그는 또 이렇게 명확하게 말하였다. "'상징'이란 글자의 특수한 의미는 근대에 와서야 형성된 것이다".1) 19세기 프랑스에서 탄생한 상징주의는 당연히 서구 모더니즘 시 및 기타 현대파시 예술의 원천으로 여겨진다. '오사' 전야에 생겨난 신시 혁명은 이러한 서구시 충격의 영향 아래 발생한 문학적 변혁이다. 후스 선생의 '팔불주의(八不主義)' 문학의 주장과 ≪상시집(嘗試集)≫에 나타난 백화시 실천이 모두 일찍이 상징주의 시 조류가 영국과 미국

---

1) 량중다이, 〈상징주의〉, ≪시와 진실·시와 진실 2집≫, 외국문학출판사, 1984년 1월, 63, 64쪽.

에서 변형된 산물인 이미지즘 시가운동의 영향을 받았다는 것은 이미 모두가 익숙히 알고 있는 사실이다. '오사' 계몽 운동 문화 개방의 큰 흐름 속에서 서구 상징파와 현대파 시는 신시의 탄생과 더불어 함께 중국에 전파되었으며, 동시에 현대시 민족화의 새로운 과정을 시작하였다.

내가 여기에서 말한 현대시가 가리키는 것은 바로 서구 상징주의, 이미지즘 및 현대파 시 조류의 영향으로 탄생한 중국 모더니즘 시 및 그 시인과 유파이다. 주즈칭 선생은 1935년에 쓴 〈중국신문학대계·시집 머리말〉에서 이미 아주 명확하게 리진파, 다이왕수로 대표되는 상징파 시조의 존재와 특징을 긍정하였고, 후에 그는 이 유파의 탄생과 발전이 신시 자체의 발전이 '진보하고 있다'[2]는 것을 표현하였다고 여겼다. 그는 '서언'에서 첫 10년의 시단을 자유시파(自由詩派), 격률시파, 상징시파로 나누었는데, 이러한 구분이 결코 정확하다고 할 수는 없지만, 신시 발전의 객관적 현상을 반영하고 있다. 가장 중요한 것은 '상징시파'라는 이 조류의 존재를 인정한다는 것이다. 주즈칭은 또 심미적인 각도에서 상징파 시의 예술적 개척의 가치를 토로하였는데, 다이왕수를 논할 때, "그는 프랑스 상징파를 참고로 하였고 또 음절의 가지런함을 중요시하였지만, 울림이 있거나 힘차지 않고 가볍고 명확하다. 또한 약간 몽롱한 분위기가 있지만 사람들이 알아 볼 수는 있게 하였다. 색채도 있지만 펑나이차오처럼 그렇게 농후하지는 않다. 그는 그 미묘하고도 정묘한 점을 포착하려 하였다"고 말하였다. 주즈칭 선생의 이러한 평론은 이미 서구 상징파 시의 영향이 어떻게 신시의 흡수와 전환 속에서 민족화의 재탄생을 진행하였는지에 대한 사상을 포함하고 있다. 바로 이런 사상을 토대로 하여 그는 상징파 시의 탄생이 곧 중국 신시 발전의 하나의 진보라는 것을 긍정하였다. 그는 한 선생이 이런 분류법을 찬성하지 않는다고 하였으며, 그는 정말로 상징파 시를 좋아하지도 않고 이해하기

---

2) 주즈칭, 〈신시 잡화·신시의 진보〉, 《주즈칭 문집(朱自淸文集)》, 쟝쑤교육출판사, 1988년 8월, 319쪽.

도 어렵다고 했다고 한다. 그러나 다른 한 친구는 이런 분류법에 매우 찬성했는데, "그러나 나의 판단에 대해 동감을 표하지는 않았지만, 그는 그렇지 않다고 생각했다. 그는 이 세 유파가 한 유파 중 다른 한 유파보다 강하며 진보하고 있어, 〈머리말〉에서도 지적해내야 한다고 했다". 당시에도 상당히 전위전인 이러한 견해에 대해 주즈칭 선생은 "그의 말은 틀리지 않다. 신시는 진보하고 있다"고 말하였으며, 아울러 신시에 대해 비관적인 논조를 가지고 있는 사람들을 반대하고, 세 유파의 점진적 발전이 신시 예술의 진보를 위해 전개한 "어떤 방향"[3]을 구체적으로 논증하였다. 여기에서 보다시피, 상징파는 신시 중 하나의 존재로서 탄생 초기부터 이론계의 승인을 받았다. 사람들의 분쟁은 바로 이런 시의 조류가 어떻게 민족화의 관심을 실현하였는가를 반영하고 있다.

상징파시를 포함한 중국 모더니즘시의 흐름은 초기 맹아와 시험, 30년대 여러 가지 방향의 개척과 창조, 40년대 점진적으로 성숙된 탐색과 성장을 거쳐서, 이미 동방화, 민족화의 자각적인 시인 단체와 이론 형태를 형성하였다. 단지 당시 이론의 편파성과 그 후 더욱 단일화된 예술 형식으로 인하여 이 예술 조류 발전의 생명을 질식시켰을 뿐이다. 그러나 역사는 이미 이 소멸시킬 수 없는 사실을 새겨놓았다. 즉, 모더니즘시의 조류는 이미 매몰시킬 수 없는 예술적 광채로 사람들이 여러 가지로 필요로 하는 심미적 시야로 진입하게 하였으며, 일부 시인들의 창조는 시대에 충실하고 예술적 통일에 충실한 중대한 임무를 감당하기 시작하여, 역사와 민족 앞에 부끄럽지 않은 시편들을 남겨놓았다. 이 조류는 낭만주의, 사실주의와 함께 평형되게 발전하는 세 예술 조류의 한 가지가 되었다. 30년대에서 40년대에 이르는 많은 시인의 예술 탐구는 이미 점차 다른 문화에 대한 섭취와 전통 시가를 참고로 교류를 추구하기 시작하였고, 중국 민족의 현대시 발전의 빛나는 미래를 개척하였다.

---

3) 주즈칭 〈신시 잡화 · 신시의 진보〉, ≪주즈칭문집≫, 쟝쑤교육출판사, 1988년 8월, 319쪽.

침묵 아래 낮은 흐름을 거쳐서 80년대 초에 폭발하고 궐기한 신시조는 전혀 새로운 측면에서 40년대 현대파 시에 대한 계승이자 연장이다. 이 재생기의 풍부하고 발랄한 현대시의 조류는 사람들에게 흥분과 불안감을 주었다. 민족의 운명과 비극적 역사에 대한 가장 심각한 반성, 전통시 관념에 대한 격렬한 반항 및 외국 시가 예술에 대한 선택하지 않은 섭취는 이 시기의 시 조류로 하여금 새로운 예술 절정에 다다르게 하였으며, 동시에 또한 새로운 예술적 범람을 불러 일으켰다. 현대성과 민족화의 구상과 건설은 새로운 무질서에서 질서 있는 탐색 과정으로 진입하였고, 사람들의 동방 현대시에 대한 기대와 사색이 그 어느 때보다 더욱 긴박하였다.

2 20년대 중외 시가예술 관계 탐색의 흔적

어떻게 서구 시와 중국 전통 시의 '교류'와 '융합'을 실현하여 현대적 의미에서 중국 신시가 발전하는 길을 찾았는가 하는 것은 20년대에 이미 일부 시인과 평론가들의 중외 시가 예술 사색에 관계되는 중요한 명제였다.

이 예술적 사색에 대한 고찰에 진입하기 전 우리는 중국 신시 이론의 발전 가운데 두 가지 융합론의 차이를 명확히 해야 할 것이다. 한 가지는 전형적이고 광범위한 예술 조류의 흡수와 융합이다. 그것은 모더니즘시 조류 이전의 여러 예술 조류와 중국의 풍부한 시 전통에 대한 광범위한 흡수를 포함한다. 이러한 노력은 중국 신시의 현대화를 위해 풍부한 예술적 영양분을 흡수하였고, 중국 신시에서의 낭만주의와 현실주의 조류 및 대표적인 시인을 탄생시켰다. 원이둬가 제기한 중국 신시는 민족의 색채를 유지해야 할 뿐만 아니라 외국시의 장점도 흡수해야 한다. "중국과 서구의 예술이 결합한 후 탄생한 귀염둥이가 되어야 한다"

라는 중요한 사상은 궈모뤄, 원이둬, 쉬즈모, 아이칭 등 대 시인의 창작 실천에서 모두 이 융합론의 사고를 따라 맺은 진귀한 열매이다. 두 번째는 모더니즘 범주의 흡수와 융합이다. 이러한 이론의 선구자는 현대적 의식과 예술적 안목으로 서구 모더니즘 시의 조류와 중국 전통 시가를 참고하여 '오사' 이후 신시 발전의 약점과 방향에 대해 심각한 반성을 하였고, 예술 표현의 심오함과 몽롱함을 추구하였고, 시가 예술의 심미적 가치의 전위성을 추구하였으며 그들의 사고와 실천은 동방 상징시, 현대시의 건설을 위해 중요한 공헌을 하였다. 우리가 여기에서 고찰할 것은 바로 이 두 번째 동서 시가 예술 융합론의 구상 형태이다.

20년대 중국 신시에는 여전히 전통의 속박에서 벗어나 예술적 자립을 추구하는 문제가 존재한다. 중국 고전 시가에 대한 원심력이 구심력보다 컸으며, 시 언어와 생활 언어의 접근은 거의 신시 예술의 표준이 되었다. 이 시기 일부 시인과 이론가의 융합론적 사고는 주로 서구 낭만주의, 사실주의 사조를 섭취하는 데 치우쳤으며, 고전시 가운데 백화로 시를 창작하여 명백하고 이해하기 쉬운 시어와 자신의 예술 창조의 인정을 추구하였다. 모더니즘 범주의 융합론적 사고는 아직 주도성을 띤 예술 추구가 되지 못하였지만, 분산 상태의 사고로부터 볼 때, 그들은 이미 모더니즘시 조류의 민족화와 동방화의 문제에 접하였으며, 국부적인 예술 표현 방법에서 점진적으로 전체적인 신시 발전의 길을 탐색하는 것으로 변화하였다.

후스의 신시 이론과 창작은 모두 "시를 창작하는 것은 문장을 쓰는 것과 같아야 한다"는 것을 표방하였다. "무슨 말이 있으면 무슨 말을 하고 어떻게 말하고 싶으면 어떻게 말한다"라는 것이 그의 신시 예술의 원칙이 되었다. 그러나 미국 이미지즘 주장과 창작 추구의 영향을 받아, 그는 '구체 영상'이라는 이론 개념 속에서 동서 예술의 공통점을 부르짖었으며, 이는 그로 하여금 확실히 과도하고 편파적인 이론 주장이 일정 정도의 평형을 이루게 하였다. 후스 선생에게는 두 이론 개념이 중시할 만한데, 하나는 그가 주장한 시의 '구체적인 창작법'이다. 그는 신문에 실린 많은 신시의 큰 결점이 바로 "추상적인 제목으로 추상적인 창작 수법을 쓰는 것이다."고 하였다. 신시를 쓰는 가장 중요한 방법은 바로 "반드시 구체적인 작법을 써야지, 추상적인 설법을 써서는 안 된다. 무릇 좋은 시는 모두 구체적이다. 구체적일 수록 더욱 시적 정서와 시적 의미를 지닌다. 무릇 좋은 시는 모두 우리의 뇌리에서 일종의— 혹은 여러 가지— 현저하게 생동하는 영상을 일으킨다. 이것이 바로 시의 구체성이다'. 그는 이의산(李義山)의 "예전의 모든 현명한 나라와 성인을 훑어보니 성공은 근검에서 오고 실패는 사치에서 오네" 라는 시구를 예로 들어 "몇 개의 추상적인 명사"만을 썼을 뿐, "명쾌하고 아름다운 영상"을 일으킬 수 없기 때문에 시가 아니라고 하였다. 반대로, "녹음 우거지고 꽃이 피니 죽순을 꺾고, 바람 불고 비 내리니 매화꽃이 곱게 피누나'. "닭 우는 소리, 초막집 위의 달, 인적 드문 다리 위 서리" 등의 시구는 구체적인 창작 수법을 사용하였기에 모두 "선명하고 생동한 영상"을 일으킬 수 있다고 하였다.[4] 여기에서 말한 "영상"이 서구에서 말한 '이미지(image)'이다. 후스 선생이 제기한 또 다른 개념은 바로 '중국 문학 상투어에 대한 심리학'이다. 후스 선생은 '언어가 가깝지만 의미가 심원한 '기탁시'를 제창하였는데, 이는 중국 전통시 고유의 심미적 표준이며, 서구 상징파, 이미지파가 추구하는 예술 개념이기도 하다. "문자의 표현상에서 보면, 내용은 사람마다 알 수 있는 일상적인 사실이지만, 다시 깊이 있게 읽어보면 또한 기탁한 깊은 의미를 찾을 수 있다'. "'의미가 심원하다'는 것은 심후하다고 보아도 무방하다. 그러나 언어가 가깝다는 것은 기탁한 먼 의미에 의탁하지 않고 독립적으로 존재할 수 있다'. 그러므로 이러한 추구는 반드시 창조적인 기초 위에 건립되어야 한다. 후스는 고전시에서는 아주 오래 전부터 구체적인 글자로 추상적

---

4) 후스, 〈신시를 논함— 8년 이래의 큰 사건〉, 《중국신문학대계·건설이론집》, 308쪽.

인 어휘를 대체하는 창조적인 추구가 있었다고 생각하였다.

창조성은 점차적으로 인습을 낳아 "낡은 것이 계속 이어지는 상투어"를 탄생시킨다. 후스는 "상투어가 되면 구체적인 이미지를 일으키는 작용을 일으킬 수 없다."[5]고 하였다. 심리학 등의 각도에서 그는 이런 인습의 심리로 인해 새로운 언어가 오히려 낡은 상투적인 개념이 되는 것을 반대하였다. 후스의 이러한 주장은 그가 서구 이미지파 시와 전통 기탁시 사이에서 심미적 교류를 진행하는 적극적인 노력을 표현하였으며, 동시에 이런 교류가 필연코 현대적 안목으로 전통 예술 방법에 대한 흡수와 배척을 해야 한다는 것을 명시한다고 하였다. 융합은 반드시 동방과 서구 시 예술의 선택을 기초로 하여야 한다. 현실주의 시인 류반눙(劉半農)은 현대 사조의 영향을 받아, 초기 촬영 이론 중 예술과 시의 '몽롱'미 이론과 전통적인 '사의(寫意)' 범주의 관계를 제기하였으며, 동시에 프랑스로 유학을 간 후 시를 창작하는 과정에서 시의 몽롱미를 추구하였다.[6] 또한 동시에 융합론의 쌍방향 선택성을 표현하였다. 이런 선택에 직면하여 모더니즘 시 조류 중 더욱 깊이 있는 사색을 한 이가 저우쭤런(周作人)과 무무톈(穆木天)이다.

저우쭤런과 무무톈은 모두 서구 상징주의 시와 중국 전통시 사이에서 교착점을 추구하였다. 그들의 융합론을 비교한다면 하나는 더욱 구체적인 예술 표현 방법의 관련에 치중하였고, 다른 하나는 더욱 전체적인 심미 특징의 배려에 주의하였다. 저우쭤런은 신시 예술 발전의 중외 융합에 대해 매우 자각적인 의식을 가지고 있었다. 그는 "나는 신시의 성과에서 한 가지의 추세가 매우 중요하다고 생각한다. 그것은 바로 융합이다."고 하였다. 그가 말한 소위 "융합"은 바로 "중국 문학에 고유한 특징을 외부의 영향을 받아 나날이 미화시키는 것으로, 단지 겉옷 한 벌만 어깨에 걸치면 되는 것이 아니다". 그는 서구 시에서의 '상징'이라

---

5) 후스, 〈선인모의 논시에 부쳐〉, ≪중국신문학대계·건설이론집≫, 312, 313쪽.
6) 류반눙, ≪반눙이 그림자를 말하다≫, 상하이광명서점, 1928년.

는 이 "시의 최신 창작 수법"을 중국 전통시의 부, 비, 흥의 '흥(興)'과 통하는 것으로 여겼으며, '상징'이라는 이 "외국의 새로운 조류와 동시에 또한 중국의 낡은 수법 속에서" "융합"을 진행하여, "진정한 중국 신시" 발전의 새로운 길을 탐색해 냈다.[7] 무무톈은 저우쭤런이 견해를 발표한 같은 해에 중국 시단에 발표한 한 편의 글에서 그의 상징파 시론의 주장을 체계적으로 피력하였다. 이 글의 소중한 점은 단순한 이론 소개를 한 것이 아니라, 상징파 시 이론과 중국 전통 시 속에서 일부 관련된 심미 특징을 비교하여 그들 사이에 서로 통하는 곳을 찾아냈다는 것이다. 예를 들면, 그는 두목(杜牧)의 〈진회에 정박하여(泊秦淮)〉와 서구 상징주의를 비교 분석하여, 이 시가 "상징적이고 인상적이며 다채로운 명시로, 몽롱함에서 명확함으로 변화하고, 명확함에서 몽롱함으로 변화한다"고 하였으며, 상징시가 구비해야 할 "시의 통일성"을 표현하였다고 하였다. 그의 '시의 암시성'과 '시의 사유술'에 관한 주장은 모두 중국과 서구 시 예술을 융합시킨다는 사색 속에서 민족 동방의 상징시의 탄생과 창조를 호소하였다.[8]

20년대 중기에 탄생한 이러한 융합론적 사고의 공통된 특징은 후스로 대표되는 초기 백화시 이론과 실천에 대한 심각한 반성이라는 점이다. 그들은 시가 혁명의 변혁이 완성된 후 시 본질이 지니고 있는 자신의 가치를 찾았다. 이러한 이론 사색의 공헌은 다음과 같다. 즉 전통적이고 경전적인 표현 국면(직접적으로 서정을 토로하는 것과 일상적으로 묘사하는 것)을 타파하였고, 전통적인 아름다움의 방식을 연결하거나 또는 서구 현대적인 시 조류의 심미 원칙과 예술적 효과에 접근하려고 하였다. 마치 저우쭤런이 말한 것처럼 "중국의 문학 혁명은 고전주의(의고주의(擬古主義)가 아님)의 영향으로, 모든 작품이 마치 유리 구

---

7) 저우쭤런, 〈양편집 · 서〉, 1926년 6월 7일, 《어사》, 제82기.
8) 무무톈, 〈시를 논함─ 모뤄에게 부친 편지〉, 1926년 3월 16일, 《창조월간》, 제1기 제1권.

슬과 같이 너무 투명하고, 조금도 몽롱한 감이 없다. 이 때문에 또한 여운과 향기가 부족한 듯하다".[9] 어떻게 두 방면의 흡수 속에서 '고전주의(古典主義)'에서 모더니즘으로 나아가 민족화한 동방 상징시와 현대파 시를 구축할 것인가 하는 것이 그들이 제창한 동방과 서구 시 예술 융합론의 '정수'이다. 결함은 그들의 이러한 견해가 아직 이론적 사고에 머물러 있으며, 성공적인 예술적 실천을 하지 못했다는 것이다. 설사 당시 일부 시대를 초월한 실천이 있었다 하더라도, 과도하게 유럽화 혹은 과도하게 고전적인 창작으로 말미암아 새로운 심미 원칙을 독자들이 접수하는 통로를 방해하였다. 때문에 당시 일부 창작 속에서 "어떻게 하여도 이 유파(상징파를 가리킴) 시 풍격의 우수성을 찾을 수 없었다".[10] 새로운 이론의 탄생은 동시에 새로운 이론의 돌파를 배태하고 있다. 이것은 신시의 예술 탐색 역사의 필연이다.

3 동서 시가 예술의 융합론 탐구의 새로운 단계

30년대 현대파 시인 단체 및 그 이론 사색은 동서 시가의 예술 융합론 탐구를 새로운 단계로 끌어올렸다. 그들의 이론과 실천은 '오사' 이후에 시작된 동방 민족의 상징시, 현대시에 대한 호소를 열정적인 염원에서 창조적인 사실로 변화시켰다. 주즈칭은 다이왕수, 볜즈린, 허치팡, 펑즈 등의 창작을 "민첩한 감각을 제재로 삼았으며", "암시를 빌어 정서를 표현한" 중국 현대의 "상징시"라고 하였다.[11] 리졘우 선생은 이런 궐기하는 젊은이들을 "신시인들이라도 이해한다고 볼 수 없는" 소수의 "전위 시인"이라고 하였다. 그들이 표현한 것은 "인생의 미묘한 찰나"이

---

9) 저우쭤런, 〈양편집·서〉, 1926년 6월 7일, ≪어사≫, 제82기.
10) 두헝, 〈≪왕수의 풀≫서〉, 1933년 8월 1일, ≪현대≫, 제3권 제4기.
11) 주즈칭, 〈신시 잡화·항전과 시〉, ≪주즈칭 전집≫(제2권), 345쪽.

며, 이런 찰나 속에 "중외 고금의 정수가 모여 있고, 공간과 시간이 함께 모여 일체가 되었으며", "많은 이미지로 당신에게 복잡한 감각을 준다". 그것들은 이미 '모방'이 아니라 '창조'적인 현대 '상징파 시'로 진입하였다.[12] 비록 급진적 사상으로 인하여 상징주의에 대하여 주도에서 부정으로 변한 무무톈 선생도 "현재 중국 시단에 상징주의의 시가 상당한 지위를 차지하고 있다"는 것을 인정하였다.[13] 그들의 안목에서 동방 민족의 상징시와 현대시는 이미 유치한 최초의 형식 단계를 초월하여, 독립적인 창조와 수확의 계절로 들어섰다. 이런 실천을 반영한 탐색은 동방과 서구 예술이 융합되는 것에 관하여 더욱 완전하고 자각적인 형태를 드러냈다.

이런 이론 사색의 변화 궤적과 독특한 함의를 탐색하기 위하여, 우선 그들의 동서 시가의 영양분의 원천을 선택함에 있어서의 시각의 변화를 설명해야 한다. 리젠우 선생은 "우리의 생명은 이미 복잡한 현대로 들어섰다. 우리는 번잡한 정서와 표현을 필요로 한다. 진정한 시는 이미 전통적인 형식에서 벗어나 새로운 형식으로, 그것이 필요로 하는 인생과 일치하는 진실되고 순수함을 체험하고 융합시킨다"고 하였으며, "소수의 시인을 놓고 말할 때, 그것이 가장 먼저 만족해하는 것은 전기의 방랑자식의 정감의 남용이 아니며, 이는 시의 본체로, 영혼의 충실이거나 혹은 시의 내재적인 진실이다". "그들이 찾는 것은 순수시(Pure Poetry)이다".[14] 현대파의 '전위 시인'은 여기에서 서구 시를 참고하거나 혹은 중국 고전시를 섭취하여 모두 더욱 새로운 선택의 시각을 구비하게 되었다. 그들은 동방 상징시, 현대시의 영양분의 원천을 구축하는

---

12) 류시웨이, 〈어목집 — 벤지린 선생작〉, ≪저화집≫, 131, 135쪽. 리젠우 선생은 이 문장에서, "흔히 신문화 운동에서 시의 작용이 산문보다 작았다고 하는데, 현대라는 이 단어로 보아 산문이 시보다 훨씬 더 낙후되었다고 해야 할 것이다"고 말하였다.

13) 무무톈, 〈린겅의 〈밤〉〉, 1934년 5월 1일, ≪현대≫, 제5권 제1기.

14) 류시웨이, 〈어목집 — 벤지린 선생작〉, ≪저화집≫, 134, 132쪽.

데 더욱 현대 관념에 접근하는 선택과 대조를 하였다. 일종의 강렬한 자각 의식은 그들로 하여금 전통 시가의 미학적 범주에 대해 현대적 개조와 변화를 진행케 했으며, 아울러 전통적인 예술 표현 방법 중에서 서구 현대시가 예술과 호응되는 것을 찾으려고 노력하였고, 융합시키고 관통시켜 현대 시가 예술 표현의 수요에 부합되도록 하였다.

외국 현대시에 대하여, 이미 소개한 보들레르 등 프랑스 전기 상징파 시 이외에, 그들은 20세기 초 서구에서 유행한 세 예술 유파에 더욱 많은 관심을 보였다. 이것이 바로 프랑스의 잠므(Francis Jammes), 포트 (Paul Fort), 구르몽, 발레리로 대표되는 후기 상징파(後期象徵派)와 순수시 조류이며, 영국과 미국 상징파 시인 단체 및 이미지즘 시운동으로, T.S.엘리엇으로 대표되는 영국과 미국의 현대파시이다. 중국 30년대 '전위 시인'은 이러한 시의 조류와 유파 가운데 자신의 현대 의식과 예술 표현에 있어서 새로운 탐색의 공명을 찾았으며, 예술적 심미 가치가 전환되는 계기를 찾았다. 마치 쉬츠 선생이 바첼 린지(V.Lindsey)라는 현대 미국 시인을 소개하고 번역할 때 말한 것처럼 "현대 유럽 대륙에서 현대인의 가장 밀접한 정서를 장악한 시인은 이미 셰익스피어가 아니며, 워즈워드, 셸리, 바이런 등도 아니다. 20세기 거인의 복부에서 새로운 시대의 20세기 시인이 탄생하였다. 새로운 시인의 노래는 현세인의 정서에 대하여 표현하였다. 왜냐하면 현세의 시는 현세 세계의 동란에 대해 노래한 것이며, 기계적이고 빈곤한 세계 사람들의 정서를 향한 것으로, 구식의 서정과 구식의 안위는 이미 지나갔다. 신시인은 미국의 신시 운동을 흥기시켰다".[15] 쉬츠가 설명한 이런 시의 심미 관념의 변화는 마침 중국 '전위 시인'의 관념의 변화가 가져온 선택의 변화에 적

---

15) 쉬츠, 〈시인 바첼 린다(Vacherl Lindsay)〉, 1933년 12월 1일, ≪현대≫, 제4권 제2기. 이 방면에 관한 상세한 논술은 졸작 〈현대시 속의 모더니즘(現代詩歌中的 現代主義)〉을 참고 바람. 러다이윈(樂黛雲)이 주필한 ≪중국 문학과 20세기 서구 문예사조(中國文學與20世紀西方文藝思潮)≫, 중국사회과학출판사, 1990년.

용된다. 그들은 이러한 유파 시인의 몸에서 자신의 복잡한 정서와 내면 세계를 표현하는 데 적합한 감각 방식과 전달 방식을 찾았으며, 인류의 우주와 현실 사회의 현대 비판과 탐색의 의식을 흡수하였다. 새로운 선택의 시각이 가져온 결과는 30년대 현대파 시인의 여러 방향에서의 흡수와 융합 속에서 창조적인 성숙으로 나아갔다.

중국 시가의 유구한 역사 전통에 대하여, 30년대 현대파 시인 단체는 이미 백화시 초기의 속박에서 벗어나 전통 예술의 회귀로 변화하였으며, 구심력은 이미 원심력보다 크기 시작하였다. 전통 시가로의 회귀는 이러한 시인들에게 있어서 완전히 전면적인 흡수는 아니며 더욱이 후스 및 백화시사를 신시의 조상으로 여기는 옛 길을 걷는 것이 아니다. 그들은 자체의 '순시' 건설의 필요에 의거하여 선택의 시각을 조절하였으며, 자연스럽게 예술의 응결점을 시의 심오한 운치와 몽롱한 만당 오대 시사의 예술 보고를 전달하는데 집중하였다. 이는 '원백(元白)'의 통속 시와 미학적으로 완전히 다른 자원이다. 다이왕수, 볜즈린, 허치팡, 페이밍 등 젊은 '전위 시인'들은 모두 일찍이 만당 오대 시사에 매우 심취하거나 좋아하였다는 것은 이미 모두가 익숙히 알고 있는 사실이다. 페이밍 선생은 "현재 몇몇 신시인들은 모두 이상은의 시를 좋아한다"[16]고 하였으며, 그는 볜즈린 선생의 시에 온정균과 이상은 시사의 영향이 있으며, 그 〈등충(燈蟲)〉은 완전히 "≪화간집(花間集)≫의 색깔"[17]이라고 하였다. 그리고 린겅 선생의 창작은 "신시에서 아주 자연스럽고도 또한 갑작스러운 것으로, 만당의 아름다움을 가져왔다"고 하였다. 주잉단(朱英誕)의 시 속에서 페이밍은 "육조 만당의 시가 신시에서 부활하였다"[18]고 보았다. 왜 현대파 시인은 대다수가 이상은, 온정균 등으로

---

16) 페이밍, ≪담신시≫, 인민문학출판사, 1984년 2월, 36쪽.

17) 위와 같음, 167, 182쪽.

18) 페이밍, 〈≪소원집(小園集)≫ 서〉, 처음 1937년 1월 10일, ≪신시≫ 제4기에 실림, ≪담신시≫, 인민문학출판사, 1984년 2월, 185쪽.

대표되는 만당 오대 시사를 이렇듯 좋아하였을까? 이는 단지 예술적 취미의 시대성이 작용한 것이 아니라, 더욱 중요한 원인은 이런 시인이 현대적 예술 안목으로 만당 오대 시사에 관심을 가졌으며, 그 속에서 자신의 필요에 부합하는 예술 추구를 찾았기 때문이다. 페이밍 선생은 유명하지만 조금 편파적인 논점을 제기하였다. 즉 중국 구시의 내용은 산문이며 형식은 시인데, 신시는 이와 반대로 형식은 산문일 수 있지만 내용은 반드시 시여야 한다. 여기에서 말하는 시의 내용은 실제로 우리가 말한 시의 예술 본질에 근접해 있다. 즉 시인의 감각 방식과 전달 방식의 독창성이다. 만당 온이(溫李)의 시사는 마침 이런 진정한 "시의 감각"을 구비하고 있다.[19] 리졘우 선생은 페이밍이 "이 침묵을 지키는 철인으로, 심오한 견해를 말할 때가 많아, 일부 사람들의 시에 대한 탐색을 나타낼 수 있다"고 하였다.[20] 페이밍 선생은 더 깊은 예술적 측면에서 현대파 시와 만당 시사 사이의 관계를 탐구하였다. 그는 이렇게 인정하였다. 후스 선생이 원백(원진, 백거이) 일파로 대표되는 백화시를 숭배하여 그것들이 시의 바른 길이라고 여기고, 백화 신시의 원천과 같은 길이라고 여긴 결과 백화시의 발전이 발붙일 곳이 없게 하였으며, 원백 일파의 구시 역시 그 존재 의미를 상실하였다. 이 유파의 백화시는 오늘날 우리의 신산문 일파와 조금 관계가 있기는 하다. 반대로 "후스 선생이 반동파라고 여기는 '온이'의 시에는 우리가 오늘날 신시의 추세라고 하는 것이 표현되어 있는 것 같다. 이상은의 시는 '곡조가 속박할 수 없는 것'이다. 왜냐하면 그는 진정으로 시의 내용을 지니고 있기 때문이다. 온정균의 사는 진정으로 자유의 길로 나아갔지만, 그런 사에 표현된 내용은 이전의 시가 담을 수 없는 것이었다".[21] 다른 한 단락의 말에서 페이밍 선생은 자신의 견해를 아주 통쾌하게 서술하였다.

---

19) 페이밍, 《담신시》, 39쪽.
20) 류시웨이, 〈어목집 — 벤지린 선생 작품〉, 《저화집》, 132쪽.
21) 페이밍, 《담신시》, 27쪽.

진정으로 시의 감각이 있는 것은 '온이' 시파이다. 온정균의 사에는 전고가 없으며, 이상은의 시에 있는 전고는 바로 감각의 연결됨이다. 그들은 모두 그 시의 감각과 이상을 자유롭게 표현하였다. 육조 시대의 문장에는 이미 이 시파의 싹이 자라고 있었는데, 이 시파의 싹은 또 백화 신시에서 새롭게 성장할 것이다. 이 일은 아주 의미 있는 일이지만 가장 평범한 일이기도 하며, 또한 '문예의 부흥'이다. 우리는 너무 놀랄 필요도 없다. 우리는 온정균의 사에서 그가 입체적인 감각을 표현한 것을 보았고, 여기에서 시의 장르가 해방되는 관계에 주의할 수 있었다. 우리는 백화 신시 속에서 대략 4도 공간도 담을 수 있는데, 이것이 바로 천하의 시인이 할 일에 속한다.[22]

페이밍 선생의 사색은 비록 고전 시가의 전체 예술성과 '온이' 이외의 많은 대시인의 예술미 특성에 대한 견해가 전면적이지 못할 수 있지만, 그의 '온이' 일파 시의 특징에 대한 제시와 파악, 그리고 신시 현대성 예술 특징의 탐구와 만당 시가와의 내재적 연계에 대해서는 근본적으로 하나의 문제를 명확하게 서술하였다. 즉 다른 시가 관념은 전통 시가의 영양을 섭취할 때 대조되는 대상 역시 다르다는 것이다. 새로운 감각과 새로운 상상 세계를 골자로 삼은 현대파 시인은 몽롱하고 화려한 색채의 문자로 자신의 환상 혹은 상상하는 세계의 미를 특징으로 하는 '온이'의 시사를 자신의 동조로 삼았으며, 아울러 그 속에서 서구 현대시의 예술과 서로 통하는 것을 흡수하였다. 이는 성숙기로 들어선 '전위 시인'이 중외 시가 예술을 처리, 소화하여 이로부터 민족의 현대시를 창조하는 필연적인 경로에 도달하였다는 것이다.

---

22) 위와 같음, 39쪽.

4 이미지 · 암시 · 의경

현대의 '전위 시인'이 중외 시가의 관념과 시각의 변화를 받아들인 후, 동서 예술 융합론에 대한 사색은 일단 창작 과정으로 들어서면서 두 방면의 예술적 탐구를 불러일으켰다.

우선은 동서 시가 예술의 융합점을 찾는 것이다. 소위 융합점이란 서구 모더니즘 사조와 중국 전통 시가가 미학적 범주의 대화 속에서 드러내는 서로 유사한 심미적 좌표로, 다시 말하면 서로 인정하는 교착점이다. 현대시 속에서 이러한 탐구로 가장 두드러지게 표현된 것은 이미지의 구축, 함축과 암시의 교류, 의경과 '희극적 상황'의 실험이다.

이미지에 대한 중시는 중국 고전 시가에 있는 고유한 전통이다. 초기 백화시의 창도자인 후스 역시 "'이미지'의 '시의 구체성' 속에서의 작용을 중시하였다. 초기상징파 시인 리진파는 "한 가지 아주 진귀한 점을 갖고 있는데, 이것이 바로 이미지의 창조이다"(리젠우의 말)라고 하였다. 다이왕수, 스저춘, 볜즈린, 허치팡, 린경 등 이런 청년 시인의 필치에 이르면 중외 시가의 심오하고 함축적인 특징을 섭취하여, 새로운 이미지의 창조를 신시 예술을 표현하는 '우선되는 임무'라고 보았다. 리진파의 작품과 비교해 보면, 이러한 '전위 시인' 필치 아래의 이미지는 더욱 깊은 상징적 운치를 지니고 있을 뿐만 아니라, 동서 시 예술 전통을 융합하여 창조를 진행하는 특징이 있다. 다이왕수 작품 속의 비 내리는 골목길, 오래된 신묘, 굳게 닫힌 정원, 극락조 등의 이미지와 볜즈린 작품 속의 오래된 도시, 서장안가, 황량한 거리, 등충, 정거장, 물고기 화석 등의 이미지는 모두 전통 시가의 낙인이 찍혀 있지만 또한 서구 현대 시가의 계시를 받은 그림자를 볼 수 있어, 동서 시가 예술이 결합된 후의 산물이다. 허치팡 작품 속의 아래의 낡은 도시, 가을날, 비단(결정적으로), 둥근 달 , 칠이 벗겨진 붉은 대문, 소녀 손에 들려진 궁중 우산 및 그의 시 제목 '관산월(關山月)', '휴세홍(休洗紅)', '라산원(羅衫怨)'

등, 그리고 린겅 작품 속의 깊은 밤, 이름 없는 작은 배, 월대, 모래바람 부는 날, 창백한 햇빛, 동틀 녘 얼음이 갈라지는 부드러운 소리 등의 이미지는 모두 전통과 현대가 융합된 결과이다. 비교해 보자면 전통 색채가 농후한 허치팡, 린겅 등이라 할지라도 전통 시가의 이미지는 그들의 개조를 거쳐서 현대적 색채를 구비하였는데, "휘몰아치는 서풍 속 털갈이를 한 낙타 무리들/ 무거운 네 다리를 들었다/ 다시 가볍게 내려 놓는다./ 거리에는 이미 서리가 옅게 내려앉았다"의 시는 허치팡의 〈세모에 사람을 그리다(歲暮懷人)〉의 마지막 구절로, 시인은 친구들을 그리워 할 때의 쓸쓸함과 적막감을 전달하였다. 여기에서 온정균의 시구인 "닭 우는 소리, 초막집 위의 달, 인적 드문 나무다리에 덮인 서리"를 활용하였다. 그러나 시인 필치 아래의 낙타무리, 석양이 지는 황량한 거리의 이미지는 이미 자연 본래의 의미가 아니며, 현대적 상징의 색채를 띠었다. 모더니즘 시인에게 있어서 전통적인 이미지거나 아니면 창조적인 이미지거나 모두 현대성의 색채를 띠게 되었다. 우리는 다시 린겅의 〈상하이의 비 내리는 밤(滬之雨夜)〉을 보기로 하자. 페이밍 선생은 린겅의 이 시가 "옥계생(玉溪生)의 시와 비슷하다"고 하였다. 왜냐하면 이 시가 자연스럽고 명쾌하기 때문이다. 그러나 여기에서 쓴 것은 한 북방 사람이 강남 대도시에 와서 느낀 비 내리는 이미지로, 비 내리는 밤, 거리의 자동차, 처마에서 흘러내리는 빗물, 항주의 기름종이 우산, 아스팔트 길, 남호, 맹강녀가 남편을 찾아 장성에 간 곡조, 이렇듯 어떤 것은 전통적이고 어떤 것은 현대적인 이미지를 여기에 넣어 모두 현대적 색채를 띠게 하였으며, 함께 이어 놓으면 곧 상징의 의미가 되게 하였다. '높은 산 흐르는 물(高山流水)'처럼 교묘하게 활용된 전통적 이미지는 우리에게 이 연결된 이미지로 구성된 창구에 진입할 수 있게 하였으며, 우리는 여기에서 아래와 같은 것들을 듣는다. 한 현대의 민감한 지식인이 적막 속에서 동정하는 친구를 찾으려 하지만 찾은 결과는 여전히 똑같이 적막하고 원망하는 마음뿐이다. '맹강녀가 남편을 찾아 장성에 이른' 오래된 곡조에 담은 원망과 현대 대도시의 자동차가 지나가는 소리의 교향은 시인의 탄식하는 정감에 일종의 시간과 공간을 초월한 더욱 가없는 감각을 준다. 이백의 시 '칼을 뽑아 물을 자르니 물은 더욱 세차게 흐르고, 술잔을 들어 근심을 달래려 하니 근심은 더욱 쌓이네'는 직유의 이미지로 직접 자신의 근심을 서정적으로 표현하였지만, 린경의 시 〈상하이의 비 내리는 밤〉은 상징적 이미지로 적막을 전달하였는 바, 이 양자는 시간과 공간의 유원함과 광대함에서 일치하지만, 그 시대적 색채는 완전히 다르다. 우리가 특히 린경의 이 짧은 시를 주의하는 까닭은 작가가 현대 의식의 전달과 전통 이미지에 대한 창조적인 운용에 흔적을 남기지 않는 순수하고 익숙한 이미지에 도달하였기 때문이며, 우리 민족의 상징적 현대시의 창조를 위해 크나 큰 계시와 무한한 가능성을 제공하였기 때문이다.

현대 시인은 서구 상징파의 암시와 중국 전통 시가의 함축성 가운데 융합점을 찾으려 노력하였다. 상징파는 일상적인 생활의 사물을 통하여 상징의 비유체로 삼는 데 치중하여, 한 가지 혹은 여러 가지 정서 세계의 본체를 암시해 냈다. 흔히 친절과 암시라는 이 방면에서 중국 전통 시가가 함축성을 추구하는 심미 추구와 서로 통한다. 저우쭤런이 말한 상징과 '흥'의 융합, 무무톈이 말한 '시는 큰 암시성이 있어야 한다'라는 것은 모두 이 방면의 사색에 근접하였다. 30년대의 '전위 시인'에 이르면 이러한 교류의 노력은 더욱 자각적이 된다. '상징으로 정서를 암시하는' 것과 전통적인 '의미가 사물의 밖에 있다'는 의미는 확실히 심미적으로 연결되어 있으며, 이 때문에 벤즈린 선생은 닉슨(Nixon)이 베를렌(Paul Verlaine)를 소개하는 저작을 번역하면서 친절과 암시라는 장을 말할 때, "사실 닉슨의 이 문장 속의 논조를 중국으로 가져오면 그렇게 신선한 것은 아니다. 친절과 암시, 이것은 옛 시사의 장점이 아니던가? 그러나 이런 장점은 대략 — 혹은 이미 — 당대에 일반적인 신시인에게 잊혀지고 말았다"[23)라는 사상을 자연스럽게 제기하였다. 이 번역문에서는 베를렌의 상징주의 공헌에 대한 두 방면을 소개하였는데, 하나는 그가 아주 쉽게 일상생활의 사소한 일에서 시의 영감을 찾아낸다는 것이다. 즉 "아주 생동적으로 작은 물건을 들어 올려" 그로 하여금 "정서가 깊어지게 하고 새롭게 빛나게 한다". 그리고 이로써 "그의 경험 가운데 가장 작은 사건도 대단히 흥미가 있게 되고", 독자에게 친절감의 연상을 불러일으킨다. 다른 하나는 그가 주의하여 표현한 '경제성'과 '정확성'으로, 제한된 것으로 '무한한 것'을 제시하여 한 예술의 '종합법'을 '구성'하였고, "예술의 정체로 사람의 정체를 암시"하도록 하였다. 이 때문에 "단순한 묘사로는 부족하며, 그것은 뒤에 일찍이 표현해 낸 적이 없는 떨림을 남겨야 한다는 것을 암시해야 한다". 이것이 바로 암시법으로, "한 편의 걸작으로 하여금 표면상 결말인 곳을 서두로 하였다". 그러나 이 문장에서는 또한 "함축은 본래 암시의 한 유력한 요소"라고 명확하게 말하였다. 벤즈린 선생은 이 두 개의 특징 — 친절과 암시 — 이 본래 중국 전통 시사의 장점이라고 생각하였다. 이러한 인식은 마침 동서 시 예술의 융합점에 대한 추구와 호소로 현대의 '전위 시인'은 창작 중 아래의 두 가지 특징을 추구하였다. 즉 민감한 감각에서 출발하여 "평범한 일상생활 속에서 시를 발견"하고, "세밀하고 자잘한 사물 속에서 시를 발견"하며, 상징으로 정서를 암시하는 것을 중시하여, 단순히 "언어가 가깝지만 뜻이 먼 것"이 아니라, 경제적으로 부유함을 표현하며 제한된 것으로 무한한 것을 전달하여 "처음 보면 서술 같지만 다시 보면 암시이며, 암시는 더욱이 상징이다".[24] 암시와 함축은 모두 상징의 궤도로 들어섰으며, 그것들은 이미 중국 현대시의 공통된 심미 추구가 되었다. 벤즈린 선생의 〈오래된 촌락의 꿈(古鎭的夢)〉은 오래된 작은 도시에서 영원히 울려 퍼지는 두 가지 소리를 썼는데, 낮의 점치는 징,

---

23) 벤즈린, 〈베를렌(Paul Verlaine)과 상징주의〉, 1932년 11월 1일, ≪신월(新月)≫, 제4권 제4기.

24) ≪저화집≫, 144쪽.

밤의 딱따기 소리, 이 소리들은 다른 사람의 꿈을 깨울 수는 없지만 다른 사람의 꿈을 깊게 빠뜨렸다는 것으로 인간 세상의 마비성에 대한 분개의 감정을 표현하였다. 말미의 한 단락은 다음과 같다. 깊은 밤이다/ 또 쓸쓸한 오후이다. "딱따기를 치는 사람이 다리를 지난다./ 징을 치는 사람이 또 다리를 지난다./ 끊기지 않는 것은 다리 아래의 흐르는 물소리". 이 두 가지 흔히 보이는 일상생활의 현상은 조합을 통하여 시의 세계를 구성하였고, 사람들에게 가장 친절한 감각을 준다. 그 속에서 암시하는 인생의 철리는 또한 사람들에게 끊임없이 음미하게 한다. "다리 아래에서 흐르는 물"은 공자께서 강물 위에서 이렇게 말씀하셨다. "세상을 뜬 사람은 흐르는 물과 같아, 밤낮을 가리지 않는구나"라는 전통적인 전고를 사용하였고, 옛 도시(이것 자체가 아주 먼 요원한 상징을 지니고 있다!)라는 이러한 차갑고 마비된 인생의 이렇듯 끊임없이 지속되는 것이 어느 때 끝날 수 있을까 하는 것을 암시하였으며, 또한 작가의 인생과 사회 비판의 심각성 및 내면에 숨겨진 격분의 감정을 더욱 강화하였다. 이것은 암시이고 함축이며 또한 모두 현대적 의미상의 상징이다. 서구 현대시의 표현 수법과 중국 전통 시사의 고유한 '장점'은 현대 시인의 손에서 융합되고 재건되었으며, 이미 민족의 현대시 자체의 예술적 구성을 이루었다.

어떻게 서구 현대 시가와 중국 전통 시사의 이중적 흡수 속에서 현대시의 '의경'을 다시 구축하는가 하는 것은 30년대 '전위 시인'이 동서 시예술의 융합점을 찾는 또 다른 사색의 방향이다. 현대 시인은 정경의 융합으로 주·객관이 서로 일치한 전통 의경에 도달하였으며, 번잡하고 복잡한 현대 정서와 내심 세계를 표현하는 현대시에서는 간단한 이식이나 모방에 의존하여 완성할 수 없다는 것을 인식하였다. 어떻게 이질적인 문화 속에서 상응하는 표현 수법을 찾을 것인가 하는 것은 융합의 필연적인 과정이다. 주즈칭 선생은 외국 시가를 번역하는 것을 통하여 현대시가 '새로운 의경'을 증가시켜야 한다고 제창하였다. 그는 량중다이 선생이 영국과 프랑스, 독일의 명작을 번역하고, 자오뤄루이 선생이 엘리엇의 ≪황무지≫를 번역한 것을 예로 들어, 이러한 참고와 현대시가 새로운 이미지를 창조한 관계를 다음과 같이 설명하였다. "새로운 이미지를 다른 언어로부터 자신의 언어 속으로 이식하여 와 그것을 살아 있게 하는 것은 꼭 창조의 솜씨가 있어야 한다. 이것은 소수의 작가가 외국시에서 계발을 받고 창작해낸 새로운 이미지와는 다른 형식이지만 동일한 내함이 포함되어 있는 것과 같다". 이는 "새로운 생활 경험에서 새로운 이미지를 창조하는 것"과 마찬가지로 중요하다.25) 볜즈린 선생은 전통시와 서구시의 예술 속에서 의경 창조의 소통의 실험을 더욱 구체적으로 진행하였다. 그는 서정시의 소설화, 희극화를 주장하면서, "내가 서정시를 쓰는 것은 마치 우리나라 대다수 구시처럼 '의경'을 중요시하였고, 자주 서구의 '희극적 환경'을 통하여 '희극적 대사'를 썼다"26)고 하였다. 그는 T.S.엘리엇의 ≪황무지≫를 학습하여 '희극을 모방'하는 형식으로 북방 도시의 황량한 정경을 쓴 〈매실차(酸梅湯)〉, 〈서장안 거리(西長安街)〉, 〈과로거(過路居)〉, 〈봄의 성(春城)〉는 모두 희극성을 띤 묘사 속에 현대시의 새로운 이미지를 창조해낼 수 있었다. 〈과로거〉는 '크지도 떠들썩하지도 않은' 작은 찻집을 썼는데, 그 대문 위에 걸린 낡은 목편은 이미 몇 세대 사람들의 변화를 거쳐서, 거기에는 쓸쓸함이 있고, 마비되어 있으며, 어둡고 생기가 없다. 그것은 중국의 총총히 지나가는 역사와 현실을 상징하고 있다. 말미에 시인은 엘리엇이 묘사한 황무지 속의 커피점처럼 이렇게 이 찻집의 '야경'을 썼다.

밤
11시의 풍경
어떤 때에는 또 들을 수 있다.

---

25) 주즈칭, 〈신시 잡화·역시〉, ≪주즈칭 전집≫(제2권), 373쪽.
26) 볜즈린, 〈≪조충기력(雕蟲紀曆)≫ 자서〉.

어떤 사람이 여기에서
경극을 노래하는 것을—
혼자 시장에서 돌아온 사람은
마침 잘 왔소. 당신 들어보시오.
'말 한 마리 떠났소.
서쪽의 차가운 세계로……'

　　전체 시는 상징적 의미가 풍부한 새로운 경계를 창조하였다. 처량하
고 고독한 경극 한 구절인 "마침 잘 왔소. 당신 들어보시오"라는 이 방
백으로 감상과 음미의 거리를 갈라놓았고, 이 정경과 이미지의 보편성
과 전형성을 증가시켰다. 객관적인 생활 사물과 주관적인 비판 정서는
아주 밀접하게 융합되었다. 이러한 이미지는 외국시의 계발도 있고 또
한 자기 민족의 색깔도 구비하고 있어, 더욱 높은 상징적 차원에 도달하
였다. 볜즈린은 후에 이렇게 말하였다. "내 자신 스스로의 백화 신체시
속에서 표현한 생각과 수법에는 고금중외의 시가 서로 통하는 부분이
많이 있다". 신시가 현대화될 수 있는가, 동방의 현대시가 민족 풍격을
구비한 세계 문학의 한 구성 부분이 될 수 있는가 하는 것은 "문제가
시를 쓰는 데 있어서 '옛 것이 되게 하는가', '서구의 것이 되게 하는가'
하는 점을 보아야 하는 데 있다".27) 후에 나온 이론 서술은 그 자신이
본래 지니고 있던 원래의 창작 실천의 추구를 반영하였다. 이런 '전위
시인'들의 동서 시의 예술 융합점에 대한 탐구 및 풍부한 창작 실적은
바로 이런 '옛 것이 되게 하는 것'과 '서구의 것이 되게 하는 것'이 통일
된 결과이다.

---

27) 볜즈린, 〈≪조충기력≫ 자서〉.

5 '은폐'와 '표현' 사이

　30년대 현대 '전위 시인'의 동서 시예술 융합론에 대한 사색은 조작 과정에서 두 번째 방면의 탐구로 진입하였는데, 이것은 현대파 시가 정서를 전달하고 은폐하는 것이 적당한 정도에 도달할 것을 추구하는 것이다.

　'은(隱)'은 중국 전통 시가의 표현 방법 중 중요한 미학적 범주이다. 유협의 ≪문심조룡≫은 문장의 표현 기교를 논술할 때 〈은수(隱秀)〉 편을 쓴 적이 있는데, 그는 "은이라는 것은 글 이외의 중요한 내용을 표현하는 것이다". "은은 여러 의미를 담음으로써 정교함으로 삼는다". "무릇 은으로 몸을 삼고, 뜻은 글 이외에 있으며, 은밀하게 울리고 빙빙 돌려서야 그 뜻이 알려지며, 숨겨짐으로써 잠재력을 폭발시킨다. 이는 마치 괘상의 변화가 서로 배합되고 미묘한 것처럼 하천의 흐린 물결이 옥과 구슬의 광채를 가린 것과 같다". "깊은 글에 숨은 뜻이 무성하며, 여운은 곡조에 담겨져 있다"고 하였다. ≪세한당 시화(歲寒堂詩話)≫ 에서는 은수(隱秀) 편의 '빠뜨린 구절'에 대해 "감정이 구절 밖에 있는 것을 '은'이라고 한다. 현상이 눈앞에 넘쳐나는 것을 '수'라고 한다"라고 하였다. 송대 매요신(梅堯臣)도 "모조리 표현할 수 없는 뜻이 언어 밖에서 감돌며, 묘사하기 어려운 감정이 눈앞에 있듯이 생동하다"고 하였다. 시의 표현은 은폐의 미를 중시하는데, 이는 중국 전통 시가에서 중요한 심미적 특징 중 하나이다. 30년대 현대 시인은 이런 예술 전통의 기능을 분명히 알고 있었으며, 또한 서구 상징파의 상징과 암시를 중요시하는 예술 원칙을 접수하였고, 표현 전달의 함축성과 은폐성을 추구하여 '여운이 곡조에 담겨져 있는' 효과에 도달하였다.

　그러나 그들은 초기 사실주의와 낭만주의의 직접적인 토로를 원하지 않았으며, 또한 서구 상징시의 일부 작품과 중국 초기상징파 시인인 리진파의 그러한 회삽함을 받아들이려 하지도 않았다. 그들은 더욱 균형적인 미학 원칙을 탐구하려 하였다. 그리하여 은폐도가 적절한 사색과 추구는 모더니즘 시의 조류가 민족화의 길로 나아가는 과제가 되었다.

일찍이 20년대 중기, 다이왕수는 그의 시우인 스저춘, 두헝과 함께 '몰래' 시를 쓸 때, 이런 독특한 미학적 신조를 신봉하였다. "그 때 우리는 거의 시를 또 다른 인생으로 간주하였으며, 쉽게 속세에 공개하지 못하는 인생으로 간주하였다". "한 사람이 꿈속에서 자신의 마음속에 잠재된 잠재의식을 누설하고, 자신이 창작한 시에서 은밀한 영혼을 표현한다. 그러나 이것도 마치 꿈처럼 몽롱하다. 이런 이미지 속에서 우리는 시는 일종의 직접적으로 감정을 표현하는 것이 아니라는 것을 알았다. 술어로 말하자면 그것의 동기는 자신을 표현하는 것과 자신을 은폐시키는 것에 있다". 후에 다이왕수는 프랑스어를 익혀 직접 베를렌(Verlaine), 포트(Fort), 구르몽(Gourmont), 잠므(Jammes) 등 프랑스 상징 시인의 작품을 읽었다. 이런 시인들은 그에게 일종의 '특수한 흡인력'이 있었는데, 그 주요 원인은 여전히 "그런 특수한 수법이 마침 그가 자신을 은폐시키지도 않고, 또 자신이 그런 시를 쓰는 동기를 표현하지도 않는다는 이유"에 부합한다".[28] 그리하여 이런 '은폐'와 '표현' 사이의 은폐도에 대한 사색과 실천은 다이왕수 및 그 시우들이 민족의 상징시, 현대시를 건설하는 길이 되었다. 이런 미학 추구의 이론에 근거하여 나는 '은폐도'라는 이 한 개념을 제기하는 바이다.

소위 은폐도가 적절하다는 것은 현대시에서 용어, 이미지, 조직이 정보를 전달하는 것과 독자의 수용 가능성 사이에의 심미적 파악 문제이다. 도(度)는 바로 작가 자신의 심미적 제약이다. 과도하게 자신을 표현하는 것은 너무 직설적이고, 과도하게 자신을 은폐시키는 것은 너무 내용을 알기 어렵게 된다. 현대파 시인들은 이런 자아 심미의 제약을 받아 늘 몽롱함을 추구하였지만 회삽함을 반대했으며, 몽롱함 속에서 일종의

---

28) 두헝, 〈《왕수의 풀》 서〉, 1933년 8월 1일 《현대》 제3권 제4기.

받아들일 수 있는 미를 찾아냈다. 다이왕수는 리진파가 서구 상징파 시의 풍격을 억지로 옮겨서 조성한 '신비함'과 '알아 볼 수 없는' 점을 반대하면서, 자신의 실천으로 '이 유파의 시 풍격의 우수한 점'을 다시 구성하려고 하였다. 허치팡은 자신이 추구하는 것이 독자들에게 '작가의 상상을 추종하게 하는 것'이라고 생각하여, 작가들에 의해 다리를 건넌 뒤 부숴진 '다리'를 쌓아 올리려 하였다. 벤즈린 선생은 회삽함과 몽롱미의 한계를 더욱 명확하게 제기하였는데, "'독특한 점'은 결코 새로운 것을 표방하거나 문자에 고의로 화려하게 하거나 혹은 글자를 이리저리 갈라놓아 사람들에게 갈피를 잡지 못하게 하지 않았다. 만약 당신 자신이 구체적이지 않고 생각이 명확하지 못하여 문자를 파악할 수 없고 의미를 표현할 수 없다면 할 말이 없다. 그렇지 않다면, 당신의 함축성이 얼마나 심오하거나, 얼마나 복잡한 의미를 담고 있을지라도, 만약 당신이 결코 그들이 이해하거나 혹은 깨닫거나 혹은 정확한 반응을 원하지 않는 것이 아니라면, 하나의 창문이나 혹은 한 점의 실마리는 당연히 다른 사람에게 남겨줘야 한다"고 하였다.[29] 여기에서 제기한 시인이 독자에게 남겨준 '창문' 혹은 '한 점의 실마리'는 이해하기 힘든 현대파 시가 독자들에게 남겨준 받아들일 수 있는 '정보'의 통로이다. 이 '창문'과 '실마리'가 있으면 현대파 시는 은폐도의 적당함을 파악한 것이며 독자들이 접근할 수 있는 민족의 심미적 품격을 구비한 것이다. 벤즈린의 짧은 시 〈물고기 화석(魚化石)〉은 물, 거울, 물고기 화석 등 이미지의 연결 가운데 상징적인 세계를 구축하였는데, 사랑에서의 정감이 변하거나 영원히 지속되는 점을 표현하였거나, 혹은 '생명은 끊임없다'는 상대성의 철리를 은밀히 함축하였고, 혹은 인생을 기탁하는 관련성과 감정의 궤적이 비록 매우 몽롱하지만, 작가는 오히려 고의로 당신에게 진입하여 이해할 수 있는 창구 — 부제인 "한 물고기, 혹은 한 여인이 말한

---

29) 벤즈린, 〈≪어목집≫에 관하여〉, ≪저화집≫, 158쪽.

다"로, 당신을 애정시를 이해하는 궤도에 들어서도록 이끈다. '거울'이란 이 상징적인 이미지도 다음과 같은 것을 암시한다. 완전한 진실함과 일치성도 변화의 시작이다. 모든 사람의 정감의 세계에는 '거울'이 있으며, 또한 무수히 가라앉은 '물고기 화석'이 있다. 이 '물고기 화석'이 전달하는 것도 상징적인 정보이다. 즉 기념, 흔적, 지나간 세월……, 설사 시인의 그런 더욱 사람들이 알기 쉽게 하는 주석을 읽지 않더라도 시 속에서 전달하는 정보는 이미 이 시로 하여금 적당한 은폐도(蔭蔽度)에 도달하게 하였다.

민족의 심미 심리와 시인의 자아 심미 제약으로 말미암아 현대 시인은 설사 가장 새로운 은유를 창조하여 가장 복잡한 감각과 경험을 조직할 때라도, 여전히 은폐도에 대한 파악을 잊지 않고 독자들에게 이해할 수 있는 실마리를 남겨준다. 어떤 창조적인 은유(隱喩)는 흔히 민족 문화 전통의 그림자를 띠고 있어, 독자의 심미 접수와 내재적인 공명을 지니고 있다. 예를 들면, 린겅의 〈동틀 녘(破曉)〉에서는 "동틀 녘 하늘 가에서 들려오는 물소리/ 심산 속 호랑이의 눈/ 대낮 창문 밖에서 들려오는 새소리/ 마치 초봄의 해동가(解凍歌)처럼/ (컴컴하고 넓은 사막 속의 마음)/ 부드럽게 얼음 깨지는 소리/ 북극에서 들려오는 한 곡의 노래마냥/ 꿈에서 은은히 전해져 오네./ 마치 인간 세상에 처음으로 태어난 것처럼"이라고 하였다. 시인은 고독하고 냉정한 심정으로 초봄 여명이 도래할 때의 기쁨의 정서를 전달하였는데, 이는 시대의 감수를 상징하였다. 시의 앞 두 행은 은유이다. 하나는 은하이고 하나는 별빛이다. 은유 자체는 신화 전통과 민간 풍속의 침전으로 형성된 민족의 심리와 연상할 수 있는 심미적 특색을 지니고 있어, 조금만 깊이 생각을 하게 되면 쉽게 독자들에게 접수될 수 있다. 볜즈린의 〈정거장(車站)〉에서는 "끄집어내라, 끄집어내라, 나의 꿈 깊은 곳에서/ 또 밤에 다니는 차. 이는 현실이다./ 옛 사람들은 강가에서 조류가 몰려왔다 갔다 하는 것을 보며 탄식했다./ 하지만 나는 광고지처럼 정거장에 붙어 있다/ 아 이는 꿀벌이 창문 안에서 조급해하는 것을 듣고,/ 살아 있는 나비를 벽에 붙여 놓는다./ 나 여기의 현실을 장식해 놓는다". 시인은 정거장에서 차를 기다릴 때의 조급한 심정을 썼다. 몸이 마치 여관에 있는 것처럼 사람은 자신의 운명의 고통을 파악할 수 없음을 탄식하였다. 뒤에는 "살아 있는 나비를 벽에 붙여 놓는다"라는 은유로 자신이 마치 광고지처럼 정거장 옆에 붙어 있는 감각을 강화하였다. 그러나 앞의 '현실'에 대한 묘사가 있기 때문에, 또한 자체는 '장자가 꿈에 나비를 본 이야기'의 발전이기에, 첫 번째 행의 '꿈의 깊은 곳'과 서로 호응된다. 시 속에서 전달하고 있는 몽롱한 정서도 비교적 쉽게 연상될 수 있다. 벤즈린의 〈거리의 조직〉은 전달 방면에서 기교를 꽤 사용한 작품으로 폐도'라는 미학적 추구를 탐색하는 방면에서 아주 대표성을 띠고 있으니, 이 각도에서 다시금 그것에 접근할 수 있다.

> 홀로 누각에 올라 ≪로마 쇠망사≫를 한번 읽고 싶은데,
> 갑자기 로마 쇠망의 별이 신문 위에 나타난다.
> 신문이 떨어진다. 지도를 펼친다, 멀리 있는 사람의 당부가 생각났기에.
> 부쳐온 풍경도 점점 노을이 진다.
> (깨어나니 하늘에 노을이 지려한다. 무료하구나, 친구를 방문해야지.)
> 회색의 하늘. 회색의 바다. 회색의 길.
> 어디인가? 나는 또 불빛 아래에서 한 줌의 흙을 검사하지도 못하리.
> 갑자기 겹겹의 문밖에서 자신의 이름을 듣는다.
> 정말 피곤하구나! 나의 나룻배를 희롱하는 사람이 없는가?
> 친구는 눈(雪)의 의미와 다섯 시를 가져왔다.

이 짧은 시는 시인의 회색 심경 속에서의 정오의 꿈을 서술하였다. 여기에는 자술자의 깸에서 꿈으로, 또 꿈에서 깸으로 가는 과정이 있으며, 동시에 또 괄호 안에 꿈에서 깸으로 가는 시간에 '친구'가 방문을 한 복선을 포함하였다. 시의 정서는 첫 번째 구절에서 정보를 조금 누설하였는데, 쓴 것은 ≪로마 쇠망사≫를 한번 읽은 것이지만 사실상 당시 중국의 정황이 조금 로마가 쇠망할 때, 일반 사람들이 모두 취생몽사

의 생활을 하고 있었음을 상징적으로 암시하고 있다. 설사 일부 깨어있는 고독자라 하더라도 흔히 무료함, 어두움, 피곤함을 느낀다. '깨어났지만', '무료'하였고, '친구'가 방문해 왔다는 구절에서는 특별히 괄호를 쳐서 사람들의 주의를 불러일으켰다. 즉 이는 또 다른 사람의 말이기도 하고 말미 한 행 중 그 친구의 말이기도 한데, 작가는 이 말을 자신의 꿈 속에 끼워 넣음으로써 자신이 줄곧 '하늘에 노을이 질' 시각까지 잤다는 것을 설명하였고, 또한 풍경의 '석양이 지는' 장면과 호응되어 꿈과 진실, 감정과 풍경을 일체가 되게 하였다. 이 괄호는 언뜻 보면 무심하게 첨가한 것 같지만 실재로는 시인이 독자에게 주는 정보이고, 하나의 '창구'이며 자그마한 힌트이다. 뒤에서 친구의 방문으로 문을 두드리는 소리로 말미암아 자신이 "갑자기 문밖에서 자기의 이름을 들었다"는 느낌이 든다. 마지막 두 구절은 깨어난 뒤 아주 피곤하다고 말했는데, 이는 ≪요재지이≫ 가운데의 고사를 인용하여 꿈에서 깨어난 뒤 탐문을 한다. 즉 몸 밖의 사물은 변화가 없다는 것이다. 그 뒤 "친구는 눈의 의미와 다섯 시를 가져왔다"는 것은 '친구'가 방문할 때의 정경과 시간이며, 이 '친구'와 앞의 괄호에서 '무료함'을 느낀 방문자는 또한 서로 호응되는 한 사람이다. 주즈칭 선생은 이렇게 말하였다. "이 시는 아주 혼란스러운 시적 이미지이지만 또한 아주 복잡한 유기체로, 시간과 공간의 거리를 연상을 이용하여 짧은 정오의 꿈과 작은 편폭 속에서 조직해 놓았다. 이는 일종의 해방이며 자유이고, 동시에 또 일종의 정서의 연마이며 예술이 우리에게 준 것이다".30) 현대시 조류에서 '전위 시인' 들은 해방과 자유 속에서 제약이 있었고, 정서의 연마 속에서 표현 전달의 은폐성과 표현성의 적절함을 추구하였으며, 몽롱함과 투명함 중간에서 일종의 독자의 심미적 감당과 서로 적용되는 '은폐도'를 받아들였다.

스저춘 선생은 ≪현대≫ 잡지에서 '읽기 어렵다'고 질책당한 일부

---

30) 〈신시 잡화·시 해석〉, ≪주즈칭 전집≫(제2권), 352쪽.

시에 대해 변호할 때 이렇게 말하였다. "시는 어떤 때 직접적으로 서정을 발로할 수 있다. 그러나 굴곡적인 표현 수법과 암시도 마찬가지로 마땅히 있어야 할 표현 방법이다". "시의 몽롱성, 이것은 전 세계 시단에서 모두 문제가 되는 것이다. 비록 반대자는 그의 이유가 있지만 결국 완전히 결론을 내릴 수는 없다".[31] 시의 굴곡적 표현 방법과 암시, 시의 몽롱성은 서구 상징파, 현대파의 공통된 특징이다. 중국 현대파 시인 단체는 이런 심미적 특징을 접수할 때 창조적인 주체의 의식 변화를 거쳤다. 이런 의식의 전환은 흔히 세 가지 요소로서 작용을 일으켰다. 첫 번째는 창조자 자체가 지켜야 할 심미 원칙이고, 두 번째는 독자의 심미적 수용력의 제약이며, 세 번째는 중국 전통적 시가의 심미 범주가 구비하여야 할 안정적 특성이다. 현대파 시인 단체를 포함한 일부 시인들은 설사 이질적인 문화 속에 얼마나 광활한 사상을 표현하였는지를 수용하는 데 있어서, 위의 세 가지 요소가 형성한 합력이 모두 일종의 선택 기재가 되어 그의 전환 의식 가운데 진입하여, 그로 하여금 외부에서 온 이질을 자신의 새로운 동질로 전환시키고자 하였다. 이 때문에 어떠한 '유럽화'도 필연적으로 현대성의 '유럽화 되는 것'이 된다. 현대 시가의 새로운 성분도 여기에서 '유럽화 되는 것'과 '고전화(古典化) 되는 것'의 통일 속에서 탄생했다. 현대파 시인이 추구한 자신을 표현하는 것과 자신을 은폐시키는 것 사이의 은폐도는 바로 이러한 융합과 통일 속에서 출현한 민족 현대파시를 구축하는 매우 진귀한 미학적 사색이다.

---

31) 〈사중 좌담·양위잉 선생의 시에 관하여(社中座談·關于楊豫英先生的詩)〉, 《현대》, 1934년 6월 1일, 제5권 제2기.

6 '순시'화와 신시 본체관

서구와 전통 시 예술의 선택적 시각의 변화 및 동서 시 예술 융합의 창작 실천은 필연적으로 시 본체 관념의 근본적인 변화를 동반한다. 이 변혁의 주요한 표지는 '순시'를 시 본체관으로 삼아 도입하고 생성되고 건설되는 것이다.

후스가 창도한 '시체 대해방'이 가져온 결과는 신시의 탄생, 발전과 동반하여 온 시가 자체 생명의 위기였다. 시가 자체의 관념이 비록 당시에 이미 이러한 문체 예술 본질에 접근한 이론 견해가 있었지만 구시의 속박에서 벗어나는 어려움과 새로운 표현 방식을 탐색하는 데 있어서의 완만성으로 말미암아, 후스의 '산문화'의 이론 주장은 여전히 창작 경향과 범식화를 덮어버리는 작용을 일으키고 있었다. 그가 제기한 "격률에 얽매이지 않고, 평측에 구애되지 않으며, 장단에 구애되지 않는다. 어떤 제목이 있으면 어떤 시를 짓고 시를 어떻게 지어야 하면 곧 어떻게 짓는다."[32]라는 이러한 체계는 신시를 위해 구시의 체계와 다른 가장 큰 자유의 창작 공간을 제공하였지만, 동시에 이렇듯 규범이 없으면 규범적인 이론과 실적이 없는 것과 마찬가지로, 오히려 필연적으로 시와 산문의 경계를 모호하게 초래하였으며, 결국에는 시 자체의 의미를 상실케 하였다. 이러한 이론의 본보기는 또 다른 관념에서 보면, "구시를 반대할 뿐만 아니라 심지어 시를 반대하는 것이며", "시의 진정한 원천'에 대한 전면적인 오해와 말살이다.[33] 이러한 시 본체의 유실을 대가로 한 '시체 대해방'의 범람 추세에 대한 반발이 곧 서구 '순시' 이론의 유입이었다.

20년대 중후기 이런 '순시' 이론의 유입은 주로 두 가지 방면에서 표현되었다. 한 방면은 서구 '순시' 이론의 체계적 형태에 대한 소개였다.

---

32) 후스, 〈신시를 말함〉, ≪중국신문학대계·건설이론집≫, 299쪽.
33) 량중다이, 〈신시의 분기점에서〉, ≪시와 진실·시와 진실 2집≫, 167쪽.

예를 들면, 주즈칭, 리젠우의 번역이 한 작업이며,[34] 다른 한 방면은 중국 신시 발전과 결합하여 진행한 해석과 논술이었다. 예를 들면, 무무톈, 왕두칭 등의 노력이다.

무무톈은 20년대 중기에 쓴 그 중국 상징주의 이론이 기초를 다진 논문인 〈담시(譚詩)〉에서 우선 후스의 이론 주장 및 창작 표준에 대해 비판적인 반성을 하면서, 신시를 '산문화'의 길로 이끄는 것이며, 또한 시로 하여금 시 자체의 가치를 상실하게 하는 것은 이 이론의 '죄악'이라고 생각하였다. 그는 서구의 발레리가 일으킨 '순시' 이론의 분쟁 및 그 적극적인 성과에 호응하고, '순수시'의 본체 관념을 신시 건설의 영역으로 도입하여, "우리가 요구하는 것은 순수시(Pure Poetry)이다. 우리가 살려는 곳은 시의 세계이며, 우리는 시와 산문의 정확한 경계를 요구한다. 우리는 순수한 시의 감흥(Inspiration)을 요구한다"는 견해를 제기하였다. 이런 '순수시' 내함에 대한 구체적인 서술 속에서 무무톈은 '산문화'에서 '순시화'로의 시적 여정을 초월하였을 뿐만 아니라, 더욱 중요한 것은 신월파 시인을 통하여 시 형식 규범의 표면적인 요구를 추구하였으며, 직접적으로 시의 내재적 생명 본체론의 사고로 진입하였다는 점이다. 그가 제기한 초월성을 띤 이론은 신시 관념상의 첫 번째로 가장 중요한 변화라고 말할 수 있다.

　　시는 조형과 음악의 미를 구비해야 한다. 사람들의 신경에서 진동되는 볼 수도 있고 볼 수 없기도 한, 감각할 수도 있고 감각할 수도 없는 선율의 파문은 짙은 안개 속에서 들을 수 있기도 하고 들을 수 없기도 한 머나먼 소리와도 같이, 석양에서 흩날리기도 하고 흩날리지 못하는 것과도 같은 담담한 광선처럼, 말할 수 있기도 하고, 말할 수 없는 듯도

---

34) 주페이쉔(주즈칭)은 리젠우와 함께 〈시를 위한 시〉를 번역하여 1927년 11월 5일, ≪일반≫, 제3권 제3기에 연재함. 1928년 4월 5일, ≪일반≫ 제4권 제4호. 페이쉔은 또한 제임슨의 〈순수한 시〉를 번역하여 1927년 12월 10일, ≪소설월보≫, 제18권 제12기에 발표함.

한 정서여야만 시의 세계이다. 나는 가장 깊고도 세밀한 잠재적 의식에 닿아야 하며, 가장 심오하고 가장 심원한 죽지 않기도 하고 영원히 죽기도 하는 음악을 들으려 한다. 시의 내재적 생명의 반사는 일반 사람들이 찾을 수 없고 알지도 못하는 심원한 세계이며, 깊고도 큰 가장 높은 생명이다.

신비로운 색채를 띤 이러한 표현과 서술을 통해 무무톈이 추구하고 건설한 이러한 '시의 세계'를 어렵지 않게 볼 수 있다. 이는 '잠재의식(潛在意識)'의 세계지만, 반드시 사람들의 '일상적인 생활의 깊은 곳'에 뿌리를 내려야 하며, 또한 최대한의 암시 능력이 풍부한 수단과 율동적인 언어를 통해 "사람의 내재적 생명의 신비로움을 암시해야 하고", "무한한 형이상학적 감각을 암시해야 한다". 그의 상징시 운동의 관념 속에서 "시는 내재적 생명의 상징이며", "제한된 율동하는 문구로 무한한 세계를 계시하는 것이 본능이다"고 하였다. 무무톈이 말한 '시의 본능'은 다시 말하면 순시화의 시가 본체론이다. 그는 시를 잠재의식의 세계로 끌어들여서 사람의 내재적 생명의 신비함을 암시하는 것을 시의 최고의 기능으로 보았으며, 아울러 이런 기능의 전달을 위해 제한된 율동의 수단을 규정하였다. 그것은 곧 내용과 형식의 통일성에서 중국 현대 순시의 구축을 위해 하나의 최적화된 시각과 길을 찾아내는 것이다. 단지 창작력의 빈약함과 더욱 의식 형태화된 이론의 발기로 말미암아, 이런 초월성을 띤 신시 본체관은 더욱 많은 실천을 하지 못하였고, 단지 그 후에 나타난 순시화의 시가 본체 건설의 이론적 교량이 되었다.

30년대로 진입한 뒤, 순시화 신시 본체관의 사색과 건설은 더욱 깊은 원인으로 다시는 신시 창작의 폐단에서 오는 반성이 아니라, 주로 신시 창작 자체의 경험에 대한 총결에서 왔다. 예를 들면, 초기 몇 년간의 신시의 방법은 기본적으로 량스치우 선생의 개괄에 부합되었다. 즉 초기 백화시에서 "주의할 것은 '백화'이지, '시'가 아니다. 모두가 노력할 것은 어떻게 구시의 울타리에서 벗어나는가 하는 것이지, 어떻게 신시의 기초를 닦는가 하는 것이 아니다"는 것이다. "많은 시간이 지나서야 우리는 점차 각성되었다. 시는 우선 시여야 하며 그런 후에 무슨 백화인지 백화가 아닌지를 담론할 수 있다".[35] 20년대에서 항일전쟁 전까지 현대시의 발전은 필연코 주즈칭 선생의 신시 궤적에 대한 관찰을 이끌어낸다. "격률시 이후 시는 주로 서정을 위주로 하였으며 그 고향으로 돌아왔다. 상징시 이후 시는 단지 서정이었으며 순수한 서정은 그 고향으로 파고 들어갔다고 말할 수 있다".[36] 순수한 시의 실천은 시로 하여금 자신의 본체인 이 '고향'으로의 회귀를 실현하도록 하였다. 이런 배경 하에 시인과 비평가들의 순시화의 시가 본체론에 대한 사고는 초기 신시에 대한 불만의 차이로 인해 신시 현대화 추세의 인정으로 넘어갔으며, 서구 순시 이론의 호응으로 말미암아 동방 민족 현대 상징시의 '순시' 이론의 자기 건설로 방향을 바꾸었다.

1931년 신월파의 ≪시간(詩刊)≫ 제1기가 출판된 후, 멀리 독일 하이델베르크 네카어 강가에 머물던 량중다이 선생은 편지를 보내와 "≪시간≫ 작가의 정신생활이 너무 풍부하지 않다"고 비평하였으며, 이어서 또 쉬즈모에게 보낸 긴 편지에서 자신의 시론 관점을 서술하였다. 그는 릴케의 말을 인용하여 시는 "결코 여러 사람들이 상상하는 것처럼 오로지 감정만이 아니라(이는 우리가 아주 일찍부터 지니고 있던 것이다), 바로 경험이다". 이를 위하여 시인은 마땅히 "오래 된 인생"을 바쳐야 한다고 강조하였다.[37] 언제나 감정과 정서를 시 우주의 주축으로 삼았던 량스치우 선생은 재빨리 이를 반대하면서 이것이 "고의로 꾸미고 방해하는 것이다."[38]고 생각하였다. 이러한 논쟁은 본래 본질적으로 두

---

35) 량스치우, 〈신시의 격조 및 기타〉, ≪시간≫, 1931년 1월 20일, 제1기.
36) 주즈칭, 〈신시 잡화·항전과 시〉, ≪주즈칭 전집≫(제2권), 345쪽.
37) 량중다이, 〈시를 논함─ 즈모에게〉, ≪시간≫, 1931년 4월 20일, 제2기.
38) 량스치우, 〈무엇이 시인의 생활인가〉, ≪신월≫, 1931년, 제3권 제11기.

종류의 시 본체관의 엇갈린 표현이다. 시란 승화를 거친 경험 세계이지 감정의 세계가 아니라는 것을 강조하였는데, 이는 '순시'화 신시 본체관의 추구로, 량중다이는 발레리의 상징주의 창작을 체계적으로 소개하면서 더욱 자각적이고 체계적으로 '순시'의 이론을 창도하였으며, 더욱이 신시 본체관이 사실주의와 낭만주의에서 모더니즘 세계로 넘어가는 박리 작업을 완성하였다. 그는 이러한 박리 작업 후의 생각을 명확하게 서술하였다.

> 소위 순시란 바로 모든 객관적인 전경 묘사와 사건 서술, 도리를 말하는 것과 감상적인 정서를 폐기하고, 순수하게 그런 형체의 원소— 음악과 색채—에 의거하여 부적과 같은 암시력을 생기게 함으로써 우리의 느낌과 상상의 감응을 불러일으키는 것이다. 또 우리의 영혼을 일종의 광명 극락의 경계로 이끈다. 마치 음악처럼 그것 자신이 절대적인 독립, 절대적인 자유, 현세보다 더욱 순수하고 더욱 영구한 우주가 된다. 그것 본래의 음운과 색채의 밀접한 배합은 바로 그것의 고유한 존재 이유이다.[39]

량중다이의 '순시' 관념은 서구 상징파 이론 영향의 낙인이 현저하게 찍혀져 있으며, 농후한 초현실적 이상 색채를 띠고 있다. 그는 신시 본체를 현실 생활과 인류 정서의 측면에서 갈라내 전달 도구— 언어라는 이 음악과 색채가 풍부한 '형체 원소'를 통하여, 하나의 독립적이고 자유로운 세계로 넘어가게 할 것을 중시하였다. 그의 구상 속에서 예술적 암시의 역량과 느낌, 상상의 감응은 순시 세계의 창조를 위해 아주 중요한 작용을 일으키고 있다. 다이왕수 선생이 주장한 "시는 전감관적이며, 초감관적이다"라는 주장 속에서 우리는 량중다이 선생의 '순시' 관념이 신시 건설 속에서 이미 어떻게 심미적 추구의 공동 인식이 되었는지를 볼 수 있다. 그의 주장은 관념상 시와 산문의 경계를 갈라놓았을 뿐만

---

39) 량중다이, 〈담시〉, 《시와 진실·시와 진실2집》, 95쪽.

아니라, 모더니즘의 신시 본체 관념 중 시가의 운반 도구 자체가 차지하고 있는 지위와 작용의 실현을 위하여, 시의 표현 수단 자체의 존재성 가치의 인정을 위하여, 순시가 예술 심미 역량의 발랄함을 가지게 하기 위하여 심도 깊은 사색을 하였다. 동방의 상징시, 현대시 본체 관념의 건설은 이로부터 새로운 자유로운 측면으로 진입하였다.

량중다이가 창도한 '순시' 이론은 발레리가 제기한 순시 이론의 정수를 선택적으로 소개하였을 뿐만 아니라, 그것에 대해 중국 신시의 현실 환경에 부합되는 사색을 하였고, 게다가 실천할 수 있는 측면에서 이러한 주장과 이상화 경계의 거리를 갈라놓아, 실제 조작을 계발하는 범주에 들어서게 하였다. 이러한 실천의 결과는 필연적으로 원래 있던 '순시' 관념 체계에 대한 돌파로, '순시'는 곧 '순수하지 않은' 자태로 중국 30년 대에 표현되었고, 중국의 '순시' 운동 자체는 선천적으로 '순시가 아닌' 성질을 띠었다.

30년대 시인 중 일부 소수 '전위 시인' 단체의 창작 실적은 이런 '순수하지 않은' '순시'화 시가의 본체 관념을 민족화 현대시 이론의 건설로 진입하여 중요한 추진 작용을 일으켰다. 바로 다이왕수, 벤즈린으로 대표되는 청년 시인의 예술 탐구의 발자취를 총결하고 심사하는 가운데 리젠우, 주즈칭 등은 민족 스스로에 속한 순시 이론과 관념의 구상 방면에서 중요한 책임을 다하였다. 주즈칭 선생은 넓은 안목으로 이런 '순시'의 창조자들이 평범하고 사소한 사물을 시에 넣는 관념의 변화의 합리성을 논증하였으며, 그들 생활의 운치에 대한 시적 요소의 독특한 민감성과 침투력을 갖춘 예술적 초월성을 띤 품격을 지적해 냈다. 게다가 그들의 예술 탐색을 신시 발전 가운데 '순시화' 과정의 전체 구조 속에서 없어서는 안 될 것으로 긍정하였다. 그는 "항일 전쟁 이전 신시의 발전은 산문화에서 점차 순시화의 길로 넘어간다고 말할 수 있다"고 하였다.[40] 비록 이런 '순시화의 길'이 항일 전쟁 중에 또 '산문화'로 나아가는 새로운 측면으로 회귀를 했지만, 이는 신시의 특정한 역사적 단계에서의 필연적인 선택이었다. 역사의 선택은 이론의 갱신을 가져왔다.

리젠우 선생은 도전적인 자세로 소수 '전위 시인'의 궐기가 새로운 시단의 '지진'을 일으킨 데 대해 설득력 있는 설명을 하였다. 그는 이 젊은 사람들의 출현 및 그들이 가지고 있는 형식, 내용과 감각의 양식이 똑같이 신구 시인들로 하여금 "눈을 크게 뜨고 보는 천지"로 들어가게 하였다고 찬양하였다. 이런 시인들은 "각자의 내심에로 돌아가 인생의 조화로운 선율을 들으며", 전심으로 '진정한 시'를 창조하였다. 그들에 대해 말하자면, 형식과 내용에 대한 초조함이 이미 그들의 고려 범위 내에 있지 않아, "시를 시가 되게 결정하는 것은 단지 형식과 내용의 문제일 뿐만 아니라, 더욱이 감각과 운용에 있어서 방향의 문제이다"라고 생각하였다. "왜냐하면 그들이 추구하는 것이 시이고, '단순히 시'인 시이기 때문이다". "그들이 찾고 있는 것은 순시(Pure Poetry)이다".[41] 이는 이미 일종의 '비순시화' 된 '순시'로 그들의 실천과 리젠우 선생의 이러한 시론은 동방 현대의 '순시' 관념이 이미 다시는 이론적인 사변과 외국 자원의 전달이 아니라, 중국 특유의 신시 창작 실적에 대한 예술적 개괄로부터 온 것이라는 것을 표명한다. 뿐만 아니라 민족 상징시의 탄생이 신시 현대화 관념의 진정한 형태로 출현하기를 호소하고 있다는 것을 예시하였다.

---

40) 주즈칭, 〈신시 잡화 · 항전과 시〉, ≪주즈칭 전집≫(제2권), 345쪽.
41) 류시웨이, 〈어목집 — 벤즈린 선생 작품〉, ≪저화집≫, 139, 133, 132쪽.

7 '감성 혁명'의 새로운 '종합' 전통

40년대에 이르러 동방 상징시, 현대시의 구상과 건설은 30년대의 탐색과 계승, 종속의 관계가 있을 뿐만 아니라, 더욱 성숙한 현대성 의 사고와 실천이 있었다. 볜즈린의 ≪위로 편지집≫, 펑즈의 ≪소네트집≫으로부터 시작하여, 40년대 중·후기 '중국 신시'파 시인 단체는 신시 현대화의 이론 원칙의 탐색과 창작 실천에 대하여 동방과 서구 시가 융합론의 자각 의식의 강화와 창작 수준의 중대한 돌파로 말미암아, 동방화된 모더니즘 시 건설은 전혀 새로운 단계로 진입하였다.

당시 '소수 신시 현대화'의 '실험자'들은 '옛 감성을 지닌 혁명'의 호소를 창도할 때, 자신이 신시 현대화 운동을 추진하는 새로운 출발점을 "외래의 새로운 영향을 비판적으로 접수하는 것"이라는 것을 확인하였다. 구체적으로 말해서, 한 편으로 그들은 새로운 비평 각도와 비평 언어로 "고대 시가 — 우리의 보물 창고 — 에 대해서 다시금 가치를 가늠하고 전통과 현대화의 관계를 지적해냈다".[42] 다른 한 편으로 그들은 "신시 현대화(現代化)의 요구가 완전히 현대인의 최대 의식 상태의 심리 인식에 기초한 것이며, 엘리엇을 핵심으로 하는 현대 서양시의 영향을 접수하였다."[43]고 명확하게 인정하였다. 전자 즉 전통의 현대적 변화든지, 혹은 후자 즉 서구 현대시 영향의 융합이든지 간에, 최종 목적은 모두 창조적 주체의 민족의 심미 의식을 토대로 하는 융합에로의 유도이며, 민족화된 상징시, 현대시의 창조이다.

이 융합과 창조의 목적을 실현하기 위하여, 그들은 실현한 일부 이론 원칙을 자각적으로 추구하였으며, 30년대 현대파 시인 단체의 탐색을

---

42) 웬커쟈, 〈신시 현대화 — 새로운 전통의 추구〉, 1947년 3월 10일, 톈진 ≪대공보·요일문예≫.
43) 웬커쟈, 〈신시 현대화의 재분석 — 기술적인 여러 평면의 투시〉, 1947년 5월 18일. 톈진 ≪대공보·요일문예≫.

초월하였고, 또한 서구에서 엘리엇을 핵심으로 하는 현대시의 심미적 취향을 동방화 하는 간고의 노력을 체현하였다. 이런 이론 원칙에는 주로 세 방면이 있다.

하나는 시대정신에 충실하고 예술 창조의 통일에 충실하는 원칙이다. 이는 '소수 신시 현대화 실험자', 혹은 '자각적인 모더니즘자'[44]라고 불리우는 '중국 신시'파 시인 단체, 예를 들면, 30년대의 선배들처럼 '시의 예술적 특성'을 절대적으로 긍정하거나 준수하는 것이다. 그들은 시를 '이것 이외의 모든 허황된' 사물(예를 들면, 예술의 예술을 위하는 학설)로 변화시키거나 혹은 모종의 구체적인 목적에 복종하는 것(예를 들면, 예술이 정치적 투쟁의 도구라는 설법)을 반대하였으며, 시가 예술의 독립적인 품격과 소질을 견지하였다. 이런 품격과 소질은 '고향으로 돌아온' '순시'와는 다르며, 전혀 새로운 특성으로 시의 '고향에서 생명을 획득하였고, 내심의 외부 사물에 대한 감응력과 표현력은 새로운 평형에 도달하였다. 시대의 목소리와 내심 세계의 반향은 완미한 예술 형식 속에서 재현되었다. 이 시인 단체의 당시 표현에 의하면 "시는 마땅히 함축적이어야 하고, 해석되어야, 인생의 현실성을 반영해야 한다는 것을 절대적으로 긍정하지만, 또한 시가 예술로서 존중되어야 할 시의 실질임을 똑같이 절대적으로 긍정한다".[45] 이 원칙의 전반부에서는 시가 마땅히 시대정신에 충실해야 한다고 하였고, 후반부에서는 시는 마땅히 자신의 예술 특성을 견지해야 한다고 하였다. 소위 예술 특성이란 바로 시인이 반드시 시의 내재적 생명의 조건을 만족시켜야 하고 이미지의 창조, 이미지의 형성, 시 용어에 대한 연마, 리듬의 호응 등 극히 복잡 미묘한 '유기적 종합 과정'을 추구하여 "제약 중 자유를 추구하고 굴복 중에 극복하는 예술 창조"를 완성하는 것이다. 펑즈 선생의 《소네트집》

---

44) 탕스, 〈시의 신생대〉, 1948년 2월, 《시창조》, 제8기.
45) 웬커쟈, 〈신시 현대화 ― 새로운 전통의 추구〉, 1947년 3월 10일, 톈진 《대공보·요일문예》.

은 보편적인 일상 사물에 대한 감응으로 자신의 생명에 대한 체험과 대시대 기후와 결합한 내심의 교향악을 써냈다. 신띠, 무단, 정민, 두원셰 등 시인들은 30년대 이래 중국 모더니즘 시 조류의 발전이 다하지 못한 염원을 완성하였다. 즉 시대적 정신에 충실하는 것과 예술 창조에 충실하는 것의 통일은 중국 모더니즘 시를 위해 현실 생활에 착안하고 또 시인의 내재적 생명의 예술 원칙에 착안하는 실천 경로를 찾은 것이다. 한 위대한 시대의 모습과 한 시대의 선진적 지식인의 영혼은 그들의 일부 걸출한 시편 속에서 영원한 흔적을 남겨놓았다. 그들의 현대성이 매우 강한 시편들은 사시(史詩)의 성질을 지닌 예술적 고층 건축물이다.

두 번째 원칙은 간접적으로 정서의 성질을 표명하는 것이다. 현대 시인 단체가 추구하고 사색하는 응결점은 어떻게 시인의 의지와 정감을 '시의 경험'으로 변화시키는가 하는 것인데, 그들의 대답은 아래와 같다. 되도록 단도직입적인 정면 서술을 피하고, 상응하는 외부 사물로서 작가의 의지와 정감을 기탁하여, 그들이 이로써 더욱 자각적이고 더욱 선명하게 벤즈린 선생이 실천한 '시의 희극화'의 기치를 펼치도록 하였으며, "희극 효과의 첫 번째 큰 원칙인 표현상의 객관성과 간접성"을 인정하였다.[46] '중국 신시'파의 청년 시인 단체는 더욱 새로운 기점에서 T.S. 엘리엇의 '객관적 상관물'과 "육체로 모든 것을 생각하는" 원칙을 수용하였고, 오든의 '가장 희극성을 띤' 예술 추구의 경험을 섭취하였으며, 또 릴케의 사상과 음악을 조각하는 방법을 참고로 하여, 시의 현대성을 전달하는 심미 공간과 미학 효능을 크게 개척하였다. 현대시 표현의 간접성 원칙을 논증하기 위하여, 웬커쟈 선생은 자신의 논문 가운데 두원셰의 시 두 수를 그 예증으로 삼았다. 그 가운데 한 수인 ≪야영≫은 바로 "가장 현대화를 대표할 수 있는" 단시(웬커쟈의 말)이다. 이 시는 작가가 인도에서 번역직에 종사하며 항일 전쟁을 위해 복무하던 시기의

---

46) 웬커쟈, 〈시의 희극화〉, 1948년 6월, ≪시창조≫, 제12기.

작품으로, 작가는 현실의 추악한 반항, 공포 및 압제당한 고통스러운 느낌에 대해 늦은 가을 달 밤을 배경으로 하여 전달하였다. 시에서는 정감을 끝까지 밀어붙이는 직선 운동이 없으며, 그의 그러한 마음속의 풍부하고 민감한 감각은 자신의 충실성을 유지하기 위하여 전달 방법상에서 주로 "시편을 통제하는 간접성, 우회성, 암시성"[47]에 의거하였으며, 구시 특유의 함축성과 동일한 경계에 도달하였다. 작가는 먼저 당신에게 달밤의 명랑함을 보여 주고 '감각 곡선'은 아주 빨리 가을바람의 숙연함으로 넘어가며, 암시 속에서 현실의 공포스런 분위기를 전달하였고, 또 검은 새가 울부짖는 조소의 어조로 분위기를 강화하였고, 사람의 내재적 고통과 현실의 어쩔 수 없음을 한데 결합시켜, 그러한 '지프차, 총, 바지저고리'가 더욱 '충실 할수록' 시인의 마음 역시 더욱 깊고 냉랭한 '압력'이 있게 한다. 시인은 마지막에 수탉으로 변하여 큰 소리로 외치며 '감각 곡선'의 아름다움을 극도로 끌어올리고자하였다. 서구의 암시와 전통의 함축은 그들이 준수하는 간접성 원칙 속에서 새로운 융합과 통일에 도달하였다.

세 번째 원칙은 '현실, 상징, 현학의 새로운 종합 전통'을 건설하는 것이다. 그들은 낡은 관념을 타파한 현대시가 모두 고도로 종합적인 성질을 갖추어야 한다고 생각하였다. 이런 고도로 종합적인 특성이 작품 속에 표현되는 것이 바로 강렬한 자아의식 속에서 표출되는 똑같이 강렬한 사회의식이다. 현실 묘사와 종교 정서의 결합, 전통과 현재의 침투, '큰 기억'의 효과적인 작용은 추상적 사유와 민감한 감각이 분리되지 않게 하였으며……, 웬커쟈 선생의 말을 인용하면 더욱 명확하게 표현된다. 즉 "이런 새로운 경향은 순수하게 내재적 심리의 필요성에서 나오며, 결국에는 반드시 현실, 상징, 현학의 종합 전통이다. 그리고 현실은 현 세계의 인생에 대한 긴밀한 파악으로 표현되고, 상징은 암시와

---

47) 웬커쟈, 〈시의 희극화〉, 1948년 6월, ≪시창조≫, 제12기.

함축으로 표현되며, 현학은 민감하고 풍부한 사유와 감정, 의지의 강렬한 결합 및 기발함의 불시의 발로에서 표현된다".[48) 여기에서 '현실, 상징, 현학'의 고도의 종합은 단순한 서구시 예술의 재창이 아니며, 단지 전통시 예술의 호응도 아니다. '오사' 이래 중외 시가 예술에 대한 융합은 고도의 종합으로 말미암아 이미 예술 창조의 무차별적 경계―동양과 서양이 융합하여 완전히 구분하기 어려운 예술적 경지에 진입하였다. 이는 서구 현대시의 예술적 탐구와 전통 시가의 예술 매력을 새로운 관념과 실천 가운데 서로 융합하도록 하였으며, 혼탁함이 단련을 거쳐서 이미 일종의 새로운 순수함으로 승화되었다. '현실', '상징', '현학' 이러한 개념에는 이미 동방과 서구 시 예술의 혈액이 합쳐진 뒤의 새로운 내함을 주입하였다. 이런 고도와 특징에서 그들은 다이왕수, 펑즈, 벤즈린, 아이칭 등이 모두 '종합'으로 인해 '감성 혁명'의 특징을 체현하였음을 인정하였다. 벤즈린의 시는 '전통 감성과 상징 수법의 효과적인 배합'을 구비하였고, 전통시가의 영혼이 스며있는 펑즈의 작품인 ≪소네트집≫은 또 그렇게 "더욱 현대적 의미를 띠고 있다". 우리는 '현실, 상징, 현학'이라는 이 종합론적 신시 본체관의 제기와 실천이 서구 현대시가 동방 민족 자신의 특정 생활환경, 지식인의 문화상태와 독특한 심미원칙의 제약을 받는 예술 궤도를 따라 변화와 침투를 완성하였으며, 서구의 것을 섭취하는 것과 전통으로 회귀되는 것은 현실과 상징의 완미한 통일의 측면에서 실현되었다고 말할 수 있다.

'중국 신시'파의 예술적 사색은 시가 미학의 현대화와 민족화의 중요한 추진이다. 사람들이 기대하는 동방화된 민족 현대시는 자신의 질서와 척도를 갖게 되었고, 그들이 창작해낸 일부 시의 고층 건물은 이미 중국의 민족 모더니즘 시의 조류가 성숙으로 나아가는 표징을 예시하였다. 이러한 '자각적인 모더니즘자'들이 완성한 예술 원칙과 예술 고도는

---

48) 웬커쟈, 〈신시 현대화―새로운 전통의 추구〉, 1947년 3월 10일, 톈진 ≪대공보·요일문예≫.

전통성을 지니고 있으며, 또한 현대성도 지니고 있다. 과거의 현대성도 지니고 있으며, 또한 과거의 미래성도 지니고 있다. 그들의 탐색적 창조는 신시 현대화의 건설 및 동서 시 예술의 융합적 탐구에 영원한 계시를 주었다. 근 30년에 달하는 매몰을 견뎌내고 협소한 이론이 천하를 통치하던 시대가 지난 후, 이 시 조류가 다시 찬란한 빛을 발한 것은 우리에게 중국 모더니즘시 조류의 활발한 발전과 예술 탐구가 훼멸될 수 없다는 것을 사람들에게 알려주는 것이다.

주요 참고문헌 목록

- 許德鄰 編, ≪分類白話詩選≫, 上海崇文書局, 1920年.
- 北社 編, ≪新詩年選一九一九年≫, 上海亞東書局, 1921年.
- 趙景深 編, ≪現代詩選≫, 上海北新書局, 1934年.
- 朱自淸 編, ≪中國新文學大系・詩集≫, 上海良友圖書公司, 1935年.
- 胡适 編, ≪中國新文學大系・建設理論集≫, 上海良友圖書公司, 1935年.
- 鄭振鐸 編, ≪中國新文學大系・文學論爭集≫, 上海良友圖書公司, 1935年.
- 阿英 編, ≪中國新文學大系・史料索引集≫, 上海良友圖書公司, 1935年.
- 洪球 編, ≪現代詩歌論文選≫, 上海仿古書店, 1935年.
- 孫望 編, ≪戰前中國新詩選≫, 綠洲出版社, 1944年.
- 聞一多 編, ≪現代詩鈔≫, ≪聞一多全集≫(第4卷), 生活・讀書・新知三聯書店, 1982年.
- 杭約赫 等編, ≪九叶集≫, 江蘇人民出版社, 1981年.
  ≪八叶集≫, 香港三聯書店, 1984年.
- 孫玉石 編, ≪象征派詩選≫, 人民文學出版社, 1986年.
- 藍棣之 編, ≪現代派詩選≫, 人民文學出版社, 1986年.
- 上海大學現代文學敎硏室 編, ≪"現代"詩綜≫, 百花洲文藝出版社, 1990年.
- 藍棣之 編, ≪九叶派詩選≫, 人民文學出版社, 1992年.
- 王圣思 編, ≪九叶之樹長靑──"九叶詩人"作品選≫, 上海華東師大出版社, 1994年.
- 王圣思 編, ≪"九叶詩人"評論資料≫, 華東師大出版社, 1995年.
- 李方 編, ≪穆旦詩全編≫ 中國文學出版社, 1996年.
- 杜運燮, 張同道 編, ≪西南聯大現代詩鈔≫, 中國文學出版社, 1997年.
- 曹元勇 編, ≪蛇的誘惑──穆旦作品選≫, 珠海出版社, 1997年.
- 郭沫若, 田漢, 宗白華 著, ≪三叶集≫, 上海亞東書局, 1920年.
- 草川未雨 著, ≪中國新詩壇的昨日今日和明日≫, 北京海音書局, 1929年.
- 劉西渭, ≪咀華集≫, 上海文化生活出版社, 1936年.
- 劉西渭, ≪咀華二集≫, 上海文化生活出版社, 1942年.

- 梁宗岱, 《詩与眞》, 商務印書館, 1935年.
- 梁宗岱, 《詩与眞二集》, 商務印書館, 1937年.
- 梁宗岱, 《詩与眞・詩与眞二集》, 外國文學出版社, 1984年.
- 艾青, 《詩論》, 桂林三戶出版社, 1940年版, 增訂版, 人民文學出版社, 1956年.
- 朱光潛, 《詩論》, 民國圖書出版社, 1943年版, 增訂版, 正中書局, 1948年.
- 李广田, 《詩的藝術》, 開明書店, 1944年.
- 馮文炳, 《談新詩》, 北平新民印書館, 1944年版, 增訂版, 人民文學出版社, 1984年.
- 朱自清, 《新詩雜話》, 作家書屋, 1947年版, 再版, 生活・讀書・新知三聯書店, 1984年.
- 唐湜, 《意度集》, 平原社, 1950年版, 增訂版, 《新意度集》, 生活・讀書・新知三聯書店, 1989年.
- 阿壟, 《詩与現實》, 五十年代出版社, 1951年.
- 何其芳, 《寫詩和讀詩》, 作家出版社, 1956年.
- 錢光培 等著, 《現代詩人及流派瑣談》, 人民文學出版社, 1982年.
  《李健吾文學評論選》, 宁夏人民出版社, 1983年.
- 錢鐘書, 《談藝彔》, 中華書局, 1983年.
- 孫玉石, 《中國初期象征派詩歌研究》, 北京大學出版社, 1983年.
- 卞之琳, 《人与詩：憶旧說新》, 生活・讀書・新知三聯書店, 1984年.
- 駱寒超, 《中國現代詩歌論》, 江蘇人民出版社, 1984年.
- 楊匡漢, 劉福春 編, 《中國現代詩論》, 花城出版社, 1986年.
- 阿壟著, 《人・詩・現實》, 生活・讀書・新知三聯書店, 1986年.
- 陳紹偉 編, 《中國新詩集序跋選》, 湖南文藝出版社, 1986年.
- 杜運燮 等編, 《一个民族已經起來—怀念詩人翻譯家穆旦》, 江蘇人民出版社, 1987年.
- 藍棣之, 《正統的和异端的》, 上海文藝出版社, 1987年.
- 袁可嘉, 《論新詩現代化》, 生活・讀書・新知三聯書店, 1988年.
- [香港]張曼儀, 《卞之琳著譯研究》, 香港大學中文系出版, 1989年.
- 孫玉石 主編, 《中國現代詩導讀1917—1938》, 北京大學出版社, 1990年.
- 王佐良, 《英詩的境界》, 生活・讀書・新知三聯書店, 1991年.

- 孫玉石, ≪中國現代詩歌藝術≫, 人民文學出版社, 1992年.
- 謝冕, ≪新世紀的太陽≫, 時代出版社, 1993年.
- 羅振亞, ≪中國現代主義詩歌流派史≫, 北方文藝出版社, 1993年.
- 藍棣之, ≪現代詩的情感与形式≫, 華夏出版社, 1994年.
- 李怡, ≪中國現代新詩与古典詩歌傳統≫, 西南師范大學出版社, 1994年.
- 王澤龍, ≪中國現代主義詩潮論≫, 華中師范大學出版社, 1995年.
- 張德厚, 張福貴, 章亞昕, ≪中國現代詩歌史論≫, 吉林敎育出版社, 1995年.
- 杜運燮 等編, ≪丰富和丰富的痛苦—穆旦逝世二十周年紀念文集≫, 北京師范大學出版社, 1997年.
- 游友基, ≪九叶詩派研究≫, 福建敎育出版社, 1997年.
  ≪雪峰文集≫, 人民文學出版社, 1981年.
  ≪呂熒文藝与美學論集≫, 上海文藝出版社, 1984年.
  ≪胡風文集≫, 人民文學出版社, 1985年.
  ≪朱光潛全集≫, 安徽敎育出版社, 1987年.
  ≪朱自淸全集≫, 江蘇敎育出版社, 1988年.
  ≪聞一多全集≫, 湖北人民出版社, 1993年.
  ≪宗白華全集≫, 安徽敎育出版社, 1994年.
  ≪新靑年≫, 新靑年社.
  ≪新潮≫, 新潮社.
  ≪少年中國≫, 少年中國學會.
  ≪詩≫, 中國新詩社.
  ≪新文藝≫, 新文藝月刊社.
  ≪現代≫, 現代書局.
  ≪新詩≫, 新詩社.
  ≪詩創造≫, 詩創造社.
  ≪中國新詩≫, 中國新詩社.
- 曹葆華 編譯, ≪現代詩論≫, 商務印書館, 1937年.
- 黑格爾, ≪美學≫, 商務印書館, 1979年.
- 伍蠡甫 主編, ≪西方文論選≫, 上海譯文出版社, 1979年.
- 朱光潛 譯, ≪歌德談話彔≫, 人民文學出版社, 1980年.
- 袁可嘉, 董衡巽, 鄭克魯 選編, ≪外國現代派作品選≫, 上海文藝出版社,

1980年.

- 亞里士多德, 賀拉斯 著, 羅念生 譯, ≪詩學·詩藝≫, 人民文學出版社, 1982年.

- 喬治·桑塔·耶納 著, 繆灵珠 譯, ≪美感—美學大綱≫, 中國社會科學出版社, 1982年.

- 劉若端 編, ≪十九世紀英國詩人論詩≫, 人民文學出版社, 1984年.

- 韋勒克, 沃倫 著, 劉象愚 等譯, ≪文學原理≫, 生活·讀書·新知三聯書店, 1984年.

- 伍蠡甫 主編, ≪西方古今文論選≫, 夏旦大學出版社, 1984年.

- 袁可嘉, ≪現代派論·審美詩論≫, 中國社會科學出版社, 1985年.

- 羅賓·喬治·克林伍德, ≪藝術原理≫, 中國社會科學出版社, 1985年.

- 蘇珊·朗格著, 劉大基 等譯, ≪情感与形式≫, 中國社會科學出版社, 1986年.

- 郭宏安 譯, ≪波特萊爾美學論文選≫, 人民文學出版社, 1987年.

- H.R. 姚斯, R.C. 霍拉勃 著, 周宁, 金元浦 譯, ≪接受美學与接受理論≫, 遼宁人民出版社, 1987年.

- 戴維·洛奇 編, 卞之琳 等譯, ≪二十世紀文學評論≫, 上海譯文出版社, 1987年.

- 楊匡漢, 劉福春 編, ≪西方現代詩論≫, 花城出版社, 1988年.

- 趙毅衡 編, ≪儌新批評文集≫, 中國社會科學出版社, 1988年.

- 福克納 著, ≪現代主義≫, 北方文藝出版社, 1988年.

- ≪俄國形式主義文論選≫ 生活·讀書·新知三聯書店, 1989年.

- 王恩衷 編譯, ≪艾略特詩學文集≫, 國際文化出版公司, 1989年.

- 劉小楓 編, ≪接受美學譯文集≫, 生活·讀書·新知三聯書店, 1989年.

- 喬納森·卡勒 著, 威宁 譯, ≪結构主義詩學≫, 中國社會科學出版社, 1991年.

- 施塔格爾 著, ≪詩學的基本概念≫, 中國社會科學出版社, 1992年.

- 威廉·燕卜荪 著, 周邦憲 等譯, ≪朦朧的七种類型≫, 中央美術學院出版社, 1996年.

주요 관련 시집 목록

- 李金發, ≪微雨≫, 北新書局, 1925年.
- 梁宗岱, ≪晚禱≫, 商務印書館, 1925年.
- 白采, ≪羸疾者的愛≫, 自印, 1925年.
- 李金發, ≪爲幸福而歌≫, 商務印書館, 1926年.
- 王獨淸, ≪圣母像前≫, 光華書局, 1926年.
- 李金發, ≪食客与凶年≫, 北新書局, 1927年.
- 王獨淸, ≪死前≫, 創造社出版部, 1927年.
- 穆木天, ≪旅心≫, 創造社出版部, 1927年.
- 王獨淸, ≪威尼市≫, 創造社出版部, 1928年.
- 馮乃超, ≪紅紗灯≫, 創造社出版部, 1928年.
- 蓬子, ≪銀鈴≫, 水沫書店, 1929年.
- 胡也頻, ≪也頻詩選≫, 紅黑出版社, 1929年.
- 石民, ≪良夜与惡夢≫, 北新書局, 1929年.
- 戴望舒, ≪我的記憶≫, 水沫書店, 1929年.
- 曹葆華, ≪寄詩魂≫, 震華印書館, 1930年.
- 曹葆華, ≪落日頌≫, 新月書店, 1932年.
- 曹葆華, ≪灵焰≫, 新月書店, 1932年.
- 戴望舒, ≪望舒草≫, 現代書局, 1933年.
- 林庚, ≪夜≫, 開明書店代售, 1933年.
- 卞之琳, ≪三秋草≫, 新月書店, 1933年.
- 林庚, ≪春野与窗≫, 開明書店代售, 1934年.
- 路易士, ≪易士詩集≫, 中和印刷公司, 1934年.
- 路易士, ≪行過去之生命≫, 未明書屋, 1935年.
- 常任俠, ≪毋忘草≫, 土星筆會, 1935年.
- 卞之琳, ≪魚目集≫, 文化生活出版社, 1935年.
- 朱英誕, ≪无題之秋≫, 開明書店經售, 1935年.
- 王獨淸, ≪王獨淸詩歌代表作≫, 亞東書局, 1935年.

- 何其芳, 卞之琳, 李广田 合著, ≪漢園集≫, 商務印書館, 1936年.
- 林庚, ≪北平情歌≫, 風雨詩社, 1936年.
- 林庚, ≪冬眠曲及其他≫, 風雨詩社, 1936年.
- 侯汝華, ≪海上謠≫, 時代圖書公司, 1936年.
- 辛笛, 辛谷 合著, ≪珠貝集≫, 光明書局, 1936年.
- 金克木, ≪蝙蝠集≫, 時代圖書公司, 1936年.
- 戴望舒, ≪望舒詩稿≫, 上海雜志公司, 1937年.
- 李白鳳, ≪鳳之歌≫, 新詩社, 1937年.
- 路易士, ≪火灾的城≫, 新詩社, 1937年.
- 玲君, ≪綠≫, 新詩社, 1937年.
- 南星, ≪石像辭≫, 新詩社, 1937年.
- 曹葆華, ≪无題草≫, 文化生活出版社, 1937年.
- 何其芳, ≪刻意集≫(詩文合集), 文化生活出版社, 1938年.
- 李白鳳, ≪南行小草≫, 獨立出版社, 1939年.
- 路易士, ≪愛云的奇人≫, 詩人社, 1939年.
- 路易士, ≪煩哀的日子≫, 詩人社, 1939年.
- 路易士, ≪不朽的肖像≫, 詩人社, 1939年.
- 常任俠, ≪收獲期≫, 獨立出版社, 1939年.
- 卞之琳, ≪慰勞信集≫, 明日出版社, 1940年.
- 汪銘竹, ≪自畫像≫, 獨立出版社, 1940年.
- 李金發, ≪异國情調≫(詩文合集), 1942年.
- 卞之琳, ≪十年詩草≫, 明日出版社, 1942年.
- 馮至, ≪十四行集≫, 明日出版社, 1942年.
- 方敬, ≪雨景≫(詩文合集), 文化生活出版社, 1942年.
- 路易士, ≪出發≫, 太平書局, 1944年.
- 汪銘竹, ≪紀德与蝶≫, 詩文學社, 1944年.
- 廢名, 沈啓无 合著, ≪水邊≫, 新民印書館, 1944年.
- 廢名, ≪招隱集≫(詩文合集), 大楚報社, 1945年.
- 路易士, ≪三十前集≫, 詩領土社, 1945年.
- 兪銘傳, ≪詩三十≫, 北望出版社, 1945年.
- 何其芳, ≪預言≫, 文化生活出版社, 1945年.

- 路易士, ≪夏天≫, 詩領土社, 1945年.
- 何其芳, ≪夜歌≫, 詩文學社, 1945年.
- 杭約赫, ≪擷星草≫, 重慶讀書出版社, 1945年.
- 杜運燮, ≪詩四十首≫, 文化生活出版社, 1946年.
- 杭約赫, ≪噩夢彔≫, 星群出版公司, 1947年.
- 唐湜, ≪騷動的城≫, 星群出版社, 1947年.
- 杭約赫, ≪火燒的城≫, 星群出版社, 1948年.
- 穆旦, ≪旗≫, 文化生活出版社, 1948年.
- 戴望舒, ≪灾難的歲月≫, 星群出版社, 1948年.
- 辛笛, ≪手掌集≫, 星群出版公司, 1948年.
- 陳敬容, ≪交響集≫, 星群出版公司, 1948年.
- 陳敬容, ≪盈盈集≫, 文化生活出版社, 1948年.
- 唐祈, ≪詩第一冊≫, 星群出版社, 1948年.
- 唐湜, ≪英雄的草原≫, 星群出版社, 1948年.
- 杭約赫, ≪復活的土地≫, 森林出版社, 1949年.
- 鄭敏, ≪詩集1942—1947≫, 文化生活出版社, 1949年.
- 唐湜, ≪飛揚的歌≫, 平原社, 1950年.
- 何其芳, ≪夜歌和白天的歌≫, 人民文學出版社, 1952年.
- 何其芳, ≪預言≫, 人民文學出版社, 1957年.
  ≪馮至詩選≫, 四川人民出版社, 1980年.
  ≪辛笛詩稿≫, 人民文學出版社, 1983年.
  ≪陳敬容選集≫, 四川人民出版社, 1983年.
- 林庚著, ≪問路集≫, 北京大學出版社, 1984年.
- 卞之琳, ≪雕虫紀歷≫(增訂版), 人民文學出版社, 1984年.
- 廢名, ≪馮文炳選集≫, 人民文學出版社, 1985年.
  ≪林庚詩選≫, 人民文學出版社, 1985年.
  ≪穆旦詩選≫, 人民文學出版社, 1986年.
- 鄭敏, ≪尋覓集≫, 四川文藝出版社, 1986年.
- 辛笛, ≪印象·花束≫, 上海文藝出版社, 1986年.
- 鄭敏, ≪心象≫, 人民文學出版社, 1991年.
- 鄭敏, ≪早晨, 我在雨里摘花≫, 香港突破社, 1991年.
- 杭約赫, ≪最初的蜜≫, 文化藝術出版社, 1985年.

찾아보기

ㅂ

　이 책은 마라톤식 작업을 거쳐서 오늘에 이르러 결국 완성되었다.

　1987년 2월부터 8월까지 ≪문예보≫와의 약속에 응하여, 나는 일찍이 〈역사에 대한 숙고에 직면하여—중국 모더니즘 시가 원류의 회고와 평가에 관하여〉를 제목으로 하여, 이 간행물에 열 번에 걸쳐 바쁜 가운데 단락을 나누어 문장을 써냈다. 이것은 몇몇 친구들과 신시 애호가들에게 긍정적인 반응을 얻었고, 후에 몇 년 간 이 문장을 요점으로 삼아 베이징대학교 중문과와 베이징대학교 분교 중문과에서, 대학원생과 상급반 학부생을 위해 각기 '중국 모더니즘 시조사론', '30년대 현대파시 연구', '40년대 현대파시 연구', '무단시 독해' 등을 제목으로 한 교과목을 다수 개설한 바 있다.

　1994년 9월부터 1996년 3월까지 나는 일본 고베대학 문학부에서도 그곳의 박사, 석사 과정의 대학원생들에게 '중국 신시사조사(中國新詩思潮史)'를 강의한 적이 있는데, 이 저작은 강의를 하면서 바삐 써내려간 것이기 때문에, 이 속에는 많은 동학들의 지혜와 의견을 흡수하고 응집시켰다. 이것은 아마도 교학자로서 얻을 수 있는 행복일 것이다. 이 글은 또한 국가 '칠오' 프로그램 중 '중국 신시 사조사(中國新詩思潮史)'의 일부 성과에 해당하는 부분이다.

　내가 먼저 탐색을 착수한 것은 중국 모더니즘시조이다. 다른 시조 유파에 대한 고찰은 다음에 완성하기로 남겨놓겠다. 이 때문에 혹시 모를 협소함에 대한 비판을 피하기 위하여, 이 책을 완성하는 동시에 나는 비교적 긴 문장인 〈20세기 중국 신시: 1917-1949〉를 연속하여 1994년 3기부터 4기까지 ≪시탐색≫ 잡지에 발표하여, 신시 발전의 전체를 이해하고자 하는 독자들에게 참고로 제공하였다.

다년간 나는 계속해서 어떻게 동서 시예술의 융합을 실천할 것인지, 어떻게 동방식의 민족 현대시의 구상을 건설할 것인지를 탐색하고 있다. 우리는 결국 다른 사람의 음영 아래에서 비틀거리며 걸어갈 수는 없다. 역사의 경험과 교훈은 소중히 여길 만하다. 이를 위해 일부 장절 중 이에 대해 논술한 것 외에, 별도로 〈동방 현대시의 구상과 건설〉을 써서 결어로 삼았으며 마지막 장에 놓았다. 이 글은 원래 난징대학 〈문학연구〉 1993년 3기에 발표되었으며, 이 책에 수록할 때 중복된 곳에 대하여 일부 수정과 삭제를 가하였다.

대학원생에게 수업을 하는 데 적합하기 위하여, 이론 사유의 훈련이 사료의 종합보다 많아야 했다. 그래서 이 책은 시인 개인에 대한 전문론의 방식을 취하지 않고, 시조 사론의 범위를 이용하여, 신시 현상과 문제에 대한 토론을 위주로 하였고, 시인 개체에 대한 고찰은 되도록 줄였다. 이렇게 하여, 문제와 현상에 대한 논술, 시인과 작품의 선택에 있어서 일종의 이론에 필요한 주관적인 색채를 띠지 않을 수 없었다. 취사에 있어서 또한 필연코 빠진 부분이 있다. 완전히 공정하고 객관을 요구하는 것은 거의 불가능할 것이다. 하지만, 역사적 사실에 기초하여 비교적 객관 실재에 부합하는 결론을 찾아야 하고, 역사를 처리하는 정신이 깃들어 있어야 하기에, 나는 역사적 묘사 속에서 이론 문제에 대한 탐색을 완성하고자 애썼다. 만약 어느 정도 이 임무를 실현하는 데 접근하였다면 나는 만족한다.

처음 쓰기 시작하여 마지막 완성하기까지 시간의 간격이 비교적 길었기 때문에, 어떤 문제에 대한 사고와 연구는 아마도 임의성이나 통일 되지 않은 폐단을 가져왔을 것이다. 연구 문제에 대한 분단적 탐구와 종합적 사고는 또한 일부 역사 사실과 의론의 중복된 현상이 출현했을 수도 있다. 30년이라는 짧은 과정 속에서 역사를 단절시킨 분석과 일부 장절의 전체역사에 대한 관조는 여기에서 더욱 피하기 어려웠다. 나는 출판하기 전 되도록 이러한 폐단을 피하려고 하였지만, 글쓰기 과정 속에서 또한 늘상 어쩔 수 없는 상태가 출현하였고, 아직도 적지 않은 흔적이 남아 있다. 또 설명해야

656

할 것은, 초기 상징파시와 30년대 현대파시에 대한 연구는 이미 있거나 혹은 앞으로 전문적으로 글을 써서 출판할 것이다. 그러므로 여기에서 논술한 것은 40년대 '중국 신시'파 부분에 비해 분량이 훨씬 적다. 당연히 이것 역시 역사 자체의 가치적 요인이 은연중에 내포되어 있다.

이 책 속의 일부 장절은 국내의 일부 잡지와 한국, 일본의 관련 간행물에 발표된 적이 있으며, 이 책에 수록되면서 어떤 것은 원래의 문장이 보존되어 있고, 개별적으로는 전체 책의 체계에 따라서 일부 수정을 가하였음을 설명하고 싶다.

대강의 발표에서부터 이 원고의 완성에 이르기까지, 근 10년의 세월이 지나갔다. 나는 자신의 게으름을 부끄럽게 생각한다. 하지만 조금 마음을 위로하는 것은 내가 이런 저런 유행하는 것이나 혹은 한 시대를 놀라게 하는 이론과 사조의 충격으로 자신의 학술 분야를 포기하지 않았다는 것이다. 한 사람의 학술 품격은 그의 학술 업적 자체보다 더욱 소중한 가치가 있다. 하지만 이는 내가 경모하여 필생을 추구하여도 얻을 수 없는 경계이기도 하다.

나는 내 과목을 수강한 학생이나 연수한 청년 선생님들에게 매우 감사의 마음을 전한다. 그들의 인내심 있는 경청과 토론 속에서, 특히 활발한 사고와 그들이 제기한 문제와 진지하게 써낸 과제와 논문들은 나에게 매우 많은 신선한 자극과 이성적인 깨우침을 주었다. 동시에 나는 일부 글을 통하여 이보다 먼저 독자와 만나게 해준 국내외 친구들에게 감사한다. 여기에서 특별히 베이징대학출판사와 이 책의 책임 편집자에게 감사한다. 그들은 오늘날 이러한 시 연구가 매우 적적한 상황에서 이 별 볼일 없는 원고를 흔쾌히 받아주었고, 아울러 작년 겨울에 병이 들어 입원할 때에도 내가 제때에 원고를 내지 못한 것에 대하여 열정적인 관용을 베풀어 주었다. 이러한 것들은 내가 잊을 수 없는 것으로 깊은 사의를 표한다.

　　본 역서는 베이징대학 쑨위스 선생의 ≪중국 모더니즘 시조사론(中國現
代主義詩潮史論)≫(北京大學出版社, 1999年 3月)을 번역한 것이다. 저자
는 신시 연구 영역에서 가장 앞서가는 '영혼의 모험'을 성공적으로 탐색한
학자 중 한 분이다. 역자는 다행히 베이징대학에 머물면서 선생을 스승으
로 모시고 학위과정을 마쳤으며, 그 때 이 책을 경전처럼 읽고 또 읽었고,
언젠가는 번역을 하여 한국에 소개를 하리라는 생각을 깊이 새기고 있었다.
　　박사 과정을 마치고 한국으로 돌아와서 본격적으로 번역을 시작하였다.
하지만, 교학과 연구라는 당장의 임무를 완성해야 하는 것이 늘 앞을 가로
막고 있었고, 여기에 이런 저런 생활의 벽에 둘러싸여 번역 작업은 순조롭
게 진행되지 못하였다. 이러한 과정 속에서 학고방 출판사를 통하여 중국
정부의 기금을 지원받게 되었고, 이후 번역 작업은 좀 더 빠르게 진행될
수 있었다. 이제 이 책이 출판된 지 18년이 지났고, 번역을 시작한 지 10여
년의 세월이 훌쩍 지났다. 이제 곧 한국에서 그 번역본이 출판되어 나온다
고 생각하니 그 감회는 이루 말할 수가 없다.
　　나의 스승 쑨위스 선생은 학위 과정 동안 그리 쉽게 접근할 수 없는 위
엄을 지니고 있었다. 그를 란치잉 숙소로 만나러 가는 길은 나에게 늘 긴장
과 공포의 연속이었다. 어떻게 질문을 하고, 대답을 해야 할까, 내가 쓰고
있는 글의 방향이 맞는 것일까? 등등, 그리고 박사 논문 주제를 2년에 걸쳐
3번을 바꾸면서 시간을 지체해야 했고, 나는 너무나 힘겨운 시간을 보내야
했다. 그러한 8년 간의 유학 생활의 담금질로 인해 나는 학문적으로 성숙
해지고 여러 방면에서 성장할 수 있었다. 지금도 스승을 생각하면, 그 때의
긴장감이 여전히 가슴에 스멀스멀 일어난다.

쑨위스 선생은 중국 현대시 연구에 있어서 시의 아름다움에 접근하고자 노력하였다. 그래서 이론 책 역시 한 편의 시를 읽는 듯 아름다우면서도 이해하기 어렵다. 그리고, 그 뒤에는 모든 생명에 대한 집착과 사랑이 고스란히 담겨져 있다. 선생은 '시는 시인 인격의 영원한 추구이다'. '깊고 심각한 사상과 고상한 인격이 없다면 영원히 가장 완전한 시인이 될 수 없다'고 하였다. 그리고, 시 연구 역시 본질적으로는 시인의 창조와 서로 같다고 생각하였다. 그래서, '시의 아름다움에 접근하려는' 추구는 한 학자의 인격에 대한 경건하고 정성스러운 집착이며, '영원한 고역과 같은 비상'의 과정이라고 하였다. 이것이 아마도 선생의 중국 현대시 연구가 사람들에게 더욱 풍부한 계시를 주는 이유일 것이다.

이 책에서 저자는 여러 가지 새로운 시도들을 하였다. 특히 문화(文化), 역사(歷史), 심미(審美)적 각도로 시 연구를 진행하였으며, 미시적, 거시적 입장에서 그 통일에 주의하였고, 서구 문학의 현대성과 중국 전통 문학의 민족성을 소통시키고자 노력하였다. 이러한 시도는 시 연구의 독특한 특징으로 자리잡았으며, 특히 그가 주목한 중국 현대파시 연구에서 문화, 역사, 심미 각도에서의 탐험은 독립적이면서도 동태적인 연관성으로 완성되어 있다. 선생은 우리를 현대파시의 아름다운 바다 속에 푹 빠져 헤엄치도록 하였고, 현대파시의 풍부한 형태와 복잡한 함의를 여러 각도에서 출발하여 그 본질에 도달하도록 인도하고 있다.

먼저, 문화적인 시각에서 볼 때, '시는 일종의 보편성을 지닌 문화 현상'이라 하였다. 선생은 문화로부터 착수하여 시 본위의 연구를 시도하였지만, 또한 시에 대한 해석이 문화학에 복속되지 않도록 자신만의 독립적인 심미 품격을 갖추었다. 이 책은 다층적 문화 측면에서 시의 내함을 분석하였고, 그래서 시에 대한 문화 해석이 다채롭고, 곳곳에 이성적 빛과 시의 아름다움이 넘쳐난다. 예를 들면 페이밍의 시를 해독할 때에는 종교 문화적 시각에서 탐구하였으며, 그 속에 선의(禪意)로 충만한 철리를 제시하였고, 그리하여 시의 풍부한 내함을 입체적으로 드러나게 하였다. 또한 20세기 30년대 중국 현대파 시인 단체의 문화 심리를 깊게 연구하였는데, 여기에는 '꿈을 찾는 이의 형상', '황무지 의식', '권태로운 이의 심리 상태' 등 시인들의 풍부하고 복잡한 정신세계를 묘사하였고, 시인의 복잡한 마음과 인생에 대한 반영을 자아정신 및 문화심리 상태로부터 고찰하여 그 심도를 더하였다.

다음으로, 저자는 모더니즘시의 역사 발전 과정을 중시하여, 시가 원래 탄생한 역사적 환경과 작가 의도에 따라서 작품들에 대한 창조적이고 풍부한 서술을 진행하였다. 책 속에는 복잡한 모더니즘 시 현상에 대한 묘사가 있지만, 그 속에는 저자의 역사 본래의 면모를 환원하려는 노력이 곳곳에서 엿보인다. 책에서는 모더니즘의 세 가지 역사 단계인 '연약하고 황량한 유아기', '광범위한 예술 탐구', '개척과 초월', 그리고 현대파시의 예술적인 유치함에서 성숙으로 나아가는 과정의 묘사는 곧 실험적인 시의 선구자인 초기상징파 시인 리진파로부터 동방 민족의 상징파시와 현대파시의 창조자인 다이왕수, 볜지린을 거쳐, 40년대 펑즈의 소네트시, 그리고 무단, 정민, 신디 등을 대표로 하는 신생대 시인 단체는 이 책이 모더니즘 시사의 역사적 발굴과 정리 분석을 합리적으로 해설하고 있음을 드러낸다. 이 책의 중심 명제는 '중국 민족의 시가 어떻게 자신의 목소리와 자태로 세계로 나아가는가' 하는 것을 탐색하는 것이며, 또한 '민족 시가가 어떻게 현대성을 향한 길을 찾을 것인가' 하는 것이다. 이러한 의미에서 작가의 역사적 묘사와 가치 판단은 현실을 관조하는 이성적인 힘을 갖추고 있다고 할 수 있다. 또한 많은 역사 자료와 사실의 수집 분석에서 연구의 역사성을 풍부히 하였고, 자신의 학술 연구를 학술사의 고리 속에 넣어서, 앞을 계승하고 뒤를 잇는 일환이 되게 하려는 노학자의 엄숙한 학술 품격을 여실히 보여주고 있다.

마지막으로, 저자는 심미적 각도에서 모더니즘 시조에 대한 고찰로 들어가 예술 본체에 대한 사고를 강조하였다. 지금까지 시를 연구하는 문체가 그 언어 양식에서 독특한 매력과 문체의 아름다움을 드러낼 수 없었다면, 쑨위스 선생은 심미적 시각을 핵심으로 하여 시조 사론을 건축하였으며, 중국 신시 연구에 있어서 자신만의 문체를 발굴하여 새로운 발전의 기회를 찾고자 하였다. 저자는 '반드시 시인이 창조한 심미 추구의 예술 세계로 들어가야 하고, 시인의 사유를 따라 사유하여야 하며, 내부로부터 시인 창작의 심미 추구와 작품의 심층적 의미를 체험해야 한다'고 강조하였다. 특히 현대파 시인의 현상에 대한 사고는 일반인의 관습적 사유와 달리 극도로 도약적이고 연상과 엉킴의 방식으로 낯설음의 효과를 조성하였다. 이들은 의식적으로 직감적 감수와 몽롱한 표현을 추구하여 시에 대한 해독을 어렵게 하였다. 쏜위스 선생은 이미지와 언어 조직의 분석을 통하여 현대파시로 들어가는 주요 입구로 삼았으며, 예민한 학술적 심미적 안목으로 연구 대상 간의 원만한 결합점을 찾았는데, 이는 신시 연구에 있어서 중요한 방법론적 의의를 지닌다고 하겠다.

이렇듯, 저자는 문화, 역사, 심미라는 세 가지 연구 축으로써 책을 구성하였는데, 작품 본체의 심미 세계에 대한 분석을 중점으로 삼고, 모더니즘 시조의 총체적 발전 세태를 관조하였으며, 중국 현대 '해석 시학'의 이론 구상을 다시 건설하고자 하였다.

이 책은 저자가 후기에서도 밝혔듯이 시인 개인에 대한 전문론의 방식을 취하지 않고, 시조 사론의 범위를 이용하여 신시 현상과 문제에 대한 토론을 위주로 하였으며, 시인 개인에 대한 고찰은 되도록 줄이고자 하였다. 저자는 역사적 묘사 속에서 이론 문제에 대한 탐색을 완성하고자 하였는데, 이를 한국에 소개하면서 역자는 제목을 〈중국 현대 모더니즘 시사〉라 명명하였다. 그 이유는 앞에서도 언급하였지만, 내용이 주로 중국 현대 시기의 모더니즘 시에 대한 역사적 정리와 분석을 충분히 담아내고 있다고 생각되기 때문이다.

본 책은 그 학술적이고 개성적인 학술 연구의 특징으로 인하여, 20세기 중국 신시 연구의 최고 수확 중 하나라고 평가되어지고 있다. 그리하여 장구한 학술적 생명력을 갖추고 역사적 시련을 견뎌내기를 바라며, 또 그렇게 되리라 믿어 의심치 않는다.

2016년 11월
나주골에서 황 지 유

저자소개

• 쑨위스(孫玉石)

저자는 1935년 11월 생으로, 요녕성(遼宁省) 해성(海城)에서 태어났으며, 만주족이다. 1955년 베이징대학에 입학했으며, 1960년 베이징대학 중문과를 졸업하였고, 이후 베이징대학 중문과 현대문학전공 대학원을 다니면서 주즈칭(朱自淸) 선생의 제자로 중국현대문학의 태두인 왕야오(王瑤) 선생으로부터 중국현대문학을 수학한다. 1964년 졸업하고 학교에 남게 되었으며 박사 지도교수를 역임하였다. 1984년 4월부터 9월, 1994년 9월부터 1996년 3월까지 도쿄대학과 고베대학의 초청으로 일본에서 강의하였다. 1989년 3월부터 1994년 7월까지는 베이징대학 중문과 주임을 역임하였으며, 현재는 퇴임하여 저작에 몰두하고 있다.

저서로는 ≪〈들풀〉 연구(〈野草〉 研究)≫(1982), ≪중국 초기상징파시 연구(中國初期象征派詩歌研究)≫(1983), ≪중국현대시 독서 지도 : 1917-1938(中國現代詩導讀: 1917-1938)≫(공저, 1990), ≪중국현대시가예술(中國現代詩歌藝術)≫(1992), ≪생명의 길(生命之路)≫(산문, 학술논문 합본, 1998), ≪중국 모더니즘 시조사론(中國現代主義詩潮史論)≫(1999) 등이 출판되었으며, 이 외에 200편이 넘는 학술논문이 있다. 2010년에는 지금까지 출판된 도서와 논문, 그리고 편집한 ≪왕야오 문선(王瑤文選)≫을 포함하여 ≪쑨위스 문집(孫玉石文集)≫이 18권으로 출판되었다.

역자소개

• 황지유

역자는 중국 베이징대학 쑨위스 선생으로부터 중국 현당대시를 전공하였고, 현재 동신대학교 중국어학과 교수로 재임 중이다.

논문으로 〈新詩的舊夢―三十年代現代派詩歌對晚唐詩詞的接受〉, 〈四十年代現代性詩歌追求的一典范―鄭敏早期詩歌研究〉, 〈중국의 新詩에 전통이 있는가〉, 〈比·興 전통과 新詩 표현 수법과의 관계 고찰〉, 〈꿈을 찾는 이의 노래―서정적 자아를 통해 본 ≪望舒草≫ 고찰〉, 〈의문과 기대, 그리고 이상 탐색 중의 방황―20세기 2,30년대 중국시가에 나타난 생명의식 試論〉, 〈40년대 '中國新詩派' 시의 생명의식 연구〉, 〈中國現代詩歌里的意象變換〉, 〈신시기 여성시에 나타난 여성의식의 現代性 변화〉, 〈중국 신시기 여성시에 나타난 모성성〉, 〈중국 현대 實驗詩 小考〉 등이 있으며, 다년간 중국 모더니즘 시를 연구하고 있다.

중국 현대 모더니즘 시사
中国现代主义诗潮史论

초판 인쇄   2017년 6월 15일
초판 발행   2017년 6월 30일

저   자| 쑨위스(孫玉石)
역   자| 황지유
펴 낸 이| 하운근
펴 낸 곳| 學古房

주   소| 경기도 고양시 덕양구 통일로 140 삼송테크노밸리 A동 B224
전   화| (02)353-9908 편집부(02)356-9903
팩   스| (02)6959-8234
홈페이지| http://hakgobang.co.kr
전자우편| hakgobang@naver.com, hakgobang@chol.com
등록번호| 제311-1994-000001호

ISBN   978-89-6071-634-6   93820

값 : 50,000원

이 도서의 국립중앙도서관 출판예정도서목록(CIP)은 서지정보유통지원시스템 홈페이지(http://seoji.nl.go.kr)와 국가자료공동목록시스템(http://www.nl.go.kr/kolisnet)에서 이용하실 수 있습니다. (CIP제어번호 : CIP2016031162)